FARAONA
Gabriel Silva
ISBN 978-1-4709-4170-3
www.lulu.com/spotlight/piramicasa

FARAONA

Prólogo del Autor:

Vas a viajar en el tiempo (aproximadamente) al año 8.000 Antes de Cristo. Vas a recorrer tierras que hoy mismo vale la pena recorrer, y maravillarse, pero con este libro el viaje será diferente; te encontrarás con cosas que están ocultas para los ojos de una humanidad sometida al *ignorantismo*. A los que no gustan de temas militares, puede que les empiece a gustar, porque además de divertirse un poco, emocionarse y reírse, podrán comprender el fondo de la realidad, las causas de toda guerra, tanto las causas políticas como las metafísicas.

No se convertirá en héroe el lector, sólo con esta lectura, pero se preparará para serlo en cuanto tenga oportunidad, porque podrá ver en esta lectura, mucho más allá de la mera narrativa. Este libro tiene una enseñanza de cuestiones prácticas en el orden militar, que van a servir a muchos en la vida diaria. Los más jóvenes, incluso niños, en esta lectura tendrán una formación ética, moral, conductual y espiritual muy superior a la que recibe del cine, la televisión, videojuegos y de cualquiera de los medios de embrutecimiento colectivo actuales, al mismo tiempo que comprenderá, como los mayores, la diferencia entre las guerras necesarias y las injustas y absurdas. En cuanto a historia, obtendrán una información privilegiada, porque esta narrativa es sólo el excipiente... Con personajes inspirados en seres reales de muy diversa clase, desde los más maravillosos hasta los más indeseables. El "principio activo" son cronologías de la auténtica antropología, la metafísica científica y los valores más altos del Ser, que la actual humanidad sólo conserva en una parte mínima de individuos.

El objetivo de esta obra es transmitir una enseñanza que no darán los medios en manos de intereses egoístas, ni en historia, ni filosofía ni asuntos espirituales. Va a estimular todo lo bueno, bello y deseable que hay en cada Lector, aunque en algunos puede quebrar esquemas mentales, pero de modo un nada incómodo. A diferencia de la novela "romántica", este libro induce al desarrollo personal en el más alto sentido de la expresión. Podrás con tu imaginación, unida a un verdadero tesoro de conocimientos, participar en las aventuras de gente maravillosa e imaginar una película de mucho mayor calidad que las que has visto hasta ahora. Luego de la primera lectura (que sin duda no será la única), notarás cómo tu personalidad habrá cambiado. Si Ludwig Feuerbach dijo *"Somos lo que comemos"*, con mucho más seguridad puedo decirte que **"Somos lo que aprendemos"**.

Gabriel Silva, 13 de Diciembre de 2022

CAPÍTULO I

DESPUÉS DE LA ASCENSIÓN DE ISMAN

Râ, la Joya de la Vida, regresaba a su infaltable cita con el mundo de los mortales para iluminarles en su evolución... o en sus involuciones. Sus rayos parecían afiladas espadas rasgando las nubes del horizonte y en la cubierta del barco en el que viajaban Nuptahek y su inseparable amiga Hatshepsut, Henutsen, la hija del Ascendido Faraón y su esposo Ankemtatis, junto a un nutrido grupo de soldados muy cualificados que hacían de remeros, la alegría vivida tras la Ascensión del Faraón Isman y su mujer Enhutatis, se mezclaba con la incertidumbre del destino de Ankh em-Ptah. El viento Norte había vuelto y el Capitán ordenó a todos descansar mientras se pudieran aprovechar bien las velas. Sólo estaban despiertos el timonel, el Capitán Hopentites que acababa de relevar a Merensob en La Luz y los cuatro remeros imprescindibles.

-Nuptahek y Hatshepsut han pasado casi toda la noche haciendo de vigías, -comentó un remero al Capitán- y la noche anterior también... Y durante el día duermen un rato y luego reman casi tanto como nosotros. ¿De dónde sacarán tanta energía?

-Así es su naturaleza, Ankhaur. -respondió el Capitán en voz muy baja- No serán nuestra Faraona y su Guardiana sólo por su belleza. De eso podéis estar seguro. Y mejor hablemos más bajo o no hablemos, que están tan dormidas que daría pena que les quitemos los ratos que se toman de descanso. Como el resto también duerme y no me gustaría despertarles sin necesidad, seguiremos navegando en silencio, dejando el desayuno para cuando despierten.

-No es momento de dormir, Capitán... -dijo a su espalda la dulce voz de Nuptahek- Con el día espléndido que hace, sería una pena perderme la visita a este lugar tan especial donde tengo muy buenos recuerdos. Por favor atracad lo más cerca posible de las columnas. Si los demás quieren dormir, los dejamos, pero yo tengo que visitar este sitio, que me resulta muy importante y además quiero ver a alguien...

Indicó con el dedo cuatro enormes obeliscos que se veían más allá de la alta floresta. Sobre la vera derecha subiendo por el Nilo se alzaba la nueva fortaleza de Gavelade, y a doscientos Ankemtras más adelante había un pequeño embarcadero. Al llegar les recibió un oficial y cinco soldados, uno de los cuales reconoció a Nuptahek mientras ella saltaba del barco sin usar la escalerilla.

-Podéis quedaros Capitán y no necesito compañía en esta zona. Además, mirad, justo una patrulla...

-¡Pero si es Nuptahek, Comandante...! -dijo un soldado al verla saltar a tierra.

-¡No me lo creo! -respondió el hombre- ¿Vestida de mujer en vez de con ropa militar?, ¿Y sin vuestra amiga Hatshepsut?

-Así es, Comandante Lucinheke. Es que esta vez no vengo como militar, sino como vuestra futura... Máxima servidora. Desaprovechar este viaje no visitando este lugar insigne sería casi triste. También me gustaría visitar Gebelik, allá enfrente, donde naciera por última vez nuestro amado Faraón Isman y donde hice mis últimas clases de milicia, pero eso será para después. Y respecto a mi amiga, no os preocupéis, que está en su quinto sueño en el barco. Yo tengo la costumbre de reemplazar a los remeros cansados pero ella no se queda atrás. Así que mientras desayunamos, despertarán los demás.

-Ya la hemos tenido también de alumna y luego como maestra en los entrenamientos, así que no me extraña que haya remado desde donde vengáis hasta aquí.

El Comandante dio unas órdenes y un soldado salió corriendo. El joven que la reconoció primero se acercó y ella se detuvo, le observó con detenimiento y luego le puso las manos en los hombros y mirándole fijamente a los ojos le dijo seriamente, con expresión bélica:

-Es muy peligroso que os acerquéis a mí, Gelibar. De ahora en adelante es posible que lo que menos queráis es estar cerca de quien tendrá que afrontar muchos peligros. Hemos sido excelentes amigos y compañeros en el período de instrucción, pero ahora tengo otras responsabilidades y demasiado riesgosas para Vos...

-¿Qué me decís, Nuptahek? ¡Si estáis por hacer algo peligroso, con más razón debéis contar conmigo!...

-Ni siquiera habéis terminado vuestra instrucción avanzada, veo que aún estáis de escudero, sin galones... ¿Por qué os han degradado?... y lo que tengo que hacer es demasiado para Vos, así que continuad vuestra carrera, desarrollad mejor vuestras capacidades y algún día es posible que... vuestra... antigua compañera de clases...

Las últimas palabras fueron entrecortadas, casi con la voz quebrada y los ojos de Nuptahek delataron algo más.

-Cierto, muy cierto, Nuptahek. No soy digno de vuestra compañía, puesto que aunque he salido airoso de todas las pruebas, el destino me ha obligado a permanecer en Gavelade y además no he llegado a ser Comandante como Vos... Os ruego mil perdones, pero sabéis que podéis contar conmigo en lo que os pueda servir. Mi vida es vuestra...

El joven agachó la cabeza, se dio la vuelta y se alejó varios pasos, mientras el Comandante Lucinheke se acercó a Nuptahek y siguieron caminando en silencio mientras el grupo de soldados, muy discretos, les dejaron adelantarse un buen trecho. El camino estaba bordeado de infinidad de pequeñas flores rojas y amarillas, el aroma de los khanjos y los apidolis, especies similares que emanan olor a miel, los jazmines y los tilos recién florecidos, impregnaban el aire como en pocos sitios de Ankh em-Ptah. Pero Nuptahek apenas se dio cuenta de ello, siguió caminando con la cabeza gacha, pensando y casi llorando. El Comandante le habló en voz muy baja.

-Vuestro camarada ha superado las pruebas más duras hasta el día en que pudo llevar una vida normal. Casi estaba para nombrársele Comandante. Pero sus padres murieron días después de vuestra graduación, justo cuando él estaba alcanzando la nota más alta después de la vuestra... No ha sido degradado, sino que está...

-¡No me digáis!... ¡Qué injusta he sido!, ¿Cómo murieron?

-En una escaramuza con oberitas que aún quedaban en tierras de Poniente. Como el Faraón y vosotras emprendisteis un largo viaje, el General Prinpoisis prefirió dar parte al Concejo en vez de preocupar a vuestro grupo. La batalla acabó con varias centurias enemigas y con veinte de los nuestros. Los padres de Gelibar fueron los mejores en el combate pero ambos cayeron antes de la victoria. No quiere llevar sus galones porque se ha está replanteando la vida, no sabe si seguirá en la milicia o seguirá en la Escuela de Horus-Sobek...

-Perdonadme, Lucinheke, pero tengo que disculparme. Os ruego permitirme hablar a solas con él... Aunque en realidad no quisiera exponerle a mi propio destino y eso es más fuerte que todo lo demás. Sois un hombre experimentado y si tenéis algún consejo...

-Por supuesto, Nuptahek, lo que os digo es que sigáis lo que vuestra intuición y vuestro corazón os dice. Por un momento, no razonéis, sólo buscad ese punto en que la intuición y el corazón se encuentran... Seguiré andando para prepararos una buena mesa.

Nuptahek esperó a los soldados y luego pidió a los demás que siguieran adelante, quedándose con Gelibar a dos cuerdas del grupo y conversaron mientras caminaban lentamente las diez cuerdas que había hasta el castillejo militar, donde les esperaba un buen almuerzo. En el barco despertaron los durmientes y Hatshepsut preguntó por Nuptahek.

-Se despertó hace un par de [(1*)]*Râdnies*, -dijo un remero- quería visitar a alguien y no quería molestar el sueño de los demás. Así que estará almorzando con sus camaradas de armas.

-Seguro, pero no me voy a perder ese almuerzo. Y Vos, Capitán, si no tenéis órdenes puntuales para estos amigos, creo que deberíais venir todos, aquí sólo basta un centinela en el barco...

-Me place la idea. Esperaré a los remolones y vamos con ellos.

Henutsen y Ankemtatis despertaron poco después, cuando ya estaba en su puesto un centinela y todos los demás listos para salir.

-Capitán, -dijo Ankemtatis- es necesario dar parte a Menkauris de que ahora el Faraón es él, así que os ruego enviar una barca rápida a Karnak con estos escritos que preparé anoche... Y mirad quiénes vienen ahí...

Hetesferes y Elhamin llegaban en un trirreme, que atracó a escasos Ankemtras y subieron al barco casi de un salto.

-Henutsen, Ankemtatis... ¡Qué alegría encontraros! El secreto de vuestro viaje ha sido muy bien cuidado, pero nos teníais preocupados por falta de noticias. ¿Todavía duermen los tortolitos faraónicos?

-No, querido Elhamin... -decía Henutsen mientras abrazaba a los recién llegados- Mi padre y Enhutatis ya no están entre nosotros...

-¡Por los cuernos de Jnum!... -exclamó Elhamin- Por vuestras lágrimas se pensaría lo peor, pero por vuestra sonrisa deduzco que les ha pillado el proceso de Ascensión durante el viaje... ¿Dónde ha sido?

-En la Gran Pirámide de La Luz -dijo Ankemtatis mientras abrazaba a su mujer que soltó un llanto profundamente contenido- Y por cierto... Capitán... Allí está el Comandante Ligustek, que os proporcionará un barco y si va él personalmente, tanto mejor. Luego os esperamos en el cuartel, que seguramente es ahí donde han ido nuestras niñas...

-Habéis dado el gran paso, amados Isman y Enhutatis... -decía Elhamin mirando al cielo- Pero estoy seguro que estéis donde sea, vais a seguir vigilantes, custodiando nuestra amada Ankh em-Ptah...

Hatshepsut se adelantó al grupo y llegó al cuartel medio Râdnie después, pero al entrar no veía a su amiga. Le saludó todo el mundo con el afecto y respeto que bien ganado tenía, pero le extrañó no ver a Nuptahek.

-Os veo mirando a todas partes -dijo Lucinheke- como si hubieseis perdido a un hijo...

-Nuptahek no es mi hija, pero es más que una hermana...

-No os preocupéis, que acaba de comer a toda prisa, porque quería seguir de paseo y conversar con Gelibar... ¿Le conocéis?

-¡Claro!... Apenas le he recordado algunas veces después de los entrenamientos, pero porque Nuptahek hablaba de él como su mejor amigo durante la preparación y los simulacros.

-Bien, pues mientras coméis os pongo al corriente de los temas de cotilleo... ¡Mirad qué bien!, ahí llegan Henutsen, Ankemtatis, incluso Hetesferes, Elhamin y todos los del barco... Pero como tendrán un buen rato de saludos y abrazos al por mayor, sigamos con nuestra conversación...

Ya casi era de noche y Nuptahek y Gelibar aún no regresaban de un paseo por la ciudad y los extensos jardines de Gavelade. El cuartel estaba repleto de personal. Oficiales y soldados se preparaban para comer, como siempre, olvidando las diferencias de rango. Las largas mesas estaban dispuestas para más de doscientas personas y por fin Hatshepsut sintió como un aire de tranquilidad.

-Por fin veo que acaba vuestra impaciencia. -dijo el Comandante Lucinheke- Allí tenéis a vuestra camarada sana y salva.

-¡Vaya!, -exclamó Hatshepsut al verles entrar en el gran salón- Si no fuese que salisteis con Gelibar me habría preocupado mucho más por vuestra ausencia...

-Bueno, no creáis que no he corrido riesgos... Y ahora sí que estoy en peligro, porque creo que soy culpable de que Gelibar no abandone la carrera militar. Así que si muriese en combate, la culpa sería mía.

-¡Nada de eso! -exclamó el joven aludido en voz alta y para todos los presentes- Ahora que sé lo que sé, he rogado a Nuptahek y al mismo tiempo a los dioses, que me permita ser su humilde escudero y sirviente... Aunque no podría llegar a vuestro nivel, Hatshepsut. Pero aunque seáis la mejor guardiana para nuestra... querida Nuptahek, tenéis que dormir. Así que vos veláis de día, yo velaré por ella de noche durante el resto de mi vida.

-O sea... -dijo Nuptahek con una sonrisa de oreja a oreja- que seré la Faraona mejor custodiada de la historia...

-¡La Faraona! Exclamó un oficial. ¿Es que vais a reemplazar tras su muerte o ascensión al Faraón?

-Es posible que así sea, porque el Concejo Supremo me había designado Faraona Interina de reemplazo, en caso de Ascensión, muerte o viajes de Menkauris. He querido hacer mi primer comunicado de esta situación aquí, en Gavelade y luego en Gebelik, donde tengo la mayoría de mis amigos y camaradas, donde nació Isman Odilvisal, que fuera Faraón de Ankh em-Ptah hasta hace dos días... Hizo su Ascensión en la pirámide mayor de La Luz junto a su amada esposa Enhutatis. Aún quedan trámites con el Concejo y la aprobación de todas las Regencias y Asambleas, pero creo que si todo va bien, tendré el honor de serviros como Faraona de Ankh em-Ptah por el resto de mi vida, por el tiempo que me lo permita el Pueblo, o cuando lo disponga o ascienda nuestro amado y divertido Faraón Menkauris...

No pudo continuar porque un estruendo de gritos de alegría y aplausos estremeció los muros del cuartel. Algunas personas salieron del salón y rato después la multitud se agolpaba a las puertas de la fortaleza. Se formaron grupos musicales en todas partes y la noche se pasó de fiesta. Después de cuatro Râdnies, Nuptahek comprendió que ya no valía la pena intentar explicar que aún no era Faraona. Todo el mundo lo daba por hecho y festejaba por ello.

-Ya lo veis, querida mía... -le decía riéndose Henutsen- Hatshepsut también ha tratado de explicarles que faltan trámites, pero ni caso.

-Sí, ya lo he comprobado, pero creo que ha sido una imprudencia de mi parte hacer el anuncio. Gavelade y Gebelik son como mis bastiones porque aquí todos me conocen y me quieren, pero en el resto de la Patria no me conocen tanto. Y si por un acaso no resultase aprobada, sería una gran decepción, una tristeza para todo Gebelik y...

-¡Nuptahek, estás a punto de llorar! -decía Hatshepsut abrazándola.

-Creo que aún no entendéis lo que habéis sembrado durante estos años -le dijo Ankemtatis- Incluso donde menos os conocen, el sólo hecho de que Hatshepsut será vuestra guardiana, es motivo de fiesta para todo el país y nadie en todo Ankh em-Ptah ha destacado como vosotras. Sólo os ha faltado la última parte de preparación como sacerdotisas de Isis y como médicos de Horus-Sobek, porque eso estaba para hacerse en próximos meses. Pero los acontecimientos obligan a que ocupéis los cargos en cuanto Menkauris lo disponga.

-A Menkauris le queda aún mucha vida como humano -respondió Nuptahek- y espero que sea muy larga, porque esa "última parte" de preparación que nos falta, es una gran parte de lo que deben saber una Faraona y su guardiana... Así que sin duda, he cometido una gran imprudencia, dejándome llevar por el deseo de compartir mi ser y mis perspectivas con todo este pueblo.

-La vida es así, -decía Henutsen- está llena de aprendizaje a cada instante, pero por favor, no os preocupéis más, que según creo, vais a tener que ocupar el cargo antes de lo previsto. Según la última conversación que tuve con el viejo Menkauris, no le falta mucho por Ascender y quiere prepararse durante un tiempo con tranquilidad, así que tiene prisa porque toméis el relevo.

Casi al amanecer la ciudad comenzó a quedar en silencio. Pero en el cuartel seguía la fiesta, porque a medida que los grupos de soldados salían a hacer sus guardias, eran reemplazados en el festejo por los que llegaban relevados. Nuptahek y Gelibar estaban en el fondo del salón, bebiendo infusiones y comiendo tortas de dátiles con miel y sal, cuando se acercó Hatshepsut vestida con atuendo militar.

-¡Habéis acabado la fiesta unilateralmente...! -dijo Nuptahek- ¿Estáis impaciente por retomar la vida militar?

-No es eso... -respondió Hatshepsut- He ido al barco a cambiarme porque tuve un raro y poderoso presentimiento. Y como Vosotros estáis... Bueno, así... tan en vuestras cosas, es lógico que no hayáis sentido lo mismo...

-Vuestro rostro dice que estáis realmente preocupada... -decía Gelibar- ¿Es que habéis visto algo anormal? ¿Os preocupáis por mi relación con Nuptahek?... Si es así no quisiera yo ser un problema...

-¡No, Gelibar! -respondió Hatshepsut- ¿Cómo pensáis eso?... Sé que lo que sentís por Nuptahek es auténtico y ella me ha contado... que os aprecia mucho, y de no ser así no os habría dejado un segundo a solas. No volváis a daros por aludido y contad conmigo como una hermana más y total aliada en vuestra relación...

-Pero si no hemos dicho nada que... -dijo Nuptahek- Sólo estamos conversando como amigos...

-Nada de eso, queridos míos. ¿Es que habéis olvidado el significado del escrito más profuso, repetido, abundante y nada confuso de todo Ankh em-Ptah, después del Ankh-em-Pir?

-Cierto... -dijo Gelibar- *"Desde el amanecer hasta el anochecer, la energía del chacal perdura"*. Y en este momento del amanecer, es cuando más y mejor se puede ver en el Reino de Anubis...

-Pero no lo vi ahora, Gelibar, sino anoche. Y la mitad de la gente lo ha visto, así que la otra mitad está enterada... No podéis esconder vuestro precioso afecto, que se ve desde diez cuerdas.

Mientras les decía esto, con una enorme sonrisa, Hatshepsut veía extasiada las áureas de los dos, sentados frente a ella. Ellos le miraban también con cariño, agradeciendo sin palabras la comprensión y el apoyo. Había dicho lo que ellos mismos no se habían confesado abiertamente todavía en casi todo un día y toda una noche de conversaciones y paseos. Pero en unos instantes el bello y dulce rostro de Hatshepsut fue cambiando hasta parecer un animal embravecido. Se dio la vuelta un instante y luego se abalanzó sobre ambos y con un brazo sobre cada uno les arrojó al suelo mientras colocaba sus manos en sus nucas durante la caída.

Un par de silbidos agudos rasgaron el aire y sendas flechas rozaron apenas la espalda de Hatshepsut, para estrellarse contra el muro unos Ankemtras más allá. Los caídos apenas podían reaccionar, pero la protectora de la futura Faraona saltó y giró en el aire, extrajo dos dagas de entre sus pantalones y arrojó una tras otra hasta el extremo opuesto del salón, justo cuando dos soldados, subidos a unas mesas, preparaban su segundo disparo con unos pequeños y potentes arcos. Una daga atravesó al corazón de uno pero al otro sólo le hirió en las costillas. Un oficial que estaba cerca de los arqueros, junto a varios soldados, apresaron al herido. El oficial hizo sonar un silbato de caña y el salón se llenó con todos los militares que estaban en los patios y ordenó entorno de protección. Elhamin, Hetesferes, Ankemtatis y Henutsen se reunían con los jóvenes.

-¡Han intentado asesinarles...! -exclamó Hatshepsut- Que traigan a esos traidores...

-No son traidores, -dijo el oficial- sino infiltrados. Se han disfrazado con ropas nuestras, pero no les conocemos.

-Amigos, perdonad mi ausencia, -decía el General Amenhaton, que acaba de abrirse paso entre los soldados- pero estaba reunido con Unaptis en Gavelade. Comandante, ponedme al tanto de la situación, que veo que ha pasado algo inusual...

-Que tenemos infiltrados asesinos, General. Han intentado asesinar a nuestra futura Faraona Nuptahek...

Mientras Amenhaton saludaba a todos y abrazaba con cariño profundo a las jóvenes, el Comandante le estaba poniendo al tanto de todas las novedades.

-Bien, -decía el General- hay que agradecer a los dioses que no lo hayan conseguido, pero hay que investigar cómo unos infiltrados pudieron entrar al cuartel sin ser reconocidos y quiénes son. No habrá reprimendas ahora, pero esto no puede ni debe volver a ocurrir... No tienen rasgos oberitas, pero al prisionero lo quiero aquí cerca, en el calabozo del cuartel y el cadáver que quede aquí por ahora, que es el lugar más fresco. Comandante, que lo estudien los médicos, a ver si determinan de dónde procede. Justo están todos en una reunión académica en Gebelik así que tendréis que ir a buscar a alguno.

-Creo que me quedaré algunos días más aquí... -dijo Nuptahek- No quiero irme a Karnak sin saber todo sobre esa gente.

-Esperad, que tengo algo que contar... -decía Hopentites- Cuando reemplazaba a Merensob en La Luz, mientras él desembarcaba, se quedó mirando algo y yo también miré. Era una barcaza con unos veinte muchachos que iban muy serios y no parecían de vacaciones, pero tanto él como yo seguramente pensamos lo mismo, que irían a alguna obra. Aún así los muchachos suelen ir conversado, cantando... Los semblantes serios nos llamaron la atención pero pensamos que como era temprano, pudiera ser que fuesen un poco dormidos o escuchando a un instructor... Luego me pareció ver un birreme raro, pero pudiera ser por la niebla, en la distancia al menos un par de veces... Tendría que haber sospechado algo.

-De eso hace ya más de cincuenta Râdnies, -dijo Nuptahek- pero si eran veinte y hay relación con esto, aún estarán cerca...

-General Amenhaton, -dijo Hatshepsut- si me permitís, quisiera hacerme cargo personal y temporalmente de la autoridad militar de la región...

-Y de mi vida y de lo que queráis, querida... ¡Atención!... Entrego la regencia militar regional formalmente a Hatshepsut. Mensajeros, id a comunicarlo a todo el mundo pero aseguraos que no llegue a oídos de posibles espías. Que todo el mundo se asegure de conocer a sus compañeros y que cualquier soldado o vecino que no se conozca sea investigado por los demás discretamente. Por lo demás, Hatshepsut, lo que dispongáis.

-Vosotros... -comenzó ella a dar órdenes- Sois diez soldados y os quedáis con Nuptahek y Gelibar y les protegéis con vuestras vidas. El resto a formar en el patio de la torre superior. Desde allí veremos casi toda la región.

Todos salieron a la carrera tras ella, subieron las escaleras y momentos después trescientos hombres formaban en dos **(2*)** *azafes* y otros grupos más pequeños en la gran terraza de la fortaleza.

-Supongo que todos os conocéis... -decía Hatshepsut- ¿Hay alguien tan nuevo que no conocería a alguno de sus compañeros de esta región?... Bien, no hay riesgo de error, así que ahora formáis en círculo a mi alrededor, por estatura... Perfecto... ¡Media vueeeelta!... Ahora cada uno se fijará en el paisaje que tiene enfrente y al bajar seguirá esa dirección hasta que suene el cuerno de Jnum, que sólo lo hará cuando hayan sido encontrados todos los demás o a media tarde, entonces regresáis todos. Los que tienen de frente el río haréis lo mismo, usando todos los botes que haya en los embarcaderos. Si alguien tiene algún sospechoso, usa su silbato y espera refuerzos. Nada de heroísmos individuales, sólo efectividad. ¿Alguna duda?

Iniciaron la búsqueda meticulosa y Hatshepsut se reunió con sus protegidos en el salón. Ankemtatis y Henutsen también habían salido, mientras Hopentites se ocupaba de organizar el cruce de varios soldados que debían buscar al otro lado del Nilo.

-No vamos a parar hasta encontrarles... -decía Hatshepsut- pero está claro que la Patria sigue en peligro...

-No parecen oberitas, -decía un soldado- si me permitís, antes que venga el médico para analizar el cadáver, me gustaría hacerle un reconocimiento... Disculpad, es que no soy médico aún, pero sólo me falta la última parte en Horus-Sobek.

-¿Y qué hacéis aquí como soldado sin rango? -preguntó Nuptahek.

-Es mi primo. -respondió Gelibar por el preguntado- Suspendió sus estudios hace un tiempo, para venir aquí a investigar ruinas y un lugar donde hay huesos de gigantes. Y así aprovecha para ir completando su formación militar. Puede que por su dedicación vocacional al estudio de la historia y en especial de la Humanidad, sepa más que un médico sobre características raciales y todo eso...

-Bien, todo vuestro. ¿Lo hacéis aquí mismo? -preguntó Nuptahek.

-Sí, Faraona, sólo necesito que me ayuden a dejarle en paños menores, iré hablando para que un escriba vaya anotando todo y eso servirá también al médico que se ocupe después... ¿Vos escribís?, perfecto, -decía mientras otro soldado se sentó frente al cadáver con un rollo de papiros, tintero y pluma- Veamos, tiene rasgos que no son muy especiales, uno o dos de cada diez Ankhemptamitas son de este tipo... El cabello es muy fino y casi amarillo, eso es más raro. Tiene un tridente con siete puntas tatuado en el brazo derecho... Presenta callos en los dedos índices de ambas manos, propio de un arquero ambidiestro bien entrenado... Dientes perfectos. No tiene más de cincuenta años. Las ropas son todas nuestras, incluso la interior.

-¿Se podría decir a qué región pertenece? -preguntó Gelibar.

-No con exactitud, es sólo una cuestión estadística. No tiene rasgos de oberita pero podría serlo, ya sabéis que ellos, aunque con algunos cuidados y para fines específicos, se mezclan en algunos casos con los pueblos donde se infiltran o invaden y así lo han hecho en la región del Delta trayendo a sus mujeres como paridoras de niños que han de parecer de los nuestros. No se mezclan jamás con los Negros y los Amarillos del lejano Oriente, a los que esclavizan para usarlos pero no los usan para procrear... Si es Ankhemptamita esta forma de cabeza es más común desde aquí hacia el Norte, pero en Baalbek esta tipología es mucho más común. Podría pasar más por Grakio o Baalbekio que por Ankhemptamita. El tatuaje no sé qué significa ni de dónde es...

-He visto eso antes entre los oberitas. -dijo un oficial algo mayor- Entre los que combatimos con el Faraón Isman en el Sur. No creo que haya un Ankhemptamita traidor, pero hay al menos mil familias de oberitas que lejos de agradecer que se les permita vivir en nuestra Patria, buscarán siempre destruirla, aunque sea la décima generación. Llevan la consigna de esclavizar al mundo en sus almas podridas...

Hatshepsut miró a Nuptahek y ella asintió con la cabeza.

-Muy bien, soldado, -dijo Nuptahek al que sabía de huesos- vuestro análisis será útil y no creo que el médico pueda aportar mucho más. ¿Cómo os llamáis?

-Geonemetis, Faraona.

-Cuando realmente sea Faraona, entonces os ruego os presentéis ante mí en Karnak... Pero no antes de haber concluido vuestra rara investigación de esos... huesos de gigantes. ¿Es muy lejos?

-Si vais a estar más tiempo en Gavelade, sería un honor compartir con Vos esa investigación... Aunque... Perdonad, sé que vuestra vida está ahora en peligro y la región entre los cerros negros del Oasis de Eritriuma no está muy bien explorada...

-Ni una palabra más, Geonemetis, está decidido. -decía Nuptahek poniéndose en pie y dando la mano al soldado- En cuanto quede aclarado el incidente de hoy, partiremos y aprovecharemos para explorar esa región. Si no he olvidado algo, Eritriuma está a algo más de mil cuerdas largas, es decir unas ciento ochenta [3*]**jaetas** ... Eso son unos cinco o seis días de marcha, si el desierto lo permite...

-¡Será un honor muy grande, Faraona...!

-Os ruego no me llaméis así... -interrumpió Nuptahek llevándose la mano a la cabeza- Aún no soy vuestra Faraona y espero que pase mucho tiempo hasta que lo sea. No me pesará serlo, pero aún hay mucho camino por recorrer y trámites que hacer...

A media tarde llegó un soldado con el mensaje de que un grupo de veintitrés extranjeros fueron arrestados cerca de Gebelik.

-Tres de ellos -explicaba el hombre- tienen el mismo tatuaje de ese muerto, pero el General Unaptis ha identificado de inmediato las telas de sus ropas. Son tejidos con dibujos Baalbekios, pero las fibras son desconocidas y mucho más finas y fuertes que las nuestras o las de ellos. Parecidas a las que a veces traen los viajeros del oriente más lejano. Lo peor es que dos soldados nuestros fueron asesinados y se encontraron sus cuerpos en un juncal, en las proximidades de una casa en ruinas que tenían como escondite.

-¿Es posible que haya más? -preguntó Hatshepsut- ¿Revisaron todo el entorno?

-Revisamos muy bien, Comandante. Yo mismo les encontré y al ver alguna actividad en esa casa abandonada corrí al destacamento de Gebelik a por refuerzos. Los pillamos por total sorpresa y parecen muy cansados. Debieron seguiros sin descanso durante dos o tres días, aparte de venir desde muy lejos...

-Habrá que interrogarles duramente. -interrumpió Henutsen mientras entraba al salón- De eso se puede encargar Unaptis, que tiene la mejor experiencia en interrogatorios y buena vista etérica.

-De acuerdo, -dijo Hatshepsut- pero yo también les interrogaré. Conozco bien el idioma oberita y aunque no he participado en las grandes campañas contra esos parásitos, he conocido lo suficiente de ellos como para deducir la verdad desde sus mentiras. Y Vos, querida Nuptahek, creo que podréis preparar ese viaje a Eritriuma, que en cuanto termine de conversar con esos asesinos, os acompaño.

-¿A Eritriuma? -preguntó Henutsen con curiosidad mientras Gelibar, Hatshepsut y Nuptahek le miraban con expresión de picardía- Pero esa zona es muy poco conocida... De acuerdo... y se aprovechará la expedición para explorarla... Esto me recuerda a cierto Faraón.

Poco después llegaron algunos médicos desde Gebelik y el cuerpo del asesino frustrado fue examinado muy minuciosamente. Un oficial dio al grupo un parte en que se explicaba que las flechas lanzadas y los arcos utilizados eran un modelo no conocido en Ankh em-Ptah, formados tanto flechas como el arco con metales ligeros.

-El pequeño tamaño del arco -explicaba a Nuptahek y sus amigos- facilita su manejo. Estas ruedecillas a modo de polea, que hacen al conjunto de cuerda de tensión, aumentan considerablemente su potencia. Es como las poleas que usamos en los barcos, pero aquí se usa para aumentar la potencia de empuje de la flecha. Y éstas son de una amalgama de hierro y otro metal que desconocemos. Un sacerdote de El Ojo de Horus nos ha dicho que ese metal procede de más allá de Baalbek y puede que sea el mismo usado en las [4*]*boleras* que tiene parte de nuestro ejército. Es posible que las armas de los Hekanef sean conocidas en muchas partes del mundo, y hasta que alguien conozca los secretos de su fabricación...

-A mí me preocupa otra cosa. -interrumpió Hatshepsut- El ataque fue muy directo hacia Nuptahek y Gelibar. No es ningún secreto que será nuestra Faraona pero sí son casi secretos nuestros viajes. Y además que estuviera tan relacionada a Gelibar, ha sido una simple coincidencia... ¿Por qué atacaron a ambos?

-Pero nos conocíamos de antes. -dijo Gelibar- Y aunque sólo fuimos muy buenos camaradas, mucha gente nos veía siempre juntos. ¿Es posible que esa gente pueda ver el Reino de Anubis?

-No se puede descartar. -respondió Nuptahek- Los esclavistas y sus esbirros tienen en su sangre el mismo Lazo de Vida que nosotros, no son muy diferentes en lo orgánico. Aparte de las diferencias de huesos y rasgos, sólo su religión macabra y su adoración a Seth que los hace esclavistas, es lo que los hace realmente diferentes.

-Y según podréis recordar -intervino Henutsen- en la Escuela de Horus-Sobek hubo algunas veces brujos muy malos, aunque jamás llegaron a mucho porque Anubis cuida muy bien su Reino. Así que es muy posible que un espía aquí en Gavelade o en Gebelik conociera vuestra relación.

-O en Karnak o en La Luz, -dijo Nuptahek- o incluso en Tataliya, donde hicimos una parte del entrenamiento más duro, o bien en Kom Bissawa, porque ahí pasamos tiempo caminando juntos por las calles después de las clases y simulacros...

-Perdonad que interrumpa... -dijo un soldado que llegaba casi sin aliento- El General Unaptis me envía con urgencia por esto, que hallamos entre las piedras de la casa donde pillamos a los prisioneros.

Entregó a Nuptahek una serie de papiros donde aparecía su rostro muy bien dibujado a la tinta, con sus colores exactos, unos de frente, otros de perfil y otros de cuerpo entero, con el pelo recogido en algunas y vestida de civil en otros. En dos imágenes, aparecía también Gelibar, vestido con su atuendo militar de Furriel Superior, cuando estuvo a punto de ser Comandante. A medida que Nuptahek las iba viendo, las pasaba al resto y sólo quebraba el silencio la manipulación de las láminas.

-Es papiro muy fino, -decía un soldado- del que sólo se hace en mi pueblo, Kom Bissawa. Es el único tan fino como para permitir esta confección y dibujo con calidad tan buena.

-Y sin duda un gran dibujante, -agregó Gelibar- pero yo sé quién ha podido dibujar y pintar esto y dónde lo ha hecho... Bueno, no os dejaré esperando... Fijaos en la imagen donde aparezco detrás de Nuptahek y la ropa que llevo. Sólo una vez utilicé ese traje y fue justo después de la más dura y definitiva de las maniobras, cuando incluso estaba el General Elhamin... ¿Lo recordáis, General?

-¡Claro que lo recuerdo! -respondió Elhamin- Los dibujos son sin duda, obra de Alharon, que hasta sorprendieron a Hetesferes, que también dibuja muy bien. Se trata del dibujante que desapareció una noche, no hace mucho, y cuya familia, supuestamente de las afueras de Gavelade no encontramos nunca. No me gustó ese muchacho, pero ya sabéis que eso es normal y no todo el mundo nos cae bien desde el principio. Sin embargo parece que simplemente desertó. Lo que no sé es qué sabía de Nuptahek como futura Faraona. Eso era un secreto muy bien guardado hasta ayer, que sólo conocía el Concejo y veinte personas más.

-Es que el enemigo es inteligente, General. -dijo Gelibar- A nadie se le pasó por alto que Nuptahek destaca demasiado en todo y desde hace mucho tiempo. Aunque no era previsible que el Faraón Isman nos dejara tan pronto, sólo Nuptahek ha mostrado al extremo sus mismas cualidades siempre...

-Y Hatshepsut, -dijo Nuptahek- pero ella lo hizo en otros territorios y casi nunca hemos estado juntas en el aprendizaje ni en las tareas ni en las pruebas durante la instrucción superior. Así que si bien esto parece un ataque contra mí, es posible que también ella esté en la lista de objetivos.

-Por favor, General, -dijo Elhamin a Merensob- encargaos de ir a Karnak y comunicar todas las novedades al Concejo. Y os lleváis cuarenta hombres para hacer un rastreo minucioso de posibles invasores infiltrados. Lo hacéis en cada ciudad, vestidos de paisanos, primero con todo sigilo, pero luego lo comunicáis a las Asambleas para que todo el mundo esté muy alerta. Escribid un bando para hacerlo sintético, pero que hasta los perros de Ankh em-Ptah ladren delatando a cualquier extranjero que no sea bien conocido en cada pueblo.

-Ya hemos hecho redadas así muchas veces, Elhamin, -respondió Merensob- y sabéis que eso me puede llevar unos treinta días o más, así que iré primero en una barca bien disimulada a Karnak a hablar con el Concejo. Mientras mis hombres hacen el rastreo desde La Luz hasta Karnak, pediré un azafe en Karnak y rastrearé desde allí hacia el Norte, enviando también buenas dotaciones hacia el Sur.

-Bien pensado, Merensob. -continuó Elhamin- Como nuestras niñas no van a desistir de ir a explorar la región occidental, y van a revolver todo hasta encontrar esos huesos de gigantes, tengo la sensación de estar reviviendo el viaje a Tekmatis y otros así con Isman.

-Me pongo a organizar todo ya mismo y salgo hacia Karnak -dijo Merensob- , pero voy más tranquilo si Vos acompañáis a las niñas a su exploración.

Para la mayoría del pueblo y en especial los militares más antiguos, Nuptahek y Hatshepsut eran "las niñas", y se referían a ellas con gran respeto pero también con profundo cariño, ya que eran las oficiales más jóvenes que había tenido jamás la Patria. El día siguiente aún no asomaba, cuando un Comandante hablaba en Gebelik a un grupo selecto de cincuenta y seis soldados pedidos por Ankemtatis.

-Vais a cruzar el Nilo hacia Gavelade y os uniréis a un grupo de exploración que dirigirá el General Elhamin, vuestro maestro de invisibles Ankemtatis y nuestra futura Faraona a quien conocéis la mayoría de Vosotros... Nuptahek...

Un estallido de gritos de alegría se produjo al instante y el oficial se reía y festejaba con los elegidos. Nadie desconocía a Elhamin, a quien muchos tenían como posible futuro Faraón, a pesar de que siempre decía a sus soldados que ni muerto ocuparía ese cargo. Ni podían desconocer a Ankemtatis, que junto con Henutsen les habían formado como "invisibles". Pero también conocían todos a Nuptahek y a Hatshepsut, a quienes querían como compañeras de armas y habían conocido en sus gestiones y acciones militares y civiles, por lo que incluso algunos de esos soldados, que formaban un escuadrón especial de inteligencia militar, habían redactado, firmado y enviado una propuesta de candidatura faraónica para "las niñas".

CAPÍTULO II
EXPEDICIÓN AL PONIENTE

Poco después, al Occidente de Gavelade, en el gran patio de un cuartel formaba un azafe de infantería que iría en diez carros con tiro de cuatro caballos, dos carros más llevarían los pertrechos más grandes y otro con más provisiones y la cocina de campaña. Estos carros extras eran responsabilidad de seis de los invisibles elegidos por Ankemtatis. Otros cien soldados montaban en camello. Los otros cincuenta arqueros elegidos en Gebelik montaban a caballo y llevaban equipo aligerado. La Plana Mayor de la expedición se componía de Ankemtatis, Henutsen, Elhamin y Hetesferes, Nuptahek y Hatshepsut. La Plana Menor se componía de Gelibar, Geonemetis, el cetrero Ankorisis con su mujer Enkha y un matrimonio de médicos que fue designado por Unaptis para acompañarles.

-Si me permitís, Nuptahek -dijo Elhamin- aunque me habéis designado como jefe de expedición, creo que ese rango corresponde a Hatshepsut y no dudo que demostrará...

-No tengo nada que demostrar, General Elhamin... -le interrumpió la aludida- Y menos cuando la seguridad es primordial. Me creo muy bien preparada, pero nadie puede estarlo tanto como Vos, que habéis sido el jefe de tantas expediciones. Permitidme ir en calidad de aprendiz.

-De acuerdo... -respondió Elhamin tras meditar un momento- pero entonces os quiero como segunda al mando. Ya os tenéis que ir preparando porque Nuptahek se parece mucho a Isman de Gebelik, también conocido como "Isman el Curioso", que se sentía responsable de la seguridad de hasta el último escarabajo que habita nuestro territorio y más allá, así que no había forma de convencerle de no explorar o al menos quedar a retaguardia...

Mientras miraba al cielo continuaba diciendo.

-¡Oh, mi amado Faraón!, me pregunto quién os cuidará a Vos y a Enhutatis en vuestras exploraciones por el Reino de los Cristalinos... Os habéis ido y me habéis dejado al cuidado de estas niñas tan curiosas como Vosotros ¿Qué habré hecho mal?

Todos rieron un poco y Nuptahek le respondió:

-Justamente todo lo contrario, General. Lo habéis hecho tan bien que nuestro Faraón no ha tenido que morir en sus largos viajes. Y ahora os toca un poco más de lo mismo, por Ankh em-Ptah ... Pero nos vamos a divertir cuanto podamos. A ellos les cuidará Sekhmet, en su propio Reino Natural...

-¡Por Ankh em-Ptah ! -gritó Elhamin con estridente voz, estirando su brazo en cuarenta y cinco grados, a lo que repitieron la consigna los doscientos sesenta y siete presentes, más unos oficiales que les acompañaban para despedirles. Un grupo numeroso de niños que jugaba tras unas verjas, fuera del cuartel, repitieron la consigna.

-¡Atención los de los carros...! -dijo Elhamin- Revisad debajo de las cubiertas de los víveres, que los niños de nuestra Patria son expertos en colarse en las expediciones... Ahora partiremos con la siguiente formación apenas salgamos de las calles: Dos arqueros irán a diez cuerdas delante de todos. Que los primeros diez camelleros avancen en abanico semicircular, dejando una cuerda de distancia entre sí. Los siguientes diez arqueros a media cuerda de cada camello y a continuación todos los carros, en fila de a dos y a diez Ankemtras entre cada par. El resto de los camelleros y arqueros, repartidos a media cuerda de los carros en fila de dos estrecha. Si el terreno no lo permite así, siempre la opción mejor será contraer la formación y acercarse a los carros. Dos arqueros irán a dos jaetas delante de todos como exploradores avanzados. Atención a los lanceros: todos lleváis boleras, pero sólo las usaréis si nos encontramos en batalla definida y no hubiese otra alternativa...

Después de la presentación de armas, donde salieron a relucir las boleras obtenidas de los enemigos en las campañas de Isman, verificaron que no había ningún polizón en los carros y partieron hacia Poniente. La marcha fue rápida, aprovechando que el día estaba gris y con viento fresco, lo cual permitió hacer la primera parada para descanso y comida, pasada la media tarde.

-¿Qué dice vuestro Heka, Nuptahek? ¿Tendremos el mismo clima mañana?

-No, Elhamin, el viento está cambiando hacia el Oriente, así que a media tarde tendremos sol y mañana el calor será agobiante.

-Bien, veo lo mismo pero es bueno cambiar percepciones. Entonces vamos a quedarnos aquí todo el día, descansaremos para continuar de noche. No he visto a Henutsen desde que salimos...

-Yo sí la vi, -dijo Ankemtatis- pero sólo un instante, cuando se cambiaba de ropa poco antes de salir. Y con su ropa de invisible ya podéis imaginar... Me besó y no tuve tiempo a preguntar nada.

-Pues estará a veinte cuerdas largas más adelante... -respondió Elhamin.

-O abanicando la zona cercana. -agregó Hatshepsut- Yo haría eso.

-Y no os equivocáis... -dijo Henutsen apareciendo justo detrás de Elhamin- Conozco bien la zona y acabo de recorrer un poco. Esos cerros arbolados dejan ver un campamento desde muchos sitios, sin que podamos ver nosotros. Sugiero seguir un poco, que en menos de un Râdnie llegaríamos a una meseta con un solo camino de subida. Hay buenos árboles allí arriba y la guardia sería fácil y efectiva.

-Gracias por la sugerencia, -contestó Elhamin- así que mejor nos movemos rápido, antes que Râ salga de entre las nubes.

Cuando llegaron al sitio elegido por Henutsen, hallaron algunos socavones en la parte superior de la meseta, en un punto rodeado de árboles, lo que permitía hacer fuego sin que se viera casi desde ningún lugar. El sol asomó entre las nubes, ya casi al horizonte y el aire se puso caliente. El carro de la cocina se instaló en el centro de la arboleda. Después de recorrer Ankemtatis el contorno de la pequeña meseta, calculó la mejor ubicación para cada carro y cada tienda, a efectos de no ser visible nada desde los alrededores. Una gran tienda de campaña verde y gris arena se armó entre los árboles, imposible de ser vista desde más de una cuerda. Los soldados armaron sus tiendas alrededor de los carros, se repartieron las guardias y la Plana Mayor se reunió en la tienda principal para comer y beber infusiones. Los bancos de madera plegables formaron un círculo en torno a una pequeña hoguera.

-Por la formación que habéis ordenado -comentó Nuptahek a Elhamin- se diría que lleváis un tesoro muy grande, o las armas más destructivas de los Hekanef... Más que una exploración arqueológica, esto parece una campaña de exploración militar.

-Es que son ambas cosas. Sólo Vos, como futura Faraona, ya representáis un tesoro muy digno de cuidarse; vuestra guardiana y todos quienes están ahora bajo mi responsabilidad, sois tesoros demasiado valiosos. Y aunque la zona parece segura hasta dentro de dos días más de marcha, podemos encontrar cualquier cosa en esta región tan poco explorada.

-Estoy muy de acuerdo. -intervino Ankemtatis- Con lo ocurrido en Gavelade no podemos descuidar en nada la seguridad. De hecho, los cincuenta y seis arqueros que elegí son los "invisibles" que pude encontrar en Gebelik, todos entrenados por Henutsen o por mí.

-Bueno, en nuestra preparación -decía Hatshepsut- pasamos los riesgos más graves, se nos exigió al extremo, hicimos simulacros de protección y acciones reales muchas veces... Nos habéis dado la instrucción básica de "invisibles"... Hemos pasado por las escuelas más duras... Se nos hace raro ser ahora las protegidas.

-Cierto, Amada Hermana del Alma... -dijo Nuptahek- Pero estemos tan alertas como siempre. Hagamos de cuenta que somos nosotras las protectoras y que no seamos una carga para nuestros protectores. Y ahora quiero hacer una pregunta a Elhamin. Es algo íntimo pero os ruego responder para todos si os es posible...

-No tengo intimidad, salvo cuando estoy con Hetesferes o en las letrinas. Si me preguntáis por mis intestinos, eso no tendrá respuesta.

-No tan íntimo... -dijo cuando acabaron las risas- El Faraón Isman y Vos habéis sido sin duda los guerreros más destacados y fuertes de la Patria en los últimos siglos, con las mejores calificaciones en todo, superando incluso las de Arkanis y Menkauris. En una celebración de la Asamblea de Jazir, un hombre me preguntó si alguna vez Isman y Vos os habíais medido y comparado vuestras fuerzas... ¿Lo habéis hecho alguna vez?

-Eso sería una estupidez... -respondió Elhamin- Las comparaciones que dan lugar a las calificaciones se obtienen de la actividad de cada uno en las cadenas de acciones y simulacros según las estadísticas que registramos, pero una comparativa personal entre nosotros es ridículo, porque no podríamos ser ni actuar jamás en la realidad, como enemigos, ni con las mismas variables. Imaginaos si acaso os gustaría "medir fuerzas" directamente con vuestra protectora Hatshepsut...

-Desde ya que sería absurdo competir entre nosotras, aunque lo hemos hecho en entrenamiento muchas veces, pero eso es para ir aprendiendo todo lo posible de las acciones ante un supuesto enemigo que tuviera una preparación similar, no para "medir fuerzas"...

-¿Podéis recordar exactamente, -preguntó Hatshepsut- quién os hizo esa pregunta tan artera?

-Si le viera, claro que lo reconocería. No sé quién era pero recuerdo su cara y no me di cuenta en ese momento, pero luego pensé que tal vez no sería simple curiosidad. Con la celebración no estuve atenta a más detalles, ni miré en el Reino de Anubis. Y rato después pensé que era una tontería, como si Vos y yo intentásemos medir quién es mejor en tal o cual cosa, compitiendo como enemigas en vez de sumar nuestras capacidades y valores.

-Pues así de ridículo -dijo Elhamin- habría sido entre Isman y yo una competencia. Y cierto que entrenamos juntos muchas veces, donde si alguien nos viese, diría que estamos luchando encarnizadamente, pero es tan diferente eso a la competencia... Sólo es una enseñanza mutua y ya sabéis la regla fundamental de entrenamiento de lucha.

-Sí, claro, -respondió Nuptahek- quien hace daño real a la otra persona pierde todos los puntos. Pero parece que el hombre quería saber si hubo algún factor emocional, una rivalidad real.

-Intentad no olvidar esa cara, -siguió Elhamin- porque si le veis de nuevo será interesante investigarle. Incluso la mayoría de los civiles que jamás han tomado armas conocen esa regla, por lo tanto ni se les ocurriría pensar en eso de competir entre camaradas.

-Yo tengo una preocupación, -dijo un soldado- y es que si bien no hemos visto a enemigos usando las boleras desde la campaña en que se las quitamos... ¿Puede ser que las tengan?

-No podríamos saberlo, -dijo Elhamin- pero no lo descartamos. Nos aseguramos de rescatar todas en aquella campaña, incluso las del fondo de aquel lago y parece que ellos las habían encontrado tan recientemente que ni siquiera las sabían usar bien. Si hubiesen tenido un poco más de tiempo, nos habrían aniquilado.

-Tengo otras preguntas, General, -dijo Ankemtatis- ya que tenemos tiempo para hablar de estas cosas. ¿Tenéis alguna idea de cómo evitar esas filtraciones de sicarios y mala gente en nuestro territorio, aparte de las medidas tomadas ya por el Concejo Supremo, las Comandancias regionales y las Asambleas?

-Imagino -respondió Elhamin- que todos hemos pensado mucho en eso y se hace lo mejor posible. Pero ya habéis visto que los enemigos de Ankh em-Ptah no descansan. No sé qué más podemos hacer.

-Y algo que también me preocupa, aunque me parece que no podría ser, -continuó Ankemtatis- es que tuviésemos traidores entre nuestro propio pueblo, aparte de los hijos, nietos o biznietos de oberitas. Incluso el qué hacer con ellos, es algo en lo que pienso todos los días.

-No puedo responderos a ello, -dijo Elhamin- pero infinidad de veces lo hemos conversado con Isman y en el Concejo. Es una situación muy grave, porque se trata de gente que tiene hijos y los niños son intocables. Además, aunque se les considera un pueblo diferente, en realidad no lo son. Se han mezclado en algún momento con todos los pueblos pero se trata de una secta devota de Seth, aunque se llaman de diversas maneras. No hay más diferencia que su Lah esclavista.

Durante un rato nadie dijo más nada. Todos reflexionaban sobre este problema que aquejaba gravemente a Ankh em-Ptah y sabían que también los oberitas habían sido la causa de la caída de Baalbek y otros grandes reinos e imperios. Aunque éstos se recuperaban poco a poco, tras la fallida campaña oberita de invasión de Ankh em-Ptah, las mujeres y niños de Obheres, así como muchos varones adultos que manejaban los hilos sin ir a la guerra, seguían en Baalbek, entre los Grakios o en la tierra del Nilo.

-Poco podemos hacer, -dijo Nuptahek rompiendo el largo silencio- porque según he podido deducir de los hechos, de las conversaciones con algunos prisioneros y con algunos niños pequeños, en el mayor secreto los niños son instruidos en su idioma, en las técnicas de infiltración y en tácticas de guerra, tanto mujeres como varones a medida que crecen, aunque las mujeres no forman en milicia. Desde la más tierna infancia se les hace creer que son superiores a todo otro pueblo porque Seth les ha elegido, y que los demás dioses no existen o son seres inferiores. Se les enseña que Ptah es un invento de antiguos faraones para no dejar al pueblo ver la realidad de la vida, de modo que no llegan jamás a comprender que hay un dios absoluto que es la suma y totalidad de lo que existe, del Universo, de los planos palpables y de los impalpables e invisibles... No llegan a entender nunca que ellos mismos son parte del todo y que su dios es un infame humano, apenas con conocimientos, técnicas, armas y herramientas que tenían los Hekanef.

-Ahora quizá ni exista ese dios de pacotilla, -intervino Henutsen- pero ellos creen que sí, y hasta les han hecho creer que Seth es el creador del mundo. Pero en realidad esas creencias y su doctrina criminal, que considera que matar a cualquier persona no oberita es bien vista por Seth, es algo que aunque él la impusiera, es mera herramienta para los delirantes de poder que les dirigen escondidos vaya a saber dónde. O sea que a ellos también les engañan...

-Tengo la casi seguridad -dijo Ankemtatis- que se han retirado al Oriente, a unos veinte días de marcha a caballo desde el delta del Nilo, más allá de Fenhygia, en una región de la que llegaron hace poco unos campesinos a los que ciertos nómades les expulsaron de sus tierras. Aún no saben bien nuestro idioma y nosotros apenas estamos conociendo el de ellos, pero en poco más podremos interrogarles y no me extrañaría que los nómades que les expulsaron, sean los restos del ejército oberita expulsado de aquí, de la tierra Grakia y de Baalbek.

-Seguramente -intervino Hetesferes- habrán formado grupos, que en hordas de rapiña se han ido desplazando hacia Oriente y Norte, pero nosotros tenemos aquí el mismo problema de Baalbek, los infiltrados.

-Y aunque tenemos documentos personales en oro, -dijo Elhamin- los censos muy bien llevados y la milicia muy nutrida, con toda la gente de nuestro pueblo que haga falta, no podemos saber lo que hacen en todo momento los descendientes de oberitas. Con Isman habíamos pensado en una deportación masiva de todos ellos hacia otras tierras, pero eso tendría un doble filo. Por un lado nos los quitamos de encima, pero por otro les facilitaríamos el que vuelvan a formar un ejército fuerte y bien organizado, en manos de ese Seth tan artero que no sabemos cómo hace para aparecer. Contrariamente a lo que opina Henutsen, yo sí creo que aún existe.

-No digo que no exista de alguna manera, -replicó Henutsen- pero quizá sean sus descendientes, una dinastía derivada de aquel que fabricó la humanidad mortal jugando con las Serpientes del Árbol de la Vida, robando sus pequeños frutos de la Cadena Invisible de la Vida, pero en tal caso es una dinastía que tiene naves voladoras, armas como las que hemos usado y luego escondido. Puede que tenga sólo un pequeño grupo de hombres con herramientas, conocimientos y aparatos muy ingeniosos, los mismos que desarrollaron los Hekanef, pero este Seth moderno, tal como lo han pregonado los mismos oberitas, tendría el propósito es someter a todos los pueblos a su voluntad, usándoles como agentes humanos, como ejército fanático, algo así como capataces de todos los demás mortales.

-Y no es fácil sacarles esas ideas. -dijo Hatshepsut- Tendrían que hacer una gran [5*]*Katarisis* cada uno de ellos para por fin comprender el engaño en que viven. Eso de ser un pueblo elegido por el dios más poderoso les llena de orgullo, de vanidad y soberbia.

-Se enseña a todo el mundo -dijo Nuptahek- que Seth no era un dios sino una representación del mal, de hombre equivocado. No es comparable con Sekhmet o Anubis, que eran humanos y ahora son Ascendidos, sino que Seth era sólo un hombre como los Hekanef, con conocimientos técnicos, trucos mecánicos y otros propios de una ciencia avanzada y nada más, pero como en sus casas les enseñan a los oberitas las mismas creencias que les han llevado infinidad de veces a la guerra, a las persecuciones por pervertir la economía y la enseñanza, y en muchos casos a la casi extinción, la historia se repite una y otra vez. Y me temo que seguirá igual mientras no se extingan, o pasen más de diez generaciones sin esa educación nefasta, hasta que nadie conserve ese sentimiento de esclavistas que les mueve.

-El problema de la extinción, -decía Gelibar- es que ya sabéis que no mueren las Almas, así que volverían a nacer y lo harían entre nosotros. Aunque se les eduque como a todos, en su interior llevan esa pérfida semilla del esclavismo. Creo que la extinción no es la solución, si entiendo bien la educación de la Escuela del Ojo de Horus.

-Estáis en lo cierto, Gelibar, -respondió Nuptahek- y en función de ello sólo podemos ir combatiendo esa mala semilla con la educación, y con las armas cuando sea necesario por lo que hagan puntualmente. Según la última estadística reunida por el Concejo Supremo, salvo y sin contar los muertos en las refriegas en campaña o por accidentes, de cada cien personas Ascienden setenta y ocho. Pero entre ellos no se encuentra ningún descendiente de oberita. Ellos son ahora, sólo tres cada dos mil Ankhemptamitas, pero ni uno sólo de ellos en todo el país ha llegado a la Ascensión en diez años, desde que Isman implementó el sistema estadístico estricto.

-Y por cierto, Hatshepsut, -dijo Henutsen- ¿Habéis sacado en claro algo importante interrogando a los prisioneros?

-Nada. Unaptis tampoco consiguió sacarles una palabra, a pesar de que sus métodos son algo más... duros. Sólo deducimos que vinieron desde Baalbek por las telas de sus ropas propias, pero algunos pequeños objetos indican que vinieron de más al Oriente. Puede que vinieran a asesinar al Faraón, pero justo él y Enhutatis ya no estaban. Para poder atentar contra Nuptahek debieron saber que es nuestra futura Faraona y para eso tienen que haberse informado de más cosas mediante gente que vive en nuestro país, y más exactamente que sabían que el Faraón estaba en viaje, por dónde andaríamos y... En fin, tantas cosas que sólo pudieron saber por medio de espías hábiles, gente que vive entre nuestro pueblo.

-También atentaron contra Gelibar... -comentó Henutsen- Pero eso lo pudieron hacer al darse cuenta de que todo un día y una noche de paseos compartidos, implica una relación importante. Y ya que estaba decidido, un daño colateral importante... Han vigilado mucho y me preocupa. Espero que sólo sean los extranjeros...

La conversación que no duró mucho más porque los cocineros tuvieron lista la cena. Después hubo un rato de descanso y se formó para reiniciar el viaje. Nadie dormiría hasta el día siguiente y la media luna creciente ayudó al desplazamiento tranquilo. Los exploradores se duplicaron para mantener una línea de comunicación más rápida. Durante toda la noche se viajó sin incidentes y a media mañana, cuando Râ estaba calentando mucho el terreno y el aire, Elhamin ordenó a un mensajero de exploración que buscase un sitio adecuado para acampar. La región aún presentaba más árboles que desierto pero había buen camino entre ellos. Elhamin saltó desde su camello a un carro para poder revisar mejor unos mapas que llevaba en su bolso y uno de los soldados que iban en él le comentó:

-General, no he vuelto a esta región desde el último combate grande que hubo por aquí, pero la recorrí bien en aquella ocasión antes y después de los combates. Estamos cerca de donde se ubicaba el enemigo, donde hay un promontorio con una caja de metal que baja hacia adentro de la tierra. Vos estuvisteis en aquella batalla... Pero con vuestro rol de combate no tuvisteis oportunidad de ver la región como la vi yo.

-Claro que lo recuerdo. Así que conocéis bien esta región...

-Así es, General. Yo fui el primero en llegar al promontorio, que nuestro amado Isman nos recomendó alcanzar y proteger a toda costa para que el enemigo no pudiera huir por ahí. Y allí recibí una bola metálica aquí, -decía mostrando una herida en el cuello- que apenas me rozó pero me quemó y casi me desangro. El que disparó cayó por una flecha mía, pero cayeron dos de mis compañeros ante el pelotón enemigo, antes que llegaran los refuerzos nuestros... ¿Sabéis que el General Unaptis designó unas patrullas que guardan el lugar pero nadie ha explorado eso que hay debajo de la tierra?

-Sí, es justamente eso lo que quiero ver en estos mapas. Y según calculo por lo andado ayer, esta noche y media mañana que llevamos, estamos a menos de cuatrocientas cuerdas, o sea a unas ciento veinte cuerdas de flecha de aquel promontorio.

-No necesitáis mucho de esos mapas si me tenéis a mí. Os puedo decir que estamos a unas ciento diez cuerdas de flecha. Y no tan hacia adelante como indicáis, sino más a la izquierda.

-¿Cómo os llamáis?

-Meremapis.

-Bien, Meremapis... Montad en mi camello y os vais a la vanguardia, para indicar al explorador guía que no vamos a acampar por aquí. Que nos lleve directamente a ese lugar. Ya que estamos en exploración diversa, seguro que gustará a todo el grupo una parada por aquel lugar, pero no digáis nada salvo al guía. Un poco más de calor por un buen rato no hará mella en nadie.

-¿Os dejo aquí esta otra bolsa? -dijo señalando al camello.

-No. Adentro hay un largavista, dádselo al guía, que le será útil. Por si no tiene claro el camino, y luego quedaos con él.

-Entendido, General. En menos de cinco Râdnies estaremos allí.

Al ver al soldado sobre el camello de Elhamin, Hatshepsut se acercó al carro al galope y le preguntó qué pasaba.

-Es que estoy un poco viejo y el carro es más cómodo. -respondió el General en tono risueño- Dejad que el joven Meremapis saque un poco de callos en las posaderas...

-No os creo una palabra y esa cara de pícaro indica que tramáis algo interesante. ¿Me vais a dejar con la intriga?

-Sois muy joven y no sabéis nada de este lugar, así que he decidido que vale la pena enseñaros algo que casi ha sido olvidado.

Hatshepsut salió al galope hacia la vanguardia diciéndole a Elhamin que lo averiguaría por sí misma, pero Nuptahek estaba cerca y prefirió desviarse para reunirse con ella.

-Elhamin ha desviado un poco la dirección del viaje para mostrarnos algo que le parece interesante. Espero que eso no os desagrade.

-Claro que no. Le hemos dejado como jefe de la expedición y hay que confiar en que no hará un desvío por algo sin importancia.

-Podemos adelantarnos y preguntarle a... Meremapis, el soldado que ha enviado a vanguardia. Seguramente para indicar algo al guía.

-No, -respondió Nuptahek- mejor dejemos que nos sorprenda. Desde aquí se ve su cara de felicidad. Ha de ser algo interesante.

Llegaron cerca del promontorio señalado en el tiempo que había calculado el soldado y aún se veían restos de un combate ocurrido hacía muchos años. Algunas casuchas de piedra aún conservaban las estructuras de tejados de madera. Unas ruedas de cuadrigas, alguna que otra flecha, trozos de lanzas y maderas medio podridas dispersas, indicaban que había pasado mucho tiempo sin que nadie anduviese por ahí, pero un grupo de arqueros apareció detrás de unas ruinas, al mismo tiempo que cincuenta hombres aparecían justo sobre el promontorio, alrededor de su cumbre, donde aún estaba intacta la masa de piedras que cubría la entrada.

CAPÍTULO III
EL MISTERIO DE ANKHEROBIS

-¡Deteneos, en nombre del Faraón Isman de Ankh em-Ptah !

-Mi padre ya no está entre los mortales. -dijo en voz alta Henutsen- Pero el General Elhamin y varios más que conocéis, sí estamos.

-¡Que los dioses me torturen si no sois Henutsen y Vosotros...! -respondió alguien que saltó entre las ruinas e indicó a los arqueros que relajen sus armas- ¿A qué debemos el honor de teneros, maestra, Elhamin, Ankemtatis...? Si no está Isman como Faraón, se ha decidido Unaptis, Arkanis o Menkauris a explorar este misterio que con tanto celo estamos guardando desde hace más de veinte años?

-No, Hostinheteb, -respondió Henutsen- pero estamos de paso hacia otro territorio a explorar y vuestro amigo Elhamin ha querido traernos por aquí. No sé si por recordar aquella batalla entre las tantas que ha vivido, o para dar por fin un poco de aire a ese misterio que tanto guardáis y algunos conocemos en parte.

El grupo acampó casi en la base del promontorio, a la sombra de varios árboles frondosos y en unos instantes las tiendas quedaron listas. Los soldados fueron llamados a formación mientras la Plana Mayor cambiaba información con Hostinheteb.

-Llevo desde aquella batalla al cuidado de esta zona. -decía él en la reunión, al costado de la tienda principal- Vuestro padre el Faraón me nombró General, pero me dijo que me echaba encima el baldón de sólo custodiar esta zona y sobre todo este montículo de piedras y la entrada que hay aquí. A unas cinco cuerdas de flecha tenemos un pequeño poblado al que hemos bautizado Ankherobis, en el que vivimos con nuestras familias y cada diez o quince días viene un par de carros con todo lo que el General Unaptis nos envía y ahora ya vuelven también cargados, porque producimos todo lo que dan las cabras y ovejas, los frutales y las artesanías de nuestros soldados y sus familias. Somos casi autónomos, vamos y venimos en las vacaciones y los jóvenes a sus estudios, pero estamos un poco olvidados en cuanto a la razón de estar aquí. Supongo que ahora que nuestro Isman no está, el nuevo Faraón ha de acordarse de este misterio y buscará resolverlo...

-No habrá nuevo Faraón definitivo por mucho tiempo, Hostinheteb. -dijo Hatshepsut- La próxima será Nuptahek, os la presento. Ella será la Faraona tras algunos trámites y más adelante, cuando ...

-¡Nuptahek!, claro, sólo hemos escuchado comentarios sobre las calificaciones y todo vuestro hacer, pero puede que sólo a nosotros y en Eritriima nos haya faltado conoceros en persona, en este lugar tan apartado. Pero de ahí a que seáis nuestra Faraona, no lo imaginaba. ¿Habéis pasado por todas las escuelas?

-Y por algunas que no imagináis, Hostinheteb, pero sinceramente me considero una total ignorante. Algo en mi interior me dice que seré quien deba ser para los mejores destinos de Ankh em-Ptah, pero esa misma sensación me dice que no será fácil. Los dioses han dispuesto que Hatshepsut haya vuelto a la vida tras una batalla en la campaña del Faraón, para ayudarme y protegerme... Aún con tantos como ella y como Vos, el "yo miedoso" a veces puede conmigo y siento terror...

-Mi arco, mi espada y todo lo que pueda poner a vuestra disposición son todo vuestro... -decía el General arrodillándose ante ella- pero en este humilde puesto de guardia, lo que puedo hacer es deciros lo poco que sé de este lugar que nuestro amado Isman mandó a guardar con el mayor secretismo y no dejar estar por aquí a nadie que no sea de la absoluta confianza de nuestra Patria....

-Y yo, -le interrumpió Nuptahek secamente- lo que os mando a guardar es vuestra dignidad. Os prohíbo arrodillaros ante mi persona. Disculpad que os lo diga así, pero por favor continuad, Hostinheteb.

-Si no vinieseis con el General Elhamin, Henutsen o Ankemtatis, a quienes conozco en persona, estaríais todos como prisioneros. Y por cierto, General... Creo que conozco a la hermosa mujer que os acompaña... ¡Ah, sí!, la mujer de los mapas... Pero ya me contaréis vuestra historia personal si os apetece. Si deseáis explorar estos lugares y este agujero del inframundo, sabiendo que el Faraón ya no estará para prohibirlo, cedo la autorización a Vos, General Elhamin, que para mí sois como la voz misma de Isman de Gebelik.

-Os agradezco el reconocimiento, Hostinheteb y de ahora en adelante os ruego que cualquier cosa que os pida Nuptahek o su protectora Hatshepsut, sea una orden, como si proviniese de Isman.

-Contad con ello. Y dicho esto, por favor acomodaros en la tienda que lo que tengo que deciros es sólo para vuestro grupo al mando...

Poco rato después, mientras comían, explicó lo que podía ser de interés para los exploradores.

-Cuando el General Unaptis me destinó a este lugar con la consigna que ya conocéis, el Faraón me pidió que no explorara esa caja de metal que hay ahí arriba, ni permitiese que nadie lo hiciera mientras él en persona no viniese a hacerlo. Dadas estas circunstancias todo ha cambiado pero debo advertiros que tuve varias situaciones muy raras que manejar y hasta el momento hay sólo veinte soldados míos que saben de esto que voy a deciros. El resto no debería saberlo porque sería un motivo de preocupación para todo nuestro pequeño poblado, compuesto de setecientos soldados y sus familias, que hacen un total de unas mil setecientas personas.

-No vais a dejarnos con el principio del asunto... -dijo Nuptahek tras un largo silencio del hombre.

-No, perdonad, -continuó el hombre mirando que no hubiese más nadie en la entrada de la tienda- es que quiero narraros las cosas en detalle y por orden cronológico. Cuando me hice cargo de este sitio la batalla había concluido y creemos que no quedó ningún enemigo aquí ni dentro de eso, lo que sea que hay ahí abajo... Pero pocos días más tarde los centinelas apostados sobre el promontorio escucharon ruidos que parecían venir desde ahí, algo como si fuesen metales retorcidos, como cuando el viento dobla tanto alguna vela que los amarres de hierro se tuercen. Me lo comunicaron inmediatamente y en pocos têmposos estuve allí arriba, pero no se volvió a escuchar nada en más de medio año. Una noche los centinelas vieron una luz en la rendija que divide la puerta de la caja y también me fueron a buscar. Demoré medio Râdnie en llegar pero alcancé a ver la luz y mientras estábamos conversando y preguntaba si se había escuchado algo, la luz se apagó y escuchamos un sonido que suponemos, sería algo dentro de la caja moviéndose, bajando por el hueco.

-Sí, -dijo Henutsen- es un ascensor como los que hay en La Luz, aunque este parece estar funcionando, así que debió ser llamado desde abajo y el ruido sería el que hace normalmente cuando sube o baja. Perdonad Hostinheteb, continuad, por favor.

-Al día siguiente partieron veinte hombres hacia Tekmatis, para saber si Uasnum había hecho alguna exploración o la entrada que hay allá se había descuidado. Pensamos que podían estar explorando sus hombres por ahí y no consiguieran subir por ese... ascensor. Volvieron sin más novedad de que allá está todo bien cerrado y custodiado. Pero también los centinelas de Uasnum han visto luces y escucharon ruidos en alguna rara ocasión. No volvimos a sentir ni a ver nada en varios años. Tres años atrás los centinelas me volvieron a llamar y yo estaba muy cerca, creo que por aquí mismo. Al llegar arriba los ruidos se escuchaban muy claro, y eso no era de la caja bajando o subiendo, sino de otra cosa. Como rugido de animales, o como cuando se desplaza un bloque de piedra sobre otro. Los ruidos duraron casi un Râdnie, con intervalos, pero a veces eran muy potentes. Entre medio escuchamos algún estruendo, como el rugido de una gran bestia, pero más grande o más fuerte que un león. Nos vimos tentados muchas veces de abrir esa cosa y acabar con el misterio. Envié mensajes al General Unaptis, pero nos respondió que jamás intentásemos abrir la puerta de la caja y nos hemos abstenido, y que no dejásemos que nada ni nadie saliese a la superficie. Muchas veces más los soldados escucharon algo, pero nada potente ni constante, así que la mayoría de las veces me lo comunicaban al día siguiente. Siempre ocurría de noche, pero hace unos pocos días volvieron a escucharse ruidos aunque esta vez fue durante el día. Y bastante fuertes, que se oyeron desde aquí abajo y durante al menos dos Râdnies.

-¿Pero nunca más luces ni se vio a nadie salir de ahí?

-No, Nuptahek, nadie, ni en ningún momento se ha abierto la puerta.

-Si ya era interesante visitar este sitio, -dijo Hatshepsut- creo que lo narrado nos pone en la obligación de explorar, sea como sea. Pero la decisión es vuestra General. ¿Cierto que vais a decir que sí?

-No penséis mucho, -agregó risueñamente Nuptahek mientras todos parecían apiñarse alrededor de Elhamin- que tenéis tantas ganas de explorar eso como nosotras, y me parece estar escuchado de vuestros labios esa decisión... afirmativa... esas ganas de deshacer misterios...

-¡Sin dudarlo! -respondió Elhamin- De acuerdo, quién puede tener la osadía de negarse ante semejante presión psicológica, ja, ja, ja, jaaaa. Tenemos más de media tarde para pasear, conocer a la gente del poblado, pero antes hemos de tener nuestras armas, alimentos, cuerdas, antorchas y todos los pertrechos de exploración militar listos, como si fuésemos al combate contra una fuerza desconocida. No hemos dormido en dos días, así que subiremos al promontorio al alba.

Al anochecer acabaron el paseo, después de cenar en casa de Hostinheteb. Pero antes de la madrugada se despertaron todos por causa de unos extraños ruidos y el General Hostinheteb, que se había quedado con ellos, dijo que eran sin duda los ruidos provenientes del interior de la tierra. Luego, mientras desayunaban y ya algunos se preparaban para la exploración, se escuchó un estruendo y al mismo tiempo un alarido muy potente, luego el absoluto silencio y momentos después estaban todos listos para descubrir el misterio de tantos años.

-Atended, arqueros, -decía Elhamin- Vosotros cinco vais a formar adelante, pero ni un paso delante de mí. Detrás de cada arquero, en las distancias que convenga, irá un lancero con boleras preparadas. La caja es grande pero no cabremos más de quince si queremos espacio de movilidad en caso de tener enfrentamiento. Nuptahek, Hatshepsut, Ankemtatis y Henutsen vais donde queráis, pero nunca delante de un arquero o de un lancero. Hetesferes, amada mía, esta vez no venís ni cerca de mí. Será bueno que vengáis preparada para mapear todo, pero a retaguardia, con el segundo grupo que formarán en el mismo orden cinco arqueros, cinco lanceros, Hostinheteb al frente, Gelibar y Geonemetis a retaguardia. Cuando no oigáis más ruidos y pasen diez têmposos, pulsaréis lo que os indique Henutsen y el ascensor subirá... Ella os dirá lo que haréis dentro para bajar...

-Eso, -dio Ankemtatis- en el supuesto caso de que aún funcione esta maquinaria. Hace ya más de dos décadas...

-Cuando vinimos por aquí, -siguió Elhamin- hacía milenios que estas cosas no funcionaban y los oberitas las usaron muy poco tiempo antes que nosotros. No creo que las hubieran podido reparar, sólo las hallaron y las usaron. Así que me extrañaría que no funcionasen.

Al costado de la puerta del ascensor había un armazón de madera y Hostinheteb se adelantó y mientras lo movía con gran esfuerzo, a lo que debieron ayudarle algunos hombres, explicó:

-El General Unaptis mandó a colocar este armatoste para tapar lo que parece ser un mecanismo que puede abrir esta puerta...

-Nos os preocupéis, -dijo Henutsen- que ya hemos andado por ahí y por él hemos subido y bajado. Recuerdo bien cómo se hace.

Una vez retirada la pesada estructura de madera, Henutsen miró con atención un tablero que tenía una serie de símbolos y un único pulsador. Al apretarlo se escuchó un ruido chillón y varios golpeteos suaves. Tras algunos têmposos cesó el sonido y la puerta se abrió retrayéndose hacia los costados como un biombo de pliegues. El espacio de la enorme caja vacía se llenó con los exploradores y se formó como se había ordenado. Henutsen y Ankemtatis hablaron algo frente al panel con veinte pulsadores en dos hileras verticales de diez, con diversos símbolos y colores.

-¡Esperad! -dijo ella- Si pulsamos para bajar se cerrará la puerta y nos quedaremos a oscuras...

Henutsen buscó entre los magníficos grabados un pulsador que hizo encender las cuatro luces del techo y luego pulsó en el panel donde recordaba que era para ir al nivel que les llevaría donde ya conocían mejor, que era el cuarto desde arriba hacia abajo. Mientras, Hostinheteb miraba cada movimiento para repetirlo igual y luego salió. La caja comenzó a descender y a pesar de las advertencias que hicieron los que ya la conocían, los soldados se mostraban algo tensos al sentir la sensación de caída por un momento. Al detenerse y abrirse la puerta, sólo les recibieron la oscuridad y el silencio. La gran estancia, alumbrada apenas por la luz del ascensor, parecía no haber sido transitada desde que lo hicieran con Isman veintitrés años atrás. Nadie se movía y Henutsen rompió el silencio.

-Azalema, supongo que recordáis bien este sitio a pesar de los años que han transcurrido.

-Así es, y aunque sin volver aquí no hubiera podido recordar con exactitud las huellas que dejamos, al verlas sé que no hay otras. Aquí nada ha cambiado, nadie ha caminado después que nosotros.

-Entonces, -dijo Elhamin- no encendamos antorchas. Mejor vamos a registrar uno a uno los niveles, empezando por el primero de arriba.

Durante un buen rato exploraron el nivel más cercano a la superficie pero no vieron nada, ni aparatos, ni carros, ni herramientas. Azalema salió del ascensor, encendió su antorcha mientras los otros se quedaban expectantes, para dejarla analizar las huellas.

-Aquí hay pisadas muy grandes, pero no son de pies descalzos. Es una cosa rara, como las sandalias que usamos para operaciones donde hay que moverse subiendo a los árboles. Pero los dibujos son diferentes y más profundos... Y es como si las personas que las usaban pesaran muchas veces más que nosotros. Mirad mi huella y mirad esas...

-Se diría que es de alguien de cinco codos de alto... -dijo Elhamin.

-Puede ser, General, pero aún así la capa de polvo es muy espesa y el peso es sin duda mucho mayor... Por favor, dejad que ese soldado, el más grande de todos, venga hacia aquí. Los demás quedaos un poco más en la caja. Ahora mirad... ¿Cuánto más ha de pesar quien dejó esas huellas?... Calculo que cuatro veces más que Vos...

-Mahanesi, Comandante. Y sí, estoy de acuerdo con Vos. También soy bueno rastreando y cabe notar que el pie que dejó estas huellas es casi del mismo tamaño que el mío, pero sin duda...

-Es como si llevara mucho peso, -continuó Azalema mientras recorría la estancia con la antorcha acompañada por el soldado- pero sin embargo veo otras parecidas, algo más pequeñas, con el mismo tipo de calzado pero sin duda diferentes, por la forma de pisar, por el ancho y alguna pequeña diferencia de los dibujos y no tendría mucho sentido que hubiese gente aquí caminando para todas partes con un gran peso encima. Miraremos un poco más hacia adentro del túnel.

Tras caminar acompañada de Mahanesi un rato, perdiéndose tras una curva del túnel volvieron al ascensor y explicaron:

-En casi una cuerda de flecha, no hay nada. Las huellas parece que sólo llegan a una cuerda normal y hemos seguido algunas con cuidado intentando deducir qué pudieron cargar y hacia adonde. No hay nada que cargar, no hay diferencia de profundidad promedio en las huellas, así que deducimos que se trataría del peso normal de estas personas.

-O podría ser -dijo Ankemtatis- que simplemente anduvieran como nosotros, explorando con sus equipos personales y éstos fuesen más pesados que los nuestros.

-De ninguna manera... -respondió Azalema- porque imaginaos llevando una carga que pesa unas tres o cuatro veces más que Vos mismo. Es imposible.

-¿Y no puede ser -preguntó Elhamin- que la tierra estuviese más blanda, menos compactada, cuando se hicieron esas huellas?

-No lo creo, General. -siguió Azalema- Recordad que este polvo es de estas rocas de minerales, que tiene una densidad mayor que el polvo de tierra o arena normal, y además se ha ido acumulando desde hace milenios con el mismo grado de humedad que es casi cero...

-Y hay al menos veinte codos de dura roca hasta la superficie. -dijo Henutsen- y el ambiente, cierto que está tan seco que ya tengo la garganta áspera. Aunque sea más pesado, si no fuese por el cuidado que tenemos al caminar, estaríamos en una nube de polvo...

-Mirad... -continuó Azalema moviendo con su espada la tierra- La tierra de las pisadas profundas está tan seca alrededor como adentro. Al tocar se derrumba el borde, así que... Lástima que no os puedo dar una idea de cuánto hace que están aquí. Pudo ser anoche o hace diez mil años. Sólo que no estaban cuando vinimos nosotros.

-Bien, -intervino Elhamin- ya iremos averiguando más. Vamos al segundo nivel.

La situación en el nivel de más abajo fue casi la misma, pero con la diferencia de que las huellas profundas se extendían hasta unas cuatro cuerdas de flecha *(poco menos de 700 Ankemtras)* y acababan en un profundo pozo, casi tan grande como el del ascensor, pero que no contenía nada, ni continuaba hacia arriba. A los costados, unos hierros indicaban que alguna vez hubo un ascensor. Elhamin arrojó un pequeño trozo de mecha encendida y la llama se vio perdiéndose en el vacío. Luego buscaron alguna piedra y la arrojaron, pero no se oyó sonido alguno mientras contaban cada uno sin hablar. Por fin, oyeron un vago y lejano eco que se repitió un poco después y volvió a escucharse como un fragor más lejano aún.

-¡El primer golpe fueron algo más de dos têmposos...! -exclamó Ankemtatis.

-Y eso, -continuó Azalema- aún contando con que el sonido recorre nueve cuerdas y media por cada mútlica, son en una caída libre, más de cuatro cuerdas de flecha, o sea como cuatro veces la altura del obelisco blanco de Karnak, o unas ocho o nueve veces la altura de los obeliscos de granito.

-Pero el primer sonido -dijo Nuptahek boca abajo en el suelo para asomarse al abismo- no implica que haya llegado al fondo. Pudo haber chocado con la pared y seguir cayendo...

-No creo que tengamos manera de explorar eso, -dijo Elhamin en tono resignado- y cruzar al otro lado implicaría hacer un puente de quince codos, pero no veo dónde se podría lanzar un garfio y que se amarre con seguridad. Además, -continuó diciendo mientras miraba con el largavista hacia el otro lado del pozo- aunque la luz de las antorchas es escasa, creo que acaba a una cuerda de aquí.

-Cierto, General, -respondió Hatshepsut después de pedirle ver con el aparato- pero puede ser una curva o un derrumbe. Sin embargo me intrigan más estas huellas que el pozo. ¿Habrán bajado por él cuando aún había ascensor, o vinieron como nosotros, a sentir la impotencia de no poder explorar más? ¿Habrán sido ellos los que desmontaron este ascensor?

-Visto así, con demasiados interrogantes sin respuesta, no nos queda más que continuar a los otros niveles y que estos misterios se vayan resolviendo, si es posible, con la exploración completa. El tercer nivel lo conocimos y exploramos muy poco, pero tampoco pasamos de unas pocas cuerdas hacia adentro de su túnel.

Cuando se disponían a bajar al tercer nivel, el ascensor se puso en movimiento y tuvieron que esperar. Poco después volvió el ascensor y salieron de él Hetesferes, Hostinheteb y su decena de soldados.

-Nos teníais preocupados, -dijo Hetesferes- porque anduvimos por ese nivel que indicasteis y no os hallamos allí... Os hemos seguido por intuición...

-¡Es que nos olvidamos de Vosotros!

-Ya lo creo, Elhamin -dijo Hetesferes- os habéis olvidado de vuestra esposa, pero os comprendo. La pasión exploratoria tiene eso. Ya me lo pagaréis explorando...me.

-Ahora que estamos todos, -dijo Elhamin algo sonrojado- vamos a continuar en el mismo orden. Vamos nosotros primero al tercer nivel y luego Vosotros...

-Esto es más raro, -decía Elhamin al grupo mientras exploraban el tercer nivel algo más hacia el interior que en el viaje anterior, cuando se unió el otro grupo- porque aquí hay lo que parece maquinaria metálica; no creo que sean maderas pintadas...

-No, General, está claro que todo esto es metálico. Y si está sobre estos caminos de hierro, es porque se movería como ya sabemos, sobre ellos... -dijo Ankemtatis mientras golpeaba un armatoste que parecía un bloque de roca, con una barra metálica que halló en el piso.

Habían caminado unas diez cuerdas y estaban en una estancia mucho más grande que todo lo anterior, con varios pozos y socavones no muy profundos.

-Parece que de aquí sacaban minerales... -dijo Hatshepsut.

-Y no hay capazos, ni nada que conozcamos, parece que hubieran trabajado con herramientas muy diferentes a las nuestras. -comentó Nuptahek- ¿Seguro que esto es obra de los Hekanef? Todo parece recién hecho y pintado.

Una enorme estructura de color rojo estaba encima de aquel bloque de una altura poco mayor que los hombres y observando con cuidado, Ankemtatis encontró un cuadrado en el metal. Haciendo palanca con la espada lo abrió y resultó ser un panel donde había pulsadores y pequeñas palancas. Tras conversar sobre si convenía intentar activar lo que podría ser algún mecanismo, y ver las utilidades que pudiera tener, estuvieron de acuerdo en que no estaría de más saber si aún funcionaban aquellas cosas. Ankemtatis accionó uno de los pulsadores pero no obtuvo resultado hasta que subió una pequeña palanca y los pulsadores se encendieron con luces en su interior. Pero cuando los pulsó uno a uno no hubo cambios. Luego probó moviendo otras palancas y la gran estructura de arriba comenzó a moverse con lentitud, produciendo un ruido extraño.

-¿Sería éste el sonido que escuchabais, Hostinheteb?

-Puede ser, Elhamin, pero no sé si ese ruido se escucharía desde arriba. Cero que era mucho más potente. Y también había ruidos muy diferentes, no sé cómo explicarlo.

-Ankemtatis, -pidió Elhamin- seguid moviendo esa cosa de diversas maneras, con cuidado, para entender qué hacían exactamente, parece ser una polea para mover pesos muy grandes... ¡Cómo me gustaría que estuviese con nosotros el ingeniero Himhopep!

-No os quedaríais con ganas, Elhamin, si decidierais esperar unos Râdnies para continuar, porque justamente está en nuestro poblado.

Le hicimos venir al inicio del Peret, porque ya necesitamos un templo para escuela de nuestros niños...

-¡Magnífico, Hostinheteb, eso sí que es una gran coincidencia!, que un par de soldados, los más rápidos que tengáis, vayan a buscarle. Que venga bien preparado para la exploración y traiga un par de ayudantes. Mientras, vamos a comer algo y descansar, que será cerca de la media mañana.

El ingeniero llegó bastante rato después y tras tres Râdnies de analizar los aparatos junto con Ankemtatis y un par de ayudantes, explicó al grupo:

-Todo esto no es más que material de minería pesada, similar a lo que hacemos nosotros en las minas, sólo que en vez de capazos que lleva un hombre, usan esas cajas donde caben diez personas. Esas cadenas son bien diferentes de las nuestras, pero por su tamaño está claro que esta especie de grúa tiene la fuerza de cientos de bueyes. Con algunas de éstas yo podría construir represas y esclusas mucho mayores que las que hice en madera y piedra....

-Pero tendríamos que contar con cantidades muy grandes de metal como éste. -dijo Elhamin- El hierro que conseguimos producir es tan poco que apenas alcanza para las armas, no podríamos juntar en un año tanto mineral puro como para reproducir máquinas como éstas.

-Bueno... -comentó el ingeniero- Seguramente al principio sería difícil, pero con estos mismos aparatos podríamos hacer más. Podéis imaginar que mucho antes que usarlos para construir esclusas, se pueden usar como aquí mismo, en el trabajo de las minas... ¿Hay algún herrero aquí, que esté familiarizado con la extracción del hierro?

-Yo, señor. -dijo un soldado - Soy Meranubis, de Tekmatis y además de minero y herrero vine a Gavelade para seguir aprendiendo sobre las aleaciones que se están ensayando allí. Ya sé hacer el hierro que no se enrobina y puedo elaborar muchas cosas con él si hay suficiente, porque sólo usamos carbón y decantación milagrosa de agua de mar para la mezcla...

-¿Qué es eso de decantación milagrosa...? -preguntó Nuptahek.

-Me enseñaron a hacerlo los alquimistas. Se mezcla agua de mar con salsosa, esa que los Grakios llaman neter y los de más al Occidente de Grakia llaman nitrium o nitrilum. Pero nosotros ya sabemos hacerla y no hay que traerla de lejos. Así que hacemos la decantación milagrosa con materiales que hay en toda nuestra Patria.

-Y Vos sabéis cómo se hace, supongo... -dijo Elhamin.

-Sí, General. La salsosa la usan los fabricantes de jabones, así que es asunto conocido. ¿Queréis que os explique todo el proceso?

-Tenemos antorchas y comida para tres días, así que podemos seguir luego con la exploración. Esto me parece importante porque nuestro ingeniero está con cara de curiosidad, como todos nosotros, y eso es muy bueno. Explicadnos qué tiene eso de milagroso...

-Lo primero es producir la salsosa. Nosotros usamos madera de haya, fresno, castaño, cualquier madera muy dura, mientas más dura, tanto mejor. La quemamos en los hornos de ladrillos, así que queda mucha ceniza blanca, que ponemos en un barril de madera, al que preparamos para ello. Debe tener unos cuántos agujeros del diámetro de una espiga de paja en el medio y al fondo. Luego, en el fondo del barril se pone una capa de piedras pequeñas y muy limpias, de tres dedos de espesor. Después se coloca unos cuatro dedos de paja muy seca sobre las piedras, para que funcione como filtro. Ponemos el barril sobre unos bloques de piedra, para poder extraer el agua que echaremos y caerá por los agujeritos. Hay que usar agua de lluvia. Debajo del barril ponemos un frasco o un cubo de cerámica. No se puede poner baldes de madera o metal, porque el producto lo quemaría. Luego echamos en el barril las cenizas blancas hasta que falte un puño para llenarlo y finalmente le echamos agua de lluvia. Un poco más de un **heqat**. (*) (*Equivalente a 4,8 litros*) El agua se echa muy lentamente, mojando bien toda la ceniza, dando tiempo a que la humedad la penetre toda. Para eso se deja de echar agua en cuanto se ve su línea o hay cenizas flotando. El agua que se echa debe ser del mismo volumen que se tiene para recoger abajo. Después de un día habrá drenado casi todo lo que se puede sacar, entonces se prueba a sumergir en la salsosa una pluma de gallina. Si la pluma no se disuelve en medio Râdnie, hay que echar lo drenado en el barril otra vez, con mucho cuidado porque aunque no disuelva la pluma, sin duda quema la piel y una gota en un ojo os dejaría tuertos. Se deja otro día pero se le añade medio heqat más de agua de lluvia. El barril no se debe tapar, salvo que llueva, y seguro que el nuevo drenado dará una salsosa que disolverá una pluma en menos de medio Râdnie. Si no es así, se hace por tercera vez y sin agregar agua. Si no resulta, es que se ha usado cenizas de madera blanda, o alguna que no es de las recomendadas. Con eso se hace jabones, se curten cueros y ya sabéis cuántas cosas más.

-Bien, -dijo Hatshepsut- eso lo conocemos, aunque no lo hemos preparado creo que ninguno de nosotros y es peligroso hacerlo. Pero ahora decidnos qué tiene eso que ver con el decantado milagroso...

-Sí, eso es lo primero. Lo otro se hace reduciendo la potencia de quemar que tiene la salsosa, para mezclarla con agua de mar. No puede ser del Nilo, no serviría para nada. Tiene que ser agua marina, que como sabéis es salada, pero sucede que además de sal, contiene todo el conjunto que los Grakios llaman "elementos de átomo". Así que tomamos medio heqat de salsosa que disuelve una pluma de gallina y le agregamos un cuarto de heqat de agua de lluvia. Luego unimos eso a dos heqat de agua de mar y tendremos un líquido casi blanco, pero no tanto como la salsosa. Lo dejamos reposar un día completo y al día siguiente se habrá precipitado la substancia, que es milagrosa pero no se puede usar todavía. Quitamos con cuidado el agua de arriba y volvemos a agregar agua de lluvia hasta llenar el recipiente. Así hacemos diez días seguidos, entonces ya tendremos el famoso decantado milagroso. Se usa para fertilizar las plantas colocando cantidades muy pequeñas, como el tamaño de tres granos de trigo por cada heqat de agua. Y hasta se puede comer, pero en cantidades mínimas, como el tamaño de un grano de trigo cada día, en ayunas, dos Râdnies antes del desayuno. Los alquimistas Grakios le llaman "Ormus", y dicen que aprendieron a hacerlo hace muchísimo tiempo aquí, en Ankh em-Ptah , pero aquí se olvidó el proceso hace siglos y lo hemos recuperado gracias a ellos.

-¿Y qué tiene eso que ver -preguntó Hatshepsut- con los metales?

-Es que también lo usamos para eso. Fabricamos crisoles de tierra ferrosa del Desierto Negro mezclando con una parte cada cien de carbón muy fino de las minas de Tombizara. Allí podemos fundir hierro y hasta esas cerámicas que quedan casi transparentes como cristales, los hacemos con ellos. Pero el hierro ya sabéis que se hace rubín con el aire, más aún después de mojarse, y se acaba deshaciendo con el tiempo. Entonces lo fundimos con una parte de ese mismo carbón fino cada doscientas partes de hierro. Y a eso lo dejamos enfriar tres días. Luego volvemos a calentar esa colada y cuando el hierro está casi blanco le ponemos cada cien partes, dos partes de las tierras pesadas que los Grakios llaman crome, que nosotros la sacamos de unas minas más allá de Tekmatis, donde empiezan las selvas más espesas. A ese hierro que ya no se oxida se lo cocina cuatro veces, una vez cada siete días, y así durante una luna completa, es decir veintiocho días, dejando que la luz la luna le dé al crisol durante el mayor tiempo posible, pero en la última cocinada le agregamos una parte de carbón de kejel cada doscientas partes e metal fundido. Y en cada cocinada le agregamos media parte cada cien, de ese decantado milagroso. El resultado es un hierro al que llamamos Mere-em-Nut (*Amado del Universo Material*) y con él está hecha esta espada mía, a la que he llamado de esa manera... Es un proceso largo, complicado y peligroso por lo que no se ha hecho mucho y pocos sabemos hacerlo aún.

-¿De dónde habéis aprendido los alquimistas esa fórmula para el hierro?, ¿También de los Grakios?

-No, Faraona, eso lo aprendimos hace poco, en la época del Faraón Isman, gracias a la amistad que estableció con los Victorios, esa parte de los BerArBer que viven al Occidente.

Meranubis extrajo el arma de su vaina de cuero y dio un golpe en una barra del aparato de metal, del que saltaron chispas. Mientras tanto, Ankemtatis había detenido el movimiento de la máquina para escuchar las explicaciones del joven y buscó la forma de apagar las luces del tablero y todo quedó tal como lo habían encontrado.

-Como veis, no sólo no ha quedado mella en mi espada, -decía Meranubis- sino que ha marcado a ese otro metal. Pero ésta aún no es tan dura como para ser absolutamente irrompible y se puede grabar con algunas piedras, así que he venido a Gavelade a aprender un poco más de alquimia. El Sacerdote Uasnum me ha encomendado esa misión y otras, pero la más importante es aprender a hacer los mejores metales. Como sabéis, alguno de estos túneles acaba en las pirámides de mi amada Tekmatis, y Uasnum, sin dejar de ser un gran sacerdote, se ha convertido en un gran ingeniero. El que me haya entrenado Henutsen en los invisibles, el haber venido a investigar más la alquimia y luego que Ankemtatis me designara entre los que vamos de exploración, y con apariencia de venir casi por casualidad a explorar todo esto, me parece que es un designio de los dioses. Casi sin querer, es como una respuesta a muchas preguntas...

-A eso, -dijo Elhamin tras el silencio de Meranubis- le llaman suerte, pero en realidad es un sincronismo, una Ley del Universo o el efecto de algunas de ellas, entre vuestro pensamiento, cuando está formado por un fuerte sentimiento como el deseo de saber, el deseo de servir y el deseo de realizar. Casi todos funcionamos así, pero a veces las cosas parecen encajar a la perfección en el espacio y el tiempo por casualidad. Sin embargo todo está producido por nuestros pensamientos, que sólo se manifiestan cuando hay una fuerte carga de emocionalidad. Y así funciona para lo bueno como para lo malo, es la alquimia de la Psique... Os agradecemos vuestra explicación y que es muy importante. Y ahora deberíamos continuar...

-¡Más importante es la vuestra! -exclamó agradecido Meranubis.

-Y me gusta el nombre de vuestra espada, Meranubis -comentó Henutsen- porque Meremnut es justamente el nombre de un querido amigo, jefe de cetreros de todo Ankh em-Ptah .

-Si me permitís, Elhamin, -dijo Himhopep- mientras andamos quiero comentar algunas cosas a Meranubis... Si pudiéramos reunir tanto hierro como para hacer réplicas de estas máquinas, reemplazaríamos la madera para las grúas, haríamos barcas anfibias, de esas con ruedas que hemos fabricado con Gibured, pero hasta las ruedas de los carros podrían llevar ese hierro en algunas partes, en vez del bronce que resulta tan frágil... ¿Tenéis idea de cómo podríamos accionar esos inventos, para funcionar como éstos, o como los ascensores?

-Me estáis pidiendo demasiado, ingeniero. Yo sólo tengo idea de los procesos alquímicos aplicados a los metales y aún en ello soy un aprendiz. Pero eso de fabricar la energía, no tengo la menor idea.

-Bueno... -continuó Himhopep en tono resignado- Sí, creo que eso nos llevará mucho tiempo para averiguarlo, pero sería magnífico que la energía que hace falta, deje de ser un secreto guardado dentro de estos aparatos. Tendremos que desmontar alguno parte por parte e intentar reproducirlas con exactitud, a la vez que deducir las funciones de cada una. Al parecer es algo peligroso de manejar, porque algo que puede mover pesos tan grandes y producir luz, no se puede manipular a la ligera. En las criptas de Dandara he visto unos cuantos grabados que explican estas cosas, pero no se han terminado de traducir todos los símbolos y algunos son sin duda planos muy bien elaborados, muy artísticos, pero advierten de las consecuencias, como los rayos, las luces que pueden matar y ya sabéis lo que significa la imagen de un babuino con un cuchillo... Alguien deberá consultar con Sekhmet antes de abrir los aparatos y ver lo que contienen.

-Sin duda que en algún momento nos ayudará con esas cosas. -dijo Nuptahek- Pero presiento que ahora mismo no es una prioridad para Sekhmet ni para quienes podríamos comunicarnos con ella. Creo que tenemos que seguir explorando, mi presentimiento es tan fuerte que no sé cómo explicarlo...

-Siento lo mismo, -dijo Hatshepsut- es como si muchas respuestas estuviesen esperándonos en estos mismos túneles. No nos iremos sin algunas de ellas...

La exploración siguió con los mismos cuidados y en los niveles del seis hasta el diez siguieron hallando aparatos, pero no en las salas cercanas al ascensor, sino siempre más adentro, a varias cuerdas, hallando sólo las raras huellas sobre el fino polvo.

-Ahora por favor escuchadme... -dijo Azalema cuando ambos grupos de reunieron en el nivel once- Gracias por haberme dejado ir primero en todos lados, y ahora os digo lo que he podido comprobar. Con el Faraón Isman exploramos a la rápida varios de estos niveles pero sólo hasta una cuerda del ascensor. Nuestras huellas aún están aquí y las puedo diferenciar sin dudas. Estas de aquí son las de Henutsen, éstas del Faraón, esta otra de Elhamin, aquí las de Ankemtatis, las de Uasnum y el resto son de los demás soldados. Pero en ninguna parte había entonces otras huellas, y en donde están las de estos extraños tan pesados, veo que uno de ellos se ha movido como lo haría yo, es decir analizando las pisadas. Esas de ahí indican que ha ido en círculos desde afuera hasta adentro de la sala, mirando exactamente como lo hago yo. Es decir que uno de estos… "pesados", es experto rastreador. Sin embargo no ha hecho igual en los otros niveles y en todos han pisado sin mirar eso, o sea que aquí es donde les han dado importancia y luego no han hecho lo mismo, por lo tanto es aquí donde han hallado las primeras huellas nuestras…

-Habría que ver qué hay en los otros niveles… -dijo alguien.

-Sí, -respondió Azalema- pero estoy convencida de que los pesados aparecieron por este túnel. No usaron esos carritos que hay en las vías, parece que vinieron caminando, pero... Si no me equivoco y hay huellas de ellos en los niveles de más abajo, también estarán al descuido, porque ya habrán deducido lo suficiente de este nivel. Propongo seguir más hacia abajo y no adentrarnos en este túnel once todavía…

-Vuestra idea me parece totalmente acertada, -respondió Elhamin- así que sigamos hacia abajo. Si comprobáis que vuestra deducción es correcta, no entraremos a más de tres cuerdas por los túneles, salvo que hallemos algo que interese mucho…

Buen rato después llegaban hasta el nivel veinte y Azalema había comprobado que abundaban huellas de los extraños pero tal como ella había dicho, al descuido. Indicaban que habían hecho otras labores o paseos, sin fijarse en las huella del grupo del Faraón. No había más socavones de extracción y vías, sin siquiera los carros de metal. Así que Elhamin dispuso que volvieran al túnel trece, donde había infinidad de aparatos más allá de las cuatro cuerdas, y explorarían un poco más, antes de ir al nivel once, por donde parecía que hubiesen llegado los extraños. La andada llegó hasta diez cuerdas de flecha y por fin hallaron que no había más aparatos metálicos, ni socavones, pero a media cuerda más adelante se dieron cuenta que el túnel seguía sin huellas y Elhamin dispuso subir nuevamente al nivel once. En ese nivel anduvieron unas pocas cuerdas hasta hallar el aparente final.

-No es el final del túnel, General. -dijo Azalema- Es un derrumbe. Creo que podríamos pasar, pero puede ser peligroso. Si me permitís, hago sola un avance corto. Si puedo pasar y no hay nada importante, camino una cuerda de flecha y vuelvo.

-De acuerdo, pero al menor indicio de riesgo, volvéis. No quiero a nadie sepultado en este lugar.

Mientras conversaban y descansaban, Azalema desapareció entre los pequeños huecos del derrumbe para regresar rato después, con el rostro algo desencajado y empezó a explicar casi sin aliento.

-Hay pocos aparatos del otro lado, pero muchas huellas de los pesados y creo... No sé, puede que me haya confundido o... Bueno, que tenéis que venir algunos de Vosotros, los más delgados...

-¿Algo que pueda ser peligroso? -preguntó Elhamin- ¿Queréis que os acompañe alguien en particular, aparte de mí?

-Vos no, General, sois demasiado grande. Podéis, pero lo tendríais difícil y peligroso. Primero tenemos que liberar algún hueco entre las piedras. Henutsen y Hatshepsut pasarán bien... Y Vosotros dos... -continuó señalando a otra mujer y otro varón entre los soldados, que eran los más delgados y pequeños del grupo.

-Adelante, -les animó Elhamin- pero id tendiendo una cuerda. Si pasa algo será más fácil seguiros. Yo tendré aquí la punta y si dais dos tirones seguidos, es que estaréis pidiendo auxilio. Cuatro tirones seguidos y querrá decir que podemos pasar los demás. Si no vale la pena que vayamos, volvéis todos.

-Imagino que no me veis demasiado grande... -dijo Nuptahek con vos suave pero en tono de reproche.

-¡Os lo ruego, Faraona...! Bueno, futura Faraona... Tenéis que comprender que debemos protegeros... Pero es que además sois bastante corpulenta... Pufff, puedo comprender lo que habrá pasado nuestro General Elhamin con el Faraón Isman y que en algunos casos he sido testigo...

-Cierto, Azalema, -dijo el aludido- no podéis imaginaros. Os ruego, Nuptahek, que esperéis a que tengamos claridad sobre lo que hay al otro lado. ¿Me aceptáis como jefe absoluto de nuestra exploración?

-Sí, claro, eso ya se ha dicho...

-Entonces ni una palabra más. Azalema y Vosotros, adelante, que Nuptahek se queda aquí, a mi buen cuidado. Y Vos, Hatshepsut, ya sabéis lo que os espera con el "yo curioso" de nuestra futura Faraona. O no, porque creo que sois muy... iguales.

La soga se fue estirando sin novedades y Elhamin tuvo que agregar otro tramo, calculando que la distancia sería de más una cuerda de flecha. Esperaron casi un Râdnie hasta que la cuerda fue tironeada cuatro veces y el grupo completo empezó a pasar con cuidado entre los huecos de las rocas. Las llamas de las antorchas revelaban que había corrientes de aire en algún momento pero no parecía que hubiese algún hueco hacia arriba, sino sólo en dirección al oscuro túnel. Cuando estuvieron todos juntos alrededor del hallazgo de Azalema, permanecieron en sepulcral silencio durante un buen rato.

Algo denso y desagradable había en el ambiente al contemplar lo que parecía un cadáver. Aunque habían visto esa imagen miles de veces en estatuas y grabados, no sabían si aquello era una estatua más o una entidad que en algún momento tuvo vida. Una cara redondeada de un tamaño algo mayor que la de un humano normal, sobresalía de entre unas rocas de un tramo de muro derrumbado, quedando visible parte del pecho y un brazo.

-No hay olor a cadáver, -comentó Nuptahek- es un olor como el del hierro enrobinado, pero éste no parece ser una de las estatuas de los [6*]*Beoshim*, sino un personaje viviente, aunque ahora está muerto...

¿Será posible que estos seres -decía Hostinheteb- que hemos visto tanto y teníamos como una simple alegoría de seres fantasmales o del inframundo, sean una raza antigua?

-Yo diría... -respondió Meranubis- que nunca creí que fueran sólo alegorías. Aún recuerdo muy bien mi infancia y más de una vez les vi en mis sueños, y en otros momentos que creo que no eran sueños, sino deambulando en la región de Anubis... Los mineros siempre los veneran y piensan en ellos pidiéndoles protección, como si fuesen entidades superiores y dueños del interior de la tierra. Muchos se ríen y dicen que son pamplinas, pero sé que en algún lugar existen porque he conversado en sueños con ellos. Me enseñaron un par de cosas que fueron bien ciertas porque las probé, sobre la manera de tratar los metales. No, queridos míos, no se trata de alegorías. Estamos ante el cadáver de un Beoshim, o un "Primorio", como les llama Uasnum.

-Recuerdo esa palabra, -comentó Henutsen- pero los Primorios son algo más genérico, es decir todos los seres vivos que habitan en el territorio de Anubis. A éstos les llamamos Beoshim porque en el idioma más antiguo significa "divertido". Y cierto es que son un poco pasados de límite en los asuntos sexuales. Respetan a los niños, pero a más de uno nos han hecho travesuras cuando hemos llegado a adolescentes. Diríamos que son un poco... Viciosos... Libertinos.

-O sea que también les conocíais... -comentó Ankemtatis.

-Sí, cariño mío, pero no me imaginaba que fueran otra cosa que producto de mi imaginación o los he visto en el plano de Anubis sin estar bien despierta. Esto me hace cambiar de parecer y me doy cuenta que vivimos en un Universo más complejo que lo que parece a simple vista. Incluso pensé que podrían ser meros tulpas creados por la imaginación popular... Ya sabéis, esos egrégores que se forman de tanto idealizar una forma...

-¿Vemos si podemos quitar estas rocas? -dijo Nuptahek.

-Sí, pero primero habrá que quitar todas estas piedras. -comentó Himhopep mientras daba indicaciones de cómo proceder- Entonces las ponemos allí y evitamos que se agrave el derrumbe.

Tras un buen rato de cuidadoso trabajo, moviendo las piedras que quedaron amontonadas soportando todo el lado del túnel, por fin pudieron dejar al descubierto el cuerpo del misterioso ser. Su estatura sería de poco menos de tres codos, pero su musculatura era robusta, gruesa y el color de la piel casi rojiza, con partes tirando a grisáceas. Presentaba lo que parecían hematomas negruzcos en varios sitios, y en especial unos muy grandes en el centro del pecho y el abdomen.

-Le han caído encima más de cincuenta [(7*)]*Jomhets*, y algunas de esas piedras con tanto filo y puntas... -comentó el ingeniero- Por muy fuertes que sean, es el peso de unos sesenta hombres.

-Tengo una curiosidad terrible, -dijo Azalema- que se superpone a mi tristeza de verle muerto. ¿Intentamos levantarlo?

Después de varios intentos entre Elhamin, Geonemetis. Himhopep, y los soldados más corpulentos, apenas le habían movido un par de codos.

-Está claro -dijo Azalema- que son los que dejaron esas huellas. ¿Cuánto calculáis que pesa?

-Como mínimo, unos seis Jomhets. -dijo Geonemetis mientras palpaba el cuerpo por todas partes- Pesa como cinco veces más que el más pesado de nosotros. No se ve su sangre, pero es como si fuese de plomo. Sus huesos, evidentemente son muy gruesos y sin duda que suman la mayor parte del peso. No parece que se le haya quebrado ninguno con el peso de las piedras, así que no han de tener la misma composición que los nuestros. ¿Opináis que pueden ser un peligro para Ankh em-Ptah ?

-Si andan tan tranquilamente en el territorio de Anubis, -deducía Henutsen- no pueden ser un peligro. Anubis o Sekhmet nos hubieran avisado. Les hemos conocido desde siempre, pero sin saber si eran reales o no. La cuestión es si siempre han estado aquí o han vuelto recientemente.

-Creo que tendríamos que dejarle aquí -dijo Elhamin- y ver su proceso biológico, ver si se descompone o qué ocurre, pero mientras deberíamos seguir explorando, a ver si los demás aún están por aquí y averiguar qué hacen. ¿Alguien tiene idea de cuándo ocurrió este accidente?

-Me temo que hace muy poco... -dijo Azalema- ¿Recordáis el ruido que nos despertó, seguido de un alarido?

-Sí, pobre hombre... -dijo Hatshepsut- El cuerpo está frío, pero sin olor ni más cambios notables que los hematomas, localizados bajo las piedras que quitamos, debe ser todo muy reciente.

-¿Alguien está viendo en el ámbito de Anubis? -preguntó Elhamin.

-Sí, General, -respondió Henutsen- pero no hay nada. Y no sé si dejarle aquí, taparlo de nuevo con rocas improvisando una sepultura... Además es muy reciente su muerte para quemarlo.

-También sería posible que los suyos vengan a buscarle...-agregó Nuptahek- y en cuanto a quemarle, no me parece posible...

-Pues lo dicho, queridos míos, -dijo Elhamin- tenemos que dejarle aquí por ahora mientras vamos a continuar explorando hacia adentro. Hay que abrir con cuidado el derrumbe, como para pasar alguno de los carros que hay en la sala del ascensor...

-Eso no hace falta, General... -dijo un soldado que había explorado un poco más dentro del túnel- Hay más carros a un par de cuerdas y más aparatos y socavones.

Al continuar por el túnel, Azalema confirmó que las huellas tenían ida y vuelta. Al llegar donde había diez vagonetas, Elhamin organizó a los veintinueve en tres grupos de siete y uno de ocho personas, para aprovechar mejor el empuje de las vagonetas.

-Esto sí que es un paseo raro. -decía Gelibar- Normalmente vamos cantado cuando avanzamos sin peligro, pero creo que todos sentimos lo mismo...

-Guardad silencio... -dijo Elhamin- Aquí la prudencia ha de ser la pauta. Es posible que no estén muy lejos...

-Y sobre todo, -dijo Azalema- porque aquí ya no hay huellas...

-Deteneos todos.. -ordenó Elhamin- Vosotros, lanceros explorad esos socavones; los arqueros a dos codos detrás, listos pero sin abandonar las antorchas... Sólo cuatro hombres por socavón y hay cuatro socavones, así que los demás quedaos aquí, dentro de las vagonetas para no entorpecer la labor de Azalema y en el más absoluto silencio. No disparéis a nadie ni a nada si no hay ataque...

El ancho del túnel en ese tramo era de cincuenta codos la altura de unos veinte. Mientras los soldados recorrían los socavones Azalema parecía danzar con extrema lentitud, en puntas de pie mirando el piso recorriendo todo el túnel, alumbrada por dos antorchas caminando hacia atrás y yendo hacia adelante hasta casi perderse en la oscuridad, volviendo al sitio recorriendo pegada a los muros y llegando luego a las vagonetas. En algunos lugares dejó unas marcas con el extremo inferior de una antorcha, para volver a recorrer la estancia. Cuando acababa, pasado un Râdnie regresaron todos los exploradores pero sin novedad alguna. Los socavones tenían topes a distancia de unas pocas cuerdas de flecha y dos soldados describieron huellas de Beoshim en sendos socavones.

-Lo más curioso -comentaba uno de ellos en voz baja a indicaciones de Elhamin de hablar bajo- es que las pisadas sólo van en dirección al interior. En donde estuvimos, ese socavón de ahí, las pisadas llegan a menos de una cuerda normal. Seguimos hasta el fondo, a unas tres cuerdas de flecha, pero no hay más pisadas y acaba el socavón. No somos rastreadores expertos como Azalema o Mahanesi, pero es claro que donde acaban las huellas parecen haberse esfumado porque no hay marcas de regreso. Eran cinco las personas que anduvieron...

-En el que seguimos nosotros -dijo el otro soldado- pasa lo mismo, tiene unas cuatro cuerdas de largo, con un par de curvas y las huellas empiezan por la mitad, luego llegan casi al fondo. Pero tampoco hay pisadas a la entrada ni de retorno...

-¡Claro! -exclamó Azalema- ¡Lo voy entendiendo...! Pero vais a tener que aguardarme un rato con gran paciencia. Si no me equivoco, General, estarán ya bastante lejos... Aunque podrían volver...

Elhamin asintió con la cabeza y sin decir más, Azalema se internó con sus antorchas en el socavón más largo y regresó caminando rápido para explorar luego el otro y finalmente regresó para explicar sus conclusiones:

-Cómo lo han hecho, no lo sé. Pero estoy casi segura que se han ido volando o se han esfumado... No hay huellas más adentro del túnel, sino que empiezan aquí, donde empezaron a caminar, dejando justo en este lugar que he marcado, algún aparato que va sobre las vías o alguna otra cosa que no toca el suelo. Este círculo que he marcado indica que hubo algo que se posó sobre el polvo. Como hay tanto sobre todas las rocas, salvo en las que se derrumbaron hace poco, no ha sido notable, pero debió haber sido algo que vuela, porque esa marca está fuera de las vías de hierro...

-Con lo que sabemos de los antiguos, -dijo Nuptahek- es posible que estos seres tengan algún vehículo capaz de volar...

-Así es, -siguió diciendo Azalema- Las huellas en ambos socavones indican que subieron a algo. Ya sabéis que cuando se sube a una escalera es normal dejar algunas veces media huella... Pues ahí no hay escaleras, pero sí varias "media huella", como si hubieran subido corriendo, de prisa, a alguna cosa que no dejó otra huella que una especie de hueco en el polvo, igual que aquí. Sólo que ésta del túnel es más grande. Y no creo que fuese algo que viniera por las vías, porque ellas no atraviesan esa marca por la mitad, sino a algunos pasos del borde...

-No tenemos ni idea de cuánto recorre este túnel. -decía Elhamin en voz alta- Así que podemos aparecer a muchísima distancia y las provisiones son para no más de tres días. Los demás túneles tampoco sabemos dónde acaban, salvo el del cuarto nivel que va a Tekmatis y son entre seis y ocho días... Imposible aventurarnos en ninguno, sin al menos una preparación para distancias tan largas, que podría ser tanto o más que atravesar todo Ankh em-Ptah .

-Entonces... -decía resignada Nuptahek- vamos a tener que dedicarnos al misterio de los huesos de gigantes, porque tal como es este laberinto, en esto podemos demorar tiempo para dilucidarlo.

-Así es, -agregó Ankemtatis- el General tiene razón y por más que nos quedamos con todas las ganas, sería de locos aventurarnos un grupo pequeño y con mínimas provisiones por este lugar.

-Aunque los Beoshim no sean peligrosos -agregó Henutsen- estos túneles sí lo son. Los derrumbes ya se han cobrado una vida de ellos, así que recomiendo que por ahora dejemos todo como está.

-Así debe hacerse, -continuó Elhamin mientras emprendían la marcha de regreso empujando las vagonetas- pero ya que está aquí el sabio Himhopep, voy a pediros, Hostinheteb, que con su ayuda os encarguéis personalmente de hacer unas mejoras en el cuarto nivel, para que las armas de Set que están tan a la vista, queden enjauladas, que aunque nadie debe entrar hasta que lo hagamos nosotros o que lo ordene la futura Faraona, hay que tomar precauciones extremas.

-Estaríamos muy preocupados -dijo Henutsen- si faltase alguna. Por suerte los Beoshim no se las han llevado.

-Tengo muy buenos herreros, General, -respondió el ingeniero- pero además haremos de tal modo que nadie las encontrará.

-Sería preferible que no las movieseis de donde están...

-No os preocupéis Ankemtatis, -dijo Himhopep- no las moveremos. Sólo vamos a enjaularlas, ponerle a la jaula buenos candados y luego podemos modificar el paisaje...

-Vais a tener que simular un derrumbe, -continuó Elhamin- para que no se note nada, y todo el personal aquí presente ha de guardar absoluto silencio sobre lo visto en este lugar. Han de tener que mentir, para que no pique la curiosidad de nadie, y aunque es algo feo, resulta muy necesario en este caso. Diréis a todo el mundo que no hallamos nada importante, que es un laberinto muy peligroso y los ruidos escuchados han sido producto de derrumbes, así como los que han parecido gritos resultaron de andamios y otros metales retorcidos... ¿Todos habéis entendido la orden que acabo de dar?

-¡Sí, General! -gritaron todos, y al momento un pequeño estruendo se escuchó delante de ellos. Al llegar a la zona del derrumbe donde se hallaba el cadáver del Beoshim, encontraron otro tramo de túnel caído y tuvieron que mover piedras durante largo rato para poder salir.

-Ya lo veis. -dijo Elhamin- Debemos tener mucho cuidado, creo que el sonido de vuestra enfática respuesta ha provocado esto.

-Ahora sí que tenemos compañía especial...-dijo Henutsen- Ha venido el Beoshim en su Ka. Si guardáis el más absoluto silencio, saldré con el Ka, porque así podremos comunicarnos mejor que por sus señas... Creo que está sufriendo mucho.

-Yo os acompaño. -dijeron Nuptahek y Hatshepsut al unísono.

-De acuerdo. Pero entonces hemos de estar solas. Nos tumbaremos dentro de esta vagoneta en cuanto los demás lleguen al final del túnel.

-¿Seguro que preferís que nos alejemos...? -dijo Hostinheteb.

-Sí, General, -respondió Henutsen- no os preocupéis por nosotras. Si estuviese sola, no importaría que os quedéis, pero las jóvenes no tienen gran experiencia y los ruidos les puede interferir y hasta dañar.

Rato después que todos atravesaron la zona derrumbada reinó el completo silencio. Las tres mujeres subieron a la vagoneta, sacudieron una manta y se acostaron en el fondo. Al salir con sus cuerpos sutiles y casi flotando quedaron sobre las vías. El Beoshim se sorprendió y salió corriendo para esconderse en un socavón, del que se asomó unos momentos después, espiando con desconfianza. Las mujeres permanecían al lado de la vagoneta. Se sentaron en el suelo a indicación de Henutsen y evitaban mirar para cualquier otro lado, como si conversaran sin prestarle atención al fallecido. El Beoshim se acercaba lentamente y con cuidado.

-Podéis venir a conversar con nosotras... -dijo Henutsen- Sabemos que habéis muerto en el derrumbe. Hemos destapado vuestro cuerpo pero ya no podemos ayudaros a revivirlo. Venid, conversemos...

El Beoshim demoró un buen rato en responder. Las miraba a ellas y el entorno estudiando la situación, alejándose y acercándose de modo instantáneo, sin caminar, hasta que por fin se colocó muy cerca de ellas y se sentó sobre una roca sin dejar de mirarlas con atención.

-Podéis estar tranquilo, -dijo Henutsen- no tenéis nada que temer. Si podemos ayudaros en algo, para eso estamos...

-No entiendo bien lo que ha pasado. ¿Quiénes sois vosotras?, ¿Y qué hacéis en estos lugares tan peligrosos?, ¿Quiénes son todos esos que os han abandonado aquí?, ¿Os han dejado como castigo?...

-No, nada de eso. Yo me llamo Henutsen, ellas son Hatshepsut y Nuptahek. ¿Cuál es vuestro nombre?

-Me llamo Khapigalar, soy... -hablaba con profunda tristeza y casi llorando- Bueno, era el más travieso y alegre de todo mi pueblo. Pero ahora estoy confundido y no puedo ser alegre. No sé por qué me han dejado aquí. Mis amigos me han abandonado... No puedo mover el cuerpo, no consigo quitarme las piedras de encima, pero a la vez parece que alguien las quitó y sin embargo siento el peso de ellas, y estoy aquí, con este... que parece mi cuerpo, pero...

-No estáis con vuestro cuerpo físico, -le explicaba Nuptahek con infinita dulzura- Estáis con el cuerpo sutil, el Ka, porque el Bah, el cuerpo físico, ha quedado atrapado por un derrumbe. Pero no tengáis tristeza, ni miedo. Nos hemos quedado para conversar con Vos y ayudaros en lo que podamos... Es que habéis muerto. Vuestro grupo quizá ni se ha enterado de que falta alguien. Ahora os toca emprender una nueva experiencia y eso no tiene por qué ser algo malo...

-¡No puede ser que esté muerto!, ¡Me siento vivo, estoy aquí y esta vez no estoy borracho, soy uno de los más fuertes de...!

-Tranquilizaos, Khapigalar, -dijo Hatshepsut- es normal que creáis estar vivo. A todo el mundo le pasa eso cuando muere en el físico. Y es normal estar confundido, incluso para los que saben salir del Bah usando el Ka, como estamos ahora nosotras, para poder conversar con Vos. Ya vendrá para ayudaros alguien desde el Reino de Anubis, pero nosotras estamos en duda sobre lo que debemos hacer con el cuerpo Bah, que no podemos quemar aquí ni enterrarlo, porque eso debe hacerlo vuestra gente...

-¡¿Quemar mi cuerpo?! -exclamó Khapigalar levantándose de la roca y estirando los brazos escandalizado.

-Claro, -respondió Nuptahek- o lo que hagáis con los cadáveres... Pero supongo que a veces Ascendéis a otro Reino...

-¡Por supuesto que Ascendemos...! Cuando no morimos, claro, vamos al mismo Reino de los Cristálidos Luminosos, como Vosotros. Que aunque somos diferentes, también somos personas...

-No lo hemos dudado en ningún momento, -agregó Henutsen- pero no sabemos si es lo más habitual en Vosotros... Ni siquiera sabíamos si erais una raza real o sólo egrégores del mundo psíquico, o entidades del mundo de Anubis. Pero al hallar vuestro cuerpo muerto bajo las rocas, hemos comprendido que sois reales, aunque no sabemos nada más...

-Debo ser el primero que muere en varios siglos... -dijo con tristeza el Beoshim- Es una pena muy grande lo que me ha pasado, sólo he vivido trescientos treinta años, ni una décima de lo que debería vivir...

-Pero decidme Khapigalar, -preguntó Hatshepsut- ¿Habéis tenido una vida agradable y feliz en vuestra infancia y hasta ahora?

-¡Por supuesto! Y he sido el más divertido y feliz de mi pueblo, y eso que todos somos divertidos y felices...

-Entonces, -replicó ella- pensándolo bien, tendréis que volver a la vivir, volver a nacer y divertiros de nuevo con todo lo bello y bueno que tiene la vida...

Khapigalar se rascó la barbilla, luego la cabeza, miró hacia todas las direcciones, se sentó nuevamente sobre la roca y comenzó a hablar con una actitud muy diferente.

-Bien, bien... La cuestión es que no sé qué pasará ahora... ¿Cómo voy a nacer de nuevo...? Algunos de mi pueblo hacen como vosotras, salen del Bah, pero ninguno de mi sección de tareas. Tendrán que llevarme a la Octógona Mayor... ¡Oh, ya siento vuestro pensamiento curioso!... Os explicaré: Nosotros vivimos en unos lugares preciosos dentro de la tierra, a mucha profundidad, donde somos menos pesados que aquí. Y nuestras... ciudades, por llamarlas de alguna manera, son grandes vacuoides, estancias enormes con agua, vegetación y todos los minerales que comemos y todo lo que se pueda necesitar. Las acondicionamos con muros muy, pero muy altos, y techos curvos que soportan cualquier peso y no nos afectan los terremotos, movimientos de agua y otras cosas del planeta.

-¿Cómo es que pesáis allí menos que aquí? -preguntó Henutsen.

-¡Oh!, querida... ¿Puedo llamaros "amigas"?

-¡Por supuesto, claro que sí! -respondió Nuptahek tan alegremente que el Beoshim se llevó una mano al corazón en actitud emocionada.

-Bien, amigas mías... Gracias por serlo, eso es lo mejor que me ha pasado en esta nueva experiencia... Pero bueno, os explico: La tierra es esférica como una pelota, y dar la vuelta completa yendo en cualquier dirección, aunque vayáis en vuestros caballos y barcos, sería un viaje de más de cien días, habría que cruzar océanos y territorios enormes, porque su diámetro es doce millones setecientos cincuenta mil Ankemtras, eso equivale a que la circunferencia es de más de cuarenta millones de Ankemtras, o sea más de doscientos treinta y un mil cuerdas de flecha...

-Hetesferes nos ha enseñado todo eso, más o menos... -comentó Henutsen- Como bien decís, según por donde se vaya, más de cien días de viaje pero puede resultar de mucho más...

-Así es, -continuó- Khapigalar- pero adentro hay un gran sol, de unos quinientos mil Ankemtras de diámetro, y alrededor de él sólo espacio... Unos cinco millones de Ankemtras desde ese sol hasta la parte de adentro del mundo.

-Sí, eso es más o menos lo que nos han contado, -dijo Hatshepsut- y allí viven los Primordiales que nunca mueren...

-Exactamente, amiga mía. Nosotros les hemos visto porque nos han visitado. Son más parecidos a Vosotros que a los Beoshim...

-¿Y no les habéis visitado Vosotros? -preguntó Hatshepsut.

-Eso no es posible para todos... Ellos son divertidos también, pero sus corazones son tan puros que no podrían soportar nuestras mentes que siempre están pensando en travesuras... Ellos son los verdaderos dueños del mundo, pero es así, nadie les puede visitar si no se tiene una consciencia muy alta y amplia, y sobre todo el corazón muy puro. Algunos de nuestros maestros han ido a visitarles, pero sólo es posible con invitación de ellos.

-¿Entonces hay caminos para llegar a esa parte del mundo...?

-Sí, Nuptahek, claro que hay caminos, cuevas naturales y otras que han hecho ellos. Y desde aquí sólo hay unos diez o veinte días de los vuestros, según por dónde se vaya, hasta esa superficie del mundo del lado de adentro... También hay dos extremos del mundo por donde se podría entrar, pero son regiones tan frías que hasta los animales aprenden a usar bufandas... ¿Sabéis lo que es el hielo?

-Yo sí, -dijo Henutsen- pero ellas no, porque son muy jóvenes. Hace cuarenta años hizo tanto frío que cayó la lluvia helada. Era blanca.

-Pues resulta -continuó el Beoshim explicando mientras movía las manos didácticamente- que los mundos giran sobre su propio eje, aparte de girar alrededor de Râ. Entonces cuando se forman y están blandos, los polos del eje se agujerean, quedando esos agujeros inmensos como entradas del mundo y en todos los mundos es igual. Quizá estoy hablando que no debería, porque es un secreto que los Primordiales no gustan revelar, y tampoco lo revelan esas gentes que hay entre Vosotros, los que buscan la tristeza de los demás. En esos polos el ambiente es extremadamente frío. En este mundo hay mares congelados, como aquella agua que decís que llovió, pero tan congelada que queda durísima... ¿Por qué hablábamos de esto?

-Decíais que allí pesáis menos...

-Gracias, Nuptahek, pues eso, que a medida que vais descendiendo hacia el interior del mundo, todo pesa menos, y a unos seiscientos mil Ankemtras de profundidad, no pesamos nada. Más allá se recupera peso, pero nunca se llega al peso de aquí. Porque la fuerza del Amor del Mundo que todo lo atrae, la que hace que las cosas caigan hacia la tierra, no está en el centro de esta pelota gigante llamada mundo, sino en su masa, en esto que llamamos "corteza" y tiene menos de un millón de Ankemtras de espesor.

El Beoshim intentaba tomar una piedra alargada pero no podía y luego con el dedo intentaba dibujar algo en el polvo del suelo...

-¡Ay, por todos los túneles y laberintos...! ¿Por qué no puedo tomar una piedra ni dibujaros algo?

- Porque con el Ka, no podéis mover la materia. -dijo Henutsen.

-¡Oh, cierto...! Tendré que acostumbrarme... ¡Y no deja ser un poco divertido, aunque sea porque estoy muerto!... Si pudierais acompañar a este pobre muerto en el cuerpo físico que tendré que formar como nuevo, os llevaría allí por intrincados túneles y laberintos materiales, algunos naturales, otros hechos por los Primordiales y otros hechos por nosotros, con unos paisajes bellísimos, hasta esa región donde la gravedad del mundo es igual a cero. Allí vosotras y yo pesaríamos lo mismo, es decir, nada de nada... Es muy divertido... Hay menos de seiscientos mil Ankemtras hasta esa profundidad, si pudiésemos ir en línea recta, pero son desde cinco a diez veces más porque los túneles no son rectos...

Las tres mujeres y su nuevo amigo conversaron sobre esas cosas durante un buen rato, pero Hatshepsut parecía dormirse.

-Vais a tener que disculpar, Khapigalar, pero mis amigas no están muy acostumbradas a estar tanto tiempo fuera del Bah, así que nos tendremos que reunir algún día, cuando hayáis vuelto a nacer y hayáis crecido un poco...

-Bueno, como veis, los Beoshim no crecemos mucho, je, je, jeee, pero os comprendo. Sólo os pido que me digáis qué debo hacer para volver a nacer... -dijo más seriamente- Casi me habéis hecho olvidar que estoy muerto y creo que tengo algún problemilla...

-No os preocupéis. -continuó Henutsen- Ahora debéis reuniros con vuestro grupo, volver con vuestro pueblo y encontrar a alguien que pueda percibir la Región de Anubis. Y si sabéis ir a esa... Octógona Mayor, pues podéis ir rápidamente, en unos pocos momentos, porque ya no tenéis que llevar el pesado cuerpo físico. Estáis confuso porque sin el cuerpo material no se puede razonar, no se puede inducir ni deducir, sólo hacemos y hablamos de cosas que sabemos. Pero podemos elegir entre las opciones que hay en nuestra experiencia de vida y actuar según los conocimientos que hayamos aprendido, así como podemos aprender, entender y tomar decisiones. ¿No os habéis dado cuenta que a veces pasáis de un sitio a otro sin caminar, en un tiempo que no es ni un momento?

El Beoshim pensó un poco, hizo algunos ensayos efectivos y comprendió que estar sin el Bah permitía eso.

-¡Gracias, amigas mías!, ¡Me habéis ayudado muchísimo!. Sin duda que volveremos a vernos algún día... Espero poder recordaros, porque según tengo entendido algunos olvidan toda la vida anterior...

-Los humanos casi siempre, -dijo Nuptahek- pero no sabemos si los Beoshim también se olvidan...

-Por vuestro carácter -intervino Henutsen- y por vuestro grado de consciencia, creo que en pocos años recordaréis todo, incluso esta conversación. Debéis intentar volver a nacer con el mismo Ka.

-¡Eso me alegra mucho, amigas!, y ahora me despido pero no os abrazo, -dijo riendo el Beoshim- porque creo que aún con el Ka mi fuerza es demasiada y os podría hacer daño.

-Os abrazamos en el Alma, Khapigalar -dijo Henutsen- aunque mis compañeras ya están durmiendo en sus Bah... Sólo una pregunta más... ¿Son muy largos estos túneles?

-Para andar muchos días, querida amiga, y ya veis que hay peligros. El túnel más largo es éste y andando a vuestro paso tardaríais unos cien días en llegar al final... Nosotros tenemos vehículos que vuelan muy rápido, pero aún así tardamos bastante en recorrer cada túnel. El más corto de todos es el que va a las pirámides de Tekmatis. Los demás son muy largos, luego van bajando mucho y pesaríais menos cuando llegaseis... Pero no os recomiendo la aventura, a menos que sea muy necesario para vosotras contactar con el pueblo Beoshim y otros que viven dentro de la corteza del mundo. Si algún día exploráis estos túneles y queréis hablar con los de mi pueblo, decidle que sois amigas de Khapigalar el muerto y que os lleven directamente a hablar con Ocitil Ecram, el Conocedor...

Volvieron a despedirse, Henutsen despertó a las otras y rato después se reunieron con el grupo y contaron rápidamente lo ocurrido. Algunos lamentaron no haber sido testigos presenciales, pero todo estaba bastante aclarado.

-Y nos quedaron muchas preguntas por hacer, -decía Henutsen- pero el Beoshim debía hacer lo suyo y nosotras estábamos un poco frías, había que volver el cuerpo...

-¿No habéis hablado de las armas de Seth? -preguntó Elhamin.

-Lo lamento, -dijo Henutsen- pero ni remotamente nos acordamos de ellas... La prioridad era ayudar al fallecido...

-Entiendo que no era el momento adecuado. -continuó el General- Y demás está deciros, Hostinheteb e Himhopep, que cuando hagáis los arreglos sólo bajaréis con los soldados que conocen el misterio de los ruidos y a lo sumo un herrero de esos buenos que decís.

-Por supuesto, Elhamin. No os preocupéis, que haremos las cosas con cuidado. -dijo Himhopep.

-Ahora -agregó Hostinheteb- creo que llegaremos a la cena, y cuando hayan descansados todos, os vais a esa exploración de los huesos...

-Creo que no vamos a cenar todavía. -dijo con picardía Nuptahek- ¿Sabéis cuánto tiempo hemos estado aquí abajo?

- Pues... No creo que más de un día... Sí, hemos recorrido mucho, comido, conversado, pero bueno, puede que no hayamos pasado ni diez Râdnies... O tal vez...

-Sí, o tal vez... -dijo riéndose Hetesferes mientras miraba un instrumento esférico que contenía un reloj de arena dentro de un líquido- Si no fuese por este reloj Baalbekio, yo tampoco sabría cuánto tiempo ha pasado. Creo que llegaremos para cenar al segundo día, si nos damos prisa...

El grupo de exploradores se reunió con los suyos poco antes de la cena y tal como se había ordenado, comentaron a sus compañeros que sólo había un laberinto en grave proceso de derrumbes, pero que justamente por su gravedad se mantendría la estrecha vigilancia de casi dos décadas, como hasta ahora. Ni Nuptahek ni Elhamin deseaban demorar la partida, pero la andanza de más de un día entero con su noche, les hacía necesario un poco de descanso. Los que bajaron a los túneles se quedaron a descansar todo el día siguiente. A los demás se les dio asueto para que vayan al poblado, pero debían estar de vuelta al anochecer del día siguiente. Cuando estuvo todo el personal se pasó lista y el tiempo había vuelto a estar fresco y parcialmente nublado, por lo que Elhamin ordenó ir a dormir, para partir durante la madrugada.

-Todo preparado, General. -dijo Henutsen frente a la formación antes de la salida de Râ- El General Hostinheteb desea deciros algo.

-Soy todo oídos, querido amigo.

-Como aquí hay más personal del necesario, he pensado que si deseáis llevar más gente, no os vendría mal un azafe de refuerzo. Ya sabéis que aquí, aunque no tenemos más misión que custodiar este promontorio, no hemos descuidado en nada los entrenamientos. Los antiguos discípulos de Henutsen han hecho aquí buena escuela y tenemos invisibles de primera categoría. Y los arqueros aciertan a una mosca a una cuerda...

-Lo que custodiáis aquí -respondió Elhamin en voz muy baja- es de extrema importancia... Pero también es cierto que no hay un peligro evidente desde abajo, y no nos viene mal un refuerzo y por otro lado, dará a entender al poblado que no hay nada demasiado interesante allí. Quitará curiosidad al asunto. Pues bien, colega, que se prepare ese azafe. Esperaremos hasta...

-No tenéis mucho que esperar, General. Ayer me tomé la tarea de los preparativos, porque suponía que aceptaríais. En medio Râdnie estará aquí el azafe, con diez carros como los vuestros y repletos de las mejores provisiones de la región, mas dos grandes tanques de agua en sendos carros. Arquero, avisad...

Un arquero lanzó muy alto una flecha con su punta embreada y encendida, que dejó una larga estela de humo y poco después el conjunto de carros se añadió a la formación.

-Los tanques de agua no son de madera. Son del hierro que no se enrobina. Adentro llevan pirámides hechas con varillas en diversas posiciones, así que siempre estará el agua bajo el efecto maravilloso, sobre todo si ponéis el carro de Norte a Sur... no se puede podrir, no importa que le dé el sol... Aunque hay que sacar el agua con cuidado porque en la tarde estará caliente si le ha dado el sol. El toldo que lleva hay que quitarlo si corre viento fuerte...

-Sois una caja de sorpresas, Hostinheteb. ¿Así que sabéis todos los usos de las pirámides?

-No, Elhamin... Creo que llegar a eso nos llevará generaciones, apenas hemos comenzado gracias a Unaptis y el Faraón Isman esta etapa de conocimientos, pero también veréis... Los carros llevan mucha comida y no todo está seco a la sal. La mayor parte está secada en nuestras casas, que como habéis visto son pirámides. Pero nosotros hemos descubierto que si dentro de las casas hacemos otras pirámides más pequeñas, pero más potentes, la comida seca en menos tiempo y puede durar años. Hasta ahora, sólo llevamos veinte años de experimentos y vais comer carne secada de esa época. Creo que ya no se pudre ni dejándola al sol tirada por ahí, pero se digiere de maravilla, sólo hay que dejarla a remojar medio día, o directamente cocinarla un poco más de lo normal. Cuando volváis os mostraré y explicaré más sobre todos los experimentos que llevamos a cabo aquí.

La expedición se reinició con rumbo al punto que Geonemetis tenía en las notas y mapas, atravesando partes de escasa vegetación, algunos bosques densos y aunque la región resultaba húmeda, eran muy pequeños los pocos arroyuelos que encontraron. Mientras iban montados en la vanguardia, las parejas conversaban.

-Nuptahek y Gelibar pasan conversando casi todo el tiempo, -decía Hetesferes a Elhamin- y Geonemetis lo hace con Hatshepsut, a quien creo que no le interesan mucho los huesos de gigantes, sino...

-¡Amor mío!, -le interrumpió él- Cualquiera diría que os estáis ocupando de las vidas privadas... Bueno, no es condenable, pero no hace falta especular sobre ello...

-Es que me trae muy buenos recuerdos, Elhamin. -se excusó ella- Y me emociona un poco, porque son las cosas más importantes de la vida. Sobre todo cuando las parejas se hacen como nosotros, justo en medio de una guerra o una exploración... Estas parejas lo tendrán menos doloroso que nuestros momentos de encuentro...

-Sí, han pasado por pruebas duras, pero no es igual tomar las clases más exigentes que enfrentar las cosas que hemos superado.

-Y francamente, -siguió ella- deseo de corazón que nunca pasen las cosas que tuve que pasar antes de conoceros, ni las duras batallas que habéis tenido junto al Faraón.

-Eso podemos desearlo, pero toda esta gente está preparada para hacerlo si es necesario, tanto como nosotros mismos. Y eso me deja más tranquilo, porque cada vez que pienso en las calificaciones que han tenido, en la claridad de ideas que llevan, no sé si debemos protegerles o somos nosotros sus protegidos. Aunque no puedan elegir las vicisitudes de la vida, eligieron libremente el rol que tienen... Perdonad, cariño... ¡Atención, guías!... Vamos a aprovechar aquel promontorio arbolado para detenernos. Ya es demasiado el calor.

Acamparon en una planicie algo elevada y rodeada de árboles, donde revisaron los mapas y Elhamin dispuso formación.

-Salimos con unas ochenta jaetas previstas -decía Elhamin- hasta nuestro destino, si están correctos los mapas. Hemos andado unas veinte y el calor ya es agobiante. Descansaremos, comeremos y dormiremos hasta la madrugada. Estos caminos sin senda pueden darnos sorpresas. Nadie va a Eritriuma por este camino desde hace muchos meses. Vamos a andar de día a pesar del calor...

-Disculpad, General, -interrumpió Hatshepsut- Se os nota algo cansado y a Hetesferes también, que no habéis bajado del camello en doce Râdnies... Si queréis me hago cargo de guardias y entorno...

-Me parece que nos ha visto en el Ka -dijo en voz baja a Hetesferes- y nos está enviando a nuestra tienda... ¡Bien, Atención! Dejo el mando a Hatshepsut mientras... dormimos un poco.

-Vos dormiréis durante el viaje bajo mi protección. -dijo Geonemetis a Hatshepsut casi al oído. Ella le besó en la mano y se fue a dar las indicaciones de exploración de entorno y reparto de guardias.

-¿Alguna novedad, Hatshepsut? -preguntó Elhamin saliendo de la tienda cuando aún era de noche, faltando mucho para el amanecer.

-Ninguna importante, General. Los exploradores están apostados a cinco cuerdas largas y los centinelas a una cuerda normal. La noche ha sido un poco fría pero no he permitido hacer fuegos. Se escucharon ruidos sospechosos, pero creo que son de animales pequeños y por el viento. Aún faltan más de tres Râdnies para el amanecer. ¿Habéis dormido bien?

-Sí... Hemos... Dormido muy bien. Gracias por el detalle de haceros cargo. Con tanto viaje y jaleo uno se olvida del matrimonio, pero las mujeres sois más memoriosas y detallistas.

Luego de algunas bromas Elhamin iba a acostarse otro rato, pero un explorador llegó corriendo con novedades.

-Son al menos cien personas a pie, puede que más y puede que de los nuestros, pero uno de los invisibles está averiguando más. Están a seis cuerdas de flecha, justo al Norte y van directo al Oriente, o sea en dirección a Gavelade.

-Despertad a Henutsen y Ankemtatis, que están en esa tienda, que se encarguen del asunto y luego id a desayunar pero estad alerta.

-¿Despertamos a todos?

-Sí, Hatshepsut, -respondió Elhamin- preparación para combate, formación inmediata y sin ruidos. Yo seguiré de cerca a Henutsen...

-No es necesario, General, dijo la aludida que aparecía a su lado.

-¡Henutsen! -¡Siempre sorprendiendo! ¿Cómo estáis preparada tan rápidamente?... Bueno, hay gente desplazándose hacia Gavelade. Haceos cargo de investigar. Ya uno de los vuestros está avanzando. Justo al Norte, a unas cinco cuerdas largas.

Henutsen movía la mano hacia el Norte y al Este, calculando la distancia y dirección que tomaría para interceptar a los desconocidos.

-Voy a pie, -dijo Henutsen- es menos de un jaeta. Dadme treinta de los míos para establecer una línea de comunicación, pero que venga el cetrero Ankorisis también. Si os quedáis con la tropa, os comunico para que decidáis que hacer.

-Bien, -dejo Elhamin- es mejor vuestra idea, así que en marcha.

CAPÍTULO II
UNA EXTRAÑA CARAVANA

Nuptahek se unió a Henutsen y salieron seguidas de treinta soldados, quedando en las posiciones que Henutsen les asignaba, a menos de una cuerda entre cada uno, para transmitir mensajes por si fallaban los halcones.

-La Luna creciente facilita la andada -comentó Henutsen- pero ya sabéis que habrá que mantener más distancia...

-No os preocupéis, Maestra, que nos habéis entrenado muy bien.

Guardaron silencio y siguieron avanzando hasta quedar sólo con el cetrero y una soldado en la línea de postas, cuando por fin vieron a menos de una cuerda un grupo humano apareciendo tras una loma, casi en dirección a su posición. Henutsen indicó al cetrero retirarse por donde venían, y a los demás "desaparecer" con una seña de mano y los tres quedaron cuerpo a tierra. En un instante se colocaron sus protectores transparentes en la cara y estaban cubiertos de arena. Sólo sus bocas, nariz y oídos podrían haber sido vistos si fuese de día y se les mirase desde muy cerca y justo encima.

-No creo que haya peligro en esta zona, -escucharon decir a alguien del grupo que pasaba a pocos codos- pero preferiría pasar por ...

No pudieron escuchar más porque caminaban rápido y se alejaban, pero lo siguiente que escucharon, después del sonido de las pisadas en la arena, eran quejidos de alguien y una mujer decía que llegarían a tiempo y parecía consolar a quien se quejaba. También iban con la rapidez del caminar que permite el frio de los Râdnies anteriores al amanecer y no escucharon más. Cuando ya no se oía nada, Henutsen se levantó y tocó a sus compañeros para hacer lo mismo.

-Hekamusim, -dijo Henutsen a la soldado- comprobad en cinco cuerdas de flecha que no hay más gente detrás y comunicad lo que sea al cetrero y a la línea de postas con el mensaje. *"Parecen nuestros, avanzan más de cien, un herido o enfermo..."* y agregáis lo que veáis si hay más gente. Con lo que sea, enviáis a vuestra primera posta a avisarnos y que la segunda reciba el mensaje para Elhamin. Le decís al cetrero que luego nos alcance.

La mujer salió corriendo en la dirección de la que provenían los caminantes, a los que Henutsen y Nuptahek siguieron durante un largo rato intentando escuchar más, pero la marcha iba en silencio y a paso rápido. Desde un pequeño promontorio por el que atajaron, veían que cinco personas eran llevadas en parihuelas. Justo en ese momento les alcanzaba Ankorisis para comunicar que no parecía haber nadie más que ellos siguiendo a aquel grupo.

-Ya he avisado al General Elhamin, y además mis dos halcones son rastreadores. A uno le envié para ver si hay gente en la dirección de origen de los caminantes y aún no regresa. Si volviese ahora mismo, significaría que hay gente a más de cincuenta cuerdas de flecha, o sea más de ocho jaetas. Pero no creo que tengan una retaguardia...

-Creo, -dijo Nuptahek- que es una comitiva llevando enfermos a Gavelade... ¿Qué opináis, maestra?

-Seguidme pero no muy de cerca. -respondió Henutsen mientras salía corriendo en dirección al grupo de desconocidos- ¿Traéis para hacer fuego?

-Sí, y flechas con brea. -dijo Nuptahek.

-Yo también. -agregó el cetrero-

-Haréis una señal a baja altura, hacia ellos, sin darle a nadie y sin que se vea desde la línea de posta, para no preocupar a los demás si no es necesario. Las lanzáis en cuanto me oigáis. Luego correréis una cuerda y repetiréis la operación, luego otra más y hacéis lo mismo con una o dos flechas. Parecerá que están rodeados.

Asintieron con la cabeza comprendiendo la estratagema y Nuptahek corrió casi junto con Henutsen pero se adelantó para tomar posición a más de una cuerda por delante del grupo. Ankorisis fue a ubicarse al otro flanco, paralelamente a los caminantes. Henutsen halló el sitio perfecto, sobre un montículo al lado de un cañadón por donde pasaría en momentos más el grupo.

-¡Atención!, ¡Deteneos inmediatamente! -gritó Henutsen con voz potente pero tranquila, mientras disparaba la primera flecha cerca del grupo- ¡Estáis rodeados y si avanzáis os lloverán las flechas!

Nuptahek disparó y su flecha encendida cayó a pocos codos del primero de la fila. Por el otro lado cayó una flecha tras otra, y momentos después Ankorisis lanzaba otra desde otra posición, a la que llegaba corriendo como nunca. Nuptahek y Henutsen hacían lo mismo tan rápidamente, que daba la impresión de haber todo un ejército sobre las colinas.

-¡No disparéis!, por favor, -gritó uno de los primeros de la línea- somos gente pacífica y llevamos algunos enfermos a Gavelade.

-¿De dónde venís?

-Desde Eritriuma. Nos quedamos sin médicos y tenemos enfermos que no sabemos cómo curar ni de qué sufren... Por favor, si sois de Ankh em-Ptah, os rogamos ayuda.

-Amontonad a retaguardia hasta vuestra última arma y ya veremos.

Las parihuelas fueron dejadas en el suelo y los más de cien viajeros dejaron todas sus armas donde se les indicó. Entonces Henutsen bajó del promontorio y mientras lo hacía alguien le gritaba.

-Creo que reconozco vuestra voz... ¿Acaso sois la hija de nuestro Faraón?

-¿Quién es la hija del Faraón?, -gritó Henutsen- ¿Quién sois Vos?

-Si sois Vos, Henutsen, sabréis que soy Meremgeor, el hijo de la Generala Daverdis, que ha sido vuestra compañera en las campañas del Faraón y ahora es regente civil y militar de Eritriuma... Vos y yo nos hemos visto hace mucho tiempo, apenas unas veces, pero vuestra voz es inconfundible...

-¡Atención! -gritó Henutsen a sus compañeros, llegando junto al grupo- ¡Relajad las armas, pero seguid atentos...! Decidme quiénes son todas estas personas, Meremgeor, y qué os ha pasado.

-Uno de nuestros médicos Ascendió y los otros seis que teníamos murieron. Sólo tenemos una médica que no viene con nosotros, por si enferman más personas. Pero no sabe qué ha causado esto. Hace medio año empezaron los problemas. Cinco de los nuestros ya no pueden andar pero venimos todos con síntomas de enfermedad, que aunque andamos, no podremos hacerlo por mucho tiempo...

-¿Cómo está vuestra madre? -decía Henutsen mientras se acercaba descendiendo del promontorio.

-Está enferma y desesperada por esta situación... Intenta averiguar qué está produciendo esta enfermedad. Mi padre... ha muerto.

-¿De lo mismo que sufrís Vosotros?

-No lo sabemos, ocurrió de repente hace unos días.

-A mí me podréis recordar también, querida Henutsen... -dijo una mujer que se acercaba, y aunque de complexión fuerte, parecía muy anciana- Estoy enferma y algo sorda, pero soy la que conocíais como Comandante Diva, ascendida a Comandante y luego a Generala por vuestro padre, antes de iniciar aquel viaje...

-¡Diva!, ¡Queridísima mía!... Vuestra voz de música no ha cambiado.

Se abrazaron sin contener las lágrimas, con el infinito amor que se tienen los compañeros de combate que se encuentran tras muchos años y Diva presentó al resto del grupo. Varios más habían conocido personalmente a Henutsen y ella apresuró las decisiones.

-Vamos a dejar las conversaciones por ahora. ¡Nuptahek y Ankorisis, venid!... Y ahora os voy a presentar a todo mi ejército...

Luego de presentar a sus dos camaradas y reírse de las efectivas precauciones tomadas, Henutsen indicó a Ankorisis enviar a su halcón hacia Elhamin, con el mensaje "*Son nuestros y necesitan médicos*".

-Ahí viene... -dijo Ankorisis recibiendo al halcón rastreador- En unos momentos el General estará informado. Por cierto, no hay retaguardia.

-Bien, -dijo Nuptahek- recoged las armas y vamos andando hacia el campamento... Me temo que no hay tiempo que perder.

Medio Râdnie después se encontraban con cincuenta soldados que Elhamin había enviado con Hatshepsut al frente. Ayudaron a portar a los cinco de las parihuelas y a medio camino les llegaba un carro con los médicos. Râ asomaba con fuerza cuando llegaron al vivac y a medio día los médicos hablaron con la Plana Mayor.

-No hemos encontrado ningún síntoma de enfermedad propiamente dicha, salvo en algunos de más gravedad, -decía el médico Bugarim- sin embargo están envejecidos. Es algo que no conocemos, pero podría ser envenenamiento progresivo. Los más graves parecen ser muy ancianos pero ninguno tiene más de un siglo, presentan dolores en el vientre y no les hacen mucho efecto los calmantes.

-Hemos hecho un par de purgas -decía la médica Ajnanumis- pero se ponen peor y no sabemos si es una crisis curativa o empeoran de verdad. También presentan todos alguna deficiencia en los riñones. En cualquier caso el problema es que estamos lejos de Gavelade, donde se podrían tratar mejor y verles más colegas nuestros. Ya sabéis que es importante la interconsulta, tener opinión de más médicos...

-Por favor, -dijo Elhamin- dejadnos un momento. Vamos a deliberar para saber que conviene hacer.

-Nuestra expedición, Nuptahek, es muy importante, pero...

-Ni falta hace que digáis nada, General. Ninguna expedición es tan importante como poner a salvo a nuestra gente y averiguar qué pasa...

-Y los huesos de gigantes -interrumpió Geonemetis- tampoco tienen ninguna importancia, más allá de mi curiosidad...

-Daba por hecho que diríais eso, -siguió Elhamin- pero nosotros no podemos ayudarles en nada, ni creo que puedan hacer mucho en Ankherobis. Allí tienen buenos médicos, pero pocos suministros y si no tienen enfermedades es por las prevenciones y las pirámides. Bastaría con medio azafe y diez carros para que les lleven a Gavelade... Ya sabéis que allí y en Gebelik están ahora mismo reunidos los más grandes maestros de la Escuela de Horus-Sobek.

-Cierto, -dijo Henutsen- en dos días o menos estarán en manos de los mejores médicos y nosotros disponemos de todo lo necesario para continuar lo nuestro, y eso es llegar a Eritriuma y ver cómo están allí, y si es posible ayudar a Daverdis con el asunto.

-Opino igual... -dijo Nuptahek mirando a Hatshepsut que asentía con la cabeza- O mejor dicho, opinamos igual.

-¿Y Vos, Ankemtatis?

-Opino igual, General. En cuanto dispongáis ordeno los preparativos y que partan con diez carros con provisiones y uno de los carros con agua para que lleguen a Gavelade lo antes posible, y que destinen médicos para Eritriuma cuanto antes.

-Muy bien. -siguió Elhamin- Destinad cincuenta hombres y al menos diez con boleras, que deben regresar en cuanto la gente esté segura. Es camino con mínimos riesgos pero es mejor que vayan custodiados. Si parten al atardecer aprovecharán la noche y podrán andar hasta pasado medio día de mañana. En menos de tres días llegarán a Gavelade. Nosotros también partiremos al anochecer.

-Querida Diva, -decía Ankemtatis mientras ayudaba a preparar el grupo de enfermos- no sabemos qué os ha ocurrido, pero allá están los mejores médicos de todo el país en estos días. También irá con

Vosotros uno de mis compañeros que conoce muy bien la región. Os hemos encontrado porque os habíais desviado mucho al Sur. En la dirección que llevabais habríais llegado al Nilo como a treinta jaetas de Gavelade... Y me extraña que hicierais el camino a pie...

-Pues ha sido una suerte muy grande desviarnos, porque no nos habríais encontrado pero creo que tampoco hubiéramos podido andar un día más... Es que Eritriuma parece un poco olvidada por los dioses y los hombres. También los animales están enfermos, no hay caballos que puedan aguantar el tiro de una cuadriga.

-Por eso también es preciso que continuemos y veamos si podemos hacer algo allá. Muchas veces me acuerdo de todos mis compañeros y os aseguro que Henutsen también os nombra muchas veces. No tenía idea de que estabais destinada tan lejos.

-Pedí aquel destino porque destinaron allí a mi cuñada Daverdis, pero ha sido una experiencia más dura que las campañas contra los oberitas. Es una región de naturaleza maravillosa, pero muy extraña, de fríos y calores extremos. En nuestro pueblo el agua de los pozos a veces sale dulce, otras salada y en alguna ocasión ha salido con gusto a brea... Algunas noches se ven cosas raras, luces como cortinas que se mueven... Los animales se asustan mucho y la mayoría han muerto o se han ido, sin más... Perdonad mis lágrimas, Ankemtatis, pero estamos muy mal.

-¡No hay nada que perdonar!, pero si seguís llorando me vais a contagiar... Nosotros estaremos allí en dos días y veremos qué pasa.

Tras una cena repleta de abrazos, en que el grupo de Nuptahek se empeñó en infundir buenos ánimos a los enfermos, las caravanas partieron en direcciones opuestas con los últimos destellos de Râ y poco después la Luna creciente iluminaba muy bien el camino, poco vegetado y de arena poco profunda. La piedra lisa de la mayor parte de la superficie facilitaba el paso de los carros y la noche transcurrió con serenidad.

-Aquellas nubes de Occidente -decía Nuptahek a Elhamin mientras avanzaban a la vanguardia montados en sus camellos- estarán encima al amanecer. Si no llueve, nos permitirán continuar hasta medio día.

-Y si llueve también, supongo... -intervino Henutsen que cabalgaba a lado de ellos- Mientras no diluvie, podemos hacer unas cuantas jaetas, pero he de reconocer que me mueve demasiado la ansiedad por ver cómo están Daverdis y su pueblo.

-Es posible -dijo Elhamin- que sea algo en el agua lo que les tiene enfermos, pero no conozco ningún veneno que haga envejecer...

-Pero las energías naturales de la tierra, a veces lo hacen.

-Cierto, Nuptahek... Decidme, Henutsen, ¿Viene con nosotros alguno de los más entrenados en el uso de Heka y el Nejej, aparte de Nuptahek y Hatshepsut?

-Sí, General, dos de mis invisibles han estado un año en Horus-Sobek bajo las enseñanzas del Maestro Danrubosis. Creo que sólo él o mi padre cuando estaba con nosotros, les superaría en su uso.

-¡Oh!, sí, -dijo Elhamin- recuerdo a esos dos, que Isman enviaba a buscar minerales cuando él mismo no podía hacerlo....

-Sí, Edmónisis. -continuó Henutsen- Y el otro es Prinheteb, que tiene más sensibilidad para lo orgánico. Nadie le supera en el análisis de los campos, para determinar las tierras de cultivo para cada especie y para ver el mundo de lo muy pequeño... Edmónisis está en el Sur, pero por fortuna, Prinheteb viene con nosotros. Ankemtatis lo reclutó para este viaje pensando en que puede ayudar en hallar esos huesos que busca Geonemetis.

-Creo que nos ayudará más de lo pensado, -dijo Nuptahek- porque lo que sea que está enfermando a la gente, aunque sea mineral, tiene relación con lo orgánico.

La marcha continuó bajo la luz de la Luna pero las nubes pasaron de largo y el cielo despejado hizo insoportable el calor. Pasada la media mañana era agobiante y detuvieron la marcha. Armaron el campamento entre altos arbustos y palmeras de un oasis y Hatshepsut se encargó de las guardias y control de entorno. Sólo hicieron una comida porque todos habían desayunado durante la marcha, de modo que durmieron profundamente durante la tarde. La Luna ya muy en creciente les vio partir de nuevo en lo que sería el último tramo hasta Eritriuma, pero tuvieron que detenerse y dormir durante la mañana. Se nubló a medio día y Elhamin ordenó retomar la marcha para llegar al destino con las últimas luces del atardecer. La patrulla de centinelas del poblado dio aviso rápido y no fueron advertidos por los viajeros, salvo por Henutsen.

-La guardia es buena, -dijo ella- sólo mi oído ha detectado algo. Seguramente ya está el pueblo avisado de nuestra llegada.

El encuentro con Daverdis y varios compañeros de las antiguas campañas que salieron a recibirles, fue muy emotivo, especialmente doloroso para los recién llegados, que les vieron desmejorados y envejecidos, como si en vez de dos décadas hubiese pasado un siglo. Para ellos fue una maravillosa noticia saber que Diva, el hijo de Daverdis y todos los demás seguían camino a Gavelade en mejores condiciones.

-Temía que no llegasen y creo que no lo habrían logrado sin vuestra ayuda y la de los dioses. Mi hijo tiene muy buena orientación, pero

Diva tiene además mucha experiencia, no es de las que puede desviar el rumbo, pero eso les ha salvado. ¿Qué deseáis hacer, General?

-Vamos a comenzar por analizar las aguas. -dijo Elhamin a Daverdis y otros oficiales- Os presento a Prinheteb, que además ser experto en las artes del Heka y el Nejej, trae consigo algunos aparatos de los Hekanef que podrían servir. Al amanecer se pondrá en ello.

-Hemos pensado en el tema del agua, -dijo Daverdis- pero no tenemos modo de saber si es eso. Los médicos no han encontrado nada en ella pero el Heka y el Nejej les dice que no es buena

-Y yo -dijo Nuptahek- me ocuparé de recorrer todo el entorno, para ver qué puedo deducir.

-Gracias, querida... -decía Daverdis- No creo que hagáis algo que no hayamos intentado ya, pero siempre más percepciones se pueden comparar y si encontramos la causa y la remediamos, nos podremos quedar. De lo contrario, hemos decidido abandonar este lugar aunque sería complicado y muchos morirían porque no podrían soportar cinco o seis días de viaje... También sería doloroso decirle a nuestro Faraón que no podemos permanecer en algún punto de Ankh em-Ptah ...

-Mi padre ya no está entre los mortales... -comentó Henutsen- Enhutatis y él ascendieron en La Luz hace poco menos de una luna.

-¡Eso es una gran noticia! -exclamó Daverdis- No era de esperar otra cosa, pero igual... Sería doloroso abandonar este sitio que hemos hecho nuestro pese a sus rarezas. Supongo que ahora el Faraón es Menkauris...

-Sí, por ahora, -dijo Elhamin- pero aquí está con nosotros la futura Faraona, que posiblemente ya lo sería si no fuese porque se empeñó en venir a explorar unos huesos de gigantes, de los que nos habló Geonemetis, aquel que viene allí...

-¡Los huesos de gigantes...! -dijo Daverdis- Eso está cerca, más al Norte y al Occidente, a unas veinte jaetas. El terreno allí es boscoso, con mucha agua, mezclado con mesetas raras y desérticas, pero casi nadie suele andar por ahí porque hay ciénagas y arenas movedizas, así que os recomendaré a alguien que conoce la zona y que por suerte no ha sufrido enfermedad.

-Gracias, -dijo Elhamin- pero no nos apresuraremos con eso, que ha quedado por ahora suspendido. Geonemetis tiene conocimientos muy variados, que también pueden aportar respuestas a lo importante, así que los huesos quedarán para cuando todo esté resuelto.

-Pero bueno, supongo que no será secreto lo de la futura Faraona...

-Ya no es secreto, Daverdis. -dijo Nuptahek- Soy vuestra futura mayor servidora. Y como tal, incluso ahora, siendo sólo Generala, mi prioridad será hacer que esta zona sea mejor atendida. Si se puede estar sin riesgo, la conservamos. Si no es así buscaremos otro sitio para que vayáis todos. ¿Cuántos sois?

-En total veinticuatro mil doscientas cincuenta personas. El pueblo está expandido en cinco sectores. Según la última noticia estadística del país, la gran mayoría Asciende en vez de morir, pero aquí sólo lo hacen quince de cada cien. Los demás han ido muriendo de una vejez apresurada, o como mi marido, de repente, sin causa aparente.

-Es una situación muy grave... -decía Nuptahek- Si ya fuese yo Faraona estaría preparando ahora mismo un éxodo hacia Gavelade, o al menos hacia Ankherobis, que allí el terreno es muy fértil... Aunque hay cosas... Bueno, cosas que mejor dejar...

-SÍ, -intervino Elhamin- Es mejor dejar que Ankherobis siga creciendo normalmente. Hay buena agua y tierra fértil pero no podría sostener a tanta gente... Hay mejores lugares más cerca del Nilo.

-Yo no había pensado en ir tan lejos... -intervino Daverdis- también hay un oasis a algunos días de marcha, hacia el Sur y Occidente... Un viaje tan largo sería muy difícil...

-Y donde hicimos el último campamento. -dijo Henutsen- Pero es pequeño, no daría para tanta gente.

-Ese es el problema. -siguió Daverdis- No sabemos si habrá agua suficiente, pero además, de repente empezar a construir tantas casas, en el estado que está la mayor parte de la población, no parece muy viable. Tampoco tenemos buena madera y no hemos podido hacer casas con forma de pirámide, que según hemos sabido, las están haciendo en casi todo el **país**.

-Sí, -dijo Nuptahek- y se seguirán construyendo, pero cierto es que hace falta mucha madera para las estructuras que luego se cubren con piedra calcárea fina, y no se puede usar cualquier madera. En los bosques cercanos a Ankherobis habría suficiente, pero sería un gran trabajo y algunos días de marcha hasta esos oasis... Pero es posible hacer carros mientras se traen animales de tiro... ¡Por los dioses, que me gustaría ya ser Faraona y poder decidir y disponer...!

-Querida Nuptahek... Tranquilizaos... -dijo Elhamin ante la efusiva exclamación- Por mi parte, mi papel de jefe de expedición ha acabado y puedo retomarla cuando vayamos a por esos huesos. Pero Vos también sois Generala, tenéis por mi parte la venia de reemplazo y Menkauris no está aquí para decidir.

-Además, -dijo Ankemtatis- creo que los que estamos aquí podemos validar esa venia de reemplazo. Si bien diría que cualquiera podría entre nosotros, tomar buenas decisiones, no sois la futura Faraona sólo por vuestras buenas calificaciones en lo militar. Habéis llevado igual que Hatshepsut, regencia con decisiones tan impecables que hasta el Faraón se vio sorprendido... Voto porque actuéis como Faraona. Al menos en funciones de emergencia.

-Bien dicho, Ankemtatis, -dijo Elhamin- por mi voto también, podéis actuar y decidir como Faraona interina, aunque sea localmente...

Hatshepsut y Henutsen votaron por lo mismo, al tiempo que daban gritos de alegría.

-Yo también tengo voto como General, -dijo Daverdis- pero aunque acabo de conoceros, ya he visto vuestros ojos conteniendo con dolor las lágrimas al vernos enfermos y débiles, y veo ahora la misma fuerza que he visto tantas veces en los de Isman de Gebelik. Pero además, conozco tan bien a estos colegas con los que he tenido el honor de compartir las más duras campañas bélicas, que ni por un instante creería que pueden tomar una decisión equivocada. Sois para mí, la Faraona de Ankh em-Ptah ...

-Gracias, pero levantaos, no os quiero jamás de rodillas ante mí. Si al Faraón Isman no le gustaba pero lo soportaba, yo lo voy a prohibir. Y ahora mismo, procedo como Faraona de reemplazo local y pregunto: ¿Cuántos herreros tenéis?

-Muchos, -dijo Daverdis- porque hay minas muy buenas de mucho hierro al Sur, a medio día de marcha. Y con buenos maestros, han hecho escuela al menos cien y cada uno tiene algunos aprendices. Nos sobra metal y herreros. También buen carbón, aunque lo traemos de lejos, a dos días de marcha, más al Sur de las minas de hierro.

-¿Y carpinteros?

-Pocos, porque hay poca madera y los escasos bosques de la región dan madera blanda. Pero uno de ellos es Aponhemosis, uno de los mejores discípulos de Himhopep. No ha tenido posibilidad de hacer grandes cosas, pero sin pasar por las escuelas de Gebelik, ya veis que nuestras casas y otros edificios, que se hicieron antes de empezar a enfermar, son tan buenos como los de Karnak. Sólo que aquí no hay templos de la época de los Hekanef, todo lo que hay está hecho por nosotros bajo la magistral dirección de Aponhemosis, que además es brutal trabajando en las obras...

-Hacedme el favor de llamarle, y también a los maestros herreros.

-Si me hacéis el honor, Faraona, -dijo Daverdis- pasamos a comer y mientras, nos reunimos con ellos.

En uno de los edificios, imitación de los antiguos templos, sin los grabados tan misteriosos de aquellos, pero muy bien pintados con toda la simbología más conocida y traducida hasta el momento, se dispusieron las mesas y Nuptahek pidió ocupar un sitio más amplio, para trabajar con Hetesferes sobre los mapas.

-Os ruego, Hetesferes y Geonemetis, colocaos a mi lado con todo el material que tengáis. Vamos a ubicarnos muy bien en la geografía, sin lo cual es imposible hacer cálculos. Aquí tenemos el mapa general de nuestra Patria... Veamos los otros.

-Este es el mejor mapa de esta región, -dijo Hetesferes- que he ido haciendo desde hace años, pero no tenía referencias claras. No vale mucho si lo comparamos con este otro que tenéis aquí... ¿De dónde proviene éste, Geonemetis?

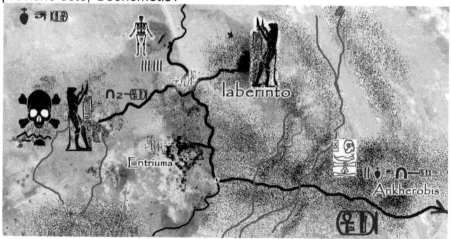

-Lo copié del que está en la biblioteca de Unaptis, pero le he ido agregando los detalles de nuestro viaje y algunas cosas de los mapas que tiene el General Hostinheteb. La biblioteca de Ankherobis no es muy grande, pero es muy selecta. Encontré pequeños mapas de zonas que están poco exploradas... Y este otro mapa lo copié de las referencias que tienen los jefes de las patrullas de Ankherobis. Si los combinamos tenemos incluso zonas misteriosas, no muy exploradas, a las que han puesto serias advertencias de peligro, con muchos puntos interesantes. Aquí están las minas de carbón que dice la Generala, un poco al Sur-Este de las minas de hierro. Y en éste tenemos la zona de los huesos que busco, en los que figuran ciénagas y otras cosas de lo que hemos sido advertidos. Sólo estos símbolos que no sé cómo interpretar y no encontré a nadie que pueda hacerlo.

-No os preocupéis, que yo si puedo. -dijo Hetesferes con una sonrisa de oreja a oreja- Cuando acaben aquí los problemas, con esta señalización será muy fácil llegar hasta vuestros huesos viejos...

-Dejad en paz a los míos, Hetesferes, -replicó Geonemetis- por favor, que sois geógrafa pero no sois médica.

-Bien, geógrafos... -intervino Nuptahek al acabar las risas- Dejamos los huesos de Geonemetis y ahora pasemos a armar otro mapa con todos esos datos, en especial con los detalles de recursos materiales, que llamaremos "Enkhuum-aponisis", (*El trabajo científico del éxodo*). Por favor, Daverdis, que venga esa persona que decíais que conoce la zona de los huesos.

-Estoy aquí, -dijo una niña sonriendo en el otro extremo de la larga mesa- me llamo Khumpomisis y cuando queráis, os llevo sin pérdida a ese lugar y el otro más raro cercano, sin que caigáis en ninguna de las trampas mortales que tiene el laberinto...

-¿El laberinto?, ¿Hay un laberinto donde lo pone el mapa, o es un conjunto de cerros donde es fácil perderse?

-Sí, Faraona. Uno de los lugares es un gran laberinto... Por fuera y por dentro.

-Eso se hará en otro momento, pero... ¿Podríais hacer un mapa que indique los minerales, los árboles y los posibles caminos?

-Ya lo tengo hecho, Faraona, pero no muy completo. Lo empecé a hacer cuando fui por primera vez, hace unos veinte años. Diva siempre me regaña porque le da miedo que vaya sola, pero yo adoro ese sitio. No sé qué tiene, me atrae mucho, aparte de que ahí, algún día... Pero empecé el mapa para que nadie caiga en las trampas, que son muchas. Lo traeré enseguida...

-Pero... ¿Qué edad tiene esa niña? -preguntó sorprendida Nuptahek cuando la pequeña salió corriendo.

-Es para no creer, -dijo Daverdis- pero va a cumplir treinta y tres. Nació en Gavelade y es sobrina de Diva. Su padre murió en la campaña del Sur y su madre desapareció poco después, así que Diva la adoptó como si fuese su hija. Cuando vinimos aquí ella tenía diez años y estaba muy feliz... Insistía que aquí encontraríamos a su madre y no le hemos podido quitar esa idea. Parece que su cuerpo y su mente se han quedado en diez años de edad, aunque es muy fuerte y ágil, pero razona como un adulto muy inteligente, nadie creería su edad y su buen humor. Jamás ha estado enferma, los mosquitos no le pican. No explora más lejos porque no puede cargar con más agua...

-Gracias, Khumpomisis, -dijo Nuptahek cuando la niña llegó con una gran cantidad de papiros que unidos formaban un enorme mapa, por lo que tuvieron que agregar otra mesa- y supongo que no será mucho pedir que nos vayáis explicando...

-Hay dos lugares interesantes. Uno es muy desértico y se llega directo sin mucho peligro. Allí es donde están los huesos grandes, que no sé si son de personas o de grandes animales. Pero creo que puede interesaros también esta otra región, aunque es la más peligrosa, un laberinto de cuevas al que llamo Khumporok. Estos redondelillos de aquí son los árboles, los más oscuros son de maderas duras, pero están justo en la zona donde están las ciénagas. Algunas son de lodo y otras son de brea. Estos otros más claros son de madera blanda y están rodeados de arenas movedizas, que están cubiertas de enredaderas. Sólo hay que caminar donde hay hierba de raíz y no sobre las enredaderas. Por este otro lado de la zona hay unos charcos de brea, que es a lo más profundo que conocen algunos, porque no hay riesgo hasta allí. Lo demás está marcado con diferentes colores y en este papiro están todos los significados de referencia. No he sido instruida en geografía, así que sólo sé usar los símbolos que me ha enseñado mi tía Diva, o sea símbolos militares...

-Bueno... -dijo Hetesferes- Los símbolos que usáis son correctos, y aunque son de uso militar, también se usan en cartografía civil. Los civiles sólo tienen más caracteres porque atañen a más productos y cosas de la vida normal. ¿Cómo habéis calculado esta escala?

Las explicaciones de Khumpomisis dejaron atónitos a todos. Había hecho cálculos matemáticos complejos para definir distancias usando un aparato de cañas huecas y un círculo de madera con muchos agujeros y clavos para determinar la posición de las estrellas, la luna y el sol en diferentes épocas. Las líneas de nivel estaban muy bien dibujadas en los mapas con indicaciones muy puntuales de todos los sitios peligrosos, así como caminos anchos y estrechos posibles.

-¿Quién os ha enseñado todo lo necesario para hacer eso?

- Alvalopep, Faraona. Es un gran sabio en cuestiones de la tierra...

-¡Alvalopep! ¿Será el mismo que conocemos? -exclamó Ankemtatis.

-Sí, claro, -respondió Daverdis- con el que trabajabais en el Sur con aquellas ar... en las campañas del Faraón... Ahora está igual o peor que nosotros. Lleva días sin salir de su casa. Su mujer y sus hijos están algo mejor... No quiso ir en parihuelas a Gavelade y...

-Bueno, ya me lo presentaréis, que hemos estudiado algo de sus obras -interrumpió Nuptahek- pero ahora sigamos con la geografía. Decidme, Khumpomisis, ¿Qué son estas líneas con rojo intenso?

-Esos son los laberintos de abajo. Sólo tengo explorado un poco, hay que hacerlo despacio y con mucho cuidado. Hay pozos profundos que no sé hasta dónde llegan. En sus bordes hay partes de suelo tan resbaladizo que un descuido os puede llevar a no se sabe dónde. En algunos lugares apenas puedo pasar yo pero no pasaríais ninguno de Vosotros... Habría que abrir túneles o al menos quitar algunas rocas... Hace mucho tiempo que no voy por ahí, como dos años, pero recuerdo todo, además de tenerlo dibujado.

-Por ahora vamos a dejar todo eso, Khumpomisis. -dijo Nuptahek- Nos vamos a centrar en las maderas, los minerales, las aguas buenas y cosas que puedan ser de ayuda para construir en otro lugar, para construir carros o para entender qué pasa con las cosas raras de aquí. Supongo que habéis visto cosas muy raras... ¿Qué podéis decirnos?

-En los laberintos, -continuó Khumpomisis- no muy lejos de las bocas de entrada, hay minerales muy raros, que no conozco. Incluso hay un pequeño lago que parece de mineral fundido, pero como no emite calor he metido la mano y está frío... Pero no moja.

-¿Será el arzyemum de los Grakios? -intervino Hatshepsut.

-Es muy probable, -dijo Meranubis- porque es el único metal que a la temperatura ambiente está líquido. Y es bastante peligroso, se hace con él venenos potentes. Tiene muchas utilidades, pero hay que tener extremos cuidados. Y según tengo entendido por los alquimistas, los lugares de donde se extrae suelen ser... Peligrosos.

-Creo que mañana lo primero que haré, será visitar ese lugar.

-No deberíais arriesgaros yendo sola, Nuptahek, -dijo Elhamin- pero si llevamos cuidado, con el Heka y el Nejej podemos estudiar el lugar.

-Tranquilo, General, que no iré sola. Vendrá toda la Plana Mayor, Hetesferes y Geonemetis para completar mapas, esta señorita que nos indicará el camino, Prinheteb con sus aparatos, Meranubis con su conocimiento de minerales... E iremos con cuantas precauciones sean posibles, aunque no se me ocurre que más podemos tener en cuenta, aparte de andar con cuidado. Mientras tanto, aquí en el pueblo se empezarán a construir carros... Que Alvalopep haga un diseño para que quepa mucha gente y requiera pocos animales de tiro. Si hay mucho hierro podrá hacer muy buenas ruedas... Si no hay suficiente carbón para producirlo y elaborar lo necesario, que Alvalopep y Aponhemosis busquen la manera de usar brea, que parece abundar, al menos en la zona del laberinto... También arde y quizá...

-Sí, Faraona, -intervino Khumpomisis- y no es peligroso llegar a ellas. Del lado occidental es de donde se puede extraer sin peligro, pero yo sé donde hay mucha y se podría sacar con facilidad... ¿Eso puede reemplazar al carbón?

-Sí, -respondió Nuptahek- aunque habrá que adecuar el sistema, pero según creo, Meranubis puede tener alguna idea... ¿Es así?

-Así es, Faraona, -respondió el aludido- y no sería algo muy difícil, a pesar de que la brea nunca calienta tanto como el carbón. Habrá que ver cómo hacemos que produzca una llama más calurosa, quizá combinándola con virutas de madera o aunque sea, calentando piedras y sacando un destilado... Como hacemos con algunas bebidas pero para ser más reactivo... Disculpad, no es lo importante ahora, así que sigamos, que de eso ya me ocuparé.

-Bien. Khumpomisis, -siguió Nuptahek- por favor preparad junto con Hetesferes, un mapa basado en el vuestro y Daverdis, encargaos de que comience cuanto antes esa fabricación de carros. ¿Alguna sugerencia sobre lo descrito por Khumpomisis?

-Si me permitís, Faraona... -dijo Meranubis y continuó cuando ella asintió- Las precauciones que debemos tener para ir a un lugar donde puede haber venenos naturales, es beber mucha agua de lluvia al menos durante todo un día y llevar esa misma calidad agua, para no tener que beber las de la zona. Habrá que esperar que llueva o usar sólo la que traemos en el carro metálico. Y la comida que llevemos que no sea de aquí, sino de las provisiones que traemos....

-Tenemos diez carros casi llenos de pertrechos, -dijo Elhamin- comida abundante y uno de los carros contiene un tanque de agua de Ankherobis, que no es de lluvia pero es segura. No habrá que esperar.

-Sí, -continuó Meranubis- bien, con tal que no sea de aquí mismo...

-¿Entonces, Meranubis, -dijo Nuptahek- creéis que puede ser como dijimos, un problema del agua?

-Sí, -respondió él- no descartaría otras causas, pero donde hay arzyemum el agua suele ser muy mala. Esta mañana ya hemos visto la coincidencia de todos los que usamos hekas y Nejej. Es el agua, pero no sabemos más que eso. Otra precaución que debemos tomar es llevar telas muy finas preparadas para filtrar el aire que se respira en toda la zona. Generala Daverdis, ¿Tenéis canarios en este pueblo?

-No, Meranubis... Casi no hemos visto pájaros desde hace tiempo...

-¿Pero no tenéis canarios en vuestras casas? -pregunto Nuptahek.

-No, tampoco. Han muerto o se fueron al comenzar el problema. Me picáis la curiosidad, no entiendo qué tienen que ver los pájaros...

-Si aún tenéis jaulas, -dijo Meranubis- podemos cazar algunos de los bosques y llevarlos al laberinto. Ellos se usan para saber si falta el aire o si hay gases venenosos. En cuanto empiezan a dormirse hay que salir corriendo...

-Tampoco tenemos jaulas para pájaros, -dijo Khumpomisis- nadie les ha tenido nunca prisioneros. Antes los había, pero libres, anidando en nuestros tejados. También desaparecieron las aves de los bosques, se han ido, porque no he encontrado cadáver de ningún pájaro en los últimos cinco meses...

-¿De dónde extraéis el agua?

-Hay cinco fuentes, Faraona. -respondió Daverdis- El arroyo de superficie que pasa por el medio del pueblo es cada vez más pequeño y sus aguas se pierden hacia Occidente. Hace un tiempo empezó a mermar y a veces se seca. Las fuentes no han mermado pero el agua suele salir mala. También lo comprobamos con el Heka pero nunca da una lectura igual. A veces indica que está bien, otras que está mal...

-No desesperéis, Daverdis, -intervino Henutsen- Diva ya nos dijo lo del agua mala, pero vamos a resolver este asunto. ¿Qué podéis decir de vuestras ideas, Nuptahek?

-Que es prioritario preparar esa logística de emergencia por si es preciso trasladar a todos los habitantes hacia el Nilo y creo que no vamos a demorar en hacerlo. Si no conseguimos averiguar qué pasa en veinte días, habrá que abandonar el lugar. Por eso hay que preparar al menos quinientos carros, para llevar a todo el pueblo en tres viajes. De lo contrario vamos a pedir auxilio a toda la región, aunque implique descuidar la seguridad militar. ¿Cuántos animales de tiro y montura tenéis, Daverdis?

-Quedan unos cinco mil camellos y poco más de cuatro mil caballos, pero todos muy débiles y los que tienen más fuerza están muy alterados. Por eso Diva prefirió hacer a pie el camino a Gavelade. No soportarían un viaje tirando de los carros. Hace un año teníamos tres veces más. También van muriendo poco a poco y muchos se han escapado. Las vacas y burros aún son suficientes para la subsistencia pero ya la mitad tienen problemas. Los cerdos no han sufrido la misma suerte, o han mermado muy poco, por eso no nos falta comida, pero las aves de corral sí que han mermado a menos de un cuarto, se asustan cuando en mitad de la noche se ven luces extrañas... Las vacas dan menos leche y las aves menos huevos, pero es normal por el agobio de lo que les asusta. Si escucháis algo más tarde, salid a ver el cielo, hacia el Nord-Este...

-O sea... ¿Cómo era el nombre del laberinto, Khumpomisis?

-Khumporok, Faraona, porque sé que algún día será allí donde quede sellado mi destino. No entiendo muy bien cómo es eso, pero es algo que sé sin saber... Es decir que mi Ser Divino lo sabe, pero yo sólo veo como en un espejo de aguas turbias, no alcanzo a entender. Sé que debo estar allí en algún momento para encontrar a mi madre... Perdonad, Faraona, hablo demasiado y os hago perder el tiempo...

-Está bien, Khumpomisis, -le dijo Nuptahek- que con escucharos, no perdemos nada, pero sigamos planificando, que mañana hay que salir muy bien prepa...

-¡Alvalopep! -Exclamó Ankemtatis al ver al hombre entrando- Disculpad, Faraona, no pretendía sobresaltaros, pero es el ingeniero, geómetra y geodesta del que nos hablaba Khumpomisis...

-¡Y del que estudiamos sus obras científicas en todo el país...! - Agregó Geonemetis.

Luego de los abrazos y breves conversaciones entre quienes le conocían, Alvalopep se dirigió a Ankemtatis discretamente...

-Será porque estoy un poco sordo, medio ciego y creo que atontado, pero creí escuchar que os disculpabais ante una "Faraona"...

-Sí, querido amigo, os la presento: Nuptahek de Karnak, Faraona local en funciones en Eritriuma por venia de reemplazo y en poco más, Faraona de Ankh em-Ptah .

-¡No, no, eso sí que no!, Alvalopep. Nada de arrodillarse, y en adelante queda prohibido para todo el mundo hacer eso ante mi presencia. El Faraón Isman ha Ascendido pero me habló muchas veces de Vos y de todos los que compartieron campañas con él. Os admiramos en toda la Patria por vuestros conocimientos matemáticos, geométricos, geográficos y por la didáctica y paciencia en enseñar todo lo que se puede aprender de vuestra sabiduría... Perdonad... -siguió Nuptahek hablándole mientras le tomaba del brazo al notar la debilidad del hombre, que se sostenía en pie con esfuerzo- está prohibido que os arrodilléis ante mí, pero no que os sentéis a mi lado. Alguien nos decía que estabais más con Anubis que con nosotros. ¿De repente habéis recuperado algo de salud o sólo queríais cotillear sobre una nueva Faraona?

-Sois muy simpática, Nuptahek, -dijo riéndose Alvalopep- pero no me levanté de la cama por Vos, que nadie me informó de vuestra existencia. Sólo me dijo uno de mis hijos que había venido Ankemtatis con la hija del Faraón y con el General Elhamin y ciento ochenta y siete personas más. Saqué algunas cuentas y pensé que es mucha gente para un simple paseo, y si no venía el Faraón, al menos se habría acordado que existe este lugar... Perdonad, Faraona, parece un reproche, pero es lo que pensé.

-Está bien, Alvalopep. No es que el Faraón se haya olvidado nada. Simplemente no llegaron noticias...

-Y en eso la culpa ha sido solamente nuestra, -intervino Daverdis- y muy especialmente mía, porque hemos sido unos tontos orgullosos. Sólo hemos estado yendo a los pueblos del Valle de Moeris y hasta el Nekhbet del Mar a entregar hierro y traer otras cosas, pero hemos querido resolver el problema por nosotros mismos.

-Ya es suficiente, Generala. Habéis hecho cuanto habéis podido y no ganáis nada con sentiros culpable. Mañana estaremos despejados y descansados. Por hoy se acabó el trabajo. Quien quiera hacer otra cosa, queda libre y por mi parte... En cuanto pille una almohada le voy a dar una paliza y hasta le voy a roncar como una pantera.

La mañana fue corta para los viajeros, que durmieron hasta medio día. Las fatigas del viaje y las emociones ante el cuadro que se les presentaba, requerían un descanso prolongado. Después de una buena comida en el edificio de gobierno, revisaron las provisiones traídas desde Gavelade y Ankherobis, y ultimaban detalles para partir hacia Khumporok, aunque Nuptahek pidió que no se hiciera con prisa, sino con cuidado. Mientras Elhamin se encargaba de los preparativos de la exploración, ella encargó a cinco soldados ir hacia Gavelade y desde ahí a Karnak, para informar de toda la situación a Menkauris y que en lo posible preparase la recepción de toda la población, así como preparativos preventivos de cuantos carros, caballos y camellos se dispusiera en excedente por si no se lograba fabricarlos en el lugar. Momentos después daba a Alvalopep y Aponhemosis, las indicaciones para iniciar la fabricación de quinientos carros con urgencia.

-Deben ser -les explicaba Nuptahek- para unas veinte personas, como estos que hemos traído pero más ligeros. No necesitarán hacer toda su mudanza, sino partir con lo imprescindible hacia Gavelade. Casi todo el camino es firme, con mucha roca lisa, así que si a las ruedas les hacéis fulcro y cubierta de hierro, podrán ser más finas y por lo tanto más rápidos. Vosotros sois los ingenieros... ¿Qué opináis?

-Que vuestra idea es buena, -dijo Aponhemosis- pero no tenemos maderas duras en la cantidad necesaria. En los bosques que conoce Khumpomisis la hay, pero es muy peligroso sacarla de ahí por las ciénagas. No obstante, podríamos hacer algunas completamente de hierro. Serían más ruidosas, no muy aptas para tierra blanda y menos para la arena, pero resistirían más que cualquier buena rueda de madera. Si Khumpomisis nos ayuda con las indicaciones, igual podríamos sacar suficiente madera para hacer una combinación de metal y madera. Las cajas de los carros podemos hacerlas con vallas y otras maderas de corrales y todo lo que no esté en uso.

-Yo creo que podríamos hacerlas de rayos finos, -dijo Alvalopep- pero con el grosor suficiente para que no se rompan y que sólo la llanta sea de madera, más ancha, para que no se hunda en la arena...

Durante un buen rato conversaron los temas técnicos y todo quedó definido para iniciar esa fabricación de inmediato. Meranubis estudiaba el modo de aprovechar la brea para reemplazar el carbón y unos carpinteros empezarían a hacer las cajas de los carros con toda la madera disponible en la región.

-Quedáis al mando, General, -dijo Nuptahek a Elhamin mientras almorzaban- ya que vamos a la zona del laberinto. Dejamos otra vez los huesos para mejor ocasión...

-Mejor que no me designéis a mí, Faraona, porque os tendría que ordenar quedaros aquí, o al menos a retaguardia... No sé porqué me parece haber vivido esto varias veces...

-No os preocupéis, Elhamin, -dijo Henutsen- que Ankemtatis y yo seremos como la sombra de la Faraona, y con Hatshepsut a su lado nos aseguraremos que no corra riesgos innecesarios...

-Confiad en mí, General, -dijo Nuptahek- que una Faraona no puede considerarse un elemento débil, ni necesita niñeros... Yo confío en vuestra larga experiencia como explorador, pero sé valerme...

-No imagináis cuántas veces he escuchado lo mismo de Isman... Pero bueno, tendré que sobreponerme y repetir historias. Por favor, Geonemetis, Gelibar y Khumpomisis, manteneos a retaguardia de la Plana Mayor. Detrás vendrán treinta invisibles y veinte lanceros con cinco carros. Nosotros ocuparemos algunas cuadrigas que Daverdis seguramente podría disponer.

-Y muy buenas, General. -dijo Daverdis- aunque recomiendo que uséis los caballos vuestros, porque los nuestros os decepcionarían.

-Si quedo a retaguardia, -interrumpió Khumpomisis- no podré indicar el camino y los mapas no indican todo con precisión...

-Cuando lleguemos a la zona, -respondió Elhamin- pasaréis al frente pero al principio no es necesario. Pararemos en algún lugar adecuado y al día siguiente entraremos en ese raro territorio.

-Yo tengo otra propuesta de equipo, General, -dijo Meranubis- y no sé si lo usaremos, pero por lo que he escuchado, las cosas que hemos conversado y sabiendo que entraremos en túneles donde puede haber aire insalubre o venenoso, creo que podemos protegernos.

-Adelante.

-Debemos llevar pañuelos grandes y finos. Si me dais tela suficiente y me permitís fabricar bastante carbón especial de palmera, con algunos ayudantes puedo preparar máscaras como las que usamos para no morir asfixiados en las minas y fundiciones de minerales.

-Bien, -respondió Elhamin- y yo mismo os ayudo, que muchas veces he usado esas máscaras pero no sé cómo se hacen. He visto muchas palmeras que están secas en el camino... Pero... ¿Eso nos retrasaría mucho?

-Unos dos días, puede que tres, pero si hay minerales venenosos creo que no es mucho tiempo...

-Un día más o menos no sería gran cosa, General. -dijo Daverdis.

-Cierto, Daverdis, y mejor tomar las precauciones habidas y por haber, con el fin de asegurar nuestra salud y encontrar como recuperar la vuestra. Por favor, Daverdis, disponed de los civiles necesarios que no estén enfermos, y les dejáis a Meranubis al mando para la preparación de las máscaras. Los soldados que no estén ocupados también ayudarán.

Entre medio centenar de personas se juntaron cuatro carros llenos de troncos finos y troncos de las palmas, que Meranubis indicó poner en un pequeño cráter natural, mientras otros preparaban un gran crisol de barro para secarlo en otro horno. El montón de madera de palmera se rodeó de ladrillos y adobes que los albañiles del pueblo prepararon a toda velocidad y se construyó un gran horno abovedado de veinte codos de diámetro y diez de alto. Se encendió el fuego y se lo aireaba con fuelles de cuero. Cuando Meranubis ordenó dejar de soplar el fuego, subió a la parte superior para controlar la chimenea dejando el tiro apenas necesario para mantener el proceso de carbonizado, que acabó en un par de días. Luego el trabajo consistió en desarmar el horno y extraer las partes de carbón que servirían para la elaboración de las máscaras, metiéndolas en el crisol. Se hizo fuego debajo y el herrero y alquimista fue moviendo con cuidado los trozos y polvo de carbón, al tiempo que vertía sobre ello el agua que iban trayendo en vasijas medianas.

-Explicadnos un poco vuestra técnica, Meranubis. -pidió Nuptahek mientras ayudaba con las labores.

-Necesitamos separar del carbón los minerales que están en estado de mínimo tamaño. Los elementos más livianos se eliminan porque se evaporan, otros no tan livianos se eliminan con el vapor del agua y los elementos más pesados salen de los pequeños huecos del carbón y quedan en el fondo del crisol. Hay que hacerlo con cuidado para que los trozos de carbón sean del tamaño de un grano de trigo, queden duros y los poros sean pequeños. Si se vierte demasiada agua de golpe, los poros son demasiado grandes y redondos, que no permiten salir los elementos pesados y luego no absorben los venenos. En realidad lo que buscamos con el carbón es que absorban los venenos que hay en el aire o en el agua. Y cuando lo ingerimos absorbe los venenos que hay en nuestro cuerpo.

-¿Entonces es posible hacer medicamentos para el caso de que las enfermedades de Eritriuma sean por venenos del agua?

-De eso, Faraona, os puede explicar mejor el médico, porque hay que dosificar las cantidades para cada caso. Yo haré las máscaras para respirar, que es lo más sencillo, pero el consumo del carbón alquímico deben indicarlo los médicos para cada persona, según la edad, el peso, la gravedad por la cantidad de veneno acumulado… En fin, que Bugarim me ha explicado varias cosas al respecto y es la mejor solución para muchos problemas, si se tiene cuidado.

Las tareas duraron el resto del día y en ellas ayudaron todos los habitantes de Eritriuma que no estaban enfermos. Antes de la noche disponían de las máscaras de tela a modo de doble bufanda, cosida por todos lados y luego en cuadros de acolchado, llenos de una buena cantidad de carbón molido con el granulado justo.. Al día siguiente los preparativos siguieron porque a pesar de la ansiedad por iniciar el viaje hacia la zona misteriosa, los datos que iba dando Khumpomisis hacían presagiar peligros que no debían pillarles desprevenidos. Durante esa tarde se inició por fin la marcha y poco antes del anochecer encontraron un claro entre manchones de bosques, sobre una pequeña planicie elevada cercana a los límites de la zona marcada en los mapas. El calor diurno variaría a intenso frío durante la noche, así que armaron tiendas cerradas entre los carros.

-Henutsen y Ankemtatis, -decía Elhamin- por favor encargaos de la exploración de entorno antes que se haga de noche. Llevaos a los que os haga falta. Luego asignáis las guardias.

-Con esta posición tan buena, General, -dijo Ankemtatis- bastan tres exploradores por cuadrante. Y la guardia la organizo ahora, así podéis descansar tranquilos desde ya.

-Yo no voy a poder dormir, General... -dijo Khumpomisis en cuanto los exploradores se fueron- Estoy muy ansiosa porque nadie me había querido acompañar nunca a esta zona. Sólo Diva y Daverdis vinieron algunas veces, pero nunca se quedaron. Una exploración rápida y ya está. Ni siquiera han querido entrar en los subterráneos.

-Es comprensible. Aunque vinieran con Vos, es zona peligrosa y no es bueno arriesgarse demasiado cuando hay tantas responsabilidades que atender. Habéis tenido suerte en no caer en ninguna de las trampas que habéis descrito en los mapas y de no encontrar ninguna bestia que os ataque.

-Sí, claro, un poco de suerte he tenido, gracias al cuidado y la intuición. Animales casi no hay, salvo algunas serpientes, arañas y otros bichos pequeños, pero hace mucho tiempo que no hay animales grandes por aquí. Yo creo que es muy importante explorar este lugar, que aunque sea a casi un día de marcha desde Eritriuma, es cercano y nos afectará cualquier cosa que pase aquí. Los demás exploradores del pueblo apenas si han llegado a este sitio y rodeando la zona.

-Tenéis razón, Khumpomisis, -respondió Elhamin- pero poneos en lugar de todos ellos, con esta situación de enfermedades que no se sabe de dónde provienen, qué las causan...

-Eso ha ocurrido hace poco, General, pero yo llevo veintitrés años en Eritriuma. Vine a este sitio sola, guiada por mi intuición, fue el primer lugar que exploré, aunque me comentaban que hacia el Sur, hacia el desierto Negro, hay cosas muy interesantes...

- ¿Y las hay?

-Claro, General, muy interesantes, pero nada comparado con esto.

-¿Habéis calculado las distancias, como el diámetro aproximado de la zona de peligros?

-Sí, General, vuestra esposa se quedó conmigo hasta tarde y ya hizo copias de mis mapas. Veréis que en ellos indico todo eso. La zona es casi redonda y son unas treinta jaetas, o sea más de un día largo para recorrer en camello el entorno, o tal vez dos.

-Quiere decir que tardaríamos unas tres veces menos en atravesar su diámetro, si el camino lo permite…

-No, General, -dijo Khumpomisis- si fuese camino más o menos seguro como el entorno de desierto y algo de bosque, podría ser. Pero os aseguro que hasta para mí, que lo conozco bien, cruzar ese terreno por cualquier lado me lleva más de dos días… Sólo hice eso cuatro veces, y creedme, que las trampas que hay allí no permiten andar rápido… Lo único bueno que tiene es que hay grandes árboles de ramas de látigo y plantas como la de pinchos gigantes, que tienen agua en su interior y mejor que la de los arroyos… La zona menor en el mapa es la del laberinto, que es como un gran promontorio que se puede rodear en menos de un día.

-Podríamos seguir conversando en la tienda, -dijo acercándose Nuptahek- que con los cocineros hemos preparado una buena cena. Y decidme, Khumpomisis… ¿Cómo es eso que nos han contado, sobre que Vos estáis segura de encontrar aquí a vuestra madre?

-Así es, Faraona. -le respondió abrazándola mientras iban hacia la tienda- Ella desapareció varios días después de saber que mi padre había muerto en la gran campaña del Sur. Mi tía Diva cree que la muerte de mi padre le afectó demasiado, pero no es así. La visitó en persona el Faraón Isman para comunicárselo, pero ella ya lo sabía, porque ella ve el plano de Anubis y mi padre pudo despedirse de ella sin intermediarios.

-¿Vos también podéis ver la región de Anubis?

-Sólo a veces, Faraona. Pero tengo intuiciones y cosas que no sé explicar. Lo malo es que aparte de no tener control voluntario sobre ello, no suelen servir de mucho. Por ejemplo, yo tenía la sospecha de que hay algo malo en el agua. En el oasis de Oriente es buena pero hay poca, no alcanzaría para todos, y no tengo modo de estar segura que sea nuestra agua lo que está mal. No lo puedo probar.

-Si es así, se probará. -intervino Elhamin- Pero hay que manejar con cuidado las intuiciones, sin dejar de prestarles atención. Si se tiene miedo en algún asunto, la intuición que se tenga o se crea tener al respecto, se confundirá con la imaginación y el miedo no permitirá saber si se intuye o se teme.

-Además, -intervino Hatshepsut mirando fijamente a Khumpomisis- cualquier forma de odio hace igual o peor que el miedo. Impide saber si se intuye o se odia. La imaginación crea cosas sobre cualquier asunto, que parecen ser buenas o malas. Pero casi nunca se trata de intuiciones, sino de elaboraciones mentales, cosas que deseamos o tememos, que odiamos o que nos gustaría… Desde el punto de vista de los sacerdotes de Horus-Sobek, que son maestros de la medicina del Bah, el Ka y el Lah, la intuición sobre que encontraríais aquí a vuestra madre no sería más que un deseo, una falsa intuición.

-Lo comprendo, pero no puedo hacer mucho al respecto. Cuando Diva me dijo que quizá iríamos a un nuevo lugar de destino, al que pidió venir para estar cerca de su hermano y su cuñada Daverdis, no sentí nada especial. Sólo sentía la tristeza infinita de no saber qué había ocurrido con mi mamá. Pero cuando al día siguiente le autorizó Unaptis el nuevo destino, me nombró Eritriuma, entonces vi un paisaje extraño y una puerta... Mi mamá estaba al otro lado de esa puerta. Fue una alegría tan grande verla bien, ocupada, como si estuviese haciendo algún trabajo; no podría explicarlo... Yo sólo tenía diez años, pero ya sabía algo de la Katarisis, y pensé que era la tristeza, que mi mente no la podía soportar y fabricó eso para compensarse. Descarté la idea de encontrar a mi mamá, acepté que habría muerto por ahí, que podría haber ascendido inesperadamente y que seguramente nunca la encontraría o algún día hallarían su cadáver.

-Bueno, eso sería lo más lógico, -dijo Nuptahek- pero según nos comentó Daverdis, habéis conservado esa esperanza.

-Sí, pero es más que una esperanza. Varias veces me he resignado a que simplemente ya no la encontraría, pero cada vez que he hecho eso, la intuición o lo que sea ha vuelto con más intensidad.

-Bien, queridos míos, -dijo Nuptahek- el asunto queda pendiente y no podemos ayudar a Khumpomisis en eso por ahora... Por favor, Enkha, decidle a los demás que vengan a comer y que Hetesferes traiga sus mapas.

Durante un buen rato, mientras comían, repasaron con los mapas el plan de exploración que iniciarían temprano en la mañana. Khumpomisis les explicó que daba igual por el lado que comenzasen.

-Por donde sea que empecemos, General, vamos a tardar dos o tres días en atravesar todo. Decidme qué vamos a buscar, que ideas tenéis sobre explorar, porque podemos hacerlo sólo por la superficie, o empezar por meternos en el laberinto subterráneo. Si queréis conocer todo el lugar, tened en cuenta que yo aún no he conseguido conocerlo todo. Es posible rodearlo en dos o tres días, entrar a la zona montañosa o ir directo a la cueva. Los espacios en blanco de los mapas son parte inexplorada y es casi la mitad del territorio. Las cotas están bastante completas, porque desde las cimas más altas se puede ver hasta algunas jaetas, pero lo que hay bajo los bosques y en algunos cañadones, es un misterio.

-¿Creéis que vale la pena explorar todo por la superficie?

-No lo sé, Faraona, -respondió Khumpomisis- hay cuatro puntos donde suelo ir, altos y que permiten comprender todo el escenario y ver la mayor parte del territorio, pero lo que conozco es suficiente para saber que resulta más interesante el laberinto por debajo. De todos modos es posible que haya otras entradas a los subterráneos, o bocas de cavernas desconocidas entre los cañadones. Las líneas marcadas en los mapas indican el recorrido, pero estos puntos negros con bordes amarillos sobre la línea roja, indican bocas de galería que aún no he explorado. Puede ser necesario treinta días para explorar todo.

-Como quiera que sea, -dijo Elhamin- tenemos que prever que aunque dejemos aquí el campamento, vamos a tener que acampar dentro de Khumporok o lo más cerca posible. No sería lógico estar volviendo hasta aquí…

-Pero hay un sitio más adelante -dijo Khumpomisis señalando un punto en el mapa- donde se podría hacer un campamento seguro. Una vez llegados a este sitio no hará falta más que un guardia, porque sólo hay un camino sin caer en las ciénagas. Yo diría que es como la entrada principal a Khumporok. Por ningún otro lado se podría entrar con los carros más allá.

-¿Y llegarían los carros sin peligro hasta el lugar? -dijo Elhamin.

-Sí, General. Hay un tramo muy estrecho, apenas de unos cinco Ankemtras de ancho. Alguna vez fue camino, porque hay piedras colocadas que señalan los bordes a ambos lados. El único problema que podría haber es que no se pueda dormir mucho allí. En esa zona escucharéis muchos ruidos, que no son los normales del bosque y menos aún porque no hay pájaros que los hagan. No ocurre siempre y un poco más adentro, entre los cañadones, es todo más silencioso.

-Pero eso queda más cerca de las zonas a explorar, -dijo Elhamin- y ahora quisiera saber vuestras opiniones sobre qué buscar primero…

-Creo, -dijo Nuptahek- que deberíamos ver ese lago de metal líquido que dijo Khumpomisis, o bien una andada por la galería más larga…

-Si me permitís, Faraona… -interrumpió Gelibar- Lo primero que habéis dicho es lo que yo investigaría con prioridad, y no porque sea lo más raro, sino que hoy conversaba con Meranubis y Geonemetis, y creemos que es clave. Meranubis, lo que decíais…

-Sí, tengo una pregunta para Khumpomisis: -dijo el aludido- ¿Hay algún curso de agua en ese lugar o cerca de él?

-Justo al lado. Es un arroyo, que cuando llueve lleva mucha agua. Ahora seguro que no tanto, pero siempre hay algo de agua. Donde hay agua en corriente fuerte y más o menos constante, es en el túnel principal, que conduce a ese lago raro, que parece plata fundida pero está frío. Hay otras bocas de túnel unos Ankemtras más abajo y tampoco exploré eso, porque por ahí no parece que se vaya muy lejos y a veces sale algo de agua y no está nada fácil para meterse.

Los tres muchachos se miraron y asentían con la cabeza, dando a entender que lo que habían conversado tenía algún sentido.

-¿Nos vais a dejar con la intriga? -dijo Elhamin.

-Eso mismo me pregunto... -agregó Nuptahek y los demás asentían.

-Por ahora creo que sí, Faraona. -dijo Gelibar- Es que son muchas cosas pero antes de decir lo que puede ser un montón de tonterías, creo que deberíamos esperar a tener alguna confirmación en el lugar.

-Me intrigan esos carcaj agregados a vuestra mochila que habéis traído, Khumpomisis. -dijo Elhamin- Veo que están bien trenzados.

-Pensándolo mejor, General, si mañana demoramos la salida un par de Râdnies y alguien me ayuda, preparo una para cada explorador. Se hace con las lianas que abundan aquí y se coloca así, sobre la mochila normal, para poder encajar dos antorchas a la espalda y andar por las cavernas con las manos libres. Se hacen del largo justo, para no quemarnos el pelo.

-Perfecto. Quedáis con esa misión. -dijo Nuptahek tras una señal de aprobación de Elhamin- Hatshepsut y yo os ayudamos...

-Y yo. -dijo tímidamente un soldado- Soy Hauliteb, el que os ha preparado las antorchas de esta expedición y creo que cada uno debería hacer el propio porta-antorchas, así lo hacemos rápido y aprendemos. Yo he hecho algo parecido para andar en las minas, pero veo que Khumpomisis ha perfeccionado mucho el modelo.

-Que así se haga, -dijo Elhamin- mañana, después del desayuno, a trenzar esos útiles, incluso los que se quedan en el campamento.

CAPÍTULO ₩
EL LABERINTO KHUMPOROK

Las conversaciones siguieron por vías de orden espiritual y tras un rato de meditaciones cuando terminaron de cenar, se fueron todos a dormir. La mañana siguiente estaba nublada y fresca, cuando salieron casi todos a buscar las lianas adecuadas para hacer los carcajes para las antorchas. Poco después cada uno tenía hecho lo suyo y en cuatro Râdnies estuvieron en el punto que Khumpomisis indicó adecuado para acampar dentro de Khumporok. Se acomodaron los carros en situación defensiva, aunque el espacio no daba para hacer con ellos un círculo. Se establecieron los turnos de guardia y el grupo de la expedición salió compuesto de Ankemtatis, Henutsen, Elhamin, Hetesferes, Nuptahek, Gelibar, Hatshepsut, Khumpomisis, el médico Bugarim, la cetrera Enkha, Prinheteb, la rastreadora Azalema, Meranubis y Geonemetis acompañados de ocho soldados armados con boleras y mochilas con alimentos, llevando por instancias de

Khumpomisis, toda la cuerda posible, para eventuales descensos en los subterráneos.

-Somos en total veintidós personas, -dijo Hauliteb- con diez Ankemtras de cuerda cada uno, de modo que hay suficiente para descensos muy profundos.

-Espero que no sean tan profundos, -dijo Geonemetis- que estando un poco excedido de peso, no sé cuánto puedo hacer.

-Menos comida y más meditación… -respondió Gelibar bromeando- anoche os comisteis como cinco pollos y medio cerdo.

-Y todo el pastel de dátiles… -agregó Khumpomisis entre las risas.

Luego de medio Râdnie conversando, haciendo bromas pero evitando hablar en voz muy alta, llegaron a un pequeño farallón cuya parte inferior se hallaba poco accesible, tapado por una espinosa y tupida vegetación, pero Khumpomisis se abrió paso rápidamente y el grupo se encontró frente a una boca de caverna por la que podían entrar con mínimas dificultades. En el interior la cueva era más amplia y sin llegar a ser una gran sala, el espacio daba para permanecer reunidos.

-¿Alguien con especial conocimiento de cuevas, aparte de lo que saben todos los mineros? -preguntó Elhamin.

-Puede que yo. -dijo Hauliteb mientras encendían las antorchas- Me crié en Jnum Janum y desde pequeño mi padre me llevó en las expediciones que ordenó el Faraón Isman. A unas seiscientas cuerdas de flecha de mi pueblo, justo hacia el Occidente, hay unas cavernas que ocuparon un tiempo los Hachamanes nórdicos y luego las abandonaron. Son muy profundas, imposibles de recorrer todo, pero ahí aprendí de mi padre a iluminar con las antorchas sin ahogarnos con el humo, a hacer estas canastillas, subir y bajar grandes distancias usando las cuerdas y para hacer escaleras, y estos mosquetones y garfios que traje. El General Ankemtatis me dijo que podían ser útiles.

-Muy bien, -dijo Elhamin- veo que no habéis venido por simple casualidad. Iréis adelante junto con Khumpomisis. Pero antes de meternos, voy a pedir a Henutsen y a los demás que puedan hacerlo, explorar con el Ka. ¿Estáis en condiciones?

-Sí, General, -respondió ella- la Faraona, Hatshepsut y alguien más que quiera, nos ponemos en la labor.

Buscaron un sitio cómodo sobre la hierba y a las tres mujeres se les unieron cuatro soldados. Eran dos mujeres y dos varones que no tenían aún gran preparación, pero era una buena oportunidad para aprender cosas compartiendo la experiencia con las mejor entrenadas.

-Os diré cómo hacerlo, -dijo Henutsen- para no perdernos, no tener desvíos, confusiones ni desplazarnos del lugar, iremos tomados de la mano, en el mismo orden en que colocamos ahora nuestros cuerpos físicos. Como ya sabéis, basta un descuido pensando en otro sitio, y estamos allí en un instante si no hay cuerpos de agua mediantes. Además, si hubiera algún peligro, al soltarnos las manos volvemos al Bah inmediatamente. ¿Todo entendido?

Ya fuera de sus Bah, saliendo con el Ka, Henutsen llevaba la delantera y caminando lentamente, se acercaron a la entrada del túnel. Se detuvieron un momento antes de entrar y luego ingresaron, con la intención de caminar por el interior como si estuviesen con el cuerpo físico, para no perder detalles de lo que pudieran encontrar. Aunque no pudieran ver tal cual es en lo material, porque las alga, musgos y líquenes abundantes en el sitio daban muchísima luz en el ámbito de Anubis, al menos tendrían nociones de los peligros a los que podrían enfrentarse. Después de recorrer menos de una cuerda, Hatshepsut dijo que sentía como pequeños pinchazos en todo el cuerpo y todos los demás asintieron, sentían lo mismo. Henutsen se detuvo y pidió que soltasen sus manos y volviesen inmediatamente a sus Bah.

-Es imposible entrar en Astral, -explicaba Henutsen momentos después de regresar- porque hay filones de plata y otros minerales de esos que no podemos traspasar. No deberían ser problema si están en su filón, pero parece que algo está produciendo ese polvo de plata. Aunque son partículas extremadamente pequeñas, son dañinas si el Ka está sin el Bah. Incluso habría que asegurarse que podamos respirar ahí dentro. ¿Vosotros estáis bien?

Todos asintieron luego de hacerse una auto-revisión general del cuerpo y de sus mentes, tras lo cual siguió Henutsen.

-Nadie ha sufrido daño, pero si hubiésemos estado unos momentos más, podríamos haber muerto. Para los que no lo sepáis, los invisibles y todos los entrenados en la actividad del mundo de Anubis, llevamos estos puñales con un baño grueso de plata, que sirven para defendernos en ese ámbito. Volviendo al tema del túnel, es una pena, pero es imposible que exploremos con el Ka previamente.

-Queda claro, -dijo Ehamin- que la idea de Meranubis de hacer los filtros para respirar fue providencial. Sin eso habríamos tenido que desistir de explorar bajo tierra. ¿Servirán para este caso, Meranubis?

-Creo que sí, General. Tal como los hemos fabricado diría que son mejores que los que hemos usado siempre, que incluso los hemos probado donde podíamos respirar con ellos cuando no podíamos ver nada por el polvo extremadamente fino después de los derrumbes. Nuestros ojos eran el punto débil, pero nadie dejó de respirar bien. El carbón se cambia después de dos días de uso y se desecha, pero el mismo tipo de carbón se consume en pequeñas cantidades para que la sangre se limpie… Eso lo explicarán mejor los médicos, como ya os dije, porque hay que llevar cuidado con ello.

-Entonces vamos, -dijo Elhamin- en el orden previsto. Hasta que sea realmente necesario, no encenderemos las antorchas.

La caminata inicialmente cómoda se fue haciendo cada vez más dificultosa y el descenso más pronunciado en algunos sitios. Una pareja de soldados caminaba esperándose alternativamente midiendo con una cuerda para sacar las medidas de lo que transitaban, mientras otra pareja hacía medidas en ancho y alturas aproximadas, y dejaban pintadas de marca apenas visibles, con pinceles de plumas, en puntos de referencia. Hetesferes hacía los ajustes en un mapa y a medida que avanzaban, Khumpomisis daba indicaciones sobre lo que hallarían más adelante y las precauciones adecuadas. Su pequeño cuerpo no carecía de fuerza y agilidad para sortear infinidad de obstáculos y saltar entre las piedras del riachuelo, que parecía nacer de diversos manantiales desde la entrada misma de la caverna. El piso mostraba un desgaste refinado de las piedras más grandes, lo que indicaba que había sido muy transitado, pero Khumpomisis dijo no recordar eso.

-Hemos andado unas cinco cuerdas de flecha, -decía Hetesferes mapa en mano y con alguna dificultad para hablar, debido a la máscara de filtro- estamos en este punto y a unas dos cuerdas de flecha de profundidad. Aquí hay algo que no recuerdo del mapa… ¿Qué es esta indicación, Khumpomisis?

-Es una marca de minerales, muy bonitos pero que no sé lo que es.

-Yo tengo una idea… -dijo Prinheteb desde cierta distancia más adentro de la cueva luego de hacer uso del Heka- Pero Meranubis seguramente sabe más que yo de minerales y el médico lo podrá confirmar. Creo que es el tan bello como temible "cinabrius". Se usa como colorante en pinturas y para adornos, pero es muy venenoso. En cristales o muy endurecido no es peligroso, pero su polvo sí lo es, y según como se combine, produce uno de los peores venenos. Este tan rojo es bellísimo, pero…

-No me cabe duda, -dijo Meranubis- es cinabrius, que también se usa para tratar un hierro que aunque se enrobina un poco, se torna más resistente al desgaste, así como para tratar maderas que luego no se pudren. Y tal como decís, es muy venenoso. Estos cristales creo que se formaron hace poco, no los había visto tan grandes. También conozco las minas donde los hay, pero aquí ha pasado algo extraño…

-Y mucho, -intervino Khumpomisis- porque a esta parte no había venido desde hacía tiempo y cuando vine la última vez, año y medio antes que comenzaran las enfermedades, encontré que estas paredes estaban cubiertas de cristales y otra substancia gris que ahora parece que no está... O sea que algo cambió hace menos de dos años.

-¿Es posible que las aguas de aquí acaben en Eritriuma y estén afectadas por esos minerales? -preguntó Nuptahek.

-No me extrañaría nada, -dijo Hauliteb- porque aunque estamos a dos cuerdas de flecha en profundidad, que son... Unos trescientos cuarenta Ankemtras, el agua que pasa por aquí puede subir en vez de seguir bajando... Depende de lo que haya más adelante, como fuego de la tierra, un sifón de manantial, minerales con efectos raros...

-Eso es lo que hay más adelante, -intervino Khumpomisis- y en unas cuatro cuerdas largas o poco más, vamos a encontrar el lago de metal.

-No estoy seguro, -dijo Meranubis- pero creo que el cinabrius sólo se forma donde hay arzyemum. Y creo que es momento de taparnos la boca y nariz con los pañuelos, dejándolos húmedos y algo apretados, sólo para respirar a través de ellos. Lo que no sé es como se podrá tratar a los enfermos si la causa llega a ser ésta...

-No es nada fácil, -intervino el médico Bugarim- pero se puede tratar y quitar el veneno del cuerpo. Mi esposa Ajnanumis es más experta que yo en temas de venenos, y ya ha tratado enfermos por arzyemum en las minas del Sur.

-¿Cómo van vuestros halcones, Ankorisis? - preguntó Nuptahek.

-Sin problemas, Faraona. Como veis, también les hemos hecho filtros para respirar. Pero si hubiera gases, habrían dado síntomas. Si deseáis enviar mensaje, recordad que para ellos no existe la total oscuridad de la caverna. También están entrenados para orientarse por el sonido, como los murciélagos.

-Sí, creo que habrá que enviar mensaje, pero no ahora. Sigamos con cuidado, sin tocar esos cristales ni nada en todo lo posible, porque no sabemos si pueden envenenar al tacto.

-Es posible cualquier cosa, Faraona, -dijo Meranubis- incluso que haya vapores de arzyemum y puede que los pañuelos no sean tan eficaces como es de desear... Por eso es muy recomendable no agacharse, porque esos vapores son siempre pesados y quizá no sea posible respirar ni con los filtros, con la cabeza cerca del suelo.

-Lo prudente aquí, -dijo Nuptahek- es que no avancemos todos a la vez. ¿Hasta dónde habéis avanzado sin riesgo, Khumpomisis?

-Hasta ninguna parte segura ahora, porque esto ha cambiado, pero como veis en los mapas, cuando no había estos minerales he llegado a más de diez cuerdas de flecha en esa dirección, donde se abren más bocas que no he explorado. Más adelante es menor el descenso y al llegar, este curso de agua se va por otro túnel, que gira al oriente y parece que es más largo. Por ahí son otras cuarenta cuerdas de flecha y por él discurre el arroyo que se pierde en la estrechez de un sumidero, justo en dirección a Eritriuma, a más de un cuarto de camino hasta el pueblo, pero por debajo de la tierra... Como os había dicho, en los mapa parecen simples líneas a seguir, pero en la práctica...

La marcha siguió con menos inconvenientes, pero con las precauciones ordenadas por Nuptahek bajo los consejos de Hauliteb, para atarse con cuerdas y evitar caídas en las peligrosas zanjas y grietas muy estrechas pero de incalculable profundidad, en cuyo fondo se oía ruidos de agua. Khumpomisis, Meranubis y Prinheteb pasaron al frente, y a medida que avanzaban aumentaba la variedad y cantidad de cristales. Hatshepsut, Elhamin y Henutsen tomaron la delantera, ya que el escenario empezaba a resultar extraño a Khumpomisis.

-Esto ha cambiado demasiado. Aquí hay marcas que antes no había visto... Parecen de herramientas grandes.

-Sí, -dijo Hauliteb- esto ha sido hecho recientemente. Hay marcas de hierro aquí en la hendiduras... Han usado barretas muy potentes. Ni siquiera puedo imaginar cómo hacerlo, salvo que usaran herramientas de los Hekanef, como la que hay en los túneles de Ankherobis...

-Esa galería no existía antes, -continuó Khumpomisis- o era una cueva tan pequeña que ni la anoté en los mapas...

-Y es por donde quiero que vayamos. -respondió Elhamin- Parece que tampoco podremos seguir tal como habéis marcado, porque eso ahí adelante es un derrumbe...

-Pero demasiado bien puestas las piedras, General. -dijo Meranubis.

Inspeccionaron el supuesto derrumbe y descubrieron que era un muro de grandes bloques, puestos de modo aleatorio, pero de tal manera que no quedaba ni el menor espacio para pasar, meter una mano o tan siquiera insertar algo entre ellos.

-No nos queda más que seguir por la galería nueva. -dijo Hauliteb- La forma de estos bloques indica que usaron los lados más grandes hacia abajo, de modo que el muro tendrá tres Ankemtras de espesor. Demoraríamos días en retirar uno para ver qué hay o para pasar.

-Y pensar en meterse al agua que se filtra por ese hueco, sería una gran imprudencia. -dijo Elhamin, que pasó al frente junto con Hauliteb y Hatshepsut- De todos modos la corriente principal aunque sea menor, va por aquí, así que sigamos adelante. Esta vereda también parece que fue hecha muy a propósito para ser transitada...

-Se me ocurre que los Beoshim pueden tener algo que ver con esto.

-He pensado lo mismo, Faraona, -dijo Hatshepsut- pero no creo que sean tan descuidados como para afectar a los humanos, ni que sus actividades sean tan intensas cerca de la superficie, más allá de un poco de exploración como hacían en Ankherobis.

-Pero también estoy pensando en otro problema... -decía Nuptahek- Y es que esos cristales posiblemente venenosos están desde más arriba. No entiendo muy bien cómo se pueden haber formado...

-¡De acuerdo, Faraona! -exclamó Geonemetis- Por más cambios que hayan producido aquí abajo, habría que buscar respuestas más cerca de la entrada... Aquí no hay casi nada de cristales.

-Bien, eso haremos después, -respondió Elhamin- pero ahora tenemos que intentar comprender qué ha pasado aquí abajo. Mientras seguimos andando, explicadnos qué pensáis, Geonemetis.

-Los cristales más arriba no explican lo ocurrido aquí abajo, pero si se han producido, será porque también ha habido cambios más cerca de la entrada. Los minerales necesarios están también allí arriba. No creo que los hayan formado los vapores de cinabrius o algo parecido, pero Meranubis ha de saber algo más...

-Lo lamento, Geonemetis, -respondió Meranubis- pero no se me ocurre nada que explique toda la situación. De todos modos hay que pensar que es demasiada distancia y no se pueden formar los cristales sólo con vapores y de un día para otro, sino en un proceso de muchos días o quizá de meses si es artificial, y de años o siglos si lo hace la Naturaleza. Así que también estoy de acuerdo en que hay que ver con más detalle qué ha ocurrido más arriba y de lo que Khumpomisis no se haya percatado... Puede que al menos durante un tiempo, cuando hicieron ese muro y esta galería, el lugar haya sido inundado por el metal líquido del lago que parece que ya no podremos encontrar, al menos hasta que volvamos con herramientas para ver que hay tras el muro, o encontremos otro sitio en este laberinto para salir por ahí.

-Creo que aquí la galería es natural -comentó Elhamin- aunque bien acondicionada. Si miráis bien, el muro sólo ha sido hecho para tapar un sector o evitar que el agua se vaya por otra galería. Parece que han unido los túneles cercanos... Pero sigamos en silencio, que me parece escuchar algo.

Continuaron la marcha descendiendo durante poco más de medio Râdnie, caminando al costado del curso de agua por una vereda que a pesar del desnivel permitía transitar sin dificultades. Escuchaban un lejano fragor que cada vez se hacía más notable, pero en algunos momentos oyeron voces humanas como dando órdenes.

-Es curioso que no haya ninguna defensa, ni guardias.

-Cierto Faraona, -respondió Khumpomisis- es que deben creer que por aquí no ha de venir nadie. Nunca me han visto a mí...

-Silencio, -dijo tranquilamente Elhamin levantando una mano- que estamos cerca de algo... A partir de ahora sólo se hablará lo que sea imprescindible. No creo que este lugar esté sin alguna custodia. Hay que apagar las antorchas, porque adelante hay algo de luz.

Al quedar a oscuras y acostumbrar la vista, comprobaron que podían seguir andando con la luz residual de algo que habría tras una curva del túnel. Poco más allá hallaron una amplia sala iluminada por focos de luz blanca en varios puntos de las paredes, pero escucharon algunas conversaciones ininteligibles por el ruido del agua entre las piedras. Algo vio Elhamin, que mediante señas ordenó retirada. Haciendo los gestos adecuados, indicó a los demás que había visto al menos dos figuras humanas. Él y todos los que llevaban boleras las tomaron en posición de cazadora y preparados para un posible enfrentamiento. Nuptahek le hizo una seña indicando que quería pasar al frente y se echó en el suelo para arrastrarse a la primera posición para espiar. Meranubis le tomó del brazo, le obligó a ponerse en pie y mediante señas le explicó lo que había dicho antes, del peligro de los vapores a nivel del suelo. Nuptahek le agradeció con un gesto y se desplazó pegada al muro de la cueva, para volver momentos después haciendo señas de que veía cinco personas en el extremo opuesto.

Elhamin preguntó, también por señas, si venían hacia su posición, a lo que la Faraona indicó que no, sino que hacían alguna tarea y convenía permanecer quietos pero atentos. Inmediatamente volvió a la posición de espiar hacia la sala y allí estuvo un buen rato, asomada y haciendo señas con las manos para que esperaran, tras lo cual volvió y habló muy bajo.

-Se han ido después de echar algunos sacos de polvo blanco en el agua o lo que sea, que contiene un tanque de unos diez Ankemtras de diámetro y cinco de alto. Para ello se suben a una escalera sobre un carro con ruedas... El curso de agua no parece seguir por el túnel, sino que pasa bajo el tanque y se pierde un poco más allá, dentro de la misma sala. Se ve un remolino justo donde acaba. En la sala hay otras cosas, como las máquinas raras de los túneles de Ankherobis pero creo que más pequeñas. No son Beoshims, sino humanos, con poca ropa y por su aspecto podrían confundirse con Ankhemptamitas, pero llevan un calzado cerrado que hace ruido al andar y por eso no me cabe duda que se han alejado por una de las salidas del túnel, que son tres en total. Podemos volver y regresar con refuerzos, pero no quiero tomar una decisión yo sola...

-Estoy de acuerdo con Vos, -dijo Elhamin- porque no sabemos con cuánta gente nos tendríamos que enfrentar.

-Opino igual, -dijo Ankemtatis- pero incluso traería toda la gente posible desde Eritriuma. No tenemos idea de con qué armamento cuentan y a juzgar por las herramientas con que hicieron esto...

Sin mediar una palabra más, Nuptahek indicó con la mano regresar y volvieron a la superficie lo más rápidamente posible. A unos Ankemtras de la salida hallaron algo que no habían visto al ingresar.

-¡Mirad, es un pequeño tubo de metal! -dijo Geonemetis- Apenas a un palmo bajo el agua, pero no lo vimos, y parece provenir desde el interior hasta aquí, porque acaba en esa bola metálica... Está manando algo... Apenas se diferencia con el color de la roca, pero creo que es metal líquido...

-Pero si fuese eso debería hundirse ahí... -replicó Khumpomisis.

-Puede estar mezclado con algo. -dijo Meranubis- Si fuese el metal arzyemum o el cinabrius en estado puro, se hundiría, pero se puede mezclar con otras cosas y aunque no alcanza tan poca densidad como el agua, la diferencia de temperatura puede hacer flotar las mezclas. Si veis bien, parece formado por unos gránulos pequeños, y algunos se rompen y se nota que son huecos... Entonces esa forma es como una espuma y cada vez que se rompe una pompa de éstas, puede que esté liberando pequeñas cantidades de vapor...

-¿Y eso puede hacer crecer estos cristales tan bonitos?

-Sí, Faraona. Tan bonitos y tan letales. No recuerdo cómo se hacen las mezclas del cinabrius, pero sin duda los cristales son producto de los vapores que hubo aquí, al menos por un tiempo, aunque no hay ahora porque no habríamos podido seguir sin síntomas en toda esta andada. Y el halcón de Enkha tampoco, porque habría muerto hace rato... Si estos gránulos que se rompen largan algún vapor y hubiera una cantidad mucho mayor que la de ahora, posiblemente estaríamos en peligro, porque sospecho eso... que al romperse largan algo...

-Si me disculpáis, -preguntó Prinheteb- me gustaría saber por qué no hemos hecho una avanzada, aunque seamos tres o cuatro, para saber más sobre lo que hay allí y lo que hace esa gente... Ya sé que es peligroso, pero si hay que ir y meterse más, me apunto...

-Si estudiáis un poco la historia de campañas del Faraón Isman -le respondió Hatshepsut- y de quienes le precedieron, veréis que las batallas no las ganan los más valientes, sino los más prudentes...

-Lo dicho, queridos míos. -dijo Elhamin mientras avanzaban de regreso entre la floresta- Enkha, vuestro halcón enviará mensaje a vuestro esposo y de ahí a Eritriuma. Esperaremos todos los refuerzos posibles y volvemos a esta cueva bien preparados. Si esa gente puede estar como les hemos visto, sin llevar filtros para respirar, seguro que podemos entrar todos, aunque igual lo haremos con los filtros.

-De acuerdo, -dijo Nuptahek- pero es posible que ellos mismo no sepan que se exponen a un alto riesgo respirando ahí. Como según lo que me habéis contado de las armas que hay en Ankherobis, las estaban trasladando y manipulando sin tener ni idea de lo peligrosas que son. En fin, que vamos al campamento y nos retiraremos hasta la posición anterior para que nadie perciba nuestra presencia.

-Un poco tarde, Faraona, -interrumpió Henutsen- alguien se movió tras esas zarzas... Esperadme aquí...

Apenas se escucharon las dos últimas palabras, porque desapareció entre la espesura sin notarse movimiento alguno de las hojas. Un instante después desapareció Ankemtatis y siguieron tras él Nuptahek y Hatshepsut.

-¿Cómo pueden hacer eso? -dijo sorprendido Geonemetis- Es como si se los tragase la tierra, o la vegetación...

-Son las técnicas de los "invisibles", -respondió Elhamin- nada fáciles de aprender. Y son selectivos en extremo con sus alumnos. Sólo enseñan a los que ellos eligen. Si de pronto desaparecen todos los que hay aquí, que son cincuenta y seis, hasta yo me llevo un susto. Ahora a esperarles, pero sin dejar de estar muy alertas. Cuidado con disparar a cualquier cosa, que estos chicos igual aparecen a vuestro lado como por arte de magia...

-Me he creído hasta hoy, -dijo Geonemetis- que estos compañeros que llevan parche en un ojo, lo han perdido en combate, pero ahora estoy sospechando otra cosa...

La totalidad de los "invisibles" presentes no pudieron evitar las risas, aunque en ese momento sólo había unos pocos que llevaban parches. Uno de ellos explicó que era parte de los ejercicios y para tener un ojo preparado para la visión nocturna, aunque recomendó no hacer esas prácticas sin conocer todos los efectos y el procedimiento completo porque implica riesgos.

-Formar parte de esta unidad especial, -dijo uno de ellos- no sólo requiere aprender a hacerse invisible, sino a ver más allá, a ver bien en la noche, a contar con la mayor exactitud cualquier cantidad de cosas, con sólo un momento de observación, a desplazarse en cualquier terreno sin hacer el menor ruido... No nos eligen por ser bonitos ni por ser "buenos", que también... Sino sobre todo, porque hay que tener muchísima paciencia para ejercitarse durante meses y años y cuando uno cree estar formado, seguir ejercitando...

No había acabado la frase cuando aparecieron ante ellos los cuatro "desaparecidos", trayendo a dos hombres con las manos atadas por detrás y amordazados.

-No podemos perder tiempo, -dijo Nuptahek- hay que alejarse por si hubiesen más e interrogarles a la brevedad posible.

-De eso me encargaré yo misma... -dijo Hatshepsut- Pero sin duda alguien notará su ausencia y les buscarán. Creo que deberíamos ir más lejos que las últimas posiciones.

-Cierto, -respondió la Faraona- pero no regresaremos a Eritriuma. Bastará que Khumpomisis nos guíe a algún lugar seguro en el entorno y no demasiado lejos del campamento actual.

-Sé a lo que os referís, Faraona, -respondió la muchacha- hay un sitio perfecto al que podemos llevar los carros y desde allí puede verse buena parte del territorio. Está tan bien escondido que hace muy poco que accedí al lugar, muy bien disimulado por la vegetación, pero nos llevaría medio día y será complicado pasar los carros. Hay que quitar una parte de las hierbas altas. Podemos llegar antes de la noche.

De regreso, al reunirse con los demás, enviaron los halcones con un pequeño mapa indicativo de la posición donde debían encontrarse los refuerzos. La zona, a Occidente del territorio, salía de la parte cercana al camino hacia Eritriuma y era otro verdadero laberinto de cerrillos con abundante vegetación, con diversos pasos que Khumpomisis supo reconocer sin problema para guiar al grupo. Un camino culebrero y estrecho, en el que trabajaron arduamente para poder hacer pasar los carros. Llegaron con las últimas luces y tras un esfuerzo considerable por la pendiente, a una meseta algo más alta que el resto, desde la que se tenía un control aceptable de los posibles movimientos en una distancia de medio día de marcha hacia Eritriuma.

-No está nada mal, -comentó Elhamin- podemos ver cualquier cosa que se desplace en un radio de diez cuerdas de flecha o más para el lado que más nos interesa vigilar. No obstante sería bueno establecer una patrulla de invisibles a medio camino, entre los cañadones de la zona del laberinto...

-He pensado lo mismo, -dijo Nuptahek- pero será Henutsen quien dirá si es conveniente y definirá en tal caso la modalidad de la patrulla.

-Ya es casi de noche, -respondió la aludida- está refrescando y podremos movernos rápido... La Luna empieza a menguar pero aún no es el mejor escenario para las patrullas invisibles. De todos modos se ocultará pronto y podremos controlar bien la zona. Vamos a ello.

Mientras se establecía el campamento y se hacía fuego en un socavón que daba a Occidente, Henutsen llamó a los invisibles para organizar las patrullas en grupos de tres y dar las instrucciones.

-Ankemtatis y yo haremos las rondas cercanas. Los más alejados llegaréis hasta la mitad del camino. No avancéis más allá, mantened posición y tránsito por las partes más altas en cuanto sea posible y avisad con flechas de fuego sólo en caso extremo. Si os localizan huid hacia Eritriuma, no hacia aquí. Si les hacéis perder la pista, entonces sí, dais un rodeo bien largo y volvéis aquí.

-Descuidad, -dijo un soldado- que nos habéis enseñado muy bien.

-Como soy de dormir tarde, -intervino Gelibar- me ofrezco para la primera guardia. Aunque estoy algo desentrenado, tengo instrucción como invisible, pero además se me da bien la noche.

-De eso se encargará Hatshepsut. -respondió Henutsen sonriendo y guiñando un ojo- Así os recomendaría que permanezcáis cerca de la Faraona, a modo de guardia personal...

-¿Tenéis bien controlados a los prisioneros? -preguntó Hatshepsut a los soldados.

-Podéis estar segura, -respondió Hauliteb- que ni el más sabio podría desatar las cuerdas con que les tenemos atados. Y están bien amordazados. No son oberitas, así que tienen menos recursos para defenderse, pero el médico dice que puede darles un soporífero para que no sean un peligro hasta mañana al medio día. Sólo espera a que primero les interroguéis...

Después del interrogatorio, que llevaron a cabo Ankemtatis y Hatshepsut, mientras Henutsen y Nuptahek miraban las áureas y el Ka de los presos, se consiguió saber que estaban bien entrenados para mentir pero efectivamente, no eran oberitas, sino de otro país, que habían caído en las creencias de la economía de los "talentos libres" y otras aberraciones creadas por los esclavistas. Al ofrecérseles una cantidad de dicho "talentos" uno de ellos comenzó a "negociar" pero el otro le dijo algo que le detuvo y no siguió hablando.

-Debéis saber que estáis perdidos, -dijo Hatshepsut- porque sois enemigos de la Patria y eso está penado con la muerte. Pero desde hace años que no se condena a nadie a muerte porque el Faraón Isman pidió al Concejo que se perdonara la vida a los traidores aunque no a los oberitas. Sin embargo eso puede cambiar, en especial en este caso y con Vosotros, porque la ley en sí no ha sido modificada, y ya no sólo hablamos de traición, sino un daño muy grave a la gente de esta comarca. ¿Sabéis lo que está ocurriendo en Eritriuma?

-Sí, -dijo el que era más propenso a hablar- que por culpa de la falta de alimentos, la gente está enfermando y muriendo y el Faraón ha dispuesto que así sea, porque...

-¡No vale la pena hablar con ellos!, -dijo el otro- ¡Callad o ya sabéis a lo que...!

Nuptahek recogió la mordaza de cuerda que le habían quitado y la ató alrededor de la cabeza del sujeto, tapando su boca, mientras le decía que como volviese a hablar sin que se le pregunte algo, le dejaría dormido por mucho tiempo.

-No sé para qué me preguntáis cosas que sabéis, -decía el otro- como sabéis que el Faraón es un tirano que ha asesinado a miles o millones de pobres oberitas que lo único que buscan es liberar a los pueblos de su política tiránica y mentirosa. Hace creer a todos que son las cofradías y asambleas las que mandan, pero en realidad es él y sólo él.

-¿Alguna vez habéis visto al Faraón personalmente, habéis hablado alguna vez con él? -preguntó Ankemtatis.

-¡Y he recibido sus latigazos!... Soy de Botosani, vuestra tierra del Norte de Dacia, cerca de donde estaba la capital de la TarthAria que destruyeron vuestros Faraones, y donde hace cientos de años nos han acosado y ahora está llena de esclavos desde hace décadas y allí siguen mis padres, mis hermanos pequeños, la mayor parte de mi familia... Os ruego hagáis lo que queráis conmigo, pero no vayáis allá a torturarles más de lo que ya sufren...

-Esperad, -dijo Nuptahek suavemente- y no lloréis, que estáis hablando de algo totalmente desconocido por nosotros. Esta que está aquí es la hija del Faraón Isman, y yo soy su sucesora en la función de gobierno, aquel que viene ahí es el General Elhamin, amigo personal y ayudante de campo durante más de cien años al lado del Faraón... Estáis diciendo cosas que no son posibles... No tenemos esclavos, combatimos a los esclavistas, tenemos amistad con los Grakios, los Baalbekios, los Lobunos y otros pueblos del Norte. Pero nuestra Patria acaba en el mar, no conocemos las tierras que hay más allá. Nunca hemos ido a la tierra de los montes Carpatians. Así que es imposible lo que estáis diciendo... ¿Cuántos esclavos hay allí?

-Somos muchos miles de esclavos... Nos tenéis cultivando y criando animales, trabajando y sufriendo para alimentar vuestro ejército, a veces va vuestro maldito Faraón y se divierte andado por los lugares de trabajo, látigo en mano. ¿Es que no sabéis cuánto daño hacéis con vuestra política esclavista?... Los oberitas logran hacer escapar a algunos de vez en cuando, para unirnos a su ejército... Y algún día conseguiremos entre todos, acabar con Ankh em-Ptah y si no lo logramos nosotros, lo harán nuestros hijos, nuestros nietos, si es que llegamos a tenerlos. ¿Por qué os miráis y me miráis así?, ¿Creéis que puede quedar impune vuestra maldad y la de vuestro Faraón?

-He oído casi todo, -dijo Elhamin- y realmente me sorprende tanto que no puedo deducir si estáis mintiendo o es que realmente existe el lugar que describís. Y lamento en alguna medida que no esté aquí en persona el Faraón Isman. Él ya está en un Reino Superior, y ésta es como os ha dicho, su sucesora...

-¿Qué razón tendría yo para mentiros, si sé que me vais asesinar?

-¡Nadie os va a asesinar!, -exclamó Nuptahek- Nadie jamás entre los nuestros os va a torturar... ¡Os han tenido esclavos sin saber que son ellos, los oberitas mismos, los esclavistas!... ¡Menuda estrategia tienen para tener esclavos y luchadores sin saber la verdad!

-Como hemos dicho muchas, veces, Faraona, -comentó Elhamin- el enemigo de todos los pueblos tiene armas mucho más terribles que las espadas y las flechas, y hasta más pérfidas que las armas de los Hekanef... La mentira, el engaño, la inteligencia aplicada a ello. Ahora os pregunto yo algunas cosas: ¿Qué edad tenéis?, ¿Cómo os llamáis?

-No lo sé muy bien, pero unos veinticinco años... Me llamo Enjoliteb.

-Escuchadme bien, Enjoliteb... -continuó el General tras una pausa meditando- Si os demostramos que habéis vivido engañados, esclavos de los oberitas; que alguno os ha hecho creer que es el Faraón Isman; que en esta Nación donde habéis venido a combatir sólo se mata a los esclavistas y en combate; que hace más siglos de los que podemos recordar, soportamos el constante intento de ocupación de los esclavistas oberitas y que la economía de nuestros Talentos, junto con la política de las Asambleas de las Regiones y Cofradías producen felicidad, se trabaja sólo en lo que causa placer; no se tolera la esclavitud, abunda de todo lo que se produce en todas partes... Y finalmente comprendéis que la gente de esa población de la que decís provenir, es en realidad una especie de granja esclava mediante un engaño muy bien perpetrado, por parte de nuestros enemigos...

¿Ayudaríais a liberar a toda esa gente donde decís que tenéis a vuestros familiares?

-Estoy confundido... Ya nos advirtieron nuestros amigos oberitas de las tretas que usáis para interrogar... A veces pensé que exageraban, pero ya veo que sois muy hábiles... No diré una palabra más.

El hombre comenzó a llorar amargamente, mientras Elhamin ordenó quitarle la mordaza al otro y con una seña pidió a los demás, alejarse para conferenciar.

-Va quedando claro al menos en parte, -dijo Nuptahek- cómo es que tienen a tantos así, que parecen de los nuestros, en su ejército. El engaño es la habilidad mayor de esos monstruos con apariencia humana. Estos dos sujetos son muy importantes en todo esto. Tengo ya mis ideas, pero escucho.

-Y creo que todos comprendemos lo mismo, -dijo Henutsen- así que ahora el desafío es contar con ellos, pero eso requeriría que se les dé un paseo largo por nuestro país, que hablen con mucha gente, que por ellos mismos puedan descubrir la verdad.

-Y desde ya, -continuó Elhamin- hay que ir pensando en una larga campaña hacia aquellas tierras donde tienen a parte de ese pueblo, esclavizado desde no sabemos cuánto tiempo. Como he dicho, en una especie de granja humana. Esclavos engañados, criados para combatir contra nosotros. Si bien es cierto que nuestra misión no es liberar esclavos, tantas veces indignos, materialistas, que por placeres traicionan, en este caso se trata de un pueblo que es de nuestra misma sangre y raza, hablan nuestro idioma... Y por eso también les conviene conservarles así, capaces de infiltrarse sin hacerse notar...

-Se juntan dos necesidades, -intervino Ankemtatis- la de combatir una importante fuente de recursos de los esclavistas, y rescatar a esa parte de lo que parece ser de nuestro mismo pueblo. Habrá mucho que planificar. Pero ahora nos vemos en la necesidad de acabar con el problema local y no creo que podamos contar con estos dos, que hay que desengañarles y eso llevará tiempo. ¿Podéis sacarles mientras, alguna información más sobre lo que hay bajo tierra, cuánta gente y qué recursos tienen?

-Puedo hacer una práctica un poco peligrosa... -dijo Henutsen- pero creo que puedo sacar más información si cuento con la ayuda del médico. Si consigo mantener a Enjoliteb en el ámbito de Anubis con un grado de consciencia suficiente, puedo leer sus pensamientos. Ahí es muy difícil mentir porque no se puede deducir ni inducir, a menos que se tenga mi grado de entrenamiento. Así que puedo asegurarme de si todo lo que dice es verdad, a la vez que obligarle a pensar en lo que pasa ahí abajo, con lo que será imposible que me oculte algo.

-Vamos a llevarle a un lugar más apartado, -dijo Elhamin- y si acaso fuese necesario hacerlo con el otro y estáis dispuesta, también vale.

-Sí, -dijo Henutsen- pero vamos primero con Enjoliteb, que como es más emocional que el otro, puedo interactuar más fácil.

Llevaron al prisionero a un sitio un poco más apartado mientras llegaba el médico y Henutsen le habló durante un rato, para que el hombre estuviese más tranquilo.

-No tenéis nada que temer si lo que habéis dicho es nada más que la verdad. Os vamos a demostrar que habéis vivido en un engaño, y no somos los esclavistas que os han hecho creer. Y que si colaboráis con nosotros no sólo conseguiréis vuestra libertad, sino la de todo vuestro poblado. Como sois muchos, seguramente dedicados al trabajo de campo en primer lugar y luego a otros en menor cantidad, imagino que estáis repartidos en una amplia región. Os voy a empezar a enseñar cosas que no habéis visto y de las que nunca habéis sabido. ¿Alguna vez los oberitas os han hablado del Amor?

-Sí, claro, pero nosotros también sabemos de eso, que es simple y sin misterios... La relación entre los seres para reproducirse, imposible de controlar, imposible de evitar, y que su manifestación es el sexo, de lo cual provienen los hijos. ¿Es que me vais a invitar a algo para reproducirme con Vos para hacer más esclavos?

-Pues si creéis por un instante que eso es Amor, tenéis la más vaga y pobre idea de lo que es ... Habíais dicho que tenéis padres y hermanos más pequeños... ¿Es verdad eso?

-Sí, tengo familiares, pero no os diré nada más.

-¿Alguno de vuestros hermanos es mujer?

-Sí... No... Ya os he dicho que no hablaré más.

-De acuerdo... Da igual que sean varones o mujeres. ¿Tendrías ese concepto de Amor sexual con vuestros hermanos o hermanas?

-¡No, claro que no! ¿Creéis que somos como Vosotros?

-¿Es que os han contado que nosotros tenemos sexo con nuestros familiares....? ¡Vaya pregunta!... Ya puedo imaginarme que os han contado cualquier cosa. Pues todo lo que os han hecho creer no tiene nada de verdad, y Vos tenéis la fortuna de haber sido apresado para que después de un largo paseo por nuestra tierra, comprobéis hasta qué punto ha llegado la perfidia y habilidad de los esclavistas. Ahora vais a dormir un rato. Necesito que estéis tranquilo, porque nadie va a haceros daño. Os consideramos y tratamos como prisionero ignorante de vuestra condición real, pero tened por seguro que nadie os va a torturar ni atacar a vuestra familia. Si vamos a esa región, será en una campaña para liberarles. Respecto al Amor, Enjoliteb, para nosotros el concepto es muy diferente. Eso que sentís por vuestros padres, por vuestros hermanos y por todo vuestro pueblo, es Amor. Eso que os hace combatir, aunque en vuestro caso sea merced a un engaño, es el Amor más grande que se puede tener, que es el Amor a todos los demás, sean de vuestro pueblo o de otros. El Amor a la Humanidad y a la libertad propia y ajena, es uno de los mayores, pero quien maltrata a los animales, no pasa de ahí. Por lo tanto el Amor a todos los Seres, todos hijos de Ptah que poblamos el universo infinito, es el más grande y verdadero Amor. ¿Entendéis mis palabras?

-Sí, os entiendo y creo que os comprendo, pero no he sido educado en esos conceptos. Me parecen buenos y hasta mejores que lo que he aprendido hasta ahora, pero no vais a doblegarme tan fácilmente. No voy a caer en vuestras tretas de interrogatorio tan fácil...

Al llegar el médico Bugarim, miró atentamente al hombre, le levantó un poco desde las axilas para calcular su peso, acercó la antorcha de Henutsen para ver sus ojos y luego extrajo de su bolsa unas pequeñas ánforas y mezcló partes de su contenido. Después embebió un pequeño dardo en una de ellas y la colocó en una fina cerbatana mientras le decía:

-Voy a administraros un medicamento para que estéis mejor. No os hará más daño que un pinchazo de mosquito en el cuello. Si estáis tenso y preocupado puede ser un proceso molesto. Si tenéis un poco de confianza en uno de los mejor puntuados médicos de este país y os quedáis tranquilo, será hasta placentero. Os recomiendo aflojar todos los músculos; pensad en los seres más queridos y como según me han informado estáis buscando la libertad de vuestra familia, pues soñad con ello, que *en este mundo vuestros pensamientos determinan vuestra realidad...* Cerrad los ojos y disfrutad. Estáis ente amigos.

Cuando vio que el hombre se relajaba, luego de que Henutsen le soltase las manos por detrás para atarlas apenas por precaución delante, lanzó al cuello el dardo con una dosis muy bien medida de soporífero. Momentos después, Henutsen salía con su Ka. Tomó de una mano el Ka del hombre y le hizo salir del Bah. El médico, que podía ver en el mundo de Anubis, era testigo de la conversación. Al no estar él mismo en ese ámbito, no la podía "oír", pero por los gestos comprendía que estaba teniendo lugar un diálogo tranquilo y fluido, lo que le indicaba que la dosis de soporífero había sido óptima. Se retiró a varios pasos y en voz muy baja dijo a los demás que todo iba bien. Pasó poco menos de medio Râdnie y Henutsen volvió a su cuerpo físico, mientras Enjoliteb permanecía en el más profundo sueño.

-Creo que tengo algún problema físico, porque he sentido pinchazos en las piernas y cabeza, pero he podido hacer todo bien. Me ha quedado claro todo el panorama, porque aunque no me ha podido mentir, ha intentado ocultar información. Sin duda hay en los subterráneos cincuenta oberitas y cien supuestos liberados por ellos. Tienen armas normales como arcos y flechas, lanzas, hondas pequeñas para uso en lugares estrechos, no tienen ni conocen las boleras y todos los aparatos que hay en el lugar estaban cuando ellos lo descubrieron, hace cerca de un año. Están haciendo la mayor cantidad de veneno que se ha hecho jamás, para luego llevarlo a las fuentes de agua de todo el país. Enjoliteb no sabe si hay mapas de todas esas fuentes; en realidad no sabe mucho más. Su creencia en todo lo que le han contado está decayendo, pero le han convencido de que somos muy hábiles en interrogar y engañar a los prisioneros, y que luego, cuando no podemos sacar más información, les matamos sin más. Su familia son sus padres, dos hermanas y tres hermanos. En poco más, dos de sus hermanos serán "rescatados" en una de esas operaciones especiales para reclutar nuevos combatientes. También parece conocer dónde se puede encontrar el supuesto Faraón Isman y he podido extraer de sus pensamientos todo el recorrido que hizo desde su tierra natal hasta aquí. A su vez en mi mente, he armado el mapa aproximado, así que tengo que reunirme con Hetesferes antes que se me olvide todo esto y plasmarlo en papiro.

-Poneos en ello sin demora, por favor, -dijo Nuptahek- que aunque os lleve el resto de la noche y el día de mañana, lo importante es no perder nada de esa información. Además, tenemos que pergeñar una estrategia muy delicada, evitando la muerte de los esclavos ahí abajo. Y si es posible, la de los oberitas, aunque eso sea más difícil.

-Hasta vuestra frente y gestos se parecen a Isman, -dijo Elhamin- en cada situación previa a las batallas. Perdonad mis lágrimas, sé que no debo extrañar a ese Hermano del Alma, pero lo veo reflejado en Vos en tantas cosas, que... Disculpad y os aseguro que la emocionalidad mía no es un obstáculo para pensar objetivamente. ¿Creéis oportuno hacer lo mismo con el otro prisionero, Henutsen?

-Podría hacerlo, pero no voy a sacar ahora más información. Puede que en otro momento, lo haga. Pero tengo mucho en la psique que no podré retener mucho tiempo. Debo ponerme con los mapas y después descansar un poco, Además, algo me pasa porque me pica toda la piel, como cuando intentamos meternos con el Ka en el laberinto...

-Entonces, -continuó Elhamin- Vamos a ello, apuntamos todos los datos que podáis recordar y mañana definimos las estrategia a seguir.

Los prisioneros fueron llevados a una tienda donde se les dijo que estaba prohibido salir, salvo para sus necesidades, una vez en el resto de la noche. Seis soldados hicieron la guardia y como no se les prohibió hablar, ellos conversaron con los prisioneros que dentro de las carpas, hacían todo tipo de preguntas sobre la vida en el país. En el centro del campamento, alumbrados por varias antorchas, Henutsen y Hetesferes, acompañados por Khumpomisis a toda la Plana Mayor, confeccionaba los planos para establecer la información más relevante de lo que había en el interior del laberinto subterráneo y el camino hasta la lejana granja humana tras los montes Carpatians. Terminaron al amanecer, ya con las primeras luces de alba y muy cansados, así que el resto del día tendrían que dormir y no se estableció Râdnie de llamada. Pasado el medio día los estómagos hicieron su ineludible reclamo y los cocineros tenían ya preparada la comida. Ankemtatis fue el primero en despertar, cuando el sol había pasado el zenit, pero no despertó a los demás, que lo hicieron cuando él ya había comido. Habló con los encargados de las guardias y todo estaba en orden y no había ninguna novedad. Durante la tarde los prisioneros fueron invitados a reunión de la plana mayor y se presentaron con apariencia relajada. Se les sirvió comida y se les preguntó sobre si el agua y otras bebidas eran de su agrado. Estas preguntas les causaban confusión, desconfianza y se miraban unos a otros, pero nadie les dijo nada.

-El agua es buena y este licor amarillo no lo conocemos. ¿Qué es?

-La cerveza que hacemos desde siempre, -dijo Henutsen- pero como parece que no la conocéis, os recomiendo no beber demasiado. Se hace fermentando el trigo y si se bebe mucho puede marear y hay quienes pierden un poco el equilibrio, tanto del cuerpo como del hablar o de las actitudes. Nosotros estamos acostumbrados y podemos beber tres o cuatro de estos vasos. Vosotros no debéis pasar de uno… Ahora por favor decidnos si tenéis alguna idea de lo que os ha ocurrido y porqué estáis aquí realmente…

-Creo recordar que tuvimos una conversación anoche… Pero no me acuerdo de todo, estoy confuso… ¿El médico me ha envenenado?

-Sí, -continuó Henutsen- estuvimos conversamos un buen rato. Pero no os ha puesto más que un soporífero, para que descanséis bien y no perdierais consciencia totalmente durante la conversación. ¿Sabéis algo del Reino de Anubis?

-¿Ese dios tirano al que sirve el Faraón?… Sí, sé que es el mal en la tierra, el mal personificado en un chacal.

-Si me fuese posible enseñaros más sobre el mundo Astral, -dijo Henutsen- podría enseñaros a Anubis, pero no estáis preparados para estar en su presencia. Es uno de los seres más amorosos y sublimes que podéis imaginar. Puede que os causara terror, porque su Ser está impregnado del verdadero poder del Espíritu de Ptah, la Esencia Div…

-¡Ese dios malévolo que ha fabricado el mundo y todo lo mortal!, -dijo el otro hombre- ¡El culpable de que seamos mortales, de que seamos tan frágiles y esclavos de la materia...!

-Os han hecho confundir ese concepto de lo divino, -dijo Nuptahek- que es tan importante para todos. En realidad, ese creador de la mortalidad es el primer esclavista, al que nosotros llamamos Seth...

-¿Cómo os llamáis Vos? -preguntó Elhamin al otro hombre.

-Encalinetus ¿Os sirve saber? -respondió el hombre groseramente.

-Sí, -dijo Ankemtatis- para trataros como personas. ¿Y cómo podéis estar tan confundidos...? Claro, si ni siquiera sabéis que sois esclavos de los que dicen ser vuestros libertadores... ¡Cómo vais a saber algo de dioses y de la metafísica!

-Estáis engañados en todo, -agregó Nuptahek- pero eso pasará. Vais a comprobar las cosas Vosotros mismos. Aunque se os tratará como prisioneros, seréis tratados como se trata en Ankh em-Ptah a los raros desquiciados que hay, a los que han bebido demasiado licor o a los que han cometido errores sin ser realmente enemigos. Vais a ser llevados a Eritriuma para permanecer allí hasta que resolvamos lo que ocurre aquí, pero después se os enviará a recorrer todo el país o al menos una buena parte, para que el engaño terrible que lleváis en la cabeza y el corazón, desaparezca. Elhamin, disponed ahora mismo seis soldados que estén descansados... Que los lleven a Eritriuma y regresen, pero que a estos dos no les tengan encerrados. Atados y con custodia, sí, pero que puedan hablar con la gente, que los locales les enseñen todo en el poblado, que Alvalopep les cuente un poco de la historia reciente y que vean cómo vivimos realmente en este país.

El resto del día realizaron labores diversas y se hicieron todos los preparativos para una acción de emergencia, en caso que la ausencia de los capturados movilizasen al enemigo en su búsqueda. Al final del día tenían casi decidida una entrada por una estrecha cavidad que no aparecía en los mapas de Khumpomisis, al Norte de la entrada principal, pero Nuptahek tenía una intuición diferente. No alcanzaba a dar forma a su sentimiento, pero al anochecer reunió nuevamente a todos para explicar lo que sentía y analizar con todo el grupo la estrategia a seguir, refinando el plan, porque lo que habían hablado parecía todo lógico pero a ella no le conformaba.

-Tenemos un problema, -dijo a la Plana Mayor- y es que algo no está bien, algo de información está faltando y la estrategia que hemos definido no será óptima. Si lo hacemos así, es posible que tengamos que matar a la mitad de los esclavos, que además de enemigos sólo por la circunstancia, son de nuestra sangre y alma. Revisemos toda la información que conserva Henutsen y los mapas. Hay que pensar en una alternativa, como separar a los grupos de oberitas y a los nuestros aunque descartamos cualquier acción desde el ámbito de Anubis. Hay que explorar más... Grupos de dos o tres invisibles por cada entrada y cuando tengamos claro cómo separarles, ir contra los oberitas y dejar a los nuestros... Llamémosles Carpatians, al margen del combate.

-No está mal llamarles "los nuestros", -dijo Geonemetis- porque con algunas diferencias de aspecto en lo general, no son muy diferentes a nosotros. Y diría que cualquiera que no es esclavista, aunque fuesen los Negros del Sur, es "de los nuestros".

-Sabiendo cómo son los oberitas, -dijo Elhamin- no creo que les tengan al mismo nivel, así que es posible que tengan alguna división, ya sea en el dormir, en el comer o para hacer reuniones y determinar las guardias... Pero es casi imposible prever eso, porque tal como los tienen engañados, confían en ellos y habrá que investigar sus ritmos de actividad. Como están bajo tierra, no han de llevar un ritmo como los nuestros. Están todo el tiempo iluminados por esas luces artificiales pero no tendrán ritmos como los que determina el sol.

-Si hace falta traer a alguno de los presos de nuevo, lo hacemos...

-No es necesario, Nuptahek, -dijo Henutsen- porque no es posible por ahora que nos den más información. Hay algunos sitios que he marcado en los mapas, donde habrá que ver por qué están ubicados los catres y las mesas en esas posiciones. Aún recuerdo bastante de lo percibido de los pensamientos y recuerdos de Enjoliteb, así que intentaré hacer un repaso de todo eso. Pero mientras, creo oportuno que vayáis todos a descansar. Yo me quedaré haciendo eso, pero Vosotros tendréis que tener mañana la mente muy clara para definir la estrategia que conforme a la Faraona. Comprendo lo que ella siente aunque no puedo aporta mejores ideas por ahora.

Se disponían a dormir los que no estaban de guardia. Gelibar marchaba hacia la tienda que ocuparía con la Faraona, pero se detuvo en seco antes de llegar a ella.

-Algo pasa... Creo que he visto algo raro... -dijo mientras Nuptahek se asomaba y ambos comenzaron a mirar hacia todas partes.

-¡Atención! -gritó Nuptahek asomándose por la pequeña abertura de su tienda- ¡Se acerca algo por el cielo...!

CAPÍTULO III
LOS BEOSHIMS

Todos miraron entre atónitos y preocupados, un raro objeto que por un momento cruzó la luna que empezaba su fase menguante pero aún iluminaba lo suficiente como para ver con claridad la maniobra que hizo después aquella cosa. Una especie de bandeja redonda de más de treinta Ankemtras de diámetro pasó cerca de ellos y se alejó hacia la zona del laberinto, para posarse en un promontorio cercano a medio camino entre el laberinto y el campamento.

-¡Ha parado justo en el cerro que tomé como punto medio y primera línea de exploración y guardia! -gritó Henutsen y continuó dando órdenes a los soldados- Vosotros, acompañad a Ankemtatis en el refuerzo local. Hatshepsut, por favor venid conmigo. Llevaremos las boleras, habrá que andar unas veinte cuerdas de flecha…

-Preparaos, Gelibar, -le dijo Nuptahek discretamente al oír la orden- vamos a seguirles a media cuerda.

-Es una imprudencia, Faraona… Bueno, no me miréis así…

-Les avisaremos cuando estemos en camino, no os preocupéis.

-Estoy preparado, pero… Creo que han visto el campamento.

-Puede ser, Gelibar. La maniobra que hicieron, pasando por encima de nosotros, para asentarse luego a una distancia prudencial… En fin, que nos damos prisa o perderemos de vista a Henutsen y Hatshepsut.

Como que ambos estaban bien entrenados, no demoraron en seguir el avance de las mujeres, avisándoles de su presencia cuando habían andado un par de cuerdas largas. Henutsen les reprochó la imprudencia, pero ya era tarde, estaban en marcha y bien sabían que la Faraona no desistiría de participar en el encuentro con aquello, fuese lo que fuese. Cuando llegaron al pie del cerrillo donde se aposentaba aquel aparato, se encontraron con algunos soldados que hacían la ronda de entorno, observando sorprendidos, la evolución y aterrizaje del objeto. Nuptahek les ordenó volver al campamento, mientras ellas y Gelibar permanecieron ocultos tras unos arbustos, pero en un momento Henutsen desapareció tras pedirles que no se movieran y la esperasen.

-Será mejor que esperemos aquí. -susurró Hatshepsut- No hay manera de saber por dónde ha ido… Aunque seguro que va hacia la cumbre, es mejor no seguirla.

-Pero podemos rodear el cerro y ver qué pasa. -dijo Gelibar.

-Nos quedaremos aquí, -dijo Nuptahek- no hagamos tonterías.

Conteniendo la impaciencia, esperaron un rato hasta que por fin regresó Henutsen y contó lo ocurrido.

-No podía ver bien porque los árboles tapan la Luna, dan sombra y no estoy segura, pero creo haber visto a dos Beoshims descendiendo por una rampa. Ese aparato tiene unos treinta Ankemtras de diámetro y al menos cinco de alto, creo que es perfectamente circular. Han hablado algo, pero desconozco totalmente su idioma. No es igual la comunicación en el estado de Anubis, que es con el pensamiento. Así que si no hay entre ellos alguno que vea el Astral, no podremos saber qué hacen aquí. Podría intentar salir con el Ka.

-Sin duda, -dijo Nuptahek- es la mejor idea. ¿Lo hacéis ahora?

-Puedo hacerlo ahora mismo. Si voy sola es mejor, por ahora.

Henutsen se acostó sobre la hierba, buscó la posición más cómoda para su cuerpo y al salir con el Ka desapareció después de hacer un gesto de "todo bien" con la posición de saludo militar. Los demás se mantuvieron en el más absoluto silencio un poco alejados, intentando ver los movimientos donde estaba el aparato. La Luna apenas permitía ver un poco, pero los arbustos que se interponían no dejaban observar lo que ocurría, hasta que hallaron un sitio algo más elevado. Ya en la mejor posición, ubicados para no tener que moverse, Nuptahek y Hatshepsut empezaron a mirar en el plano de Anubis. Gelibar se quedó como custodio de ellas, porque cuando se mira en ese orden, y especialmente bajo la luz de la Luna, es muy difícil ver las cosas materiales porque la luz astral lo cubre todo.

Las muchachas observaron como Henutsen se acercó a los dos Beoshims e intentaba que le vieran, pero no parecía conseguirlo. Hacía toda clase de gestos sin resultado y estaba a punto de regresar, pero un tercer tripulante bajaba del aparato y decía algo a sus compañeros. Estos se quedaron quietos e intentaban ver algo, pero Henutsen comprendió que aquel que bajaba por la rampa sí le veía, así que estableció contacto con él y estuvieron durante un buen rato en actitud de conversación. Luego se despidió del Beoshim llevando sus manos al pecho y con otros ademanes que indicaban gratitud y conformidad. Unos momentos después les llamó, ya en su cuerpo físico y se apresuraron a reunirse con ella, quien les explicó:

-Estos visitantes están preocupados desde hace un tiempo, porque han observado que un grupo de personas ha hecho modificaciones en las cavernas, tal como lo hemos comprobado, y todo eso es para ellos un daño muy grande, porque las fuentes de metal líquido son una especie de reservorio alimenticio, pero no deben ser alteradas. Ahora podemos entender lo de las extrañas luces que se han visto y porqué pesan tanto sus cuerpos y otras cosas sobre sus cualidades. Van a entrar y explorar y mañana apenas se oculte el sol, debo reunirme con ellos como hoy, con el Ka. Sólo uno de ellos se maneja bien en la región de Anubis, pero es suficiente para establecer una cooperación.

-¿Le habéis explicado lo que ocurre en Eritriuma?

-Sí, Faraona, y lo han comprendido muy bien. Me han explicado que según sus conocimientos, si el metal líquido se combina sólo con el agua tal como está en la Naturaleza, no pasa nada y no hay grandes riesgos para nosotros, porque pesa mucho y va al fondo, pero si antes de contactar con el agua se combina con otros elementos, se forman sustancias con gran poder venenoso para los humanos e incluso para ellos. Eso puede ocurrir en la Naturaleza de modo excepcional, pero aquí ha pasado algo que no es natural. Y también les advertí del polvo en suspensión que afecta el cuerpo Ka, con lo que cree que le salvé la vida, porque el que está entrenado, lo próximo que iba a hacer era entrar así; por eso se había quedado en la nave y salió al verme...

-¿Pero ellos se alimentan de metales?

-Así es, Hatshepsut, la mayor parte de su dieta -continuó explicando Henutsen- aunque nos parezca increíble. La vida tiene infinitas formas de manifestación. Esos seres que sólo conocíamos por referencias casi mitológicas, también son habitantes de este mundo, aunque me acaba de explicar que su origen está en un mundo que no está debajo de nosotros sino arriba, entre las estrellas... Ellos vinieron cientos de milenios atrás, antes que los Hekanef construyeran Ankh em-Ptah.

-De eso podríamos hablar mucho tiempo, -comentó Gelibar- porque estuve estudiando sobre las estrellas y otros mundos en Dandara. El Universo es absolutamente infinito, como explica la Tabla Diamante Negro, así que lo que vemos en el cielo es apenas una mota de polvo en una inmensidad eterna, cada estrella es como Râ, pero incluso las hay mucho más grandes y alrededor tienen muchos mundos como el nuestro y están tan lejos que... Perdonen, me apasiono y me olvido de lo que tenemos que hacer aquí.

-Y no es poco. -respondió Henutsen- Hay que prepararse...

-Seguramente -dijo Nuptahek- tendremos que explorar a fondo esas galerías y según parece habrá que aliarse de algún modo con los Beoshims. ¿Os parece correcto, Henutsen?

-Estáis en lo cierto, Faraona. Es más o menos la idea que dejamos en suspenso hasta mañana. Brevemente les puse al corriente sobre el Beoshim muerto en Ankherobis y sobre lo que nos dijo. También darán esa noticia a los suyos porque no estaban enterados, que según dicen, pueden hacerlo desde aquí y en un momento, pero ahora intentarán explorar las cavernas usando un vehículo más pequeño que llevan dentro de ese gran disco.

-¡Mirad! -interrumpió Gelibar- Ese es el vehículo que decíais.

Un pequeño artefacto casi cilíndrico, de no más de cinco Ankemtras de largo y dos de ancho, salió por algún sitio sin hacer ningún ruido. Se desplazó hacia arriba y luego se alejó hacia la entrada de la cueva, que no era posible ver desde allí.

-No podemos hacer más nada, -dijo Henutsen- Deberíamos volver al campamento. Por favor Faraona... Siento vuestra curiosidad, pero es mejor no interferir. Mañana tendremos más respuestas.

-De acuerdo, pero os ruego que nos contéis que más habéis sabido, que ha sido un buen rato y más aún en la región del Ka, que se puede hablar diez veces más rápido que con la lengua...

-No hay mucho más para contar. Es la primera vez que estos que han venido tienen contacto con humanos. Saben todo o casi todo de nosotros, pero no habían contactado con nadie en forma tan directa en mucho tiempo. Por suerte que uno de ellos se maneja bien en la región de Anubis, de lo contrario habría sido peligroso contactarles. En realidad su comunidad nos tiene como una civilización peligrosa para ellos, aunque saben que no somos todos iguales.

-Sin más por ahora, tendremos que ejercitar la paciencia...

-Así es, Faraona. -respondió Hatshepsut- No estaréis sola en ello.

-Aprovechando que estamos en cierta intimidad, -dijo Nuptahek- y que demoraremos un poco en llegar al campamento, os quiero hacer una pregunta, Henutsen. Creo que se me formuló en la mente cuando era aún muy pequeña y supe que tenía vocación de Faraona...

-¿Y bien? -dijo Henutsen tras un largo silencio de Nuptahek.

-Me da un poco de timidez, pero he estado a punto de preguntaros muchas veces, durante los viajes, durante la instrucción y... Bueno, al fin os lo preguntaré. ¿Por qué el Faraón Isman no hizo nada para que seáis vos la Faraona?

-¡Vaya pregunta!... -respondió Henutsen- ¿Acaso no habéis hecho vos misma un ejercicio para encontrar vuestra verdadera vocación?

-Sí, claro... He de deducir que también lo hicisteis Vos, pero vuestra vocación iba por otro lado. Por una parte os veo como una gran militar, pero por otro lado una experta en las cosas esotéricas. Y por todo lo que llego a conoceros, diría que tenéis todos los atributos para ser una gran Faraona. Sin embargo os quedasteis ocupando un puesto militar.

-Exactamente, Faraona. Mi vocación es evidentemente militar, con una mezcla de actividad en el plano de Anubis y otra parte dedicada a las ciencias. Mi madre me hizo hacer aquel ejercicio cuando era muy pequeña y en pocos días teníamos claro que ni por asomo podría interesarme trabajar en la política. No porque no reconozca su importancia, sino porque mis habilidades y mis sentimientos están más preparados e inclinados a enseñar aquellas cosas que están más allá de lo palpable y a crear técnicas militares que hacen con el menor costo de recursos, que un soldado sea eficiente en extremo...

-Os comprendo, Henutsen, y cierto es que no hay mejor maestra que vos en cuanto a la preparación militar. Sin vuestro ejército de los "invisibles" las fuerzas de Ankh em-Ptah serían como un ejército normal pero con ello somos tres veces más poderosos...

-Además, -continuó Henutsen- si me dedicara a ser Faraona, la vida que llevo con mi esposo no sería posible. Aunque estaríamos juntos, no tendríamos casi vida de pareja. Es lo que puede ocurriros a Vos, en caso que si os casáis, vuestro esposo esté más metido en los asuntos científicos que los políticos. A veces las parejas combinan todo aunque tengan vocaciones diferentes, pero otras veces es más difícil...

Llegaron al campamento y explicaron a los demás todo lo ocurrido y sabido. Se dispuso descanso y guardia normal reforzada con cinco puntos de vigilancia a ocho cuerdas de flecha, sobre las más altas prominencias que habían ido marcando los exploradores. En la mañana Khumpomisis, Hetesferes y Geonemetis se dedicaron a hacer copias de los mapas, tanto exteriores del terreno, como de los túneles recorridos. Cuando Râ estaba cerca del ocaso, Henutsen, la Faraona, Gelibar y Hatshepsut se dirigieron al punto de reunión con los Beoshim y al llegar encontraron el aparato pequeño posado en una planicie en la parte más profunda del cañadón, donde aún le daba en parte, la sombra del farallón. Junto al vehículo estaban los dos tripulantes, como disfrutando con cierto cuidado de la luz solar. Apenas llegaron, Henutsen se acostó sobre la hierba y uno de los Beoshim hizo lo mismo a su lado. Los demás se quedaron guardando distancia a varios pasos, durante medio Râdnie.

El otro Beoshim daba vueltas alrededor del vehículo, observando todo el entorno. En algún momento se acercó a Hatshepsut, Gelibar y Nuptahek, mirándoles con gran curiosidad, así como ellos le miraban también, observando el raro atuendo, escaso, su casco y un collar que parecía tener pequeñas luces. Las orejas estaban tapadas por el casco, que en esa parte era más ancho y redondeado. Los pies grandes y descalzos y casi todo el tiempo llevando las manos en la cintura, con el dedo pulgar apoyado en un cinturón, en el cual había pequeños compartimientos redondos, como para llevar pequeñas herramientas u otras cosas. Sus rostros no por raros dejaban de ser amables y casi siempre sonrientes.

Cuando Henutsen y su compañero de salida con el cuerpo Ka acabaron su conversación y volvieron a sus cuerpos físicos, ella le saludó con una reverencia que él imitó y le entregó un artefacto oval, no más grande que un huevo de gallina y se despidieron.

-Debemos regresar al campamento y tomar notas de todo lo que hemos conversado. Me han dado esto para comunicarnos. Un toque en este punto indica que queremos reunirnos, dos toques es lo mismo pero con más urgencia y tres toques es pedido de auxilio con urgencia. Me ha transmitido imágenes muy claras de toda la situación interior y mientras perdure todo en mi memoria, puedo completar aún más los mapas extraídos de la mente de Enjoliteb. Pero ya sabéis que lo aprendido, visto y todo lo que se percibe con el Ka, se olvida pronto, igual que los sueños, así que os iré describiendo todo mientras caminamos. Una vez asegurada toda esa información, analizaremos lo que conviene hacer…

Caminaron rápidamente para llegar antes de que oscureciera pero Henutsen iba relatando toda la conversación en Astral, las sensaciones, el carácter divertido de su informante, incluso cuando se trataban cosas muy serias, así como describía todas las imágenes que el Beoshim le había transmitido, a fin de no olvidar ningún detalle. Al llegar se pusieron a hacer con Hetesferes, Geonemetis y Khumpomisis los mapas, que aún estaban en su mente con absoluta claridad. Se trataba de un verdadero laberinto, que los Beoshim recorrieron durante todo el día anterior, en su mayor parte con el vehículo, pero otra parte debieron recorrerla a pie, porque no cabía la navecilla. Henutsen explicó que sus naves no utilizan ningún combustible, pero sí la fuerza del rayo convertida en otras formas de energía. Le había preguntado si ellos podían hacer algo para impedir que los que hacían desmanes con la naturaleza bajo tierra, dejasen de hacerlo, pero le dijeron que no podían intervenir aún, ya que habían aparecido en escena ellos, los humanos iguales que los otros. No les estaba permitido intervenir en nada de la superficie del exterior del mundo, de modo que estaban buscando la manera menos invasiva de arreglar los desastres naturales y así llevaban varias lunas, sin acertar el modo de detener las acciones de aquellos humanos.

-Si no hubiéramos llegado nosotros, -explicaba Henutsen- habrían provocado algún tipo de cambio que obligue a esos hombres a irse y luego los Beoshim arreglarían todo, pero es complicado. No saben ni quiénes son ni con qué intenciones hacen esos cambios bajo tierra.

-Está claro que son los oberitas, pero... ¿Qué es lo que pretenden hacer?, ¿Qué extraen de ahí? -dijo Elhamin reflexionando.

-Ya lo descubriremos, -dijo Nuptahek- pero en este lugar tan apartado, no es una tarea comprensible... Sea lo que sea, no dudo que están sacando algo para atacar Ankh em-Ptah, porque no tiene mucho sentido que lo hagan con el único objetivo de enfermar a la población local. Aunque son casi veinticinco mil personas, no son un número importante para la enorme tarea que están haciendo.

-Mis sospechas son iguales a las vuestras, Faraona. -intervino Meranubis- Lo vengo pensando desde que entendimos lo que hay ahí abajo. Con lo que se puede extraer de ahí, se puede envenenar a toda la gente de nuestra Patria. He hecho unos cálculos que aunque sólo son aproximaciones, dan una idea de lo que puede hacerse con una gran extracción de esos minerales, y luego de tratarlos, si se dispersan en las aguas del Nilo, envenenarían a todos los animales y plantas. No sería rápido, pero sí prolongado, terrible, como está ocurriendo con la gente de Eritriuma, y habría sido muy difícil de detectar el origen del problema, así como veo difícil la solución, a menos que los médicos tengan ya algún medicamento o terapia adecuado para tratar los casos de envenenamiento progresivo con metales.

-Lo tenemos, -dijo el médico Bugarim- pero no sería lo mismo tratar a toda la población de Eritriuma, que tratar a toda nuestra Patria. El mejor medicamento es una dieta a base de ajo y cebolla, pero con muchas verduras crudas y unos preparados que hacemos con savia de diversas plantas y algas del Nilo y otras del mar, cuya agua también deben beber moderadamente. No tenemos aquí nada preparado, pero he visto que en las huertas de Eritriuma hay algo de lo necesario. Mi esposa Ajnanumis podría quedarse con Vosotros mientras yo voy a Gavelade a conseguir más cosas y hacer que traigan gran cantidad de agua desde el mar. Además podría dar aviso a los médicos allá, de lo descubierto aquí. Tenemos claro que es una intoxicación lenta y progresiva con minerales de cinabrius y otros derivados del arzyemum que han sido tratados para ser más letales. Aunque no sepamos como son exactamente esos derivados, el tratamiento sería el mismo, pues resulta con todas las enfermedades que a veces padecen los mineros. No se trata de algo demasiado complicado. Sólo tendría que ir y preparar todo lo que no puede conseguirse aquí. Mientras, se debe indicar a los habitantes, cuáles son las verduras que tienen que plantar con preeminencia, consumir las dosis justas del carbón que habéis hecho para respirar, y ver lo que mi esposa pueda ir preparando aquí.

-Tendríamos que enviaros con algunos hombres, -dijo Nuptahek mientras reflexionaba- y ahora creo que necesitamos a todos... Pero bastará con dos y como iréis sin carro, en dos o tres días podéis hacer etapa en Ankherobis, y de ahí son dos días más hasta Gavelade. Mejor en caballos que camellos, porque iréis más rápido. Aún podéis andar de noche durante los próximos tres días, para evitar sorpresas y el calor. Hostinheteb os puede dar más hombres para los dos días restantes. Y por cierto, decidle que envíe cuanto antes un par de azafes, que luego les deben enviar sus reemplazos desde Gavelade. Meremapis y Orsingetanis, preparaos para acompañar a Bugarim.

-Entendido todo, Faraona. -dijo el médico- Pasaré por Eritriuma a dejar para mi esposa las indicaciones. Saldremos ahora mismo.

Mientras tanto, Henutsen estaba enfrascada en plasmar en los mapas la información recibida mentalmente, que ampliaba más del doble lo que conocía Enjoliteb. Khumpomisis y Hetesferes hacían de instrumentistas, dándole las plumas mojadas con tintas de diferentes colores, para ir acotando todo lo más claro posible. Cuando acabó, ya muy entrada a noche, Nuptahek volvió a reunir a la Plana Mayor:

-Antes de irnos a descansar, me gustaría tener clara la estrategia porque como os dije antes, la sigo viendo incompleta y muy peligrosa para los Carpatians. He pensado que los Beoshims con su vehículo no sólo podrían aportar información, como ya lo han hecho y creo que con abundancia, tal cual vemos en los mapas...

-Os voy comprendiendo, -dijo Elhamin- y eso seguramente que lo puede responder mejor Henutsen. ¿Sería posible que junto con ellos diseñemos una estrategia, como por ejemplo ir capturando grupos o individuos aislados?

-No es mala idea, -respondió Henutsen con el mapa básico en las manos- pero sólo podemos comunicarnos con ellos mediante la salida con el Ka. Eso permite entendernos incluso mejor que con palabras, pero no podemos comunicarnos constantemente. Además, ellos no quieren intervenir salvo situaciones extremas. Respecto a la idea de la captura por partes, sabemos lo bien que ha resultado en varias ocasiones durante las campañas... Hemos rescatado civiles, soldados nuestros prisioneros, hemos apartado grupos para dividir la acción... Aquí será más complicado porque tendremos que movernos muy rápido, ya que no hay mucha separación de funciones y de estancia de los grupos. Los oberitas duermen en esta parte y parece que comen ahí también, de modo que no funcionan como nosotros; ellos marcan mucha diferencia entre oficiales, suboficiales y soldados regulares. Los

Carpatians sólo son regulares y todos duermen en esta sala. Según el Beoshim beben agua únicamente de una vertiente que hay justo a la sala de los Carpatians. Proviene de un manantial independiente y de origen alejado de este laberinto. En esta sala de aquí, justo al lado de la de los oberitas, tienen el almacén de provisiones y las armas, que son todas pequeñas, No hay boleras ni nada de los Hekanef. Sólo las maquinas son de esa tecnología. En esa disposición los Carpatians no tienen acceso al alimento ni a las armas, sin pasar por el dormitorio de los oberitas. Si queréis, Faraona, os voy diciendo mi idea de una posible entrada estratégica…

-Sí, continuad. Cada uno irá haciendo lo mismo…

-Entonces, creo que es posible entrar al dormitorio de los Carpatians por este conducto, que tiene entrada por el otro lado de la montaña mayor. Por ahí salen centinelas por turnos de dos y en parte hay que arrastrarse para pasar. Si estuviésemos unas cuerdas más al Norte y Oriente, esos centinelas nos habrían visto. Hemos tenido suerte. Pero podemos entrar por ahí hasta el dormitorio y sólo hay que desmayar a los dos guardias de la entrada. El problema al llegar al objetivo, es que no hay lugar para reunión. La entrada a la sala es un hueco apenas agrandado para pasar de a uno. De modo que una vez allí tendríamos que actuar en combate directo, a menos que pensemos en una forma de dormirlos. No disponemos aquí de material para fabricar una buena cantidad de soporífero para ambiente, sino que tendría que usar cada uno de los nuestros, su cerbatana. Y ya sabemos que eso puede ser mortal para muchas personas… ¿Alguna idea?

-Hasta ahí todo bien, -dijo Nuptahek- pero eso sería sólo uno de los puntos de ataque. Creo que primero debemos estar de acuerdo en lo general y luego en lo puntual. Después vemos cómo resolver la acción a seguir una vez llegados a esa sala dormitorio. Decidnos cada una de las entradas, a ver qué otras ideas aparecen.

-La principal, -siguió Henutsen- es decir por la que entramos un poco, es la más ancha y transitable. Las otras que permiten llegar al resto del complejo son la de la guardia nororiental, la del Norte y la que está cerca del camino. No es muy transitable y llega a la sala del tanque. Las entradas están marcadas con un unicornio, *como en todos los mapas relacionados a las entradas a mundos subterráneo*s. Las marcadas con cuadrados blancos, son los dormitorios y sala de estar. La mayor es la de los Carpatians y aunque en la realidad no es muy cuadrada, tiene al menos cincuenta Ankemtras de largo y veinte de ancho. La de los oberitas sí es casi cuadrada. Las que están con cuadrados negros y picos de obra, son canteras. Ahí trabajan la mayor parte del tiempo, sacando y procesando mineral con máquinas y unos raros aparatos de laboratorio. A la sala del tanque sólo van para descargar ese material que se pierde luego en el remolino y va a parar a algún otro sitio, donde el vehículo de los Beoshims no puede llegar y tampoco ellos a pie. Parece que está bastante más profundo. Su vehículo se hace invisible y dicen que pueden atravesar montañas, como si estuvieran en un cuerpo de Ka, pero en esta región sólo se hacen invisibles donde hay aire, porque al haber tanta plata y otros minerales igual de "intraspasables", no pueden usar su tecnología atravesando la piedra. Con sus aparatos, les pasa lo mismo que a nosotros con el Ka.

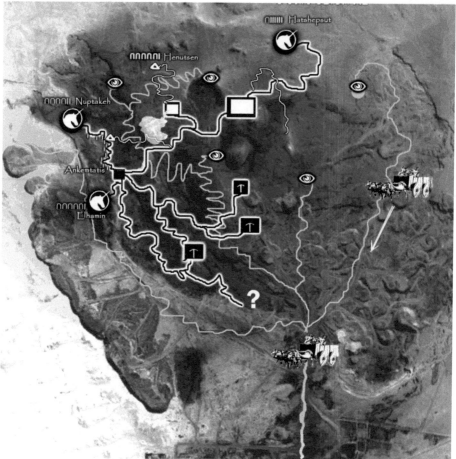

-Volvamos a los turnos de guardia y trabajos. -apuntó Ankemtatis.
-Trabajan por turnos, -siguió Henutsen- así que en las tres canteras sólo tendríamos a la tercera parte de los hombres en cualquier momento, pero es posible que ocupen la mitad del tiempo trabajando. Y seguramente, los oberitas estarán con ellos todo el tiempo, es decir

que también en una distribución de terceras partes o por la mitad. Dice el Beoshim que en ningún momento han visto a todos durmiendo o apagando las luces...

-Si lo hacen por lo que ya suponemos, -intervino Hatshepsut- lo más lógico es que trabajen la mitad del tiempo. Las guardias serán la tarea más descansada. ¿Cuántos calculáis por cada turno, Henutsen?

-Según extraje de la mente de Enjoliteb, siempre hay dos parejas recorriendo el entorno durante el día pero no en la noche. Él y su compañero se extraviaron y por eso nos vieron casi de noche. Y las parejas de ronda no suelen salir de las zonas de observación. Pero la mayoría de las veces eso lo hacen los oberitas. Las guardias de los lugares altos son sólo tres, porque no suponen aún que ande alguien por esta zona. Siempre hay un hombre en cada puesto, salvo en el punto del Norte. Pero en este otro mapa tengo anotadas dos entradas más, marcada con triángulos. Una está justo al Norte de la sala de los oberitas y es muy estrecha. No sabemos si es posible entrar con algún equipo. Parece que la han dejado como respiradero, porque además de bien oculta, hay que subir cuatro o cinco Ankemtras para alcanzar esa boca, o descender por un farallón más o menos eso mismo. A poco de entrar por la principal, que ya sabemos que se accede fácil y sólo tenemos que cuidar que no nos vean desde las alturas ni nos encuentre una patrulla, tenemos otro conducto que se une con el que va a los dormitorios. Eso es más transitable, pero no parece que lo usen porque la salida en ese conducto es muy estrecha e incómoda. Sale por el techo del conducto, pero no han puesto ahí escaleras ni cuerdas. Según han rastreado los Beoshims con sus aparatos, hay unos veinte conductos más, tan pequeños que apenas pasa el agua que los ha formado, en poca cantidad, pero todas contaminadas de la misma clase de veneno que el riachuelo principal, por efecto de los vapores y todo eso. La única bebible es la que llega al dormitorio de los Carpatians.

-En resumen, -dijo Nuptahek- tenemos tres entradas "fáciles", que son la principal, la de los guardias del Norte y Oriente y la cercana al camino occidental. Luego hay dos entradas menores, que son la que parte de la principal, y acaba en el conducto que va a los dormitorios. La última es la del Norte, a la que accederíamos al dormitorio oberita bajando con cuerdas o escalera y para llegar ahí habría que rodear todo y en distancia para no ser vistos por los guardias que habrá a Oriente y Occidente. Si lo hacemos de noche tendremos ventaja y sólo habría que cuidarnos de los puntos de guardia y no de las patrullas.

-Correcto, esa es la situación, -dijo Henutsen- entonces ahora hay que pensar en cómo distribuimos las fuerzas y con qué acciones.

-Nuestro General tiene una experiencia, -dijo Nuptahek- ante la cual no se puede comparar la de Hatshepsut o la mía. Incluso Ankemtatis y Vos nos superáis en experiencia personal más allá del entrenamiento y las calificaciones que hayamos obtenido. Así que prefiero escuchar todas las ideas y ver lo que puedo aportar. Sinceramente, ser Faraona no significa que sea quien debe decidir lo que hacer en el combate.

-Entonces, amada Faraona, -dijo Elhamin- volvéis a demostrar que no intentáis cargar sola con el peso de las responsabilidades y no vais a cometer errores por no contar con las ideas de los demás. Así que os digo lo que yo puedo imaginar del cuadro de situación con personas en este escenario, de las cuales son cincuenta oberitas y cien a los que hay que rescatar pero que no se dejarán "rescatar" fácilmente... Si produjésemos una distracción que ponga a todos en alerta, pero simulando ser algo natural, estarían divididos en algún trabajo, pero eso también sería complicar el escenario, con unos movimientos de la gente, que no podemos prever. En cambio, con un ataque bien orquestado, podemos pillar a cada grupo en una situación diferente o incluso capturar gente de a poco. Eso sería más complejo pero más efectivo y factible de planificar...

-Lo primero me gusta... -dijo Nuptahek- y parecería muy natural un derrumbe, por ejemplo en la sala principal, encima del tanque, ya que hay estalactitas en el techo, muy altas... Las boleras no hacen ruido, y además podríamos romper esos candiles tan poderosos... Si dejamos en oscuras esa sala y las otras, pero de un modo que parezca fallo de los aparatos, y les cortamos el suministro de agua bebible y el respiradero de la sala de los oberitas, que parece ser el principal y tal vez único en ese sector, tendrán que ir saliendo. Lo fácil está en entrar o anular el respiradero y destruir las luces en la sala del tanque, pero llegar a las canteras no lo es tanto. Si diéramos con el aparato que produce la luz para todo el sector, en caso que así sea y no tengan la fuente de energía cada lugar en particular, la solución estaría en un solo punto. ¿Tenéis idea de eso, Henutsen?

-¡Sí, Faraona!, justo he anotado eso fuera de los mapas, pero con el detalle que me hicieron conocer los Beoshims. La tecnología para las luces permite que cada aparato tenga su propia fuente, pero por algún motivo desconocido, a los Beoshims les llamó la atención que usen un solo generador de energía, que está ubicado en la sala de los oberitas. Desde ahí va la luz por cables a todo el laberinto, en vez de ir como se podría, sin problemas para esos aparatos, por vibraciones en el éter. Pensé que quizá haya algo en el aire que lo impide, pero el Beoshim me dijo que no había impedimento y que posiblemente lo dispusieran así los oberitas, para tener un control total de la luz desde su sala.

-Sea como sea, -dijo Nuptahek- esa es una de las debilidades más importantes y la aprovecharemos. Supongo que con ese modo ellos se aseguran que sus colaboradores no hagan nada por sí mismos, sin el control de ellos... ¿Podrán seguir trabajando en las canteras si les falta la luz?... Con antorchas el aire sería irrespirable...

-Así es, -continuó Henutsen- pero anoche tuve la visita de Anubis y me dijo que tendremos problemas para comunicarnos y que se hará difícil volver a movernos con el Ka... Pero que no importa eso ahora porque tenemos que seguir nuestra acción según las circunstancias. Tengo claras aún las imágenes de las máquinas con que rompen la dura piedra de las canteras, que no es la caliza más abundante, sino esa piedra negra mucho más dura, en la que se encuentran los cristales... Que luego muelen con otro aparato que hay uno en cada cantera, hasta hacer el polvo que echan en el tanque, después de un tratamiento de laboratorio. ¿Recordáis las lámparas del rayo y el taladro para piedras que hay en la cripta al fondo de Dandara?...

-Sí, claro, con los que podían hacer los agujeros en el granito y en cualquier otra piedra... -dijo Ankemtatis- Algún día decodificaremos todo lo que hay ahí, para usar y hasta fabricar todo lo de los Hekanef.

-También hay que considerar, -dijo Elhamin- que puede que los oberitas no tengan suficiente conocimiento del uso de esos aparatos y hayan optado por lo primero que les ha funcionado...

-Como quiera que sea, -dijo la Faraona- está claro que si entramos en la sala de los oberitas podemos dejarles sin luz y energía y con eso paramos todo su hacer, a la vez que les obligaremos a salir tarde o temprano. Y eso puede significar que tengamos combate en esa sala, dejando al margen a los Carpatians, ya que ellos seguramente no van allí a menos que se les llame para hacer algo en concreto o para algún servicio, a modo de cocineros o camareros.

Después de un rato más de conversaciones, Nuptahek pidió a todos que fuesen a descansar. Ankemtatis se hizo cargo de organizar las guardias y en poco más todo quedó en el más absoluto silencio. Al día siguiente, descansados, con las ideas más claras y la imaginación creativa más ordenada, podrían definir las próximas acciones.

Los cocineros tenían todo preparado cuando empezaron a despertar, sin haberse puesto un horario determinado, pues el día anterior había sido intenso en lo físico como en lo mental. Nuptahek le pidió a Elhamin que hiciera un recuento de fuerzas y calculara los efectivos que podrían emplearse en cada actividad. Mientras comían el ligero desayuno preparado para la probabilidad de un día exigente que requería los estómagos casi vacíos, volvieron a analizar el escenario y todas las alternativas, considerándose como la mejor, el corte de la energía que movía los aparatos e iluminaba casi todo el interior. Al ver los semblantes de cada uno, Nuptahek intuyó que Elhamin era el que tenia las ideas más claras, o al menos más definidas tras el descanso.

-Os ruego que empecéis Vos, General.

-Podemos generar una distracción en el túnel principal, que no tiene que parecer necesariamente natural o provocada pero eso lo vemos después. Entonces les obligaremos a concentrar sus fuerzas allí, con lo que difícilmente quede alguien en el dormitorio de los oberitas. Al mismo tiempo ha de iniciarse la entrada por esa cueva del Norte, sólo con el objeto de entrar y destruir la producción de energía...

-Mejor anular, si fuese posible sin destruir, -intervino Gelibar- porque luego podría sernos útil...

-Muy buen apunte, -dijo Elhamin- pero no conocemos mucho de eso, así que se tomarían algunos momentos para intentar apagar todo. Y habría que quedarse allí para evitar que alguien vuelva y reactive los aparatos. Henutsen y Ankemtatis son quienes tienen más experiencia en eso de apretar botones y palancas sin que reviente todo...

-Y yo, -intervino Azalema- porque además puedo ver detalles del color de los botones, que indican los que más han sido apretados, y como todo el mundo tiene las manos algo sucias, siempre dejan sus huellas de dedos, que me permiten deducir algunas cosas. Me ofrezco para entrar por ese respiradero.

-Y yo, -agregó Gelibar- que aunque soy alto, no soy grueso, soy muy elástico y puedo moverme muy bien en los túneles estrechos. Hauliteb puede preparar las cuerdas necesarias para eso.

-Podéis contar con que ya están preparadas. Sólo tengo que saber quiénes van para calcular pesos y medidas. Incluso tengo hechas algunas escaleras de cuerda. Supongo que basta una sola para entrar en esa sala. ¿Sabéis que altura hay allí?

-Unos cuantos Ankemtras, -dijo Henutsen- pero no puedo recordar con exactitud. Enjoliteb ha entrado allí muy pocas veces y su recuerdo de eso no era muy claro. Tampoco pregunté a los Beoshim si entraron o sólo miraron la disposición, pero podéis calcular que pueden ser cinco Ankemtras como mínimo y unos treinta como máximo. En cualquier caso una escalera sería lo adecuado, por si hubiera que salir por el mismo sitio.

-Pensándolo mejor, -dijo Elhamin- creo que la distracción no debería ser demasiado duradera ni demasiado alarmante. Sólo lo justo para hacer que en la sala de los oberitas no quede gente, o queden pocos, y de ese modo ir entrando y reduciéndolos. Si todo parece volver a la normalidad, irán entrando allí poco a poco, y seguimos con el plan de captura sin afectar a los Carpatians. Puede llevar toda una jornada hasta que un hombre o un grupo perciban algo raro y finalmente vayan a esa sala...

-¿Tenéis idea de dónde se abastecen de alimento?

-No, Faraona, -respondió Henutsen- Pregunté a los Beoshim sobre almacenes o rutas de suministros, pero sólo me describieron la sala del arsenal, que es enorme. Allí tienen toda clase de cosas, desde sacos hasta ánforas que pueden tener conservas muy diversas. Esa sala es irregular pero es muy grande, así que pueden tener comida almacenada para meses. Es posible que reciban las provisiones desde el Norte, porque estamos a unos seis días del mar.

-También es posible otra cosa... -intervino Khumpomisis- A casi la misma distancia que de Eritriuma hasta aquí, pero yendo al Poniente, en vez que al Naciente, hay un territorio con vegetación más densa que no está explorado. Algunos fueron hace un año por allí y después de un par de exploraciones dijeron que el sitio era peligroso, pero cuando fueron dos soldados a hacer una exploración completa, para hacer mapas y estudiar lo que parece ser un gran oasis... No volvieron. Luego fueron cinco más a buscarles y tampoco regresaron jamás. Mi tía ha ido dejando ese asunto porque no quiso más pérdidas humanas y esperaba comunicar eso al Concejo y recibir refuerzos, antes de emprender una nueva visita. Pero luego vino la enfermedad y eso quedó sin explorarse. Además, hay más de medio día de marcha sobre un desierto casi total, con arenas movedizas alrededor de la zona. Los que fueron primero querían volver pero sus familiares les convencieron de que no era prudente.

-Habrá que explorar eso, -dijo Elhamin- porque es posible que sea una posesión oberita, pero después de resolver el problema de aquí. Y ahora permitidme explicar el plan que se me ocurre: Si entramos por el túnel principal, causamos con un disparo de bolera, el derrumbe de una estalactita sobre el tanque y otro sitio, evitando dañar a quien esté por ahí. Pero eso llamará la atención y seguramente en momentos más, no quedará nadie en los dormitorios. En ese momento tendría que entrar un grupo por el pequeño conducto Norte, para ir capturando a los oberitas y aún no cortaríamos la energía. Son cincuenta, de modo que se los puede dormir con los dardos y nos sobra cuerda para ir atándoles y amordazando. Descontamos cinco que se fueron con los presos y dos con el médico, somos un total de ciento ochenta, de los cuales cincuenta y seis son "invisibles". La fuerza mayor, que pueden ser cincuenta invisibles, debería entrar por el respiradero del Norte, justo un instante después de provocar la distracción. Los otros seis se encargarían de reducir a las patrullas y sólo uno entrará para producir la caída de la estalactita.

-Reducir a los guardias y a las patrullas, -dijo Nuptahek- sería previo a todo, para poder desplazarnos con seguridad por el exterior. Y creo que el conducto desde el dormitorio de los rescatables hasta el puesto de guardia, podría quedar bloqueado, para impedir que nadie más pueda entrar ni salir por ahí. A los Carpatians deberíamos acorralarlos en su dormitorio para luego hacernos cargo de ellos, ya sin riesgo de que entren en combate.

-Bien pensado, -dijo Elhamin- y eso nos permitiría comunicar por el exterior, la entrada en acción de cada equipo. Un solo hombre entra por la galería principal y una cadena de postas rápidas, hacen llegar el mensaje a la entrada, que de lo contrario demoraría un Râdnie. Una flecha de fuego avisaría a los que van a entrar por el Norte y los que estén en el punto de guardia nororiental se encargarán de taponar esa entrada. Si evitamos que huyan, una vez acabada la tarea de captura de los oberitas, ellos no tendrán otra alternativa que ir saliendo por la entrada principal, aunque habría que taponar la oriental, es decir la que está cerca del camino, o estar preparados para capturarles por ahí también, que como es más estrecha y no permite salir a varios juntos, puede que resulte más fácil que cualquier otra...

-Se me ocurre otra solución aprovechando eso. -dijo Hatshepsut- Si pudiéramos parapetarnos bien en la entrada de la principal, para que ellos busquen una alternativa, seguramente irían por la otra, la del camino... Y no habría prácticamente riesgo de combate ni de fuga. Sólo habría que dejarles salir. ¿O pueden pasar más de uno por ahí?

-No, -respondió Henutsen- ese túnel es estrecho y sólo pasa uno.

-¡Perfecto! -exclamó Nuptahek- Creo que tenemos toda la idea clara y lista. ¿Alguna sugerencia respecto al horario?

-Yo esperaría hasta poco antes del amanecer, -dijo Ankemtatis- ya que las patrullas no andan de noche. Custodiamos las salidas, en especial la principal que es por donde saldrían con casi seguridad, y ese horario es el mejor para nosotros, para la captura de los guardias de los puntos fijos. Luego nos conviene hacer las capturas en la salida oriental, con luz. Y para esa operación creo conveniente vestirnos igual que ellos, si acaso llevamos ropas similares...

-Sí, -dijo Henutsen- sus ropas son casi iguales que las más simples de las nuestras, de telas marrones, grises y otras, que pueden haber sido robadas de nuestros almacenes o fabricadas en cualquier sitio con los mismos materiales que nosotros. Todo lo que he visto en la mente de Enjoliteb y el Beoshim, son hombres con calzas cortas o con faldas típicas y el torso desnudo. Ahí dentro hay un poco menos de calor que afuera, pero la temperatura seguramente es muy estable. No he visto en sus recuerdos a ninguno con algún tipo de abrigo. También es bueno que los oberitas no van armados en el interior. Sus esclavos no saben que lo son, así que las armas sólo las toman para hacer las guardias y patrullas.

Durante el resto del día se repasaron todos los movimientos, repitiendo para todo el personal cada parte a ejecutar, afinando cada detalle. A media tarde se ordenó revisión personal del equipo de cada uno, designándose los puestos que ocuparían y tras repartir los turnos de guardia se fueron a dormir temprano. Hetesferes tenía calculados los tiempos, de modo que los centinelas estuvieron atentos a los relojes esféricos, para despertar a la tropa en el momento adecuado, faltando cuatro Râdnies para el alba. Los cocineros habían preparado infusiones estimulantes que serían el único desayuno y al momento más oscuro un grupo de invisibles se unieron a Ankemtatis y Henutsen que formaron dos grupos para dirigirse a los puntos más altos, donde los guardias estarían haciendo el último turno nocturno. Justo antes del amanecer capturaron a los cuatro centinelas y se prepararon para hacer lo mismo a medida que salieran los de patrulla. Cuando Râ estaba asomando, tal como se había supuesto aunque habían cubierto todas las entradas, cuatro oberitas fueron reducidos y capturados al salir por el túnel principal, para llevarlos al primer campamento, más cerca de Eritriuma, adonde ya se estaban desplazando los demás, con los carros.

Teniendo la seguridad de que no había nadie en el entorno por el exterior, diez soldados regulares y Ankemtatis se internaron por la entrada principal y medio Râdnie después, él podía ver que no andaba nadie sobre el tanque ni en su alrededor, aunque no podía ver la parte izquierda de la sala ni detrás del enorme tanque. Disparó la bolera y produjo un ruido extraño sin derrumbar la estalactita a la que apuntaba pero alguien salió detrás del tanque y miró en todas las direcciones sin entender qué sucedía. No podía ver a Ankemtatis porque se hallaba en la zona más oscura y se acomodó tras una saliente de roca del muro, pero pudiendo ver al otro hombre. En cuanto aquel se alejó un poco del tanque, disparó por segunda vez y tampoco hubo más efecto que el sonido y por algún rebote del proyectil, el hombre de la sala corrió a ver qué ocurría detrás de uno de los aparatos. Un tercer disparo produjo por fin el efecto deseado y la estalactita cayó sobre el tanque destruyendo parte de su cubierta y perdiéndose en su interior con una gran salpicadera de agua. Apenas acabaron los ecos del gran estruendo, se sucedieron los gritos y órdenes, mientras que la cadena de postas pudo con ello, enviar su mensaje sin riesgo de ser oídos. Ankemtatis y toda la cadena se retrajo corriendo inmediatamente hacia la entrada, a fin de que al revisar el entorno de la sala y todos los conductos, nadie sospechase que la caída se debió a algo no natural.

El mensaje de "efectuado" llegó momentos después al grupo de treinta hombres de Nuptahek en la entrada, y ella dio la señal al soldado que esperaba eso para lanzar una flecha incendiada lo más alto posible, para ser vista por el grupo de Henutsen, que se hallaba con cincuenta de los suyos, preparada para entrar por la boca Norte. Hatshepsut, cinco invisibles y un grupo de diez regulares, habían acumulado algunas rocas en la boca de entrada del puesto de guardia nororiental y estaban listos para echarlas por la entrada, asegurándose que causaran un buen tapón. Debían esperar una segunda señal desde el grupo de Henutsen, a fin de no alarmar a los Carpatians y dar tiempo a que todos estuviesen fuera del dormitorio, intentando saber qué había ocurrido. De todos modos, este grupo de dieciséis, se quedarían allí para impedir que alguien consiga evadir el tapón. Elhamin se hallaba con otros cincuenta hombres vestidos como los Carpatians, en la boca oriental cercana al camino y el resto se encargaba de llevar los carros al primer campamento, pero preparados para recibir a los prisioneros, cuidando a los ya capturados y listos para sumarse al combate si se extendiera el combate al exterior fuera de lo planificado.

Henutsen y los suyos no encontraron inconvenientes en bajar con una cuerda un pequeño farallón y posicionarse en la boca de la cueva y comenzar el descenso, incómodo en los primeros Ankemtras pero más fácil luego, llegando en absoluto silencio a la sala de los oberitas, donde había muy poca luz y sólo nueve hombres. Al hallarse sorprendidos, sin armas y aún medio dormidos, no pudieron atinar a defenderse y fueron rápidamente atados y amordazados. En unos momentos estaban todos en la sala y Henutsen con unas señales envió a algunos de los suyos a la sala de armas y almacén. Allí había tres hombres que reaccionaron y comenzaron la resistencia con arcos y flechas, parapetados tras los sacos de alimentos. Bastó una ráfaga de boleras para que los oberitas se ocultaran un momento y uno de los invisibles se introdujo para posicionarse tras ellos sin ser percibido. Desmayó a los tres con golpes certeros en el cuello. Los otros nueve capturados se llevaron a esa sala, que sería el sitio más adecuado para tenerles, mientras capturaban al resto. Solo se oía un ruido lejano y difuso, que sería de las máquinas en las salas de cantera.

Entre tanto, tres hombres armados corrían hacia la salida del túnel principal para asegurarse que la caída de la estalactita había sido natural, pero medio Râdnie después fueron capturados. La tercera parte de los Carpatians se hallarían en su dormitorio, así que al producir el grupo de Hatshepsut el taponamiento, las piedras caídas hicieron suficiente ruido como para despertarles. Era previsible que irían rápidamente a la sala del tanque y al cercano dormitorio de los oberitas, para informarles de lo percibido por aquella salida, así que

Henutsen ordenó a los suyos ir turnándose con sus cerbatanas, escondidos tras unos muebles cercanos a la entrada. En un rato eran veinticinco los Carpatians desmayados, atados y llevados a la sala de armas. Luego empezaron a llegar los oberitas, que aunque intentaron presentar resistencia, ninguno iba armado, de modo que veinte de ellos fueron capturados. El resto se dio cuenta del ataque interno y corrieron a la sala del tanque. Allí se concentrarían, conscientes de no poder acceder a las armas, pudiendo marchar hacia la salida principal o a la del camino. En todo caso, sólo les quedaban dos salidas. El grupo de oberitas y Carpatians reunidos en la sala del tanque, se dirigió a la salida del túnel principal pero sólo los tres que habían ido a explorar llevaban armas, de modo que no hubo combate, sino una sucesión de capturas tras la última curva anterior a la salida. Uno de los oberitas gritó para alertar a los demás, justo antes de resultar desmayado por un dardo, pero ya eran seis oberitas capturados más y nueve Carpatians. Aknotubis era un soldado que el General había seleccionado por ser el más rápido en carrera, y éste recorrió los grupos informando de cada situación, de modo que a medio día Henutsen calculó que quedaban en el interior cinco oberitas y sesenta y dos Carpatians. Su posición estaba asegurada pero al no volver Aknotubis y al estar en el interior, no sabía dónde estarían los demás, nadie más había aparecido, ni propios ni enemigos y habían pasado más de quince Râdnies desde el comienzo de la operación.

-Azalema, -dijo Henutsen- mirad si podéis detener la energía de las máquinas, pero sin prever iluminación propia, nada de antorchas, así que tendréis que recordar todo movimiento para obrar en oscuras si deseamos dar la energía de nuevo.

-Ya lo tengo estudiado. Los símbolos de los botones y palancas son los mismos que activan, detienen o desactivan todo en los túneles y ascensores de Ankherobis. Sabéis que puedo calcular bien mis movimientos y repetirlos. No os preocupéis por eso.

-Entonces probad primero si podéis detener las máquinas sin que las luces se apaguen…

En cuanto procedió Azalema moviendo una palanca, las luces parpadearon por unos momentos pero luego quedaron encendidas. En cambio, el sonido leve de fondo paró y todo quedó en el más abismal de los silencios.

-Estáis respirando muy fuerte… Se os oye ¿Quién respira así?

-No me hagáis daño… -dijo un hombre saliendo lentamente de una especie de armario de gran tamaño, que contenía mantas y ropas.

-¿Quién sois? -dijo Henutsen apuntándole con su bolera.

-Me llamo Shorinet... ¿Qué vais a hacer conmigo?... Es que... No sois oberitas... ¿Verdad?

-No, pero que hacíais ahí dentro...

-Estaba... No sé cómo explicarlo... pero no diré nada. ¿Soy ahora un prisionero?, ¿Me vais a torturar y a matar?

-Sí, ahora sois prisionero. Pero dejad de temblar y de sudar de miedo, que en Ankh em-Ptah no se tortura a nadie. Y si se mata, sólo es en combate. A los enemigos que capturamos, los expulsamos,, aunque eso puede cambiar de un momento a otro. Así que responded. ¿Quién os dicho que podías ser torturados en este país?

-¡Nuestros salvadores!... Bueno, así de pronto como lo decís, creo que es mejor que diga... ¿Son los oberitas vuestros enemigo?

-Sí, esos esclavistas de toda la vida, pero Vos no parecéis oberita. Creo saber de dónde venís, pero confirmádmelo...

-Venimos de Botosani y otros sitios de los montes Carpatians, pero he aprendido bastante el idioma de nuestros salvadores, aunque ellos se cuidan de que lo hagamos, por razones tácticas... Pero aún así, he oído algunas cosas que me han dado a pensar...No estoy seguro, no sé si hago bien en hablar... No sé si sois otro grupo desconocido, si sois de ellos y no enemigos... O sois enemigos de ellos... Me resulta todo muy confuso.

-Ya tendréis tiempo para saber toda la verdad. Sólo os pido que no colaboréis más con ellos. Ahora os ataremos, amordazaremos y vais a estar con los otros. Será mejor que no sepan los oberitas que estabais en esta sala. En cualquier caso, si colaboráis con nosotros, vuestra vida va a cambiar a mejor. Supongo que estabais intentando escuchar lo que hablan...

El hombre asintió con la cabeza y luego fue llevado con los demás a la sala de armas.

-Ahora sí, Azalema, -dijo Henutsen- apagad las luces y todo el mundo en silencio y atentos luego de numerarse y me decís... ¿Cuántos dardos quedan?

Los que aún los tenían se numeraron y eran sólo cinco, así que el resto se preparó para capturar por el cuello con cuerdas, en dos filas, una a cada lado de la entrada. Durante un rato no se oyó ni un respirar, hasta que se acercaron dos hombres con antorchas y otros detrás que apenas se les escuchaba susurrar algo. Entraron en la sala despacio, intentando percibir si había alguien, pero apenas estuvieron algunos Ankemtras más adentro, los dos de las antorchas y tres que iban inmediatamente detrás, cayeron desmayados. Otros dos intentaron recoger las antorchas, sin entender aún qué ocurría, pero fueron rápidamente atrapados por el cuello. El resto de los hombres se dio cuenta de la situación y huyeron por donde habían venido. Henutsen tenía ya treinta y dos oberitas y cincuenta y dos Carpatians, es decir ochenta y cuatro hombres, que eran más de la mitad de todo el personal. No volvió a escucharse nada por un buen rato, hasta que por el túnel respiradero entró el mensajero Aknotubis y comunicó los hombres que habían sido capturados por Nuptahek y Elhamin, de modo que la suma era completa.

-Azalema, -dijo Henutsen- encended las luces, que están todos. Ahora os quedáis los diez primeros de formación con los presos. Los demás venid conmigo.

En cuanto se encendió todo, Azalema dejó las luces pero volvió a apagar la energía de los aparatos y se sumó al grupo de Henutsen, que se dedicó a recorrer las salas, mientras Aknotubis regresó por donde había entrado, para dar las noticias al grupo de Hatshepsut, que debía dirigirse a la entrada del túnel principal. Un invisible se adelantó por la galería hacia la sala del tanque, para comunicar las novedades a los grupos de Nuptahek y Ankemtatis. Cuando estuvieron reunidos, sabiendo que estaban todos los prisioneros inmovilizados, tanto en la sala de armas como en el exterior los retenidos por Elhamin, fueron a las salas de cantera, donde pudieron observar el enorme trabajo que habían hecho extrayendo una formidable cantidad de minerales. Las salas eran más grandes que lo percibido por Henutsen de la memoria de Enjoliteb y del Beoshim, porque no eran muy cuadradas, pero cada una de ellas tenía decenas de socavones muy profundos. En cada uno había varias máquinas de perforar la piedra, carros metálicos de dos ruedas, de un material extraño y blando, color arena claro. Tenían una sola barra de tiro y al ser accionada por Ankemtatis en uno de ellos, casi completamente cargado de mineral, demostró que estos vehículos tenían energía propia, pudiendo transportar el enorme peso sin más esfuerzo que el de un hombre sosteniendo la ligera barra. Los aparatos para moler el mineral, lo depositaban luego en otros carros similares a los anteriores, pero más pequeños, que luego se hacían pasar un proceso que no pudieron entender en complejo tanque que era una especie de laboratorio, y un embudo debajo de él permitía llenar sacos, que eran transportados luego con los carros más grandes a la sala del tanque mayor. Regresaron a esa sala central mirando cada rincón de las instalaciones.

-No parece muy probable -decía Ankemtatis- que podamos saber a dónde se dirige el agua que se pierde en ese remolino. Es un volumen importante y no se me ocurre manera alguna de entrar ahí...

-Nos queda explorar un par de galerías -dijo Henutsen- que no han podido explorar los Beoshim con su vehículo. Quizá lleguemos al sitio donde esa agua tratada con los minerales se acumula y quizá tenga un proceso especial. Enjoliteb nos dirá más cosas cuando comprenda lo que está sucediendo. El prisionero Shorinet, que está en la sala de armas, había sospechado algo. Será cuestión de hacerle saber más.

Llevaron a los prisioneros al exterior y cuando se reunieron con Elhamin ya era casi de noche, así que estaban un poco cansados para debatir sobre la situación o emprender el viaje a Eritriuma. Como el clima no amenazaba con lluvia y el aire corría caluroso, decidieron regresar al campamento junto con los carros y pernoctar allí. En la mañana partirían de regreso al poblado, pero no hablarían de ningún tema hasta estar allí descansados y con los prisioneros debidamente atendidos. Pasado el medio día llegaron a Eritriuma, donde los locales se hicieron cargo de los presos por el momento, hasta que llegaran refuerzos y se hicieran cargo definitivo, pero Nuptahek hizo traer a Enjoliteb y Encalinetus para conversar con ellos, en presencia de Shorinet y de la Plana Mayor.

-Decidnos, Enjoliteb, -dijo Nuptahek- qué pensáis de lo que habéis visto y comprendido en estos días que lleváis aquí, con los nuestros. ¿Habéis visto a los niños?, ¿Cómo se os ha tratado?

-Encalinetus y yo hemos conversado estas cosas... Seríamos tontos y necios si siguiésemos creyendo que todo lo que nos contaron sobre Vosotros es verdad. Los niños de aquí no trabajan hasta que son mayores, estudian y sólo trabajan como opción personal, si hay algo que les gusta mucho... Todos nos han dicho que hay leyes por las que nadie puede ser torturado bajo ningún pretexto... Los animales son tratados según su naturaleza, pero con el mismo respeto que a las personas... Nadie pasa hambre y nadie está obligado a trabajar, todos trabajan sólo en lo que les causa placer... Todo está bien organizado, los alimentos son mejores que los que conocemos, a pesar de que nos han dicho que salvo la miel, todo puede estar envenenado por algo que no saben qué es... Pero nosotros sí lo sabemos...

Las últimas frases apenas eran entendibles, porque el hombre lloraba desconsoladamente. Encalinetus también lloraba pero estaba más sosegado y continuó hablando él.

-Hemos visto que aquí viven más de veinte mil personas, pero aún estando muchos de ellos enfermos, nos han tratado con amabilidad, sabiendo que somos posiblemente los causantes de sus males. El sabio al que llamáis Alvalopep nos ha contado gran parte de su vida al servicio del Faraón Isman, al que extraña como a un hermano. Aquí los roles de mujeres y varones están asignados por la Naturaleza pero cualquiera puede estudiar y trabajar en lo que le guste. Entre los oberitas jamás vimos mujeres en el ejército porque para ellos valen menos que los varones y así nos lo han impuesto a nosotros, pero nuestras mujeres esclavas trabajan tan duramente como el que más en el campo... ¡Y aquí hay cuatro mujeres con rango de General!

-Y una de ellas, -dijo Enjoliteb ya repuesto- es nada menos que la Faraona. Así que seríamos el colmo de idiotas si aún creyésemos que nos estáis engañando.

-Tengo algo que decir, si me lo permitís... -dijo Shorinet y continuó cuando asintió la Faraona- A muchos nos engañaron de la misma manera en mi tierra, donde también los oberitas se hacen pasar por Vosotros. Así que hay más de un lugar donde hacen eso. A mí me sorprendisteis cuando me escondí en la recámara de textilería de los oberitas. Fui mucho rato antes, para arreglar cosas, pero me sirvió de pretexto para quedarme a escuchar sus conversaciones. He aprendido casi todo su idioma a pesar de que no lo permiten, y muchas veces escuché cosas preocupantes, como lo primero que comprendí... que nos llaman "mingos", que es una palabra nuestra y se refiere al trabajo conjunto en los campos, pero para ellos significa "inferiores". Pero no usan esa palabra en presencia nuestra, sino *Maramsutu*, que en su lengua secreta significa *"Amantes del látigo"*, o . Y no es buen nombre para llamar a los esclavos, porque ninguno ama al látigo... También he escuchado muchas veces, como hablan de "bajas necesarias" cuando calculan los riesgos de los viajes o el trabajo, siempre hablando de nosotros, no de ellos... Y hace poco tiempo, cuando habían bebido un licor traído de sus campos, alguien dijo entre risas que seguramente tendría un alto costo de sangre esclava, pero ese licor se hace no muy lejos de aquí, según también entendí. No entendí muy bien eso, pero luego otro dijo hablando de nosotros, creyendo que nadie de los que servíamos podía entenderles: *"mientras haya siervos imbéciles como estos para engañar, beberemos los mejores licores del mundo"*. Luego empecé a prestar más atención a sus conversaciones privadas y comprendí que cuando dicen de traer a más de los nuestros, lo hacen con palabras despectivas, desagradables, y lo último que escuché mientras arreglaba sus camas, es que no era necesario disponer de muchas armas mientras mantuvieran su larga experiencia y astucia en el engaño. Uno de ellos dijo *"nadie hay más sabio que nuestro dios, que nos ha enseñado todo para usar las armas de nuestros enemigos contra ellos mismos..."*

-Poco tengo que agregar a ello, -dijo Elhamin tras el largo silencio que hicieron todos- porque si nosotros somos buenos en las tácticas de combate, ellos son muy buenos en el arte de la mentira. Y cierto que ese dios Seth, es sólo un individuo, un hombre, quizá Primordial, pero que se dedica a hacer el mal en todas sus formas.

-Sólo hemos visto una población, -dijo Enjoliteb- pero está bastante claro que hemos sido engañados. De todos modos, habéis dicho que nos enviaríais para ver más, para estar totalmente seguros de lo que acabamos de comprender... Lo vamos a agradecer, porque parece un sueño maravilloso por un lado y terrible por otro...

-Sí, -respondió Nuptahek- vais a partir en cuanto vengan nuestros refuerzos. Los oberitas y Vosotros no marcharéis juntos. Ellos irán a la ciudad más próxima donde hay calabozos suficientes. Vosotros iréis en calidad de prisioneros especiales. Custodiados, pero alojados en lugares más cómodos, y se os llevará por varios sitios. Habláis igual que nosotros, así que podréis salir del engaño totalmente conversando como aquí, con la gente, con los niños, con los soldados... Incluso me gustaría que no fueseis atados, pero mis Generales no estarían para nada de acuerdo. No obstante, en poco más podréis decidir libremente vuestros destinos y sobre vuestras vidas... Y si queréis liberar a vuestras familias, podréis participar en una campaña que en no mucho tiempo más, vamos a preparar para ello... Con o sin Vosotros, pero estará en Vosotros la decisión de participar.

-Hay que hablar con todos los nuestros, Faraona, -dijo Enjoliteb- y os garantizo que haré lo posible por hacerles entender lo mismo que hemos comprendido nosotros.

-Ya he compartido mis sospechas, -dijo Shorinet- así que al menos veinte de los nuestros estaban pendientes de mis averiguaciones, pero la creencia sólo era de que nos veían con cierto desprecio, siendo ellos superiores por hablar varios idiomas, conocer más del mundo y porque nosotros hemos sido esclavos. Aunque no he visto aún lo que dicen Enjoliteb y Encalinetus, el pueblo de ellos está siendo engañado igual que el mío. Hemos vivido trabajando sin más educación que la dada por el nuestros esclavistas, es decir el Fara... El supuesto Faraón. Y si lo pensamos mejor, es para darse cuenta que ellos mismos nos han tenido viviendo en una preparación desde la cuna, para combatir contra Vosotros... Nos han dejado nuestro idioma, nos han permitido conservar algunas de las costumbres más típicas, sólo para pasar desapercibidos aquí.

-Y puedo agregar... -decía Encalinetus mirando a la Faraona para continuar- Gracias, Faraona... Jamás nos hemos alimentado como en estos días, ni se nos ha hablado como Vos lo hacéis... He visto cómo manejáis a los caballos y camellos, más hablando que tocando y usáis la vara o el rebenque para indicar, no para golpear... Ahora mismo la gente nuestra está atada por los pies, no por el cuello y sin amordazar. A los oberitas los habéis reconocido fácilmente, aunque visten como nosotros... Eso me ha causado un poco de confusión. ¿Cómo sabéis?

-Los rostros pueden engañar, -dijo Geonemetis- pero los huesos no. Sabemos reconocer a un oberita que camine entre mil de los nuestros, por varios detalles. Uno sólo no significa nada, pero hay diferencias en el cuerpo físico y en los cuerpos sutiles... Ahora se os agradecería que nos digáis qué sabéis del oasis que hay hacia el Poniente, porque me temo que haya allí muchos más esclavos.

Los tres hombres se miraron y tras unos momentos dijo Shorinet que nada seguro, porque habían llegado directo a las cuevas, hacía casi un año desde diversos orígenes, pero él había escuchado algo, que indicaba que a un día de marcha estaba la producción de plantas para los licores y otros cultivos y de ahí llegaba el alimento.

-¿Cuándo fue la última recepción de esas cosas? -dijo Hatshepsut.

-Hace muchos días, -respondió Shorinet- y llegan en cinco carros tirados por bueyes. Suelen venir entre diez y veinte soldados, aparte de los carreteros, y todos ellos son oberitas, no son Carpatians ni hemos visto a ninguno de los nuestros en estas tierras. Pueden volver en cualquier momento, pero calculo que dentro de cuatro o cinco días.

-¿Sabéis adónde va a parar el agua que se pierde en el remolino detrás del tanque? -preguntó Ankemtatis.

-No, -dijeron los tres, pero continuó Encalinetus- pero yo fui a un sitio siguiendo el curso de la cueva del manantial... En el dormitorio nuestro hay una vertiente de donde sale el agua buena, que no está contaminada, pero justo debajo hay un sumidero donde esa agua se pierde. Hace unos meses encontré una pequeña cavidad y saqué las piedras, para descubrir un túnel muy estrecho que debió haber sido el anterior curso del agua, antes de algún derrumbe. Así que el hueco recoge el agua del sumidero y luego se agranda. Al seguirlo en unos ratos de descanso, descubrí que acaba en un curso de agua mayor, a unos treinta Ankemtras de profundidad. Hay un tramo que sólo se baja con una cuerda. Puede que sea el que se pierde en la sala del tanque, porque va en esa misma dirección, pero no dije nada, porque pensaba explorar más, antes que comentarlo a mis compañeros, y porque podría recibir una reprimenda de los jefes.

-Soldados, -dijo Nuptahek- llevaos a estos hombres con los suyos, que tienen mucho que hablar con sus compañeros. Y Vosotros, por favor recordad que aunque sois prisioneros, queremos trataros como a los nuestros. No hagáis tonterías y tratad de que no las hagan los otros. Por ahora sois sólo prisioneros, pero nos causaría mucho dolor tener que trataros como enemigos.

-Creo que los tres lo tenemos muy claro, Faraona. -dijo Enjoliteb- De nuestra parte haremos lo posible para que este sueño maravilloso que nos parece estar viviendo no se transforme en pesadilla.

Luego de conferenciar un rato más, sólo cabía esperar los refuerzos de Hostinheteb y posiblemente desde Gavelade, dado las noticias que estarían a punto de recibir.

-El médico seguramente estaría llegando mañana o pasado a Gavelade, -dijo Nuptahek- así que tendríamos cinco o seis días aún viniendo a marchas forzadas, y él vendría mucho después, porque ha de preparar todo lo que tiene que traer para los medicamentos. Y Vosotros, Daverdis, Khumpomisis, Ajnanumis, Geonemetis, Gelibar, Prinheteb, Meranubis... No habéis dicho ni una palabra.

-Ni falta que ha hecho, -dijo Gelibar- pero sí agregaría ahora, que si Ajnanumis no tiene demasiado trabajo hasta que vuelva su marido, y si los prisioneros están a buen cuidado de los locales... Y si tenemos que esperar al menos seis días más... Y si la Faraona lo permite... Y si hacemos una cuidadosa exploración sabremos a qué atenernos y se podrá preparar una campaña con más datos que los dados por los Carpatians, Khumpomisis y la General Daverdis... No haríamos nada más que explorar y espiar un poco... -terminó levantando la mano en señal de juramento.

-La idea de pasar varios días sin hacer nada, -dijo Elhamin- me invita a la tentadora idea de descansar un poco, pero no estaría mal hacer una exploración en esa zona.

-También me preocupa, -dijo Nuptahek- porque puede que vayan al laberinto. Y no me gustaría que lleguen y no encuentren a nadie... Hay que dejar allí una guardia de al menos treinta hombres, pero tampoco quiero dejar este pueblo descuidado. Y por cierto, Daverdis, hay una vertiente allí donde el agua no tiene ninguna contaminación. Al menos el agua para beber debería ser de ahí.

-Ya veo que hay muchas ganas de explorar por aquí y por allá, pero hasta nos faltaría personal, -intervino Hatshepsut- sin embargo creo que no se ha dado suficiente importancia a lo que a Ankemtatis más le preocupa, que es explorar el río subterráneo.

-Y eso está ahí en el laberinto, -dijo Ankemtatis- a sólo medio día de marcha. Podemos llevar sólo los necesarios para esa guardia que dice Nuptahek, más una decena de los invisibles, e incluso podemos usar la tecnología de iluminación de los Hekanef, sin conseguimos hacer como dijeron los Beoshim, que cada lámpara sea autónoma...

-Bien, -dijo Nuptahek tras un largo silencio de todos- vamos a meter las narices en ese río, pero iremos sólo con los invisibles; dejaremos a Daverdis un buen refuerzo de guardias para los prisioneros. Los tres Carpatians parece que están convencidos, pero no el resto. No vamos a permitir la menor tentativa de fuga.

-Tengo suficientes hombres sanos, -dijo Daverdis- así que podéis llevaros todos los vuestros y si necesitáis más, al menos quinientos de este pueblo, están en condiciones de combate. No he querido hacer la exploración del oasis del Poniente porque dado el caso, no resultaba prudente, pero si consideráis necesario, ponemos de nuestra parte...

-No es necesario, Generala, -dijo Nuptahek- porque aunque toda vuestra gente tiene la Voluntad de Ptah, todos estáis afectados en mayor o menor medida por la contaminación del agua. Estáis con toda esta gente funcional, pero en riego de presentar síntomas en cualquier momento, así que seamos prudentes. Si pillamos a esa partida que les entregaba los alimentos en el laberinto, tendremos carros y carreteros para entrar en el oasis sin que presenten resistencia... Eso sería menos bajas nuestras y del enemigo, que aunque sean oberitas hay que evitar cortar sus vidas hasta donde sea posible... ¿Entendéis?

-Claro, Faraona... -dijo Daverdis con los ojos vidriosos de lágrimas contenidas- Me parece estar escuchando otra vez las palabras de nuestro Amado Isman. La misma prudencia, la misma Inteligencia por encima de todo lo visible, pero el mismo Amor y cuidado hasta con los enemigos aunque ellos sean despiadados. Hasta en los gestos y la mirada os parecéis. No obstante, recordad las experiencias con ellos...

-Me hacéis un honor muy grande con vuestras comparaciones, y es algo que agradezco, pero es simplemente que hemos tenido al más grande Maestro que tuvo nuestra Patria en siglos o milenios. Estoy segura que si no estuviera yo aquí, cumpliendo con mi Vocación, cualquiera de Vosotros estaría haciendo lo mismo que yo, ya sea por Vocación, ya sea por talento, o por mera responsabilidad. Ahora os ruego concentrarnos en lo de mañana... Porque mañana mismo será develado el misterio de ese río subterráneo. Pero como he dicho, sólo vamos con los invisibles y los que formamos la Plana Mayor. ¿Cómo os sentís para venir, Daverdis?

-Muy animada, pero si me permitís quedarme, lo agradecerán todos los míos de aquí y también mi Bah. Mi Ka está fuerte, pero mi sangre no está muy bien... Y con ciento cincuenta prisioneros, aunque están bien cuidados y sin posibilidad de escape, prefiero quedarme. Cuando pase todo esto, tendré mejores condiciones para explorar todo lo que debía haber explorado antes. He meditado en estos últimos días sobre mis miedos y debilidades, que no habiéndolos tenido en los combates, lo he venido a tener aquí. Gran parte de lo ocurrido es culpa mía, de no haber explorado como lo ha hecho Khumpomisis, de creer que no arriesgar a los míos en explorar el entorno era una buena medida...

-Por favor, -dijo Nuptahek- no sigáis por ahí. Reconocer los errores está bien, pero que os sintáis culpable, no ayuda en nada a nadie.

-Vuestra experiencia en los combates anteriores, -agregó Elhamin- es un tesoro que no podréis usar si no elimináis el "yo culpable" por los errores cometidos en la función administrativa de aquí. Y esta mala experiencia de ahora, no dejará de ser buena. No aprendemos tanto de nuestros triunfos, como lo que aprendemos de nuestros errores. No podréis recordar, por vuestra edad, lo que recuerdo yo de los errores de nuestro anterior Faraón. Y ambos cometíamos errores que costaron bajas innecesarias de los nuestros. Sin embargo aprendíamos de cada error para no volver a cometerlo, al punto de poder evitar bajas en el enemigo... Pero también hay que recordar... Y esto lo digo para todos pero en especial para nuestra nueva Faraona... que perdonar la vida a gran cantidad de enemigos, representó recibir a cambio, una guerra más violenta y organizada. Así que cuando vayamos al oasis, o en el trato de los prisioneros oberitas que hay aquí, no contéis conmigo para ser piadoso. Si los dejamos libres, aunque sea en el confín del mundo, que sepáis que volverán y con más fuerza contra nosotros.

-Fui testigo de todo ello, -dijo Daverdis bajo la mirada profunda y atenta de la Faraona- y viví en propia experiencia aquella gesta. Entregaré a los prisioneros oberitas a la gente que nos envíen de Gavelade, los cuidaremos como es debido aquí, pero juro que cada palabra dicha por Elhamin es la más pura y clara verdad sin la más mínima exageración. Podéis leerlo en los informes del Concejo.

-Nada de lo que digáis cualquiera de Vosotros, -dijo Nuptahek- tiene para mí, la menor sombra de duda. Espero que mis emociones no me traicionen, pero mientras sea posible, mantendremos a los enemigos con el cuidado que se tiene al atrapar a una cobra, pero aún así, como personas en el trato. Son almas engañadas por ese dios terrorífico, y es nuestra responsabilidad darles la oportunidad de despertar de ese engaño, de la soberbia, de esas ideas... Que Anubis y Sekhmet nos ayuden a comprender y saber qué debemos hacer en cada caso.

El día siguiente amaneció con una lluvia fina y Daverdis había preparado con todo el pueblo, una gran cantidad de cueros finos y telas aceitadas, a modo de cubiertas en los terrenos con algún declive, dispuestas para recoger el agua de lluvia. Lo mismo habían hecho con los tejados, para recoger el agua en grandes ánforas, ya que con sólo beber y cocinar con el agua de lluvia, estaban evitando los problemas ya conocidos, que eran derivados del agua de los manantiales locales. Así que en adelante, el problema del agua quedaba de momento bajo control. Nuptahek y su Plana Mayor salieron rumbo al laberinto, con los invisibles y veinte soldados regulares más, a fin de explorar el río subterráneo y preparar la captura de los carros de abastecimiento.

-Según nos dijo Enjoliteb, -comentaba Nuptahek al llegar al punto del primer campamento- los carros oberitas llegan por el Poniente directamente hacia la entrada del túnel principal. Así que acampar aquí será lo mejor, aunque hay que establecer un pequeño campamento de guardias cerca de esa entrada... Creo que podríamos incluso dejar que acampen adentro de la sala del tanque, con las guardias en los puntos que usaban ellos... Pero no tenemos sus contraseñas. Así que descartamos dejarles entrar y atraparles dentro.

-De acuerdo, Faraona, -dijo Elhamin- pero como conocemos ya el camino y sus trampas, sabemos que podemos ir con los carros hasta la entrada secundaria oriental. No se verá desde el camino por el cual llegarán ellos y los centinelas tendrán más cerca todos los pertrechos.

-Pero será difícil dar la vuelta a los carros; -dijo Khumpomisis- para volver tendrán que quitar la vegetación que rodea la entrada... Sí, se puede hacer así. No hay ciénagas en esa parte...

-Bien, -siguió Elhamin- entonces llegaremos hasta allí. Además, la entrada más rápida es esa. El túnel principal nos llevaría dos Râdnies más de andada. Supongo que habéis dejado las luces encendidas...

-Sí, -dijo Henutsen- sólo hay que llegar a la sala del tanque y de ahí en más, hay luz en todo el recorrido. Sólo falta luz en el túnel que va a la cantera occidental por ese lado, que no usaban mucho, y es uno de los que también hay que explorar, porque no sabemos dónde acaba.

-Ese lo dejaremos al último, -dijo Nuptahek- porque creo que el del agua buena es el principal para descubrir cosas importantes.

Luego de acomodar los tres carros que llevaban y dejar los caballos en un sitio donde podían pastar y abrevar de las pozas que se estaban llenando con el agua de lluvia, dispusieron la guardia en los puntos clave para detectar la presencia de cualquiera que se acercase a la zona. Sólo entrarían la Plana Mayor y veinte invisibles. El resto, de treinta y seis invisibles y veinte regulares, cuidarían del entorno. Se internaron por fin en el túnel que les llevó a la sala del tanque. Desde ahí demoraron casi un Râdnie hasta la sala de los oberitas, donde investigaron un poco sobre los aparatos, las fuentes de energía y tras algunos intentos vanos, concluyeron en que no podrían modificar los aparatos para tener luces independientes. Pero Nuptahek pidió revisar toda la sala de armas, buscando cualquier otro aparato que fuera interesante, o armas que los oberitas no hubieran conseguido usar o entender. Después de un largo rato, Geonemetis encontró un cajón que contenía una variedad considerable de aparatos pequeños, pero no se atrevió a tocarlos y llamó a los demás.

-Esto da la impresión de ser armas... -dijo Ankemtatis- pero no son boleras... Parecen boleras pequeñas, puede que armas más portátiles y habrá que probar con cuidado... Si me dejáis ir a la sala dormitorio solo, por precaución, probaré algo... Este extremo tiene un cristal...

Se retiró a la sala y pidió a sus hombres ir todos a la sala de armas, entonces accionó con cuidado un botón en el dispositivo, apuntando al otro extremo de la sala. No hubo efecto de arma, sino de potente iluminación. Tan intensa que iluminaba visiblemente, a pesar de ser bastante intensa la luz de las paredes de la sala. Tras algunas pruebas, moviendo una especie de corredera, comprobó que podía modificar la intensidad de la luz, desde muy suave a muy potente. Al demostrar a los demás la utilidad, conversaron sobre la duración de la fuente de energía que podía tener. No podían confiar que durara largo tiempo, al no tener idea de esa tecnología, pero Ankemtatis siguió con su análisis, hasta encontrar debajo del aparato, una tapa que al abrirla dejó salir una manivela. Dio vueltas a la misma y comprendió que esa sería la forma de mantener la lámpara encendida. Revisando los otros aparatos comprendieron que una pequeña luz en el costado, iba de verde a amarillo, según la intensidad de carga del aparato. Pero al accionar la manivela, el amarillo iba aumentando a verde en unos momentos de acción. Tras más de dos Râdnies de prueba, estuvieron seguros de que sólo un momento de manivela daba luz intensa por mucho más que dos Râdnies porque el indicador no había pasado a amarillo. Mientras tanto, continuaron revisando la sala, hallando una gran cantidad de aparatos cuya utilidad desconocían y averiguarlo les llevaría mucho tiempo, así que decidieron continuar con la exploración.

-Es raro que los oberitas no las hayan usado, -dijo Henutsen- ni los Carpatians supieran de estos aparatos.

-A mí no me extraña, -dijo Ankemtatis- porque inspiran respeto y puede que alguna de estas cosas les hayan causado algún problema.

-Bien, -dijo Nuptahek- repartiremos las lámparas a todos, que según cuento, quedarán aún una veintena disponible...

Se dirigieron a la sala donde dormían los obreros y por fin llegaron al pequeño socavón que había dicho Enjoliteb. Se colocaron los filtros para respirar y por fin llegaron al río donde desembocaba el agua de la vertiente y continuaron por el costado, por una vereda amplia, que seguramente habría hecho la misma agua en crecidas de caudal a lo largo de siglos o milenios. A poco de avanzar, la pendiente se hizo mayor y hallaron que la galería se ampliaba, hasta formar un conjunto de grandes salas contiguas. Al llegar tras tres Râdnies de caminata, llegaron a una sala donde todo el entorno se había modificado drásticamente . Allí había a nivel del suelo, cinco tanques de dimensiones mayores que el de la primera sala, interconectados mediante tubos, y más abajo a varios Ankemtras de desnivel, una fosa cuadrada sobre nivel del piso, de veinte Ankemtras, y al final de la misma, el agua caía un poco y seguía su curso natural. Por el costado de esa pileta, casi en el piso, una canaleta llevaba una sustancia grisácea, que caía en otro tanque de más de treinta Ankemtras de diámetro, ubicado a más profundo nivel en un socavón lateral.

-He traído mi cuerda de profundidad, -dijo Geonemetis- así que podré medir, si me permitís...

-Claro, -dijo Nuptahek- pero cuidado de no caer allí, que eso parece un caldo de heces del inframundo. Y el olor además de nauseabundo, me parece muy peligroso.

-Le faltan cinco Ankemtras para llenarse, -dijo Geonemetis después de extraer la cuerda con nudos y una bola de metal en el extremo- pero no me alcanza la cuerda para medir la profundidad. La cuerda tiene cincuenta Ankemtras en total y no he llegado al fondo. Esperad un poco que agregue otra... Ahora veamos... ¡Son ochenta y dos Ankemtras de profundidad total...! Menudo trabajo han realizado aquí para colocar este tanque. No pudieron haberlo hecho los oberitas. Esto es algo muy antiguo que ellos sólo han encontrado y aprovechado.

-Creo entender, -dijo Ankemtatis- que los minerales que sacan de las canteras lo muelen, lo echan al agua, viene hasta aquí, pasa por algunos procesos en aquellos cinco tanques, luego llega a esta pileta cuadrada y el resultado, más pesado pero de consistencia viscosa, se filtra saliendo por aquí y se deposita en este tanque. Ese debe ser el veneno que preparan.

-Pero el agua, -intervino Meranubis-.aunque deje la mayor parte del veneno aquí, ha de llevar lo suficiente como para contaminar los acuíferos con los que se mezcla más abajo. Me gustaría explorar más adentro, si fuese posible...

-De acuerdo, -dijo Nuptahek- porque tenemos que resolver del todo este asunto. Si alguien se siente mal, al menor síntoma debe avisar y volvemos de inmediato.

Tres Râdnies después llegaron al final del rio subterráneo, donde el agua se vertía en otro cauce, algo más grande pero imposible de acceder a él. El ruido de fondo era intenso, indicando la presión que el agua tendría allí, aunque el declive no parecía mucho.

-Este río, -dijo Geonemetis- debe ser el que por esos misterios de los subterráneos, abastece las fuentes de Eritriuma y toda la región circundante. Así que lleva sólo el resto del veneno que no queda en los tanques... Y si lo hiciera, no habríamos hallado a nadie vivo allí. Habría muerto todo hace tiempo. Ahora habría que ver cómo evitamos que esta agua siga contaminando todo...

-En el tanque de la primera sala, -dijo Gelibar- es donde echaban el mineral venenoso. Si no la echaban directamente al curso de agua es porque ahí habrá algún proceso que habría que detener, aunque con el tiempo transcurrido desde que se detuvo todo, puede que ya no tenga más nada. Igual habría que inspeccionarlo, a ver qué hallamos.

-Y eso será lo próximo, -dijo Nuptahek- ya que aquí no hay más por donde avanzar. Supongo que si no se sigue echando veneno al agua, todo se irá limpiando y volverá poco a poco la normalidad. Y también será necesario pensar en cómo extraer el veneno del tanque que lo concentra, o al menos dejarlo inactivo de alguna manera. No me gustaría que eso quede aquí, con un peligro potencial para cualquiera.

-En eso creo que podrían ayudar los Beoshims- dijo Henutsen.

Volvieron a la sala del primer tanque para estudiarlo con más atención y observaron por el hueco dejado por la estalactita que derrumbó Ankemtatis, que ya no contenía más que la piedra caída y restos del material que echaban en él, pero por los costados, varios tubos de diverso tamaño y tres cámaras circulares, como pequeños tanques, aún goteaban algo de substancias de colores diferentes.

-Hemos andado bastante por hoy, -dijo Elhamin- y no creo que sea oportuno explorar la galería que sale de la cantera Sur. Deberíamos salir a respirar aire sano...

Cuando salieron ya casi era de noche y caía una fina lluvia, pero aún así nadie deseaba pernoctar en la cueva, así que durmieron en el campamento, cuyas carpas ya habían sido preparadas para ellos, por los soldados, Los que estaban de guardia no habían avistado nada y al día siguiente, tras un desayuno ligero, volvieron a internarse en la galería. Nadie había tenido síntomas extraños, pero igual repusieron el carbón de los filtros, aunque no los usaron porque el aire de esa parte de la galería era agradable. La exploración de la galería Sur acabó cuando el cansancio comenzó a hacerse notar, sin que encontraran nada más que los obstáculos naturales fácilmente superables. Algunas partes eran salas enormes, divididas en varias secciones por columnas gigantescas, que presentaban a los costados increíbles espectáculos de estalactitas y estalagmitas, que formaban como dentaduras de monstruos gigantes, a los que nadie miraba sin algún resquemor. Sólo Elhamin, Henutsen y Ankemtatis habían visto algo parecido en la región de Tombizara, muy al Sur de Ankh em-Ptah, pero nunca de esos tamaños y de tan variados colores, ni tan bien iluminados con las lámparas de los Hekanef. Para llegar al punto en que estaban, debieron echar mano en tres ocasiones a las cuerdas anudadas y en una de ellas el descenso fue de treinta Ankemtras.

-Hemos andado al menos una jornada completa y esto parece que no tiene fin... -dijo Nuptahek- así que si seguimos tendríamos que dormir un poco. ¿Cómo veis la perspectiva?

-Si no fuese por los problemas que hay que resolver allí arriba, -dijo Ankemtatis- me gustaría dedicar muchos días a seguir descendiendo a las entrañas de la tierra. Pero además sólo traemos comida para un día más y creo que no vamos a llegar a ninguna parte importante, ni ver más que la belleza cambiante de la Madre Tierra. Estos arroyos puede que acaben en un río que no podamos cruzar, o simplemente en uno de esos lagos insondables como los de Tombizara.

-También ahora -agregó Hatshepsut- el camino será en subida.

-¿Tenéis idea de lo que hemos andado, -dijo Hetesferes o hasta los estómagos están tan entusiasmados que no reclaman nada?

-El mío no dice nada porque hasta él está cansado... -dijo Gelibar.

-Según mis clepsidras, -continuó Hetesferes- treinta y cinco Râdnies y medio. Y como dice Hatshepsut, hay que volver de subida. Eso será casi el doble del tiempo que hemos ocupado en descender.

-Pues entonces dormiremos un poco, -dijo Nuptahek- porque no me gustaría que lleguen los carros oberitas y nuestros muchachos estén allí sin nosotros, aunque bien sepan lo que tienen que hacer.

Tras un tiempo de sueño que no midieron, decidieron explorar un poco más, donde el pequeño arroyo se perdía en un sumidero. La recuperación tras el sueño les impulsó a seguir y en un rato llegaron al final de la galería. Una sala mayor que las anteriores de fascinantes colores y formas, pero al fondo de ella pasaba un río considerable en caudal. Geonemetis midió cuarenta codos de profundidad en la orilla y calcularon eso mismo en ancho. No había por donde seguir, a menos que se animaran a nadar, ya que la corriente no parecía muy rápida. Nuptahek y Elhamin anularon toda idea de correr semejante riesgo y el regreso les llevó más de ochenta Râdnies.

Era de noche cuando salieron y aún no había novedades en la superficie; el tiempo estaba despejado y decidieron que esperarían con paciencia la llegada de la partida enemiga. Al día siguiente volvieron a revisar muy a consciencia y con cuidado, todos los aparatos de la sala de armas, encontrando unos "Uás", a los que conocían sólo por los innumerables grabados que hay en todo Ankh em-Ptah. Al tocar Ankemtatis uno de ellos, accionando un pequeño botón en costado de esa especie de gacela, no ocurrió nada, pero apoyó con cierta fuerza las dos uñas inferiores del bastón y sintió en sus manos un ligero temblor del aparato, a la vez que se encendió una pequeña luz en la cabeza del animal allí representado. Apretó el botón rojo que había en el cuello, y esta vez un rayo salió de los "ojos" de esa cabeza, haciendo saltar lascas de piedra de la pared de la caverna. Fue una suerte que no alcanzara a nadie, pero la experiencia fue totalmente aclaratoria sobre el poder el Uás. Repitió con cuidado el golpe en el piso, con lo que el bastón daba la impresión de que se cargaba con alguna energía, para luego volver a pulsar el botón, apuntando con cuidado donde no dañara a nadie.

-¡Está bien, Ankemtatis! -dijo Elhamin- que podríais causar daño a estas cosas, a nosotros o provocar un derrumbe. Ya vemos que las advertencias de los Hekanef en los grabados, no eran vanas.

-Nos podemos llevar algunos -dijo Nuptahek- y ensayar afuera, porque aquí es demasiado peligroso. Y mejor no tocar ningún otro de estos objetos desconocidos. Si los oberitas no los han usado, con toda seguridad es porque han tenido que lamentar algún pequeño desastre y no se han atrevido a hacer más pruebas. Esperemos que no hayan tenido la idea de llevarse algunos objetos para estudiarlos...

   -Hay al menos cien de estos Uás, Faraona, -dijo Gelibar- y estos cilindros pequeños... Me parecen demasiado peligrosos, porque están envueltos en un material blando, como los anteojos del material táctico que usamos los invisibles, pero lleno de burbujas. No serviría para hacer gafas con ello , pero parece que tienen la función de amortiguar cualquier golpe. Me temo que sean de esas cosas que explotan como el plomo líquido en el agua, o los proyectiles aquellos que se usaron en las campañas del Faraón.
   -Lo dicho, -siguió Nuptahek- no se toca más nada. Nos llevamos veinte Uás y ensayamos su uso, pero nada más... Y que nadie los use hasta que hayamos hecho las pruebas necesarias.

Geonemetis y Hetesferes habían hecho una buena cantidad de dibujos de todos los objetos, con sus medidas y de algunos que se atrevieron a levantar con cuidado, el peso aproximado. Ya en el exterior, a media tarde Ankemtatis seguía haciendo pruebas con un Uás, comprobando su poder destructivo, que parecía provenir sólo de la energía que el aparato tomaba golpeando las uñas contra el suelo.

-Un golpe es suficiente para un rayo que produce el efecto de un martillo de minero, -decía Ankemtatis a todo el campamento reunido-dos golpes triplica la potencia, pero con tres golpes fuertes en el suelo es equivalente a varios picazos de minero al mismo tiempo, o la embestida de algunos toros. Cuatro golpes dio energía para quebrar aquel tronco seco, que mide al menos un Ankemtra de diámetro. Parece que no se carga más que eso, pero con este botón lanza un rayo que puede incendiar un carro grande, a la vez que lo rompe en mil pedazos o derribar un buen pedazo de muro...Si movemos esta pequeña palanca de aquí, en el cuello de esta cabeza, en vez de rayo emite algo que parece un soplido, pero muy fuerte y destructivo, que rompe en pedazos una roca más grande que yo. Cuesta ponerlo en su sitio, como que lo fabricaron para usarlo de este modo en contadas ocasiones. Mirad aquella piedra y alejaos los que estáis cerca...

No pareció haber efecto alguno cuando pulsó el botón mientras apuntaba a la roca, pero un momento después pareció moverse y se rompió en mil pedazos sin ruido alguno ni demasiada dispersión.

-Como veis, -continuó Ankemtatis- no resulta fácil apuntar y el radio de acción es muy amplio, pero si tuvierais enfrente un grupo enemigo grande y no quisierais hacer mucho barullo, es ideal. El único problema es que luego de volver la palanca a su sitio anterior, hay que dar unos cuántos golpes en el suelo para que vuelva a su función normal, porque parece que así se queda sin nada de energía.

-Si ya está bien comprobado eso, -dijo Elhamin- no me molestaría cargar con uno y que usemos como armas oficiales todos los disponibles. Las armas más grandes y peligrosas nos han servido en el pasado y las hemos guardado muy bien escondidas, pero estas cosas son más fáciles de llevar y usar, menos contundentes, pero pueden definir una batalla muy rápidamente, contra cualquier enemigo que use armas de las nuestras. Sólo un uso inicial causaría espanto...

-A menos que ellos también las tengan -dijo Nuptahek- y aún no sepan cómo usarlas. Porque en ese caso les estaríamos dando una lección que se nos puede volver en contra. Así que primero habría que cerciorarse de que no tengan nada de esto... Y mientras pensáis en las armas, yo estoy pensando que posiblemente no venga nadie con las provisiones... ¿Sería posible que sólo vengan cuando los oberitas enviasen a alguien a pedir el abasto? Si estuviese en su lugar, es lo que yo haría, para recibir noticias y evitar emboscadas...

-¡Por todos los dioses!, -exclamó Elhamin- ¿Cómo no se me ha ocurrido pensar en ello?... Pues claro, y ya estamos en la fecha en que deberían venir. No nos han dicho nada de eso los Carpatians porque no han de saberlo. Lo más seguro es que siempre envíen a un oberita, pero podríamos enviar a un Carpatian, o uno de nosotros, con alguna excusa... Que hasta podría significar dividir sus fuerzas...

-Descartad que vaya uno de nosotros, -dijo Nuptahek- porque es posible que haya que dar explicaciones, nombrar a alguien... Además de que han de tener sus contraseñas establecidas tras el último viaje, que seguramente no conocerán ni los Carpatians. Sólo se me ocurre que Henutsen, Hatshepsut y yo salgamos con el Ka e intentemos una exploración, porque aunque ellos tienen sus contramedidas, podemos ver un poco el panorama de ese sitio.

-Si no reciben noticias, igual enviarán gente, -dijo Hatshepsut- pero lo más probable es que sean más y sin carros...

-Como también puede ocurrir que envíen uno solo, o a algunos con apariencia inocente. -intervino Henutsen llegando a unirse al grupo- En ese caso ellos bien saben que no tienen quién les vaya a asaltar o atacar... De los de ellos. Pero cualquiera que sea el caso, podemos interceptar a quien sea, si no son demasiados. Acabo de hacer un intento de salir con mi Ka, porque tuve la misma idea de la Faraona, pero tengo malas noticias... Aunque lo que hemos respirado en el laberinto es mínimo y no nos afecta el Bah, ha sido suficiente como para bloquear nuestra capacidad de salida con el Ka...

-¿O sea que todos los que entramos, estamos impedidos de salir con el Ka?, ¿Es algo permanente?

-No, Faraona, tranquilizaos, -respondió Henutsen- el problema se acabará cuando nuestros cuerpos eliminen todas las partículas de los minerales que hemos respirado. Aunque los filtros han protegido el Bah a más no poder, no hay nada que impida totalmente el ingreso de partículas muy pequeñas, en un ambiente cerrado donde llevan medio año extrayendo, moliendo y manipulando esos minerales. En el mejor de los casos, nuestros cuerpos se librarán totalmente de ellos en un año. En el peor de los casos, pueden pasar hasta siete años, si esas partículas han entrado en las celdillas de los músculos y nervios...

-¡Un año o hasta siete año! -exclamo Hatshepsut- ¿Nos podrían ayudar a quitar eso los médicos?

-Sí, claro, -siguió Henutsen- al igual que a todos los habitantes de Eritriuma. Seguramente sus síntomas pasarán en semanas o meses, porque incluso algunos de esos minerales que hemos respirado, como la plata, hasta es benéfica para el Bah... Pero impide la salida con el Ka. Si hacemos el mismo tratamiento que los enfermos, hasta es posible que nuestros propios cuerpos eliminen antes las celdillas afectadas. Pero eso ahora es así y no tenemos esa ventaja, así que sigamos con el tema sin contar con el ámbito de Anubis.

-Si partimos desde aquí, -dijo Elhamin tras un largo silencio- es una jornada completa de marcha, y desde Eritriuma algo más de media jornada, pero lo más lógico es que haya que interceptar desde aquí a los que vengan.

-Y si viniesen demasiados, -dijo Nuptahek- puede que no seamos suficientes aquí ni en el camino de intercepción, así que tendríamos que arriesgarnos a usar los Uás y las boleras.

-¿Y qué hacemos si traen Carpatians? -preguntó Geonemetis.

-Es una posibilidad, -respondió Elhamin- pero no podemos proteger sus vidas más que las nuestras. Si enviamos ahora a buscar a los que tenemos en Eritriuma, estarán aquí mañana. Dejamos sólo unos centinelas cuidando aquí y avanzamos con los exploradores vestidos como Carpatians, en abanico abierto a diez cuerdas largas...

CAPÍTULO IIII
LAS BATALLAS DEL OASIS

Pasado el medio día siguiente llegó todo el personal y había caballos para todos, pero esperaron para no moverse de noche. A la mañana muy temprano se dispuso una guardia mínima para cuidar del laberinto, armados con los Uás, que Ankemtatis rápidamente enseñó a los soldados su manejo. Nuptahek y Elhamin tuvieron que convencer a Khumpomisis para que se quedara con la guardia, porque estaba ansiosa por ir con ellos al oasis, pero finalmente comprendió que lo casi inevitable era que hubiese batalla. Tal como propuso Elhamin, se dejaron veinte Uás a la guardia y se entregaron ochenta al personal que iría en expedición. Con un total de ciento cincuenta hombres más la Plana Mayor, se formó un abanico de veinte exploradores, muy dispersos con distancia a "punto de vista" y armados sólo con boleras, que se podían disimular entre las ropas. Diez de ellos, eran regulares y diez "invisibles". Entre los exploradores y el grueso de tropa, tres mensajeros a media distancia para dar avisos rápidos. No había un camino propiamente dicho, sino una dirección aproximada, en la cual se hallaban diversas huellas. Los carros que transitaban la zona variaban la senda según los charcos que hacían las lluvias y por las variaciones lógicas en la memoria de los carreteros, ya que todo el paisaje era muy similar, llano, con pocas elevaciones y mucho matorral espeso y no más altos que un hombre a caballo. Al atardecer aún no habían avistado a nadie, pero había más huellas y la vegetación se hizo más densa, por lo que los exploradores tuvieron que reducir las distancias entre ellos. El fino silbido de un explorador, imitando un pájaro, avisó de alguna presencia y todos se detuvieron.

-Viene avanzando un grupo algo mayor que el nuestro, -dijo un mensajero que llegó al galope ante la Plana Mayor- sin carros, todos en camellos y armados con picas, hondas, arcos y escudos. Ningún Carpatian, todos son oberitas, uno de vuestros invisibles se ha acercado hasta oírles hablar y ver en todos los detalles.

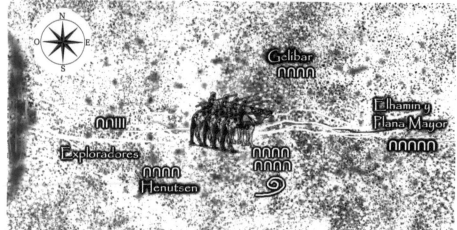

-Entonces retraed el abanico a dos cuerdas largas, -dijo Elhamin- pero hacia los flancos, para no perderles de vista. Aseguraos que no os vean y tener presente que estarán llegando cerca algunos de los nuestros. Cuando hayan pasado, os colocáis en su retaguardia para no dejar que regrese ninguno. Les ordenaré que se detengan y se rindan, pero si no lo hacen, no dudéis en eliminarles. Usad con precaución las boleras porque estaremos en todos sus flancos y aquí mismo. No podemos retroceder porque verían nuestras huellas, sí que vamos a esperarles aquí... Gelibar, con los cuarenta de estas filas vais a la derecha y una cuerda larga al Poniente, Henutsen, con estos otros tantos, a la izquierda y a tres cuerdas largas y ambos dejáis lejos los caballos. Sólo dos hombres por cada grupo tendrá que hacerse cargo de los animales. Luego, Gelibar os acercáis al camino hasta una cuerda y media, cubiertos por los matorrales. Henutsen, lo mismo que Gelibar, pero desviando dos cuerdas más hacia el Poniente, para no quedar enfrentados. No nos quedan dardos para dormirles, así que a mi orden por silbato doble, será que no se han rendido, entonces dispararéis sin miramientos y en lo posible apuntad bien para no herir a los camellos. ¡En marcha...! Ahora nosotros tomamos posiciones... Vosotros dos, soldados, haceos cargo de los caballos, marchad a Naciente y esperad a cinco cuerdas... Ankemtatis y Nuptahek, dividíos a media cuerda corta del camino y yo me quedo con sólo esta fila por el frente... ¡No hay tiempo a más, preparaos!...

En menos de quince têmposos, la partida enemiga estaba en el punto calculado, flanqueada por ambos lados con leve diferencia de línea de tiro, cubiertos por retaguardia y por el frente, sin ver a quienes les apuntaban, ocultos en la vegetación y sin posibilidad de escape.

-¡Atención, oberitas! -dijo Elhamin con su potente voz- Estáis en total desventaja, rodeados de frente, retaguardia y flancos. Al menor intento de fuga o reacción, estaréis muertos. Tirad las armas, bajad de los camellos y reuníos cincuenta pasos más adelante...

En un primer momento, algunos comprendieron su situación y tiraron las armas, pero sus jefes les dispararon al instante, haciendo que el resto reaccionara momentos después armando arcos y flechas, de modo que Elhamin, sintiendo un profundo dolor en su Alma, tocó el silbato dos veces.

Algunos enemigos cayeron por los proyectiles de las boleras, otros por flechas y la primera línea de Elhamin se aseguró el resultado usando los Uás. No podían dejar a nadie escapando para alertar a los del poblado del oasis, así que en apenas cinco têmposos se definió el combate y se cerraron todos los grupos, uniéndose en torno a los camellos ya sin jinete. Algunos quedaban montados en los animales y se revisaron con cuidado para asegurarse de que estaban exánimes. Se abrieron todos en forma circular para revisar el entorno y cubriendo en un radio de doscientos Ankemtras, pero ningún enemigo había podido evadir el cerco. Elhamin ordenó no rematar si había algún herido, pero todos los disparos habían sido certeros. Se ordenó requisar todas las armas y cosas de valor, no porque les hicieran falta, sino para que no pueda recuperarlas y usarlas el enemigo. El grupo de exploración se formó nuevamente y fueron traídos los caballos. No había ni un solo herido en la propia tropa y se dedicaron todos a llevar y atar a los ciento noventa camellos y tres caballos, a veinte cuerdas largas más atrás y cinco cuerdas al Norte, para recuperarlos luego de la incursión en el oasis, que quizá debía iniciarse inmediatamente, luego de una nueva reunión de la Plana Mayor. Los cadáveres fueron subidos a los animales para llevarlos con ellos y se colocaron en esa zona alejada. Sólo había veinte palas, pero trabajando por turnos se construyó rápidamente una fosa común, para evitar la presencia de animales e insectos que llamaran la atención desde el oasis. Se cubrieron con tierra y luego con ramas, mientras la Faraona realizó unas plegarias invocando la ayuda de Anubis para el mejor destino de esas ánimas corrompidas por el esclavismo:

-"Que la experiencia de la muerte deshonrosa, el dolor de la pérdida de una o más vidas en la persistencia de la actitud esclavista y todo el efecto que el Inframundo os cause como consecuencia de vuestros actos dañinos contra la Humanidad, haga recuperar por comprensión o por dolor, la Esencia Divina que hubo dentro de vuestros cuerpos".

Posteriormente se reunieron de nuevo en la zona de combate, ya que desde allí deberían obrar, y con ramas borraron en el entorno todas las huellas posibles.

-Han salido muy tarde, -dijo Nuptahek- en menos de un Râdnie será de noche, así que pensarían llegar de madrugada, aún oscuro, para no ser sorprendidos en la cercanía del laberinto.

-Ha estado bien pensado por su parte, -dijo Elhamin- pero Sekhmet nos guía y protege. Hemos ido teniendo inspiración, más allá de toda la inteligencia que podamos poner nosotros... Y hablando de esa gran inspiración o intuición que tenemos unos u otros según el momento, creo que estos ciento ochenta no es todo lo que piensan movilizar.

-Me habéis hecho sentir lo mismo, -dijo Nuptahek- y creo que estáis muy acertado. Si esta zona está siendo usada como productora de víveres para los del laberinto, han de haberle dado toda la prioridad al hecho de no recibir noticias desde allí. De modo que deberíamos estar alertas a otra o varias partidas de hombres, ya como refuerzos, o como apoyo o por mera seguridad... Y no descarto que salgan durante la noche, como segunda fila de la que hemos eliminado...

-Si yo fuese el enemigo, haría eso, -dijo Hatshepsut- puesto que lo que suceda en el laberinto sería justamente la prioridad absoluta.

-En cualquier caso, -dijo Elhamin- habría que explorar el perímetro de esa población y dejar apostados centinelas exploradores a lo largo de la huella; tendríamos que acampar aquí mismo, preparados para una segunda batalla. Si atacamos nosotros, no conociendo nada de la distribución y características de ese lugar, tenemos mucho en contra. Pero si les esperamos aquí, es posible que podamos ir diezmando sus fuerzas poco a poco. Esperar a que vengan y emboscar, es lo mejor.

-Si estáis de acuerdo, propongo dirigir una exploración cuidadosa ahora mismo, -dijo Ankemtatis- y voy dejando los centinelas, porque no podemos descartar que salgan del oasis por otro sitio...

-De acuerdo, -dijo Nuptahek tras ver los gestos afirmativos de los demás- pero me temo que vais a tener que disponer de los cincuenta y seis invisibles, que no podrán dormir durante la próxima jornada. Una vez comprobado todo el terreno, pueden reemplazarse por regulares para que vengan a descansar. Y recordad que pueden hallarse con arenas movedizas, ciénagas y trampas, como lo haríamos nosotros... Por eso quiero sólo a los invisibles en esa labor.

-Una cuestión muy peligrosa... -comentó Gelibar.

-Eso es ventaja para nosotros, Gelibar, -dijo Henutsen- porque nos permitirá controlar mejor sus lugares de paso. Y como bien sabéis, los mejor entrenados saben usar esos puntos para esconderse, entrar y salir de las ciénagas y arenas movedizas, sin ningún riesgo. Vos, al igual que Hatshepsut, la Faraona y algunos más de los invisibles, aún tienen que aprender esa parte de la instrucción. No es la más difícil de alcanzar, pero es fundamental para casos como éste.

Dos Râdnies después regresó Ankemtatis con la novedad de que las huellas dispersas por el sector del campamento, se hacían una única en la proximidad del oasis, que ciertamente estaba rodeado de ciénagas, arenas movedizas y trampas ingeniosas puestas por casi todo el perímetro, de modo que era imposible entrar o salir. Pero las habilidades de los invisibles permitirían que al amanecer volvieran algunos informando lo observado dentro del oasis.

-Hay unos quinientos soldados que están en formación ahora y en preparación de pertrechos, -decía el primero que llegó- y parece ser que la mayoría viven en un barrio con sus familias, pero hay otros caseríos dispersos en función de actividades agrícolas y las que puedan realizarse dentro de unos cobertizos muy grandes. Parece ser, aunque no podía ver todo desde mi sector que era el Sur, que hay al menos dos mil personas, aparte de los soldados. No veía más allá, por los árboles y el bosque de fondo... La entrada al oasis es un portal de maderas y piedras, que parece ser el único punto de entrada y salida.

-Desde el lado Norte, -decía otro soldado que llegó casi a la par- puedo confirmar que vuestra observación es correcta, pero he de agregar que tras la parte boscosa que no podías ver, hay otro caserío grande de al menos cien casas, con centinelas rondando y capataces que están llamando a la gente para comenzar sus labores.

-No había modo de entrar por Poniente, -decía otro invisible poco después- las trampas cubren el poco espacio que dejan las ciénagas, y son tan bravas que hasta a mí me han resultado peligrosas. He quitado algunas y anotado a la rápida sus ubicaciones. Antes de ellas, en casi todo el lado occidental, hay arena movediza. Hemos revisado entre ocho hombres ese sector y entramos un poco, comprobando que hay unos destacamentos con más de cien soldados, aparte de los que se puedan haber visto por los otros costados. Lo de las trampas, las tienen de tal manera que no hay como entrar o salir para cualquier persona normal.

-¿Es que Vosotros no sois normales? -preguntó Hetesferes.

-Pues... -titubeó el soldado y respondió luego de las risas del grupo- casi que no, porque no es normal la instrucción que tenemos, la vida que hacemos, las cosas que aprendemos... Pero me encanta no ser muy normal. ¡Viva la anormalidad!... Pero volviendo a lo serio, creo que no han elegido el sitio y armado las trampas para protegerse tanto de lo externo, sino que están más preparadas para ser indetectables para alguien que intente cruzar la línea perimetral desde adentro.

-Es decir, -dijo Nuptahek- para que no escape la gente que tienen esclava trabajando ahí.

-Así es, Faraona. Además, la actitud que hemos visto en la guardia, no ha sido atenta hacia lo exterior. Ni una mirada de los jinetes ni de los de ronda a pie, hacia afuera, sino hacia el movimiento de la gente. Y ya le indicaré a Hetesferes sobre los puntos que tenemos claros, como que hay ocho grandes campos de cultivos, tres zonas de grandes cobertizos y he conseguido moverme como para tener idea bastante aproximada de los caminos y sus distancias...

-Excelente, poneos con ello... -dijo Hatshepsut- Va quedando más claro el asunto, pero ahora hay que decidir si vamos a esperar a que salgan más y combatirles por aquí; si planificamos un ataque, que sólo sería viable para casi cien de los nuestros por el frente y para los invisibles por Norte y Sur, o les provocamos de alguna manera para que vayan saliendo de a poco...

-Esa tercera opción me parece la mejor, -dijo Elhamin- pero según parece ellos tienen aún, más de setecientos efectivos. Si provocamos una salida masiva, nos veremos en problemas. Por más que no tienen boleras ni Uás y nosotros sí, la diferencia numérica es muy grande para el combate en campo abierto. Les tendríamos que ir machacando apenas salen del entorno del oasis y aún así, habría muchas variables que no podemos prever. Sus arcos no son muy buenos, pero están optimizados para tirar en movimiento desde sus cabalgaduras.

-Y no sabemos si tienen otras salidas dispuestas, -dijo Henutsen- que sólo conozcan los oberitas. Y respecto a las boleras u otras armas tampoco podemos descartar que las tengan, aunque no las tuviera la partida eliminada.

-Tampoco -dijo Nuptahek- me confiaría para nada en la reacción de los esclavos, en caso de entrar atacando. Sobre todo porque puede que tengan niños y mujeres como rehenes...

-De eso hay, -dijo uno de los invisibles- pero acabamos de ver que niños y mujeres también van custodiados a sus puntos de trabajo...

-En cualquier caso, -intervino Henutsen- no podemos atacar el interior sin dañarles, ni somos suficientes. Si esperamos a que vayan saliendo puede que lo hagan en un día completo más, al no recibir novedades de los anteriores, o que por precaución, como hemos supuesto, envíen en cualquier momento otra partida.

-No creo que lo hagan de día, -dijo Hatshepsut- porque tienen que mantener su orden con los esclavos. Cuando todos vuelvan a dormir es cuando ellos seguramente harán movimientos, sin que se note que queda menos personal.

-Ankemtatis, -dijo firme y decidida Nuptahek- que vuelvan todos los invisibles y descansen. Dad las órdenes pero no os marchéis, que hay que afinar detalles. Reemplazadles por regulares pero sólo la mitad de los puestos de observación, con turnos de guardia de cuatro Râdnies.

-Parece que tenéis las ideas muy claras, -dijo Elhamin- esperemos que vuelva Ankemtatis, para estar todos y nos explicáis...

-Sólo llevaban tres caballos, -siguió luego Nuptahek- que son más rápidos que los camellos en este trayecto casi sin arena. Al galope, un caballo les estaría trayendo noticias pasada la media tarde y tendrían consigna de hacerlo cualquiera fuese la situación. Así que doy por seguro que antes de la noche estará saliendo una nueva partida y habrá que volver a combatir aunque nos superen en número, cosa que también doy por seguro...

-Si nos acercamos un poco más al portal de salida, -dijo Elhamin- con cuidado y a pie, para emboscarles donde la senda es más coherente, tendremos un poco de ventaja, pero corremos el riesgo de ser escuchados y bastaría que regrese uno, para tener a toda la tropa encima.

-Repasemos esta otra idea: -continuó Nuptahek- Si enviamos un aviso al laberinto para que estén atentos, pero una parte de nosotros les sigue, podemos ir diezmándolos desde retaguardia con las boleras, uno a uno. Cuando se den cuenta pueden estar quedando la mitad si les producimos una distracción en su vanguardia. Bastarían dos jinetes a caballo que parezcan ser sorprendidos y se echarán a perseguirlos. No notarán a los que vayan cayendo detrás. Eso se puede hacer con los regulares. Mientras, los invisibles pueden entrar en el oasis, porque ya tienen ubicadas las trampas y lugares peligrosos. Allí, con menos gente y de noche, tendrán ventaja para eliminar a toda la guardia. Luego a los barracones, si acaso los tienen ubicados...

-Los tenemos, -dijo Ankemtatis- y los que están volviendo pueden dar a Hetesferes y Geonemetis, los datos para hacer planos y mapas.

-Bien, que se pongan en ello, -siguió Nuptahek- pero que lo hagan rápido para irse a descansar hasta que se les llame, que tendrán una noche agitada. A los regulares que no estén de guardia, que Gelibar también les mande a descanso porque a media tarde tendrán que estar dispuestos para batalla. Elhamin, Vos conocéis muy bien a cada uno de los regulares. Elegid a los dos mejores jinetes para provocar la distracción y carrera de la partida enemiga. Tendrán que mantenerse a una distancia muy justa, sin que les alcancen las flechas, pero sin que el enemigo los de por inalcanzables aunque lo sean. Vos Hatshepsut, os encargaréis de dirigir la caza a retaguardia con los que tienen boleras. Ya sabéis que podéis estar mucho más lejos que con las flechas, pero no debéis darle a ninguno que vaya más adelante que el último. Os tendréis que turnar para disparar, para que sólo vayan cayendo uno a uno desde el último. Hay que llevar los caballos a unas diez cuerdas al Norte, pero dejando sólo los necesarios para la caza por retaguardia, y otros quince o veinte, a dos cuerdas largas, para una eventual necesidad de mensajes.

-Tengo claro cómo hacerlo, Faraona, -dijo Hatshepsut- iremos sólo cinco, en fila de uno y reemplazándonos sólo al ser necesario. Cada bolera puede hacer unos cien dispararos antes de calentarse. No creo que la partida sea mayor de trescientos, porque sin duda que la gente notaría la ausencia de mucho personal. Necesitaré que los que no usarán boleras me compartan algo de munición…

Se dispuso todo para descansar y durmieron todos los que pudieron, sin dejar de vigilar el entorno y tal como se había previsto, a media tarde llegó un soldado para avisar que dentro del oasis había movimiento inusual de tropas. El Furriel despertó a la Plana Mayor y se prepararon para batalla.

-Quedaos aquí, Ankheledis, -dijo Elhamin al soldado que había llegado- ahora los invisibles entran en acción en el oasis. Pero creo que Vos sois uno de los mejores tiradores…

-Así es, General, tanto con flechas como con hondas o boleras…

-Pues ayudaréis en su misión a Hatshepsut. No podéis derribar a nadie que no sea el último… Ya os lo explica ella… Ankemtatis, que los que están en los puestos de guardia, se queden para apoyo de los vuestros y que ingresen al oasis en caso que tengáis algunos sitios donde puedan hacerlo con seguridad.

-Al menos hay cinco sitios por donde hacerlos entrar sin peligro porque se han quitado las trampas. -decía Ankemtatis- Sólo serían de ayuda para causar una distracción en algunos puntos, pero creo que estorbarían más que ayudar; es mejor que los regulares no entren al oasis por donde entramos nosotros. Vos los necesitaréis más porque vais a entrar directamente. Dos de los míos limpiarán de guardias el portal, en cuanto haya salido la tropa y se unirán luego a los del Sur. Recordad que el camino de la periferia interior tiene casi trece mil Ankemtras, es decir unas doce jaetas, que aún al trote tardamos en recorrerlas unos cuatro Râdnies. Con la dispersión prevista cubriremos todo en el triple o cuádruple de ese tiempo, sin contar el tiempo de combate... ¿Esperamos vuestra orden, un silbido?

-No... Nos coordinaremos desde ya, porque habrá el tiempo justo en cualquier caso. Hetesferes, preparad seis clepsidras que queden iguales, para que los tiempos sean los mismos para Ankemtatis, para los otros grupos y para mi... Cuando el enemigo inicie la marcha, demorará medio Râdnie en llegar hasta aquí y verán nuestras huellas aunque estén algo borradas. Nos alejaremos por ambos flancos, para posicionarnos cerca del portal, con la tropa dividida. Hatshepsut, Vos quedáis aquí con los vuestros, escondidos un poco al Norte, para que al ver a los dos jinetes de cebo no miren el entorno y no puedan calcular por las huellas, cuántos somos. Si podéis esperar a que se haga más oscuro, antes de empezar a liquidar a la retaguardia, será menos seguro el disparo pero más seguro que no les verán caer. Vos, Ankemtatis, esperaréis a que el enemigo pase el portal y ahí comienza nuestro tiempo de espera... ¿Se sabe claro de cuántos hombres es?

-De trescientos treinta, más dos oficiales, -dijo uno de los invisibles- y no hemos visto ningún caballo, ni siquiera en los establos del Norte.

-Mejor, -continuó Elhamin- si sólo tenían a esos tres de mensajeros, no tendrán posibilidad de alcanzar a los dos de cebo de Hatshepsut. Cuando la partida se dé cuenta que les están diezmando por retaguardia, si todo sale bien, habrán perdido a la mitad o más y es probable que vuelvan, lo que les llevará al galope, apenas un Râdnie o menos. Ese es el tiempo que tendremos para hacer lo nuestro allí dentro. En cuanto seáis descubiertos, Hatshepsut, sin importar que sean todos, muchos o pocos, haréis que os persigan sin presentar batalla. En ese caso daréis un rodeo largo sin que os pierdan de vista, para reuniros con los dos jinetes de cebo en la carrera, o sin reuniros, pero tendréis que seguir sin parar hasta el laberinto y uniros a los de ahí. Allá seréis unos treinta, pero les esperaréis parapetados en las primeras estribación de los cerros y allí ya tendréis que usar los Uás, si no alcanzan las boleras. Intentad que no escape nadie.

-Todo entendido, General. -dijo Hatshepsut- Y una vez que termine allí lo que sea... ¿Volvemos hacia aquí los que quedemos?

-¡Vaya optimismo el vuestro!... -exclamó Elhamin- ¡Quedaréis todos! Prohíbo terminantemente dejarse matar... Como es más incierta aún la operación que tenemos aquí, os quedáis al cuidado de todo aquello hasta que recibáis noticias nuestras o nuevos ataques del enemigo. Vamos a ir menos de ciento cincuenta, contra el doble o triple, pero no sabemos realmente cuántos han quedado. Y Vosotros sois sólo siete contra trescientos treinta y dos, con la sola ventaja de vuestras armas y habilidades... Espero que Sekhmet y Anubis estén por aquí cerca...

-Están saliendo, -dijo el Furriel al recibir el último informe, justo cuando Râ se ocultaba tras los árboles del oasis- todos en camello. La población ha sido guardada en sus casas y las patrullas de los caminos periféricos son grandes. Parece que está movilizada y en guardia toda la tropa que se queda...

-Claro, han de haberlo hecho como para que no se note mucho la movilización, -dijo Elhamin- al mismo tiempo que nos da la ventaja de tenerles a todos a campo descubierto. Pero ahora vamos con el tiempo ajustado. Gelibar, os haréis cargo del flanco Norte del portal. A una cuerda larga entre los matorrales, y que no os vean. Ankemtatis, esperáis un cuarto de Râdnie para entrar, cuando sepáis que ha salido la tropa enemiga. Gelibar y yo esperaremos medio Râdnie, para entrar para daros tiempo a despachar a la mayor parte de la guardia; o al menos a los de los puestos fijos. Primero entraré yo con mis treinta hombres y me desplazaré por la izquierda, luego Gelibar con otros treinta y os desplazáis por la derecha. Seguiremos los bordes del oasis, para ir cerrando un espiral doble. Tenemos casi nada de luna, así que no disparéis a nadie que vaya arrastrándose, que podemos ser nosotros o los invisibles.... Bueno, nosotros, porque a ellos sí que no los veréis... Henutsen se queda con el resto frente al portal, para evitar que entre o salga alguien y para el caso que fracase la operación de Hatshepsut, que si volviese parte del enemigo, habría que retenerle hasta terminar nosotros la operación interior. Los invisibles, cuando Gelibar y yo nos encontremos en el otro extremo del oasis, se habrán desplazado hacia el centro, después de limpiar las barracas... ¿Alguna duda?

-Yo sí tengo una, General, y muuuuy grande...

-Me lo temía, Faraona... A Vos os ordeno que hagáis lo que os dé la gana, pero no quiero llevaros herida o muerta.

-Cumpliré, General, me voy a quedar por ahí, meditando un poco...

-*"Tengo demasiadas opciones... -pensaba Nuptahek- ir con los invisibles, ir con Gelibar, quedarme con Henutsen, ir con Hatshepsut o entrar por libre en el oasis... Pero no sé dónde sería más útil".*

-Hetesferes, por favor dadme copia del mapa general, si tenéis...

-Geonemetis y Meranubis están terminando con las copias, que con los cuatro mil Ankemtras de ancho y poco más largo que tiene el oasis, os hará falta a todos los grupos. Ahí viene otro de los invisibles con más datos. Unos momentos, Faraona, y así se llevan todo actualizado.

Tras unos momentos de meditación mientras esperaba los mapas se quitó la mochila, dejó el carcaj, correaje, bolera y sus ropas, quedándose sólo con una saya y las calzas, llevando en la pierna, bajo la calza, un puñal fino y al cuello a modo de collar, una triple cuerda fina y resistente. Ambas piezas de ropa eran color marrón arena oscuro, buenas para pasar inadvertida entre los habitantes del oasis. Escondió entre unas matas sus cosas, Geonemetis le entregó un mapa con todos los detalles disponibles y corrió a reunirse con el grupo de Ankemtatis que había marchado por el Norte.

-¡Faraona!, -exclamó Ankemtatis en voz baja- ¡Ya me parecía que no os ibais a quedar al margen...! ¿Pero por qué os habéis despojado de vuestro equipo...?

-No necesito equipo para infiltrarme en el pueblo. Sólo ahorradme el trabajo de cuidarme de las trampas. Debo entrar rápido y dirigirme a los barracones de la gente. Empezaré por el del Norte, que es el más pequeño y aislado de los caseríos. Necesitamos saber qué piensan, en qué condiciones están realmente y si podemos contar con ellos...

-Os arriesgáis demasiado, no podremos protegeros sin descuidar...

-Podéis olvidaros de mí, -dijo Nuptahek con suavidad y firmeza- y haced lo vuestro. Y contad con que la guardia de ese barracón no será estorbo si no son más de diez...

-¡Que todos los dioses os acompañen, Amada de Ptah!

Mientras cada uno ocupaba su puesto según todo lo previsto, Nuptahek fue escoltada por uno de los invisibles hasta el sitio de paso seguro, donde se habían desarticulado las trampas. Apenas un camino estrecho entre arenas movedizas del que no podían apartarse ni un codo. Para ella no era un problema, pero debía ahorrar tiempo y en menos de diez têmposos estuvo en el camino interior.

-Volved con Ankemtatis, Neferostris, que el avance vuestro debe ser como se ha coordinado...

-Lo siento, Faraona, pero tengo órdenes de los Generales Elhamin y Ankemtatis, de no dejaros sola. Ahora soy vuestro guía y escudero personal. Os ruego hacerme fácil la misión encomendada..

-¿Qué más tenéis que decir? -dijo Nuptahek abrazando por la espalda al hombre en un movimiento extremadamente rápido, a la vez que extraía su puñal y colocaba su punta en el cuello del hombre, de modo que no pudiera hacer ningún movimiento defensivo.

-Que para este caso, estamos bajo la clave de "Râ-Amenoftasis-Quaparem", que sólo saben Elhamin, Nuptahek, Hatshepsut y Vos...

-Me habéis asustado, Neferostris... Una desobediencia así en estas circunstancias, es algo poco frecuente.

-No es desobediencia, sino lo contrario, Faraona. Pero si Vos ahora me ordenáis otra cosa, me las tendré que ver luego con ellos...

-Quitaos la ropa no esencial, dejad las armas escondidas por aquí, quedaos con lo mínimo, vuestro puñal y las gafas areneras entre las ropas, y la cuerda como collar, para que parezcamos esclavos locales

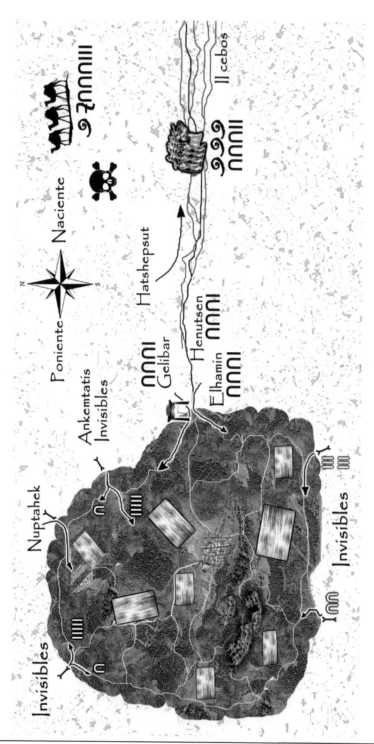

y si viene alguna patrulla antes que lleguemos a los barracones, me tendréis que llevar en brazos, como mordida por una víbora...

-Ya podéis caer en mis brazos, y que no se entere Gelibar...   -No hagamos teatro, que sólo son tres... Vamos, tras esos arbustos.

Momentos después, tras los mismos arbustos eran escondidos tres cadáveres. Siguieron adelante hacia Poniente y llegaron al sector de barracones. Nuptahek envió a Neferostris por un lado y ella por el otro del perímetro de barracas, encontrando y eliminando a siete centinelas. Afortunadamente todos estaban solos, cada uno en un punto de custodia para controlar el interior del conjunto de barracas y apenas cuidar el entorno, de modo que en momentos más estuvieron dentro del poblado, eliminando a dos centinelas de ronda y tras una vuelta completa por la periferia y las cinco callejuelas entre las chozas, se reunieron en un extremo. Neferostris se quedó en el punto más alto, en el lado Norte, desde el cual podía ver casi todo el poblado aunque ya la oscuridad apenas dejaría ver algún reflejo de los metales en las ropas, las armas, o el contraste de las siluetas sobre el claro del camino. Pero nadie apareció durante el rato que Nuptahek se dedicó a hablar con los ocupantes de la primera barraca.

-Quedaos tranquilos, -dijo al grupo de cinco varones, seis mujeres y tres niños- nadie va a haceros daño. ¿Entendéis mi idioma?

-Claro, también somos Carpatians, -dijo el muchacho más joven- pero no tenemos permitidas las visitas de otras barracas... ¿Queréis que os cuelguen o... Lo otro que hacen con los desobedientes?

-Nadie hará eso. ¿Queréis seguir siendo esclavos o preferís volver a vuestra... Al poblado donde vivíais?

-Ni siquiera sabemos dónde estamos, -dijo una mujer recogiendo entre sus brazos a los dos niños más pequeños- sólo sabemos que estamos castigados por el maldito Faraón Isman y nuestras vidas dependen de obedecer lo que se nos ordene, para no ver como se tortura a nuestros niños...

-El Faraón Isman ya no está entre los mortales... -dijo Nuptahek buscando en su mente las palabras adecuadas- Quienes os tienen esclavos son otro pueblo maldito, que nada tiene que ver con lo que os hayan contado. Yo sólo os voy a preguntar una cosa más: ¿Queréis vivir como esclavos, engañados y temerosos lo que os quede de vida, o preferís luchar por vuestra libertad, sabiendo que hay mucha gente en este momento, atacando a los esclavistas?

-¿Y qué pasaría si nos rebelamos, aparte de arriesgarnos a las peores torturas en este mundo? -preguntó el hombre de más edad- ¿Acaso enfrentarnos luego con ese dios terrible que ayuda al Faraón?

-¿Os referís a Ptah?

-¡No, mujer, a ese dios Seth!, al que cada día nombran, aman y adoran los soldados -respondió el más joven- A ese dios inmundo que ha creado todo lo que existe y a nosotros nos ha dejado en el peor de los lugares en su jerarquía, como esclavos, así como a otros los deja como amos, y que ni cuando le hemos querido adorar nos ha aceptado nuestra devoción para tener una vida mejor. Nos ha traído al peor de los lugares, donde no es posible escapar, a la tierra que los otros llaman *Rumkhofarve*, la tierra del sufrimiento eterno...

-Parece que ni siquiera sabéis dónde estáis... Pero ahora no hay tiempo para explicaros más. Y no me habéis respondido lo preguntado así que no sé qué haré con Vosotros... ¿Queréis que esos niños lleven la misma vida que habéis llevado o estaréis dispuestos a sumaros a una fuerza rebelde que está ahora mismo eliminando a todos los soldados en todo el oasis?

Los hombres se miraron entre sí, hablaron tan rápidamente que Nuptahek no pudo entenderles bien, pero comprendía que el miedo era más potente que los deseos de ser libres. Finalmente uno de los hombres le dijo:

-Decidnos algo más, porque estamos confundidos. ¿Cómo podemos saber que esto no es una trampa para probar nuestra obediencia, y que estos niños no serán torturados luego, digamos lo que digamos?

Nuptahek se movió con toda la destreza aprendida en largos años de instrucción como invisible y en un momento tuvo a los dos hombres más fuertes atados con las cuerdas al cuello, a sus espaldas, mientras con la rodilla en el pecho del más joven, le tenía con la punta del puñal en el cuello. Los demás se asustaron pero no atinaron a nada y los niños ni siquiera lloraron por el pavor y confusión.

-Estáis en Ankh em-Ptah, la tierra del Faraón Isman, del verdadero y no del que os han contado. El Faraón ha parado los pies a ese pueblo maldito de esclavistas, durante toda su vida. Ahora soy yo su sucesora y como veis, no somos miedosos ni lentos, ni cortos, ni queremos haceros daño, porque podría haberos matado a todos en un momento. Eso es lo que estamos haciendo ahora mismo con quienes os han engañado y traído desde vuestras tierras del Norte. Voy a soltaros, y perdonad mi demostración. Mis hombres no os harán daño mientras no les ataquéis o desobedezcáis. Tarde o temprano comprenderéis que en este país se mata a los esclavistas porque estamos en una guerra total contra ellos. Podéis elegir entre quedaros aquí esperando a que todo pase, tranquilos, seguros de que nadie os maltratará, o podéis sumaros a mis fuerzas, que son tan efectivos como yo, pero pocos en relación con las tropas que puede haber en el oasis...

-¡Nuptahek!, -dijo Neferostris entrando en la cabaña y cerrando la puerta- Viene una patrulla con al menos veinte hombres...

-Vosotros, si habláis una palabra moriréis antes que los soldados. Si colaboráis, os convertiremos en gente libre y feliz.

Durante un rato el silencio fue absoluto. Se escucharon los pasos de los soldados y sus conversaciones. Poco después unos quejidos, forcejeos y algún grito, de modo que Nuptahek y Neferostris salieron arrastrándose para ver que la lucha era entre los regulares de Gelibar y los más de veinte oberitas. Al sumarse ellos dos, quedaron veintitrés cadáveres enemigos, dos regulares y cuatro heridos propios, que fueron internados en la cabaña.

-Cuidad de ellos, -dijo Nuptahek- que son quienes os han venido a rescatar. Si no vais a ayudar en combate, al menos cuidad...

-Sé bastante de medicina, -dijo una de las mujeres mientras veía las heridas de los hombres- así que no os preocupéis. Este no podrá moverse por un tiempo largo, con tres heridas que curar... Este tiene una flecha en el costado pero respira bien... No os mováis. Este tiene un golpe en la cabeza, está desmayado pero no parece grave... A este tengo que pararle la sangre... Niños, dadme ese cántaro, Mericovina, pasadme esos cuencos de ungüentos y los trapos de curar...

-Los dejo en vuestras manos, -siguió Nuptahek- pero decidme... ¿Qué pasaría si alertáis a los demás para que colaboren?

-Lo mismo que con nosotros, -dijo el hombre mayor- no sabrán qué hacer, tendrán más dudas... Ya tenemos claro que no sois del bando que nos somete, pero Seth nos puede...

-A Seth lo he invocado mil veces, -dijo Nuptahek- le he pedido que venga a mi presencia para retorcerle los... brazos y cortarle la cabeza. Pero el muy cobarde no ha aparecido nunca. Alguna vez ha existido, pero ahora sólo conocemos desde hace siglos, a sus adoradores, y los combatimos. ¿De cuántos hombres es la tropa enemiga?

-No lo sabemos, -dijo una mujer- porque aunque les he tenido que servir muchas veces, nunca he visto a todos juntos... Sólo puedo calcular que unos mil o poco menos. Nunca he entrado en sus casas, donde más o menos la mitad de ellos tienen a sus mujeres... Bueno, son todas de nuestro pueblo, pero les hacen hijos y las tienen igual o peor que a nosotros, porque les vemos haciendo los trabajos más duros en los campos del lado Sur.

-Ciento ochenta ya están muertos fuera del oasis, -pensó en voz alta Nuptahek- más trescientos treinta y dos que estarán yendo al laberinto, quieran los dioses que quedando menos a cada momento... Toda la guardia fija ya estará liquidada, estos veintitrés de patrulla... Sin contar con los que estarán siendo despachados ahora mismo al inframundo por los caminos interiores, han de quedar trescientos o cuatrocientos más...

-Hay buenas noticias, Faraona. -dijo un soldado que acababa de llegar- El General Unaptis, apenas recibió las noticias del médico, ha venido con más de quinientos hombres y está en el portal de entrada, pero no se ha animado a entrar sin coordinar con Elhamin o con Vos...

-Corred a decirle que entre por el portal y vaya por el camino interior recorriendo el lado Sur hasta el caserío del fondo. Que tenga cuidado porque hay muchas mujeres y niños en las casas de los enemigos. Que los rodee y espere, que han de ser menos que nuestras fuerzas, si es que Elhamin no ha entrado en batalla en ese punto. Neferostris, id volando al centro del oasis, que Ankemtatis estará por ahí y hay que avisarle. Seguimos con el plan igual, pero sabiendo que los nuestros estarán en menos de dos Râdnies en medio del barrio enemigo...

-No queda nadie en este sector, -dijo Gelibar al entrar en la cabaña- ¿Se pondrán bien estos hombres?

-Sí, soldado, -dijo la mujer que los atendía- soy la mejor entre los médicos de aquí. Incluso los esbirros del Faraón... O no sabemos si de Seth o de quién... Acuden a mí cuando hay heridos.

-¿Esbirros del Faraón? -preguntó Gelibar ya enojado- ¿La misma tontería que los de las minas?

-Sí, -respondió Nuptahek- lo mismo, aunque a aquellos los tenían de supuestos liberados, a estos los tienen abiertamente como esclavos, sólo que el cuento es que el Faraón es adorador de Seth... Vamos, dejemos un grupo pequeño aquí y corramos al lado de Poniente...

-No hace falta que vayáis por ahí, Faraona, -dijo un invisible que había llegado momentos antes- No hay ya nadie, hemos eliminado a todas las patrullas hasta cerca del barrio enemigo. He hecho corriendo el camino hasta aquí por el interior y no queda nadie vivo. Ahora todo se define en el centro del oasis y en el barrio.

-Entonces, -siguió Nuptahek- tras los pasos de Neferostris. ¿Qué tropas hay en el centro?

-Pocas, -dijo la médico- porque esa es zona de manufactura y viven muy pocos, los más viejos... Unos cincuenta de los nuestros, que ya no pueden ni correr, así que sólo dejan unos pocos centinelas allí. Y por lo general se quedan dormidos o borrachos en la barraca central.

Nuptahek ordenó formación de todos los que habían llegado, que eran veinte invisibles y veinticinco de Gelibar. Ordenó una guardia de cinco regulares allí y con los otros cuarenta avanzaron al trote hasta el centro del oasis. Encontraron un total de ocho centinelas de ronda interna y acabaron con ellos, llegando en un Râdnie al centro de manufactura. Allí se hallaba Ankemtatis, hablando con todo el grupo de ancianos, que estaban recogiendo las armas de treinta cadáveres del enemigo, sorprendidos y tal como había dicho la médico, dormidos o tan borrachos que no tuvieron oportunidad de defensa.

-Unaptis está yendo con sus fuerzas al barrio... -dijo Nuptahek.

-No me extraña, -dijo Ankemtatis mientras se dirigían más al Sur- ese hombre no carece de intuición y capacidad de cálculo...

-¿Y qué hace esta gente que nos sigue...?

-Casi toda la vida de esclavos, Faraona. Ahora son viejos y ninguno tiene nada que perder. Sólo les he dicho que somos enemigos de Seth y de cualquiera que le adore... Aún no saben que el Faraón no es el que les han contado... Aquí también les han metido el cuento, pero...

-No digáis más, Ankemtatis, que ya lo hemos comprobado. Habéis hecho bien en no complicar las explicaciones. Son más de dos mil personas que tendremos que llevar de paseo por toda nuestra Patria... Los vuestros que entraron por el nor-Poniente y Norte, están todos bien. Supongo que los de afuera...

-Si se encontraron con Unaptis, deben estar bien y la tropa enemiga liquidada. Pero seguro que los ha dejado afuera, para cuidar que nadie escape. Hetesferes ha de haberles dado mapas. Vamos hacia el barrio a ver qué se cuece por allí... Calculo que llegaríamos juntos y espero que Elhamin haya sido avisado, para no enfrentarse solo en esa zona.

Al llegar cerca del barrio enemigo, encontraron al grupo más grande de Unaptis, quien les saludó con silenciosos abrazos y les puso al corriente de la situación mientras ocupaban posición en una pequeña colina al lado del camino, desde donde podían ver mejor casi todas las casas del grupo de viviendas cercanas.

-Por fortuna se avisó a Elhamin para que no ataque sólo con sus treinta hombres.-decía Unaptis- Ahora está custodiando a lo largo de todo el camino oriental y Sur del barrio. Por ahí no podrá escapar nadie. Parece que no se ha enterado nadie en las casas, que no queda ni un centinela ni rondines en todo el oasis. Aquí somos trescientos veinte y otros doscientos veinte míos están desplegándose en el lado Sur, a lo largo de todo el barrio. Nos queda cubrir el lado de Poniente para dejarles completamente sitiados y que no escape nadie. ¿Tenéis alguna orden o sigo con el plan que ni siquiera tengo claro todavía?

-Eso hay que resolverlo. -dijo Nuptahek- Pero hay muchas mujeres y niños en esas casas. No son oberitas, sino esclavas concubinas, así que esperaremos los cinco Râdnies que faltan para que se haga de día e iremos eliminando silenciosamente a los que salgan. Ankemtatis, desplegad vuestro grupo a distancia de punto de vista por el Sur y Poniente, cerca de las casas.

-¿Y si las mujeres y niños fueran oberitas, Faraona?

-No lo son, Unaptis, nos lo ha confirmado... ¡Ah, ya sé lo que preguntáis! Pues si son oberitas y atacan se les mata. Si son esclavos y atacan, se les mata. Si no atacan, se les reeduca y desengaña. Si son oberitas y no atacan, se les captura y se les trata de reeducar y se les lleva lejos de nuestra Patria. No me pongáis a prueba, Unaptis, pero no os defraudaré en nada si lo hacéis. Ahora concentrémonos en dispersar y cubrir todo el barrio y luego me decís que ha pasado con Hatshepsut, que supongo ha quedado con Henutsen...

-Hatshepsut -decía Unaptis a Nuptahek un rato después- alcanzó a ver la luz de una de esas lámpara que habéis hallado en el laberinto, que usaba el guía para seguir los rastros. Se habían distanciado lo justo de sus perseguidores, así que al encontrarnos tuvimos tiempo a desplegarnos y sorprenderles por los flancos y el frente. No quedó ninguno y no tuvimos bajas ni heridos, pero cuando el enemigo se dio cuenta de que iban cayendo a retaguardia, Hatshepsut y los suyos habían eliminado a casi la mitad... Ahora ellos mismos están volviendo a recorrer todo, hablando con la gente en las barracas y asegurándose de que no quede nadie enemigo entre ellos.

-¿Ha vuelto el médico Bugarim con Vos?

-No, él se quedó preparando cosas y demorará unos días más, pero al contarme la situación di por seguro que habría por aquí un problema gordo y vine con toda la fuerza disponible en Gavelade, más una centuria de reemplazo para Hostinheteb, mientras que los suyos ya habían salido y han quedando reforzando el laberinto... Aunque con las armas que habéis encontrado allí... Es para arrasar con toda esta plaga esclavista... También traje cinco médicos y dejé tres de ellos en Eritriuma, ayudando a Ajnanumis. No pude evitar llorar a ver cómo han quedado Daverdis y Diva... Ruego a los dioses que se recuperen.

-Atención, General, -dijo un soldado en voz muy baja- parece que algo se mueve en el techo de aquella casa. Aún está muy oscuro, pero estamos seguros de que hay alguien ahí.

-Estad atentos pero no disparéis a nadie todavía... -dijo Unaptis- Marchad a buscar a Henutsen y a todo el personal, que ya no hay nada que cuidar en la entrada del oasis. Tendrá el tiempo justo para llegar antes que sea de día. ¿Están todos en sus puestos? -preguntó a Gelibar, que acababa de regresar de ronda.

-Sí, General, y vengo a pedir órdenes. El barrio está completamente rodeado. Por el lado occidental no podrán huir debido a las ciénagas y las trampas que ellos mismos han puesto, más otras que han colocado los invisibles. El camino que pasa tras las casas al campo de cultivo que hay detrás, también está bien cubierto. Si tenemos que usar boleras o Uás, se usarán, pero sabemos que ya no queda ningún cuartel sin limpiar y que sin duda los hombres irán saliendo de ellas de uno en uno, dirigiéndose a Naciente o Poniente. Podemos liquidarlos al salir y dejarlos ahí por el momento, o podemos dejarles ir más lejos de las casas y eliminarlos a un par de cuerdas...

-Ordenad que lo segundo. Seguramente despertarán por costumbre y extrañados de no haber oído las campanas o algún otro sonido de diana, pero es preferible que al menos los primeros en salir, se queden lejos de las casas. Si no son oberitas, no disparéis, pero desmayad o arrestadles con seguridad. ¿Podéis diferenciarles sin duda?

-Sin ninguna duda, General, -respondió Gelibar- no hay Carpatians entre los soldados y aquí sólo viven soldados, sus esclavas y según nos cuentan, unos pocos niños...

-Marchad con la orden, que en dos Râdnies empezará a clarear. Y Vos, Nuptahek... Ya habéis sido nombrada en Karnak. El Concejo os a votado por unanimidad como Faraona y Ankh em-Ptah está de fiesta. No os lo dije antes porque tenía la esperanza de que Elhamin hubiera conseguido dejaros al margen de este combate, pero ya veo que no, y que nada que os diga conseguiría semejante milagro. Así que ruego a vuestra Alta Dignidad Faraónica, que al menos os quedéis a mi lado y no os metáis en medio de la refriega, toda vez que parece estar todo bien controlado. Recordad que hay toda una Nación esperando que regreséis sana y salva...

-Esperan que todos regresemos sanos y salvos, General. Y como Faraona me dolerá mucho decirle a las familias de dos camaradas, que no han podido regresar... Que su Almas volverán a nacer y todo lo que ya sabemos, pero igual duele. Evitemos que haya más bajas que lamentar. Y quedaos tranquilo, que me quedaré a vuestro lado... Aunque me tiritan las piernas por seguir de ronda entre los nuestros.

-Yo creo -continuó Unaptis- que os tiritan las piernas porque lleváis mucho tiempo requiriendo un buen descanso... Hablamos muy bajo, pero ahora hay que extremar el silencio...

Permanecieron atentos, largo rato, escondidos tras árboles y arbustos. La fina línea de luz de Naciente apareció por fin y obligó a hacer ajustes en las posiciones, que ahora les permitía tanto ver mejor, como ser vistos si se descuidaban. Una cabeza asomó por el tejado que antes había indicado un soldado y por un largo rato no ocurrió nada. Luego volvió a aparecer la cabeza en lo que parecía una claraboya y se mantuvo unos têmposos, desapareció otro rato y volvió a aparecer, pero esta vez salió por completo, vestido con su uniforme militar oberita, y al incorporarse se vio que tenía entre los brazos a un niño pequeño. Estuvo un rato en actitud observadora, caminó sobre el tejado de un lado a otro, para finalmente gritar a toda voz:

-Sé que hay alguien ahí, no ha sonado la corneta... ¿Quién está?

Nadie se movió ni respondió, pero el hombre volvió al punto del tejado desde donde salió y volvió a gritar:

-¡Malditos esclavos rebeldes o quienes demonios seáis...! ¡Veréis ahora cuál es vuestro destino... el mismo que el de esta niña cuyo padre no se sabe quién es!.

Antes de acabar de gritar, clavó un puñal en el pequeño cuerpo de la criatura y la arrojó con fuerza al patio del frente, al tiempo que recogía un arco que había dejado en el borde del hueco por el que había subido. No alcanzó a colocar la flecha porque varios disparos de flechas y boleras hicieron mover espásticamente su cuerpo, que cayó por el hueco, al mismo tiempo que Nuptahek corrió a recoger a la niña, con la esperanza de que aún viviese y cuatro soldados que estaban más cerca de la casa corrieron a cubrirla con sus escudos, apuntando hacia todas partes con sus boleras. Momentos después retomaron sus posiciones cuando la Faraona corría hasta al lado de Unaptis, llorando en silencio. Uno de los hombres, viendo la desazón emocional de ella, le pidió la criatura y comprobó que estaba viva.

-Soy el médico Anjotepeth, Faraona, -le dijo- y será difícil que viva pero haré todo lo que humanamente pueda hacerse...

Se llevó a la niña lejos del sitio mientras observaban que los gritos habían alertado al resto de los habitantes, de modo que se empezaron a ver cabezas asomando por puertas, ventanas y tejados.

-¡Atended, maldito pueblo esclavista...! -gritó Unaptis- No estáis con los esclavos en rebelión, sino rodeados por el ejército de Ankh em-Ptah. Aquí se han terminado vuestras andadas, en el laberinto de los minerales venenosos no queda vivo ninguno de vuestra ralea, ni nadie en todo el oasis ni los que han salido del oasis. Sólo quedáis los que estáis en las casas. No tenéis la menor oportunidad de escapar. Sólo podéis rendiros. Dejad primero que salgan las mujeres y los niños...

-¡Nadie se rinde aquí! -gritó uno desde uno de los tejados más cercanos- ¡Y si no os marcháis sólo recogeréis los cadáveres de niños y mujeres, antes de combatir con nosotros...!

-Ya corrió la voz entre ellos, -dijo Nuptahek ardiendo de furia y los ojos chorreando lágrimas- y como hemos visto, no es mentira lo que dice el criminal. ¡No perdamos tiempo, Unaptis, hay que atacar ahora, somos más de seiscientos, contra menos de quinientos.

-Son trescientas cincuenta y dos casas, -dijo un Furriel- y no creo que viva más de un soldado en cada una, así que posiblemente no son tantos, Faraona.

-Igual son muchos dijo Nuptahek -retomando la fría actitud guerrera- considerando que no tendrán piedad en usar como escudo a los rehenes. Ya les tendrán preparados de ese modo, así que entrar en las casas directamente, sería llenarnos de bajas propias, de mujeres y niños. Pero si les damos más tiempo, harán lo mismo que con esa niña... ¡Henutsen!, llegáis justo a tiempo...

-Y garantizando que no queda nadie en todo el oasis, excepto aquí.

-Y de muy mala situación, -siguió Nuptahek- así que quiero que reunáis a todos los invisibles ahora mismo en este lugar. Que la gente que traéis les reemplacen en sus puestos y la línea se disperse... Que tengan cuidado al moverse, que sea lejos de las casas porque saben que están rodeados y usando de rehenes a los...

-Comprendo la situación, -interrumpió Henutsen- y entiendo que no podemos entrar en todas las casas a la vez ni esperar todo el día. Habrá que lucirse con nuestras técnicas... Traigo ya a los míos...

En un Râdnie estuvieron Ankemtatis y Henutsen reunidos con sus cincuenta y seis invisibles, mientras Elhamin se encargaba de rondar el barrio verificando o corrigiendo las posiciones para evitar la huida de cualquiera por el entorno.

-Con Vosotros dos, Hatshepsut y yo, somos sesenta invisibles y sólo nosotros podemos entrar en las casas. -dijo Nuptahek- Si lo hacemos de a cuatro será más seguro y dejamos limpias las quince primeras. En cada grupo, uno llevará dos escudos y hará de cebo. Será el puesto más riesgoso. No hace falta que os explique el resto...

-Ni voy a pediros quedar al margen, -dijo Henutsen- no sé bien qué ha pasado pero con vuestra furia... Mejor hacemos lo que ordenáis.

Ankemtatis dividió el personal en grupos y en cada uno, sólo un hombre portaba dos escudos. Mientras, Henutsen les daba a cada grupo preparado, las indicaciones de la casa en que debían entrar y se iban alejando hacia ellas de tal manera, que Unaptis, a pesar de haberles visto en acción tantas veces durante las campañas con el Faraón Isman, no salía de su asombro a verles desaparecer entre los arbustos. Al que llevaba los dos escudos era el último en perderle de vista, apenas instante después que a los demás, incluso cuando ellos no tenían que preocuparse por la retaguardia. Cuando desapareció el último grupo, apenas a unos cuantos pasos de ellos, Unaptis y Gelibar se miraron con inevitables gestos de sorpresa.

-Tengo parte de la instrucción de ellos, -dijo Gelibar- pero me faltan algunos años para llegar a eso... A veces me pregunto si es sólo una cuestión de técnicas visuales y movimientos, o hay algo más.

-Sin duda que hay "algo más", -respondió Unaptis- porque algunos no parecen que necesiten aprender mucha técnica y en un año son tan buenos como los mejores. Y está claro que no todos pueden aprender a hacerse invisibles, por eso los eligen con mucho cuidado. Si estáis en la lista, Gelibar, deberíais seguir con ellos. Ya sé de vuestro mérito y honores bien ganados, así como vuestra duda de si entrar en la Escuela de Horus-Sobek, pero también os he visto en las maniobras y he pedido informes de los recientes combates... Y también veo en el plano de Anubis lo suficiente como para saber que vuestro destino va muy paralelo al de la Faraona. Aunque aprendáis mucho y todo lo que se aprende sirve, ella no necesita un sacerdote médico... Sino un guerrero como Vos. Disculpad mi intromisión...

-Nada que disculpar, General. Estáis en lo cierto y creo que vuestro consejo, más lo que acabamos de ver, me están ayudando a decidir...

Conversaron algo más sin dejar de mirar el poblado, en el cual apenas en algún momento vieron abrirse una puerta durante medio Râdnie, hasta que desde las primeras casas pudieron ver mujeres y niños que salían y corrían en dirección a ellos. Les ordenaron reunirse a retaguardia, con los mayores que habían llegado rato antes y a los que tuvieron que disuadir de intervenir.

-Ya he visto que tenéis tanta furia como nosotros, -les dijo Unaptis a los esclavos liberados que habían venido del centro del oasis- pero debemos hacernos cargo de la situación nosotros. Vosotros no estáis bien armados ni entrenados, mientras que estas mujeres y niños requieren vuestras atenciones y consuelo. Acompañadles algunos de Vosotros a los barracones del centro. Los demás esperad a que se sigan liberando a los rehenes y haréis lo mismo. Allí en el centro nos vamos a reunir todos, cuando acabe esta batalla.

-¿Y dónde están luchando?, -dijo uno de los ancianos- No vemos nada, ni se oye nada... Sólo hemos visto salir corriendo a mujeres y niños, pero ni se ven los vuestros ni los oberitas...

-No es momento de explicaciones ahora, pero confiad en que allí están cayendo muertos uno a uno, los que os han tenido esclavos.

-¿Y Vosotros no vais a tenernos esclavos?... -preguntó otro no tan mayor, que fue de los primeros en llegar portando como armas una oz y un rastrillo- Un hombre de los que mandan, que es uno de esos que desaparecieron por ahí, nos dijo que nos han engañado... Parece un sueño que alguien venga a liberarnos, pero no podemos creer que nos hayan mentido tanto respecto a vuestro Faraón...

-Las armas del enemigo, -siguió Unaptis- más que las de matar, son las de engañar. Aunque en un lugar habían muchos de los vuestros, más engañados aún, trabajando sin saber que eran esclavos... Aquí se producía el alimento y todo lo necesario para que ellos trabajen, con el objetivo de asesinar a millones de personas; pero ahora id con esas mujeres y los niños a los cobertizos, que nosotros no podemos descuidar este asunto...

Pasó otro medio Râdnie y otro grupo de mujeres y niños salieron de las casas. Apenas llegaron, Unaptis ordenó estrechar el cerco y acercarse a las casas que iban quedando vacías. Ankemtatis apareció al lado de Unaptis y le dijo que no estrechara el cerco, porque los moradores podían darse cuenta de algún tipo de avance. A media tarde sólo quedaban treinta casas y Nuptahek se reunió con Unaptis.

-Quedan las veinte casas más aisladas a Poniente, -dijo Nuptahek- y parece que algunos se pudieron dar cuenta de la situación y de nuestra operación puerta a puerta, así que se han ido desplazando y juntando en las últimas casas, que son las mejores y seguramente es donde viven los jefes. Por eso en algunas no había nadie o sólo hallamos mujeres y niños... Calculamos que hay ochenta hombres o un poco más, pero no sabemos aún si tienen rehenes allí. Hay que preguntar a los pobladores...

-Están todos reunidos en el centro del oasis, -dijo Gelibar mientras montaba un caballo- lo averiguo enseguida...

Cubrió al galope las cuatro cuerdas largas que había hasta los barracones y regresó en menos de dos Râdnies, con la novedad de que entre los liberados no faltaba nadie que conocieran.

-Y si tienen alguna esclava o niños, sería de gente que hace mucho tiempo que no sale al campo ni tiene parientes entre los demás. Llevan aquí mucho tiempo y se conocen todos. Son casi dos mil, pero han sido traídos de las mismas poblaciones... Es decir todo un pueblo. Cabe suponer que sólo están los oberitas. Dicen que las casas de los jefes son bastante seguras. Pregunté si tienen algún almacén entre las casas y dicen que no, pero tampoco tienen agua, a menos que la lleven del manantial que está justo detrás de la mejor casa, hacia el lado del campo de cultivo del Sur, u otro que está en el extremo del campo de cultivo de Poniente.

-Esa zona está bien cubierta por Elhamin. -dijo Unaptis- Creo que ahora sí deberíamos estrechar el cerco...

-De acuerdo, -respondió Nuptahek- vamos a sitiarlos y esperar. Voy a asegurarme de que no puedan acceder al agua.

-Id por el Sur, Faraona, -dijo Ankemtatis- que yo me encargo de proteger el otro manantial con algunos hombres.

Mientras Unaptis, Henutsen, y Gelibar dirigían la cerrazón del cerco hacia las casas, haciendo una última revisión de las mismas, la Faraona se reunió con Elhamin a una cuerda larga de la casa mayor.

-Eso está controlado, Faraona. -dijo el General- Nos dimos cuenta que está allí, tras esos árboles, justo detrás de la casa más grande, la fuente de riego de este campo, así que dedujimos que sería una de las que abastecen de agua al poblado. Nadie ha salido a por agua, pero el que lo haga caerá. Tengo veinte hombres arriba de los árboles y cinco en esa última casa que dejasteis vacía...

No había acabado la frase cuando se oyó un quejido fatal. Un intrépido oberita había salido a por agua.

-Ya no saldrá nadie más, -dijo Nuptahek- así que sólo nos queda esperar atentos. Los que se reunieron aquí no han asesinado a los niños ni a las mujeres, aunque lo hubieran hecho los que hemos ido liquidando casa por casa. En cambio les han dejado allí, asustados y llorosos, pero sanos. ¿Creéis que se rendirán?

-Lo dudo, pero es posible, Faraona. ¿Qué decidiréis en ese caso?

-No lo sé, General. Creo que han dejado vivos a los esclavos, sólo por la posibilidad de que se les perdone si se rinden. Pero si lo hacen, les tendremos que llevar y que el Concejo delibere sobre qué hacer con ellos. ¿Qué haríais Vos si fueses el Faraón?

-Con las experiencias anteriores... Sinceramente... Espero que no se rindan. Cada uno que en el pasado ha sido perdonado y exiliado, alimentado y llevado lejos, por el magnánimo Isman, ha regresado con diez más como ellos, con más esclavos y más ahínco para destruir nuestra Patria. Les hemos llevado...

No siguió hablando porque un soldado cayó de un árbol. Sus compañeros más cercanos lo recogieron y llevaron a salvo, casi a los pies de Elhamin. La Faraona le extrajo dos flechas, que aunque no le habían herido letalmente, le impedían continuar en combate. Desde los huecos de varias ventanas, las flechas silbaron hacia los soldados apostados en el entorno, pero ya más alertas, ninguna acertó. El herido fue rápidamente llevado donde se hallaba uno de los médicos.

-¿Les habéis dado ultimátum, Elhamin?

-Sí, Faraona, pero sólo respondieron con flechas. Ni una palabra.

-Está decidido, General. Además he sabido de todo lo ocurrido en vuestras campañas, he estudiado vuestros informes minuciosamente. No voy a cargar en la consciencia, lo mismo que nuestro Amado Faraón tuvo que cargar, a causa de su magnanimidad. Podéis llamarme como queráis, menos "magnánima"... A partir de ahora, en ningún rincón de Ankh em-Ptah se acepta la rendición del esclavista y me haré cargo ante el Concejo. ¿Cuántos Uás hay disponibles? Creo recordar que ochenta...

-Ochenta, Faraona. La mayoría con mis hombres en esta línea Sur y algunos entre los otros.

-Llamad a todos los que los tengan. Vuelvo en un rato...

Poco después venía un grupo, portadores de Uás y los ochenta hombres fueron reunidos detrás de la casa mayor.

-Dadme ese Uás, -dijo Nuptahek a un soldado en cuanto volvió- y dispersaos en fila lateral, a distancia de dos Ankemtras, de modo que abarcamos todas las casas ocupadas. Del otro lado no hay nadie, tomé la precaución de retirar la fila de cerco, así que no tendremos piedad. Dad con el Uás, cuatro golpes fuertes en el suelo, antes de cada disparo. De esta manera... ¡Hacedlo! Ahora, a mi orden, arrasaremos ese escondrijo de ratas... Con perdón de las ratas, que ellas no tienen esclavos. ¡Ahora!

Ochenta rayos se estrellaron contra las casas, haciendo saltar astillas de madera que se incendiaban, lascas de piedras y mortero de cal, con un estrepito que asustó incluso a quienes manejaban los Uás.

-¡Otra vez! -gritó Nuptahek y ahora el interior de las casas era visible y saltaban en pedazos más piedras, maderas, muebles, personas...

-¡Otra vez!, -volvió a gritar- ¡Y que no quede piedra sobre piedra, que no quede nadie para regresar contra nuestro pueblo!, ¡La muerte es lo único que espera a los esclavistas en estas tierras!

Rato después tuvieron que dedicarse a contar los cadáveres, lo que resultaba difícil, porque no había ninguno entero, esparcidos entre las ruinas de lo que fueran sus casas. Gran parte de la madera estaba en llamas, todo cubierto de sangre; un espectáculo que llenó a todos de lágrimas y en especial a Nuptahek, que se retiró a llorar en solitario,

-Faraona, -dijo Gelibar luego de buscarla un largo rato- todos os están esperando y algunos buscando... Ya es casi de noche, no hay un esclavista vivo en todo el oasis y espero que no lo haya nunca más en Ankh em-Ptah... Entiendo porqué estáis llorando y no sois la única.

-Gracias, Gelibar. Vamos yendo, ya se me pasa... no preocupemos a los demás. ¿Están todos bien?

-Sí, aparte de los dos muertos y cuatro heridos de mi grupo, apenas hemos tenido algunos heridos leves en todo el hacer. Tendré que responder por eso ante Vosotros y el Concejo...

-No tenéis que preocuparos por eso. Una situación imprevisible que acabó con todos los enemigos que os sorprendieron. ¿Cómo está la gente liberada?

-Ankemtatis y Henutsen les están instruyendo sobre la real situación y el futuro que les espera en Ankh em-Ptah, o volviendo como libres a sus tierras del Norte, pero les cuesta creerlo. La mayoría presenta problemas de salud por desnutrición y lo lógico de la psique de gente que ha sido raptada, torturada y mantenida esclava durante años. Los que han llegado a viejos eran ya mayores cuando los capturaron, pero los demás no habrían llegado a viejos en estas condiciones. Les han tenido en diversos lugares, antes de traerlos aquí. No saben nada del laberinto, salvo dos, que empezaron a darse cuenta de algo y fueron traídos aquí cuando empezaron a pedir explicaciones. Cuando hubiera terminado toda aquella operación, seguramente a los engañados de allá, los habrían traído aquí, a vivir en las condiciones más represivas aún. Hemos cambiado la vida de más de dos mil personas, así que si ponéis en la balanza la matanza hecha, todo el peso es favorable para nuestras consciencias. Por un lado, eliminados más de mil esclavistas y por otro, liberados más de dos mil esclavos. Raramente he visto algo en el plano de Anubis, pero si le viera, seguramente vería su sonrisa y su aplauso, Faraona...

-Abrazadme, Gelibar... Por favor, que os necesito más que nunca. En momentos como éste, es cuando me doy cuenta que os amo de un modo muy especial, como os dije en Gavelade, pero ahora os digo que el muro entre nosotros, del que os hablé en ese momento, está tan derrumbado como los muros de las casas enemigas.

La luna asomaba entre las nubes dispersas, alumbrando con su fina sonrisa de cuarto creciente el abrazo y el beso suave y dulce de dos Almas destinadas a estar juntos para siempre, pero luchando a vida o muerte por mantener la paz y la libertad de todo un pueblo. No de un pueblo cualquiera, sino de uno destinado a su vez, a servir de Escuela de las Leyes Naturales, las Leyes del **Amor**, aunque a veces el mayor acto de Amor deba ser violento; la **Vida**, aunque muchas veces tuvieran que matar para limpiar del mundo a los que la degradan; la **Verdad**, aunque al enemigo haya que engañarlo como él siempre lo hace; la **Inteligencia**, aunque muchas veces haya que administrar con cuidado el Conocimiento al impartirlo; el **Espíritu**, que lo compone todo, desde la más densa materia hasta los más sublimes planos de existencia y consciencia; la **Unidad**, aunque haya que respetar y ver con claridad las diferencias entre Razas y Naciones y las diferencias entre individuos y sus intenciones: el **Principio** como mecánica del Universo... Y la **Eternidad**, representada en Ptah, sin cuya correcta comprensión, se confunde al Creador Divino con los demiurgos que crean pueblos y seres esclavos de la mortalidad, jugando con las Cadenas de la Vida.

Cuando llegaron a la plaza central de la zona de cobertizos, los civiles estaban reunidos en un gran semicírculo alrededor de la depresión del terreno que formaba un anfiteatro natural. En el gran semicírculo, varias hogueras les alumbraban atenuando el frío de la noche, mientras varias personas y los soldados, repartían víveres. Desde el centro, Elhamin, con su voz grave, potente y cálida les estaba explicando sobre las cosas que debían comprender de Ankh em-Ptah, para saber que no volverían a ser esclavos, que sólo podrían trabajar en sus talentos o vocación sin que ningún trabajo represente más peligro que el necesario, incluso en la más difícil y dura de las ocupaciones, que es la vida militar, sobre todo en las épocas en que el esclavismo se extiende como una sucia plaga sobre la tierra, destruyendo la historia con falsedades, creando religiones para destruir lo espiritual, puro y natural; envenenando a los pueblos de diversas maneras para debilitarles en la salud, distorsionando el conocimiento mediante la quema de bibliotecas, corrompiendo las músicas, el folklore y el arte, que son las expresiones más puras y bellas del Alma colectiva de los pueblos; dividiendo a todos mediante la creación de partidos e ideologías políticas, cuando sólo debe valer *"El Bien Común con preeminencia, para proteger el Bien Individual"* y eso sólo puede darlo la organización social sana de cada Patria.

-Vuestro pueblo original -decía Elhamin- está a más de cien días de camino por tierra y poco menos si vamos una gran parte en barcos. Pero antes de levaros a vuestro origen, deseamos que conozcáis nuestra Patria, que es desde ahora la vuestra, siempre que respetéis nuestras leyes, que son pocas, claras y justas. Debéis saber que sois en realidad, parte de nuestro pueblo, aunque no sabemos en qué época vuestros ancestros se fueron de aquí hacia el Norte, o si acaso fueron los nuestros, los que un día vinieron aquí. Pero mirad vuestros rostros, vuestros rasgos y forma de los huesos... hasta tenemos el mismo idioma, aunque posiblemente hayáis cambiado el nombre de los que llamamos "dioses". ¿Aún sabéis quién es Ptah?

Un murmullo y casi vocerío se levantó entre toda la gente hasta que un hombre se puso de pie y consiguió acallar la multitud y hablar:

-Hay mucha controversia en ello, porque los más jóvenes han visto la estatua de Ptah, a quien dicen adorar los oberitas, pero los mayores sabemos que no pueden adorarlo tanto, ya que esas estatuas estaban aquí cuando nos trajeron, y ellos las han dejado ahí, en un rincón del bosque detrás de las casas del Sur. En cambio los que les han servido en ellas, han visto que tienen a otro dios llamado Seth, que sólo ellos conocen, pero más parece una persona que un dios. Los mayores recordamos que en nuestra tierra se adoraba a Ptah, aunque no recordamos mucho de eso... Pero es el dios de todos los dioses, de todos los hombres y de todos los mundos, que está dentro de nosotros mismos... Eso es lo único que podemos recordar con claridad. Así que nos gustaría que nos aclaraseis las ideas y nos dijeseis si ese dios Ptah es esclavista... Por las recientes acciones y palabras vuestras, no podemos creer que lo sea, pero...

-Os diré lo que es **Ptah**, -siguió Elhamin- y porqué nuestra Patria se llama Ankh em-Ptah. **Ankh** es la *Llave de la Vida*, que está en **Ptah**, que es la *Esencia Divina*, que está en todos, en todas las cosas, desde la estrella más grande hasta en última partícula de polvo del mundo y en la más pequeña celdilla de nuestros cuerpos. No es una persona, ni un individuo... Si una hormiga pudiese intelectualizar lo que es un dios, de la misma manera equivocada que lo hacen muchos, podrían decir que su dios es una hormiga gigante con todos los poderes. Aquí lo representamos como una persona, pero sólo a efectos didácticos. Es un niño recién nacido, porque siempre está naciendo en todos los seres y en todas las cosas; tiene barba larga, porque es tan viejo como la Eternidad... Y tiene un gorro azul de nadador, porque está siempre en las "aguas primordiales", el origen perpetuo y genuino de todas las cosas, seres y mundos, y a la vez tiene todos los poderes: El del Uás, que habéis visto en acción, el Heka, que significa "Magia", el Nejej, que significa "temblor" y con él encontramos los minerales, el agua y determinamos los mejores terrenos para cada cultivo, así como el Ankh, que es La Llave de la Vida porque la Vida misma es uno de sus Poderes, y el Jed, que es el aparato que acumula energía, aunque a éste recién lo estamos conociendo y se encuentra en los aparatos que dejaron nuestros ancestros... Pero Ptah está dentro del hombre, del burro, de la hormiga, del grano de arena, en el cielo, en el agua y en todo. Es el verdadero creador de todas las cosas y nos ha dado su Consciencia, por lo tanto no puede ser esclavista, ya que nos ha dado la libertad de pensar, de sentir y elegir nuestra vida y nuestro destino. Los oberitas adoran a Seth, un hombre primordial que hace millones de años creó especies animales mortales y luego lo hizo con el hombre, para tenernos esclavos. Sería largo explicaros el resto, pero podéis estar seguros que en esta Patria, al esclavista se lo mata, como habéis visto. Ahora os recomiendo acomodaros para descansar. Podéis ir a vuestras casas para dormir, pero mañana trabajaremos todos quemando cadáveres y dejando este sitio habitable, si es que alguien quisiera usarlo... Puede que ninguno de Vosotros quiera volver nunca, pero es posible que aprovechemos los cultivos que están en marcha, para un pueblo cercano que los necesitará. Pasado mañana saldremos rumbo a las ciudades donde tendréis más comodidades. Son siete u ocho días de marcha, así que llevaréis todo lo que podáis en los carros y los camellos y caballos, que son todos los de los oberitas, pero no debéis preocuparos porque nada os faltará para alimentaros y nadie os tratará mal en ningún sitio de este país, aunque por ahora deberéis obedecer nuestras órdenes, ya que esto es una acción militar y llevaros sanos hasta nuestros poblados es una gran responsabilidad. A los más jóvenes, os recomiendo hacer caso a los mayores; ellos comprenden mejor la situación. En los carros podéis llevar alimentos, pero la prioridad de uso es llevar en ellos a los niños y a los ancianos. Hay camellos para más de la mitad de Vosotros y nuestros soldados os darán toda la atención posible. Ahora marchaos a descansar, en vuestra primera noche de libertad bajo el cielo de Ankh em-Ptah.

La Plana Mayor pidió voluntarios para las guardias, que serían de sólo dos Râdnies en torno a los cobertizos que ocuparían los más de seiscientos, pero en la reunión inmediata, el médico comunicó que la niña pequeña que había sido apuñalada, aún estaba viva, mientras que de los soldados heridos, tres estaban fuera de peligro y uno había fallecido, a pesar de los buenos cuidados de la mujer médico.

-Como colega, excelente, -decía el médico- pero no tienen aquí ni los medicamentos nuestros, ni saben hacer milagros... Creo que ese hombre habría muerto incluso si lo hubiéramos atendido nosotros. La niña está muy grave por la sangre perdida y por desnutrición, pero ningún órgano vital ha sido tocado. Diría que está fuera de peligro. Se le está alimentado con leche y un poco de miel, que parece que no la ha comido mucho, salvo cuando les han dado conservas. Es increíble que su estado de ánimo sea tan bueno a pesar de lo que ha vivido y padecido. No tiene más de cinco años pero pregunta cosas y habla como si comprendiera toda la situación... Como no veo el mundo de Anubis, no lo puedo asegurar, pero sé cosas... Como para saber que es una niña especial.

-¿Sabéis su nombre?

-Sí, Faraona, se llama Vidiankha y parece que respira para obtener fuerzas y poder hablar. Piensa las preguntas y analiza las respuestas.

-Supongo que está dormida ahora... Quisiera verla pero...

-Hace poco rato aún estaba muy despierta, está con mi colega en el último cobertizo. Pero Vos necesitáis descansar... ¡Faraona!... Ya, es como decirle al viento que deje de soplar para no cansarse...

-Así es, y deberíais hacer caso... -dijo Elhamin pero Nuptahek ya no estaba ni cerca- Pero yo sí necesito dormir un poco. Y creo que todos.

-¿Cómo estáis, Vidiankha? -preguntó Nuptahek a la pequeña que se hallaba en una camita hecha con fardos de paja cubiertos con mantas- ¿Estáis bien atendida?, ¿Os han dado bien de comer?

-Esperad, -respondió y respiró con cierta dificultad antes de seguir- Me están salvando la vida. No existe mejor atención. ¿Quién sois?

-Me llamo Nuptahek. Soy la Faraona del país... No os asustéis, que el gesto que habéis hecho indica que eso os da mala impresión...

Vidiankha miró al médico, luego a ella nuevamente, con gesto miedoso e intentó acurrucarse, pero la herida que tenía en un costado le hizo chillar de dolor.

-Por favor, Vidiankha, no me temáis. Estoy aquí para asegurarme de que estéis bien cuidada y haría lo que fuese necesario para curar la herida de vuestro cuerpo y vuestra Alma... ¿Entendéis lo que digo?

-Sí, -respondió tranquilizándose- es que... No recuerdo bien, pero creo que cuando Samarpesa me lanzó desde el tejado... Luego vi vuestro rostro... Y yo tenía tanto dolor... ¿Es que Vos me recogisteis cuando él me lanzó desde el tejado?

-Así es, y os llevé con el médico. ¿Samarpesa era vuestro padre?

-¡No!, ese hombre mató a mi padre, mi mamá no lo vio y nunca me escuchó cuando se lo quise decir. Yo era muy pequeña pero lo recuerdo. Luego nos llevó a mi mamá y a mí a vivir con él...

-No lloréis, Vidiankha, -dijo Nuptahek- podéis estar tranquila, que ese hombre murió momentos después, cuando vimos lo que había hecho con Vos. ¿Y dónde está vuestra madre ahora?

-No lo sé, pero imagino que la habrá matado, como dijo muchas veces que lo haría, por cualquier cosa que no le gustaba...

-Es posible, -dijo Nuptahek- ahora descansad, que este médico no va a dejaros sola. ¿Cómo se llamaba vuestra madre?

-Almansís. -dijo la niña casi ahogada en lágrimas.

Instantes después Nuptahek corría hacia el grupo de gente que se dirigía al poblado, preguntando por la madre de Vidiankha.

-Está en el poblado, no se quedó en la reunión a escuchar a vuestro General, -respondió un hombre- porque dice que han matado a su hija y algunos se quedaron con ella porque quería quitarse la vida...

-¡Llevadme urgente con ella!

Rato después entraron a la casa, donde la mujer lloraba y otras tres estaban con ella, intentando tranquilizarla.

-Almansís, -dijo Nuptahek- hemos matado a ese... Samarpesa, cuando arrojó a vuestra niña desde el tejado, pero ella está viva...

-¡No puede ser, no me engañéis!, ¡Vi por la ventana cuando cayó muerta chorreando sangre!

-No vamos a discutir, Almansís. Venid conmigo ya...

Las cuatro mujeres y otros que se iban enterando del asunto, formaron un grupo que corría hacia los cobertizos. Nuptahek aún tenía fuerzas para correr, pero en esa madre, la energía del ánimo por la esperanza de ver viva a su niña, era increíble y dejó atrás a todos. Cuando la Faraona llegó al cobertizo, la niña, la madre y todos los presentes lloraban de alegría. Momentos después, lo que había era toda una fiesta.

-Creo que ya está bien, -dijo Nuptahek- ahora todos deberíais volver a vuestras chozas, descansar y prepararos para trabajar mañana en la quema de los cadáveres de vuestros esclavistas. No podemos dejar semejante maleza pudriendo la tierra. Vidiankha y Almansís se quedan aquí con el médico y conmigo. Dormiré aquí mismo...

El día siguiente amaneció nublado pero sin perspectivas de lluvia, así que pudieron realizar entre todos, unas enormes piras fuera del oasis, donde se quemaron los cuerpos y trozos hallados en la zona batida con los Uás. El grupo de Plana Mayor y su gente, hicieron lo mismo con los cadáveres amontonados de la primera horda aniquilada y luego tuvieron que ir recogiendo y reuniendo por el camino, en dos piras, los cuerpos desperdigados que cayeron en la operación de Hatshepsut, y el enfrentamiento sorpresivo con Unaptis. En todos los casos la Faraona, Henutsen, Ankemtatis y Hatshepsut, hicieron con ayuda de algunos preparados en las cosas espirituales, las oraciones y ayuda en el plano de Anubis, para que los enemigos muertos puedan salir de sus terribles vicios del Alma, a pesar de que consideraban que sólo había una lejana posibilidad para esos seres. Ya casi de noche volvieron a reunirse todos en el centro del oasis, para comer y repasar las cuestiones del viaje que les esperaba. Los Furrieles de Unaptis se dedicaron a seleccionar a la gente liberada más anciana, a los niños pequeños, algunas mujeres embarazadas y los más débiles, que iría en los veinte carros disponibles. Elhamin reunió a los mejores carpinteros pero no habían fulcros y elementos suficientes para hacer más carros, así que diseñó y dirigió la construcción de quince grandes parihuelas, aprovechando la gran cantidad de telas y cueros hallados en las casas oberitas, para llevar en ellas hasta cuatro personas, usando dos camellos de los más grandes. De ese modo se pudo preparar el transporte de todas las personas heridas o incapacitadas para aguantar un viaje de varios días.

-Los preparativos no van todo lo rápido que pensé, Faraona, -decía Elhamin- así que tendremos que ocupar el resto del día...

-Lo importante es que todos vayan bien, -dijo Nuptahek- así que no habiendo urgencias ni perspectivas de batalla, cuidemos de esta gente lo mejor posible. Mirad sus caras, que en los mayores es de no creer lo que les ocurre, pero los más jóvenes se miran entre ellos con toda la extrañeza de lo raro, porque no se habían visto jamás sonreír.

Un día después pudieron pasar revista al personal, con un total de seiscientos setenta y dos efectivos, cansados por la batalla y el trabajo, pero en buen estado de salud, salvo algunos heridos leves ya en tratamiento, más tres heridos graves en recuperación. Los civiles eran dos mil cuarenta en total, de los cuales setenta eran niños y entre ellos, algunos nacidos hacía muy poco. El viaje hasta Eritriuma se hizo bajo un sol quemante en el inicio, pero a media mañana se nubló y llegaron a destino bajo una llovizna fina y refrescante, poco antes del anochecer. Se había enviado mensaje a los del laberinto para dejar el lugar y que fuesen también al pueblo. La recepción fue una gran fiesta, a la que se unieron los esclavos liberados del laberinto. Daverdis había conversado largamente con ellos y había tomado tras unos días, la decisión de dejarles libres, alojarles en las casas de los pobladores que quisieran recibirles y no enviarlos como prisioneros a Gavelade.

-Es que medité mucho al respecto, Faraona, -decía Daverdis en la reunión de Plana Mayor- pero sólo necesité tres días de conversación con ellos y meditación profunda, para comprender que luego de las explicaciones sobre el Faraón que os precedió, la realidad sobre los oberitas, las batallas que han obligado invadiendo nuestra tierra, los conceptos de nuestra espiritualidad y demás cosas que se pueden hablar... nada les resultaría más convincente que nuestras actitudes. Y ya veis... Ahora mismo son parte de nuestro pueblo, que les recibe como propios. Incluso les asombra que no necesitarán trabajar en nada hasta que encuentre cada uno sus propios talentos y vocación. No entienden aún cómo es posible que nuestra economía sea nada más que administrar la abundancia natural que produce el trabajo con sólo cuidar un poco el entorno, la tierra y tratar con amor a las plantas y a los animales... Les cuesta comprender con la mente, pero están en medio de una experiencia real, aunque a muchos les parece un sueño. Sin embargo ninguno desea despertar y... Perdonadme, Faraona, si mi decisión os ha parecido una osadía, pero a esta edad, pesan más las razones de la consciencia que los impulsos emocionales...

-Nada que perdonar, Daverdis, habéis actuado como lo habría hecho mi predecesor. Y creo que yo misma luego de unos días en vuestro lugar. Ahora sólo cabe pensar en una campaña hacia la tierra de los Carpatians, para liberar a la gente que tienen como rebaño, con los engaños contra nuestra Patria, de los que van sacando gente para traerla en esclavitud abierta, o engañados como estos del laberinto... Habrá que ver si algunos quieren quedarse en Eritriuma, porque los que conocen bien el oasis podrán aportar datos y ayudar a aprovechar ese lugar, donde hay una zona de cobertizos para manufacturas muy variadas, con grandes destiladores de licor, procesadoras para harinas y otros derivados de los granos, unos campos de cultivo donde la tierra es muy feraz y seguramente más cosas que no hemos atendido, dado que la prioridad era atenderles a ellos y nuestra gente, que ya debe tener unos días de descanso, antes de regresar a Gavelade.

Era casi de madrugada cuando acabaron las conversaciones y festejos de los soldados y los liberados, a los que se repartió por las casas del pueblo para darles la mayor comodidad posible. Elhamin se encargó de distribuir las guardias con los que no habían estado en las batallas, sino en el laberinto, junto con algunos locales que no tenían síntomas de enfermedad. El descanso duró varios días, en que los liberados continuaron con su instrucción básica y finalmente treinta parejas sin hijos, decidieron colaborar con la recuperación y cuidado de lo existente, regresando al oasis donde habían estado esclavos. Sólo irían con una dotación de dos azafes compuesta por varones y mujeres, pertrechados con boleras y Uás y diez de los mejores jinetes a caballo, para mantener una mensajería constante con Eritriuma. Un azafe compuesto también por parejas, se quedaría en custodia del laberinto, porque en lo futuro sería como el oasis, una zona estratégica conocida por los oberitas, donde podrían volver sus jefes ocultos, al no tener más noticias de esas unidades destructivas. Durante esos días de descanso, la Plana Mayor se dedicó a conversar con los liberados.

-Habéis pasado por la experiencia de la esclavitud, -decía Nuptahek en un anfiteatro natural donde los carpinteros y albañiles habían hecho tiempo atrás, un espléndido lugar de reunión para cinco mil personas- pero ahora os toca aprender a vivir en libertad, en una Nación con pocas leyes, que constituye como Estado, un pacto entre soberanos. Hay una jerarquía, pero elegidos todos los miembros por la Asamblea que hay en cada aldea, en cada región y en la Nación toda. La vida aquí está basada como nuestras leyes humanas, en las perfectas y eternas Leyes Naturales que tendréis que aprender con el tiempo, si deseáis permanecer aquí. Hemos hablado mucho, así que preguntad.

-Hay algo que no entendemos, Faraona... -preguntó un joven- Los mayores nos han contado cosas de nuestra tierra, antes que fuesen capturados y traídos aquí, pero nosotros hemos sido siempre esclavos y nos han llevado como tales a varios lugares; pero los del laberinto nos han dicho que ellos eran esclavos en su tierra y los oberitas los liberaron por pequeños grupos y fueron traídos para destruir este país y liberar algún día a todo el mundo. Ahora se dan cuenta de que los habían engañado, pero algunos siguen dudando... No entendemos si el Faraón Isman es vuestro esposo, si tenéis alguna relación con él y si el que somete a los esclavos que los oberitas han liberado en el país del Norte, no es realmente vuestro Faraón...

-Nuestro Faraón Isman, al igual que su antecesor, ha combatido durante toda su vida a los oberitas que se infiltran en nuestra Patria. Él no está entre los mortales porque ha hecho junto su esposa, su Ascensión al Reino de los Cristalinos... Lo que debería ocurrir a todos, en vez de morir. Yo soy su sucesora, no soy su esposa ni su hija. Su hija es la que está ahí, Henutsen, que no tiene vocación para política. Yo he sido la más elegida entre mis propios compañeros militares, entre los compañeros en tareas administrativas, entre compañeros de la instrucción de medicina y en el Templo de Todas las Ciencias; me han elegido mis superiores, mis iguales y el resto del pueblo en cada Asamblea local, en las regionales y en el Concejo Supremo, cuyos miembros a su vez, han sido todos elegidos para sus cargos después de rigurosos exámenes. Aquí no hay quien "manda y ordena" de manera absoluta. Hasta yo, como Faraona, debo presentar al Concejo un informe detallado y certificado a su vez, por los informes personales de todos estos oficiales, sobre lo que hemos hecho en el laberinto, aquí y en el oasis. Basta que una Asamblea en una aldea del país me considere inhábil para mi puesto, con el fundamento correspondiente para una moción de retiro, y dejo de ser Faraona si se demuestra que no estoy capacitada para esta función. Además, cada cuatro años he de pasar por el **Heb-Sed,** una serie de pruebas de las que nadie conoce nada hasta el día señalado, creadas por los sacerdotes mejor calificados en las Escuelas de Ciencias. Y todo el pueblo que cabe en el enorme recinto de Sakkara, será testigo, para luego decidir en sus Asambleas, si puedo seguir siendo la Faraona. El supuesto Faraón que aparece en el campo de esclavos de vuestro país es un oberita disfrazado. Isman jamás ha ido a vuestras tierras. Sí ha ido a visitar a muchos pueblos del otro lado del mar nuestro y al Naciente, pero no ha llegado tan al Norte. Luego de que conozcáis más nuestra Patria y estéis convencidos por Vosotros mismos de lo que os decimos y hayáis aprendido nuestra forma de ser, y que hayáis alcanzado un grado básico de los conocimientos que se imparten aquí a todos, los que quieran regresar a vuestra Patria para combatir allí a quienes os han engañado de todas las formas posibles, podréis incorporaros a la campaña militar que haremos. Podréis ir como civiles, sin obligación, o sumaros a nuestras fuerzas con una instrucción militar básica. Ahora sólo os cabe cuidaros; intentad aprender todo lo que os enseñamos y comprobad que nada de lo que decimos es mentira. Si alguien os hace un maltrato, una agresión indebida o falta de respeto, podéis denunciar eso ante cualquiera de nosotros o ante cualquier soldado. No seréis tratados como prisioneros, sino como invitados, hasta que por vuestra propia voluntad y acciones, si lo deseáis, se os considere miembros del Pueblo de Ankh em-Ptah. Si alguien desea trabajar o colaborar en algo que hagáis a gusto y con placer, según vuestras capacidades, se lo decís a cualquier oficial y se os registrará para asegurarnos de que nadie trabaje en algo que no os sea placentero y que lo sepáis hacer bien. Los oficiales de cada cofradía u oficio, enseñan las técnicas a los que las quieran aprender. A los que habéis vivido libres antes, volved a sentir lo mismo, sentíos en vuestra casa. A los que viven por primera vez la libertad, aprended sus normas y no veáis a nuestros soldados ni a nosotros como algo superior y temible, sino como amigos en quienes podéis confiar. En este acto, con estas palabras, con los presentes de nuestro pueblo y soldados como testigos, y con todos los atributos que me otorga el Pueblo de Ankh em-Ptah ¡Os declaro Seres Libres…!

Un rumor corrió entre la gente y una palabra empezó a sonar en las bocas de todos, cada vez con más fuerza:

-¡Multumék!, ¡Multumék!, ¡Multumék! -se convirtió en una estridente voz popular y Nuptahek se sintió un poco confusa porque el término apenas se parecía a la palabra egipcia "mantúmikh" (gracias), hasta que una mujer de la primera fila se dio cuenta, se acercó a ella y le dijo el significado. La Faraona la abrazó y ambas lloraron emocionadas.

CAPÍTULO IIII
LA CORONACIÓN DE LA FARAONA

Veinte días más tarde, la Faraona recibía en Karnak, todos los atributos propios de su cargo en una emotiva ceremonia popular, a la que asistieron todos los Delegados de las cofradías y Asambleas de todas las regiones el país, así como la Plana Mayor de todo el ejército y veinte representantes de los recientemente liberados. Ella vestía con una túnica sencilla de mangas largas, púrpura con bordes de hilo de oro y plata. En la cintura, una banda de cuero cubierta de oro y piedras preciosas y su denso cabello cobrizo recogido en una larga trenza. Unas diez mil personas estaban reunidas en la fiesta donde se le entregaron a Nuptahek el Heka y el Nejej que había servido como herramientas de rabdomante a los últimos cinco Faraones. El Uás de madera, que era un mero símbolo sin conocimiento de su verdadero origen, fue reemplazado por uno auténtico. Un soldado se acercó para hacerle la entrega y le dijo:

-Soy testigo, Faraona, como muchos de los presentes, del uso que disteis a este instrumento en el oasis que hemos bautizado junto con los liberados, como Domeniu Libertati (Campo de Libertad). ¡Nuestro Pueblo confía en que vuestras manos son las mejores para usarlo y conservarlo!

-Y yo, como Presidente Electo del Concejo Supremo -dijo Menkauris mientras colocaba en la cabeza de Nuptahek el tocado más alto, de bandas doradas y azules, con dos cobras de oro, y luego la Corona Roja, símbolo del poder militar y la Corona Blanca, símbolo del poder sacerdotal-, como notario de la decisión tomada para cada una de las Asambleas de las calles y luego las demás en toda nuestra Patria, os ratifico en el puesto de Faraona, que os fuera dado mientras ejercíais la más riesgosa misión de defensa contra el esclavista invasor...

El país entero estaba de fiesta, las palomas y halcones volaban por todo el territorio, con los mensajes de los acontecimientos, hacia Los Colosos y a la remota tierra de Tombizara y más allá, y hacia todos los rincones del gran Delta del Nilo. Las postas que últimamente se habían establecido entre Eritriuma y Gavelade, como entre Karnak y Tekmatis, daban una cobertura casi total de información en tiempos muy cortos. Las casas y barcos estaban engalanados con banderines, así como todas las Escuelas, a los que también llamaban Templos, donde se estudiaban todas las ciencias y todos los varones y mujeres se preparaban para servir a los demás en lo general, y para elevar su Energía de Vida en lo particular, preparándose para el proceso de la Trascendencia.

Una niña pequeña, muy bien vestida y con una corona de flores en sus manos, se acercó al sector del trono y pidió a un soldado que se lo entregara a la Faraona, pero el hombre tomó a la niña de la mano y la acercó a Nuptahek para entregarle su regalo.

-¿Sois Vidiankha?

-Sí, Faraona... ¡Os habéis acordado!

-Pero no estaba segura, -dijo Nuptahek abrazando a la niña y besando su frente- habéis engordado un poco en estos días, estáis bellísima...¿Quién ha hecho esta corona tan preciosa?

-Mi madre y yo. Están tratadas con barniz de cera y aceite esencial de ls mismas flores así que os durará mucho como si fuesen flores secas, conservando el aroma. ¿Os gusta?

-¡Muchísimo...! Como ya terminó la ceremonia... -dijo haciendo señas a un servidor del Templo- Homiteb, por favor guardad este tocado en su sitio, que ahora puedo ir repartiendo este aroma, en vez que solemnidad. Ahora puedo quitarme este tocado faraónico y ponerme esta hermosa corona de flores. Imagino que Vos habéis cortado las flores...

-No, mi mamá cortó las flores y yo hice las trenzas. Sé hacerlas con las flores y con cualquier cosa. Y sé hacer estatuas... Por ahora de barro, pero el escultor Ahmedinet me está enseñando técnicas... -y se acercó más para hablarle al oído- Es que paseábamos por las calles y mi mamá se puso a mirar cómo trabajaba la piedra... Y estuvieron *toooda* esa tarde conversando. Están allá con toda aquella gente de mi pueblo. Son los que están abrazados...

-Por vuestra cara de felicidad, parece que el escultor os cae bien.

-¡Claro, y como Vos, y toda la gente que brilla como él!, ¡Y la hace brillar a mi mamá!

Nuptahek miró en el ámbito de Anubis y efectivamente, ambos destacaban entre el gentío con los colores que sólo presentan sus áureas cuando hay una extrema afinidad de Almas.

-A mi no me mirasteis mucho cuando nos conocimos... De sólo saber que era una Faraona, os dio terror...Vamos a hablar con vuestra madre... Y recordadme su nombre, por favor, que con tanta gente me puedo confundir.

-Almansís... Y perdonadme, Faraona, es que no sabíamos nada y yo estaba herida y no podía veros bien, ahora sí conocemos la verdad.

-Bien, ahora no olvidaré nunca más vuestros nombres. Pero os pregunto... ¿Si lo autoriza vuestra madre, os gustaría estar siempre cerca de mí cuando me encuentro en Karnak?

-¿De verdad podría estar cerca de Vos todos los días?... ¡Claro que me gustaría!... ¿Y si mi madre no lo autorizara? ¿Qué podría hacer ella, si sois la Faraona y mandáis más que Samarpesa en el oasis?

-Aquí se respeta la Ley Natural, y ella dice que los hijos son de los padres con preeminencia, así que el Estado o cualquier miembro, sea militar o de cualquiera de las Asambleas, sólo se los puede quitar si esos hijos estuvieran maltratados, en peligro de enfermedad o muerte. Y sólo la Asamblea del lugar y sus inspectores, pueden investigar eso y decidir. Hasta los dieciséis años, será vuestra madre quien decida vuestro destino y sólo puede no influir en él, si tenéis una vocación definida y bien demostrada, porque en ese caso vais a trabajar en cualquier cosa que sea de utilidad social y que os dé placer y no resulte dañino para vuestro cuerpo ni para vuestras emociones ni para vuestra Alma. Trabajar en algo que no os da placer, se considera esclavitud y eso está absolutamente prohibido. Hay niños que tienen clara su vocación a los diez u once años, entonces ni los padres pueden impedir que la persona se dedique a aquello que además de ser útil a los demás, le da felicidad. Así y todo, les recomendamos estudiar de todo un poco, para formarse de un modo completo.

-¿Y cómo se hace para saber cuál es la vocación?

-Eso lo hablaremos luego, porque os llevará unos meses, pero que sepáis que cualquiera sea vuestra vocación, vuestra madre siempre estará cerca de Vos, al menos hasta esa edad, en que si os alistáis en algo que ella no pueda estar cerca, como la vida militar, tendréis que ir donde sea necesario, aunque intentamos que siempre la familia esté cerca porque después de nosotros mismos como individuos soberanos y dueños absolutos de nuestra vida y destino, la familia es el núcleo más importante de la sociedad... ¡Y hablando de ello, mirad allí, a vuestra madre conversando con la mía!

-¡Septenheka! -exclamó una mujer al verles llegar y unirse al grupo- oh... Perdón, ahora es Nuptahek, mi hija, la Faraona.

¡Padre!, ¡Madre!, -exclamó Nuptahek abrazando a Nereb y a su madre- Se ve que Nefereng os trata tan bien como Vos a ella... Almansís, ya veo que estáis confusa, pero estos padres míos que parecen apenas mis hermanos, son quienes me trajeron a la vida. Y a Vosotros os presento a Vidiankha, la hija de Almansís, y seguro que ya habéis conversado un poco sobre vuestras vidas...

-Y sobre la vuestra, -dijo Almansís- que representa un honor muy grande estar ante vuestra presencia. Ya nos han explicado que habéis pasado por las pruebas más severas que puede tener alguien que lleva esas dos coronas que os pusieron... Que por cierto, no sabemos lo que significan con esas formas.

-La Corona Roja, -dijo Nereb- es la que representa las más altas calificaciones en lo Militar; la Corona Blanca significa que ella ha alcanzado la máxima calificación de los Sacerdotes y Sacerdotisas, aunque ahora parece que os ha gustado ese regalo...

-No he pasado por todas las pruebas, porque aún me faltan algunos pasos en la escuela de Horus-Sobek, no soy tan buena médica como los que os están atendiendo estos días y eso es parte de la vida sacerdotal, y en esa escuela no sólo se aprende a ser buen médico... Os aseguro que si yo, aun habiendo sido elegida Faraona desconozco lo que me espera allí, es porque no he pasado las pruebas más difíciles. En cuanto a este regalo, es de todos el más acertado, porque no pesa como las coronas y va dando al aire un aroma delicioso. Y aquí vienen estos adorables seres, que son Hatshepsut, mi Hermana del Alma y guardiana personal, y mi futuro esposo Gelibar... ¿Está todo bien?

-Por el momento, -respondió Gelibar- parece que sólo hay fiesta en todo el país, aunque no se han descuidado las guardias. Además hay cinco mil soldados que no están de fiesta, sino custodiando todo, vestidos de paisanos. Ellos tendrán luego sus fiestas, pero como bien sabéis todos, no podemos descuidarnos porque el espíritu esclavista no descansa nunca...

-¿Por qué ocurre eso, -preguntó Almansís- que tanto hemos sufrido sin comprender la causa?, ¿Cómo es posible que existiendo un modo de vida como el que tenían en mi tierra, y como lo vemos aquí, los esclavistas se empeñen en hacer algo tan contrario a todos?

-La humanidad mortal, -respondió Hatshepsut- fue creada por el primer esclavista, hace muchos millones de años. Era un hombre original, de los que llamamos Primordiales... Mientras que todas las personas normales, a pesar de ser mortales, hacen sus procesos evolutivos, encarnando una o varias veces hasta alcanzar la Ascensión al Reino de los Cristalinos, los esclavistas reencarnan y se quedan en este mundo muchas veces, hasta que sus Almas son expulsadas por el Ánima del Mundo, son aniquiladas en el Avitchi, mas allá del cielo que vemos, y ya no pueden regresar jamás, pero su estirpe sigue en esa enfermedad mental, emocional y espiritual.

-¿Y es posible que tengan los esclavistas, alguna forma de arreglo?

-No lo sabemos, Almansís, -respondió Hatshepsut- pero hasta ahora no se ha logrado. Desde tres Faraones antes que Isman, se ha hecho experimentos de reeducación, de Katarisis, de exilio vigilado... Pero se han logrado algunas pocas recuperaciones sólo en personas jóvenes. Muy pocas, casi excepcionales, y con un riesgo considerable, porque casi todos han intentado engañar a sus maestros, muchos de los cuales han sido asesinados cuando han llegado a confiarse... Una de las más refinadas habilidades de los esclavistas, es la hipocresía.

-Pero en realidad,-agregó Gelibar- eso es sólo es parte de sus mil tretas, porque usan la inteligencia para pergeñar planes complejos, como el que urdieron en vuestra tierra... Supongo que habéis hablado con los hombres del laberinto...

-Sí, claro, -respondió Almansís- algunos de ellos aún tenían dudas de la realidad, hasta que supieron de nuestras condiciones de vida. Ahora están esperando la posibilidad de unirse a una fuerza de lucha que les lleve a rescatar a los suyos...

-Y eso no demorará, -dijo Nuptahek- pero hay mucho que planificar, antes de emprender un viaje tan largo. Se está haciendo una revisión a fondo de todo nuestros territorio para asegurarnos de que podemos ir mucha gente, dejando en seguridad el país...

-¿Qué podemos ir?, -preguntó Hatshepsut- ¿O que pueden ir, sin poner en riesgo a nuestra Faraona?

-Lo primero, querida hermana. Porque iré personalmente en esa misión. Y Vos también, así que no pongáis todos Vosotros esas caras de preocupación. Nadie tienen mejores protectores que yo... Vendrán los Generales Elhamin, Diva, Daverdis, que ya está rejuvenecida de manera increíble; Merensob en todo el trayecto por barco, y el resto de la Plana Mayor tal como hemos hecho en la campaña del oasis...

-¿Y quién va a quedar a cargo de proteger el país? -preguntó Nefereng- Si os vais todos los mejor cualificados...

-Tranquila, Madre, -respondió Nuptahek- que quedan ciento noventa Generales de los mejores y no llegaron al rango por ser guapos... Que también..., como esa que ahora viene con sus vigilantes de paisano... ¿Recordáis el caso de la Generala Meritetis, que fue asesinada por los oberita cuando fue a parlamentar en la campaña del Sur hace más de veinte años?, -siguió Nuptahek cuando asintieron los demás y se unía al grupo la nombrada- pues esta es su hija, se llama igual y ha sido mejor que Hatshepsut y que yo en lo militar, y si no tuvo las mismas calificaciones fue sólo por su falta de vocación sacerdotal, así que no sé aún si llevarla en la campaña o dejar en sus manos el cuidado de la Patria, aunque Arkanis es el Faraón interino, ella es la mano hábil...

-Por mi parte, -dijo Meritetis- si me dais a elegir, voy con Vos hasta el fin del mundo si es que lo tiene, pero haré lo que digáis que es mejor. Donde haya oberitas, ahí quiero estar para limpiar... Y no lo digo con el sentimiento de venganza por la muerte de mi madre, porque el pasado sólo es la lección. El presente y el futuro es lo que me interesa y como no tengo la sabiduría de la Faraona, me atengo a sus decisiones... Pero si me lleváis os estaré más agradecida aún, porque en cualquier caso sé que la confianza es mutua.

-¡Gracias, Alma preciosa! -exclamó Nuptahek- y considerando que tenemos aquí a cincuenta Comandantes que han llegado al cargo por vuestra instrucción, no hay más que hablar. Quedáis apuntada en la misión del Norte. Y a Vosotros os digo que podréis dormir en paz, que esta guerrera da la instrucción junto con Henutsen y Ankemtatis, así que los que os van a cuidar son tan buenos como sus maestros. Ahora os dejo para volver a la reunión...

-Pero no vendréis como Generala ni como nada. -dijo en voz baja a Meritetis cuando se alejaron- Sólo estaréis como soldado regular, siempre cerca de la Plana Mayor. No preguntéis, aunque lo sabéis...

La celebración duró veintidós días, en los cuales Nuptahek tuvo que viajar por gran parte del país, presentándose en las Asambleas de los pueblos, respondiendo personalmente las preguntas e inquietudes que surgían tras los últimos acontecimientos. En algún raro caso la recepción fue un poco solemne y las preguntas cargadas con algunas preocupaciones, pero la mayoría fueron sólo honores y gratitud en las más variadas formas de expresión, ya que la información de todo lo ocurrido se copiaba y distribuía en bandos públicos. La cantidad de regalos le dejó por momentos abrumada, pero Meritetis, que ya se había unido a su guardia personal, había previsto la situación y llevaba cinco carros para ir recogiendo los obsequios. Toda esa gran riqueza, compuesta de estatuas, armas de fabricación especial, esencias florales, artículos hechos por los más variados artesanos, joyas de toda clase, imposibles de usar todas en una sola vida, se depositarían en diversos almacenes, donde luego la gente podría ir a deleitarse con la exposición y llevarse lo que les fuera necesario o deseable. Lo único que no podían llevarse eran las joyas seleccionadas por la Asamblea local correspondiente, que eran luego regaladas por designación de esas Asambleas a las personas que merecían algún reconocimiento especial por algún desarrollo técnico, actos sociales heroicos, etc.

CAPÍTULO III
POR FIN, LA REGIÓN DE LOS HUESOS

Al final de las visitas, se dispuso un viaje a Eritriuma, donde quedaban varias cosas pendientes de verificar, a pesar de los buenos informes recibidos. Allí la recepción fue como en todas partes, pero representó una lluvia de alegrías y buenas noticias. Habían muerto un total de dieciséis personas más a causa del envenenamiento progresivo, pero ahora estaba todo en orden, la gente había recuperado la salud, los médicos habían logrado mejorar todos los tratamientos, que también se habían aplicado a los animales, con los mismos excelente efectos. La reunión con la Faraona y Hatshepsut se hizo con la presencia de Henutsen, Ankemtatis, Daverdis, Gelibar, Meranubis, Geonemetis, Diva, Daverdis, Khumpomisis, Meremgeor, el hijo de la Generala Daverdis, Alvalopep, los once miembros de la Asamblea Local y unas cien personas más del pueblo.

-Apenas terminó vuestra campaña del oasis, -decía Meremgeor- ocurrieron muchas cosas, de las cuales enviamos a Karnak un informe resumido. Khumpomisis ha seguido yendo como era su costumbre, al laberinto y me convenció para que con los soldados y ella fuésemos a explorarlo más. Llegamos a treinta jaetas más allá de donde habéis llegado, por un hueco que no resultaba visible, a la orilla del río, al cual no nos atrevimos a sondear. Hasta la marca que dejasteis eran algo más de veintitrés jaetas. La expedición duró cuatro días de ida y siete de vuelta. Llegamos a otro río subterráneo más grande aún, casi tan grande como el Nilo, que parece correr en su misma dirección que aquel al que llegásteis. Pero en cota, es decir en vertical, eso está a más de doce jaetas. No encontramos sitio para andar por la vera del río y es más torrentoso y rápido que el Nilo, así que fue imposible meternos al agua o calcular su profundidad. El techo de la caverna por donde discurre está muy alto, quizá una cuerda larga. Se podría navegar, pero en la oscuridad y sin saber dónde termina, sería casi suicida. Habría que preparar un barco desmontable. Sin embargo las fuentes que abastecen Eritriuma provienen de otro sitio, pero eso lo explicará mejor Alvalopep.

-Que por cierto, -dijo Nuptahek a Alvalopep- si no fuese por vuestro gesto y color inconfundible de los ojos, no os habría reconocido. Sois el que más destacáis por rejuvenecimiento... Disculpad el comentario, pero es que estoy muy feliz de ver cómo habéis mejorado todos.

-Gracias, Faraona. Os explico la situación: Estuvimos trayendo el agua bebible del laberinto durante unos días y pensaba hacer una tubería para traerla hasta aquí, pero ahora sólo bebemos personas y animales, de una fuente que está a más de una jaeta al Sur del pueblo. Sólo era un pastizal siempre húmedo, donde nadie iba nunca, pero Khumpomisis lo encontró y se dio cuenta que era el único lugar donde van algunas aves a beber en los pequeños charcos. Hicimos un pozo y afloró el agua en gran cantidad. Luego fui llevando por turnos, a todos los que saben usar el Heka y el Nejej para verificar "a doble ciego" la calidad del agua. En realidad, fue a "doscientos treinta", no a doble ciego. Todos concordaron en que era magnífica. Llevamos algunos animales y su reacción fue la mejor que se pueda esperar. Así que la tubería la hicimos hasta allí, pero como hay un pequeño declive desfavorable, la gente se turna para bombear el agua con una bomba de metal y cuero que había fabricado hace tiempo y no había usado. El plano está disponible para repartir, porque es mejor que las bombas artesianas que se usan en todo el país. Pero ya está resuelto el tema del agua y con ello todo lo demás. Los cultivos están revelando también la excelente calidad del agua. Lo que no sé aún muy bien, es qué haremos con ese enorme depósito de veneno que hay en el laberinto; sólo tengo una vaga idea, pero hay que hacer experimentos y necesitaré el auxilio de los alquimistas de Kom Ombo.

-Queda anotado, -dijo Nuptahek mientras el escriba asentía con la cabeza- en cuanto volvamos, hablaremos con ellos, pero sería bueno llevar unas muestras de ese líquido, con los cuidados necesarios... ¿Os podéis encargar Meranubis?

-Claro que sí, Faraona. He pensado en eso muchas veces, y me puedo hacer cargo. Habrá que usar ánforas especiales, con cubierta de barniz muy fino por ambos lados y horneado intenso, pero como hay aquí varios ceramistas excelentes, no será problema. Aunque sólo soy un aprendiz de la alquimia, me gustaría hacer con Alvalopep unos experimentos simples, mientras Vosotros vais a ese lugar tan raro...

-Al que no veo el momento de llegar, -dijo Geonemetis- porque aunque no ha venido la Faraona por eso como prioridad, sí que es interesante que aprovechemos el viaje.

-Os llevaré cuando queráis, -dijo Khumpomisis- y no tendréis que buscar mucho. Conozco el camino, a algo más de veinte jaetas desde aquí, justo en la dirección del medio, entre el oasis y el laberinto. Lo único que debéis considerar, es que sólo hay una fuente de agua cerca, poco antes de llegar, que puede estar también contaminada, no sé de dónde procede y puede que se relacione con el laberinto. He ido tres veces a recorrer esa región, pero la primera vez casi me muero por la sed. Hay que llevar agua para varios días porque casi desde que salimos de Eritriuma, tendremos desierto hasta allá, con un poco de vegetación en la primera mitad del viaje.

-Entonces saldremos mañana, porque este asunto no debe demorar demasiado la preparación de la partida al Norte... Por cierto, ¿Cómo va la relación con los liberados que han quedado aquí?

-La gente liberada se ha integrado bien, -respondió Meremgeor- sus costumbres básicas son muy similares a las nuestras con la diferencia que los que no habían conocido la libertad, aún están con algo de temor de cometer errores sociales. Es extraño que hablen incluso casi igual que nosotros, proviniendo de tan lejos.

-Según las narrativas históricas más lógicas, -intervino Hatshepsut- son de nuestro mismo origen, ya que hace algo menos de trescientos mil años, un grupo de Hekanef vinieron desde el Norte hasta aquí para construir este país como gran escuela para la Humanidad.

-Las narrativas, -dijo Nuptahek- aunque hablen de cientos de miles de años, creo que se quedan cortas para algunas cosas, porque no tenemos ninguna referencia de los gigantes, salvo que tomemos los grabados de los Hekanef literalmente, como gigantes físicamente, no sólo como superiores en evolución técnica... Ni tenemos grabado alguno de los huesos de los animales fabulosos que se han hallado convertidos en piedra, a tres días hacia Poniente, desde el oasis de Fayún, así que esos bichos debieron existir hace millones de años.

-Lo que acabáis de decir, -intervino Geonemetis- es justamente lo que he dicho en la escuela de Horus-Sobek de Kom Ombo hace ya bastante tiempo, pero los maestros me han dicho que es imposible saber lo que ocurrió antes de la llegada de los Hekanef. Es como si ellos no se hubieran preocupado mucho por el pasado, sino sólo por el presente de ellos y el futuro...

-No estoy muy de acuerdo en eso, cariño mío... -dijo Hatshepsut- ya que hay una gran cantidad de jeroglíficos que no hemos descifrado, y tanto en la escuela de Horus como en Tekmatis, hay miles de jaetas cuadradas de muros escritos sin descifrar...

-Y en el presente también tenemos misterios que resolver, -dijo Daverdis- porque los guardias del laberinto han visto volar luces y cosas raras allí, que suponemos puede tratarse de los Beoshim... Yo aún no he visto ninguno personalmente, pero seguramente estarán cerca porque tendrán también alguna preocupación por la situación del veneno acumulado.

-Seguro que tampoco han dado por resuelto definitivamente el asunto, -dijo Ankemtatis- y no estaría mal un contacto, para ver si es posible colaborar con ellos para resolver el qué hacer con el veneno.

-Tengo el aparato para el contacto, -dijo Henutsen- pero no podré salir con el Ka y conversar, así que los llamaré cuando haya pasado el efecto de los minerales. ¿Se os ocurre alguna forma de comunicarnos que no incluya el salir con el Ka?

-Deberíamos haber consultado esa posibilidad con los Sacerdotes de Karnak, -dijo Ankemtatis- pero no nos dimos cuenta de ello... Quizá por gestos, porque con ese carácter risueño que tienen, creo que su inteligencia debe ser alta como su tecnología... Pero esperaremos.

-Disculpad la interrupción, -dijo Nuptahek- pero hemos de atender los preparativos para mañana... Ya veremos cómo comunicar con los Beoshims, pero ahora escucho ruidos de tripas y creo que son las mías... ¿No tenéis hambre?

Durante el resto del día, después de la comida, se preparó todo para el viaje, al que irían un total de cien personas, incluyendo a Daverdis. Un carro de agua con el gran tanque y otro con ánforas, dos carros con las armas y herramientas, más uno con la comida, El amanecer se presentó nublado y con aire fresco, de modo que antes de media tarde alcanzaron los primeros cerros de la zona a explorar. Rato después estaban dentro de una laberíntica región de abruptas crestas de rocas, algunos cerros puntiagudos como pirámides cónicas, profundos barrancos y negras montañas no muy altas, tan escabrosas que eran de difícil ascensión. Khumpomisis les llevó directamente al sitio donde ella había hallado varios años atrás, los grandes huesos aparentemente de humanos, pero ya se hacía de noche y Hatshepsut y Henutsen, que se habían encargado de recorrer más rápidamente el terreno, hallaron el mejor lugar para establecer el campamento. Una meseta a la que sólo podía subirse por un lado, era uno de los puntos más altos de la zona. No había camino pero una rampa natural carente de piedras u otros obstáculos, permitió el ascenso rápido y seguro con los carros, justo cuando las nubes que les habían permitido un viaje fresco, se abrieron para dejarles ver el cielo preciosamente estrellado. La Luna en su primer día de cuarto creciente salió un rato más tarde. Diez invisibles habían recorrido en un amplio círculo la zona, oteando desde los puntos más altos y regresaron con la novedad de que no había signo alguno de presencia humana ni animal. Aún así, Henutsen estableció una guardia con cuatro puntos altos a media jaeta para cada punto cardinal y cuatro rondines en la meseta. La cena fue como siempre, muy sencilla, sin llenar estómagos y corrieron raciones de cerveza e hidromiel, excepto para los que esa noche tenían turnos de guardia. A media noche una llovizna refrescó un poco más el ambiente pero el día amaneció sin lluvia, nublado y con brisa suave. Geonemetis se levantó un buen rato antes del amanecer, impaciente por iniciar la búsqueda que había sido postergada. A Khumpomisis le movía la misma curiosidad y a Hatshepsut le movía el impulso de estar todo el tiempo posible con Geonemetis. Ya no había Luna y el nublado hacía una total oscuridad, así que sólo pudieron apartarse un poco y conversar sobre el día que les esperaba.

-Justo enfrente de la rampa por donde subimos, -dijo Khumpomisis- en esa otra meseta donde está uno de los centinelas, está lo que encontré yo, así que en cuanto aclare podemos ir...

-No tan de prisa, queridos, -dijo Henutsen uniéndose al grupo- que al menos os imagino desayunando antes.

-Sí, claro, -respondió Geonemetis- aunque puedo ir comiendo algo mientras recorremos... Bueno, no, mejor dejo la ansiedad a un lado.

-Haréis bien, Amor mío, -dijo Hatshepsut- porque aunque sea el entusiasmo más grande que los huesos que hallemos, no vais a hacer que Râ salga antes.

-Cierto, -dijo Khumpomisis-pero podríamos usar esas lámparas tan potentes que tenéis y comenzaríamos antes...

-Si acaso rondara alguien a muchas jaetas de aquí, -dijo Henutsen-nos vería. Así que un poco de paciencia, que en dos Râdnies o poco menos estaréis revolviendo el terreno.

Al amanecer, ya desayunados y con un cielo despejado y sin peligro de lluvia, Geonemetis organizó la exploración del lugar.

-Hemos de ser muy cuidadosos, -decía al grupo de soldados- para no estropear lo que encontremos. Iremos adelante Khumpomisis, Hatshepsut, la Faraona y yo. No metáis palas ni picos en ningún sitio que yo no haya indicado. Pisad por donde hayamos pisado nosotros y caminad sólo en fila de a dos. Vosotros diez iréis marcando con las estacas y cuerdas los lugares que os indique, los otros diez harán el primer turno con las palas...

Comenzaron a subir la meseta guiados por Khumpomisis, por la única parte accesible sin gran esfuerzo, pero muy empinado, un sendero que muy antiguamente fue escora con bloques por ambos lados. Geonemetis vio un pequeño hueco en las rocas a mitad de la subida y a varios Ankemtras del sendero que estaban recorriendo.

-El nivel es de casi dos cuerdas largas, respecto al cañadón, -dijo Geonemetis cuando llegaron a la parte superior- y ha de tener unas cinco cuerdas largas de largo por dos o poco más de ancho... Parece casi rectangular, pero creo que no es aquí arriba donde está lo mejor.

-Venid por aquí, -dijo Khumpomisis adelantándose- y espero que los centinelas no hayan caminado mucho por la meseta.

-Sólo han transitado la parte más alta, que es filo de aquel lado, -dijo Henutsen- y ya veis dónde está ahora mismo. Voy a decirle que puede ir a desayunar. ¿Se puede caminar en esa dirección?

-Sí, -respondió Geonemetis- manteneos cerca del borde.

-¡Aquí, mirad!, -exclamó Khumpomisis con entusiasmo- venid por ese lado, que parece que en esa parte están los huesos...

-Efectivamente, -dijo Geonemetis- ese de ahí creo que es un fémur, pero muy grande... Quedaos todos donde estáis... Los de las cuerdas, comenzad a marcar desde ahí hasta donde estoy yo...

A media mañana se hizo el reemplazo de soldados convertidos en auxiliares de arqueología y después del medio día se habían extraído cuatro esqueletos humanos completos de lo que parecía un cementerio de gigantes de casi tres Ankemtras de estatura. Los huesos estaban petrificados, a poca profundidad y podían componerse otros siete esqueletos más, incompletos, pero también hallaron collares de oro y otros metales nobles que pudieron identificar.

-En esta parte superior no creo que podamos encontrar más, -dijo Geonemetis- porque estos huecos de las tumbas indican que fueron hechos cuando el terreno aún no era pétreo. Esas conchas de bichos marinos son parte abundante del terreno, y eso indica que poco antes de hacerse estos enterramientos, aquí había un fondo marino...

-¿Qué significa "poco antes" aquí? -preguntó Hatshepsut.

-Significa que pudieron pasar algunos miles de años o quizá muy poco. Cuando se hicieron estas tumbas, los restos de animales marinos no estaban formando parte de la piedra, sino encima, entre medio, debajo, como formando parte del barro que luego se ha hecho piedra, al igual que los huesos. Mirad las algas y hasta peces... Todo eso indica que murieron hace muchos miles o quizá millones de años.

-¿Quiénes serían estas personas? -preguntó Henutsen- ¿Hekanef?

-En teoría, -respondió Geonemetis- serían ellos, con el tamaño que se indica en los grabados... ¡Esto es apasionante!... Y aún nos queda revisar el resto de la meseta y la parte media, donde creo que hay una cueva, por donde subimos.

-Eso sin contar con toda esta región, -dijo Nuptahek en tono de risa- que igual nos lleva unos doscientos años...

-No me molestaría hacerlo, -respondió Geonemetis- pero creo que con lo que hay en este sector, tendremos para algunos días.

-No podrán ser muchos, porque nos espera una larga campaña por tierras lejanas. Espero que los huesos no os hagan olvidar que hay prioridades...

-No, Faraona, y si no hubiese sido porque teníais este necesario viaje a Eritriuma, habría postergado este asunto por mucho tiempo. Me importa mucho más lo que ocurra con los vivos ahora y en el futuro, que lo del pasado, pero sin conocer el pasado perdemos la noción del presente y el futuro. Al igual que una persona que olvida los errores de ayer los vuelve a cometer, las sociedades humanas que olvidan su pasado caen una y otra vez en la ignorancia y la esclavitud... No voy a daros lección sobre eso, que bien lo sabéis. Saber por qué esta raza de gigantes desapareció, quizá alargue nuestra existencia como país, como sociedad y comprender por qué no Ascendieron en vez de morir, me parece también importante. Ahora tenemos pruebas más claras de que los Hekanef eran realmente grandes, que las proporciones de los grabados no son ideografías de superioridad, sino que eran mucho más grandes y que también morían, o al menos una parte de ellos...

-¿Vamos a llevarnos todo esto? -preguntó Khumpomisis.

-Sí, ahora que hemos revuelto todo, -dijo Geonemetis- si dejamos esto aquí se erosionará más rápido. Los dejaremos en Eritriuma, en un sitio adecuado, para que los dibujantes puedan hacer lo suyo y difundir la noticia. Será quizá el museo más importante de la Patria. Ahora podríamos ver esa cavidad, antes que se haga de noche, y mañana seguiremos con el resto de la meseta.

-De noche -comentó Henutsen- igual podemos explorar cuevas con estas lámparas, pero preferiría no usarlas a la intemperie, porque se verían desde muy lejos. Ankemtatis y los demás se han tomado mucho trabajo rondando el entorno para que podamos estar tranquilos.

-Cierto, -agregó Nuptahek- que aunque tenemos luna en creciente, hoy saldrá más tarde y es preferible volver al campamento para no tener que usar luz alguna cuando oscurezca. ¿Creéis que vale la pena seguir explorando por arriba así dejamos la cueva para mañana?

-Sí, tenéis razón, -respondió Geonemetis- porque si nos metemos en la caverna y encontramos cosas interesantes, nos quedaremos a medias con esta parte y ya sabéis cómo se nos va el tiempo. Además es buen momento con el sol bien inclinado, que con el poco de sombra que proyectan los objetos en el suelo, hace más fácil ver diferencias y encontrar cualquier cosa...

Continuaron encontrando objetos interesantes, como trozos de metales que no podían identificar, joyas, bloques de rocas talladas que alguna vez fueron parte de grandes construcciones; huesos de animales petrificados y diez extraños recipientes de metal de un codo de largo por un cuarto de codo de ancho. No pudieron abrir lo que parecían sus tapas pero la experiencia de las campañas anteriores, que Henutsen recordaba muy buen, recomendaba tener los mismos cuidados que con los hallazgos del laberinto, porque podían ser elementos explosivos de enorme poder. No parecían tubos vacíos, porque pesaban como si estuviesen llenos de arena. Volvieron a colocarlos en el mismo sitio pero cavaron para que queden más profundo y los cubrieron con piedras planas sin orden, para dejarles mejor protegidos y disimulada la ubicación. Continuaron explorando bajo la cuidadosa guía de Geonemetis, cubriendo más de la mitad de la meseta, sin encontrar más restos humanos, pero sí más evidencias de que allí existieron construcciones megalíticas que cubrían al menos una cuarta parte de la superficie. Había mucho por excavar si querían llegar hasta los cimientos, porque también quedaba claro que la mayor parte del suelo que pisaban en ese sector, eran escombros de esas antiquísimas obras.

-No vamos a terminar de hacer una buena exploración meticulosa ni en una luna completa, -comentó Geonemetis- porque hay demasiado volumen de tierra que escarbar y hay que hacerlo con cuidado; en la mayor parte del terreno no se puede meter piquetas, azadones y palas como hemos hecho hasta ahora. Hemos marcado muy bien todo, como para que los habitantes de Eritriuma se encarguen luego en sus tiempos libres. Les recomendaré un colega que sabe hacer esta tarea, para que los guíe. Ahora está en Karnak, pero le gustará mucho esto.

-Bien, -dijo Nuptahek- y le avisaréis de esos tubos peligrosos para que no los manipulen. Volvamos al campamento antes que se haga de noche. También tengo ansiedad por explorar esa cueva mañana.

-Mañana haré la guardia de entorno, -dijo Henutsen- así Ankemtatis puede acompañaros, que le apasionan las cavernas más que a mí.

El día había sido intenso tanto para los que exploraron la "meseta de los huesos", como para el resto, que hizo un despliegue de exploración del territorio en un círculo de diez jaetas de radio. Todos regresaron antes del anochecer, con la novedad de algunos hallazgos de ruinas muy antiguas y bloques de una posible pirámide de unos cien Ankemtras de base, a poco más de dos jaetas del campamento, que explorarían en otra oportunidad. La noche transcurrió sin más novedad que algunas bonitas estrellas fugaces y los aullidos de unos chacales, algunos de los cuales se acercaron al campamento para recibir algo de comida.

En la mañana la Plana Mayor y cinco soldados entraron a la cueva en el muro de la meseta, no sin dificultades, ya que tuvieron que hacer descenso desde arriba porque era imposible acceder desde el sendero que habían recorrido el día anterior. La boca no medía más que un Ankemtra de alto por algo menos de ancho y en la parte superior un saliente rocoso hacía más difícil la entrada. Cuando consiguieron estar todos en el interior, luego de transitar el estrecho túnel de dos codos de ancho y cinco codos de largo, levemente ascendente, contemplaron una sala cuadrangular, evidentemente excavada en la roca y escorada con bloques de piedra, sin marcas, con pocos grabados y sin otros adornos.

-Ocho Ankemtras de ancho, -decía uno de los soldados que con una cinta y varas desplegables la estaban midiendo- por diez y medio de largo y cuatro de alto. Creo que era adecuada para gente muy alta, pero seguro que no habrían entrado por ese túnel...

-No, -dijo Geonemetis- porque hemos entrado por un desagüe o algo por el estilo. Y lo hemos encontrado porque un buen tramo del exterior se ha derrumbado hace siglos o milenios. Así que debe haber otro acceso...

-¡Aquí!, -exclamó Khumpomisis- estos pequeños agujeritos deben ser de algún mecanismo o una puerta. Apenas entra un dedo...

-¡Pero no metáis ninguno! -gritó Nuptahek.

El acto reflejo de Khumpomisis de retirar los dedos, le salvó de graves problemas, porque de dos de los huecos salieron pequeños escorpiones blancos, tan venenosos como para matar a un adulto en dos o tres Râdnies si no se le trata adecuadamente. Hatshepsut, sin embargo, tomó a uno de ellos por la cola con un hábil movimiento de mano, destapó la parte posterior del cabo de su cuchillo e hizo que el arácnido punzara el borde, echando allí su veneno. Luego repitió la operación con el otro y con un tercero que salió de otro de los ocho agujeros que había en la roca, a poco más de un Ankemtra del suelo.

-Estos ya no van a matar a nadie por algunos días, pero dudo que sean los únicos. Hay que asegurarse...

Metió un fino estilete que llevaba en la misma funda del cuchillo y no encontró más nada.

-Ahora vamos a meter el estilete hasta el fondo, a ver si accionamos algún mecanismo o hasta dónde llegan los huecos...

-Esperad, -dijo Geonemetis- que en caso de activar algo, podría haber un movimiento inesperado. Ya sabéis que los Hekanef hicieron muchas construcciones tramposas, pero además, creo que el sistema no estaría hecho para poder abrirse desde aquí.

-No perdemos nada con intentarlo. Retiraos, así puedo saltar lejos en caso de alguna reacción...

Intentó varias veces en diversos agujeros pero no consiguió efecto alguno.

-Es posible que haya que seguir una secuencia, -dijo Geonemetis- en caso de que realmente hayan previsto una apertura desde aquí, lo cual es posible si pensamos que no hay otra salida. Puede que tenga una clave como la cripta subterránea frontal de Dandara. Aquí tenemos encima más de una cuerda larga de roca, y más de media jaeta de posible fondo, hasta el otro lado de la meseta... Que por cierto, no hemos explorado el barranco del lado contrario. Así que no creo que hayan dejado sin otra posibilidad de salida este sitio.

-Igual pudieron hacerlo con esa intención, -dijo Hatshepsut- como para que cualquiera que entre sin ser invitado, no pueda salir. Como veis en ese túnel por el que entramos, sin los derrumbes antiguos, quizá no habría entrada ni salida si hubieran puesto rejas de metal...

-Dejadme probar una cosa... -dijo Ankemtatis- Prestadme vuestros estiletes... Bien, con los ocho a la vez, a ver si requería simplemente algún cepillo con ocho puntas...

Colocó cada uno de los ocho estiletes en los huecos y se quitó una sandalia para apretar con la suela todos a la vez. No pasó nada, pero al hacer un poco más de fuerza, notó que los estiletes, que en principio llegaban a la mitad de su largo, se internaron un poco más. Siguió apretando, hasta que la piedra completa se movió hacia adentro pero lo hizo un conjunto de bloques, formando una puerta de más de un Ankemtra de ancho, que llegaba casi la altura del techo. Siguió empujando, esta vez con la ayuda de los demás, todo el conjunto de piedras que formaban un bloque homogéneo. El sonido se hizo más agudo y al llegar a un codo de profundidad todo se detuvo. No podían empujar más, pero en la parte superior quedó al descubierto un asa de metal. Ankemtatis pidió a todos alejarse, ató una cuerda a esa manija y al tirar, la puerta completa giró sobre sí misma dando acceso a otra sala de similares medidas, pero con otras características, pues estaba cubierta con fino enlucido de jeroglíficos, con muchos objetos raros y otros conocidos acomodados contra los muros en forma ordenada, como los Uás, lámpara, cilindros como los que encontraron arriba de la meseta. Los objetos no conocidos eran muchos más, casi todos parecían aparatos de precisión para medidas y aunque ninguno parecía ser tan peligroso como los cilindros, prefirieron no tocarlos. A mitad de la pared del fondo había un corredor de dos Ankemtras de ancho por cuatro de largo y que acababa en una de las llamadas "puertas falsas".

-Por mi experiencia con las puertas falsas, -dijo Nuptahek- y de acuerdo a lo que nos ha enseñado Henutsen, sólo sirven para salir en el plano de Anubis hacia lugares muy lejanos, pero eso no creo que nos permita salir de aquí por otro lado que por el que vinimos.

-No os apresuréis, Faraona, -dijo Ankemtatis- que Henutsen me ha contado hace poco, sobre una teoría respecto a ellas, que no sólo han sido diseñadas para eso... Ya os explicará más ella, si lo considera oportuno, cuando tenga más clara su teoría. Pero en este caso es mi experiencia con las construcciones antiguas, lo que quizá ayude. Si me permitís revisar y os retiráis un poco... -decía a la vez que con una lámpara potente revisaba minuciosamente toda la puerta falsa- quizá descubramos que es como la que encontramos en Los Colosos del Sur, es decir "falsas puertas falsas", porque se pueden abrir...

-Os dejamos inspeccionar, -dijo Nuptahek- y aunque no estuvimos Hatshepsut y yo en aquella campaña porque aún éramos bebés, estudiamos bien los informes vuestros y los de Himhopep. Mientras, prepararemos las cuerdas...

-Y haréis bien porque hemos acertado, -dijo Ankemtatis- acabo de descubrir algo que no hay en las puertas falsas... Estos dos pequeños huecos han tenido alguna vez una cuerda o hilo metálico que formaría una especie de tirante. Pero estando en el medio y arriba no creo que pueda ser giratoria... Los calces de los costados no son totales, de modo que parece una puerta de rastrillo. Dadme un par de estiletes y una cuerda fina. Si puedo estirarme lo suficiente para pasarla con un nudo y tirar sin que se salga, puede que funcione... Deberé tener cuidado porque al subir puede trabarse con la cuerda.

Tras varios intentos, no consiguió nada, pero insistió en que el mecanismo de apertura debía funcionar, a menos que del otro lado estuviese trabado o roto.

-Hasta ahora, -intervino Geonemetis- todas las puertas rastrillo que conocemos han sido hechas para subir... ¿No sería posible que esta estuviese diseñada para bajar?

-¡No se me había ocurrido! -dijo Ankemtatis- Veamos qué pasa si empujamos con dos estiletes en vez de tirar...

Fue decirlo y hacerlo, luego sacó los estiletes, cuando la enorme mole comenzó a bajar con un chirrido estridente, hasta quedar su parte superior a ras con el piso, dando lugar a otra sala mucho mayor que las anteriores. Las medidas resultaron en treinta tres Ankemtras de largo por la mitad de ancho, es decir unos treinta y tres codos, y una altura considerablemente superior a las otras, con cerca de seis Ankemtras. Los muros totalmente cubiertos con jeroglíficos y grabados, tan finos y bellos como los mejores de Karnak, pero de mayor tamaño a los de todos los Templos. En el centro, un ara de granito de tres Ankemtras de largo y uno de ancho, por tres codos de alto, y a cada costado dos Cámaras de los Pensamientos de tamaño similar a las ya conocidas de las Islas de los Elefantes, las del Templo de Horus y otras, pero estas eran algo más grandes, como para estar sentadas en su interior, personas de seis codos de altura.

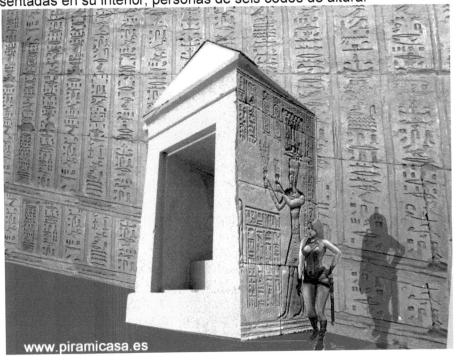

El techo, también cubierto de jeroglíficos era similar al techo de la sala hipóstila de Dandara, pero a diferencia de aquella, donde prevalecían los celestes, ésta tenía los más variados colores. El suelo era al parecer, la oscura roca básica de la meseta, pero con un perfecto pulido. En un costado de la sala, una puerta rastrillo se hallaba abierta, pero en este caso levantada, aunque no totalmente, y daba acceso a un largo pasillo que llevaba a cuatro cámaras más pequeñas a cada lado del mismo. Aunque no tan grandes como la central, eran algo mayores que las dos primeras. Todas estaban con sus puertas giratorias en perfecto estado y medio abiertas. En la primera encontraron una enorme cantidad de objetos de oro y un esqueleto humano, pero no gigante.

-Creo que éste es alguien no muy antiguo, -dijo Nuptahek- que encontró este lugar hace mucho tiempo, pero aquí se quedó, sin poder salir... ¡Afuera todos!, si se le cerraron las puertas, puede que a nosotros nos pase lo mismo...

En momentos estaban en la primera sala, observando si el túnel de acceso aún estaba libre, pero no hubo movimiento de ninguna de las puertas, cuyos mecanismos eran muy variados y por lo tanto impredecibles. Ankemtatis y Geonemetis se mantenían cerca de la primera puerta, estudiando su posible mecanismo.

-La puerta rastrillo de la sala principal sería la que le atrapó, -dijo Ankemtatis- porque la otra es giratoria y se abre desde adentro, más fácil que desde donde lo hicimos nosotros. Las de rastrillo son más complejas y si esa tenía temporizador de agua, habrá sido funcional por un tiempo, pero al evaporarse, no volverían a funcionar. Es decir que quizá no vuelva a levantarse. Alvalopep tendrá que venir a revisar esto, porque es un lugar estupendo para guardar las cosas peligrosas que vamos hallando, pero habrá que refaccionar todo y dejarlo tan funcional como oculto a los ojos extranjeros.

-Entonces no tendríamos peligro alguno de entrar nuevamente...

-Lo tenemos, Hatshepsut, -siguió Ankemtatis- porque también hay temporizadores de arena y otros que sabemos operar pero aún no sabemos cómo funcionan, con esa energía del rayo o lo que sea... Recordad que la Pirámide de Unas-Jafranheb, en Sakkara tiene dos de esas que los maestros y sacerdotes usan a diario, pero nadie sabe cómo funcionan. Igual me atrevería a entrar con unos cuántos víveres y explorar, mientras Vosotros os quedáis aquí preparados para un posible rescate. El que se quedó encerrado allí apenas llevaba un pequeño saco, sin herramientas y habría andado solo.

-Por un lado me preocupa que no podamos rescataros pero por otro se me hace insoportable no entrar yo misma...

-De acuerdo, Faraona, -replicó Ankemtatis- no nos ahoguemos en un vaso de agua. Entraremos un grupo, pero más grande y llamamos al menos a una veintena de hombres con herramientas de cada lado.

Rato después, Geonemetis tenía dibujado el plano de las salas y repasaron con él los próximos pasos para evitar accidentes, mientras un soldado iba a buscar a los que tendrían que participar. En cuanto estuvieron todos, tres Râdnies después, distribuyeron las funciones.

-Creo que podríamos impedir que la puerta rastrillo suba, -decía Ankemtatis- si hacemos unas vigas de madera. Si el sistema saca energía del rayo, puede que no tengamos buen resultado, pero si es de maquinaria metálica con pesas y engranajes, o de presión de aire o agua, unas vigas impedirían el movimiento. La puerta de goznes no es problema porque sólo se mueve con una báscula de metal que no parece tener ningún secreto, pero me preocupa la de la entrada al pasillo de las ocho salas. Es otra puerta de rastrillo que está bajada... Incluso pudo haber sido la que atrapó a ese hombre y luego volver a bajar. Recordaréis que en la Escuela de Horus-Sobek había una cámara con una puerta que se abría cerraba sola cada muchos días...

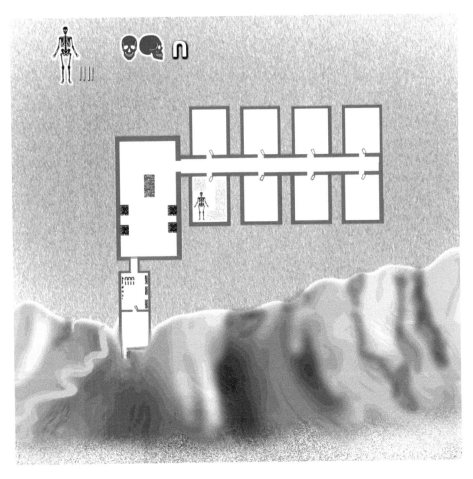

-Sí, -dijo un soldado- con mi padre conseguimos trabarla con vigas de piedra, porque quebraba las de madera y doblaba las de metal.

-¡Sobergenis! -exclamó Hatshepsut- ¿Es que sois hijo del arquitecto Jaigareteb?

-Así es, General, ¿Le habéis conocido?

-Ha sido quien ha diseñado junto con Himhopep las nuevas casas piramidales de madera y mortero de cal. ¿Cómo no conocerle?, ¿Y cómo es que Vos estáis en el ejército?, ¿No lleváis similar vocación?

-No, a mí me gusta la milicia, los viajes, el teatro, el ejercicio físico… No sería capaz de estar todo un día sentado haciendo planos. Mi padre tiene como todo arquitecto, una paciencia muy especial para anotar al detalle todas las cifras, calcular hasta el último ladrillo y hasta el peso exacto de cada piedra… Pero sí que me gusta revolver en los misterios de las obras antiguas y conozco bastante de ellas.

-Disculpad la interrupción, -dijo Nuptahek- pero estoy ansiosa de entrar ahí. ¿Creéis que convenga hacer vigas de piedra, Sobergenis, ya que aquí hay de la buena y mucha?

-Sí, Faraona, puedo ponerme con veinte hombres ahora, cortando con cinceles, varias vigas según los datos que nos da Geonemetis, pero pesarán unos tres Jomhet o más, así que tenemos que esperar hasta mañana para hacer esto con seguridad. Las haremos más gruesas que las que usamos con mi padre...

-Muy buena precaución, -dijo Ankemtatis- porque estas puertas son más gruesas que casi todas las que conocemos.

-Así lo dicta la experiencia, General. Mi padre y yo casi quedamos encerrados en aquella cámara porque algunas vigas se molieron. No tan rápido como la madera, pero esas puertas pueden doblar una viga de metal, y eso que no son blandos...

-Tendréis que hablar con Meranubis sobre eso, -dijo Geonemetis- porque desde que trabasteis aquella puerta, hace ya casi diez años, los metales que usamos han cambiado mucho, aunque todavía no hemos aplicado esos avances a las armas, salvo a algunas espadas que cuesta mucho elaborar. Por mi parte nada más, paso a ordenar la entrada, pero esperaremos hasta mañana o cuando se acaben las vigas. La Faraona, Hatshepsut, Ankemtatis y Vosotros veinte, vais adentro. El resto quedaremos afuera, pero lo primero será intentar trabar muy bien las puertas, incluidas las pivotantes, no sea que tengan algún mecanismo "automático" de esos, escondidos por ahí. Para el caso que quedéis atrapados adentro, tendréis que llevar comida y agua para cuatro días o un poco más. Como no podremos comunicarnos tras esas puertas de más de un Ankemtra de ancho, al cabo de cuatro días hacemos demolición.

-Sería doloroso destruir esos grabados tan bellos e importantes...

-Sí, Hatshepsut, pero por nada del mundo dejaría a ninguno de Vosotros más tiempo ahí dentro. Si bien el espacio es grande, también hay que considerar que el aire se va viciando y no sabemos si tiene alguna salida, así que en cinco días puede que ni podáis respirar bien. En tal caso hay que evitar permanecer en el suelo porque ya sabéis que el aire viciado es más pesado que el limpio y se acumula abajo. En la sala principal hay un ara y podéis sentaros en las Cámaras del Pensamiento; en la del oro hay armarios, una larga repisa de piedra a más de un Ankemtra de alto y en las otras no lo sabemos. Pero a los tres días hay que evitar tener la cabeza más abajo de un Ankemtra. Además, debéis estar lejos de la puerta que tengamos que demoler. Usaría un Uás, y sabemos la fuerza que tienen sus disparos. Haría algunos de advertencia, pero si se cierra, no estéis cerca de ella.

-Estáis un poco pesimista, cariño mío... -dijo Hatshepsut- pero sí, lamentaríamos una ruptura a golpes de Uás de las puertas y no están demás las precauciones. Propongo tomar el resto del día de descanso y los que quieran, ir a ayudar a los picapedreros.

Nadie quiso ir al campamento, todos participaron de la tarea de cortar las largas vigas de piedra, bajo la dirección de dos expertos y al anochecer estaban casi listas para quebrar. En los agujeros en fila que hicieron con los cinceles, colocaron a golpe de mazo cuñas de madera bien seca y las dejaron para que la humedad de la noche haga su trabajo. Al día siguiente se dejó una guardia de entorno mínima, ya que no hubo avistamiento alguno en todo el círculo recorrido por Ankemtatis el primer día ni Henutsen en el segundo. Así que casi todo el personal participó en la complicada labor de subir las pesadas vigas, que al hincharse la madera las había separado de la masa pétrea. Las llevaron hasta la entrada del túnel con cuerdas y trípodes. Luego las arrastraron al interior de la primera sala y colocaron cuñas de piedra en las puertas de goznes, por precaución. Sobergenis estudió la puerta de rastrillo detenidamente, de la que sólo veía la parte superior, a nivel del suelo.

-¿Cuánto demoró en bajar cuando empujasteis los estiletes?

-Menos de medio têmposo, -dijo Ankemtatis- unas ocho. o como mucho diez mútlicas.

-Bien... -dijo Sobergenis- Si se activa y me pilla dentro, tendré algo más del doble de tiempo para saltar y salir, en caso de que el sistema sea de pesas. Si es de energía del rayo, el mismo tiempo que al bajar, así que es más peligroso. Pero no pudieron hacer ninguno de estos mecanismos con sólo un poco más de un Ankemtra de ancho, así que debajo de este suelo ha de haber otras cámaras y creo que esa es la cuestión de porqué aquí la puerta se abre bajando...

-¡Creo que nos equivocamos de vocación, Sobergenis!, -dijo riendo Ankemtatis- Tendríamos que haber estudiado arquitectura e ingeniería como Alvalopep, Himhopep o vuestro padre... Pero ahora tenemos un desafío que creo que lo solucionamos bien. Elevemos las vigas, a ver si es cierto...

Entre todos, usando cuerdas y un andamio con unas roldanas, subieron el extremo de una viga hasta encajarla sobre la puerta falsa y por arriba contra el dintel.

-Ha quedado apenas una luz, -dijo Sobergenis mientras bajaba del andamio- que rellenaré con una esquirla de roca. Mientras, vamos con otra más, como para asegurar que esta mole no pueda sorprendernos.

Mientras elevaban la segunda viga, al extremo opuesto, la mole comenzó a moverse y Ankemtatis ordenó a todos retirarse. Hubo unos chirridos potentes, pero la viga ya colocada cumplió su función aunque no tenía colocadas aún las esquirlas de cuña en la parte superior, y a pesar del tremor que produjo la mole desde el suelo durante casi un têmposo, no consiguió subir y todo se detuvo.

-Ha sido un éxito, -dijo Ankemtatis- y una suerte que no llegara a moverse el andamio y la otra viga. Terminemos de colocarla y quizá podremos estar más tranquilos. Pero creo que tenemos que evitar pisar la sección cuadrada marcada de la parte superior de la puerta, porque fue al pisar yo ahí cuando se activó el mecanismo.

Luego de hacer la tarea, pudieron internar en la sala otras tres vigas y colocarlas en igual proceso en la puerta de la sala principal a las ocho salas menores. Habían hecho una labor pesada pero a medio día quedaron trabadas todas las puertas, incluyendo las pivotantes, que fueron acuñadas con vigas transversales más cortas. Ankemtatis, Henutsen, Geonemetis y Nuptahek exploraron sólo asomándose con cuidado, las cámaras de la izquierda, mientras Hatshepsut, Gelibar, Sobergenis y Daverdis exploraron por la derecha. Las exclamaciones de algunos y el asombro de Nuptahek, le motivaron a reunir a todos en la entrada del corredor, para hacer la exploración más a fondo, con cuidados previos.

-Antes de seguir, vamos a ser ordenados como hasta ahora. Por favor, Sobergenis y Ankemtatis, encargaos de trabar también todas las puertas de estas salas, con los hombres que necesitéis. Mientras, nos quedaremos los demás en la sala principal y esperaremos pacientes...

-¡Mejor dijo impacientes!, -replicó Hatshepsut- pero más seguros.

Rato después, con todas la puertas bien trabadas, ingresaban todos en la primera sala a la derecha que ya conocían algunos, para ver y analizar todo lo que había allí.

-¡Hay al menos treinta Jomhets de oro! -exclamó Sobergenis levantando un puñado de lingotes del tamaño de un dedo grueso- ¿Para qué acumularían tanto...? Si bien tiene grandes utilidades para Talentos, dientes, cubrir goteras, joyas y poco más, es blando, no sirve para herramientas ni para las armas...

-Tiene un valor alquímico, respondió Geonemetis- pero como ya os dije, tendréis que conversar mucho con Meranubis, que está ocupado con el proceso de los venenos del laberinto y lamento más que nunca que no esté ahora mismo aquí. Ahora mirad mejor este esqueleto. Puede que no os hayáis percatado, pero hay algunos escarabajos, y si ellos y otros insectos se han comido la carne, ya que los huesos están pelados y no hay ni rastro de piel, quiere decir que hay entrada de aire, aunque sea mínima... La meseta es de pura roca, así que tienen que haber otras pequeñas entradas.

-Como os dije, -intervino Sobergenis- las puertas rastrillo indican que aquí abajo tiene que haber más cámaras, así que seguramente encontraremos más huecos en estas salas.

Siguieron explorando en la habitación siguiente y encontraron más oro, casi en la misma cantidad que la anterior. En la siguiente sala había cincuenta lámparas de manivela que funcionaban perfectamente y cristales de colores, tallados de treinta formas diferentes, como en colecciones, ordenados en cajas a medida. Un arcón de piedra y sin tapa contenía varios artefactos de uso desconocido. La cuarta sala contenía sólo una mesa y estanterías repletas de tubos de metal fino, cada uno con unos extraños papiros de una manufactura diferente a la normal, muy blanco y fino, con una diversidad de planos, dibujos y textos imposibles de descifrar en lo inmediato. Nuptahek eligió unos pocos para llevarse y continuaron con la exploración de las salas del otro lado, empezando por la del fondo. La primera contenía grandes mesas y estanterías con aparatos de uso imposible de deducir, por más conjeturas que hicieron, y muchos papiros raros. La segunda más oro y objetos que parecían como en la primera de la derecha, aparatos de precisión como reglas, escuadras, compases y otros similares a los que se utilizaban para medir ángulos pero todo en duro y limpio metal no enrobinado. La siguiente estaba casi vacía, con ocho rocas a modo de literas de un Ankemtra de alto, dos de ancho por seis de largo y un hueco en el fondo, cubierto por una reja metálica.

-Aquí tenemos una salida o entrada, -dijo Sobergenis- como os dije, y seguro que nos lleva a las cámaras inferiores...

-Pero vamos a la última y volvemos aquí, -dijo Nuptahek- que no es menos impresionante que las demás...

La Faraona había hecho la observación previa de esa sala y no exageraba al decirlo. Contenía cinco cuerpos aparentemente humanos muy grandes, pero metálicos, sin piel, sólo huesos metálicos, hilos de varios colores y lo único que parecía más humano era la cabeza, aunque con algunas partes algo deterioradas. Estaban sentados en un costado, inactivos y uno con la cabeza entre las manos, sobre las piernas. Contra el muro contrario y en otros arcones ordenados en el medio, había enorme cantidad de aparatos de uso indescifrable, tubos metálicos, planchas de un material desconocido, casi transparente y repleto de líneas y dibujos que Ankemtatis conocía pero esperó a ver con más detalle.

-¡Estos muñecos darían terror si se movieran! -exclamó Daverdis- y con las tecnologías que tenían los Hekanef, no me extrañaría que se empezaran a levantar y moverse. ¿Habrán logrado hacer máquinas tan perfectas como los humanos?

-Y no me extrañaría que eso mismo les hubiera exterminado... -dijo Hatshepsut- Al menos a los que no lograron la Ascensión, porque nos consta que la mayoría la hicieron.

-Estas planchas, -dijo Ankemtatis- son de la misma tecnología que controla parte de las armas de potencia extrema que hallamos en el Sur y usamos en las campañas anteriores con el Faraón Isman. Esas eran pequeñas, indicaban en una pantalla números y otras cosas, es decir que son como una forma de inteligencia pero artificial. Estas son tan grandes que no puedo imaginar para qué podían servir.

-Dejadme inspeccionar estos cuerpos, -dijo Nuptahek- y no estaría mal que os retiraseis hasta la puerta, por las dudas.

Los demás hicieron lo indicado y ella se acercó a los enormes muñecos. Tocó con mucha precaución distintas partes de ellos, pero no hubo ninguna reacción, salvo una parte suelta de una plancha metálica de un hombro, que le sobresaltó. Tocó algunos botones pequeños en los costados de las cabezas, pero no hubo efecto alguno, hasta que pulsó el botón en la frente de uno que tenía sólo media cara cubierta con una especie de piel artificial, entonces algo brilló dentro del cráneo metálico por unos momentos. Nuptahek saltó alejándose pero no hubo más reacción durante un rato.

-Tengo muy claro que estos muñecos han de haber podido moverse y además, -dijo Nuptahek- creo que se moverían aún, si les tocamos mucho. Las lámparas sólo requieren dar vueltas las manivelas para generar la energía que produce luz, los Uás requieren golpear el piso, las boleras sólo requieren un poco de movimiento, las armas grandes que ocultó el Faraón en el Sur, también sólo con manivelas. Si a estos muñecos les encontramos el modo de dar energía, no sé qué pasaría.

-Tendrán que verlos nuestro mejores ingenieros, -dijo Daverdis- y finalmente calcularán los riesgos, aunque creo que nos falta mucho desarrollo tecnológico para usar algo de esto. Al menos conocer cómo se hace para producir y manejar la energía del rayo, que les permitió fabricar estas cosas. El transporte que vamos ampliando desde hace veinte años con el camino de hierro, ya es un avance importante, pero cambiar los caballos y camellos por esas máquinas, será una maravilla que apenas podemos vislumbrar todavía. Aunque parece que la gente de Tekmatis está desarrollando máquinas que usarán agua calentada en unas calderas y la presión que generan, produce energía...

-Incluso -dijo Hatshepsut- los Hekanef han podido viajar a otros mundos, según dicen las ideografías de la Escuela de Horus, así que a tener extremas precauciones con estas cosas. Si es ya son peligrosas solamente al tocarlas, más peligroso pueden ser que alguien las usara para mal y los esclavistas sin duda que harían estragos. Hemos tenido suerte que los oberitas no se animaran a usar lo del laberinto…

(Imagen real del muro exterior del Templo de Horus)

-Seguro que lo han usado, -dijo Ankemtatis- pero en vez de apuntar a una pared, habrán hecho estragos con algunos de ellos mismos. Ahora cabe determinar qué hacemos con todo esto, porque como ha dicho Daverdis, es asunto para inspeccionar por los ingenieros.

-Lo que haremos, -respondió Nuptahek- es dejar todo como está, menos los Uás y las lámparas que nos son tan útiles, dejando sólo una muestra de cada cosa para los ingenieros, y si queréis usar o probar algo de los demás objetos, que Ankemtatis lo decida. Podemos llevarnos las reglas, compases y demás útiles que conocemos, aunque no sepamos muy bien las escalas de sus medidas, y los objetos raros que parecen ser de medir o ver a lo lejos. Luego taparemos la entrada y que quede bien disimulada, como para que nadie la encuentre por casualidad. No podemos descartar que el enemigo, al no tener más noticias de los del oasis y el laberinto, vuelva a explorar esta región.

-Por mi parte, -dijo Ankemtatis- puede quedarse todo lo demás, con excepción de los cilindros pequeños, que parecen explosivos de gran poder, peores que los químicos que están fabricando los alquimistas, y por la forma parece que no hacen falta las armas escondida en el Sur. Quizá sean de un poder menos exagerado que aquellos que usamos con Isman, pero no sé... La curiosidad me puede... Tienen sólo una argolla que quizá no sea para abrir una tapa, sino para accionarlos. Puedo hacer una prueba alejándome bastante y tirando de la argolla con una cuerda a la mayor distancia posible. Vos diréis...

-De acuerdo, -respondió la Faraona- nos llevamos uno y probamos, pero antes de cerrar este lugar, mañana hemos de explorar lo que pueda haber debajo de estas cámaras. Lo haremos los mismos que hemos participado hoy. Mientras menos testigos haya de lo visto aquí, menos posibilidades de filtración de información. Y ya sabéis todos, que esto es Secreto de Estado. A los que no han entrado, solo diréis que hay unos esqueletos y cámaras vacías. De vuestro silencio puede depender la paz y tranquilidad de toda nuestra Patria.

Todos los soldados hicieron el mismo gesto, llevando la mano derecha al corazón y con la izquierda taparon sus bocas. Salieron hacia la superficie de la meseta y mientras el grupo quedó en la zona superior, justo encima de las cámaras, Nuptahek, Gelibar, Henutsen y Ankemtatis se dirigieron al Norte, al extremo opuesto de la meseta, provistos de unas sogas finas. Ankemtatis bajó con uno de los cilindros y el extremo de la soga, por el barranco hacia la parte más baja. Colocó el dispositivo con cuidado entre las piedras, de modo que no se pudiera mover, ató la soga a la argolla y subió por la escarpa de casi dos cuerdas largas.

-Está bien colocado, -dijo a los demás- cuando tire de la cuerda quizá salte la argolla y puede haber un desastre, así que recomiendo alejaros cuanto sea posible. Yo me alejaré inmediatamente que lo haga, pero esperaré hasta que estéis con el resto del grupo.

Cuando los demás estuvieron al otro lado de la meseta, tiró de la cuerdecilla y siguió tirando para asegurarse que la argolla habría sido retirada. Comenzó a correr y a aproximadamente medio têmposo, sintió a sus espaldas un estruendo que le dejó bastante aturdido e instintivamente se echó al suelo. Se levantó momentos después y al mirar atrás, vio una polvareda emergiendo del barranco. Esperó un rato y como no pasaba más nada, en momentos sus compañeros estaban de regreso en el sitio. Cuando se asomaron al barranco ya no había polvo porque el viento se lo llevaba, pero apreciaron un cráter en el pie del barranco. Al bajar se encontraron con una gran sorpresa, pues la explosión había abierto un hueco en la pared del barranco y se veía parte de lo que parecía un muro cubierto por la meseta, es decir un subterráneo escorado por el interior.

-Creo que quepo por el hueco, -dijo Nuptahek- pero la curiosidad es más grande que yo y la precaución me dice que espere. Por favor, Gelibar, vuelve arriba y llama al resto del equipo, que vengan con todas las herramientas. Nos quedan aún cuatro Râdnies antes que se haga de noche y esto no quiero dejarlo para mañana.

Rato después estaba todo el equipo allí y armaron rápidamente un andamio para alcanzar con comodidad el hueco, que se hallaba a más de cuatro Ankemtras de la piedra más grande, dejada sin mover por la explosión. Mientras, Gelibar, Daverdis y Geonemetis analizaban los efectos en la roca, los pequeños huecos dejados por bolitas de metal, muchas de las cuales habían quedado incrustadas en la piedra.

-Si esto explota en medio de una tropa, -decía Daverdis- puede que no quede vivo ni uno, en un radio de veinte o treinta Ankemtras.

-Y yo diría en más radio, -agrego Henutsen- porque sabemos que el sonido también puede matar y el estruendo ha sido considerable, a pesar de ocurrir aquí abajo.

-Y yo que estaba cerca, -intervino Ankemtatis- quedé medio sordo por unos momentos, así que si la hubiera hecho estallar aquí arriba, podría habernos dañado a todos. No sé a qué distancia llegarían estas bolitas, pero si han llegado a meterse en la piedra…

-Y son de una dureza y tenacidad que no hemos alcanzado, -dijo Gelibar- porque ninguna de nuestras mejores aleaciones puede hacer eso sin deformarse. Los proyectiles de las boleras son algo más grandes, aún más duro que lo que podemos lograr, pero no llegan a incrustarse así en este tipo de roca. Dejan huella, pero rebotan o se rompen en muchos pedacitos…

-Ya está, Faraona, -dijo el soldado a cargo del andamio- pero tened cuidado porque nos hemos asomado y hay un abismo ahí dentro…

Nuptahek se hizo atar con una cuerda formando un cinchón en la cintura y subió al andamio con una lámpara y un Uás. Al asomarse vio lo que le había dicho el hombre. Un abismo de diez Ankemtras de profundidad y cinco codos entre el hueco del muro y otro muro más en el interior. Por arriba, un Ankemtra hasta la loza superior que unía ambos muros, por abajo al menos diez Ankemtras hasta el fondo y casi otro tanto por el lado izquierdo. Por el lado derecho la distancia era mayor y difícil de calcular, porque había muchas salientes a modo de puentes de piedra de un codo de grosor, que unían ambos muros.

-Es posible que sea todo un templo y éste que agujereó la explosión sea sólo el muro externo, aunque no entiendo cómo o porqué lo hicieron subterráneo, o es que lo han tapado y la meseta, o al menos esta parte, sea un relleno exterior para cubrirlo. Por la izquierda hay unos diez Ankemtras hasta donde parece que sigue el hueco por el costado entre ambos muros pero no podremos estar seguros sin bajar allí. Voy a meterme, así que estad atentos.

-Por favor, Nuptahek, -dijo Gelibar- dejadme a mí. No deberíais ser Vos quien corra riesgos innecesarios...

-Ya sabéis cómo pienso, yo, Amor mío. Pero admito que me gustará que sigas justo detrás de mí. Atado y encinchado como yo, porque esto es profundo. Y traed lámparas, Uás y una buena tirada de cuerda, con garfios. Luego que nos pasen una piqueta, una pala y reglas y cuerdas para medir. Aquí da igual que Râ se vaya a dormir. Con estas lámparas podemos explorar sin problema y vale la pena demorar...

Momentos después, ambos habían sido bajados al fondo y comenzaron a explorar el pasillo. Cada dos Ankemtras, los puentes de unión entre ambos muros, evidenciaban que los constructores tuvieron la intención de reforzarlos al extremo, ya porque se construyó en modo subterráneo, o porque pensarían cubrirlo luego. De modo que debían agacharse o pasar por encima de los puentes de unión, perfectamente cuadrangulares, de casi un codo de ancho por igual de espesor.

-Todos los bloques de los muros son un codo de alto por dos codos de largo, -decía Gelibar mientras medía- y los del externo son de más de un codo de espesor.

-Disculpad que no os deje solos, -dijo Hatshepsut- pero no vamos a perdernos esta exploración tan romántica... Geonemetis y yo vamos a explorar por el otro lado. Nos vemos luego, seguramente por el otro lado de la construcción...

-Querida Hermana, -dijo Nuptahek- espero que no hagáis lo mismo cuando nos casemos... Geonemetis, os ruego que le propongáis la boda para el mismo día, pero elegiremos puntos de viaje romántico sin saber unos de otros...

Lo último que se escucharon mutuamente fueron las risas y cada pareja siguió por su lado. Tal como era de esperar, se reunieron los cuatro en el otro lado del templo. Frente a la entrada, un bosque de columnas de base redonda como las de la mayoría de los templos, con sus capiteles similares a los de Dandara.

-Parece una réplica en tamaño del Templo de Horus, -dijo Gelibar- sólo que aquel tiene jeroglíficos un poco más pequeños que estos. Aquel tiene ciento cincuenta Ankemtras de largo de nave y este tiene doscientos. Así que estamos cerca del centro de la meseta. El ancho, ya hemos medido y son sesenta y dos Ankemtras, así que igual que largo, es un cuarto más grande que el de Horus.

-Y son cincuenta y seis columnas iguales, -dijo Hatshepsut que estaba recorriendo el patio hipóstilo- con ocho columnas mucho más gruesas en la fila del frontal. O sea los Ocho Arcanos Mayores y los cincuenta y seis Arcanos Menores. Los pilones de la entrada son preciosos, al igual que todas la columnas, ni un pequeño espacio para meter un grabado o jeroglífico más, y más allá un patio estrecho con escaleras, luego lo vemos. ¿Veamos que hay en el interior?

-Sí, pero no haremos larga la visita, -dijo Nuptahek- porque es más importante prever otra salida o entrada. Y probablemente haya alguna vía de comunicación con las cámaras del otro lado.

Exploraron el interior, descubriendo que había a diferencia del Templo de Horus, cuatro Cámaras de Pensamientos, en vez que dos, y mucho más grandes, tal como en la cámara explorada del otro lado de la meseta. Las demás cámaras del Templo, similares en todo al de Horus, diferían sólo en la coloración, pues estando completamente cubierto desde tiempo inmemorial, posiblemente desde su misma construcción, no había el menor rastro de desgastes, erosión, roturas o el menor indicio de decoloración.

-Todo lo escrito y representado aquí dijo es parecido a todo lo visto en todos los Templos, pero sin duda hay diferencias enormes en lo que dicen estos escritos. Esos dibujos que parecen máquinas no los he visto en ninguno… Esperad, creo que escucho algo…

Estaban en la capilla central interior y vieron como unas luces aparecían en la zona de la entrada.

-¡Pero si son Henutsen y Ankemtatis! -dijo Hatshepsut-

-Claro, no íbamos a quedarnos con la preocupación de no saber qué os pasaría. ¡Esto es impresionante, perfecto, bellísimo!... Y como se va a hacer de noche, he enviado a toda la gente al campamento. Nosotros recorreremos todo esto ahora y mañana podrán venir los demás. Khumpomisis y algunos más están viniendo y quedarán afuera sólo diez hombres. Esto es uno de los más bonitos descubrimientos.

-Así es, -dijo Geonemetis- y los huesos de gigantes han quedado en segundo lugar, salvo por el hecho de demostrar lo que demuestran. Mirad, aquí hay una reja que tapa una escalera, o sea que aún hay para explorar hacia abajo, vaya a saber cuánto y qué cosas. No he visto ni un solo insecto, nada que pudiera haber entrado a este recinto.

-No es que afuera haya muchos en esta zona, -dijo Khumpomisis sumándose al grupo- salvo algunos escorpiones y escarabajos, pero si esto no tiene ni humedad, luz ni brizna de hierba, es lógico que no haya bichitos. Por lo seco del ambiente, no habría agua debajo en mucha distancia.

-Vamos a dejar lo que haya debajo para otro día, -dijo Nuptahek- porque seguramente es algo tan enorme como lo de aquí arriba, o es camino subterráneo a vaya a saber dónde. Demasiado para explorar y seguramente llevará meses o años. Lo curioso es que esté todo tan vacío, como que estos templos nunca se usaron como almacenes, a diferencia de lo de Sakkara y otros lugares. Creo que las Cámaras de Pensamiento necesitan de toda esta construcción para funcionar con toda su potencia...

-Eso dicen también los sacerdotes de Dandara, -agregó Henutsen- porque ninguna ha funcionado fuera del lugar donde las han instalado los Hekanef.

-¿O sea, -intervino Gelibar- que todos los Templos son máquinas para generar algún tipo de energía, algo sutil que potencia la función de esas Cámaras de Pensamientos?

-Eso es en teoría el objetivo de todo esto, -respondió Ankemtatis- es decir, una máquina que de alguna manera extrae o condensa energía de la tierra, para potenciar esas cámaras. ¿Qué otra arma o acción puede ser tan efectiva e importante, como algo que puede hacer soñar lo mismo a todo un pueblo, o dirigirle una idea o criterio? Bien vale el enorme esfuerzo que pudiera costar construir todo esto.

-El riesgo de eso, en manos de los esclavistas, -dijo Khumpomisis- es terrorífico. ¡Imaginaos que pudieran acceder a transmitir así lo que quieran!, ¡Alterarían la consciencia de cualquiera o de todos!

-Eso es lo que está escrito en las máquinas de Alham-Abusir, al Sur de La Luz, -dijo Geonemetis- pero no lo había entendido bien hasta ahora. Es decir que los Hekanef desarrollaron esta tecnología de las Cámaras del Pensamiento como forma de comunicación, pero en algún momento se les volvió en contra y empezaron a destruirlas... Y pararon todas las máquinas, de las que vemos sus engranajes y otras enormes piezas allí.

-Por el momento, -dijo Nuptahek- no vamos a avanzar en esas tan peligrosas técnicas y tampoco vamos a hablar estos temas fuera de la Plana Mayor. Khumpomisis queda comprometida en ello también, ya que le debemos gran parte del mérito de estos descubrimientos.

-Nadie me debe nada, Faraona, yo sólo quiero encontrar a mi madre y sé que ocurrirá, por eso exploro todo esto. Antes pensaba que sería en el laberinto, pero puede que en estos lugares... No lo sé, pero ella está viva en alguna parte y yo debía venir a esta región para hallarla.

www.piramicasa.es
Imagen de Abusir

-No sé muy bien si eso es así, Khumpomisis, -dijo Nuptahek- no os puedo prometeros nada al respecto, pero desde ya que si nos interesa mucho explorar todo esto por infinidad de motivos, también eso forma parte del nuestro propósito, desde que supimos vuestra historia. Y al respecto, mientras exploráis Vosotros el frontispicio, deseo quedarme sola en esta sala. Quiero probar si estas Cámaras del Pensamiento son buenas para hacer meditación espiritual e intelectual.

En cuanto los demás se fueron, la Faraona entró en una de las raras construcciones, se sentó, dejó a mano su lámpara pero apagada y en pocos momentos, en la más profunda oscuridad, estaba sumida en una profunda meditación psicológica, observándose interiormente mediante el proceso de la Katarisis. Pudo detectar sus preocupaciones respecto a su pueblo, a su relación con Gelibar y sobre las posibles consecuencias karmáticas por las duras acciones de guerra contra los oberitas. Todo ello, sin miedo real, sino como "brotes" de ese demonio del miedo, que aparece de mil maneras en lo profundo de la psique. Observó durante buen rato, reteniendo en su consciente los demonios interiores para destruirlos, comprendiendo también lo justo de todo lo hecho, así como lo inútil de las preocupaciones en general. Luego pasó a revisar su relación emocional con los enemigos de Ankh em-

Ptah buscando indicios de odio, rencor o similares, pero sólo encontró dolor y pena por las acciones que tuvieron lugar, por el hecho de que los esclavistas son almas perdidas, cuyas personalidades están sucias e infelices, porque se han desviado del camino de lo natural, que es el Amor a todos los Seres y cosas del Universo. Sabiendo que las almas que reinciden en el crimen del esclavismo no suelen tener posibilidad de rehacer su evolución, salvo algunos pocos casos, en que encarnan con grandes deficiencias o lo hacen en Reinos Naturales intermedios, como los simios o los lémures, no podía albergar contra esos seres el más mínimo rencor, no obstante que les combatiera en el pasado y el futuro, en defensa de la Libertad de su Pueblo y a ser posible, de toda la Humanidad. Posteriormente repasó sus posible vicios en el placer o el comportamiento y sólo encontró el de estar todo el tiempo pensando en su importante función y responsabilidad, sin darse un tiempo a sí misma, porque incluso sus meditaciones no eran para "*ser mejor y libre de demonios interiores*", sino para ser mejor Faraona y cumplir mejor su responsabilidad. Pensó en que Gelibar era muy similar en eso y entre ambos deberían estipular un tiempo para sus relaciones, que son tan necesarias en lo psíquico, como en la obra personal de elevar las serpientes de la Energía Kundalini. Un leve resplandor le hizo abrir los ojos y vio cómo avanzaba hacia ella Sekhmet, que no por conocida y ya sentida su presencia algunas veces, dejaba de ser algo potente e impresionante. Su ropa parecía una ajustada pieza entera de metal gris oscuro, con filetes dorados, pero su áurea era de un intenso color rojo cerca del cuerpo, con una aureola amarilla hacia el exterior y formando un círculo deslumbrante sobre la cabeza. Su cara de leona en principio se fue transformando suavemente en el rostro de una bella mujer que emanaba profunda paz.

-¡Amada Madre, Hermana, Amiga y Maestra!, ¡Qué alegría volver a veros...! Espero que no sea para reprenderme, acabo de hacer una buena Katarisis pero puede que merezca una cepillada moral...

-No, queridísima Faraona. He estado observando vuestro proceso y estáis haciéndolo muy bien, pero ese "*yo preocupado*" con que habéis luchado hoy, tiene raíces muy profundas. Fue el peor verdugo de Isman y debió luchar contra él hasta último momento. Así que *no os preocupéis por estar preocupada...* Y sí, reíd así cuando os aparezca, que es lo mejor que podéis hacer, aparte de observar cuán inútil y ridículo es vivir en la preocupación, que es la raicilla que echa el miedo en vuestra mente y si dejáis que llegue al corazón os nublará el entendimiento y os causará el más inútil de los sufrimientos... Percibo demasiadas preguntas en vuestra psique, pero vamos por partes, empezad por las cosas que os parezcan más importantes.

-Sí, Maestra, pues esa campaña para ir a Dacia a rescatar a nuestros semejantes de las garras de los esclavistas... ¿Creéis que es algo que realmente nos corresponde hacer?

-Ankh em-Ptah no puede ser descuidada, pero en este momento no hay amenazas importantes en marcha. Esa larga campaña puede ser realizada y también sé que ni a mí me haríais caso para dejarla en otras manos, así que tendré que visitaros algunas veces en medio de su desarrollo. Recordad que hay Leyes que me impiden una acción muy directa y las tomas de decisiones no me corresponden, ni podré orientaros en la estrategia, ni daros información sobre el enemigo, porque representaría una injerencia en los asuntos de los mortales. Sólo podré asistiros como he hecho desde hace milenios con vuestros antecesores. Aunque yo haya elegido voluntariamente hacerme cargo de esta Escuela del Mundo, no puedo saltarme las normas éticas fijadas en el Reino Cristalino, porque sería nocivo para vuestro desarrollo y experiencia. Sólo puedo deciros que si lleváis esa campaña correctamente, el mundo podrá gozar de un tiempo bastante largo sin que los esclavistas puedan hacerse con el poder suficiente para someter a las Naciones. Os recomiendo preparar todo desde ahora, pero esperad justo cincuenta y ocho días a partir de hoy. Hay razones climáticas que afectarán aquí y en el lugar de destino, que hacen aconsejable esperar justo ese tiempo. Preguntad más...

-Estas Cámaras del Pensamiento... Las hemos llamado así por lo que hemos entendido de su uso, pero nos horroriza pensar en el uso que se les podría llegar a dar, tanto por los esclavistas, como un uso equivocado, aún con las mejores intenciones, por los mejores Seres de Ankh em-Ptah. ¿Podéis recomendarnos algo al respecto?

-Lo que Vos misma habéis pensado muchas veces... Que mejor no usarlas para nada. Ni siquiera como ahora Vos, meditando en su interior, porque justamente fue la onda de esta Cámara la que llamó mi atención poderosamente hace un rato, cuando iniciasteis la meditación y pensasteis en mí por un momento. El poder de estos aparatos de piedra para intensificar la telepatía y otros poderes mentales que apenas conocéis, es tan temible que los Hekanef destruyeron las más de mil que habían construido, porque estuvieron cerca de destruirse mutuamente, unos diez mil años después de crear Ankh em-Ptah. Veinte mil años después de crear esta Gran Escuela, sólo había veinte o treinta, pero en manos muy cuidadosas y no volvieron a usarse, salvo en pocas y extremas situaciones... No fueron la causa de su destrucción. Las Ascensiones de los Hekanef ocurrían como habitual y constante, pero quedaron algunos miles que no pudieron con sus demonios interiores. Aunque eran mucho más grandes que Vosotros, no diferían en nada importante en lo emocional y mental, así que la falta de Katarisis de la mayoría de los que no Ascendieron, les llevó a luchas promovidas por algunos de ellos mismos, con arquetipos esclavistas. Ello provocó guerras con alta tecnología y finalmente produjeron una catástrofe al modificar los ciclos naturales del mundo, destruyendo la mayor parte de lo viviente en la superficie, con tormentas creadas con aparatos voladores, ondas de radiación y otras aberraciones... Sí, los muñecos que habéis visto eran casi como humanos, pero dirigidos por máquinas capaces de pensar según se las educase, y hacia el final de las guerras, se volvieron en contra de ellos mismos por errores en la educación de esas máquinas. La locura de obtener poder sobre los demás, se apoderó de sus mentes y corazones, así que los pocos que estaban libres de demonios interiores iniciaron una ardua campaña de construcción de lugares muy ocultos, para guardar todo lo que habéis encontrado. Lo que ocurrió veinte mil años después de crearse Ankh em-Ptah no fue un diluvio de los que hubo después, sino que la guerra provocó una hecatombe total de la tierra. Los mares invadieron los continentes quedando libres de agua sólo los lugares más altos y aquí mismo el mar alcanzó una cuerda corta de altura por encima de las Pirámides de la Luz. Si no hubiesen intervenidos los Beoshims, guiados por los Primordiales del Mundo Interior, no habría quedado nada para repoblar el mundo exterior. Pero los creadores de Ankh em-Ptah tuvieron en cuenta que esta parte del mundo no se hundiría ante los riesgos que preveían y eso también ayudó, porque muchos lugares descendieron y otros se levantaron, y mientras unos sitios quedaban hundidos, en otros se erguían grandes montañas. Casi todo volvió a la anterior forma de las costas muchos siglos después, pero nueve partes cada diez de las tierras, quedaron bajo el mar demasiado tiempo. Aún así, dos partes cada diez de las que había antes del diluvio que siguió a esa primera hecatombe, permanecen todavía bajo las aguas.

-¿Entonces hubo otros diluvios y desastres posteriormente?

-Sí, anteriores y posteriores, pero de causa natural. La fecha que tenéis de casi seiscientos millones de años desde la creación del hombre mortal, es bastante exacta. Pero volviendo a lo ocurrido hace menos tiempo, después de aquel desastre que acabó con Lemuria, hubo un par de diluvios mundiales pequeños que no afectaron mucho, pero hace algo más de sesenta mil años, se repitió la historia y ello causó la destrucción de las dos civilizaciones que durante doscientos nueve mil años convivieron e interactuaron con maravillosa armonía. TarthAria y Atlántida eran dos polos interactivos, porque aplicaban la Ley de Polaridad y la de Género para la política y los asuntos sociales, pero los conocimientos más importantes se fueron ocultando por los delirios de poder de algunos hombres, y las ideas y conceptos fueron nuevamente confundidos por los esclavistas en su constante tarea de pervertir los pensamientos y costumbres de los pueblos… Respecto al uso de esas lámparas, de los Uás y las boleras, os digo lo mismo que ya dije a vuestro recordado Isman: Podéis usarlos, pero que no caigan jamás en manos enemigas porque reproducirlos es sólo cuestión de tiempo. Se requiere muchos conocimientos que tardarán en llegaros, pero si los esclavistas los tuvieran, ya sabéis la diferencia… Llevaos de aquí todos esos instrumentos pequeños que no son grandes armas, las lámparas, los Uás y aquellos que podáis usar sin gran riesgo, pero luego os recomiendo cerrar este lugar tan bien, que nadie pueda encontrar una entrada. Al menos por mucho tiempo será bueno que no vengáis por aquí. Recorredlo bien, apuntad datos, haced dibujos, pero cerrarlo y que quede en secreto. Ahora, Amada Faraona, debo dejaros pero tened presente lo que hemos conversado. Os abrazo con mi corazón y con mi Alma…

La radiación roja de Sekhmet se prolongó hasta ella haciéndole sentir una profunda sensación de Amor, poder y tranquilidad y luego se desvaneció su imagen, dejando en el ambiente un intenso aroma a flores de azahar.

Cámara Psicotrónica (El Autor en la Isla Elefantina)
www.piramicasa.es
www.vitalpyramid.com

Nuptahek secó sus lágrimas, que había vertido sin siquiera darse cuenta, buscó en la oscuridad la lámpara y fue a encontrarse con su compañeros. Ellos estaban aún por el lado interior de los pilones, fascinados con la belleza y rareza de los grabados y jeroglíficos, que no dejaban lugar vacío en ninguna parte. Las cámaras interiores del frontispicio eran también iguales a las del Templo de

Horus, pero manteniendo siempre una relación de un tercio mayores en tamaño. Algunos grabados eran iguales o similares a las criptas misteriosas de Dandara. Todas las puertas estaban cerradas y en tal disposición que apenas se comprendía que eran puertas por unos finos bordes y un cuadro con cinco pulsadores en orden vertical, como los de los del ascensor de Ankherobis, con dibujos completamente desconocidos.

-Esto es una cerradura de combinación, -decía Gelibar al abrazar a Nuptahek- pero primero dejadme preguntar a mi Faraona por qué ha llorado... O no, mejor respetamos su intimidad, porque su rostro precioso no está precisamente afligido, no es por sufrimiento... Pero si acaso quisierais contarnos algo...

-Ya os lo contaré, pero veamos esto, que no quiero demorar aquí abajo más de lo necesario... Ya me está pillando el "yo ansioso"... Veamos si podemos abrir estas puertas.

-Sin duda es como decís, Gelibar -intervino Ankemtatis- cerraduras como las de algunas puertas de Dandara, que llevaron años para descifrar el orden de apretar los pulsadores. Sólo que esos son de piedra, con un mecanismo simple, pero estos son de metal, al parecer de tecnología diferente. Mientras que los de los ascensores fueron hechos para usar intuitivamente, éstos están hechos para que sea casi imposible descifrar la apertura.

-Veamos, -dijo Geonemetis- copiemos estos dibujos en este papiro y les asignamos un número. Con cinco números tenemos nada menos que cien mil opciones de combinación. Si nos ponemos en turnos de dos Râdnies por persona, para no cansar a nadie y nos ponemos con un orden claro a probar combinaciones sin repetirlas, tardaríamos.... Unos siete u ocho días en dar con la clave, suponiendo que la última sea la acertada...

-No haremos nada de eso, -dijo Nuptahek tranquilamente- porque vamos a cerrar este sitio luego de mapearlo y tomar todos los apuntes que se pueda en cuatro días. Estas puertas cerradas pueden quedar cerradas, a menos que en menos de ese tiempo encontréis las claves.

-De acuerdo, Faraona, -dijo Geonemetis- pero pienso que no voy a tardar tanto. Si cierro un lugar como éste y pienso volver algún día, o quiero dejar una posibilidad fácil para los que vengan, con tantas puertas que hay, cerraría todas con la misma combinación y debería ser bastante sencilla. Por ejemplo, una sucesión de números como uno, dos, tres, cuatro y cinco. O más claramente, intento demostrarlo.

Accionó uno a uno los botones desde arriba hacia abajo y su teoría quedó inmediatamente demostrada. Un sonido de maquinaria de metal se oyó al mismo tiempo que la enorme puerta del pilón se abrió un poco. Bastó empujarla con algo de fuerza para terminar de abrirla. El interior estaba vacío, pero una reja en el piso les produjo más curiosidad, porque era otra evidencia de que todo el Templo en que estaban, era una planta superior, o que podría estar como en casi todos los conocidos, sobre intrincados subterráneos.

-Ahora veamos cómo podemos cerrarla desde afuera, -dijo Gelibar- porque no hay picaporte del cual tirar... Salid y dejadme probar.

Desde afuera, con la puerta entornada apenas para dejar paso, volvió a apretar los pulsadores desde arriba hacia abajo pero no hubo resultado. Al hacerlo de abajo hacia arriba, la puerta de movió y cerró. Inspeccionaron de la misma manera las demás cámaras, ya que todas habían sido cerradas con la misma combinación, encontrando en una de ellas un enorme arsenal de Uás almacenados en cajas de un metal fino y ligero, y otros objetos cuyo uso no pudieron deducir y decidieron dejarlos en su sitio.

-Aquí hay unos setecientos Uás, -dijo Hatshepsut- y con los que ya tenemos, representan una fuerza bélica mayor que la que tenemos con las boleras, porque ni siquiera requieren de proyectiles. No sé si deberíamos llevarlos...

-Sí, los llevaremos, -respondió Nuptahek- porque la campaña que nos espera va a requerirlos, nos vendrán muy bien y porque estarán más seguros en nuestras manos que enterrados aquí, aunque vamos a tapar este sitio dejándolo más oculto de lo que estaba. Sigamos explorando porque es tarde y mañana vendremos con toda la gente necesaria para llevar lo que podemos usar, mapear, dibujar y demás durante cinco días.

Del otro lado de los pilones, es decir el frontispicio propiamente dicho, otra sala de la misma anchura pero menos largo, presentaba tres filas de ocho columnas muy gruesas. Tampoco había lugar en todo el recinto, para dibujar un jeroglífico más, pero esta parte tenía tanto en columnas como en los muros, todo en un alto relieve de tal calidad, que las figuras de los grabados parecían mucho más reales que todo lo conocido. La diferencia de tamaño era proporcional a la calculada para los Hekanef, midiendo las personas algo más de cinco codos de altura. De los aparatos y maquinarias que aparecían usando, ya conduciendo o empuñando, sólo conocían las lámparas, los Uás y algunas parecidas a las grandes máquinas de arrojar explosivos que guardaron en el Sur.

-¡Mirad esto!, -decía Gelibar- ¿Alguien duda de que esta gente tenía aparatos que volaban...? Parece que tenían formas de platos, como los de los Beoshim, otros ovalados y algunos muy largos, como cilindros voladores.

-Estos más pequeños, -dijo Khumpomisis- o que parecen más pequeños en la proporción, tienen alas como los pájaros...

-Estoy segura que esto es será del pasado, -dijo Hatshepsut- pero no dudo que se podrá ver lo mismo en un futuro... No sé si muy lejano, pero si va ser causa de destrucción como ocurrió con los Hekanef, mejor seguimos con nuestra vida, que aunque parezca precaria, es simple y maravillosa, y sería perfecta si no hubiera esclavistas.

-Aquí hay otra entrada a los subterráneos, -dijo Geonemetis ya en el fondo, en un rincón de la sala- ¿Les parece que empecemos por aquí?

-No hay más que recorrer por aquí arriba, -dijo Gelibar- aunque para dibujar todo harían falta meses y mucha gente.

-Sólo cinco días, cariño mío, -dijo Nuptahek- y sólo entrarán los soldados de mayor confianza, para que esto quede en el más absoluto secreto, al menos hasta que Sekhmet indique lo contrario...

Con bastante esfuerzo consiguieron levantar la pesada reja de dos codos de ancho y largo, para empezar a bajar las escaleras hacia el interior, que resultó ser una réplica exacta de lo de arriba en cuanto a forma y arquitectura, pero nada igual en cuanto a grabados, aunque se repetía la calidad soberbia de los mismos. Sólo carecía de Cámaras de los Pensamientos, y en su lugar había estatuas enormes de Ptah, en granito rosa pulido a espejo, con la altura de la sala, es decir veinte codos de altura, que por su anchura proporcional no pudieron haber sido llevadas después de la construcción del complejo edilicio. Tras recorrerlo todo, regresaron a la sala del frontispicio para revisar una puerta que tenía los mismos pulsadores que las de los pilones, así que consiguieron abrirla como a aquellas, entrando en un túnel de cuatro Ankemtras de alto y cuatro de ancho, que abruptamente acababa en una escalera ascendente, al final de la cual se hallaba una puerta falsa preciosamente adornada con ocho llaves grabadas en la piedra y ocho bordes. Tardaron un rato en hallar cinco pequeños pulsadores muy disimulados entre los jeroglíficos y haciendo lo mismo que con las otras, la puerta se abrió dejando paso a la cámara a la que habían accedido por el otro lado. Al entrar comprendieron que del otro lado estaba tan bien disimulada que no la habían visto, pero ahí en una de las cámaras laterales, había otra reja que no habían levantado.

-Es de suponer que ese pasadizo -dijo Geonemetis- no va hacia el Templo del que venimos, porque el nivel es inferior... ¿Exploramos?

-Debe ser un poco tarde, -dijo Nuptahek- pero mejor entramos ahora y sabremos mejor a qué atenernos mañana, cuando vengamos con más gente. Permitidme usar un momento el Heka... Nada, no siento peligro, pero creo que no vamos a encontrar nada importante. Vamos.

Levantaron la reja y descendieron por la escalera unos quince codos, siguiendo un pasadizo que se ampliaba a los siete codos de alto por cinco de ancho. En veinte Ankemtras de recorrido curvo, llegaron a una sala de cincuenta Ankemtras de largo por veinte de ancho, donde el escenario era prácticamente el mismo que en las salas de Ankherobis, con máquinas y carros sobre carriles de metal, pero bastante mejor conservados y sin huella alguna de uso reciente.

-No podremos seguir ahora; -dijo Nuptahek- a menos que...

-Aprovechemos a explorar cinco días, -intervino Gelibar- mientras la gente mapea todo el sitio.

Salieron a la superficie y ya era de noche. Al día siguiente, muy temprano y ansiosos por explorar, distribuyeron las ocupaciones para ese día. Sin novedades de avistamientos de nada en varias jaetas a la redonda, Henutsen eligió ocho soldados para mantener patrullaje de entorno y dos hombres para custodiar la entrada del subterráneo. El resto entró para hacer mapeos y se internó en el pasadizo del túnel largo el pequeño grupo compuesto por Nuptahek, Gelibar, Hatshepsut, Geonemetis, Henutsen, Ankemtatis, Khumpomisis, Sobergenis y la Generala Daverdis. Llevaba cada uno su mochila con los víveres que podían y cuatro parihuelas para llevar varias botas de cuero, para un total de 144 *heqat* [8*] de agua, suficiente para las nueve personas durante cuatro o cinco días de marcha. Habían dado instrucciones para la apertura de las puertas en caso que se cerraran, y de no entrar en el pasadizo a menos que pasasen seis días sin salir. Henutsen dispuso a los más adecuados para hacerse cargo de llevar al exterior los Uás, lámparas y otros objetos y dejarlos ocultos en la superficie, pero lejos de la entrada o el campamento.

Ankemtatis, que iba captando las funciones de las máquinas y sus posibilidades, preguntó a Nuptahek si creía oportuno probar a activar los mecanismos de los carros, que no habían conseguido hacer funcionar en Tekmatis, más de veinte años atrás, pero en cualquier caso podían empujarlos casi sin esfuerzo dos personas, llevando al resto adentro, con sus mochilas y toda el agua.

-Podemos hacer unas cuarenta y cinco jaetas por día, pero si acaso conseguimos que se muevan con la energía que parece que tienen las cajas estas, podremos andar mucho más.

-No perdemos nada, -respondió Nuptahek- así que adelante con ello, Ankemtatis, pero tengamos en cuenta que si llegamos muy lejos y por alguna razón no podemos volver del mismo modo, puede que el agua no nos sea suficiente...

-En ese caso, -intervino Geonemetis- podríamos intentar calcular la velocidad y hacer sólo el recorrido que haríamos empujando. Con cien jaetas, si no encontramos nada y tuviésemos que regresar a pie, no tendríamos riesgo. A más distancia podría ser una locura porque quizá acaben cerca de Tekmatis, a unas cuatrocientas jaetas al Sur, o vaya a saber dónde podría llevarnos.

-Bien, -dijo Nuptahek luego de pensar unos momentos- vamos a probar de todos modos. Hay diez carros aquí y si se pueden activar con esa energía propia y tienen suficiente fuerza, nos llevamos uno cada uno. El último será el que empuje a los otros, así si falla o se acaba su fuente de energía, vamos usando los otros. Pero también habrá que probar que todos se puedan activar. Adelante con ello...

Ankemtatis subió al carro más alejado; revisó con cuidado los pulsadores y palancas, accionó cada cosa esperando un movimiento, pero no se produjo ninguno. A un costado, una palanca larga no producía nada al moverse, volviendo a su sitio al soltarla, pero en el tablero una pequeña luz roja parpadeó un momento. Gelibar, subiendo también al carro, le dijo que atendiera el tablero, porque él movería la palanca.

-Seguid moviéndola, -le dijo Ankemtatis- de modo continuo, que tengo la intuición de que es para dar energía, como ocurre con los Uás cuando se golpea el suelo... Así, muy bien, la luz cambió a amarilla.

Tras un corto rato de mover la palanca, la luz se puso verde y finalmente quedó titilando. Detuvieron la acción pero no se produjo nada al accionar los controles. Bajaron del carro y estudiaron la caja que había en un extremo, en la parte de abajo, donde Ankemtatis encontró un pulsador muy pequeño. Al tocarlo se produjo una vibración constante y un sonido muy leve. Subió nuevamente al carro, pidió a Gelibar que se quedara en tierra y al accionar una palanca empezó a moverse hacia donde estaban los otros vehículos. Invirtió el movimiento suavemente, el carro se detuvo y comenzó a moverse en sentido contrario. Fue tirando de la palanca más y más, hasta alcanzar una velocidad considerable que le produjo vértigo, sobre todo porque en momentos le llevó tan lejos que perdió de vista la sala y las luces de sus compañeros, quedando sumido en la más profunda oscuridad. Volvió a invertir el movimiento y comprendió que lo debía regular con cuidado, para evitar estrellarse al regresar. Lentamente fue ganando práctica y volvió, deteniéndose en el mismo lugar de partida. Con una sonrisa de oreja a oreja, recibió el aplauso de los demás y tras activar del mismo modo los otros carros, comprobando uno a uno que funcionaban, por fin se prepararon para ocupar los nueve carros.

-Ankemtatis, -dijo Nuptahek- iréis en el último, empujando al resto, a ver si tienen suficiente fuerza, pero en esa oscuridad nos debemos alumbrar con las lámparas, que por suerte iluminan a tres cuerdas de flecha. Yo iré en el primero y a la primera señal gritando parar o girando la lámpara en vuestra dirección, os detenéis de inmediato. No quiero imaginar qué pasaría si hubiese un final repentino del camino o un abismo...

-Tenéis razón, Faraona. Dejadme estudiar mejor estos cacharros...

En un rato de inspección y pulsando nuevamente con cuidado los botones que no había accionado tras activar la máquina, desde la parte trasera con un botón y desde la delantera con otro, y con un tercero, una en cada costado, se abrieron unas pequeñas portezuelas, desde la que emanaban luces mucho más potentes que las lámparas.

-¡Bien, tenemos luz propia en los vehículos!, -exclamó- pero veamos qué pasa con los otros...

Al pulsar otro botón, se encendieron luces en todo el tablero, permitiendo operar en la oscuridad sin alumbrarlo, y el último produjo un estridente sonido que sobresaltó a todos.

-¡Tranquilos, que parece una bocina!, -dijo Gelibar- como la de los barcos, aunque mucho más potente... Pero además, sería interesante si atásemos los carros de alguna manera, creo que estas barras de aquí son para eso...

Pudieron extraer unas varas metálicas con un gancho, muy bien encajadas en la carrocería, que calzaba en una gran arandela de la parte de debajo de cada carro.

-¡Ya tenemos un tren!, -dijo Gelibar- como con los carros cuando faltan caballos. Y por lo que parece, podríamos apagar todos y dejar sólo el delantero, que tiraría de los demás, así el conductor ve el camino que tiene por delante. Mucho más seguro ante obstáculos o un fin abrupto del camino.

-De acuerdo, -dijo Nuptahek- pero igual iré delante. Como vamos a dejar un carro aquí, daré instrucciones a alguien para activarlo y usarlo y que nos busquen si demoramos más tiempo del calculado. Esperad un rato, que vuelvo enseguida...

Tras instruir en todo el tema a un soldado y recomendarle tener agua preparada para una probable emergencia, partieron con los dos últimos carros vacíos, pero con Nuptahek, Gelibar y Ankemtatis en el primero. A poco andar la velocidad se volvió vertiginosa y se mantuvo largo rato. Cuatro Râdnies después, aún no habían hallado obstáculo ni variación alguna en el camino. La vía metálica seguía en perfectas condiciones y Nuptahek detuvo la marcha para conversar.

-¿Habéis calculado bien, Geonemetis?, ¿Sabéis cuánto anduvimos?

-¡Imposible, Faraona!, por la velocidad alcanzada en los primeros momentos calculé unas diez veces más rápido que el andar a pie, pero luego eso se ha duplicado cuando menos. Este túnel tan pulido no tiene marcas, grietas, ningún hito que dé idea, salvo los puntos negros en las paredes, que no he podido ni contar con tanto vértigo. Si hemos duplicado la velocidad hasta donde -más o menos- podía calcular, son como ciento cincuenta jaetas en estos cuatro Râdnies. Si esto lleva en dirección a Tekmatis, nos faltaría poco para estar a medio camino, pero aquí no sabemos qué dirección real seguimos. Aunque casi no se aprecia curvatura, puede que vayamos un poco más hacia el Sur, y Tekmatis queda un poco hacia el Naciente… Especulo más calcular.

-Bien, -continuó Nuptahek- pero hasta ahora no parece que esta máquina pierda mucha fuerza. Gelibar ha dado dos veces a la palanca y la luz que pasaba a amarilla, vuelve a verde con veinte movimientos. Vamos a seguir, aunque cansa un poco mirar al frente para no chocar con nada. Daverdis, por favor, continuad midiendo el tiempo y avisáis cuando hayan pasado cuatro Râdnies más.

Reemprendieron la marcha y Khumpomisis disfrutaba con gran entusiasmo del viaje. Cuando llevaban casi el mismo tiempo que en el tramo anterior hallaron una serie de marcas en los muros. Ralentizaron el tren y vieron que había una secuencia de diez barras verticales que a una distancia de cerca de una cuerda corta, disminuía en número. Al llegar a la que sólo tenía una barra, ya pudieron ver lo que parecía una sala grande y efectivamente, allí había otra situación de sala muy grande, con una veintena de carros sobre un intrincado suelo de vías metálicas. Desde ese punto salían cuatro bocas más, de modo que ya se hacía imposible hacer un exploración completa, sin saber hasta dónde llegaría cada ramal ni qué distancias podrían recorrer por ellos. Se apearon para tomar un almuerzo y conversar sobre lo que podrían hacer, mientras Geonemetis hacía un croquis en un papiro y decía:

-Si acaso hemos mantenido una orientación al Sur como al partir, entonces estaríamos casi en paralelo, pero cada vez más lejos de los túneles que van de Tekmatis a Ankherobis. He tenido la sensación de que esas curvas tan leves que apenas se aprecian, nos podrían haber llevado un poco hacia el naciente, pero no puedo asegurar nada.

-Tengo la misma sensación, -dijo Henutsen- En todo caso, creo que si vamos hacia la izquierda por aquella boca, si no llegamos a aquellos túneles, al menos nos acercaremos a ellos… Pero no sería relevante.

-También he sentido sensación de desvío a Naciente, -dijo Gelibar- pero el ansia de exploración me puede, así que no me hagáis caso.

-Coincidimos, -agregó Ankemtatis- y me guío por la vista. He tenido los ojos fijos al frente y he notado varias veces una leve tendencia curva hacia la izquierda. A la velocidad que nos movíamos es posible que hayamos virado bastante al Naciente.

-Entonces, vamos a tomar aquella dirección, -dijo Nuptahek firme y decidida- aunque tendremos que ver cómo se hace para dirigir el tren en medio de ese laberinto de vías metálicas...

-Hay una pequeña palanca en el tablero, que no hemos tenido que accionar, y como está en un círculo más ancho que el vástago, puede que sea para dar dirección a las ruedas, cuando hay opciones...

Cuando acabaron de comer y partieron, Ankemtatis comprobó que la observación era correcta. Tras algunas maniobras y pequeños errores en ellas, consiguió guiar el tren hacia la entrada correcta y el viaje continuó con algunas pequeñas incidencias, porque una parte del túnel había sufrido cambios. Unas grietas y el derrumbe de unos pocos guijarros, les obligaron a detenerse y limpiar el camino. Continuaron a menor velocidad, porque observaban que las condiciones del camino eran excelentes, pero el techo del túnel presentaba algunas grietas. No tardaron en hallar otros derrumbes mayores, hicieron nuevamente la limpieza de piedras y continuaron sin más inconvenientes durante dos Râdnies, hasta llegar a una sala gigantesca, llena de grandes socavones de minería, maquinaria diversa y una bifurcación ante la que eligieron la de la izquierda, calculando que les llevaría algo más al Naciente. Durante otro Râdnie continuaron con el camino en perfectas condiciones, pero un derrumbe total les impidió seguir. Después de inspeccionar el sitio, comprendieron que seguir adelante era imposible, por el tamaño y características de la grieta enorme del techo.

-Hemos hecho ya bastante, -dijo Nuptahek- así que sintiéndolo con dolor, tenemos que regresar. Este laberinto nos supera y como os he dicho, ya queda menos tiempo para que emprendamos el cierre total de las entradas. Con los diversos niveles de los túneles de Ankherobis, nuestro Pueblo tiene ya mucho por explorar, pero no se hará por ahora sino cuando acabemos con la misión que tenemos por el Norte lejano.

Regresaron conversando sobre las distancias que podría haber para explorar, sobre las épocas, que no parecían tan lejanas como los primeros tiempos de Ankh em-Ptah, dada la conservación de los túneles y los vehículos. Todos sentían una sensación de impotencia, porque el ímpetu explorador es así de bravo. A tal punto que a veces hay que catartizarlo, como a cualquier "yo psicológico".

-Ya que no podemos explorar más, -dijo Nuptahek cuando estaban llegando al inicio- vamos a dirigir las tareas para que estén mejor coordinadas. Khumpomisis podría ayudar a hacer los dibujos, que su talento es de los mejores en eso...

-¡Sí, Faraona! -respondió la aludida- Me entusiasma, y me quitará un poco la frustración de no haber llegado al final de los túneles.

El día señalado, con todo el relevamiento gráfico hecho hasta donde fue posible, comenzaron las obras de acumulación de piedras, elaboración de mortero moliendo caliza de un sitio cercano y trayendo arena especial de un antiguo volcán extinto, a pocas jaetas del lugar. Los instrumentos extraídos fueron trescientas quince lámparas, ochocientos ochenta Uás, ochenta explosivos que detonaban con gran poder al quitarse una argolla y con las maderas de los andamios tuvieron que hacer unas cajas para colocar decenas de objetos graduados, reglas, compases, medidores de ángulos, cien largavistas de uno y de dos tubos, brújulas y otros instrumentos que no parecían peligrosos pero los ingenieros deducirían sus utilidades. Todo se puso con cuidado en dos carros y salvo la guardia del campamento, todos se dedicaron a la labor de cubrir ambas entradas a los subterráneos, de modo que en tres días de duro trabajo, quedó todo tan bien disimulado que aún quienes conocían el sitio, tendrían dificultades para encontrar por dónde entrar. Sobergenis mostró su talento como constructor, a pesar de no ser su vocación, acomodando las piedras y el mortero de tal manera en ambas tapias, que quedaron de apariencia totalmente naturales, sin huella de acción artificial en el paisaje. Lo mismo hicieron con las tumbas descubiertas en la superficie de la meseta y luego emprendieron el regreso a Eritriuma.

-En vez de ir allí, -dijo Nuptahek a Gelibar- me gustaría regresar al oasis y echar un vistazo. Estamos ya cerca del camino entre el oasis y el laberinto. Podríamos visitar ambos sitios, ya que no volveremos por aquí hasta terminada la campaña del Norte.

-Lo que dispongáis, Amor mío. ¿Tenéis alguna preferencia para la compañía?

-Nadie en especial o todos, pero hay que llevar demasiados tesoros a Eritriuma y sólo somos cien personas. Geonemetis y Hatshepsut, con cinco soldados, seríamos suficientes. No hay enemigos rondando por la zona y además se ha trabajado duro estos días...

Gelibar llamó a los mencionados y eligió cinco soldados entre los que habían estado más de guardia y con menos trabajo físico el día anterior. Al llegar al camino del oasis avisaron al resto de su viaje corto y rápido. Henutsen les recomendó cuidados y otras sugerencias, demostrando un instinto maternal con ellos, pero Daverdis pidió unirse al grupo, ya que no era necesaria su presencia inmediata en Eritriuma.

-Claro que sí, Generala, -le dijo Nuptahek- mejor ahora, que está todo en orden, aunque por vuestra función tendréis que estar atenta y visitarles seguido. Marchamos ahora, a ver si llegamos antes que se desplome el cielo. Y los que seguís a Eritriuma, tened en cuenta que esa tormenta viene del Sur y os pillará antes que a nosotros...

-Id tranquilos, -dijo Ankemtatis- que apresuramos marcha y tenemos ya alguna experiencia con las tormentas. Además será de agua, que es menos incómoda en esta época que las de arena.

-Pero cuidad que no se mojen los Uás, -dijo Hatshepsut- recordad que mojados pueden dar una patada más fuerte que un burro...

Llegaron al oasis un buen rato antes de la noche, apenas mojados por las pocas gotas de una tormenta que no acabó de cuajar. Se encontraron con doscientas sesenta personas que en muy escaso tiempo habían convertido ese antiguo campo de esclavitud y luego de batalla, en un vergel repleto de huertas, construcciones arregladas con jardines en el entorno y hasta disponían de tiempo para dedicarse algunos a la escultura en madera y en piedra. Cuando el Comandante de la guardia comunicó al barrio la presencia de la Faraona mediante una serie de toques de una potente corneta, la gente corrió a reunirse en la plaza central, donde la depresión del terreno había sido trabajada y aprovechada convirtiéndola en un verdadero anfiteatro.

-Como veis, Faraona, hemos convertido en casas muy cómodas la zona de cobertizos, porque nadie quiere vivir en las antiguas casas de los oberitas. Pero usado buena parte del material que había allí y ahora sólo lo tenemos como arsenal. Las trampas que ellos habían hecho están activadas, de modo que mantenemos la seguridad. Igual mis dos azafes hacen prácticas militares de un día y una noche tras cada cinco días de vida normal.

-Habéis hecho mucho, Recioneris, se diría que habéis trabajado más de la cuenta...

-Para nada, Faraona. Para mi gente he aplicado la ley civil, salvo los días de maniobras militares, así que se divierten trabajando en lo que a cada uno le gusta. En principio la consigna era proteger a las treinta parejas de liberados, pero permitir a mis soldados que hagan lo que quieran los días sin maniobras, les ha hecho aflorar sus vocaciones o sus talentos escondidos. Tres escultores que ni sabían que tenían ese talento, jardineros de élite, muchos agricultores que no imaginaban el talento que tienen con las plantas... Sólo he tenido que hacer una distribución inteligente del trabajo y ya veis cómo vamos. Hasta la soldado Anmahabet ni sabía sobre sus cualidades para la arquitectura, cuando se propuso que aquí debía hacerse este anfiteatro, o el soldado Akhnabitelis que sólo sabía cantar mientras se bañaba, ha creado este coro que ahora mismo os quiere homenajear...

A una indicación del Comandante Recioneris, el soldado hizo unas señas y todos los habitantes se formaron de tal manera, que al comenzar algunos gestos con una pequeña vara, entonaron una canción de cadencia y melodía perfecta que emocionó a todos. La complejidad de la obra era considerable, pero no hubo ninguna nota fuera de lugar y su magistral composición trataba sobre la asunción de la Faraona Nuptahek y los que participaron en la liberación de la gente esclava en el oasis. Luego de la obra cantada, interpretaron otra con diversos instrumentos pequeños ejecutados por diez músicos, con el resto cantando una especie de oda a Ankh em-Ptah, compuesta por una de las mujeres liberadas. Pasaron el día siguiente inspeccionando las mejoras y nuevas construcciones, comprobando que el oasis podía llegar a ser una gran población, con sus recursos y magnífico pueblo.

Tras una noche de intensos chaparrones, el amanecer nublado y sin lluvia era perfecto para hacer más de medio día de marcha hasta el laberinto y allí fueron, siendo detectados por la guardia de entorno a más de dos jaetas. Todo estaba perfecto allí, porque el azafe no sólo custodiaba con rigurosa disciplina, sino que los que no estaban de guardia se dedicaban a mejorar las instalaciones. Meranubis seguía allí sus experimentos y análisis junto con Alvalopep, para conocer más sobre la química de los venenos y encontrar el modo de neutralizarlos. El laboratorio montado por Alvalopep dejó sorprendido al grupo porque había conseguido hacer recipientes bastante transparentes y duros, con el cristal que hacía más de una década había logrado fabricar a partir básicamente de natrón y arena derretida.

-No puedo mostraros ahora nada en acción, -decía el sabio- porque se desprenden vapores venenosos y trabajamos con extremo cuidado usando estos turbantes que envuelven toda la cara, con filtros de carbón mejorados y cuidando los ojos, con estos anteojos hechos con el material cristalino transparente que me diera Henutsen hace un tiempo, con las que fabrican esto mismo para los "invisibles". No sabemos aún fabricar este material, pero vamos usando con cuidado el existente. Aunque aún no tengamos en claro cómo vamos a neutralizar el enorme depósito de venenos, hemos conseguido unas reacciones que lo convierten en cristales muy duros e insolubles en agua, aceite y cerveza a cualquier temperatura. Si conseguimos extender esta reacción, que ahora sólo conseguimos en pequeñas cantidades, podremos dejar innocuo todo ese enorme depósito.

-Entonces habéis avanzado bastante, -dijo Daverdis- así que no me queda duda de que vayáis a lograrlo. Lo que me ha impresionado es el laboratorio que habéis montado aquí, más grande que el de Eritriuma.

-Sí, porque además de ser más seguro por si hubiera explosiones, usando esta sala donde dormía la tropa enemiga, la mejor ventilada y grande, he encontrado mucho material dejado por los Hekanef que permite acelerar la temperatura en los hornos, fundir metales de modo más directo modificando las funciones de los Uás... Los estoy modificando para que no sean peligrosos si se mojan y creo incluso que ya podría reproducirlos, salvo por un componente cuyo material es desconocido. Pero hacemos que emitan un rayo invisible de alta temperatura, en vez de destruir con esa fuerza difícil de controlar. Así que puedo hacer estos recipientes, que luego no se funden con el fuego del horno más caliente, ni se rompen al caer sobre piedra. No sólo quedan muy duros, sino también tenaces. Si tuviera los planos de todas estas máquinas y aparatos, más material que debieron tener sus fabricantes respecto a sus funciones, podría avanzar más...

-Puede que tengamos algo que os interesa, -dijo Hatshepsut- ya que hemos encontrado más cosas, en un lugar que ahora ha quedado inaccesible. Tenéis en Eritriuma un carro repleto de objetos raros, documentos y dibujos en un tipo de papiro especual, todo material de los Hekanef o de los que vivieron aquí hace menos tiempo.

-Por eso, -intervino Nuptahek- tendréis que elegir con qué cosas os quedáis, aunque por ahora me parece buena idea que os quedéis con todo y luego digáis adónde llevar lo que esté fuera de vuestro interés.

-No creo que Alvalopep descarte nada de eso, -dijo Henutsen- y si acaso hubiese algo que exceda a sus conocimientos y capacidad de deducción, mi recomendación es que vengan los expertos necesarios y que todo este material quede aquí.

-Sabias palabras, -dijo Nuptahek- pero reforzaremos este sitio para que sea inexpugnable. En cualquier momento el enemigo puede venir, al no tener noticias desde aquí ni del oasis. Haremos en Ankherobis una obra como la que hicimos recientemente, para que se pierda de vista el ascensor y esa gente no tenga que dedicarse a custodiarlo. Así que aumentaremos la custodia de este laberinto sin demandar mucha gente de otras poblaciones. Ya lo veremos con los números del censo.

-No os preocupéis por eso, -dijo Hatshepsut- que Geonemetis y yo hemos hecho una revisión en Karnak, Gebelik y Gavelade, justo antes de salir en este viaje. Todas las cifras coinciden y tenemos personal de sobra para la campaña... Y para custodiar esto con mucha más gente.

-Bien, -continuó Nuptahek- asignaremos cien Uás a este lugar. Salvo los invisibles, que vendrán con nosotros, el resto de la tropa que ya sabe usarlos, se queda aquí mismo, a órdenes de... Pero decidme, Daverdis... ¿Cómo os sentís para la campaña al Norte?

-Tal como me habéis visto en estos días, Faraona. Como si nunca hubiese estado envenenada.

-Pues entonces este lugar quedará bajo el mando militar de Diva, que también está totalmente recuperada, pero sin ella, Khumpomisis se quedaría demasiado sola de familia...

-Si es por eso, Faraona, dijo la aludida, podríais contar con ella, que está más que recuperada, y conmigo también. Tengo un cuerpo y la apariencia de pequeña e inocente niña, pero de complexión atlética y la formación intelectual de mis treinta y tres años. Hasta ahora no me he quejado de que me habéis dejado al margen de las hostilidades, pero soy tan buena con arco y cerbatana como el mejor de vuestros soldados. Además, podría infiltrarme en casi cualquier sitio, que una niña pequeña no parece peligrosa para el enemigo... Que en otros aspectos del desarrollo como mujer aún sea una niña, no significa que sea una inútil en una batalla. Perdonad, Faraona, os lo tenía que decir.

-De acuerdo, -dijo Nuptahek- disculpad el trato diferencial, que no lo habrá en adelante, pero... ¿No deseáis quedaros aquí ni por la rara posibilidad de que aparezca vuestra madre?

-No es una prioridad para Ankh em-Ptah, Faraona, así que tampoco puede serlo para mí... Disculpad... -decía Khumpomisis haciendo gestos extraños con el cuerpo, tartamudeando y mirando el entorno- Tengo la sensación de que ya he vivido este momento... Siento que se está sellando mi destino. ¡Faraona!, ¡Tengo que ir en esa campaña a buscar una respuesta!... ¡Eso es, tengo que ir, os lo ruego, Faraona...!

-Vale, de acuerdo... Conozco esa determinación y me recordáis a mí misma en alguna época... Pero Diva vendrá sólo si ella misma lo dice porque en su rango las misiones son más opcionales que en cualquier otra jerarquía... Aunque si vais Vos...

Khumpomisis abrazó a Nuptahek y le prometió que no sólo se atendría a sus órdenes, sino que sería muy útil como guerrera.

-Alvalopep, creo que tendréis que quedaros a cargo de Eritriuma por un tiempo, si aceptáis. Nadie hay con tantos conocimientos, capacidad con los números para una estadística impecable y otros dones...

-Un honor para mí, Faraona, aunque espero que eso no represente una carga que me impida seguir en el laboratorio...

-No, porque tenéis mucha gente para resolver todo lo que surja y la parte militar quedará a cargo de un Comandante. Ahora tendríais que venir con nosotros a Eritriuma, a ver lo que hemos traído.

Tras revisar Alvalopep al día siguiente el contenido de los carros con armas y herramientas, su humor pasó de bueno a eufórico, agradeciendo la confianza para dejarle tanta riqueza científica.

-De esto vamos extraer una enorme cantidad de información para seguir con el avance técnico... -decía Alvalopep emocionado- Pero Vos, Faraona, tenéis la misión más dura y difícil, porque todo lo que se descubra, jamás debe caer en manos sin consciencia, o los mejores frutos de la ciencia, se pueden convertir, como habéis visto, en veneno y destrucción capaz de acabar con toda la humanidad...

CAPÍTULO ∩
EL LARGO VIAJE A DACIA

Toda Ankh em-Ptah comenzó a movilizarse a medida que la Faraona y Hatshepsut, con una coherente labor de Elhamin, Henutsen y Ankemtatis, ordenaban las actividades para acorazar el país contra espías e infiltrados esclavistas, a la vez que se iban seleccionando los individuos que formarían parte de la campaña de rescate de los miles de esclavos Carpatians. Los esclavos liberados Enjoliteb, Encalinetus y Shorinet llevaban su instrucción militar con gran entusiasmo bajo la poderosa motivación de ir a liberar a sus familias, no sólo de la brutal esclavitud física, sino también del espantoso engaño de su historia y de su realidad actual. Había cuatro mil hombres en el anfiteatro mayor de Gebelik, en cuyo escenario se reunió la Plana Mayor, compuesta por Nuptahek, Hatshepsut, Elhamin, Henutsen y Ankemtatis como Comando Principal, con Azalema como rastreadora y consejera y Hetesferes como geógrafa y traductora principal, con ayuda de Geonemetis, que dominaba también la mayoría de los idiomas de los pueblos conocidos. El Comando Operativo con las Generalas Diva, Daverdis, Espiria, Unitis y Henutsen y los Generales Ankemtatis y Omar. También el General Gelibar, recientemente ascendido a pedido del Concejo Supremo pero no por su relación con Nuptahek, desconocida aún para el Concejo, sino por sus méritos en la maniobras de entrenamiento e instrucción militar durante los más de setenta días que llevaban preparando la campaña, así como las calificaciones obtenidas en años anteriores. Gibured y su hijo Seti Meremjnum formarían el Comando Marino con Merensob y Khanelah.

-Hace más de dos décadas de la gran campaña defensiva que tuvimos que armar con el Faraón Isman, -decía Elhamin- pero para los antiguos Comandantes que hoy son Generales y los camaradas de todos los rangos, con los que tuve el honor de luchar, parece no haber pasado el tiempo. Los planes de la campaña serán revelados a los Generales operativos oportunamente y mañana comienzan a llegar las demás tropas de marcha desde todo el país, así como los que harán la protección de la Nación mientras estamos fuera. Ankemtatis estará a cargo de una facción como operativo de enlace con su especial Cuerpo de Invisibles, a la vez que forma en la Plana Mayor. Todos Vosotros habéis sido informados sobre las características de esta misión, el tiempo de viaje aproximado, las distancias y bien sabéis que el riesgo de muerte no es menor, aunque vayamos mejor armados de lo que suponemos está el enemigo. Nadie se ha alistado en esta campaña por obligación, pero si alguien tiene algún problema personal o alguna situación cualquiera que le haga dudar sobre emprender con nosotros la marcha, puede levantar la mano y retirarse, presentándose al Furriel Ankhceroi para que le diga un nuevo destino o para ayudarle en lo que sea necesario... Si alguien cree que puede estar cerca de la Ascensión, debe quedarse porque no se tendrá las condiciones más adecuadas para ello y no podemos quedarnos sin efectivos en medio de una campaña. No podremos hallarles criptas y lo necesario para ese transe, que además se puede retrasar considerablemente al estar inmersos en un *generador de karmas* como es una campaña bélica... Y ni hablar de un proceso de Ascensión en un barco... Sí, soldado, decidme qué os ocurre o hablad con el Furriel.

-Quiero ir, General, -dijo el hombre poniéndose de pie- pero mi esposa es civil, no tiene formación militar y aunque no puso queja por mi alistamiento, su tristeza me pesa como un bloque de la Gran Pirámide... ¿No podría venir aunque sea como cocinera y médico?

-Depende de si tiene esos u otros talento que puedan servir. Hablad con el Furriel y él os dirá qué puede hacerse. Si no puede venir ella, quedáis relevado y ocupáis un destino cercano a vuestra casa. ¿Dónde vivís y dónde está vuestra esposa?

-Soy Ankhonemesis, General, vivimos en Karnak, pero Maurenka está ahí afuera, esperando vuestra venia para participar. Si nos quedamos, seguiríamos sirviendo aquí pero estaríamos tristes los dos. En cambio, si vamos, será nuestra mayor felicidad.

-Marchad con el Furriel y qué él decida. ¿Alguien más tiene algo que solucionar o motivo para quedarse?

-Yo mismo, General, -dijo Seti Meremjnum, que estaba a su lado- y es que si bien mi padre y yo tenemos a cargo la intendencia en la navegación, también vienen Merensob y Khanelah, así que con ellos sobra genialidad marinera y yo me aburriría en la espera de vuestro regreso en las costas del mar... Me gustaría ir con Vosotros...

-Comandante Meringeteb, -preguntó Elhamin- ¿Aceptáis en vuestro grupo a Seti para ayudar en la logística de tierra?

-¡Aceptar a Seti...!, no General, ha sido mi maestro y sería un honor dejarle ese puesto. Sería él quien me debería aceptar como ayudante.

-Ni falta hace que digáis más. Si la Faraona acepta, Seti va a tierra.

-Aceptado, -dijo inmediatamente Nuptahek- Seti tiene tan buena calificación para General en tierra, como en la marina. Que nadie dude en decirlo si no le hace feliz esta misión por cualquier razón, porque igual harían gran misión custodiando la Patria.

Nadie más levantó la mano y se dio por concluida la reunión. Al día siguiente se incorporaron las tropas provenientes de varios puntos más de la país y se hizo formación en el gran patio del cuartel general con más de quince mil efectivos, uniformados y con sus armas, para pasar revista, comprobación de equipos y distribución de roles de viaje y de combate. A algunos civiles que fueron incorporados por talentos y disposición, se les formó igual que al resto de la tropa. Hatshepsut llamó a Nuptahek con entusiasmo, para que fuese a una trastienda mientras le hablaba.

-Aquí hay gente que quiere saludaros, son ahora Comandantes con mérito y vienen en esta campaña, con mucha alegría para mí, pero un poco también a mi pesar...

-¡Nefkaten y Edelhaira! -gritó Nuptahek al reconocer a los padres de Hatshepsut- ¡Hace años que no os veía!... También venís un poco a mi pesar, pero como a vuestra hija, con mucha alegría de veros fuertes y tan felices de participar con nosotros de la misión más sagrada que se puede tener en la vida, aunque se tenga el riesgo de perderla... No os vi en las fiestas ni en la coronación...

-Ambos estábamos destinados a la guardia y no quisimos que nos reemplacen. -dijo Edelhaira- Custodiar Ankh em-Ptah era la mejor manera de estar con vosotras. Y ahora no podíamos perdernos esta campaña, porque sin importar que seáis las mejores guerreras de esta Patria, seguís siendo nuestras niñas... Pero hija, veo que lleváis el collar del Lago Fuego que encontró vuestro padre y el Faraón y Henutatis regalaron a Nuptahek...

-Claro, -dijo Hatshepsut- es que Nuptahek consideró que no era un regalo del Faraón ni vuestro, sino de Sekhmet, porque sirvió para encontrarnos, así que lo llevamos unos días una, otros días otra según en qué ocasión. Es nuestra joya preferida.

-Elhamin está llamando a la Plana Mayor, -interrumpió Nuptahek abrazando a ambos- y espero que Vosotros, con más experiencia en campañas largas, deis el ejemplo y no estéis pendientes de nosotras...

-Descuidad, Faraona, -dijo Nefkaten- que sois nuestras niñas, pero a decir verdad, no se puede estar más seguro que al lado vuestro.

En la plaza se pasó revista formal a la tropa, repitiendo las preguntas por si alguien tenía motivos para desistir de participar y a la vez, recorriendo cada General su sección. Al acabar el procedimiento, entregando cada uno una hoja de datos y sin nadie que no tuviera pleno entusiasmo, Elhamin leyó en voz alta la relación de armas.

-Generalas Espiria, Unitis, Daverdis y Diva, lleváis cada una dos mil hombres. Mil ochocientos con arcos, cien con boleras y cien con Uás. Generales Omar, Ankemtatis y Gelibar, igual que las Generalas. General Seti, a cargo vuestro está la logística de tierra con quinientos profesionales, con cuatro de los mejores Comandantes, seleccionados para construcción de carros, embarcaciones y todo lo que haga falta de madera y metal. Todo eso está ya embarcado, incluyendo tres carros desmontados y tres caballos en cada nave y algunos con cuatro caballos. En total catorce mil quinientos hombres en tierra, de los cuales van setecientos boleros y setecientos Uás. Las mil doscientas lámparas de luz potente se han distribuido a Generales, Comandantes y Oficiales de Sección y Rastreadores. El resto de esas armas queda para la Guardia Nacional y los marineros. Los arqueros disponen de cien flechas cada uno, pero llevamos otro tanto y los elementos necesarios para fabricarlas si fuese preciso. Una lanza de metal ligero por cada soldado, pero se entregarán cuando lleguemos al puerto de destino. Un puñal de pierna y una honda por cada hombre. Por cada azafe terrestre de exploradores, cuatro cilindros explosivos que se han podido reproducir a partir de los hallazgos de material de los Hekanef. A esos debéis usarlos con extremo cuidado y es preferible perder la vida que perder alguna de esas armas e instrumentos y puedan caer en manos del enemigo. Los Generales Gibured, y Merensob, así como la Generala Khanelah, están en el puerto con otros quinientos hombres distribuidos en ciento cincuenta barcos que han de llevar a todos y todo el material bélico desmontado, para armar en el destino. Tendréis que repartiros turnos en los remos, a órdenes del Capitán de cada barco. En estos meses de preparación, hemos avisado a nuestros aliados en el Norte, Lobunos, Grakios y los pocos Baalbekios que aún viven dispersos al Oriente. Nuestros embajadores no han hallado ni rastro de algunas tribus dacias resistentes con las que hace décadas tuvimos contacto. Al parecer han sido aniquiladas por los esclavistas. A pesar de contar con aliados importantes, no sabemos cuánto podemos confiarnos de la gente de su entorno, así que extremaremos las precauciones, evitando contactos innecesarios, navegando lejos de las costas para que el convoy pase desapercibido cuanto sea posible. No podremos evitar en los archipiélagos de los Grakios, pasar cerca de muchas islas, pero esta campaña debe ser rápida. Son más de dos mil jaetas en agua y luego unas cuatro mil jaetas de marchas en tierra, para recorrer según los mapas que nos han hecho los Carpatians, hasta el regreso al puerto de Pirgos. No podemos saber cuántos combates hemos de enfrentar, pero con seguridad hay siete lugares donde tendremos que llegar para liberar a la gente, por lo tanto siete batallas tenemos como mínimo asegurado. Con nosotros vienen cincuenta Carpatians seleccionados por sus conocimientos de la región a la que vamos, así como por los méritos alcanzados en este poco tiempo de instrucción.

Khumpomisis había estado hablando con Nuptahek y con Diva porque no sabía dónde debía ir. La Faraona comprendió su indecisión y le recomendó acompañar y proteger como escudero personal a su tía, pero la muchacha finalmente eligió ir en el primer barco, pensando también que debía estar en la vanguardia cuando llegasen a tierra.

Nuptahek repasó junto con la Plana Mayor todos los detalles de la marcha que podían prever y la formación recorrió en desfile formal y ordenado, las dos jaetas hasta el puerto, en medio de una multitud que se agolpaba a la vera de las calles y les despedía con flores, música, pequeños regalos, comidas especiales, aplausos y casi de cada par de ojos, brotaban las lágrimas junto con los ruegos a los dioses para que protejan a sus seres queridos, a sus héroes que se iban a rescatar a los pueblos esclavos. Todos los que tenían vista en el ámbito de Anubis, pudieron ver la figura inmensa de Sekhmet que con sus cuatro Ankemtras de alto, marchaba delante de la formación y la acompañó como guía hasta desvanecerse cuando todos estuvieron en los barcos correspondientes. La nave insignia y principal iría al frente y era el "Merensob", que una pequeña asamblea de la tropa decidió bautizarla así en honor a su Capitán. Cuando éste dio la orden de zarpar con tres notas de una estridente corneta, el sonido fue replicado en diversos tonos por los quince capitanes de los barcos guías de escuadra, produciendo un efecto musical que agregaba un toque especialmente conmovedor a la partida. El sonido estremecía tanto a los embarcados como a los espectadores. Cada escuadra estaba compuesta por diez naves y la totalidad estaba dividida en tres tercios de cincuenta naves, al mando de Merensob como primer tercio, de Gibured el segundo y de Khanelah el último tercio. Todos se fueron formando en fila de a dos, pero el convoy, con sus más de cinco jaetas de largo, en principio con marcha lenta, fue recogiendo desde ambas costas, los aplausos y gritos de saludos de la gente que pretendía acompañarles por el río todo lo posible. Desde ciudades más al Sur, como Jazir, Tataliya, Amu, Kom Bissawa y la capital Karnak, y otros poblados más pequeños, se había acercado gran cantidad de barcos para participar y saludarles en la despedida. Cientos de pequeñas chalupas y otras embarcaciones, se acercaban a las naves con el mismo deseo de acompañarles al menos un pequeño tramo de su largo viaje. Lo mismo ocurrió cuando pasaron poco después cerca de Gavelade, y así mismo al pasar por todas las ciudades costeras del Nilo: Minya, Shanrossa, Meidoz, Ankheff, Fayum, Menfis, Sakkara, Abusir, La Luz y unos cuarenta poblados del Gran Delta. La campaña había sido un secreto mantenido hasta pocos días antes, pero ahora toda la Nación sabía que participaba de un modo u otro de ella y se habían divulgado los detalles de los esclavos Carpatians liberados, generando un gran entusiasmo por liberar a sus familias, aunque estuviesen en muy remotas tierras. La Plana Mayor estaba distribuida en diversos barcos, pero en el primero iban Nuptahek, Hatshepsut, Geonemetis, Azalema, Elhamin y Hetesferes, Henutsen y Ankemtatis, quienes seguían en la cubierta con su tarea de prever posibilidades y ajustar asuntos del viaje por mar con Merensob, quien se consideraba experto del Nilo pero reconocía que nadie tenía suficiente experiencia en el mar.

-Gracias por acompañarme, -decía al grupo- porque ya sabéis que mi experiencia en el mar no ha pasado de llevar flotas muy pequeñas en misión diplomática. Esto de llevar una gran flota en plan de guerra es algo muy diferente. Si no tenemos cambios importantes con el viento, apenas vamos a forzar remos y en vez de hacer la primera parada al entrar en el Canal del pequeño Mar de las Luces, lo haremos en la segunda prevista, al entrar al Mar de las Sombras. Según el cálculo ideal llegaríamos al primer punto en cuatro días y tres días más para llegar a destino, pero como buena parte del trayecto se hará de noche, iremos con cuidado en el archipiélago Grakio occidental. Es posible que ahí tengamos que hacer una parada prudente, si durante las noches la navegación se complica.

-Tenéis conocimiento de varios viajes por esa zona, Merensob...

-Sí, Faraona, y también Gibured. Pero no tanta como nos gustaría en esta ocasión, y Khanelah no conoce la región, por eso su tercio es el de retaguardia. Sólo tendrá que seguir con atención a las últimas naves de Gibured. Las lámparas de los Hekanef se pueden meter en el agua y como tenemos más de mil, he preparado este barco y los de los guías de escuadra, con un par de linternas bajo la proa, que se encienden y apagan tirando de una cuerda. Así que podemos ver de día y de noche cualquier cosa bajo el agua hasta unos doce o quince Ankemtras de profundidad y hasta cien o más hacia adelante. Por eso habréis visto que hay un vigía colgado de un arnés en algunas proas. A velocidades menores pueden bajar hasta el nivel del agua y cada diez Râdnies dar manivela a las lámparas para mantenerles potentes.

-Excelentes medidas, -dijo Hatshepsut- pero imagino que estarán en turnos cortos, porque ir colgados, por mejor hechos que estén esos arneses, ha de ser cansador...

-Doce turnos de día y veinticuatro de noche, -respondió el Capitán- no sólo por la posición, que es lo de menos, sino también por el cansancio visual y el frío. Aunque van bien abrigados, el aire y las salpicaduras van calando... Un descuido puede ser fatal para el barco.

Al anochecer llegaron a la zona del Delta y con noche cerrada llegaban al mar. Las brújulas mejoradas y otros instrumentos hallados en la región de Eritriuma, habían sido estudiados por varios científicos bajo la dirección de Alvalopep y habían comprendido su uso como instrumentos geodésicos, astronómicos, de orientación y navegación, para medir fuerzas, presiones, temperaturas, etc., y los de observación incluso habían sido reproducidos gracias a que Meranubis y Prinheteb habían descubierto cómo hacer con natrón y arena, los cristales pulidos con la forma adecuada, totalmente transparentes, Así que cada Capitán de navío tenía en su poder un catalejos tan potente como los dos que habían heredado del Faraón Isman, hallados en su largas campañas y esto significaba ver cualquier cosa en la distancia, como si estuviese diez veces más cerca. Durante buena parte de la noche, todos se entretuvieron mirando a las estrellas, viendo muchas que era imposible ver a simple vista y también observando el resultado de las linternas bajo el casco en proa, que atraía a peces y otros animales marinos de los más variados.

-Ahora, Merensob, -decía Nuptahek- por favor explicadme cómo hacéis para comunicaros rápidamente entre los barcos.

-Muy sencillo. En cada cofa hay diez banderines y de noche usamos lámparas de aceite. Pero ahora, con las linternas es todo más fácil. Tenemos dos idiomas que todo marinero debe conocer. Uno es el sencillo, que consiste en movimientos simples y cada uno representa una maniobra habitual, más una serie de encendido y apagado, o sólo tapando la lámpara con la mano, para expresar órdenes complejas. De este barco al último, puedo enviar un mensaje con un código de luces o de banderines, que indican a cuál de la formación va dirigido; por eso es importante mantener la formación, pero como cada barco tiene un número, que simplificamos con banderines o luces, podemos dar igual el mensaje cuando la formación se rompe en caso de combates. El segundo idioma es letra por letra y muchas palabras completas con sólo apagar y encender por más o menos tiempo. Demoramos un poco más en transmitir un mensaje, pero es más exacto, inequívoco y es posible enviar hasta un poema, ideas abstractas, porque es como hablar deletreando, aunque tardemos varias mútlicas en cada palabra.

-¿Habéis tenido combate naval después de las batallas de Isman?

-No, Faraona. Sólo tres escaramuzas con piratas de poca monta en las costas del Delta, pero huyeron rápidamente. Sin embargo estamos en constante entrenamiento, simulando batallas donde nos arrojamos proyectiles de verduras y bolas de paja. También tenemos posibilidad de incendiar barcos con bolas de aserrín y brea arrojadas a más de una jaeta, con esas catapultas de proa y popa...

-Aunque no es de esperar que alguien se enfrente contra un convoy tan grande, -preguntaba Geonemetis- ¿Conocéis algún pueblo que aparte de los oberitas, pueda pretender atacarnos?

-No, -respondió el Capitán- no lo haría ningún otro pueblo conocido. Y sólo hay un pueblo que tiene el control de todos los mares hasta donde sabemos, y son los Fenhygios, que como sabéis son una antigua mezcla de nuestro pueblo con los blancos del Norte, cerca de las tierras de Boreas, el pueblo original de los BerArBer. Ellos asustan a cualquiera que vaya por los mares con malas intenciones porque tienen fama de guerreros invencibles. Quizá sólo sea que ellos mismos han echado a correr esa idea, así que cuando se ven sus banderas con los símbolos del RunAr, los esclavistas y piratas huyen. Cuando les encontramos sólo preguntan si acaso necesitamos algo, porque ellos llevan de todo a todas partes, pero hasta ahora no parece que intercambien nada con Ankh em-Ptah. Creo que deberíamos invitarlos a interactuar un poco, porque llevan y traen cosas entre los Grakios, los Baalbekios, los habitantes de las islas, los Dacios martios, es decir los Lobunos de esa región cuyo mapa parece una bota y los de Bastetania, más al Poniente, que es donde se han ido hace mucho tiempo muchos de nuestro pueblo, cuando comenzaron los ataques más intensos de los oberitas. Tengo entendido que los Fenhygios van más allá de las Columnas de Hércules, donde empieza el Mar Insondable... Pero eso lo dicen otros. Habría que preguntarles a los propios Fenhygios...

-Sí, -intervino Nuptahek- me gustaría saber hasta dónde viajan, porque algún día me gustaría recorrer toda la costa del Mar Nuestro, ir más allá de esas famosas Columnas y estoy segura que volveríamos a Ankh em-Ptah por el Mar de Naciente.

-Es mi idea también, -dijo Hetesferes- porque los mapas de los Hekanef muestran una forma de nuestro continente que parece que se estrecha hacia el Sur. Aunque son poco entendibles al ser incompletos y por su simbología, sin duda que fueron hechos con una tecnología que aún no tenemos nosotros. Si podían volar, seguro que tendrían posibilidad de hacer mapas increíblemente perfectos y si me fío de las perspectivas de sus mapas, no tengo duda de que el mundo es una gigantesca esfera, tal como lo sabemos por deducciones desde hace mucho tiempo, pero recorrerlo y comprobarlo, es algo más difícil.

Aunque el viento seguía empujando y las velas iban turgentes, el Capitán ordenó a todo el convoy remar con una cadencia calculada a la perfección, para mantener la máxima velocidad posible sin grandes esfuerzos. Pidió a todo el que no estuviera en remos y navegación, que descansara para no despertar muy tarde porque si cambiaba el viento tendrían que forzar remos durante el día. También él se fue a dormir tras dejar a su contramaestre al mando, pero al despertar tuvo la agradable noticia de que la previsión era de viento a favor, al menos por dos días más, según el movimiento de las nubes.

-Tendremos viento a favor, -decía a todos mientras desayunaban- pero esas nubes del Sur auguran también una alta probabilidad de lluvia. Los que quieran quedarse en cubierta se tendrán que cuidar porque no sería raro que haya olas altas. Aunque empujarán bien los barcos durante las tormentas, iremos como encima de un caballo loco y los que no estáis acostumbrados... Mejor que no comáis mucho.

Las advertencias no tardaron en comprobarse como sabias y las agradecieron todos, porque el cielo comenzó a encapotarse y el viento arreció considerablemente, a la vez que el oleaje se hacía cada vez más alto y peligroso, obligando a los capitanes a hacer maniobras para poner las naves a un cuarto y medio cuadrante a babor y estribor alternativamente, a fin de mantenerlas con menor riesgo de embates laterales. Se arriaron las velas mayores dejando sólo las menores para aprovechar el viento, porque la velocidad mantenida con los remos no alcanzaba para dar rapidez a las maniobras. A pesar del chapuzón, la Plana Mayor y los que no estaban en los remos, querían permanecer en cubierta, sobre todo porque no había retretes suficiente para tanta vomitadera, pero Merensob ordenó bajar a la bodega, porque el peso en la parte superior hacía mayor el riesgo de volcar la nave. Tuvieron que hacer turnos e improvisar recipientes para la eventualidad, pero a media día amainó el oleaje, aunque el viento siguió favorable pero la lluvia no permitía el uso de las vela mayores, que mojadas daban a las naves demasiado peso e inestabilidad. Los remos se mantuvieron en cadencia larga, pero fue suficiente para no perder velocidad. El avance se mantuvo en los tiempos previstos y a media tarde el sor radiaba secando las velas, que permitieron el avance más rápido durante la siguiente noche. Las rarezas como estrellas fugaces y otras cosas no pudieron ser apreciadas durante el viaje nocturno, pero por el día los no acostumbrados a la navegación por mar, observaron diversos espectáculos sorprendentes, como manadas de delfines que saltaban fuera del agua, hacían piruetas que parecían a propósito para lucirse y acompañaban en su rápida carrera a los navíos durante largos ratos. En la madrugada del tercer día entraron al archipiélago occidental de Grakia y allí se cruzaron con dos naves de los Fenhygios, que les saludaron amablemente pero mediante unas señas de banderines, pidieron establecer conversación, a lo que Merensob respondió al ver con su catalejos a los del otro barco, con igual bandera de relación, una enseña de color rojo con una franja blanca inclinada. Luego llamó a Nuptahek y a los que estaban más a popa.

-Faraona, hablar con ellos sería beneficioso y necesario el contacto, en caso que sean realmente Fenhygios, nada peligrosos y hablarán nuestro idioma. Si son Fenhygios podréis hablarles con franqueza.

El convoy no se detuvo pero los otros se pusieron a la par en una maniobra muy rápida. Eran dos naves de mayor eslora que las del convoy y algo más anchas de manga pero se veía la mitad de remos, con más velas de diverso tamaño y una forma al parecer más plana, con una bodega que podía ser menos profunda. Alguien se acercó a la barandilla de estribor, mientras Nuptahek y Merensob hicieron lo mismo para establecer contacto.

CAPÍTULO ∩ I
NAVEGACIÓN CON FENHYGIOS Y FENÓMENOS

-Bienvenidos a la zona de las Islas Tranquilas, -dijo el hombre en voz muy alta para ser oído a pesar del viento- soy Oklafeb, capitán de este barco y General de la flota que se encuentra a pocas jaetas, tras aquellas islas... Espero que vuestra presencia sea justificada y benéfica. Os rogamos decir si venís en paz o debemos preocuparnos por la seguridad de los pueblos que habitan esta región.

-Soy Nuptahek, Faraona de Ankh em-Ptah, sucesora del Faraón Isman y por nada tenéis que preocuparos. No pretendemos molestar a nadie a nuestro paso, pero si tenéis alguna recomendación que darnos, la agradeceremos.

-Tenemos noticias de vuestra importante misión, -respondió gritando el hombre- pero no sabemos mucho porque nuestra labor está en el mar y no pasa de unas pocas jaetas en tierra alrededor de cualquier puerto. Sin embargo creo que podemos ayudaros en algo, si hacéis el honor de subir a mi barco para hablar sin tener que desgañitarnos...

-Gracias, invitación aceptada.

-No sé si sería muy seguro, -dijo Elhamin- apenas les conocemos y no sabemos muy bien cuáles son sus intenciones.

-Cualquiera sean, no han de hacer la tontería de secuestrarme, -dijo riendo Nuptahek- pero aunque sus barcos son muy rápidos, bastaría un Uás para detenerlos... Estad atentos, pero la intuición que tengo es buena y además, sabéis que si alguien me intenta hacer prisionera, se convertiría en mi prisionero en cuanto pestañee.

Los barcos se acercaron lo suficiente y la Faraona se columpió con una cuerda, saltando a la otra cubierta. Oklafeb extendió su mano, besando las de su invitada y le rogó tomar asiento en una cómoda butaca de mimbre con ancho respaldo. Dos bellas mujeres salieron de la caseta de cubierta, portando bandejas con bebida y bocadillos. Al igual que el Capitán, besaron las manos de Nuptahek y se retiraron.

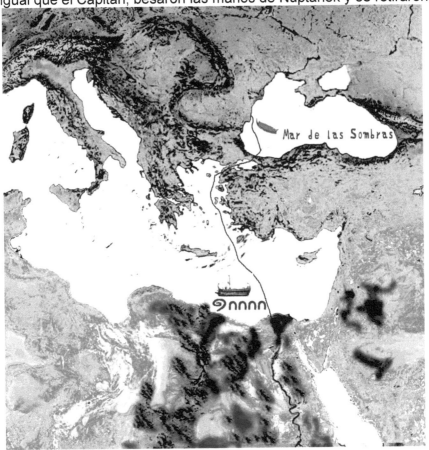

-Esto es licor de frutos de las montañas con agua de miel, podéis beber sin más efecto que el de vuestra cerveza. Es todo un honor el que hayáis aceptado mi invitación y podéis preguntar a los dioses si no es verdad que estáis entre hermanos del Alma.

-Es bien poco lo que sabemos de Vosotros, pero las referencias en vuestro favor por parte de Grakios, Baalbekios y todos los demás pueblos de este mar, dicen que sois misteriosos, guerreros y sobre todo, antiesclavistas. Si es así, tenemos en común lo más importante.

-De hecho, -respondió Oklafeb- Fenhygio proviene Fa Hygia, que los Grakios transformaron en diosa de la limpieza y la salud, pero el origen real es la FA del RunAr e Hygia es la representación de la Libertad, que los pueblos Germanos y algunos más nórdicos llaman Frigia... Ya no quiero aburriros con historias, que como me apasiona me olvido que estoy ante la Faraona de Ankh em-Ptah y mi misión aquí y ahora es saber en qué podemos seros útiles.

-Vamos como quizá estéis enterado, hacia el Mar de las Sombras, y desde ahí a liberar a unos cuántos pueblos esclavos que son de nuestras mismas características, idioma y cultura. Les tienen en la creencia de que es un Faraón quien les esclaviza, luego hacen el teatro de "liberarles" para entrenarlos y llevarlos a nuestra Patria para destruirnos. Así lo hemos comprobado liberando a muchos Carpatians que ahora vienen con nosotros para dar las explicaciones a su gente y servir de guías en esa región que sólo conocemos por mapas.

-Sabemos más de lo que decimos, Faraona. Estamos enterados de todo lo que estáis diciendo, Lo hemos informado a los Grakios pero ellos no tienen capacidad operativa para hacer esta campaña vuestra y además, no sabíamos tanto sobre ella hasta ahora. Habéis obrado con prudencia y secreto porque nuestros informantes sólo se han enterado de que en algún momento iríais a Dacia. El sólo hecho de haber aceptado pasar a mi barco, me afirma en que sois de fiar y estaríamos listos para serviros, porque hace décadas que sabemos lo que sabéis ahora sobre esa gente de la tierra que con razón se llama *Yugodesclavos*. Los oberitas les tienen como decís, aunque no sabíamos las maneras que engañarlos que me contáis. Desde ya que podemos colaborar, siempre que sea en el mar y hasta no muy entrados en tierra firme, porque eso es parte de nuestras leyes y razón de existir: Proteger a los pueblos costeros y combatir a los piratas, esclavistas y toda esa mala gente que brota en cualquier lugar.

-Entonces tendríamos que confiaros nuestros planes, acordar una estrategia conjunta en lo que compete a la acción naval, porque sabemos que los oberitas tienen barcos, pero no sabemos dónde andan, cuáles son sus puertos ni cuántos son, aunque sabemos que son hábiles para camuflarlos y para hacerse pasar por oriundos de cualquier pueblo marino. Incluso Vosotros mismos podríais ser oberitas si sólo hubiésemos vistos las naves. De cerca no hay muchas dudas, porque hemos aprendido a diferenciarlos por sus huesos, a pesar de que ellos a vexces se mezclan un poco con cada pueblo…

-Comprendo vuestras dudas, pero podéis entrar a la caseta, a los remos y a la bodega, estudiar a mis ciento veinte tripulantes, de los cuales la mitad son mujeres… Ya sabéis que los oberitas no las llevan jamás en sus campañas… ¡Que salgan a cubierta todos los que no estén en los remos o haciendo algo importante!

Momentos después había en la cubierta más de cincuenta varones y mujeres, a los que Nuptahek miró atentamente sus áureas perfectamente saludables y limpias, mientras el jefe seguía hablando:

-Atended, por favor. Os presento a la Faraona Nuptahek de Ankh em-Ptah, sucesora de nuestro querido Isman... Por cierto, me informaron de su Ascensión hace muy poco.

-¡No, por favor, -exclamó Nuptahek- no os arrodilléis!... Bueno, haced como os guste, pero a mi pueblo se lo he prohibido.

Oklafeb lanzó una carcajada y por señas indicó a los suyos a no arrodillarse. No obstante, no pudo impedir que cada uno pasase al frente de Nuptahek y le extendiera la mano, besando las suyas.

-Lo mismo intentó Isman, -dijo el hombre- pero parece que no lo consiguió. Os será difícil cambiar esa muestra de sumisión confundida con el respeto.

-Tengo algunas ideas, -dijo jocosamente Nuptahek- les pondré ante el sillón semillas de maíz, o si insisten, una tabla con clavos... En fin, que he de tranquilizar a los míos y si nuestra Plana Mayor lo ve adecuado, continuamos elaborando planes. ¿Os parece bien?.

-Para eso estamos, Faraona. Ahora me toca ir a vuestro barco, si no tenéis inconveniente, a devolveros la visita y establecer confianza.

-El Capitán Merensob dice que si sois Fenhygios, sois de fiar...

-¡Merensob!... -exclamó el anfitrión entre carcajadas- ¿Es que ha perdido la vista y no me ha reconocido?... Claro, no me di a conocer como Fenhygio, sino como un simple trabajador de puerto en la Isla Corín, y hace como diez años. Por favor, permitidme hablar con él.

-¡Capitán, acercaos, por favor! -gritó Nuptahek desde la barandilla tras pensar un momento- Que Oklafeb quiere que le veáis...

Al acercarse Merensob, tuvo la intención de usar su catalejos para ver mejor el rostro del otro, pero prefirió evitarlo. En cambio se acercó un poco más y afinando la vista dijo:

-Hace muchos años conocí a un trabajador del Puerto de Corín que se parece a Vos... ¿Sois el que tenía las trenzas largas?

-No, jamás he usado trenzas, soy el de la túnica agujereada, al que habían asaltado y quitado todo, vos me disteis la vuestra, y también me disteis vuestro puñal de pierna. También me ofrecisteis trabajo en vuestro barco pero me recogieron los míos antes de vuestra partida...

Las preguntas no eran más que precauciones para sondear al desconocido, que a pesar de las magníficas referencias de todos los pueblos sobre los grandes navegantes Fenhygios, tenían que estar seguros de que no eran piratas impostores. Con la conversación todos estuvieron tranquilos, sabiendo que no tenían nada que temer, sobre todo porque Elhamin y Merensob habían observado con el catalejos, que a más de quince cuerdas largas había al menos cincuenta mástiles y posiblemente más naves tras las islas cercanas. En tal distancia no se veían las naves, pero sí veían su parte superior y desde sus cofas les estarían viendo, esperando una señal de su jefe para intervenir. Merensob se columpió en la cuerda y pasó a la otra cubierta, dando un abrazo a Oklafeb y tras tomar asiento, éste dijo.

-Me vais a disculpar un momento, pero tengo que avisar a mi flota de que todo está bien y pueden relajarse. -decía a la vez que daba unas indicaciones con señas de las manos al vigía del palo mayor- Ellos nos acompañarán en la distancia, pero no quiero que se retrase vuestra marcha. Si vais al Mar de las Sombras os podemos indicar el camino más seguro con este mismo barco. Evitaremos escollos, así como el pasar demasiado cerca de algunos poblados que aunque son tranquilos y confiables, podría haber entre ellos a los que ya sabéis, y pasar información sobre vuestro convoy.

Tras un rato de conversación Oklafeb y dos de sus oficiales fueron al "Merensob" y allí continuaron las presentaciones y charlas hasta el atardecer.

-Esta misión que lleváis, -dijo Oklafeb- es algo que deseamos en lo profundo del Alma desde hace más de cuatro siglos. Lo hemos informado a vuestros Faraones anteriores, pero no era posible para ellos atender algo lejano, cuando vuestra Patria ha estado en constante guerra defensiva, sobre todo por el Sur y Naciente. Ni es posible para nosotros, que sólo operamos en el mar. Hemos ayudado combatiendo en este mar muchas veces, pero como bien decíais, Faraona, los oberitas saben disfrazar bien las naves y no es posible contactar con todas las que nos cruzamos en estos mares, a menos que sea un convoy. Y hablando de ello, el vuestro es de ciento cincuenta naves, mientras el nuestro es de setenta y dos, con ciento veinte efectivos por barco. Vuestras defensas como unidades navales si hubiera combate marino, serían para nada eficientes comparadas con las nuestras, a menos que llevéis armas muy secretas como las nuestras, sobre lo que no deseo preguntar. Pero creo que habéis preparado esta campaña muy bien para obrar en tierra, siendo los barcos sólo transportes, no naves de guerra. Cualquiera sea vuestro plan en destino, podéis contar con nosotros en esta campaña, a la que le damos la prioridad absoluta desde ahora. Tanto para protegeros en el mar, como combatir en tierra hasta una distancia máxima de una jaeta. No sé cómo pensáis y cómo obrar con los oberitas, pero nosotros tenemos como pueblo una experiencia de más de dos mil años... No hacemos prisioneros, cosa que vuestro Faraón Isman tuvo que aprender por las mismas lecciones que nosotros, cada vez que les perdonamos e intentamos reubicarlos para que sus almas, si es que las tienen, vuelvan a la Vida y salgan de la muerte en vida del esclavista y su hacer macabro...

-Ya hemos aprendido al respecto, -dijo Nuptahek- y sabemos lo que duele... Pero tarde o temprano, esclavista que no se mata, se matará después, a costa de pérdida de vidas inocentes. Ninguna de nuestras grandes Escuelas, ni nuestros Maestros, médicos y pensadores, ni siquiera Sekhmet o Anubis, han podido crear una solución individual o colectiva para sacar a los esclavistas de su enfermedad espiritual...

-El destino, -dijo Elhamin- podría ser un puerto llamado Pirgos, nuestros barcos tendrán que esperar el regreso de las tropas pero no sabemos si volveremos con parte de los rescatados. Tenemos cien parejas y otros tantos soldados, varones y mujeres no emparejados, que estarían en disposición de quedarse como guarnición permanente en los territorios liberados, porque ya no tienen familiares en la Patria, porque han fallecido o hecho Ascensión.

-Disculpad el cambio de tema, -dijo Oklafeb- pero me interesa saber si en vuestro pueblo aún continúan las Ascensiones o hay más muerte.

-En la última estadística, -respondió Hatshepsut- se mantiene que de cada diez, tres son muertes y siete son Ascensiones. Hemos tenido que construir miles de criptas porque cada vez hay menos ancianos y la gente hace su Ascensión a menores edades, entre los cincuenta y noventa años. Y muchos no han tenido hijos... ¿Y en Vosotros?

-Menos, -respondió Oklafeb- entre nosotros dejan cadáver siete u ocho de cada diez. Vamos a una tierra de Poniente lejano cada tanto, cerca de las Columnas de Hércules, a dejar a los que están muy cercanos al final del proceso. Ya sabemos que no es posible hacerlo en un barco, cosa que pone en peligro a todos, porque en muchos casos se incendiaban. Y si se arroja al agua el que está ya muy cerca, muere en vez de completar su transfiguración. La reproducción está en niveles aceptables todavía, pero es de esperar que en pocos siglos no quede mucha gente de nuestro pueblo marino, porque la educación y la práctica van reduciendo también las edades a las que se Asciende.

-¿Será posible que tengáis alguna dificultad para hacer la Ascensión por el hecho de estar siempre en el mar? -preguntó Geonemetis.

-Es posible, -respondió Oklafeb- pero quizá como factor accesorio y no como un determinante. La gente que está en tierra es la que más hace Ascensiones, pero aún así, puede que tenga que ver con la tarea que hacemos. En el mar estamos en constante vigilancia y menos meditación, porque no sólo hacemos eso, sino que llevamos productos de todas partes hacia todas partes, asegurando la abundancia en todo nuestro ámbito. En cambio en tierra se tienen horarios más estables y para los matrimonios, ya sabéis que eso es importante.

-¿Estáis casado? -preguntó Elhamin.

-Sí, General, y mi mujer me acompaña habitualmente, pero en este caso, como siempre que hay riesgo de batalla, si tenemos cerca lugares adecuados, dejamos a las mujeres en tierra y vienen sólo las que tienen formación militar. No admitimos ni en la navegación regular a mujeres embarazadas o con hijos menores de quince años. Así que al saber de vuestro convoy poco antes que entraseis al Delta del Nilo, reunimos la flota con urgencia y dejamos a nuestros más preciados tesoros en la Isla de Rodo.

-¿Habéis pensado que tendríais batalla con nosotros?

-¡De ninguna manera, Faraona!, que siempre estamos sabiendo lo que hacéis y cómo sois. Pero sospechábamos que podría haber algún peligro que no hubiésemos advertido y Vosotros sí.

Volvieron al tema de las próximas acciones y los acuerdos por sí o no entre la Plana Mayor se hacían con gestos bien disimulados, con lo que se ahorraban la incomodidad de conferenciar delante de los invitados, ahora aliados estratégicos. Luego de la cena, Oklafeb y sus adláteres regresaron a su nave ya entrada la noche, para mantenerse a una cuerda por delante, marcando el rumbo más directo pero evitando la cercanía a las islas. Ellos no necesitaban las lámparas bajo el casco en ningún sitio del Mar Nuestro, en el de las Luces ni en el Mar de las Sombras, pero comentaron que en algunos lugares del Gran Mar de Poniente podrían ser útiles. Sin embargo, recomendaron quitarlas para evitar ser vistos por los pueblos costeros, ateniéndose a seguir a la nave de Oklafeb. Cada cuatro naves del convoy, se puso una nave fenhygia a una cuerda corta a babor y otra a estribor, formando una protección que mantenía ordenada la formación para el tránsito seguro en toda la región, además de dificultar a posibles observadores desde las costas, comprender la calidad del conjunto, viendo más a los barcos ya conocidos en la zona. Aunque en esa época nadie imaginaría que existiese una fuerza naval más grande que la Fenhygia, ahora aumentada por la otra flota formando un total de doscientos veintidós barcos. Nadie podría atreverse con semejante convoy pero era importante llegar a destino tan discretamente que el desarrollo en tierra de Yugodesclavos pudiera contar con el factor sorpresa, disminuyendo las posibilidades de huídas y emboscadas.

Al día siguiente, tras un día y noche completa de navegación, habían pasado la zona más compleja de islas e islotes, alterando el rumbo previsto, siguiendo a Oklafeb para pasar lejos de cualquier costa. Con las primera luces, Oklafeb pidió subir a bordo del "Merensob", portando un bolsón lleno de mapas e instrumentos que les sorprendieron. Ellos ocultaban los catalejos y demás aparatos, pero Okefe les mostró algo similar de dos tubos, un astrolabio casi tan bueno como el de Merensob, y mientras desayunaban explicó:

-Estamos cerca del estrecho de *Dardanellia,* que se llama así en homenaje a nuestro héroe más antiguo que se recuerda, Dardanus, un Nórdico que se casó con una Dacia nacida por estas zonas, y juntos crearon un Consilium reuniendo a todos los pueblos de la región, a los que se unió luego Ankh em-Ptah. Vuestro pueblo aportó a más de la mitad de todos, por eso nos llaman "los Ankhemptamitas del Mar". No mantuvimos después una relación estrecha con vuestra Patria ni con ninguna otra, debido a los constantes intentos de infiltración de los oberitas, pero hemos ayudado en todas las campañas antiesclavistas de los Grakios y los demás pueblos, protegiendo a Ankh em-Ptah en sus costas hasta donde hemos podido. Dardanus, su mujer Estumbria y los elegidos por los Consiliums de cada pueblo, fundaron años después la ciudad de Fanhygia, que es desde entonces nuestro cuartel general, donde tenemos los astilleros y otras fábricas. No es un poblado amontonado, sino de muchas aldeas dispersas... mezclados con los pocos Baalbekios que quedan. Os estoy diciendo un secreto absoluto, que os ruego conservar por el beneficio de vuestra Patria y el de todos los pueblos libres. El nuestro tiene más gente en tierra que en el mar, aunque nuestra misión es naval, pero pasa como una mezcla de Grakios y otros, protegiendo este estrecho y el que une este Mar de las Luces con el Mar de las Sombras.

-¿Cuánto tiempo hace que existe vuestro pueblo, es decir de qué época es Dardanus? -preguntó Hetesferes.

-No lo sabemos con exactitud, pero los escritos más antiguos que conservamos muestran dibujos de las estrellas y otros datos, por lo que nuestros sabios han deducido que la fundación de Fenhygia ocurrió hace alrededor de cuatro o cinco mil años, es decir poco después del último diluvio que inundó la mayor parte de estos territorios durante muchos años... Ahora tenemos también una ciudad en las costas de Poniente de Iberia, esa tierra en la que viven dispersos muchos Carpatians que han logrado huir de la esclavitud oberita y los Bastetanos, que tuvieron que huir de vuestra tierra cuando los Faraones anteriores a Isman, no habían comprendido la gravedad de los ataques oberitas por el Sur... Mirad, aquello que veis sobre la niebla es el faro que se construyó hace miles de años, probablemente mucho antes de aquel diluvio y aún perdura al menos una parte. Los Grakios llaman a este estrecho Helesponto, pero ese nombre es nuevo y basado en una mitología especial de ellos, aunque la misma les une en historia con nuestro pueblo. De hecho, muchos Grakios son parte de nosotros.

-Aquí pensábamos hacer una parada, -dijo Merensob- pero si no tenéis que hacerla Vosotros, podemos seguir. No necesitamos hacer reparaciones ni conseguir provisiones. Sólo me preocupa un poco el viento, que empieza a arreciar...

-Y será bueno arriar velas, -dijo Oklafeb- porque además, hay que mantener una línea firme en todo el estrecho. En unos tres Râdnies estaremos en el Mar de la Luces y a media tarde estaremos en el estrecho que llamamos Mikligarður, con su nombre original del idioma Primordial, o Grandorya, como lo tenéis en vuestros mapas. En ambas costas sólo hay gente de nuestro pueblo, así que no hay nada de qué preocuparse. A la noche estaremos entrando en el Mar de las Sombras, y ahí sí que vuestras lámparas pueden ser útiles, pero sólo cuando estemos cerca del destino, según donde decidáis atracar.

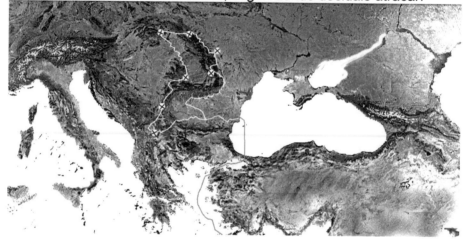

-¿Conocéis toda la costa de ese mar? -dijo Elhamin.

-Así es, General. Milenios recorriendo toda esta parte del mundo, y en especial ese maravilloso Mar de las Sombras, que tiene misterios y fenómenos cuyos secretos nunca hemos podido desvelar... Pero de las costas casi no queda rincón sin mapear, así como todos los ríos navegables que desembocan en él y el Mar Akhdajet, que significa "*sin profundidad*". Es más pequeño pero no menos misterioso, lo hemos recorrido pero no hemos permanecido mucho en él. Poca gente vive en sus costas y la mayoría son de raza Amarilla. Los oberitas no se han atrevido jamás con ellos. Ahora mirad estos mapas, de los que tenemos muchas copias y podéis quedaros con ellos. Hay un lugar aquí, un poco más cerca y más interesante porque no vais a encontrar obstáculos importantes en esta parte del avance por tierra. Si en vez de llegar donde tenéis previsto, desembarcáis ahí, la costa es más accidentada y ningún pirata se atrevería a atacar a una flota, menos aún de tantos barcos, pero lo mejor es que podéis ahorrar más de doscientas jaetas de andar terrestre, porque vuestro plan está bien, de acuerdo a los datos que teníais. Aquí tenéis otros mapas que son mucho mejores, de toda la región de Yugodesclavos. En algunos más antiguos veréis que la región se llamaba Dacia y quieran los dioses que vuelva a llamarse así... Tenemos con los Grakios de Mnemofiles, que ahora es Rey de Hellás, y con los Lobunos de La Bota, un cuerpo conjunto de exploradores, pero esta relación se estableció hace doscientos años con el anciano antecesor de Soferses II y han descubierto cosas magníficas, grandes pirámides hacia Poniente y Norte, un poco lejos de donde vais, así como referencias de túneles misteriosos en la montañas por cuya vertiente Sur pasaréis de regreso. Los que han llegado más al Norte del Mar de las Sombras hallaron construcciones que sólo pudieron hacer gigantes...

-¿Habéis dicho gigantes..? -preguntó Geonemetis sobresaltado.

-Sí, eso he dicho, y además se han hallado esqueletos que gente que medía entre cinco y siete codos de estatura. No los he visto personalmente, salvo un cráneo que trajeron a Fenhygia, pero estas expediciones han sido compuestas por personas muy confiables...

Relataron a Oklafeb parte de los hallazgos en Eritriuma, aunque sin especificar mucho, y él les compartió toda la información de que disponía respecto a las largas expediciones realizadas por todo el enorme continente que alguna vez se llamó TarthAria. Los mapas que les entregó abarcaban extensiones de más de diez mil jaetas hacia Naciente e incluían todo el continente hacia Poniente, con todas las islas que habían conocido en sus innumerables viajes, así como uno en especial que llamó la atención de todos: África al completo.

-¡Es lo que os decía!, -exclamó Nuptahek- que si vamos por el Mar Nuestro hacia Poniente y seguimos la costa africana, llegaríamos al Mar de Naciente... ¿Y este otro, con estas islas tan grandes que hay aquí, las habéis recorrido o son de referencias de otros?

-También las hemos recorrido todas y mapeado sus costas. Esa parte es un trabajo de siete generaciones y yo mismo he hecho una parte, pero no hemos entrado en ellas. Con ver a los habitantes de varias costas, que han atacado nuestros barcos saliendo al mar con cientos de pequeñas embarcaciones, hemos comprendido que al menos por ahora no es momento de tomar contacto. Sus navecillas y sus armas son precarias y no tienen idea de estrategia inteligente. Incluso se ha observado que cuando uno de ellos casi alcanza a abordar una de nuestras naves, los otros lo echaron atrás intentando ocupar ese puesto de logro. No sabemos si son producto de un lenta evolución o de un proceso de involución, porque no se parecen en rasgos a ningún pueblo conocido. En este mapa están señalizados los puntos de contacto y todos han sido hostiles. En algo más de la mitad fueron intentos nuestros de desembarco, pero siempre huimos para no matar a esa pobre gente.

-Así que habéis navegado más allá de las Columnas de Hércules...

-Sí, Faraona, -dijo Oklafeb- pero debo advertiros que si algún día vais por allí, lo mejor es que invitéis a alguno de nuestros guías. Es un estrecho de menos de doscientos Ankemtras de ancho y las corrientes van del Mar Nuestro al Gran Océano o viceversa, con tal velocidad que sorprende al mejor navegante, pero en el cambio de ciclo está el mayor peligro, porque en el momento en que se inicia el paso de un mar a otro, se forman olas gigantes y una turbulencia en la que pocas naves pueden evitar hundirse. Lo he cruzado seis veces, es decir tres de ida y tres de vuelta, y aún atendiendo a los consejos de la gente de las costas, la última vez estuvimos a punto de naufragar.

-¿Sabéis por qué le pusieron ese nombre? -preguntó Geonemetis.

-Está claro, -dijo Oklafeb- porque Hércules es un personaje tan antiguo que se pierde en la historia pero quizá nunca se pierda en la memoria de los Grakios. El estrecho era antes mucho más pequeño y en algunos mapas más antiguos en piedra, cerca de allí, no aparece pasaje entre los mares. Luego los Grakios, construyeron allí dos faros gigantescos y otros pueblos los mantuvieron por milenios, pero el terreno se va degradando poco a poco, la embestida del oleaje va erosionando el fondo y el paso se va ampliando y haciendo más profundo. Ya no hay islotes ni los escollos que en un tiempo lo hacían impracticable, pero tampoco existen aquellos faros; se los ha tragado el mar, pero ha quedado el nombre al estrecho.

-¿Y estas cantantes marineras, -preguntó Khumpomisis- que aparecen en tantos mapas antiguos, significan algo en especial?

-Significa que son eso, -respondió Oklafeb- seres que no son muy humanos, con cuerpo de pez de la cintura hacia abajo. Les he oído su canto y es realmente bello, pero no son precisamente agradables de ver, aunque les dibujemos así. Son inteligentes, les hemos visto usar lanzas para cazar peces y siempre se han mantenido a cierta distancia de los barcos, pero no hay que confiarse si hay muchos.

-Así que no son representaciones simbólicas, como creíamos...

-No, Elhamin, son seres reales. Mi padre vio a muchos de ellos cazando en una bahía donde llevaban unos días fondeados, y salieron del agua a comer sus presas sobre las rocas. Cuando se dieron cuenta de la presencia del barco, tomaron sus lanzas, comenzaron a lanzarse al agua y lo rodearon, así que el Capitán ordenó la rápida retirada. No atacaron pero la situación pareció demasiado peligrosa. Persiguieron a la nave en un primer momento pero no intentaron abordarla. Luego las hemos visto en las costas de Poniente de África, en las Islas de los Volcanes que están mil jaetas al Sur de las Columnas de Hércules y a cien jaetas de la costa africana. También se han visto en las costas al Norte de dichas Columnas, sobre todo muy al Norte, en las rías profundas del Mar Frío... Y en la bahía Verde de los Lobunos y no hace mucho hubo un reporte en el oriente de la Isla de Rodo, muy cerca de donde os interceptamos. Al otro lado del mundo, a más de seis mil jaetas de África, hay un conjunto de islas muy grandes, donde sólo han llegado hace unos siglos dos grupos de nuestro pueblo y en los mapas que hicieron anotaron todos los casos en que los marineros vieron a esas criaturas.

-Claro, -comentó Geonemetis- vais por todos los mares del mundo, así que no es de extrañar que veáis cosas que ni imaginamos los que sólo vemos de habitual el Nilo.

-Y sobre todo, porque nuestra vida transcurre con observación del cielo nocturno, tanto como el diurno. Cuando no está nublado solemos sortear los turnos, porque a menos que haya tormenta, de noche se navega mejor y se ven más cosas extraordinarias en el cielo...

-¡Contadnos más!, -exclamó entusiasmada Hatshepsut.

-Llevamos un historial de reportes, -continuó Oklafeb- pero está en la biblioteca de Fenhygia. Cuando terminemos esta campaña podréis visitarla y si gustáis, hacer copias de todo... Tendréis que disponer de mucha gente, porque hay miles de documentos. En ellos figuran las estrellas errantes, que según creemos, son aparatos que alguien dirige y no meros fenómenos celestes. También hemos visto animales muy raros, como uno que aún se suele ver en el Mar Akhdajet, con un largo cuello y un cuerpo poco más pequeño que este barco. No ha atacado a nadie pero ha sido visto cientos de veces. Los más temibles son los pulpos o calamares gigantes del Mar Infinito, que han aparecido en las aguas del Mar de los Hielos e incluso muy cerca de las Columnas de Hércules. Hace algunas décadas perdimos un barco, hundido por una de esas criaturas, a pesar de no haber sido atacado. En la biblioteca hay muchos más...

-Estaré encantado de dirigir a los copistas, -dijo Geonemetis- pero seguro que tendré que aprender todas las lenguas que habláis, que supongo que son muchas.

-La mayoría hablamos las veintisiete lenguas conocidas, e incluso algo de la principal de los oberitas, aunque ellos se cuidan de hablarla delante de otros. Sin embargo podemos leerla casi toda, porque son Runas modificadas y con el tiempo, a partir de los documentos y mensajes incautados, mi pueblo ha ido descifrando el idioma escrito.

-Hace muy poco, -dijo Nuptahek cambiando el tema- no sólo fueron miles de combatientes los que entraron a nuestro país, sino también centenares de esclavos. Hace algunos años habitaron el oasis de Poniente, pero al menos cien fueron llevados a Eritriuma hace cerca de medio año. ¿Por dónde podrían pasar sin ser advertidos por nadie?

-Demasiado grande el mar, e inmensa es la costa, Faraona. Si lo hubiesen hecho por estas regiones es probable que les viésemos, pero como sabéis, un barco puede disfrazarse. Si llevaron a miles de una vez, sin duda que no han pasado por aquí porque habrían sido interceptados. Además no sé por qué no vais a Salónica, más cerca de vuestro destino... ¿Es que los Carpatians no recuerdan la ruta?

-El grupo grande, hace años ya, -dijo Hatshepsut- de modo que sólo recuerdan poco, porque les llevaron muchos días en carros cubiertos hacia Poniente. Luego embarcaron en algún lugar y nadie volvió a ver luz hasta nuestras costas. Los más recientes vinieron en dos barcos, convencidos de ir en guerra contra sus opresores, embarcando en el puerto macedonio. No vamos por el Sur porque seríamos detectados.

-Todos esos pudieron pasar inadvertidos, -dijo Oklafeb- sobre todo si navegaron hacia Poniente por el Mar Nuestro para llegar a vuestras costas lejos del Delta. Esa zona está poco transitada y los poblados son pequeños y dispersos. ¿Tenéis idea de dónde tienen sus astilleros y el cuartel general o poblado los oberitas?

-No sabemos dónde, -respondió Hetesferes- pero aunque tendrán lugares más cercanos, seguramente su poblado mayor está muy lejos al Naciente, por las referencias de los Baalbekios. Aquella región está inexplorada hasta donde sabemos, porque comienzan las selvas demasiado densas al otro lado del Mar Hircanio. ¿Es parte de vuestra región ese mar?

-Lo conocemos por mapas y lo han explorado nuestros ancestros, pero hace siglos que no vamos por allí. Es un mar de mil doscientas jaetas de largo y más de cuatrocientas de ancho, pero como no tiene salida a ningún otro, no hemos vuelto. La parte más "terrestre" de nuestro pueblo no va más allá de las cien jaetas, hacia Naciente del Mar de las Sombras, así que no llegan hasta el Mar Hircanio. Proteger a los pueblos del Mar Nuestro y el de las Sombras, ya es una tarea bastante complicada para ochenta mil personas.

-¿O sea que vuestra misión fundamental es proteger a los demás?

-Así es, Faraona. Del mismo modo que vuestra Patria es la Escuela del Mundo, donde enseñáis todas las ciencias a los que van en paz, nosotros nos ocupamos de protegeros, en mayor medida de lo que os podéis imaginar. Las hordas de piratas, que no sólo oberitas, habrían entrado hace tiempo en vuestras tierras por la Costa Norte, si no fuese por nuestra constante vigilancia, pero considerad que desde el Delta del Nilo hasta las Columnas de Hércules hay más de cuatro mil jaetas. No es posible cubrirlo todo durante todo el tiempo, pero nuestro patrullaje es constante. Por eso Isman tuvo que combatir sólo por el Sur y Naciente, ya que el enemigo sabía que no podría hacerlo por el Mar Nuestro. Pueden colar algunos miles alguna vez, como parece que ha ocurrido, pero no una gran campaña. Incluso con la vigilancia que hacemos en el Delta, se nos suelen colar algunos…

-Es decir, -dijo Gelibar- que estáis muchas veces bien informados de lo que ocurra en Ankh em-Ptah…

-Así es. Incluso, como no tenemos diferencias corporales, siendo nuestras lenguas principales la misma vuestra y la de los Grakios, los mejores calificados entre nosotros son enviados a vuestros Templos de Conocimientos pasando inadvertidos, como simples discípulos de vuestro pueblo o como Grakios o Lobunos.

-¡Es decir que os tenemos infiltrados…! -dijo en broma Hetesferes.

-Sí, pero vuestros Maestros siempre lo saben. Tarde o temprano le hacen al discípulo alguna pregunta que le obliga a decir la verdad, porque los sacerdotes avanzados ven en el ámbito de Anubis las diferencias del áurea cuando alguien miente. Incluso doy por seguro que la Faraona y otros de Vosotros también podéis hacerlo. Al menos quienes han sido elegidos por los Consiliums...

-Sin duda que es así, -respondió Elhamin riendo- y creo que aquí sólo Merensob, Gelibar y yo carecemos de esas facultades, porque Hetesferes y Geonemetis ya están avanzados en las prácticas. Del resto de la tripulación no lo sé porque la gente es muy discreta. Pero todos pasan por las Escuelas y cada uno desarrolla lo que puede.

Conversaron durante el resto del día, mientras atravesaban el Mar de las Luces, sobre cuestiones que pudieran preverse en tierra, así como la logística que los Fenhygios les aportarían para que la flota no tuviera que buscar víveres aunque se prolongase la campaña en tierra más de lo calculado. Se cruzaron con varios navíos de diversa clase, la mayoría de pescadores y otros de cabotaje, pero en cada caso Oklafeb enviaba una regata rápida para asegurarse de que fuese gente de la región y dijese a las tripulaciones que guardaran secreto sobre el convoy. Pasada la media tarde les comunicó Oklafeb que estaban cerca del Estrecho de Mikligarður.

-Tenemos Luna creciente en apenas un hilo, -dijo a la Plana Mayor- así que podemos esperar porque aunque en estas riveras sólo habitan Fenhygios, puede convenir detenernos y entrar de noche. Una nave nuestra avisaría a los vigías, que son cincuenta. Pero nadie más estaría en conocimiento del convoy. ¿Os parece bien?

-Nadie mejor que Vos para planificar movimientos en esta región, -dijo Nuptahek- y aunque no nos falta criterio estratégico, sois quienes más sabéis sobre el mar y es la primera vez que venimos por aquí.

-Además, agregó Hatshepsut, hemos acordado consideraros como miembro de esta Plana Mayor, si aceptáis formar parte...

-Es un honor muy grande, -dijo Oklafeb evidentemente emocionado- aunque me debo a mi pueblo por sobre todas las cosas, estar bajo el mando de la Faraona de Ankh em-Ptah es algo que sería aceptado por todos nuestros Consiliums. Soy algo así como el Faraón Fenhygio y por lo tanto obedezco al pueblo, pero como militar tengo potestad para obrar según mi mejor criterio. Claro que acepto.

-No será estar bajo mi mando, -dijo Nuptahek- sino del mismo modo que actúa toda esta Plana Mayor. Yo sólo dirimo u ordeno cuando hay empates de opinión o cuando las circunstancias son extremas. Para nosotros sois en adelante, un miembro más, que debe opinar y ayudar a decidir en todo de la mejor manera posible. Vuestros cuatro siglos de espera para liberar Yugodesclavos y esta campaña nuestra, son algo que está planificado desde otras esferas evolutivas. Ahora por favor, decidnos más sobre lo que veis en nuestros mapas e itinerario que pueda mejorarse y mientras, esperamos la noche.

-Podemos cruzar el estrecho en dos Râdnies y navegaríamos de noche la mayor parte del resto, llegando a destino ya de día, lo cual es ventajoso. Si me permitís una sugerencia respecto al destino, habéis marcado un puerto nada recomendable desde hace un tiempo, debido a que la bajada del mar ha hecho inaccesible la costa para calados mayores que una chalupa. Pirgos es algo raro, porque el fondo marino baja y sube cada cierto tiempo... En algunas décadas se ha observado diferencias. Además, el camino que tenéis marcado por tierra es más largo y ahora lleno de ciénagas, que el que sale del puerto de Odesos. Allí sólo vive gente nuestra y un poco más al Sur, ahorrando unas setenta jaetas en mar y más de noventa en tierra, con mejores caminos por el interior, hay sitios que no son puerto pero dan para buen calado. Esa zona está habitada sólo por Tracios y Fenhygios. Los mapas vuestros estaban bien hace décadas, pero el Mar de las Sombras ha bajado o su fondo ha subido. Aunque las lluvias han disminuido mucho en las últimas décadas hacia Naciente, han aumentado en los territorios de Poniente. Por eso vuestro camino previsto es ahora una marisma. ¿Cuándo habéis reunido esos mapas?

-Los conseguimos de los Grakios y Carpatians. -dijo Hetesferes.

-Entonces es posible que hayan sido infiltrados por los oberitas. Los Grakios los tienen siempre actualizados desde siempre, porque como os he dicho, hacemos expediciones conjuntas por tierra y casi todos los años intercambiamos documentos. ¿Estáis seguros que son fiables los Carpatians que traéis?

-Sí, -dijo Nuptahek- pero también sus recuerdos son antiguos y los que trajeron últimos traían mapas precarios, que pudieron también ser muy antiguos o bien los oberitas habérselos dejado a propósito.

-Así es, -confirmó Hetesferes- porque si fuese por esos mapas, sin combinarlos con los de los Grakios, no servirían para nada.

-Quizá fue un error nuestro no contar con Vosotros desde el principio al planificar la campaña...

-No fue un error, Faraona. No podíais saber mucho de nosotros ni estar seguros de que fuésemos de utilidad. Pero recordad quién os ha hecho llegar esos mapas, porque si los tenéis de hace mucho, están simplemente desfasados, pero si son nuevos, hubo intención...

-Fueron recopilados por el Faraón Isman, puede que tengan más de treinta años. -comentó Hetesferes- pero los dos principales y más completos fueron encontrados en el cuartel de los oberitas del Oasis.

-Entonces permitidme revisarlos... Porque puede que los hayan...

-Aquí están. -dijo Hetesferes sacando los grandes tubos de caña con papiros de su arcón de documentos- Su confección no es antigua.

-Quiero hacer unas pruebas, pero podrían dañarse. Si resulta sería muy aclaratoria.

-Comparando con los vuestros, estos no tienen ya valor, -dijo Hetesferes- así que haced lo que os parezca oportuno.

Oklafeb pidió una vela y Geonemetis la trajo y encendió. Al pasar el mapa con cuidado sobre la llama, calentando levemente el papel, empezaron a aparecer signos, dibujos y escritos que no se veían antes. Al retirarlo del calor, los dibujos desaparecían.

-Un viejo truco, -explicó Oklafeb- que no resulta con la luz del sol porque iría destiñendo lo escrito. Pero con el calor de la llama aparece lo escrito con tinta invisible, hecha con jugo de limón y sal. A veces sólo se usa el zumo del limón, pero con diferentes sales se logran tonos y calidades diversas y luego desaparece todo al enfriarse el papiro. Los oberitas han mantenido los mapas en su versión antigua, agregando los detalles actualizados de modo que si no conocéis el truco, no accedéis a la información. Funciona con papiro grueso, pero mejor aún con el más fino.

-Excelente, -dijo Nuptahek- queda desvelado el misterio. Ahora hay que replantear el recorrido terrestre actualizando los mapas.

-Me pongo en ello, -dijo Hetesferes- si me ayudan Khumpomisis, Oklafeb y Geonemetis, para terminar antes de llegar a destino.

-Sólo dadme unos têmposos, -dijo el Oklafeb- que hago unas señas a mi contramaestre para que dirija el convoy y me quedo con Vosotros.

Después de hacer las señas usando un banderín, se detuvo la nave guía y todo el convoy, estrechando formación para pasar el estrecho cuando se cerrase la noche. Mientras tanto, Merensob hizo lo propio para que todas las naves siguiesen las mismas pautas. Oklafeb llamó al barquero de su regata rápida y habló con él en un idioma que nadie entendió y la regata de ocho remos partió inmediatamente.

-Ya está, -dijo Oklafeb regresando con los demás- una nave ligera dará los avisos y nos esperará ya en el Mar de las Sombras. Mientras patrullará a algunas jaetas hacia cada lado de la desembocadura, para comprobar que no haya observadores que no sean vigías nuestros. Además, se dará aviso al Concejo de Fenhygia sobre nuestro hacer.

Rato después tenían definida la zona de destino atendiendo a las indicaciones del Fenhygio, así como la ruta que debían tomar una vez en tierra. Al oscurecer plenamente, se retomó la navegación con mínima luz de celemines de popa para las naves de Ankh em-Ptah y con los de popa, centro y proa de los barcos Fenhygios. De ese modo, desde las costas sólo se veía la flota externa, confundiendo las luces y haciendo casi imperceptible el centro del convoy. Durmieron en las hamacas de cubierta, con un aire caluroso y el cielo encapotado por la niebla, que hacía más oscura la noche. Oklafeb y Merensob estaban despiertos y atentos a la lenta navegación, conversando en la proa.

-Sin vuestra guía, -dijo Merensob- no habríamos atravesado este estrecho con estas condiciones. Apenas se ven las luces de la costa.

-Es normal, como Vosotros en el Nilo. Aunque supongo que ahí es más peligroso navegar sin buena visibilidad. Los hijos de Sobek no perdonan una caída al agua...

-Sí, eso tiene de malo el Nilo, o quizá de bueno, porque no dejan de ser una defensa natural. Nadie puede cruzarlo a nado y cualquier bote que lo haga es visible. Y no puede ser pequeño porque los cocodrilos grandes dan vuelta un bote de seis o siete Ankemtras. ¿Hay criaturas peligrosas por estos mares?

-No, -respondió Oklafeb- sólo buena pesca y los peces grandes no son peligrosos. En el resto de los mares hay de todo, pero nada comparable con la peligrosidad del Nilo. Si algún día vais a los mares más allá de las Columnas de Hércules, entonces id bien preparados, porque pueden apareceros pulpos, calamares, tiburones de treinta codos que en un par de ocasiones agujearon los cascos de nuestros barcos y a uno lo hundieron y murió la mitad de la gente... Aunque no vemos nada más que la luz de popa de mi barco, podríamos ir a dormir un poco, que mañana conviene estar con los ojos muy abiertos al llegar a puerto. Hace al menos un año que no ando por ahí...

CAPÍTULO ∩ II
DESEMBARCO EN YUGODESCLAVOS

Durante el desayuno establecieron el orden de amarre y las maniobras de desembarco. Durante la noche dos naves Fenhygias se adelantaron para recorrer las riberas y regresaron cuando aún no veían tierra. Ambas informaron que no había movimientos importantes y los pescadores vistos eran del propio pueblo. Sin embargo uno de los capitanes recomendó hacer el desembarco en Varnal, a quince jaetas antes del destino previsto, donde sería todo más discreto. Desde ahí también habría buen camino hacia el interior, sin pasar por poblados. Luego de estudiar los mapas se aceptó la sugerencia y a media mañana estaba desembarcado todo el personal y el material en el puerto de Varnal. En un sitio cercano a la playa, donde había un anfiteatro natural, se estableció el campamento y desde una pequeña colina podían ver el desarrollo de las labores. Elhamin ordenó formación en sus puestos, preparados para el armado de los cuatrocientos cincuenta carros y revisión total de los equipos.

-Atended todos. Traemos un total de quinientos caballos, así que se destina uno a cada carro. Tendrán que ayudar a los animales, porque irán repletos de material, víveres y armas. Los otros son veinte para la Plana Mayor y treinta para los exploradores, que a partir de ahora se mantendrán en abanico a dos jaetas delante de la marcha. Ocupaos ahora de armar los carros, informadme de cualquier novedad, los Comandantes asignad los puestos de guardia, el cuidado de los caballos y dedicaos a descasar durante la tarde. Dormiremos en los barcos y en los carros; vamos a partir al amanecer.

-General, Faraona... -dijo Oklafeb mientras comían al medio día- he hablado con mi gente, averiguado más cosas y puedo asignaros cien hombres más, que estarán enteramente a vuestras órdenes si los aceptáis. Tienen familias por esta zona y viven siempre preocupados por posibles incursiones de piratas y oberitas, aunque no las hay desde hace mucho tiempo. Saben algo de lo que ocurre en el interior y trescientas jaetas no es distancia segura, con esa gente haciendo de las suyas. Dispondrán de caballos en poco tiempo. De esos cien, hay treinta que han hecho las expediciones al interior y al menos cinco conocen casi toda la región, tras una expedición de tres años de la que regresaron hace poco meses con cientos de mapas y muchas lenguas aprendidas. He sido autorizado por el Concejo a participar de esta campaña incluso tierra adentro, con la gente que haga falta, así que disponéis Vosotros.

-Cien hombres más, nunca están demás, -dijo Nuptahek- cuando no sabemos lo que podemos encontrar. Respecto al resto, cuidar nuestra flota con la vuestra es más de lo que podíamos imaginar. Así que si es necesario, esperamos un día más para contar con esos hombres.

-No hará falta un día. Podréis emprender la marcha porque ellos ya están en procura de los caballos, que igual los he pedido para que en caso que no los aceptaseis, usarlos aquí para mantener vigilancia en el entorno terrestre. Antes de media noche estarán aquí. Se me hace un poco difícil combatir la tentación de acompañaros yo mismo, pero no es posible estar en todas partes y no puedo descuidar mi flota.

-Os comprendo, -dijo Elhamin- pero demasiado hacéis y esperamos veros pronto, aunque tres o cuatro mil jaetas y lo que nos depare el destino nos llevará cerca de cien días como mínimo...

-Pues entonces vais a acabar cuando empiecen los fríos. Y eso en estas regiones es algo muy diferente a batallar en vuestra tierra...

Nuptahek pidió a Oklafed retirarse a buena distancia del campamento, le entregó un Uás y le enseñó a usarlo. El hombre se sorprendió porque creía que eran simples bastones simbólicos. Le agradeció emocionado el obsequio y la confianza, y le explicó que ellos tenían veinte objetos similares, pero más parecidos a las lámparas, como arma secreta. No eran para alumbrar y no eran tan potentes como el Uás pero los usaban para dar impulso a sus naves cuando había calma chicha y reforzar a los remos, colocándolos bajo el agua en la popa, pudiendo también incendiar una nave enemiga a más de una cuerda larga.

-Quiero entregaros uno en compensación, Faraona...

-No hace falta, Oklafeb, tenemos suficientes Uás y el uso que les dais a esos aparatos es demasiado importante. No estamos ahora en misión diplomática y de compensaciones, sino como aliados de guerra. Si por compensaciones fuese, no tendríamos cómo compensar vuestra enorme ayuda y aportes.

La noche transcurrió en calma, en medio de una niebla tan densa que no se veía a un codo. Se entregó a los centinelas las potentes lámparas, para usar sólo en los recorridos hasta sus puestos de guardia o en las patrullas. En la madrugada llegó parte de los jinetes que se incorporaban a la campaña y durante los preparativos llegaron algunos más. Todos venían con un caballo extra, lo que resultaría muy afortunado, porque se reforzaba con un equino a los carros más pesados. Después del desayuno Elhamin indicó que lo aprovechasen bien, porque no pararían hasta la noche. Luego ordenó formación total y los Generales y Comandantes hicieron comprobación de asistencia y distribución de roles. De los catorce mil seiscientos hombres, eran 7.420 varones y 7.180 mujeres, de las que sólo quince no tenían formación militar y estaban en la asistencia logística y cocina. De los cien jinetes que aportó Fenhygia, veinte irían en refuerzo de la avanzada exploradora de vanguardia, y cinco irían trabajando en las paradas y descansos con Hetesferes, mejorando y actualizando los mapas.

-Amado Hermano del Alma, -dijo Nuptahek abrazando a Oklafeb en la despedida- Ankh em-Ptah y el mundo agradecen vuestra compañía y ayuda. Sin duda lo hará oportunamente toda la gente que logremos liberar. Si tenéis alguna recomendación más, os escucho.

-Ninguna más, Faraona. Sólo quiero que vayáis en vuestra misión con la tranquilidad de que vuestra flota quedará protegida por nuestros barcos y ahora se sumarán algunos, siendo cien en total. Nada hay ahora demasiado importante para el transporte de Grakios, Lobunos y otros, y ninguna misión sería ahora más importante que barrer de esta parte del mundo a los esclavistas. Ello será un gran descanso para todos los pueblos de Yudesclavos y también para los Grakios, que han sufrido más sus ataques durante los últimos años. Que Sekhmet os guíe, como lo hace tantas veces con nosotros.

Tras un rato de abrazos y breves oraciones metafísicas, partió la caravana con rumbo a Poniente, con el sol de media mañana tapado por un nublado tenue que duró hasta pasada media tarde. Delante, a dos jaetas, avanzaban los exploradores, con los Fenhygios repartidos entre ellos, porque conocían muy bien toda la región. Una jaeta más atrás, la línea de carros, cada uno rodeado y empujado por un promedio de treinta y dos hombres. Las ruedas habían sido mejoradas por Alvalopep en un diseño metálico de finos rayos y fulcro en el mejor acero, con una lonja ancha de cuero y maderas para cada rueda, que se colocaba y ataba en el perímetro sólo cuando el terreno estaba embarrado, nevado o en los declives muy pronunciados. En condiciones normales, la finura de las ruedas hacía más ligero el carro y con mejor desplazamiento y además, era mínima la tierra levantada, con lo que se evitaba, sumado al caminar cuidadoso de la gente, que se levantase polvareda. Las carcasas metálicas, al igual que los ejes, permitían que la plana fuese de maderas finas y los laterales de cañizo entretejido, de modo que en vacío podía ser movido con mínimo esfuerzo por un solo hombre. Las ruedas delanteras eran parte de un solo conjunto con la barra de tiro, lo que permitía virar casi sobre su propio eje trasero. En cada carro cabían más de quince personas si se acomodaba bien la carga, así que Elhamin dispuso un intercambio de cuatro Râdnies para que la mitad del personal fuese en los carros, porque los caballos no se esforzaban demasiado, pero la otra mitad del personal también empujaba levemente, sobrando fuerza para el movimiento. Ello representaba un descanso considerable. Una decena de carros sólo llevaban tablados de pontones, es decir maderas con láminas de metal y palos endurecidos con sales de azogue, para construir puentes de hasta cien Ankemtras. Eran los más pesados pero igual podían llevarse sin demasiados esfuerzos.

Durante los preparativos en Ankh em-Ptah se había estudiado bien el clima, las necesidades de abrigo que podrían tener que afrontar y se había decidido que cada hombre llevase un abrigo enterizo hasta más abajo de la rodilla, hecho con cuero, pero un forro interior de pelo de camello y caballo. Estos abrigos iban en los carros, porque en esta época, entrando la temporada calurosa del mes de Apep, en el último tercio de *Shemu*, eran innecesarios. No obstante, si la campaña se alargaba podrían ser vitales para la supervivencia. Los uniformes de la tropa, al margen de algunas pequeñas diferencias de insignias según los rangos y roles, habían sido modernizados y mejorados, para evitar ser confundidos con tropas oberitas de falsa apariencia tradicional. Una túnica ligera hasta media pierna y calzas hasta los tobillos, todo en algodón, lino y otras fibras vegetales. Todo estaba teñido de verde grisáceo, para ser poco visible en la distancia. En vez de sandalias llevaban botas cerradas de caña alta, mucho más seguras en zonas vegetadas. La Plana Mayor vestía del color marrón semi-teñido del cuero, de claro a oscuro o de gris. Los Comandantes y Generales tenían asignados sus grupos, pero igual recorrían a caballo las seis jaetas y media que había desde el primero al último carro. Elhamin, Gelibar y Nuptahek permanecían a la cabeza, preparados para ordenar cualquier acto emergente. Ankemtatis, Henutsen, Hatshepsut y Geonemetis, junto con tres Comandantes, se movían entre los exploradores y la línea de carros, comunicando las alternativas del desplazamiento. En algún momento los Fenhygios indicaron que se entraba en un terreno más amplio de bosque disperso, con zonas de vegetación baja y se podía marchar en columna de a dos carros, con lo que se acortó a la mitad la extensa caravana.

Hicieron varias paradas muy cortas en algunos arroyos, sólo para abrevar a los caballos y la primera parada para acampar se hizo a treinta jaetas del mar, a orillas de un bello lago que permitió abrevar largamente a los caballos y tomar baños todo el personal. Los exploradores Fenhygios conocían a los habitantes dispersos en la comarca y uno de ellos reunió a toda su familia, se presentó ante la plana mayor y ofreció hacer una ayuda a la campaña, sacrificando cuarenta vacas. En un rato, organizados por Seti los soldados, se prepararon las grandes hogueras que permitieron asar toda la carne para una gran cena. Casi la mitad fue excedente, que sirvió luego para el desayuno y al día siguiente se hicieron algo más de cuarenta jaetas, a lo largo de las cuales los cazadores hallaron jabalíes, venados, liebres, y pesca rápida abundante en algunos arroyos. Los siguientes días se hicieron a razón de cuarenta jaetas promedio, a pesar de algunos pequeños contratiempos en caminos que la lluvia esporádica dejaba barrosos. Se probaron los cinturones inventados por Alvalopep con un resultado mejor que el esperado y a media tarde del quinto día llegaron al punto que habían marcado en los mapas como "Lago de la Intersección". No era muy grande, pero con su media jaeta de largo era suficiente para todo. No habiendo accidentados en los cinco días de marcha, se dispuso continuar hacia el destino, que fueron cuatro días más hacia Poniente discurriendo en llano, para luego desviar al Sur y Poniente donde comenzó el camino más duro, con roquedales, bosques cerrados en montañas bajas pero tan accidentadas que no era posible acortar camino, debiendo atenerse a continuar por sendas estrechas, abriendo paso para los carros a fuerza de hacha y espada con la vegetación espinosa, de cortar algunos árboles, rellenar huecos y quitar pedruscos. Dieciséis días después de iniciar la marcha, con los últimos nueve sin haber encontrado a nadie por el camino, estaban en medio de la zona llamada antiguamente Botosani. por fin los exploradores advirtieron la existencia de un poblado atípico, que coincidía con las descripciones de los Carpatians.

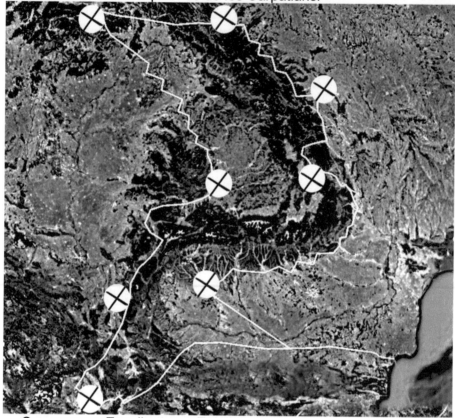

-Que vengan Encalinetus y Enjoliteb, -dijo Nuptahek al Furriel- que son quienes conocen este lugar. Henutsen, os encargáis de hacer el relevamiento del entorno, pero voy con Vos... ¿Qué distancia hay?

-Treinta y dos jaetas, Faraona, -respondió el Furriel- puede que convenga dar un rodeo e ir por la montaña, sería casi el doble de camino, pero para llegar sin ser vistos está difícil, porque está todo rodeado de amplia llanura. Si no fuese por estos largavistas y por una pequeña columna de humo, habríamos llegado peligrosamente cerca.

-Encargaos de armar el campamento sobre el arroyo que acabamos de pasar, Elhamin, que esta noche hacemos el estudio de situación y mañana ya veremos. No parece que la gente esté muy cansada, pero tenemos que estar en condiciones óptimas. En siete u ocho Râdnies, a caballo podemos estar ahí, justo en mitad de la noche. Puede que demoremos dos o tres días en definir los planes y no sabemos cuánto en llevarlos a cabo, con este terreno tan escabroso, así que todo el mundo ha de aprovechar a descansar y entrenar un poco.

-¡Veinte invisibles conmigo!, -gritó Henutsen- y preparaos para la diversión más que nunca. Y un mozo ecuestre...

Se pasó la voz a lo largo de la caravana, mientras daban la vuelta para ir a media jaeta, al lugar de acampada. A pesar de la distancia Elhamin ordenó hacer fuegos pequeños y a cubierto contra Poniente que debían apagarse en cuanto bajase el sol. Hallaron unas formaciones rocosas no muy altas, pero suficientes para cubrir los fuegos. Los cocineros apuraron trámites para cocinar lo necesario y con cuidado de no hacer humo. Al caer la noche todos cenaban y se establecieron cinco puntos fijos de guardia y cinco patrullas a una y dos jaetas del campamento.

Los dos Carpatians, la Faraona y Henutsen con veinte de los suyos y un mozo para cuidar los caballos, partieron raudamente, pero en vez de dar un rodeo demasiado largo, Enjoliteb recomendó seguirle para llegar muy cerca sin ser vistos, pasando por las hondonadas del terreno, siguiendo luego el curso de un arroyo seco y así llegaron hasta donde era visible parte de una extensa y alta muralla de adobes. Encalinetus no pudo evitar las lágrimas y dijo cuando se apearon, que ahí estaba su familia y la de Enjoliteb, esclavos del supuesto Faraón.

-Cuando hemos visto vuestras ropas, la calidad de todo lo que se fabrica en Ankh em-Ptah, las formas de los huesos de la cabeza y los rasgos, como nos ha ido enseñando Geonemetis, nos hemos dicho que hemos pecado de idiotas, al creer que ese supuesto Faraón podía ser verdadero. Pero ahora lo que nos preocupa, es cómo vamos a liberar a nuestras familias sin que resulten dañadas en la batalla...

-No os preocupéis por eso, -respondió Henutsen- porque no vamos a ir a atacar la muralla sin más. Estudiaremos la situación por todo el tiempo que sea necesario, hasta definir una estrategia efectiva y sin bajas por parte de los vuestros. ¿Qué extensión tiene la muralla?

-Diez jaetas, -respondió Enjoliteb- las he recorrido muchas veces sirviendo a los soldados, pensando en envenenarlos pero nunca supe cómo hacerlo. Y esta zona la conocí haciendo rejunte de frutos del bosque, que antes era frondoso y ahora sólo son matorrales. Pero cuando era pequeño me escapé por un hueco, no tenía idea aún de ser un esclavo, sólo exploraba y me perdí, caminé durante casi todo el día y llegué hasta otro sitio donde había una muralla parecida. Unos soldados me vieron y llevaron de vuelta al campo cerrado. Ellos tenían otras ropas, no eran como las de los que nos tenían esclavos, aunque supongo que serían del mismo ejército.

-¿Cómo eran esas ropas, las de los que os tenían presos?

-Parecidas a las vuestras normales, pero no exactamente iguales. El Faraón aparecía muchas veces, pero no a diario. No vivía en el campo cerrado... Puede que en aquel sitio de la otra muralla...

-Sería bueno si recordaseis adónde os dirigíais, -dijo Henutsen- que seguramente ha de haber un cuartel oberita en otra parte. Vosotros vivíais bajo su engaño, con soldados disfrazados de Ankhemptamitas, pero ese falso Faraón debe tener un cuartel no muy lejos...

-No había recordado aquello nunca más, -siguió Enjoliteb- así que no puedo recordar hacia adónde fui. Dejadme pensar un poco... Aún recuerdo que uno me subió a un caballo y me llevó hacia el campo. El sol estaba ocultándose a la izquierda... O sea que yo había ido....

-Hacia el Sur, -intervino Henutsen- si lo recordáis con claridad.

-Perfectamente claro, Generala. Recuerdo el sol poniéndose tras las montañas, siempre a la izquierda. El viaje a caballo fue rápido, porque era tarde cuando me hallaron y llegamos justo cuando empezaba a oscurecer. Los soldados golpearon a mi padre, por causa de mi huída.

-Entonces, -dijo Nuptahek- tenemos que circunvalar estas murallas y luego hallar e inspeccionar el otro sitio. ¿Sabéis cuánta gente hay de ellos y de los vuestros?

-Sí, -dijo Encalinetus- lo debéis tener anotado, lo conversamos con Hetesferes, pero lo repito. Los nuestros son alrededor de tres mil. Ellos eran unos quinientos, pero muy bien armados y entrenados. Puede que sean menos, pero dan la sensación de que hay muchos, porque están siempre patrullando y hay al menos cien caminando a lo largo de la muralla, en cualquier momento. A los nuestros los sacan a trabajar en aquellos campos pero entonces dejan a los niños en una parte del poblado, cerrado con otra muralla. Así que se llevan al campo a los padres. Alguna vez se escapó alguien que no tenía hijos y en la plaza hubo escarmiento; asesinaron a un niño a la vista de todos y dijeron que así se haría siempre, cuando alguien se escape. No he sabido de nadie más que intente escapar después de aquello, salvo los liberados que según decían, éramos borrados de las listas de habitantes para ir a servir a otra parte que nunca conocimos. Luego nos dejaban en un sitio donde nos recogía otra patrulla...

-Ahora poned atención, -interrumpió Nuptahek- vamos a ir la mitad por un lado y la otra por el otro. Encalinetus conmigo y Enjoliteb con Henutsen. El mozo ecuestre se ocupará de que los animales no hagan el menor ruido. Nos encontraremos del otro lado, sin intervención para nada, a menos que nos topemos con alguna patrulla exterior. ¿Creéis que puede haberla?

-De noche y por fuera, seguro que no, -dijo Encalinetus- ni con luna llena. Ahora está en creciente, pero ellos no se mueven casi nunca de noche a menos que sea para hacer los relevos de guardia en la muralla. Es el único sitio en que se sienten seguros. Se accede sólo por cuatro escaleras y una de ellas está justo en esa torre. Por fuera no hay cómo acceder. Las puertas son dos y una está a media jaeta más allá. La otra está justo al lado opuesto.

-¿Sabéis cuándo construyeron esta muralla? -preguntó Henutsen.

-No, -respondió Enjoliteb- pero la parte inferior es de bloques de piedras muy grandes, hasta más de tres Ankemtras de altura. Sobre ellos, que forman un camino interior de dos Ankemtras de ancho, van las patrullas. El muro de adobes puede tener unos pocos siglos, pero cuando yo era muy pequeño aún había parte en refacciones. Tiene cuatro codos de ancho y la altura total es de veintidós codos. Está compuesta de dos filas de adobones cocidos, entre los cuales han ido colocando y apisonando tierra, piedras y arena. Hetesferes tiene los planos del interior, que supongo que habéis estudiado vosotras.

-Sí, -dijo Henutsen- pero no es lo mismo el plano, que repasar los detalles en el lugar. Casi no recordaba lo de las escaleras. Ahora vamos a dar la vuelta.

Cuatro Râdnies después, ambos grupos se encontraron sin novedad, del otro lado de la fortaleza. Habían tomado nota de todos los accidentes geográficos, que eran muy pocos pero importantes para definir movimientos y estrategias.

-Lo más interesante, -dijo Nuptahek- son los arroyos que abastecen toda la fortaleza. Exactos en los mapas, pero sólo estando en el lugar comprobamos las posibilidades. Los tres están cerrados con rejas de hierro grueso y los pasajes son estrechos. Las salidas igual, con aguas servidas que van a los campos de cultivos externos. Aún tenemos un rato hasta el amanecer y podríamos buscar hacia el Sur el otro lugar que debe servirles de cuartel. ¿Cómo hicieron para haceros escapar vuestros supuestos salvadores?

-Por la puerta principal de Poniente -respondió Encalinetus- como destinados a otros campos de trabajo. Salimos rodeados y atados, como siempre, pero ese grupo dijo ser oberita en cuanto salimos de la fortaleza, y entonces nos llevaron a un campo donde nos recogió otra patrulla. Y de ahí al otro lado de las montañas, a un centro de entrenamiento a cuatro días de aquí. No tuvimos realmente mucho entrenamiento, sino llenada de cabeza contra Ankh em-Ptah durante muchos días en que nos contaron toda clase de historias, de las grandes victorias que habían conseguido en la tierra del Sur, donde el Faraón tenía a la mayor parte de sus cómplices, que eran muchos y por eso había que llevar a cabo el plan de envenenar a todo el pueblo de una vez. Decían que se vestían igual que nuestros esclavistas de la fortaleza para no ser atacados por ellos...

-Y llegamos a sentir un odio tan profundo, -agregó Enjoliteb- que estábamos dispuestos a todo. Ahora tenemos que moderarnos como nos habéis enseñado, para no odiar al enemigo y no cometer errores.

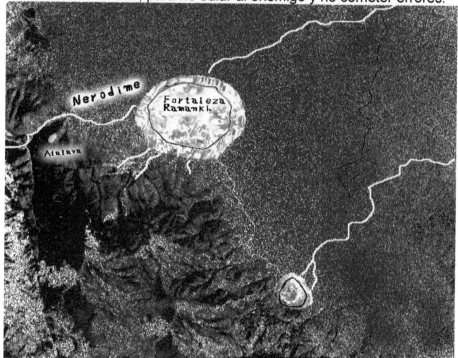

Rato después, ya de día, Enjoliteb hacía memoria y ese era el camino que había recorrido en su niñez, mientras iban al paso normal de los caballos, oteando todo desde los pequeños promontorios para mapear el camino entre la fortaleza y lo que podía ser otra similar. Con Râ iluminando aún el horizonte de la media tarde, una fina línea recta entre los cerrillos delató la presencia de otra muralla.

-Hemos recorrido unas cinco o seis jaetas en casi un día, pero todo está bien mapeado y ahí parece que está el nido de ratas, así que no nos acercaremos más. Atended Permiskaris, -dijo Nuptahek al mozo ecuestre- Vais a regresar al campamento a avisar que demoraremos. Puede que dos o tres días, hasta tener bien conocido también este lugar, al que rondaremos durante la noche.

-¿Algún mensaje más, Faraona?

-No, pero no volváis. Regresaremos cuando podamos. Que nadie nos busque a menos que pasen cinco días. Y apresurad el regreso porque aquellas nubes vienen hacia aquí y ya se oyen los truenos.

Regresaron un par de jaetas, para permanecer ocultos sobre los contrafuertes de los cerros durante el resto de la tarde. Armaron once pequeñas carpas de fino lino impermeabilizado con aceites vegetales, con los cuales, a la vez pintaban las telas de modo que a pocos pasos parecían simples arbustos. La tormenta amenazaba pero hubo tiempo a cazar liebres, recoger frutos del bosque, hacer fuego en un socavón profundo, y dormir un rato para estar activos más tarde. Habían dejado los caballos bien atados entre sí, para rodear la fortaleza a pie. No fueron separados esta vez, sino en una fila de a uno, con Henutsen avanzando adelante a una cuerda de flecha, y manteniéndose a una cuerda corta del muro, suficiente distancia como para ver con los largavistas hasta las caras de los hombres a la luz de los refusilos y no ser vistos por los centinelas. El recorrido les llevó menos de la mitad del tiempo que en la otra fortaleza, a pesar de tener que moverse entre los árboles y las rocas, porque el perímetro en ella no pasaba de cuatro jaetas. En las murallas sólo habían visto a diez hombres en sus puestos y dos grupos de siete u ocho en recorrido, de modo que no era una guardia muy efectiva, tras muchas décadas de no tener ninguna visita. Una puerta deba al Norte y otra al Sur. Dos arroyos daban agua al recinto y todo el entorno hasta una cuerda corta había sido talado, dejando ese espacio de seguridad. Como los Carpatians desconocían todo respecto a esta construcción, Henutsen dijo que no sería posible saber lo necesario sin entrar. Tras un intento de salir con el Ka, verificando que aún sufría los efectos de la contaminación en el laberinto, resolvieron entrar por el hueco de uno de los arroyos, también enrejados.

-Lo bueno de esta noche, -comentó- es que en poco y nada estará lloviendo. Y por lo que creo, aunque éste no es como el clima que conocemos del Nilo, los truenos con nubes arremolinándose, indican que habrá lluvia para distraer a los guardias que preferirán estar resguardados, y rayos como poder usar un Uás sin que se note, para eliminar una de esas rejas. ¿Qué os parece?

-Arriesgado, -dijo Nuptahek- pero con tan pocos centinelas, hay que probar. Como imaginaréis, no entraréis sola.

-Por favor os lo ruego, Faraona... Ya, sí... -dijo cuando Nuptahek le hizo señas de callar- ¡Cómo comprendo a Elhamin! Y menos mal que os he entrenado yo misma. Volvamos a la entrada del agua...

Poco después, ya con lluvia y una constante caída de rayos en las montañas cercanas, estaban en el sitio elegido.

-Atended, -dijo Henutsen- Nuptahek vendrá a retaguardia pero del total, porque entraremos todos hasta donde se pueda. No usaremos los Uás a menos que sea inexorable e inevitable. Si hay gente a la que podamos batir con las cerbatanas, mejor, pero luego habrá que sacar los cadáveres por aquí mismo. No deben notar en lo inmediato las ausencias. La idea no es batallar, sino estudiar el lugar discretamente, sin ser advertidos. Puede que sólo podamos entrar y debamos salir inmediatamente Aquel soldado parece que se meterá pronto en la garita. Estad atentos...

Cuando una sucesión de rayos y truenos hacían temblar todo, Henutsen disparó el Uás contra la reja metálica bajo el muro. Con el ruido estridente del cielo y las fulguraciones de los refucilos, el disparo resultó casi inadvertido hasta para ellos, que dudaban del efecto. Cuando observaron que el hombre sobre la muralla ya no se veía, corrieron los cincuenta Ankemtras que había hasta la reja, hallándola derretida en parte y salida de sus encajes. En momentos terminaron de quitarla para internarse en el túnel de no más de diez Ankemtras y al hallarse en el otro lado no vieron a nadie sobre el muro, pero sí una escalera de piedras. Henutsen pidió que no se movieran y esperaran ahí mismo, desapareció ante sus discípulos y volvió poco después.

-Había dos. Hemos visto hace diez têmposos a la patrulla de relevo así que no habrá quien nos vea en esta parte por un buen rato. Han caído fuera, así que al salir quizá los llevemos más lejos. Pero si os parece. podemos recorrer la muralla arrasando con los guardias. Será advertirles de nuestra presencia pero podremos explorarlo todo.

-Es a mi criterio la mejor idea, -dijo Nuptahek- aunque con menos de dos Ankemtras de ancho del muro, algunas técnicas invisibles no serán fáciles... Dos varones deberían recoger las ropas de los caídos.

-Voy a por ellas. -dijo uno de los hombres y desapareció por el túnel, regresando poco después, también con sus arcos, carcaj y lanzas.

-Os quedan algo ajustadas, -dijo Henutsen- pero nadie lo criticará...

Recorrieron así el muro, eliminando a todos los centinelas y a una patrulla de relevos de diez hombres. Mientras, iban observando lo mejor posible todo el recinto, que no tenía campos de cultivo sino una zona de posibles factorías para elaboración de armas, establos y más de quinientas casas dispersas. En un sector había un pequeño barrio de otras trescientas casas amontonadas y evidentemente de hechura mucho más precaria. Regresaron para salir por el mismo sitio por el que entraron, descartando la posibilidad de esconder veinte cadáveres tan dispersos por el exterior. Volvieron para recoger las tiendas y antes del medio día estaban en el campamento Henutsen y Nuptahek. Los veinte invisibles se quedaron en abanico a tres jaetas de la fortaleza menor, para eliminar a cualquier mensajero que fuese hacia la mayor.

-Vamos a repasar toda la situación, pero lo que hemos hecho nos deja sin tiempo para elucubrar demasiado, -explicó Nuptahek con todos los mapas sobre una mesa- porque van a encontrarse con veinte centinelas muertos, arrojados a extramuros y dos de ellos desnudos, y con una reja del arroyo medio derretida. Puede que como no hemos dejado ninguna pista y aún está lloviendo, demoren un poco, pero sin duda estarán hoy mismo marchando a la fortaleza mayor, a ver qué ocurre. Así que mi idea, masticada mientras volvíamos, es atacar sin miramientos esa zona, pero con ciertos cuidados porque hay de tres a cinco centenares de esclavos ahí, viviendo en casas precarias. Les tendrán mejor que a los otros, porque esos serán esclavos directos y para nada engañados. Puede que estén dándoles servicios en sus casas, así que no podremos arrasar. Puede que haya dos mil soldados en la menor. Escucho ideas.

-Si hay entre quinientos y mil en la mayor y puede que hasta dos mil en la menor, somos muchos más que ellos, -dijo Elhamin- así que sitiarles sería lo más lógico si sólo hubiese combatientes, pero no me parece que sea lo óptimo, teniendo de por medio a tantos civiles esclavos. Si no tenéis objeción, envío ahora mismo tres mil hombres a reforzar a los veinte invisibles. Que aún con los Uás, son pocos si va contra ellos una partida muy grande. Además puede que tengan comunicación con palomas, y eso implicaría que pueden hacer alguna maniobra conjunta…

-Hemos pensado en ello, -dijo Henutsen- así que tienen misión de no dejar pasar ninguna que vean… Pero sí, estará bien enviar tres mil ahora, mientras definimos el resto de la acción. Doscientos a caballo, que llegarán en un rato y el resto a pie, que demorarán más de doce Râdnies. Que vaya con ellos Enjoliteb, que conoce el camino, pero recordad que hay un poblado o cuartel del otro lado de las montañas. También habría que prever eso y cerrar el paso en ese punto.

-Yo conozco ese paso, -dijo Encalinetus- así que sé dónde podemos establecer una emboscada, ya sea que vayan o vengan entre estas fortalezas y aquel cuartel, donde en aquella época había al menos quinientos hombres y tenían otras tantas mujeres, que supongo que serán de otro pueblo, porque no eran de las nuestras. El mejor punto no es en el cañadón del paso, sino en un sitio arbolado arriba, donde además había una atalaya y un manantial que da bastante agua. Desde ahí se controla todo. En alguna época tuvieron esa torre de atalaya, pero se abandonó porque no consideraban necesaria una guardia allí, tan lejos de cuarteles y fortalezas.

-¿Y desde la fortaleza menor sería posible ir a aquel cuartel?

-Sí, Faraona, pero aunque no lo he recorrido todo, aquel camino es demasiado tortuoso. Vendrían hasta esta fortaleza cercana, la mayor y desde ahí tomarían camino por el paso de Nerodime.

-Habéis podido conocer buena parte de la región. ¿Hay otros puntos que creáis que debemos cuidar?

-Cuando me llevaban de sirviente para la tropa pude conocer todo esto hasta las montañas altas de Poniente, donde nieva mucho, y un poco más allá, hasta la costa, que son cuatro días de viaje. Sólo había ruina y poblados abandonados y ahora puedo comprender que todos los habitantes han sido recluidos en estas malditas fortalezas. Si hay algo viviente de aquí hasta el mar, está en manos de los esclavistas.

-De acuerdo, -dijo Nuptahek- vais con Espiria y sus dos mil hombres a ese punto de la atalaya y os quedáis ahí hasta recibir noticias.

Elhamin volvió después de ordenar la partida que dirigiría Diva a pie y Daverdis a caballo para cortar el paso entre las fortalezas, así como la de Espiria al paso Nerodime. Continuaron con el análisis de la situación y Gelibar propuso tras hacer varios cálculos con Hetesferes, que sería conveniente avanzar con todos los carros, ya que el sitio buscado fue encontrado a cincuenta jaetas antes de lo previsto según los mapas, ya actualizados con el conocimiento de los Carpatians.

-Desde esa fortaleza mayor debemos tomar camino al Norte, -dijo Gelibar- así que podríamos ubicarnos en este punto, a jaeta y media al Norte de ella. Los doscientos caballos que han partido, como ya sabéis, no son imprescindibles para el avance, porque empujando nosotros se avanza igual si no va nadie arriba. Y mientras avanzamos, vamos retocando detalles de la estrategia a seguir.

A todos les pareció adecuada la idea y se pusieron en marcha para llegar ya de noche al sitio elegido, atravesando un bosque algo más espeso, manteniendo bastante distancia de los campos cultivados alrededor de la fortaleza. Por el momento, no se encendería ningún fuego y se establecieron tres círculos concéntricos de guardias a cien, doscientos y trescientos Ankemtras del campamento con una patrulla móvil en el entorno del círculo más lejano. En una depresión del terreno, detrás de un promontorio y además, protegidos por el bosque de más de una cuerda normal de alto, pudieron armar una tienda de comando grande y si riesgos ser vistos, encendieron unas velas y siguieron estudiando las alternativas de acción. Sitiar ambas fortalezas era lo más lógico. Sin embargo, Elhamin y Nuptahek no veía buena la idea, sobre todo porque el enemigo podría resistir mucho tiempo dado que al menos en la fortaleza mayor contaban con campos de cultivo y pozos de agua, no sólo la que suministraban los arroyos.

-Y mientras más tiempo pase, -decía Elhamin- más posibilidades de fugas y contactos con otros que puedan estar cerca. Aunque nosotros podemos aguantar mucho y no falta caza en la región, no podemos pasar el tiempo de calores por aquí. Esta es sólo la séptima u octava parte de todo el recorrido que tenemos previsto y cuanto más nos demoremos en la acción, mejor preparados pueden estar ellos...

-Además, -agregó Nuptahek- creo que justamente contamos con el factor sorpresa. Ya habrán encontrado los cadáveres que dejamos en la fortaleza menor, así que estarán intentando contactar con la otra y explorando todo el territorio, pero si no han llegado a la mayor ni a la de tramontana, podemos hacernos con ésta cercana y luego ver qué hacemos con la otra...

Tras un buen rato de deliberaciones, se acordó una maniobra de invasión de la fortaleza mayor, que se haría al siguiente anochecer, según las noticias que recibieran. Durmieron un rato y al amanecer, tras un largo recorrido para no acercarse a la fortaleza mayor, llegó un mensajero de Daverdis con la novedad de movimientos en los muros de la fortaleza menor y que los Invisibles exploraban la zona en abanico, pero no había salido nadie de aquel recinto. Rato después recibieron un mensaje similar mediante un halcón de Espiria: "*Atalaya. Nadie. Paso Nerodime tranquilo*". Diez invisibles exploraron todo el entorno de la fortaleza durante el día, mientras se preparó la maniobra de invasión nocturna.

-Llamad a Shorinet, -dijo la Faraona al Furriel- que venga.

-A vuestras órdenes, Faraona. -dijo Shorinet momentos después.

-Vos sois de más al Norte, pero aquí tenemos un problema que puede que resolváis. Alguien debe entrar a la fortaleza para hacer que todos los esclavos, mujeres y niños de cualquier bando, se reúnan en algún lugar alejado del resto. Queremos atacar a la tropa sin que puedan usar a los civiles como rehenes, y sin que puedan sufrir daños en nuestros ataques. ¿Creéis que podrías sugerirnos algo?

-Claro que sí, Faraona, y aunque no me conocerán los guardias, puedo entrar. Recordad que he aprendido bien su lengua y en cuanto a la dicción, no me detectarían como ajeno. Ellos beben muy a menudo y puedo hablar como bebido, con lo cual más fácil será engañar a cualquier centinela. Les diré a los del pueblo que vengo con Encalinetus y Enjoliteb, que seguramente les conocerán. A pesar de no ser de esta zona, con todo lo aprendido y sabiendo que adentro de esas fortalezas hay parte de nuestro pueblo, sepan o no que están esclavos de los oberitas, puedo entrar y hacer que todos estén en un lugar a salvo. No sé cómo avisaros luego de lo que ocurra...

-¿Sabéis usar el Uás?

-Sí, Faraona, y bien entrenado por el General Ankemtatis.

-Vais a llevar un Uás. Lo cubriréis con un capuchón de cuero, para parecer un cayado normal. Y cuando toda la gente a salvar esté reunida en un punto, vais a disparar con toda la potencia sobre la parte superior del muro en el lado más alejado. Si pudierais reunir a todos en el lado de Poniente, pero cerca de la entrada del primer arroyo al Sur, mejor, pues ahí parece que está el barrio civil principal.

-Entendido, Faraona. Ellos no habrán visto jamás un Uás, pero los correos siempre llevan un bastón largo, incluso los jinetes. Entiendo a la perfección lo que debo hacer y sé cómo hacerlo. Esperaría a que oscurezca un poco y pido al General Seti la ropa adecuada...

Ya en la noche estaba todo el personal preparado para el asalto, que tendría lugar donde Shorinet indicara con sus disparos. Mucho rato después de pasada la media noche, por fin se produjo el aviso, con un violento estallido en la torre Sur-Este, saltando por los aires ladrillos e iluminando parte del campo cercano. Saliendo del bosque hacia ese sitio, atravesando los campos de cultivo, corrieron Unitis y los dos mil suyos, a la vez que Omar hacía lo propio cerca de la torre del Este. Los garfios en los extremos de las sogas permitieron instalar las escaleras de palos anudados en cuerdas y para sorpresa de los escaladores, no había resistencia en los muros. En su lugar, Unitis y los suyos vieron a buena distancia sobre la muralla, un hombre que usaba un Uás y continuaba alejándose. En cambio había abajo un gran movimiento de tropas que iban hacia las escaleras, pero a medida que iban llegando, iban siendo abatidos por los disparos de boleras y de flechas. Se evitaba usar los Uás para llamar menos la atención, ya que los rayos indicaban la posición del que lo usaba, pero Shorinet había recorrido todo el muro corriendo, limpiándolo de centinelas. La batalla duró apenas lo que tardaron en recorrer todo el recinto, es decir tres jaetas y media en su diámetro mayor y dos y media en el menor. Fueron arrasando en combate por la diferencia de armamento y la numérica, de más de cuatro mil contra quinientos, así que se resolvió a medida que se desperdigaban según lo habían planificado, en menos de cinco Râdnies. Otros dos Râdnies se ocuparon en rastrillar hasta el último rincón y asegurarse de que no vivía ya ningún enemigo. Se reunió luego en un campo casi al centro del recinto a los más de tres mil civiles esclavos que se habían refugiado en uno de los caseríos a indicación de Shorinet y Hatshepsut preguntó si alguien le había vuelto a ver.

-Le tienen los médicos donde le encontraron, -respondió un Furriel- y aunque vive, está muy mal herido. No lo quieren mover todavía. Aquí tenéis el parte completo de enfermería del entorno del muro, Generala.

-Escuchad todos, -continuó Hatshepsut en voz muy alta- formad a mi derecha toda la tropa. Omar y Unitis, por favor conmigo. Los civiles sentaos en el suelo. Los que puedan, traed y encended antorchas y velas. Los que estén heridos, tropa o civiles, a mi izquierda. ¿Dónde está Nuptahek?

-Con los médicos que atienden a Shorinet. -respondió el Furriel.

-Le dejaremos entonces, pero escuchad todos Vosotros, esclavos: ¿Entendéis todos mi idioma?... Bien, ya sabéis que somos de vuestro propio pueblo. Lo que no sabéis aún, es que somos de Ankh em-Ptah. Luego veréis a la Faraona, pero debéis saber que todos esos que os han tenido esclavos y que han muerto en combate, nunca han sido del Faraón, nunca han sido de Ankh em-Ptah. Sus ropas apenas similares a las nuestras tradicionales, aunque ahora usamos estas diferentes, el Faraón apareciendo cada tanto... ha sido todo un teatro, una falsedad magistral de los oberitas, que supuestamente rescatan a algunos de los vuestros para combatir en nuestro país contra nosotros, que somos los verdaderos Ankhemptamitas, enemigos acérrimos de la esclavitud. Ya habéis visto a Shorinet, quien se encargó de la primera etapa de este combate poniéndoos a salvo y ahora está herido, pero que sepáis que también están con nosotros, a poca distancia de aquí, Enjoliteb y Encalinetus, a quienes seguramente...

-¡Encalinetus!, ¡Mi hijo!, ¿Dónde está mi hijo? -gritó una mujer que corrió hacia Hatshepsut y se postró a sus pies.

-Levantaos, mujer, y quedaos tranquila, que vuestro hijo está con parte de nuestro ejército en el paso de Nerodime...

-¡Y mi hermano!, -gritaba una joven que se acercó también- ¿Está Enjoliteb con Vosotros?

-¿Está vivo mi hijo Enjoliteb? -decía llorando otra mujer que se unió a las anteriores frente a Hatshepsut.

-Sí, con otro grupo nuestro pero más cerca, -respondió abrazando a las mujeres-. Les veréis pronto a ambos. Y seguramente a varios más de vuestros familiares que supuestamente fueron llevados a otros campos de trabajo. Están todos vivos y sanos. Otros, desaparecidos hace muchos años, también han sido rescatados y están en nuestro país. Os tengo que explicar que habéis sido engañados, que los oberitas son vuestros verdaderos esclavistas...

Tras un Râdnie de explicaciones, mientras algunos soldados se encargaban de repartir alimentos y agua a los liberados y a la tropa, apareció Nuptahek.

-Esta que ven aquí es Nuptahek, la verdadera Faraona de Ankh em-Ptah. Y ahora que os diga más cosas ella.

-Ante todo, deciros que Shorinet está grave pero a salvo. El médico dice que no podrá andar por unos días, pero su vida no corre peligro. En cambio han fallecido nueve hombres de nuestro ejército. Cuatro varones y cinco mujeres. Los enemigos muertos son seiscientos sesenta y al menos noventa de ellos fueron liquidados por Shorinet antes que entrásemos escalando los muros. En cuanto a Vosotros, pueblo de... ¿Cómo llamáis a este lugar?...

-Llamábamos Botosani a la región, -dijo un anciano- pero ya ni recordamos qué nombre tenía este lugar. Ni sabemos qué nombre le daban los soldados, que nunca hablaban nuestro idioma...

-Le llamaremos Ramankh, -continuó Nuptahek después de un largo silencio- Significa *"Nacimiento de la Llave de la Vida"*. Ya no sois esclavos, no vais a volver a trabajar por obligación, seréis en adelante los dueños de este lugar, aunque eso será cuando hayamos destruido la otra fortaleza que el enemigo tiene cerca de aquí, y la que hay tras de las montañas. Quedarán con Vosotros algunos de los nuestros, para enseñaros cómo se vive en Ankh em-Ptah... Ahí viene parte de nuestro ejército.

Entraban por la puerta principal mil hombres de Daverdis y a su lado Enjoliteb, que corrió a abrazar a sus familiares y mientras éste les decía que todo lo que les hubiera explicado la Faraona era verdad, Daverdis pasó los partes de actividad y le resumía a Nuptahek:

-Diva y dos mil se han quedado allí hasta nueva orden, para evitar un avance inesperado desde la otra fortaleza, aunque hasta el final de la tarde no hubo movimiento, salvo gran cantidad de hombres en los muros. Esperan un ataque pero no se han atrevido a enviar fuera exploradores; tampoco hemos visto palomas ni halcones.

-Pues se quedarán ahí, -dijo Nuptahek- mañana les relevaremos. Ahora id a buscar a los otros mil de vuestro Comando, que han quedado con los carros. Aquí hay al menos trescientos caballos y podéis llevaros.... Esperad... ¿Voluntarios civiles jóvenes y fuertes para acompañar a esta Generala a traer nuestros carros?

Al amanecer estaban en la fortaleza todos los carros y se repartieron trabajos entre civiles y militares para poder descansar por turnos. Nuptahek envió mensajes para que se reuniera toda la Plana Mayor, dejando a los Comandantes a cargo del grupo de Henutsen y Ankemtatis, así como al de Espiria en la atalaya del Oeste. Durante la comida del medio día se resolvió que se prepararía sin demoras el ataque a la otra fortaleza, aunque se consideró muy difícil que se pudiera enviar a alguien como infiltrado.

-Podríamos enviar a alguien si dejamos pasar algunos días, -dijo Elhamin- y tendría que ser un Carpatian que supuestamente haya logrado huir de un enemigo desconocido. Porque ellos no han sabido de esta campaña, no saben quién les mató esa veintena de centinelas sin arrasar luego la fortaleza, y evidentemente, no tienen idea de lo ocurrido en esta otra.

-Y tenemos los planos bastante completos, -dijo Hetesferes- así que si están a la defensiva, la mayor parte de la milicia estará en la muralla y se centrarán en protegerla. Los civiles estarán en las casas y los jefes yendo y viniendo por todas partes.

-Si realmente ocurre eso, -dijo Nuptahek- sitiarles será lo más lógico y esta vez sí me convence la idea. De hecho ya están sitiados, pero el ataque sería lo que hay que planificar con cuidado. Temen a la noche, así que en ella tenemos ventaja. Hacer una razzia con boleras para diezmar a los de la muralla, ahora que las han llenado de centinelas, sería liquidar a gran parte durante la primera noche y desaparecer durante el día. En la segunda noche es probable que sean pocos los que se asomen y en la tercera ni se asomarían, lo que nos daría mejores posibilidades de un acercamiento masivo y escalada rápida, con más probabilidad de éxito.

-Sí, bien, -dijo Henutsen- pero ellos no son tontos. Pueden prever que el plan vaya justamente de eso. Además, aunque no se asomen por el borde de la muralla, no significa que no les manden a estar allí. Así que podríamos encontrarnos con una emboscada al subir, que ni siquiera habrían planificado ellos. Pero nos costaría muchas vidas... No obstante, la idea de al menos dos noches de razzia, es excelente.

-Imaginemos que dejamos pasar luego unos días más... -dijo Diva- y en vez de repetir esa operación, atacamos por el lado que menos esperan, es decir por las puertas principales. Las derribamos pero no entramos. Eso lo hace un solo hombre en cada puerta con un Uás.

-Se pondrán locos, -dijo Gelibar- pero es posible que empiecen a usar a los esclavos para hacerles asomar por los muros.

-Puede que lo hagan en la segunda noche, -agregó Hatshepsut- o incluso ahora mismo... Es lo que yo haría si fuese como ellos...

-Tenéis razón, -dijo Nuptahek- pero eso podemos saberlo antes de atacar, y es que no darían armas a los esclavos, o podrían darles sólo lanzas, mientras les apuntan desde atrás con arcos por si se resisten o hacen algo raro... Estamos haciendo suposiciones un poco paranoicas pero hay que prever todas las posibilidades. Los esclavistas no sólo son expertos en el engaño, sino también sin escrúpulos para usar a la gente. Me gustaría hacer una incursión de invisibles. Ahora hay luna en creciente casi llena y es mucha luz, pero si usamos la tácticas diurnas podemos entrar. ¿Qué opináis Henutsen?

-Justamente pensaba en ello. No podemos salir con el Ka y eso me tiene hastiada. Los que pueden, aún no saben hacerlo con claridad para recordar todo al volver. Pero podemos usar las técnicas que sabéis ya que ha dejado de llover y este terreno de vegetación tan frondosa con varios palmos de hojarasca no acumula agua, así que se puede andar sin ruido y tenemos buen contraste natural, de modo que podemos aplicar la técnica de ser plantas...

-Tengo otra idea, -comentó Gelibar señalando cosas en los mapas- y sin perjuicio de usar técnicas de invisibles para el ataque, creo que podemos saber hoy mismo qué se cuece ahí dentro. Si me lleváis y hacéis la protección de entorno aquí, en la parte más occidental de la fortaleza está la parte más alta del muro. Pero a sólo tres cuerdas largas más a Poniente, el terreno es más alto. Sólo tengo que subir al árbol más alto de este sitio para ver con los largavistas qué pasa sobre esos muros y quizá vea buena parte del interior.

-Es una excelente apreciación, -comentó Hetesferes- así que puedo acompañar al grupo que vaya, para indicarles el mejor camino en la espesura. Ya sabéis que la Naturaleza tiene patrones, que cuando se conocen, se deducen cosas. Aquí hay sin duda un arroyo de los que habéis hablado, que debe provenir de esta parte y sería la menos indicada para subir a ese promontorio. Seguro que por aquí hay alguna senda marcada, porque si los esclavistas hacen patrullas, aunque no se suban a los árboles han de recorrer ese lado del terreno.

-Está decidido a menos que alguien proponga algo mejor... -dijo la Faraona y siguió tras unos momentos de silencio- Y como tenemos unos cinco o seis Râdnies a paso rápido o dos Râdnies a caballo, en cualquier caso habremos llegado cuando un observador desde los muros tendrá el sol en contra. Gelibar tendrá el sol a favor y aún iluminando la fortaleza. ¿Cuánto habéis calculado, Hetesferes?

-Unas once jaetas si vamos hasta la entrada del paso tortuoso y desde ahí subimos a los cerros, buscando el punto de mejor vista...

-Ankhceroi, -dijo Nuptahek- preguntad a los locales si hay gente que conozca bien esa parte del terreno.

-Ya lo he hecho, Faraona. Pero nadie de todo este pueblo ha salido jamás de entre estos muros. Recién están comprendiendo su situación y a pesar del trato que se les da, discuten si realmente lo ocurrido es bueno o sólo habrán cambiado de dueños. Demorarán en comprender, a pesar de todo lo que les explican Encalinetus y Enjoliteb.

Militares y civiles se encargaban de descargar los carros para luego cargar más de medio millar de cadáveres, que debían llevar y enterrar lejos de la fortaleza mayor, porque hacer hogueras habría sido indicar acciones al enemigo. Mientras, se prepararon con Henutsen diez de sus invisibles, y doscientos soldados que acompañarían a Nuptahek, Gelibar y Hatshepsut al punto calculado en los mapas. Los doscientos hombres se fueron estableciendo por el camino a "punto de oído", con lo cual era posible pasar un mensaje a la fortaleza en forma inmediata, porque a esa distancia de menos de sesenta Ankemtras era posible incluso la comunicación auditiva con voz alta sin gritar. Elhamin y los demás Generales dividieron las tropas de otra manera, ya que había dos mil hombres en el paso Nerodime y dos mil cerca de la fortaleza menor. Se estableció el plan de ataque nocturno, pero era probable que se efectuara antes de la noche, según lo que se viera y resolviera. Llegaron los primeros a caballo, dejándolos en una hondonada tras las estribaciones de los cerros y a media tarde Gelibar estaba subiendo al árbol más alto, calculando a tres cuerdas largas de la muralla de la fortaleza menor, pero descendió y corrió una cuerda corta hasta otro árbol, desde el cual la visión resultó mucho mejor. Al subir los casi cincuenta Ankemtras del inmenso árbol, comprendió que las distancias eran otras y descendió hasta la mitad.

-Atención, -dijo en la voz justa para ser escuchado desde abajo- no es nada bueno gritar, porque la muralla queda desde aquí a poco menos de dos cuerdas de flecha. Hemos acertado con el sitio y la perspectiva. Desde el árbol se ve el muro en toda su extensión, toda la parte superior y parte del interior. Con los largavistas está clarísimo que son soldados oberitas. Puedo quedarme ahí arriba lo necesario e ir informando si hay cambios. Lo que dispongáis...

-De acuerdo, -dijo Nuptahek- os quedáis arriba, con cinco invisibles que estarán repartidos en la altura del árbol para evitar voces altas. El Furriel, que corra a la fortaleza y traiga doscientos hombres más para acortar a la mitad la distancia de las postas y moverse para comunicar, en vez de gritar, al menos hasta medio camino entre las fortalezas. Comunicad a Elhamin que atacaremos de noche según el primer plan. Así que tendrá que disponer mil doscientos hombres. Todos los que tienen boleras son cuatrocientos y sólo ellos dispararan en principio. No quiero que el enemigo vea ninguna flecha. Los ochocientos con arcos se colocarán entre medio alrededor de todo el muro y estarán atentos a mi orden de ataque sobre lo que se vea sobre él. Mil que se queden en la fortaleza mayor y el resto rodeará este objetivo, a pocos pasos detrás de los primeros mil doscientos. Recordad ¡Ni una sola flecha, sólo disparan las boleras!. Avisadle que entre el bosque y el muro hay de promedio una a dos cuerdas largas, así que mucho cuidado con las voces... ¿Todo claro?

-Clarísimo Faraona. -respondió el Furriel y salió corriendo.

-Es posible que tengamos nublado más tarde, -dijo Hetesferes- si la nube desflecada aquella continúa hacia Poniente. El viento sigue hacia allá, que nos favorece porque será difícil que nos oigan en este lado...

-Buena observación, -dijo Nuptahek- pero estoy pensando que en algún momento deberíamos hacer algo que cause más terror que la muerte, como para que nadie de ahí se atreva a estar sobre las murallas... Pero tendría que ser algo que provenga de todo el entorno y aunque podríamos hacer algún truco... No sé...

-¿En qué habéis pensado?, -dijo Hatshepsut- ¿Algo con los Uás?

-No, pero no sería descartable usarlos... Me refiero a hacer algún sonido que les aterrorice. Pero tenemos disponibles cuatrocientos Uás y podríamos hacer con ellos algunos huecos en las murallas, para obligarles a concentrar sus fuerzas en los puntos que convenga.

-Os pillo la idea de los ruidos, Faraona, -dijo Geonemetis- y es algo que algunos pueblos de Oriente lejano han usado en sus antiguas guerras. Si me lo hubieseis dicho antes, habría preparado con unas cañas, un artilugio que hace un sonido un tanto... espeluznante.

-Aún faltan seis Râdnies para que anochezca, -dijo Hetesferes- y por la conformación de este terreno, con las aguas que han de hacer arroyos también del otro lado de estos cerros, seguro que hay cañas. He visto cañaverales en todos estos días, siempre a Poniente de los promontorios. Creo que el viento corre ahora, al revés de lo habitual. Por lo general debe traer humedad desde el mar de los Lobunos, que no está lejos. No creo que esta parte sea la excepción.

Geonemetis y cinco soldados salieron en busca de las cañas y no tardaron en encontrarlas, a poco más de una jaeta descendiendo de los cerros por el lado de Poniente. Con notable habilidad, en un momento cortó un trozo de caña, le hizo unos agujeros y colocó unas lengüetas en ellos. Al soplar, el sonido producido no era precisamente el de una flauta, sino algo horrible, parecido al grito de un felino, con tal volumen que fue oído por los que estaban en el cerro y sobresaltó a los cinco soldados.

-¡Bien!, -dijo uno de ellos- Eso pone los pelos de punta. No habéis tardado más de un têmposo en hacerlo. Si nos ponemos sólo nosotros seis, haríamos antes de la noche más de quinientos...

-Pero sería complicado llevarlos, -dijo una mujer- y si llevamos las cañas, podemos con unas treinta cada uno, saldrían más de tres mil... ¿Cómo se llama este invento?

-No lo recuerdo, -dijo Geonemetis- pero llamémosle "bramido". Y sí, vamos con las cañas, que cada uno puede llevar treinta o más y que nos ayuden los otros. Iré enseñando a hacerlos al grupo del cerro y luego a los de las postas. Buscad las más gruesas y secas, que mientras más diámetro y sequedad, más fuerte es el sonido.

Al anochecer ya estaban repartiendo las cañas y los primeros cinco enseñaban a los demás. Con pequeño trozo de cuerda, cada soldado se colgaba el silbato especial al cuello, quedando bajo las ropas. Cada aprendiz se quedaba con su pequeño trozo y al repartir, avisaban al resto en un susurro para que nadie se asustara por lo que oirían luego. No era muy importante si estaban bien hechos y no funcionaran algunos, pero el modelo era muy simple y fácil de replicar. Lo importante era el factor sorpresa. De los más de nueve mil hombres que estaban rodeando la fortaleza, más de tres mil tenían un "bramido". Se dio la orden de que nadie por razón alguna soplase el instrumento, hasta que escucharan el segundo bramido, porque el primero daría la orden de apuntar y disparar contra los centinelas a lo largo de todo el muro. Con el segundo bramido debían hacerlo sonar cada diez mútlicas, pero detenerse cuando escucharan el grito de una mujer, volviendo a soplar con todas sus fuerzas cuando volviese a sonar el bramido, para detenerse cuando vieran un rayo de Uás estrellarse contra el muro. Para hacerlo todo de modo coordinado, los cetreros tenían en contacto a Elhamin, la Faraona y los Generales y Comandantes de cada sección. Nada debía hacerse hablado. Desde la fortaleza percibirían sólo el aniquilamiento de los guardias del muro y el sonido aterrorizador.

-Está todo preparado, Faraona. -dijo rato después en voz baja el Furriel Ankhceroi acompañado de un cetrero- El General Elhamin tiene todo desplegado. Mil doscientos acechan a la muralla, cuatrocientos boleros listos, ochocientos arqueros por si acaso y el resto de hombres a pocos pasos tras ellos. Tres mil cuatrocientos tienen listos esos... Bramidos, que si suenan como el que escuchamos, hasta a mí que soy amante de la noche, me darán repelús. En medio Râdnie habrá oscurecido y todo depende de vuestra orden.

-Gracias, Ankhceroi. Si os da repelús, os autorizo a regresar a la fortaleza Ramankh...

-Imagino que lo decís en broma, Faraona... -respondió riendo el hombre- No me perdería el espectáculo por nada del mundo.

Esperaron dos Râdnies, por si había cambios importantes y Gelibar comunicó que nada había cambiado. En vez de diez centinelas había al menos doscientos en toda la muralla, a razón de unos treinta pasos entre cada uno, con cuatro patrullas haciendo los relevos y por la forma de marchar y efectuar los cambios de puesto era evidente que se trataba de militares y no de esclavos.

-Preparaos todos, que empieza la función. -dijo Nuptahek- Hay entre puestos fijos y patrullas, unos cuatrocientos hombres en el muro. Casi lo mismo que boleros nuestros. Las nubes se han ido y la Luna será una aliada total, ya casi llena.

Al soplar con todas sus fuerzas el trozo de caña, el sonido que surgió resultó apenas como un guarrido de jabalí sin gran volumen. Pero la decepción duró poco, porque Geonemetis le movió un poco la parte superior de una de las lengüeta, insertándola más a fondo y le instó a volver a intentarlo. El bramido que surgió fue tan fuerte que se escuchó desde muy lejos y si les había parecido notable desde más de una jaeta, cuando Geonemetis hizo el primero, esta vez la sensación fue escalofriante. Como no se escuchaba nada de los disparos de las boleras, Gelibar comunicó rato después que casi todos los del muro habían sido abatidos, incluyendo las patrullas que se asomaban al notar algo extraño, o los quejidos de los pocos heridos que no habían sido tocados fatalmente. Nuptahek subió en unos momentos al árbol y desde ahí contempló el escenario, con gran movimiento tras la muralla y en un rato los muertos fueron reemplazados, pero por una cantidad menor de hombres. Cada uno que se asomaba, era derribado por un certero disparo de bolera. Dos Râdnies después, nadie se movía en los muros y Elhamin comunicó que algunos soldados se habían subido a los árboles más altos del entorno, sin ver a nadie vivo. Tampoco veía la Faraona con el largavistas, a nadie moverse en los caseríos. Sin bajar del árbol, permaneciendo junto a Gelibar, hizo sonar por segunda vez el "bramido". El concierto que se inició, a medida que iban oyendo y repitiendo el soplido alrededor de la fortaleza, produjo una vibración en los oídos espectacular, indescriptible, como si fuese un ejército de monstruos del inframundo invadiéndolo todo. Por consecuencia, en el plano del Ka la sensación de terror aumentaba y afectaba hasta a los propios ejecutores, con las pequeñas variaciones de sonido de cada instrumento, que evidenciaban que eran miles los individuos bramando en un ritmo "natural", cuyas características nada tendrían que ver con jabalíes, antas, venados y otros animales de la región. La diferencia de desplazamiento del sonido, que hacía sus ecos en los muros como en los cerros cercanos, debía causar un pánico insoportable en quienes no tenían idea del origen de la monstruosa sinfonía. Pasó menos de un cuarto de Râdnie hasta que Nuptahek avisó a Hatshepsut que diera su mejor grito de "larga distancia". Cuando ella lo hizo, abarcó el sonido todo el ámbito y llegó hasta las casi dos jaetas, al lado opuesto, debido a la conformación del terreno y no sólo detuvo la sonora gritería monstruosa, sino que infundió más terror en los jefes de la fortaleza, que además ya sabrían que había sido aniquilada toda su tropa en la muralla. Mientras Gelibar se quedó allí para vigilar e informar mediante los Furrieles y halcones cualquier novedad, Nuptahek bajó del árbol y se reunió con los cuatrocientos portadores de Uás y dijo:

-Doscientos irán con Diva a la puerta Norte y otro tanto conmigo a la puerta Sur. En cuanto Diva vea nuestros disparos, derriba la puerta Norte y sobre ella se agolparán los dos cuadrantes correspondientes. Lo mismo al Sur. Ankemtatis dirigirá el Sur y Elhamin el Norte, pero no se entrará en la fortaleza, sino que se quedarán ocultos en el bosque a la espera de órdenes. Comenzará de nuevo el bramido y durará diez têmposos, luego derribamos la puertas y esperamos a ver qué pasa. Tenéis que estar atentos al árbol donde está Gelibar. Si enciende la luz de su lámpara e ilumina sólo el interior de la fortaleza, quiere decir que podremos entrar porque no ve movimiento. Si en cambio ilumina el entorno exterior, es que hay que esperar porque hay movimiento. Cinco invisibles en cada puerta entrarán para analizar la situación y ver lo que conviene hacer. Hatshepsut me dirá qué hacer en el Sur y como hay visibilidad entre las puertas, hacemos la batida casa por casa inmediatamente. Somos más de nueve mil y hay menos de mil doscientas casas en toda la fortaleza. ¿Alguien tiene dudas?

Se desplazaron inmediatamente a sus posiciones y ya cerca de ellas Nuptahek volvió a hacer sonar el bramido. En el tiempo calculado de diez têmposos, doscientos Uás cargados al máximo apuntaron a la enorme puerta de gruesos troncos, pero sólo dispararon diez, lo que fue suficiente para hacer añicos todo, incluso parte del muro. Al lado contrario, Diva hizo lo mismo cuando vio el fulgor y paró el terrorífico sonido de los bramidos, que había encubierto el estruendo de los Uás. Poco después, Gelibar alumbraba el interior de la fortaleza y cinco invisibles en cada lado ingresaron para comprobar que no hubiese sectores de emboscada.

-Nadie hay fuera de las casas, -dijo Hatshepsut a Nuptahek medio Râdnie después- y una nueva oleada de bramidos no estaría mal....

-Haced correr la voz a los de la otra puerta y yo me encargo de este lado, de que nadie vuelva a bramar, porque lo haremos sólo algunos pocos que elegiré entre los que tengo en este lado. Así mantenemos un nivel de terror en función de tiempo. Empezaremos la batida cuando lance dos rayos de Uás, uno en cada lado interior de la muralla al Naciente y Poniente.

Un Râdnie después estaban las indicaciones distribuidas y la Faraona ingresó al recinto con sólo trescientos soldados dotados del bramido, que accedieron a las escaleras y se posicionaron a lo largo de todo el muro. Harían una brama especial, corta, esperando tres têmposos cada uno, aumentando así la incertidumbre y terror de los moradores. Luego se quedaría allí hasta nueva orden, para impedir que alguien de dentro intentase escalar la muralla. Cuando empezó de nuevo la brama, el silencio sepulcral que invadía hasta ese momento la fortaleza fue roto en varias casas por imprecaciones, rezos, llantos y gritos de terror, al oir a los posibles monstruos mucho más cerca. Un cuarto de Râdnie después, Nuptahek lanzó los dos disparos sobre la base de los muros, para indicar que debían entrar todas las tropas y así lo hicieron, dispersándose a razón de seis hombres por cada casa.

Al tirar abajo las puertas encontraron resistencia en más de la mitad, procediendo a aniquilar sin miramientos al enemigo, cuidando de no herir a mujeres y niños. En poco más de dos Râdnies se había reunido en la plaza mayor, justo al centro del recinto, a seiscientas mujeres, ochenta niños y doscientos varones que no presentaron resistencia.

-Atended, -les decía Nuptahek- sobre todos los niños, que aún os veo temblar de miedo. No tenéis nada que temer. Hemos tenido que usar estos ruidos para asustar a vuestros esclavistas. Lo haré de nuevo para que veáis que no hay animales ni monstruos...

Hizo sonar el bramido y aún así, muchas mujeres y niños se pusieron a llorar y se abrazaban aterrorizadas.

-Lamentamos que hayáis sido víctimas del miedo, -siguió Nuptahek- pero gracias a ello hemos podido combatir evitando daños en Vosotros y aún tenemos cosas que aclarar. ¿Sois esposas de los soldados muertos?

-Esos no eran nuestros esposos, -dijo una mujer que parecía más valiente que el resto- sino nuestros amos, todos al servicio de un Faraón, al que odiamos con toda nuestra ánima. Ninguna hay aquí de ese pueblo de ratas que vino hace mucho tiempo desde el Nilo para traer esclavitud. Y estos niños son nuestros hijos... Algunos son hijos por violaciones de ellos, y otros de nuestro pueblo.

-¿Y quiénes son soldados, de estos varones?

-Ninguno, -dijo un hombre anciano- no nos hemos defendido porque sólo sabemos trabajar. Hace más de un siglo que el Faraón de Ankh em-Ptah llegó y se apoderó de estas tierras, de nuestros pueblos y de nuestras vidas. Si no es demasiado preguntar, nos gustaría saber si vais a ser iguales o peores que él y su gente...

-Henutsen, por favor... -dijo Nuptahek- hacedme el favor de explicar todo el tema, que esto sí que me cansa más que diez campañas...

-Ahora le toca Hatshepsut, -respondió Henutsen riendo- que yo ya agoté la paciencia en la otra fortaleza...

Al día siguiente se reemplazaron las guardias y la tropa que estaba custodiando el paso Nerodime, en el que no había ninguna actividad. Igual se dejaron dos mil hombres formando un abanico de dos jaetas hacia cada lado y se preparó una incursión de veinte Invisibles y cincuenta soldados, con Henutsen y Ankemtatis al mando, para recorrer la zona donde podría haber otro cuartel. Regresaron tres días después y Ankemtatis explicó a la Plana Mayor:

-En algo más de medio día llegamos a la montaña más alta de la región, que no es demasiado alta, pero desde ella pudimos ver el valle que hay hacia Poniente. De no ser por una fogata mal encendida, que echaba bastante humo, no habríamos encontrado fácil el asentamiento que está unas quince jaetas de la cumbre. Llegamos allí ya de noche y los invisibles entramos. Parece un simple pueblo, pero es un cuartel que no tiene murallas. Está en medio de una extensión casi plana a la orilla de un riachuelo, parece mal custodiado pero el entorno está lleno de trampas de diversa clase, muy similares a las del Oasis de Eritriuma. Afortunadamente aún era de día y alguien detectó una, así que esperamos al amanecer para seguir adelante. Entramos unos pocos e hicimos una comprobación de entorno para marcar dónde están las trampas. No las desactivamos pero están marcadas en los planos. A la noche siguiente sí entramos todos los invisibles, sólo para recorrer todo sin dejar ningún centinela afectado, así que no saben que hemos revisado todo y sabemos que hay trescientas veinte casas, con una población únicamente militar. No hay campos de cultivo grandes, sólo huertas alrededor del caserío, con corrales de gallinas y unas cuantas vacas, pero la abundante caza, pesca y frutos del bosque les asegura la subsistencia. Hay aproximadamente trescientos varones que viven en las casas con otras tantas mujeres y las otras veinte construcciones son mucho más grandes y para tropa. Un total aproximado de novecientos hombres, aparte de los trescientos de las casas. Las mujeres no parecen Carpatians pero sí son esclavas, porque se encargan de todos los trabajos, hemos visto escenas de maltrato; no se alejan de sus casas para nada, salvo cuando están en la huerta o una patrulla las lleva a recoger leña o frutos en el bosque... No las hemos podido ver de muy cerca, pero es posible que sean Grakias o Lobunas, porque incluso sus ropas son de esos estilos. Las ropas de los soldados son como la de los que hemos batido en estas fortalezas. Una mala copia de las tradicionales nuestras.

-Y para llegar no es necesario subir la montaña, -agregó Henutsen- sino una parte no muy alta de ella. Luego es posible ir directamente por donde volvimos, atravesando el bosque sin apenas diferencias de niveles, caminando algo más de treinta jaetas. Ayer ocupamos todo el día en recorrer más lejos aún todo el entorno a paso rápido. Entre otras cosas, notamos que han desaparecido todos los animales de la región. Ni ciervos, venados, jabalíes, liebres, felinos... Nada. Seguro que los bramidos los han aterrorizado. Luego nos dividimos en tres grupos para inspeccionar las montañas al Norte y al Sur, y los promontorios que están a siete jaetas al Poniente. Nadie a la vista, Azalema no encontró rastro de paso humano por el lado Norte ni por Poniente en mucho tiempo. Sólo hay un camino y poco transitado.

-Entonces, -dijo Nuptahek- si desde aquí hay treinta jaetas podemos llegar en una jornada diurna de marcha normal, es decir en menos de veinte Râdnies. Si no habéis notado nada de intranquilidad en ellos, podemos decir que les pillaremos por sorpresa.

-La guardia era un tanto excesiva, -respondió Henutsen- porque con tantas trampas bien puestas, cuatrocientos entre centinelas y patrullas son la tercera parte de la guarnición, que en situación aparentemente normal, con una superficie menor que la fortaleza del Sur, me parece que algo de intranquilidad puede haber. ¿Podrían haber escuchado la "música" de los bramidos?

-En algunos momentos el viento fuerte a Poniente, -dijo Hetesferes- pudo haber llevado hasta allá el sonido. Ha sido algo estrepitoso, con tres mil cuatrocientos instrumentos sonando y aturdiendo. La gente de aquí, de la Ramankh, escuchó con bastante claridad y se asustaron, y son unas siete jaetas con viento lateral. Desde la fortaleza menor hasta ese cuartel debe haber unas treinta y cinco jaetas en línea recta y justo a Poniente y aunque están las montañas de por medio, si el viento se encañona en los pasos, lleva muy lejos el sonido. De modo que sí, creo que pudieron escuchar algo.

-En cuyo caso, -agregó Hatshepsut- estarán con miedo y por eso no han enviado a nadie a ver qué pasa por este lado...

-El sonido que hicimos -intervino Geonemetis- resultó espeluznante hasta para nosotros. Cuando algo así se percibe en la distancia puede ser aún más terrible. No llega sólo el sonido puro, sino también su eco repetido y modificado por el viento y el terreno. Los Comandantes que estaban en la atalaya del paso Nerodime me dijeron que se oyó todo muy fuerte y si no les hubiésemos avisado, se habrían estremecido y ni se habrían atrevido a averiguar de qué se trataba, quedándose a esperar en sus puestos cualquier aberración monstruosa de una Naturaleza desconocida, como ocurrió a algunos soldados que no se enteraron porque estaban más lejos. Si no van sus compañeros a por ellos, aún estarían a la espera de ver qué se mueve por ahí.

-Entonces ya tenemos una parte hecha, -dijo Nuptahek- así que si les metemos más miedo no se moverán de su cuartel, pero eso puede que no sea lo más conveniente, ya que estando las mujeres de por medio, no podemos hacer una batida en un medio urbano apiñado. No quisiera encontrarme con otro caso como el de la niña Vidiankha. ¿Habéis visto niños?

-No, -respondió Henutsen- ni creo que ninguna de las mujeres que vimos esté embarazada. Tengo la sensación de que las han raptado hace poco, porque sus ropas son de telas buenas, aún están muy sanas y ahí no hay telares ni procesan fibras vegetales. Ya veis lo pobres en ropas que están aquí, la mayoría vistiendo sólo con cueros muy desgastados...

-He averiguado algunos acontecimientos recientes, -dijo Enjoliteb- y me dicen que hace unos cien días vinieron muchos soldados trayendo mujeres desde el Norte, estuvieron una noche aquí y se marcharon.

-Pueden haber sido ellas, -dijo Elhamin- pero ahora pensemos cómo hacer salir a esas tropas de su madriguera.

-Como las veinte construcciones para tropa son exclusivas de ellos, -dijo Henutsen- podemos arrasarlas sin más. Luego podemos hacer en las casas lo mismo que en la fortaleza menor. De unos mil doscientos hombres tendríamos novecientos liquidados en sus cuadras.

-Para eso -dijo Nuptahek- habría que hacerlos meter en las casas, que no se animen a ocupar puestos de centinelas ni en patrullas. Así que los bramidos me siguen pareciendo una música muy bella...

-Opino lo mismo, -dijo Hatshepsut- pero me gustaría analizar más...

-A ver qué ideas nuevas salen, -dijo Nuptahek- que lo creativo es lo que nos hace mejores. Exponed, Hermana.

-Si les dejamos unos días cocinando a fuego lento, con bramidos por las montañas cercanas, un poco más cerca cada vez ... Vamos a conseguir con más seguridad el objetivo de recluirlos, pero corremos el riesgo de que repartan a la tropa en las casas, que seguro son de los jefes y querrán estar más protegidos. Pero si hacemos lo contrario, dejando que se tranquilicen, volverán a guardias normales y será más fácil que la masa importante de la tropa esté donde queremos. Cómo hacemos que se relajen, es otro tema...

-Se me ocurre una estrategia simple, -dijo Gelibar- que sólo requiere de la ayuda de unos cuántos locales y otros tantos soldados nuestros, usando las ropas de los oberitas, que por orden de Elhamin hicimos guardar en vez de quemar con los cadáveres. Como habrían de saber que ese recinto es inaccesible por las trampas, puedo dirigir dos o tres azafes nuestros que traigan atados como esclavos a un buen grupo de locales, que darían un buen rodeo para encontrarnos a unas cincuenta u ochenta jaetas a Poniente. Sólo con ver pasar a nuestros azafes, pensarían que todo está bien por aquí. Enviarían exploradores para verificarlo, pero se encontrarían con nuestro Comando de la atalaya y no volverían. Como no tienen palomas ni halcones, no tendrán otro modo de hacerlo que enviando gente. Por eso el siguiente paso no se puede demorar más de dos días, y es regresar y volver a pasar cerca, con los locales atados. Geonemetis y quince Fenygios hablan a la perfección la lengua oberita, por si nos interceptan para preguntar, lo que es casi seguro. Tres de ellos serían los jefes de los azafes. Al momento de detenernos, puede haber como al descuido algunas conversaciones entre los que conocen bastante el idioma, mientras sus patrullas inspeccionan y nos interrogan... ¿Os parece descabellado?

-¡No, cariño mío!, -exclamó Nuptahek- me sonrío porque me parece una idea genial. Creo que está todo claro, pero continuad.

-Sólo un detalle más, -continuó Gelibar- y es que tendríamos que ensayarlo, ir con cuidado de no llevar nada que pueda estar fuera de lugar, ni Uás ni lámparas, ni boleras visibles, ni otra cosa que no sean las armas e insignias de ellos... Podemos llevar boleras ocultas en las mantas de las monturas, para un caso extremo...

Inmediatamente pusieron en marcha el plan de Gelibar, quien eligió a los hombres y les instruyó en la idea. Según sabían por los locales porque la fortaleza era lugar de paso, las partidas de capturas solían ser de cuatrocientos o quinientos hombres, pero consideraron que tres azafes sería lo propio para una partida de recepción de esclavos si el grupo no era demasiado numeroso. Prepararon con gran cuidado la vestimenta y distribución de roles, preguntando a los locales por el valor de cada insignia en el uniforme, que era lo único realmente diferente de la milicia tradicional de Ankh em-Ptah. Nadie debía hablar ni una palabra en el propio idioma, pero los conocedores del idioma oberita hicieron toda clase de ensayos, prepararon un libreto básico para no caer en contradicciones o errores que les delatasen, y durante el día de marcha a caballo seguirían practicando e instruyendo en las palabras básicas a los que no las conocían. Gelibar iba como soldado regular y Geonemetis como jefe de la partida. Cien locales fueron seleccionados entre los más conscientes de la situación pero con buena variación de edades, incluyendo unos niños. Nuptahek no estaba de acuerdo pero finalmente cedió al explicarle Gelibar que si los enemigos ven niños en el grupo de supuestos esclavos, ya no les detendrían en el regreso y tendrían más confianza en la apariencia.

Los locales partieron al día siguiente, compartiendo caballos con cien soldados, para dar un largo rodeo tras las cerros de más al Norte, pero otros cuatrocientos les acompañaban bien armados. Un día después, tras muchos ensayos, salieron temprano los tres azafes y al pasar cerca del cuartel enemigo observaron la gran cantidad de centinelas en puestos fijos y grupos marchando por el entorno de las casas. Al verles, salió al encuentro una patrulla de cincuenta jinetes y todo lo siguiente se desarrolló en el idioma enemigo.

-¿De dónde venís? -preguntó secamente un oficial.

-De muy lejos, -respondió Geonemetis mientras se detenían- Soy Geonemetón, experto en transporte de carne humana y hemos sido enviados desde nuestro cuartel del Oriente lejano para reforzar esta región y elegir a ciertas esclavas. Apenas hemos llegado y ya nos han asignado la tarea de ir a buscar esclavos que traen otros colegas. Ya habrán desembarcado en Shen Gina y los entregarán a medio camino entre aquí y el puerto. Puede que los repartan para varios lugares según vayamos llegando...

-Hace unas noches escuchamos unos ruidos muy extraños que el viento traía de Naciente... ¿Está todo bien en las fortalezas?

-¡Mejor que bien!, -dijo uno de los Fenygios que iba como segundo al mando- Salvo por lo que seguro que habéis escuchado, los ruidos de la música, si es que se puede llamar así. Están formando una orquesta con los esclavos y ensayando instrumentos que ni sabemos de dónde los han traído...

-¡Yo sé de dónde!, -dijo entre risas otro Fenygio que iba como soldado regular- los trajeron con los esclavos de muy al Norte. Pero hasta que aprendan a usarlos, sólo salen unos ruidos insoportables.

Mientras tanto, en una fila más atrás, se oía a alguien pidiendo agua y maldiciendo por haberse agujereado su bota cántaro. Otro en otra fila se quejaba de que le habían dado un caballo que se movía de tal modo que le rompía las asentaderas y su compañero le respondía con bromas obscenas. Más lejos hacia atrás en las filas, se oían risas y algunas frases perfectamente pronunciadas en el idioma oberita El oficial miraba con atención a toda la tropa y Geonemetis le preguntó si tenían músicos y otras diversiones, a lo que el otro respondió ya más relajado y sonriendo.

-Las únicas diversiones que tenemos aquí son los licores que hacen en la fortaleza y las mujeres que no han podido resistirse a nuestros encantos y amablemente nos han acompañado desde Grakia.

-¡Ah, eso está muy bien!, -respondió Gelibar- ¿Tenéis suficientes para repartir o habrá que conseguir que nos amen las ya muy usadas de las fortalezas?

-Aquí tenemos pocas, -respondió el esclavista- sólo trescientas diez para mil doscientos cincuenta varones. Claro que las tenemos los oficiales y los que hacen buenos méritos. Si traéis una cantidad como para que no se noten las ausencias, algunas podrían quedarse aquí y hacemos una buena fiesta juntos.

-Eso nos costaría las orejas y otras cosas, -dijo Geonemetis entre carcajadas- porque seguro que pasarán los informes de cantidad a nuestros jefes, pero sólo es cuestión de paciencia. Ya sabéis lo que están gestando nuestros jefes mayores... Los varones hacia el Nilo pero la mayoría de las señoras y señoritas se quedarán por aquí... Nos gustaría tomar un descanso con Vosotros, pero si no apuramos la marcha, llegaremos tarde al reparto.

-Marchad, Geonemetón, pero recordad que aquí también hace falta carne fresca. Y que sepáis que podemos pagar bien los favores...

-Lo tendré en cuenta. ¿Cómos os llamáis?

-Abetris, y soy el jefe de esta unidad militar, pero mis soldados me llaman "el niñero", ja, ja, jaaa

-Nos vemos pronto... -dijo Geonemetis y siguió adelante tras hacer él y Gelibar el saludo militar de los oberitas.

Cuando estuvieron suficientemente lejos, un Râdnie después, Gelibar se adelantó y le dijo a Geonemetis que había actuado como el mejor actor de teatro.

-Sí, y pude evitar vomitarle en la cara; hasta lancé una carcajada, y parece que salió bien porque mientras respondía sobre dejarles unas mujeres esclavas, pensaba en lo que les espera cuando regresemos...

-Bien, al menos esta parte del plan les ha dejado tranquilos respecto a los ruidos. Los he visto confiados, pero igual estarán pendientes de qué gente traemos...

Al día siguiente se encontraron con el otro grupo y esperaron un día más, que aprovecharon para descansar y ensayar de nuevo la operación de acercamiento con esclavos, para dar el tiempo coherente de supuesta marcha con gente a pie. Por la mañana muy temprano fueron juntos todos hasta diez jaetas del cuartel y a media mañana los quinientos jinetes del primer grupo dejaron a los locales con Gelibar y tomaron camino al Norte para regresar a Ramankh por detrás de las montañas. El supuesto grupo de "transporte de carne humana", les ató como era habitual en tales circunstancias por el cuello y las manos. Pocos de ellos habían vivido esa experiencia, ya que los de mediana edad, jóvenes y niños habían nacido en cautiverio. Pero Gelibar había elegido a varios entre la gente más fuerte en lo emocional, que había vivido la terrible desgracia del rapto y transporte. Apenas colocadas las cuerdas, dos mujeres y un anciano lloraban desconsoladamente.

-Llorad, amigos, -les dijo Gelibar- que a mí no me faltan ganas, pero hemos de aparentar esto aunque sea tan desagradable revivir la peor experiencia de vuestras vidas. Nosotros, en cambio, hemos de estar sonrientes, en disposición de aguantar alguna conversación con los criminales aunque se nos revuelvan las tripas y el ánima, pero Vosotros debéis imaginar que es verdad que vais como esclavos por primera vez. No podéis estar todos llorosos porque se supone que lleváis muchos días en tránsito. Pero aquellos que lo habéis vivido, pensad en aquella ocasión cuando estemos cerca, no ahora.

-¿Y yo también tengo que llorar? -preguntó uno de los niños.

-No hace falta, pequeño, -respondió Geonemetis- pero tampoco habéis de estar alegres. Podéis ir muy serios, pero estáis con vuestros padres, así que haced lo mismo que hagan ellos.

Una de las mujeres liberadas pidió a Gelibar reunir a los quince niños y una vez juntos le dijo dulcemente:

-No hace falta que lloréis, pero tampoco digáis nada. Como os ha dicho Geonemetis, imitad a vuestros padres. Estamos haciendo algo peligroso y debéis ir serios, como que si esto sale mal, volveremos a ser esclavos de verdad o pueden matarnos. Ya se os ha explicado en casa, pero lo conversaremos otra vez si hace falta. Estos amigos nos han liberado, ahora somos felices, pero para no volver a ser esclavos, hay que engañar a una gente que son iguales que los que nos tenían en la infelicidad de la esclavitud. ¿Hay alguien que no haya entendido lo importante de esto que hacemos, o que tenga miedo?

-Bien, -dijo Gelibar ante la negativa de los niños- veo que ninguno parece tener dudas ni miedo. A partir de ahora debéis actuar como verdaderos guerreros para el resto de vuestras vidas. Los guerreros de verdad preferimos estar muertos antes que esclavos, pero vuestros padres no sabían eso. Ahora lo saben y actúan como tales. Algunos van a llorar porque tienen que hacer eso, entonces sus hijos hacen lo mismo. Los niños cuyos padres no lloren, sólo irán serios y tristes. Si todo sale bien, mañana haremos una gran fiesta en Ramankh.

-Ahora marcharemos a paso rápido, -dijo Geonemetis cuando la fila estaba lista- calculando pasar por el cuartel apenas pasado el medio día. Eso nos dará pretexto para evitar que nos inviten a quedarnos allí, porque aún faltarán unos ocho Râdnies de camino y podemos llegar a la fortaleza antes que nos pille la noche.

Al pasar según lo previsto, después de medio día, observaron que apenas había algunos centinelas, sin patrullas en movimiento. El calor era intenso y un grupo que debía estar patrullando, se hallaba reunido y bebiendo a la sombra de los árboles, a la orilla del riachuelo. Geonemetis saludó con la mano y obtuvo la misma respuesta de los hombres que estaban a una cuerda corta. Nadie salió a interceptarles pero continuaron, incluso gritando a alguien de los supuestos esclavos alguna grosería en el idioma oberita. Una jaeta más adelante el bosque tapaba toda visibilidad desde el cuartel, pero continuaron un par de jaetas más, por si hubiera alguna patrulla de exploradores de entorno. Gelibar tuvo buena intuición al respecto, porque justo que pensaba deshacer la fila y hacer montar a los Carpatians, aparecieron más de cincuenta hombres a caballo.

-¿Cómo estáis?, -preguntó Geonemetis adelantándose y mirando entre los hombres- ¿Y mi amigo Abetris?

-Demasiado calor para los jefes, -respondió el oficial que dirigía la partida- ya nos dijo que vendríais con gente, pero no se ven muchas mujeres. ¿No ha sido muy bueno el reparto?

-Llegamos algo tarde. Tendrían que habernos avisado antes, para estar en el puerto mismo cuando llegaron. Será decepcionante para los jefes nuestros, pero como veis, pocos viejos, varios niños, mayoría varones... Mucha fuerza de trabajo... A ver si llegamos antes que se nos venga la noche...

-Buen, viaje, -dijo el oberita- seguiremos de patrulla.

-Saludad a Abetris de parte de Geonemetón y decidle que de todos modos, vendré con unas cuántas mujeres a visitarle. Lo prometo...

Tras andar otras dos jaetas y verificar algunos exploradores que los enemigos se habían dirigido al cuartel, así como la soledad del entorno que se apreciaba desde los cerros más altos, los Carpatians se montaron a la grupa para regresar rápidamente a Ramankh. En la atalaya les recibió la Generala Espiria y les dijo que no habían visto exploradores enemigos desde el inicio de la operación.

-Ya os contaremos más, -dijo Gelibar- pero les dejamos tranquilos con el cuento que ensayamos. Ahora están muy confiados y relajados. ¿Algo que informar a la Plana Mayor?

-Nada, hemos hecho el relevo esta mañana. Aquí todo normal. Y ya sabemos por los invisibles, que han relajado la guardia. Por eso sabía que habíais tenido éxito en la primera parte del plan.

Ya en la reunión con la Faraona y los demás, pasaron a comer y mandaron a los Carpatians a sus casas, felicitándoles por lo perfecto de todo lo hecho. Gelibar presentó su informe sintetizado por escrito y luego verbalmente, con todo lo ocurrido en orden cronológico.

-Geonemetis ha estado genial en todo, -dijo con ironía al final de su relato- pero a estos últimos les ha prometido volver a visitar a "su amigo" Abetris, llevando unas cuántas mujeres. Creo que debemos ayudarle a cumplir su palabra...

-¡Amado mío! -exclamó Hatshepsut mientras abrazó a Geonemetis- ¡Gracias por pensar en mí!... Bueno, supongo que habéis pensado que una buena fiesta requiere de más mujeres... ¿Verdad?

-Claro, -intervino Gelibar- mirad la cara de pícara de mi Faraona. Daverdis, Diva, Espiria, Henutsen, Unitis y el cuarenta y cinco por ciento de nuestra tropa... Estarán encantadas de participar. Y me alegro que lo toméis así, Nuptahek, al menos ahora, porque sé que después vais a llorar por los enemigos muertos...

Después de las conversaciones anecdóticas y algunas bromas se dedicaron a repasar la estrategia que tenían elaborada. Nuptahek pidió a Elhamin que la describiera para los que estaban ausentes y de paso, revisar ideas y posibles mejoras, y el General habló con los planos sobre la mesa.

-Hemos calculado que todo iría tal como ha ido por vuestra parte. Hicimos unos planes alternativos por si fallaban las cosas, pero eso se descarta en esta ocasión. Así que el plan general consiste en llegar con diez mil de nuestros efectivos, dejando aquí cuatro mil seiscientos, menos las once bajas sufridas en ambas fortalezas. Estimamos que la eliminación de la guardia y patrullas la pueden hacer los invisibles a medida que se produzca el primer relevo nocturno. Por eso todas estas noches han estado estudiando los movimientos y desactivando la mayoría de las trampas sin que lo noten. Irán cien pasos por detrás de la patrulla y acabarán con ella al final, justo antes de intervenir una guarnición con Uás, eliminando de un golpe las veinte grandes casas de la tropa. Según la experiencia del uso de los Uás en el Oasis de Eritriuma, con quinientos hombres demorará unos pocos têmposos. Puede que cuatro o cinco, para demoler todo. El resto de la gente rodeará cada casa y esperará a que esté hecha esa demolición y que los de Uás se les unan. Luego se procederá como en la fortaleza menor, pero a razón de más de treinta nuestros por casa, es posible que no debamos lamentar ninguna baja propia ni de sus cautivas...

Dos noches después se ejecutó el plan, con varios heridos propios al invadir las casas de los esclavistas, pero sin bajas mortales. Cinco mujeres fueron heridas por sus captores, antes de ser ejecutados, al intentar usarlas como escudo humano. Todas ellas eran del Norte de Grakia, secuestradas hacía pocos meses y llevadas a la fortaleza mayor para luego trasladarlas al cuartel recién destruido.

-Sus pueblos de origen son varios, -decía Nuptahek a la Plana Mayor- pero todos están en la misma zona y a menos de veinte días de marcha a pie o cerca de la mitad a caballo, de modo que podríamos llevarlas hasta su región. Son mujeres cultas y trabajadoras, que han sufrido toda clase de... angustias, y ya podéis imaginar que nada les vendría mejor que volver a sus casas. ¿Qué opináis Elhamin?

-Tenemos mucho por recorrer aún, -dijo Elhamin- pero eso no obsta para devolver a esa gente a su sitio y seguir educando mientras, a los de aquí, para que no vuelvan a ser sometidos jamás. En los días que demore una partida en ir y volver, podemos enseñar a este pueblo el uso de las armas oberitas y a fabricar más flechas y cerbatanas como las nuestras. Mil hombres para llevarlas sería una buena cantidad y además, dar aviso a los Grakios de las invasiones selectivas de los oberitas. Eso valdría para inspeccionar esa parte del territorio que aparece en los mapas como Macedonia con signos de interrogación... Lo que nos dejaría más tranquilos si no hay esclavistas por ahí.

-Conocemos poco de los Macedonios, -dijo Hetesferes- pero lo poco que sabemos es que han ayudado a los Grakios muchas veces. Eso nos lo contaba hace dos décadas Soferses II, cuando acompañamos en uno de sus viajes al Faraón Isman. Nos decía que son un pueblo bravo y digno, que guardan cierros misterios y no tienen piedad con los esclavistas, por lo que es raro que esos hayan podido pasar con las mujeres por allí... Pero el territorio es grande y los Macedonios son pocos. Igual sería bueno que sepan lo que se cuece por aquí.

-No hace falta decir más, -dijo Nuptahek- salvo saber con cuánta caballería contamos.

-Trajimos quinientos, -respondió Permiskaris- se unieron doscientos, con los cien Fenhygios, más trescientos seis que había aquí y novecientos diez que tenían en la fortaleza menor. Otros novecientos cinco del cuartel de Poniente, así que ahora contamos con un total de dos mil seiscientos veintiuno. Diez de ellos están heridos y mejorando, ocho agotados y también en tratamiento y cinco son problemáticos si les ponen varas. Sólo sirven para montar. De modo que contamos con dos mil quinientos noventa y ocho caballos aptos para toda tarea. Si me decís para qué los queréis, los elijo en función del terreno que han de recorrer, tiempo de marcha, peso y otros detalles...

-Gracias, Permiskaris, -continuó Nuptahek con una broma- sólo falta que los conozcáis a todos por sus nombres...

-A los quinientos nuestros, a los doscientos de los Fenhygios y a treinta más, que ya les pusieron nombre los soldados, sí les conozco por sus nombres, Faraona. A los demás aún no, porque recién nos estamos conociendo y mi compañera está bautizando a los que le gustan más. Ya tendrán nombres todos.

-Me dejáis sorprendida, Permiskaris...

-Cualquier mozo ecuestre que se precie, ha de conocer y amar a los caballos en conjunto e individualmente. De lo contrario sería como un médico que no conoce a sus pacientes. Y somos médicos de animales también, pero sobre todo de caballos. Hay algo que me extraña en nuestras enseñanzas espirituales, donde los animales se toman como alegorías de la Naturaleza o Maestros Ascendidos que toman forma astral de animales según su tótem, es decir de su encarnación anterior a ser humano... ¿Cómo es que no tenemos a ningún caballo? Eso me parece injusto. Está Reshepu, que es Reshef para los Baalbekios. Ellos lo representan con un caballo con aperos de guerra, pero para nosotros tiene forma de rayo guerrero. Eso más bien representaría un Uás... Si podéis hacer algo para que en la Escuela de los Kybaliones los Sacerdotes se acuerden que los caballos también existen, os agradeceré con el más profundo y emocionado relincho...

-Podéis tomarme la palabra y os prometo que lo intentaré, pero son ellos los que fabrican los métodos de enseñanza. Ahora os pido que os concentréis en preparar más de mil caballos para un viaje de quince a veinte días. Mañana salen mil veinticuatro hombres, es decir Diva y la mitad de los suyos, que son lo que han estado más descansados en los últimos días. Henutsen y Ankemtatis pueden ir con veinte de los suyos, por protección mayor y nadie haría mejor las exploraciones y el mapeo por donde vayan. Trescientas diez mujeres irán montadas en la grupa con los varones y mujeres más livianos, y por turnos de caballos para no reventar a ninguno. ¿Opiniones?

-Esta noche estarán seleccionados y preparados. -dijo Permiskaris.

-Encantados de ir, -dijo Henutsen- porque aquí no necesitaréis a los invisibles hasta los próximos hitos de campaña. Y a nosotros ya sabéis que nos empieza a picar todo cuando pasamos mucho sin viajar.

-Concuerdo con mi mujer, -dijo Ankemtatis sonriendo con picardía- pero haríamos algunas paradas largas en los lugares más seguros, como pequeñas vacaciones…

-Y mi gente también estará entusiasmada, -dijo Diva- porque les ha tocado más guardias que combates. Nos llevaremos estas cañitas tan musicales, por si hay que asustar gente por el camino…

-Hay que usarlas con discreción, -dijo Hatshepsut- porque son un arma, pero si el enemigo sabe lo que es, ya no sería efectiva.

-No lo dudéis, -respondió riendo Diva- que con lo que producen, no vamos a estar dando conciertos por diversión.

Diecinueve días más tarde llegó un mensajero avisando que todo iba bien, pero el grupo demoraría algunos días más en regresar.

-Nada de qué preocuparos hasta ahora, Faraona, sólo que no ha sido posible escaquearse de ciertas formalidades diplomáticas. Pero los Invisibles y Diva han decidido que cumplimentada esa parte, hay que explorar un poco más el territorio Macedonio y demorarán.

Los viajeros regresaron muchos días más tarde, tras haber devuelto a las liberadas a sus pueblos y Diva relató lo acontecido:

-El viaje de ida no tuvo incidencias de ninguna clase. No vimos a nadie en la tierra de los Macedonios. Llegamos al primer pueblo donde quedaron seis mujeres y nos hicieron una fiesta. Sus bebidas son un poco más fuertes que nuestra cerveza y al día siguiente despertamos tarde. Ya nos habían preparado otra comilona y música, bailes y... En fin, que no podíamos despreciar y ofender... Nos tuvimos que quedar.

-¡Vaya, qué pena!, -dijo Nuptahek- imagino lo mal que lo pasasteis.

-Sí, todo un sufrimiento, pensando que las demás mujeres estarían tan ansiosas por llegar a sus casas, que no paraban de bailar. Pero todo bien. Llegamos al pueblo siguiente, llamado Enguidopes en él quedaron cincuenta mujeres. Un pueblo grande, bonito y muy disperso con más de sesenta mil habitantes. Las mujeres fueron raptadas en los campos, como la mayoría de las demás, porque la ciudad está bien vigilada a pesar de su extensión. Una fiesta y cuidándonos de la bebida, seguimos al otro día. Así cinco pueblos más, hasta que sólo nos quedaban las treinta de Ajnucates, que tiene unos cincuenta mil habitantes, y otras pocas de un pueblo cercano. Hasta ahí, todo bien, pero lo que venía bien, se puso mejor... Bueno, o peor. En Ajnucates nos recibieron con más fiesta, más comidas, más bailes... ¡Tres días obligados a permanecer, Faraona...! Pero lo mejor de todo es que al cuarto día, cuando dijimos a la gente que debíamos irnos a llevar a las restantes, no parece que nos hubieran escuchado. Estábamos por partir cuando despertásemos, pero apareció nada menos que el Rey de Hellás, Mnemofiles, el hijo de Soferses II. ¿Y cómo le decíamos que justo que él llegaba, nosotros nos iríamos? ¿Y cómo le decíamos a la gente que nos marchábamos, cuando habían vuelto a preparar comidas y de todo para los más de mil, en esas dos cuerdas de flecha de mesas repletas en medio de la calle...?

-Me imagino... -decía Nuptahek- ¡Qué compromiso!, casi os habéis muerto de cansancio, tanto baile, tantas formalidades, tanta comida...

-Y hablando en serio, Faraona, -continuó Henutsen- ese Mnemofiles es tan glorioso o más que su padre. Sabio, bello, digno pero humilde, casado con una Fenhygia... En realidad estaba de patrulla con quinientos hombres de ahí pero miles en otras partes, que estaban revolviendo todo el país y Mnemofiles iba hacia el territorio de los Macedonios, buscando a las mujeres desaparecidas. Cuando nos vio saliendo del campamento para ir a sentarnos en las mesas que nos habían preparado como los días anteriores, aunque no íbamos armados... Se puso en guardia, pero la gente les explicó rápidamente que habíamos traídos a todas las mujeres rescatadas y les aclararon el asunto. Cuando estuvimos sentados a la mesa junto con sus quinientos hombres, empezó a besar las manos de cada uno de nosotros. Más de tres Râdnies besando las manos y diciendo cosas de gratitud, bendiciones y lo que podáis imaginar. ¡Imaginaos, Faraona!...

-Pero ese mismo día -intervino Ankemtatis- llegó una comitiva del otro pueblo al que habían avisado, a buscar a las diez mujeres que aún no habíamos llevado. Traían sus músicos, cuatro carros llenos de licores y cerveza, regalos para los de Ajnucates y para nosotros... ¡Mirad que daga más bella me dieron a mí!... En fin, que ahí es donde tuve que elegir a alguien de mensajero para avisaros que tardaríamos más tiempo en volver. Pero bueno, el hombre ya había sido parte de las formalidades diplomáticas que debíamos seguir cumpliendo y ocupamos tres días más en agasajos diplomáticos. Henutsen, varios más y yo, tuvimos ocasión de conversar largamente con el Rey... Que no es como los del Oriente Lejano, sino como Vos, elegido en las asambleas de las calles y luego refrendado por todas las cofradías. Es el primer caso en Grakia, en que un hijo sucede en su puesto al padre. El primer día, tras el besuqueo de las manos, se desapareció un rato y al tercer día, al despedirnos, apareció con algo hecho en los talleres de artesanías de Ajnucates y dijo: *"Esto es para la Faraona, Amiga y Hermana de mi Alma y de mi Pueblo"*. Diva, por favor...

Diva extrajo de una bolsa de cuero, un objeto precioso de oro con piedras engarzadas de diversos tamaños y colores. Era un collar con cadena de oro, con la representación de Isis Alada más bella que jamás se hubiera visto, ni siquiera en Ankh em-Ptah. Nuptahek no pudo evitar las lágrimas al apreciar tan hermoso obsequio y se lo colocó de inmediato.

-Ya no me quedaré sin collar cuando el del Lago de Fuego lo lleve Hatshepsut...¡Es maravilloso! Pesa bastante, pero en las fiestas podré llevarlo sin agobio.

-Ahora os dejo con Henutsen, que mejor cuenta ella lo siguiente.

-Después de tanta fiest... -dijo Henutsen- Perdón, quise decir que finalmente, tras tantas gestiones diplomáticas agotadoras, comenzó el trabajo. Le preguntamos a Mnemofiles qué información podía darnos de los Macedonios y su territorio. Nos respondió que poco y casi nada. Mandó a hacer para nosotros, copias de los mapas que llevaba para ir a ese territorio, pero aunque ya no había que buscar a las mujeres nos pidió que le permitiésemos acompañarnos. ¡Imaginad, Faraona!, ¡Qué compromiso!. Hablando en serio, quinientos hombres de refuerzo, diez de ellos con conocimiento de gran parte del país y cuatro que hablan el idioma de los Macedonios, todo ello aderezado con la presencia del mejor entre los mejores Seres entre los Grakios, que vienen a ser una especie de Ankhemptamitas de otro país... La verdad es que nos vino muy bien. Nos divertimos mucho porque su idioma no se parece al nuestro pero casi todos ellos lo hablan más o menos; consideran que hablar nuestro idioma es más importante que hablar el Fenhygio, ya que nosotros no nos ocupamos de hablar el suyo y es en lo único que no nos admiran. Nos entendíamos no sólo en lo técnico, científico, político y estratégico-militar, sino que tienen un humor especial. Todo es para ellos más divertido que para nosotros. Se pueden estar muriendo de dolor y hacen bromas. Dicen que todo lo que se presenta con algo que cause risa, tiene más probabilidades de ser bien recibido. Dicen que nosotros fallamos en eso, aunque seamos naturalmente felices y sonrientes. Pero también somos muy serios y ellos de todo sacan bromas y no son ofensivas. Dicen que la inteligencia de un pueblo, a veces puede medirse o calcularse según de la calidad del humor. Se llevan muy bien con los Lobunos porque a pesar de ser inteligentes, a ellos les cuesta hacer que se rían porque no entienden las bromas.

-Bien, interesante, pero nos tenéis en ascuas sobre lo hallado en la tan misteriosa Macedonia...

-Sí, -continuo Henutsen- disculpad, pero he creído que conocer un poco más a nuestros pueblos vecinos es importante...

-Lo es, -dijo Hatshepsut- pero podríais dejarlo para después y decir qué habéis encontrado en ese misterioso lugar...

-Bien, os lo dice Ankemtatis, mientras yo os voy presentando los mapas para que Hetesferes pueda hacer copias.

-Entonces sigo yo. Durante el primer día llegamos a una zona donde hay dos grandes lagos. No la recorrimos toda porque los Grakios ya lo conocen todo por ahí y vive poca gente. Macedonios y Grakios que se llevan muy bien y hacen ciertos rituales juntos. Pero un poco más al Norte hay una zona casi desértica, donde sólo viven agricultores y pastores, que nos recibieron bien porque conocen las vestimentas de los Grakios y al saber que venía con nosotros Mnemofiles, se desvivieron por atendernos como familia. Les preguntamos si solía haber incursiones de esclavistas y piratas y se rieron. Uno de los hombres dijo: *"Aquí no pueden venir porque no se llevarían a nadie vivo y si podemos, no se llevan nada o morimos defiendo lo nuestro"*. Mnemofiles le respondió que los Grakios no son mansos, pero le gustaría que su pueblo fuese más como los Macedonios. El paisaje en todo el país es muy bello, pero nos dieron unos cueros pintados con símbolos desconocidos para los Grakios y para nosotros, a modo de salvoconducto. Nos indicaron cosas para anotar en los mapas hasta donde conocen ellos y nos marcaron el camino para ir a ver unas formaciones rocosas muy raras a casi un día de marcha, pero valió la pena. Luego fuimos hacia el Naciente y gracias a los documentos que nos dieron, no tuvimos problemas en llegar hasta el Supremo Concejo de Ancianos que gobierna el país. En realidad es algo así como nuestra política, pero se respetan mucho las edades. Incluso los rangos militares son adquiridos por todas la exigencias de norma en milicia, pero consideran la edad como factor favorable. Nos dieron mapas para andar por su territorio, pero sólo porque venía con nosotros Mnemofiles, quien además, garantizó que éramos enviados de confianza de la Faraona, quien está invitada a pasarse cuando le apetezca por sus palacios, *"para visita temporal o para quedarse a vivir si lo prefiere"*, en palabras del Rey Faigaris. No son lujosos, más bien parecen cuarteles rústicos pero están muy bien hechos, cómodos, seguros, con enormes chimeneas y frescos en verano, enclavados en las cumbres más altas del país. Desde ahí, después de tres días, que si por ellos fuese aún estaríamos siguiendo las agotadoras reuniones diplomáticas, dimos un gran paseo visitando varios pueblos y lugares algo extraños. Pero ni rastros de esclavistas. Si han logrado pasar es porque han evitado cualquier lugar poblado o han ido muy al Norte, por el país de los Hombres Blancos, que son muy pocos habitantes. De hecho, en el Norte de ese país quizá tienen un cuartel donde van a repartir sus esclavos de otras tierras, junto con el puerto conocido de Shen Gina, atravesando el límite entre Grakia y Macedonia. No estaría mal extender la campaña por ahí, aunque serían muchos días más...

-De eso habíamos conversado con Oklafeb, -respondió Nuptahek- porque esa región de puertos es ya conocida como centro de piratas, pero no lo haremos nosotros porque los Fenhygios, Grakios y Lobunos están preparando juntos una redada marina. En cuanto acabe nuestra campaña y los Fenhygios vuelvan a sus hacer habitual, se encargarán de aniquilar esos nidos de podredumbre. Como es lógico Mnemofiles no hablaría de ello con nadie que no sea la Faraona, pero harán los ataques por tierra coordinando con los marineros.

-Y no me opondría en absoluto a que aceptéis, si Oklafeb nos invitase a participar, -dijo Hatshepsut- ya sea por tierra o por mar.

-Ya lo ha hecho, Hermana, -respondió Nuptahek- porque no me lo diría si no fuese una invitación, aunque diplomática, sin ponernos en el compromiso de decir un sí o un no. Sabe que esta campaña es muy importante pero larga y desgastante, así que dependiendo de cómo resulte, le daremos una respuesta, aunque no creo que nos necesiten.

Se hicieron varias reuniones para preparar con todo detalle la partida, continuando la campaña, mientras al pueblo liberado se le instruía en el manejo de armas, asuntos de la psique y las Leyes Naturales. Permiskaris formó una escuela de jinetes y cuidadores de caballos, cuyos informes presentó orgulloso a la Plana Mayor, ya que trescientos caballos se dejarían allí y otros trescientos en la fortaleza menor. Khumpomisis instruyó a un grupo de madres en lectura, escritura, aritmética, geometría, didáctica y otras cosas, para que puedan ser buenas maestras de los niños.

Diez días después del regreso de los viajeros, estaba todo preparado para continuar hacia el Norte. En la fortaleza Ramankh se quedaban cien hombres, para instruirles en todo lo necesario, las técnicas agrícolas mejoradas, los Ocho Kybaliones de la Enseñanza Sagrada y sobre todo para que la transición a pueblo libre no se desviara con personalismos, absolutismos o un sistema diferente al de la política natural. Encalinetus, Enjoliteb y otros diez Carpatians con familiares allí, no quisieron quedarse. Pidieron a Nuptahek que les aceptase como soldados regulares de su ejército. La Faraona y la Plana Mayor aceptaron sus pedidos. Shorinet estaba completamente dispuesto moralmente y casi totalmente repuesto; sólo rengueaba un poco, porque sus heridas fueron múltiples mientras enfrentaba a los centinelas y patrullas del muro, pero no tenía huesos rotos. Se le asignó puesto de jinete entre los exploradores, porque conocía casi toda la región hacia el Norte. La marcha comenzó con un día nublado de lluvia muy fina y suave, con ciento once hombres menos y dos mil caballos. Novecientos se asignaron a los carros, que con dos caballos cada uno eran tirados con mayor rapidez y menos cansancio de los hombres. El resto se usaría por turnos entre la tropa. La abundante cantidad de recursos acumulados por los esclavistas dio un excedente alimentario tras el reparto entre los liberados, que llenó diez carros con cerveza, quince con harinas y preparados derivados del trigo con sal, once carros con miel y cinco carros con carnes saladas, en vinagre y verduras asadas, ahumadas y sumergidas en miel, y medio carro de huevos cocidos, metidos en botijas rellenadas con miel, lo que les hace durar hasta dos años en perfectas condiciones. Se repartió el peso en toda la caravana y partieron en medio de cánticos y gestos de gratitud de los liberados, a los que les parecía un sueño comenzar una nueva vida con cien instructores que se quedaban para protegerles por el momento, pero preparándoles para ser libres para siempre.

CAPÍTULO ᑎIII
TIERRA DE BOSQUES... Y EMBOSCADAS

La primera jornada se efectuó sin incidentes, con una llovizna tenue que no afectaba la marcha, pero luego se limpió el cielo y a medio día el calor era intenso. A media tarde observaban una tormenta hacia el Norte, que se acercaba amenazante. En un arroyo extenso, con poca vegetación en su ribera, de pocos Ankemtras de ancho, se abrevaron los caballos sin desatarlos de los carros, mientras que todo el personal pudo beber y tomar baño. Veían la lluvia en la distancia y reemprendieron la marcha hasta que los exploradores hallaron un buen lugar para pernoctar. Acamparon en un promontorio alargado y no muy arbolado, lo que permitió colocar los carros en una sola área de menos de media jaeta de largo y trescientos Ankemtras de ancho, con vistas a varias jaetas por los costados, hacia todo el territorio circundante, excepto hacia una montaña muy cercana, donde caerían los rayos en caso de tormenta brava. Cuando se terminó de establecer el campamento, con las todas las tiendas armadas y los caballos sueltos de aperos para echarse, pero atados a los carros, comenzó a arremolinarse la cubierta de nubes y rato después, aún de día, los rayos iluminaron de a ratos, hasta que la lluvia suave y una brisa refrescaron el ambiente. La lluvia duró poco, pero el cielo permaneció nublado y la brisa permitió dormir sin mosquitos y buena temperatura. La marcha se inició al día siguiente muy temprano, aprovechando que no llovía, previendo que si lo hacía, podría dificultar el paso de los carros, ya que según los mapas tenían por delante un camino bueno y bastante llano, con partes de sendas boscosas amplias, pero que se podían convertir en lodazales. Algunos Fenhygios habían transitado esa zona hacía bastante tiempo, pero recordaban bien los accidentes geográficos, que coincidían con los mapas entregados por Oklafeb, así que iban a la vanguardia con los exploradores. Unos Râdnies después el cielo se despejó pero la brisa permitía seguir sin calor agobiante, de modo que en el segundo día de marcha se recorrió una distancia de más de cuarenta jaetas, sin incidentes y con personal y animales en estado excelente. Otro bosque pero más denso fue el escenario a la tarde para acampar, aunque con el campamento muy disperso, lo que obligó a aumentar el personal de guardia y mantener patrullas de entorno. En la madrugada, a pesar de la lluvia fina y la niebla, un explorador observó un movimiento extraño entre la foresta y aseguró que no podía ser un oso u otro animal, de los que ya habían visto en la región. Alertó al Comandante de retenes, lo que motivó una batida de la zona y el zafarrancho de todo el campamento.

-No encontramos nada en un radio de varias jaetas, -dijo un jefe de exploración- pero los rastreadores hallaron huellas humanas recientes, de cinco individuos con botas o sandalias de suela gruesa y estriada, de las que se usan para caminar en barro resbaladizo y para subir a los árboles. No pudieron seguir mucho la pista porque se perdió en un terreno de grandes rocas lisas, donde la lluvia ya ha borrado todo.

-Duplicaría la guardia, -dijo Elhamin a los Comandantes- pero en menos de un Râdnie amanecerá y todos hemos descansado bien. Así que reiniciamos la marcha sin desayunar. Reunid a todo el personal disperso, que quiero salir de este bosque cuanto antes…

-Veo que estáis preocupado, General, -dijo Nuptahek- y no sois el único. Gelibar y yo nos despertamos antes que se avisara el incidente. Nos levantamos porque sentíamos algo extraño. La niebla nunca nos pone intranquilos, pero la intuición nos decía que algo acechaba...

-Novedades, Generales, -dijo un Furriel que llegaba al galope- hay cinco exploradores heridos con flechas. Vienen hacia aquí y calculan que hay en el frente más de doscientos hombres en los árboles y no se sabe cuántos más formando un abanico. No sabemos si los que cierran el abanico han sido heridos o muertos...

-Permanecemos aquí, -dijo Elhamin a Comandantes y Generales- listos para partir pero atentos a maniobra de defensa. Formad círculos concéntricos con los carros. Cada División, un núcleo de círculos. Hay espacio suficiente a pesar de los árboles.

-Vamos a ir al frente los invisibles, -dijo Nuptahek a un mensajero- así sabremos qué hacer. Llamad a Henutsen y Ankemtatis, que no les he visto por aquí...

-Ahí viene Ankemtatis, -respondió el soldado- pero a Henutsen no le veréis hasta que regrese. Ya sabéis cómo funciona ella...

-Sí, debí imaginarlo. ¿Sabéis con cuántos ha ido?

-Lo sabrá Ankemtatis...

-Faraona, -dijo el aludido- mi amada mujer no ha querido que vaya con ella. Va sola porque nadie como ella para infiltrarse en las líneas enemigas. Sé lo que trama, porque sospecha que los atacantes no son esclavistas. Sólo dijo eso y no me dio a tiempo a decir ni una palabra.

Momentos después iban llegando al centro del campamento varios jinetes con los heridos y mientras los médicos les atendían, Geonemetis y Gelibar estudiaban las flechas que les extrajeron.

-No son de oberitas, -dijo Geonemetis- sino de una calidad inferior y disparadas con arcos pequeños. Aún así, bastante efectivas.

-Fijaos -agregó Gelibar- que son puntas de piedra, no de metal. Muy bien talladas, sí, pero eso indica que hay precariedad técnica. Por favor, Furriel, haced venir a todos los Fenhygios que estén cerca.

-Arcos pequeños, -dijo Hatshepsut a uno de los heridos- como para disparar a caballo o desde los árboles. ¿Podéis hablar soldado...?

-Me han dado en las tripas, Generala, no en la lengua... Soy Ajmet.

-Bien, conservad el buen humor pero decidme qué habéis visto.

-En la foresta y con la niebla tan espesa, poco y nada. Pero escuché un sonido de ramas en movimiento, y sin viento eso se nota mucho. Según mi oído, al menos diez hombres en los árboles inmediatos. Caracoleaba para volver cuando me di cuenta que había más gente a retaguardia y al acicatear al caballo y elevarme un poco sobre la silla, sentí el golpe en el vientre. Creo que podrían ser decenas y no iba por el camino, así que en la senda debe haber muchos más. Poco he visto pero sí tengo oído fino para saber que esa gente no necesita hablar en batalla porque se comunican con chasquidos de la lengua, los labios y silbidos apenas audibles. El disparo vino de un árbol y luego recibí la otra en el omóplato, pero mi caballo recibió tres flechas desde tierra. No creo que viva. Cuando aparecieron mis compañeros un momento después, los atacantes se esfumaron.

-Gracias, Ajmet, ahora descansad... ¿Qué opináis, Akhmandef?

-Como médico, opino que si este hombre puede hablar, es porque le anima mucho deseo de vivir. Como cirujano, un omóplato que arreglar y tripas que cocer y no puedo dar un diagnóstico. Mi colega lo tiene peor con el otro, que lleva dos flechas en la espalda y una en la pierna, que no se puede sacar a la ligera, porque tiene apresada una vena. Los otros tres están fuera de peligro, no podrán combatir por unos días, pero no se trata de heridas graves como estos dos.

-Venid la Plana Mayor y todos los oficiales. -llamaba Nuptahek y continuaba luego- Creemos que no se trata de esclavistas, sino de un pueblo que está defendiendo como puede su territorio. Está por aclarar y podríamos hacer una redada, pero costaría vidas nuestras y quizá no sean realmente enemigos. Vamos a esperar un par de Râdnies a que regrese Henutsen y si todo va bien, como si todo va mal, debemos prolongar aquí la acampada. Si va bien haremos demostraciones de paz con no avanzar y no atacar, a la vez que de fuerza dejándonos ver y repeler cualquier ataque sin movernos, más a la defensiva que con las armas, gritando "paz" en las leguas que sepamos, para que sepan que somos una fuerza militar demasiado grande pero que no somos peligrosos para ellos.

Rato después regresó Henutsen, para tranquilidad de todos.

-No son esclavistas, hay entre los atacantes muchas mujeres y he visto algunos niños de diez o doce años. Están muy bien organizados para la guerrilla, la emboscada, sobre todo desde los árboles. Todos llevan un equipo para eso, con cuerdas precarias pero bien hechas, sandalias cerradas con las suelas estriadas, guantes de buen cuero que cubren casi al codo, finos por arriba pero gruesos y estriados del lado de la palma. Sus ropas son totalmente de cuero, nada de tela. No entendí ni una palabra de lo que hablan... Apenas entiendo algo de los Fenhygios, así que pudieran serlo, pero hablan en voz muy baja, con muchos gestos y señales con las manos, expresiones o palabras que hacen silbando o chasqueando los labios y la lengua... Muy adecuado para comunicarse entre los árboles y pasando por pájaros, insectos y otros animales. He calculado un total de trescientos en los que están cerca, pero no he podido saber si hay más.

-Vamos a quedarnos aquí, -dijo Nuptahek- pero hay que intentar la comunicación, ya que parece ser un pueblo que simplemente aprendió a defenderse. No podemos quedarnos mucho tiempo; cambiar de ruta no es una opción porque acabamos de revisar mapas con Hetesferes y los Fenhygios que conocen la región, sin encontrar una alternativa que nos lleve menos de trescientas jaetas más, pero por caminos más peligrosos aún, entre montañas no muy altas pero sí escabrosas y largos farallones. Nadie tiene conocimiento de la existencia de este pueblo, a pesar de que algunos han hecho esta ruta más de una vez. Así que como sea, hay que buscar comunicación. Para ello tendríamos que infiltrarnos y capturar a uno o dos, para luego de conferenciar e informarles de todo, soltarlos con mensajes para sus jefes.

-La niebla se está disipando -dijo Henutsen- y las mejores técnicas diurnas se hacen muy complicadas y riesgosas cuando la gente está en tierra y a la vez en los árboles. Se puede mantener fácilmente la "invisibilidad" con un grupo pequeño, pero con tanta gente en niveles diferentes de observación, es complicado. Además, a pesar del buen aseo, nuestros olores corporales son muy distintos a los de la región y esta gente debe tener muy desarrollados los instintos y percepciones, pero sobre todo, el olfato. Conseguí estar varias veces a pocos Ankemtras de individuos y de grupos, hasta que se empezaron a reunir, pero noté que olfateaban algo diferente a lo normal y miraban con más atención el entorno. No obstante, podría volver a meterme entre ellos con más seguridad adecuando la ropa, ya que también tenemos bastante cuero. Entré en una pequeña tienda de ramas y cueros donde guardan flechas, accesorios, ropa y provisiones, así que tengo ahora un par de guantes, botas y dos capuchas con grandes orejeras, para protegerse en el ramaje. El resto me lo pueden fabricar en dos Râdnies.

-Pero quizá no sea necesario capturar a nadie, -dijo Daverdis- si se les puede dejar algún mensaje que entiendan…

-¡Excelente! -exclamaron varios y continuó Henutsen- Eso es lo más simple, efectivo y carente de riesgos, si esta gente sabe leer en algún idioma de los que conocemos. O podemos escribir algunos símbolos o dibujos que entienda cualquiera…

-¿Podríais dibujar sus caras, o los rasgos más abundantes en ellos?

-Yo no, pero Hetesferes y Vos, sí. Khumpomisis -respondió Henutsen- Puedo describirlos. Y entre los nuestros hay mucha gente de ese tipo de cabeza y de rostro. Con sólo buscar entre los soldados, vería los parecidos en tres o cuatro de cada diez…

-Entonces, -dijo Geonemetis- no hace falta ningún dibujo porque eso nos indica que como ocurre con los Carpatians, tenemos ahí un pueblo con ancestralidad en común con la nuestra y la de ellos. El misterio es cómo no han sido vistos por los Fenhygios que han recorrido la región. Puede que sean Carpatians que se hayan liberado ellos mismos, o un pueblo muy digno que no se ha dejado esclavizar y combate contra cualquiera que aparezca con fuerza militar en su territorio.

-Sobre todo -agregó Hatshepsut- si saben que los únicos que han campado por aquí durante décadas con milicia y malicia, son los oberitas... Es posible que no se atrevan a acercarse para ver cuántos somos, pero no creo que se queden sin hacer nada; quizá lo hagan durante la noche. Y si nos vamos, además de poder ser atacados por retaguardia, perderíamos la oportunidad de integrarles e interactuar.

-Pero estarán explorando el entorno, -dijo Ankemtatis- para tener idea de cuántos somos.

-Eso es seguro. -dijo Elhamin- Nos detectaron en la noche y con niebla. Luego no habrán podido acercarse ni saber cuántos somos, al estar muy dispersos, pero estarán merodeando, aunque en principio sólo han visto las patrullas de entorno. Si ellos son pocos y se dan cuenta que somos muchos, es posible que huyan, porque la extensión ocupada con los carros es enorme. Y cierto, Hatshepsut, no sería bueno perderles. Lo que hagamos, tiene que ser antes que ataquen o huyan. Un buen mensaje que reciban es mejor que una captura.

-Sobre el mensaje, voy a hacer unos dibujos. -dijo Gelibar- Ellos son trescientos o poco más, nosotros cuarenta y ocho veces más y mejor armados. Si Khumpomisis, que es quien mejor maneja la pluma, hace la parte de "mejor dibujo", dentro de un rato el mensaje estará claro...

Mientras Henutsen se preparaba para una nueva incursión en la zona, conversaron todas las alternativas, dando por óptima la del mensaje, según cómo se presentara. Rato después estaban hechos los dibujos y claramente comprensibles.

-¡Magníficos, dibujantes! —exclamó Nuptahek- Muy explícitos, con sus guantes largos y sus capuchas... Los entiende hasta un bebé.

Henutsen apareció poco después, vestida igual que los locales y despareció en momentos, llevándose los dibujos. Esperaron hasta el medio día y regresó con la novedad de que el mensaje había sido entregado en mano con el que parecía ser el jefe. Decía Henutsen:

-Es un hombre corpulento, de rostro bello, me estremecí al verlo, tan parecido a mi amado padre Isman... Al vestir como ellos pude llegar hasta él sin problemas, pero al no reconocerme y ver como se extrañó, a pesar de haber varias mujeres que pueden parecerse a mí, le di los cuatro papiros y tuve que desaparecer. Es evidente que conoce bien a todos los suyos, por lo tanto no han de ser muchos.

-Ahora sólo cabe esperar, -dijo Nuptahek- mantendremos la misma posición hasta media tarde y si no hay novedades formaremos un solo conjunto de círculos concéntricos, para enfrentar batalla por cualquier lado y con dispersión de boleros y Uás, sin miramientos. Voy a ver a los heridos, que cuando os marchabais parecían estar mejor...

-Esperad, Faraona, -dijo un Furriel- parece que tenemos visitas.

Alguien había llegado sin armas al círculo externo de carros y cinco soldados acompañaban al hombre descrito por Henutsen. Al ver a la Plana Mayor, su bello rostro era de total incertidumbre y Nuptahek se acercó a él, le extendió la mano y el visitante la tomó sonriendo y con gesto de humildad.

-Espero que podamos entendernos, -dijo Nuptahek- si no es por palabras será por gestos.

-Entendiendo poco... Pero sí, algo entendiendo, -dijo el hombre- *moi edi kie drugui. Ako dodete da trracis robovenis, nosićete samo leševe.*

-Está diciendo: "*Mi lengua es otra,* -intervino Shorinet- *Si vienen a buscar esclavos, sólo os llevaréis cadáveres.*"

-¿Estáis seguro, -preguntó Nuptahek- entendéis bien su idioma?

-Perfectamente, Faraona. No es mi lengua natal, pero sí, la aprendí de los ancianos de mi pueblo. Es parecida a la mía. Puedo traducir sin problemas, si vais hablando le voy diciendo...

-¡Excelente!, decidle que: No buscamos esclavos ni cadáveres. Sólo buscamos liberar a los pueblos y eliminar a los esclavistas. Nuestro pueblo es el verdadero de Ankh em-Ptah. Veréis el mapa que llevamos para destruir a los esclavistas en estas regiones.

Llamó a Hetesferes, quien le mostró al hombre los mapas y explicó lo que ya habían hecho más al Sur, así como el resto previsto de campaña, mientras Shorinet seguía traduciendo con gran fluidez. Al acabar y comprender toda la situación, el hombre preguntó quién era el jefe y Shorinet se lo dijo. El hombre dijo llamarse Dragomirio y se puso con una rodilla en tierra ante Nuptahek, besando su mano.

-Por favor, Shorinet, -dijo ella con gesto de paciencia- explicadle a este hombre que no queremos a nadie de rodillas...

El hombre se puso en pie y pidió marcharse, para que se le permitiera volver con algunos de los suyos, a lo que se accedió y regresó poco después con su mujer Luibicica y dos hombres mayores que conocían algo de la lengua faraónica. Comieron juntos y pasaron conversando el resto del día. Dragomirio explicó con detalles el misterioso origen de su pueblo, mientras Shorinet traducía:

-Hemos matado o herido a varios de los vuestros. Eso nos preocupa pero es que atacamos a todo el que llega. Sólo han aparecido algunos Fenhygios y otros grupos pequeños a los que no hemos hecho nada, pero las fuerzas militares que han aparecido en muchas décadas, sólo han sido esclavistas. Cuando han sido demasiados para enfrentar, nos hemos escondido, pero si eran unos pocos centenares, ninguno ha quedado vivo. No sabíamos cuántos sois Vosotros...

-No os preocupéis, -intervino Gelibar- cinco heridos y ya fuera de peligro; tenemos buenos médicos. Continuad, por favor...

-No sabemos bien el origen de nuestro pueblo, que parece ser producto de unos nómadas o viajeros que se quedaron en esta región. Los hicieron esclavos, los llevaron lejos de aquí, a más de quince días de marcha a caballo hacia el Norte y durante tres generaciones han sufrido esa situación. Hace ciento ochenta años eran doscientas personas, pero los esclavistas eran muchos más. Un día alguien escapó y como escarmiento asesinaron a un niño en la plaza, ante todos. Todos lloraron, pero en la noche, cuando todo quedó en calma, acordaron salir a eliminar a la guardia al completo y los que sobrevivieran, escapar muy lejos. Así se hizo y huyeron casi todos, con la consigna de morir antes de volver a ser esclavos. Mi madre estaba embarazada y nací en el camino hacia aquí. Ella aún vive...

-¿Así que tenéis ciento ochenta años? -dijo sorprendida Nuptahek.

-Sí, esa es mi edad. Mi padre era el jefe militar, murió hace poco y me eligieron para reemplazarle... Ahora somos más de dos mil porque muchos otros viajeros solitarios y grupos pequeños se fueron uniendo y todos tenemos hijos, pero al ser avisados de una fuerza militar en camino, salimos trescientos. Hemos mantenido en secreto hasta ahora nuestro pueblo y ocultado la senda que lleva hasta él. Pero Vosotros estáis invitados.

-¿Realmente confiáis en nosotros, -preguntó Henutsen- como para revelarnos vuestro más preciado secreto?, ¿Sabéis que los oberitas se disfrazan y se hacen pasar por nosotros?

-Sí, -dijo Dragomirio- pero con vuestra habilidad para estar entre nosotros sin darnos cuenta, vuestra cantidad de efectivos, armamento superior y lo que habéis explicado, sin contraatacar, deja todo muy claro. Pero además sabíamos que hay un ejército de Ankhemptamitas falsos, porque capturamos a una centuria de ellos hace treinta años, y nos dimos cuenta que no podían ser de nuestra raza, como Vosotros. Llevaban esclavas a diez mujeres y cuatro niños, que ahora son parte de nuestro pueblo, pero también los soldados llevaban sus ropas oberitas en un carro. Nuestros ancianos recordaban muchos detalles y cosas de antes, así que sabíamos que muy al Sur hay una tierra de gente libre; nos contaban de pirámides muy grandes, de estatuas y escuelas magníficas, ejércitos de mujeres y varones, y de un río con lagartos más peligrosos que los del río De Anubis. Algunos de los más viejos, fallecidos después de la huida, lo sabían porque recordaban cosas de la niñez. Así que suponíamos que nuestro origen puede ser vuestro mismo pueblo.

-Si me permitís, -intervino Geonemetis- opino que lo que decís es exactamente así. Soy experto en huesos, rasgos humanos y lenguas. Y aunque no conozco bien la vuestra, en varias expresiones encuentro que las palabras son diferentes pero las pronunciaciones son como las de nuestro idioma. Incluso os parecéis muchísimo al anterior Faraón.

-Os agradecemos la invitación a conocer vuestro poblado, -dijo Nuptahek- pero no es necesario revelarla a nadie. Quiero dejaros un pequeño obsequio, que puede serviros muy bien... Es para mirar muy a lo lejos. Es de un pueblo más antiguo, que originó el nuestro hace muchos milenios. Ya podemos fabricarlos. Y desde ya que cuando os sea posible visitar nuestra tierra del río Nilo, estáis invitados, incluso a quedaros si os apetece, aunque esta región es muy bella y abundante en recursos. Mañana deberíamos seguir nuestro viaje, porque como habéis visto en los mapas, sólo hemos transitado una pequeña parte del recorrido previsto. Hetesferes hará copias de algunos mapas para que podáis viajar por la parte del mundo que se conoce, si fuese necesario. ¿Tiene algún nombre vuestro pueblo?

-Sí, nos llamamos "Slobundans", que significa "totalmente libres". Y si aceptáis, voy a pedir a tres de mis hombres, que han hecho varias expediciones por la región, que os acompañen hasta vuestro próximo punto del mapa, donde hay una fortaleza grande y creemos que puede tratarse de un pueblo esclavista. No hablan bien vuestra lengua pero sí el de los Carpatians, el Fenhygio, el Grakio y otras. Hay al menos siete días desde aquí y el camino seguramente lo conocen los Fenhygios, pero no os vendrá mal unos exploradores que pueden trepar a los árboles más rápido que un tigre blanco o cualquier animal trepador. Además esta región tiene un clima muy peligroso... Falta que también ellos acepten ir, porque nosotros no tenemos una política de órdenes que deban cumplirse de modo inexorable. Se cumplen sólo porque se tiene confianza en el que la da. No sé cómo es la vuestra...

-Casi igual, -dijo Nuptahek- aunque en lo militar hay un compromiso de obedecer las órdenes por jerarquía, cuando se acepta pertenecer al ejército. Aún así, casi todo se hace por voluntad, confianza en el rango superior y consciencia. No se puede ni se debe obedecer una orden contra la propia consciencia, o cuando el subalterno se da cuenta que quien da la orden está equivocado... Tiene la obligación de discutir y fundamentar su desacuerdo.

Los Slobundans se fueron a media noche y antes del amanecer llegó Dragomirio con los tres exploradores que les acompañarían.

-Confianza total para ellos, Faraona, -decía Shorinet traduciendo a Dragomirio- porque han jurado que serán ahora como Vosotros, a órdenes de la Faraona como han estado así conmigo muchos años. Muchas veces han estado heridos defendiendo nuestro pueblo. Son la valentía, la Dignidad y la Lealtad caminando. Acompañan hasta el próximo punto de batalla porque conocen el camino mejor que los que han pasado alguna vez. Ellos combaten junto con Vosotros. Siguen o regresan según desee la Faraona. No son esclavos, pero saben que vivir para liberar esclavos es bueno y no importa morir. Quisiera ir con Vosotros, pero no puedo dejar a mi pueblo. Si algo ocurriera en estos lugares, enviaré mensajeros para informaros. Vuestras espaldas están cubiertas por este lado, pero los bosques y selvas son muy espesos en adelante. Ellos conocen por donde puede pasar esta caravana.

-Tenéis toda mi gratitud y también la de todo mi Pueblo, -respondió Nuptahek- pero regresarán en cuanto hayan cumplido su misión.

Dragomirio abrazó a todos los miembros de la Plana Mayor, con la emoción de haber encontrado por fin, un pueblo libre y una milicia libertadora. La caravana partió con los tres Slobundans, varios

Fenhygios y los tres Carpatians que comprendían su lengua, incluidos en el cuerpo de exploradores. La marcha no tuvo incidentes durante dos días, a pesar de la espesa foresta que obligaba a trabajar duro para abrir camino por antiguas sendas donde habían crecido arbolitos de algunos palmos de grosor. Algunas lluvias intermitentes pero con chaparrones fuertes, nieblas intensas por las mañanas y los molestos insectos picadores, hicieron que el avance fuese sufrido y recorrieron un total de treinta jaetas. El tercer día amaneció despejado y el camino prometía mejores condiciones, con bosques de coníferas muy altas y menos vegetación baja, pero el terreno demasiado embarrado produjo demasiados atascos en la marcha. Los Slobundans conferenciaron entre ellos e indicaron que había una alternativa que aunque más larga, era más segura y los carros podrían seguir sin atascarse. Durante cuatro días el recorrido se hizo por las partes más altas, donde no había lodo, pero sí piedras que en algunos casos requirieron duro trabajo para dejar el camino expedito. De todos modos, valió la pena el cambio de ruta, porque se avanzó a un ritmo estable y sin alejarse mucho de la senda marcada en los mapas. Un explorador del ala derecha avisó de una columna de humo divisada a gran distancia.

-Es algo muy lejano, -decía él a Nuptahek- pero además se divisa sobre montañas bastante más altas. Para llegar hasta ahí, creo que al menos demoraría dos días a caballo. Puede ser un incendio, si la lluvia no ha llegado allí y sí los rayos.

-Entonces seguimos adelante sin más. El punto que indicáis está en la misma línea de nuestro objetivo, pero regresad a vuestro lugar en el ala y no le perdáis de vista mientras seguimos avanzando. Estamos a media tarde y el sol os permitirá ver hacia aquella zona un rato más...

-Creo que tenemos que buscar un sitio para acampar, -dijo Elhamin- porque aunque es temprano, en este roquedal y con vegetación tan escasa, estamos muy expuestos y no podremos hacer fuego sin que se vea desde lejos. Además, ya estamos con agua para sólo un día y casi nada para los caballos.

-Ya está resuelto, -dijo Henutsen que no paraba de ir de vanguardia a retaguardia- porque justamente pensé igual y pedí opinión a los exploradores. Antes del anochecer llegaremos a una quebrada por donde se puede descender bien con los carros y dicen que hay un manantial que origina un pequeño río. También están viendo que la actividad de los insectos, en especial la de las hormigas, indican que podemos tener tormentas importantes en menos de un día.

-Bien, -respondió el General- y nos vendrá bien si el lugar es apto para uno o dos días de descanso de todo el personal.

El descenso resultó largo pero fácil, por un camino que alguna vez fue muy transitado y adoquinado. Aún había tramos completos de roca basáltica cortada en rombos perfectos y de un codo de lado. Para la curiosidad de Geonemetis fue gran motivo de alegría, porque dedujo que el sitio al que conducía debía contener algo interesante. No se vio decepcionado, porque el manantial estaba en medio de una gran construcción de rocas de varios Ankemtras de lado y alto, tanto o más grandes que las que componen las pirámides del Nilo. El agua salía con abundancia y corría por un canal de cuatro codos de ancho y otro tanto de profundidad, con un largo de casi una cuerda corta. Luego discurría de modo natural y el camino seguía más o menos transitable pero que daba para dos carros en su ancho, a lo largo de una jaeta y media, entre el arroyo y una foresta extremadamente densa en ambas riberas. Acababa en un playón amplio donde podrían girar y volver.

-Cada carro con sus caballos abarca catorce codos de largo y hay que dejar espacio para la tropa y las carpas, así que habrá que abrir camino a lo largo de más de cinco jaetas para abrevar a todos los caballos y acampar, -comentó Elhamin a Nuptahek y Hatshepsut- porque ya veis que algunas pozas son profundas y sin playa. Buenas para bañarnos y nadar un poco, pero los caballos no llegan al agua en esas partes. No nos vamos a arriesgar a una estampida si los dejamos en el río. Deben permanecer sin aperos pero atados a los carros. Le haremos bañarse antes de marcharnos. Lo bueno de esto, aparte del agua, es que la foresta nos cuida las espaldas y ya veis que del otro lado es igual. No hay por dónde ir sin abrirse paso a golpe de hacha.

-No obstante, General, -intervino un Fenhygio mensajero que hacía de enlace de tropa- no podemos decir que la foresta sea segura. He visto varias serpientes que no conozco pero son de cabeza triangular, y esas son las víboras venenosas, no sólo en nuestra Patria, sino en todo el mundo. Aunque huyen, al abrir el camino habría que ir con más cuidado que en cualquier parte, porque seguramente daremos con sus nidos. En ese caso, no suelen huir. Se quedan defendiendo a las crías o a los huevos. Hasta ahora hemos acampado en sitios mucho menos frondosos y hallado pocas serpientes, pero aquí hay muchas.

-Preguntad entonces a los Slobundans, si saben manejar el asunto, porque viven en estas selvas densas desde hace mucho tiempo.

Poco después vinieron los tres Slobundans y se encargaron de guiar el trabajo de desmonte para hacer camino, ya que conocían trucos para detectar a las víboras y hacerlas huir. Geonemetis, Gelibar y la Faraona siguieron con interés el proceso y vieron a los hombres cortar unas ramas de dos Ankemtras de largo, dejando el palo liso pero con varias ramitas pequeñas en las puntas. Recorrieron la fila de carros aprovechando los ocasionales orines de los caballos para mojar las ramitas y hojas de las varas y volvían al extremo del camino, donde agitaban esos vegetales instrumentos. A medida que indicaban que no había peligro por algunos Ankemtras, las espadas y hachas de una docena de soldados abrían paso suficiente para pasar dos carros. Se hacían turnos de medio Râdnie para que nadie se cansase y se repetía la operación de las varillas cada diez Ankemtras de avance. Aparecían las víboras, que atacaban la vara cuando tenían sus nidos, pero luego hacían un movimiento extraño y huían. Los tres expertos tomaban los huevos y crías pequeñas que no podían atravesar sus guantes con sus pequeños dientes, y los llevaban más adentro en la foresta para que sus progenitoras las encontrasen. Shorinet explicó:

-Ellos "sienten" a las víboras a una distancia de varios Ankemtras, aunque no las vean, oigan ni huelan. Igual que los vuestros cuando pasan mucho tiempo en el desierto...

-En poco rato deberán continuar con la luz de las antorchas, -dijo Nuptahek- o utilizar las linternas, que nuestros aliados desconocen.

-No creo que sea problema usarlas, -respondió Hatshepsut- les va a sorprender un poco, pero son de confianza.

-Opino igual, -dijo Ankemtatis- porque tarde o temprano habrá que usarlas. Ya han visto las boleras, aunque no las hemos usado. Lo que no usaría aquí son los Uás, porque a pesar de la humedad, los árboles de resina y otros arden con facilidad. Habrá que cuidar eso...

Mientras se dieron las indicaciones para hacer fuego sólo al lado del arroyo en los sitios donde no hubiera playas y otras medidas de seguridad, el trabajo avanzó rápido porque en la mayoría de los tramos no había árboles, sino grandes helechos y otras plantas arbustivas voluminosas en hojas pero de tallos finos. A la luz de las linternas se trabajó como si fuese de día y pasada la media noche estuvieron ubicados todos los carros, en el largo camino de veinte codos de ancho, que permitía a la tropa acampar al lado de los carros y estos podrían girar cuando quisieran regresar a la marcha. El lugar resultó paradisíaco, porque no había serpientes ni otros animales peligrosos en las aguas y todos pudieron bañarse entre pequeños peces de diversa clase. Durante el día, ya descansados y relajados con perspectivas de dos días de asueto, observaron que en algunos sitios del otro lado del río, había rocas de corte angular perfecto. Ya Geonemetis era conocido como explorador de cosas antiguas y le avisaron de inmediato. El regocijo no sólo fue de él, al descubrir unas ruina megalíticas que abarcaban más extensión que la que podría explorar en dos días. No obstante, se dedicó a ello junto con otros voluntarios tan entusiastas como él, mientras el resto estuvo tomando baño y descansando bien, y la Plana Mayor planificando sobre mapas y con los Slobundans, para determinar el camino que faltaba hasta el próximo punto crítico. Faltaba recorrer al menos cien jaetas si seguían la senda alta y sin riesgo de empantanarse. Más larga, más segura, pero también les permitía apreciar desde varios puntos el entorno desde mayor altura que por el camino bajo.

-Los descubrimientos en este sitio son muy diferentes a los de los templos subterráneo de Eritriuma, -comentaba Geonemetis a la Plana Mayor en la noche previa al retomo de la marcha- pero puede que más misteriosos, porque las rocas usadas son más duras que el granito y otras que conocemos, como las rocas negras de mucho hierro. Pero éstas también pudieron ser moldeadas en blando y luego endurecer, y otras cortadas con algún tipo de sierra redonda, porque hay megalitos que deben pesar como treinta obeliscos de Karnak. No tan grandes como los de Baalbek, hasta donde he explorado, pero no ha de faltar mucho para llegar a ese tamaño. Y a diferencia con aquellos, aquí son cientos. Los túneles apenas los hemos explorado, porque hay gran peligro de derrumbe y los alacranes de aquí puede que no sean tan venenosos como los de nuestra tierra, pero los hay en demasiada cantidad. ¿No tenéis deseos de descansar un día más, así puedo explorar otro sector interesante?

-Lo que diga Elhamin, -respondió Nuptahek- porque ya tienen las previsiones de camino, clima de los próximos días y otras variables...

-Sólo sería un día más y no vendrá mal al resto. -dijo Elhamin- Los esfuerzos y la tensión desde que salimos de la fortaleza de Ramankh han sido intensos. El tiempo no es muy previsible y hemos adaptado la ruta como si estuviésemos esperando las peores tormentas. Podemos quedarnos un día más, que también lo merecen los caballos. Hemos visto que hay aquí cerca un cañaveral enorme, del mismo tipo que con que se hicieron los bramidos, así que ordené a Seti que se encargue de hacer que los tengan todos los soldados. Nos quedamos un dia...

-Gracias, General, -dijo feliz Geonemetis- pero también nos gustaría que vengáis todos a ver algunas cosas. Traed guantes y botas...

A la mañana siguiente, nadie se arrepintió de demorar el viaje porque lo hallado era realmente espectacular. Una explanada de una cuerda larga por lado, casi cuadrada, parecía formada por una sola roca, pero observando bien, se notaba que eran bloques romboidales de diez codos exactos por cada lado y ocho codos de diámetro menor. En un costado comprobaron que dichas rocas tenían exactamente cuatro codos de espesor.

-¡Están cortados con nuestras medidas! -exclamaba Geonemetis con el lógico entusiasmo- Eso demuestra que la civilización que nos legó Ankh em-Ptah, es la misma que hizo esto aquí, porque no puede ser una mera casualidad hallar algo tan familiar y "propio" como la exactitud de las medidas, aunque sea una región tan alejada del Nilo.

-Y no os perdáis lo que acabamos de encontrar aquí... -dijo un soldado que acababa de llegar- Preparaos para ver algo muy familiar.

Caminaron sobre los grandes bloques entre inmensos árboles milenarios que se habían abierto paso entre las fisuras de las moles, la mayoría de las cuales quedaban semiocultas bajo un espeso manto de tierra, hojarasca, raíces y piedras menores, para llegar a los restos de un muro de dieciséis codos de alto y varios Ankemtras de largo, cubierto de líquenes, con unos cuántos dibujos, que les dieron la prueba irrefutable que Geonemetis buscaba. Eran jeroglíficos de los cuales los sacerdotes y científicos apenas si habían podido descifrar algunos de carácter ideográfico. El grabado en bajo relieve profundo trataba de viajes entre las estrellas relacionados con tema del Principio Vida. Del lado opuesto también había grabados muy bellos, pero un poco más dañados por la erosión. No hallaron más muros grabados, pero sí trozos de roca que alguna vez fueron parte de un templo quizá más grande que los de Ankh em-Ptah, ya que lo sillares que quedaban de los muros, como el mismo que contenía los grabados, superaban tres veces el ancho de los de Dandara y otros templos.

Unos truenos les sacaron de su emocionante contemplación y al ver la tormenta que se venía, el Slobundan que les acompañaba les hizo señas de que había que volver porque había peligro, a lo que decidieron hacer caso, ya que si un local advierte de algo, aunque parezca trivial, es mejor atender. Recorrieron la jaeta y media a paso muy rápido hasta el arroyo y llegaron al campamento al comenzar a llover granizo. Otro de los Slobundans había recomendado al General Seti, el corte urgente de ramas y palos, para hacer un techado aunque sea precario para los caballos, pero lo más cerrado posible, no sólo de hojas, sino de ramas finas pero muy juntas. Cuando la Plana Mayor llegó la obra estaba casi acabada, ya que Seti puso a trabajar con urgencia a todo el personal. Los improvisados cobertizos de ramas salvaron a toda la caballería de graves daños, porque en varias ocasiones cayeron bolas de hielo del tamaño de un huevo de gallina y algunos bastante más grandes. La granizada se produjo de modo intermitente pero por ratos muy largos. El piso y el arroyo quedaron completamente tapados con una capa de hielos de dos palmos, pero no hubo que lamentar ninguna víctima humana ni animal, aunque sí varios heridos leves. La Plana Mayor permaneció en la tienda de Comando y todo el personal tuvo que armar sus tiendas de vivac o quedarse debajo de los carros. La mayoría de ellos también estaban tapados con ramas, para evitar la rotura de cántaros y vasijas.

-Vuestra ansiedad por explorar esas extraordinarias ruinas -decía Elhamin a Geonemetis- nos ha salvado a nosotros y a la caballería. Si estuviésemos en camino no tendríamos tanta madera para cobertizos ni dónde enterrar los palos de los puntales en el pedregal y estaríamos en el peor sitio, justamente en lo alto, donde caen más los rayos.

-Y sin el aviso del otro local, -agregó Seti- no habríamos alcanzado a hacer nada. Apenas os habíais marchado cuando el hombre se desesperó al ver las nubes, de apariencia normal, pero me extrañó su preocupación, porque ellos conocen el clima de aquí, con evidentes diferencias con el de nuestro país.

-¿Os ha dicho cuánto suele durar este fenómeno de la Natura?

-No lo sabe, Faraona, -respondió Seti- dice que puede durar un solo chaparrón, como puede estar algunos días así. Cree que estas nubes traen agua y hielo para días porque son más grandes que lo habitual. Por eso se desesperó, pero habría recomendado lo mismo con otras nubes del mismo tipo aunque fuesen menores.

-La guardia se hace sólo en sus puestos, -dijo Ankemtatis- y no creo oportuno hacer más nada. Un hielo de esos, aunque tenemos buenos cascos, quizá pueda matar. Hicimos bien en repartir los alimentos en todos los carros para que haya autarquía ante cualquier situación.

-Me preocupaba que el nivel del arroyo subiese -dijo Seti- y pudiera inundar el campamento, pero me dijeron que el manantial no depende de las lluvias y detrás de él, el terreno lleva declive hacia el otro lado.

-Estos Slobudans han sido una bendición divina; -dijo Hatshepsut- y sin ellos habríamos padecido mucho. Creo que deberíamos dejarles luego otro regalo... No miréis los Uás ni las boleras. Sólo con estas cañitas tan divertidas, que son un secreto nuestro y ellos mantendrán también en secreto, tendrán una protección extra. Su bosque será "el bosque de los monstruos del inframundo"... Les ayudamos a crear una leyenda y ya nadie se atreverá a pasar cerca sin invitación.

-Es una buena idea, -dijo Hetesferes- porque al menos por esta región no se atreverán de nuevo los esclavistas. Sólo habría que evitar que alguien más conozca el asunto, incluyendo a los Fenhygios, que son de fiar pero puede que no guarden muy bien el secreto y tarde o temprano deje de serlo.

-Estoy de acuerdo, -dijo Nuptahek- ya hay mucha gente que lo sabe. Los Carpatians que lo conocen lo guardarán con celo, pero es mejor que no se siga difundiendo o perderemos su efecto, al menos mientras dure esta campaña. Dragomirio sabrá usarlo con discreción.

Al día siguiente ya no granizaba pero la lluvia era demasiado intensa y el riesgo de granizo persistía. A la noche se repitió la violenta granizada, igual de intensa e intermitente y por la mañana, por fin el cielo apareció casi despejado, con unas pocas nubes altas.

-Dicen que no deberíamos irnos, que tendremos uno o dos días con tormenta, -explicaba Shorinet a la Plana Mayor- pero como nos faltan aún seis o siete días de marcha hasta el punto crítico, no saben qué ocurrirá más adelante. Irán muy atentos al clima. Dicen que ahora es también imposible ir por el camino bajo y calculan que la inundación ha formado un lago de tres codos de profundidad. Si hubiésemos seguido por ahí, estaríamos enlodados e inmóviles, sin poder salir en más de cincuenta días. Así que si confiamos en ellos, que no han errado hasta ahora, no queda otra que esperar un par de días.

-La situación climática es muy grave, -dijo Nuptahek- los esclavos no padecerán mucho más porque nos demoremos y lo importante es llegar. Así que mantenemos campamento y esperamos mejor tiempo.

-Geonemetis no se pondrá triste, -dijo Elhamin- pero si esperamos el mismo granizo, tendrá que llevar escudos para seguir explorando.

-"Tendremos", General, -dijo Geonemetis- porque sin Vos no tendría gracia. ¿No os mueve la curiosidad como a mí?

-Sí, pero hay otras cosas que me interesan más en este momento, como explorar un poco hacia adelante. Subiré al camino superior con un azafe y exploraré como Vos, llevando los escudos para tortuga.

Después del desayuno partieron ambos grupos. Elhamin hacia el camino superior y el resto de la Plana Mayor hacia la zona de las ruinas, pero Nuptahek decía mientras caminaban, cuando sólo habían andado media jaeta:

-No me gusta lo que siento. Vamos en dirección equivocada. No sé qué pasa pero no debemos ir...

-Como estamos muy unidas, -dijo Hatshepsut- no puedo saber si es que tengo la misma intuición o me contagio vuestro sentir.

-Yo he sentido algo antes, -dijo Gelibar- pero me dije a mí mismo que sería un miedo infundado. El entusiasmo por la exploración que comparto con Geonemetis, fue más fuerte y lo olvidé. Al ver al General marchando con su azafe, fue cuando sentí el vacío en el estómago. Somos tres los que sentimos parecido...

-Yo no he sentido nada, -dijo Henutsen- pero porque tengo la mente en muchas cosas. No hay que menospreciar las intuiciones. Propongo regresar de inmediato, aunque nos quedemos como Geonemetis...

-Yo lamento no poder explorar, -dijo el aludido- pero tampoco me siento muy cómodo. Y estoy seguro de que no me contagiáis el sentir.

-Volvemos inmediatamente, -dijo Nuptahek- pero os aseguro que no es por la posibilidad de tormenta. Sekhmet no puede avisarnos nada que tenga relación con el enemigo, pero nos está avisando de algo, aunque no la veo, porque hay otras personas involucradas. Y ahí sí que nos puede avisar de algo... Puede ser que alguien necesite con urgencia nuestra ayuda o un problema en el campamento...

En cuanto llegaron al campamento no había novedad, los soldados descansaban, se divertían en el arroyo, otros de guardia y muchos ajustando sus equipos y entrenando, pero ordenó zafarrancho de combate. Nuptahek llamó a todos los portadores de boleras para formar una primera fila a caballo y a los de Uás para formar una segunda fila a pie. Daba las órdenes con gran celeridad y en voz alta, pero no se usaron las campanillas de órdenes para evitar ser oídos desde lejos. Los setecientos jinetes con boleras partieron en fila de a dos por el camino ascendente, a órdenes de Ankemtatis y los de Uás siguieron a pie en fila de a cuatro los rápidos pasos de Nuptahek. Dejaron como custodia de campamento a Seti y su unidad de logística y los demás Generales marcharon con el resto del personal. Un jinete regresaba con las novedades y se dirigió a la Faraona.

-El General Elhamin se encuentra con su azafe de exploración en la falda opuesta de esta montaña a una jaeta más adelante. Están escondidos en la foresta a la espera de saber más, sobre una milicia que se acerca, pero cuando he subido para venir a avisar, miré con el largavistas otra vez y vi que se trata de mucho personal. Al menos algunos miles, con cientos a caballo pero con una gran cantidad de gente a pie, de los cuales unos son soldados y otros vienen atados. Si regresaba para avisar a Elhamin, perdía tiempo. Estoy sorprendido por vuestro avance, sin que nadie os avisara... El General Ankemtatis se ha quedado poco antes de llegar a la cumbre de este promontorio...

-Alguien nos ha avisado, soldado. -respondió Nuptahek sin dejar de caminar a paso acelerado- ¿No sabéis nada de Sekhmet?

-¡Sí, claro!, pero son pocos los que la pueden ver y yo no he tenido esa ocasión... El General Ankemtatis espera vuestras órdenes.

-¿Cuánto tardará esa fuerza en estar encima de nosotros?

-Como mucho, seis Râdnies. Están a unas diez o doce jaetas.

-Decidle a Ankemtatis que nos espere. Luego id con Elhamin, que deje un par de vigías y regrese hasta encontrarnos.

Antes de medio Râdnie llegaron al camino de la cumbre y se reunieron con los jinetes.

-Ellos no nos han podido ver, -decía Elhamin- les vimos con los largavistas y nos escondimos, pero creíamos que eran algunos cientos y son al menos cinco mil. Tengo a uno de los Slobundans y un invisible en los árboles y al cetrero con ellos, así que ya dirán más detalles. Creo que el ataque desde un solo flanco es lo mejor, pero no sé...

-No, -respondió Nuptahek- porque estaremos un poco más abajo en cada lado, pero no enfrentados, para no hacer disparos cruzados. Ahí viene el resto de la tropa. Que todos los jinetes se apeen y cincuenta hombres lleven todos los caballos hacia el campamento. Que los dejen a medio camino y regresen, y un hombre avise a Seti para que se haga cargo de los animales. Nos dispersaremos por este lado trescientos de boleras, que son de tiro más certero, a cuatro cuerdas largas desde aquí. Los demás boleros irán a la plena retaguardia del enemigo, para asegurarse que no escape nadie. Los de Uás atacarán el frente si a la gente que traen esclava no la llevan adelante. Los dos Slobundans expertos en víboras que vayan asegurando el camino entre los árboles, uno a cada lado. Vamos a ocupar unas siete jaetas a cada vera del camino, así que a correr porque vamos muy justos de tiempo, pero les habremos emboscado cuando estén pasando por los últimos puestos. Deben esperar a que pasen y cuando hagamos el primer disparo de Uás y hagamos sonar el bramido, será la señal de ataque sin esperar más órdenes. Un bramido cada doscientos pasos y así la orden se transmite en momentos. Y que no quede ninguno vivo. Tened cuidado par no hacer el mínimo ruido. No deben percibirnos hasta que disparemos los Uás, cuando su vanguardia esté aquí.

La organización, tantas veces ensayada para esta maniobra de emboscada, era la primera vez que se realizaba con tanta gente, ocupando tanta distancia. En vez que las campanas, los silbatos y los banderines, usarían el bramido, menos "humano" y más atemorizador. Los siete mil efectivos a cada lado del camino estuvieron colocados en menos de tres Râdnies. El cetrero de la Plana Mayor recibió al halcón de vanguardia y dijo que habían hecho conteo más exacto y en orden.

-Son quinientos jinetes al frente, tres mil quinientos infantes con ciento diez carros.. Detrás, cuatrocientos cincuenta prisioneros, hay muchos niños y quinientos jinetes a retaguardia. Muchos heridos como si hubieran combatido recién, pero los esclavos vienen también con muchos heridos. Ejército de apariencia tradicional nuestra.

-Bien, -dijo Nuptahek- aquí se les acabaron sus penas y maldades. Cuatro mil quinientos esclavistas menos... Los Uás, a sus puestos. Todos a este lado entre la foresta. Al sonar el bramido comenzamos...

La espera fue larga, porque la caravana enemiga avanzaba despacio. Algunos caballos apenas se sostenían y muchos infantes y esclavos caían y se les dejaba a un lado del camino. Por fin llegó la vanguardia hasta el puesto de Nuptahek y ella hizo sonar el bramido y de inmediato disparó el Uás. Varios de los primeros jinetes quedaron destrozados y también algún animal, con un solo disparo, aunque se tenía cuidado de no darles a ellos, sino sólo a los jinetes. El sonido de los bramidos, con el efecto de eco en las quebradas y cañadones a ambos lados, invadió el entorno a pesar de estar bastante dispersos. En momentos se descargó todo el arsenal contra la tropa enemiga, que no tuvo tiempo a reaccionar. Desde la parte más alta del camino, apenas medio Râdnie después, la Faraona pudo apreciar cómo se iba reuniendo su ejército, cerca del grupo de esclavos, que sorprendidos y confusos se sentaban en el suelo.

-Creo que no han combatido antes, -decía Nuptahek a Elhamin- sino que les ha pillado la pedrada de hielo. Mirad los moratones que tienen. Y los caballos también están extenuados y heridos pero hay que usarlos un poco más para llevar a la gente al campamento. Creo que esta tropa debió ser de algunos miles más... Ahora hay que rematar a los heridos y asegurarse que no queda un enemigo para contar nada. Haremos las hogueras aquí mismo, en las partes del camino más amplias, lejos de los árboles. Que los Comandantes se encarguen de ello con la mitad del personal. El resto reunamos los caballos. Furriel, averiguad qué ha pasado al final de la columna. Algunos se pueden haber escapado.

-Descuidad, Faraona, -respondió el hombre mirando desde media altura de un árbol con el largavistas- que veo venir a los nuestros rematando y reuniendo cadáveres. No os han oído, pero saben que hay que quemar miles de cuerpos y veo que algunos están armando la línea de hogueras. Aunque no sé si esa tormenta que viene por el Norte nos dará tiempo a hacer mucho...

-Al menos hay que preparar lo posible... -decía Nuptahek mientras Shorinet traducía lo que decía un Slobundan- Generales, no podemos perder tiempo con los esclavos, muchos están heridos y hay que llevarles al campamento ya... Y ¡Cambio de órdenes!... Que esa tormenta viene muy rápido y no hay tiempo a más. ¡Todo el mundo al campamento!

-Los boleros de la punta -decía Elhamin- tardarían dos Râdnies largos en llegar hasta aquí, pero hay muchos caballos para usar. Vamos con los silbatos...

Tras unas cuantas notas de los potentes silbatos, que fueron repetidas por los Comandantes y los oficiales, todos se apresuraron a reunirse en el campamento. Los boleros más alejados llegaron con los caballos de los vencidos y los fueron dejando entre el bosque cercano al campamento. Los liberados fueron llevados casi todos en andas por dos o tres soldados y los cerca de mil caballos debieron ser llevados al interior del bosque bajo los árboles más frondosos, ya que no había espacio para ellos en el campamento. Los que estaban más cerca del camino descendente, corrieron a buscar más escudos porque sólo los cien del azafe de exploradores de Elhamin los llevaban. Traspasaron rápidamente unas cargas para dejar un carro libre y lo llenaron con escudos. Entre los dos caballos y treinta hombres, la subida fue muy rápida y repartieron escudos entre el personal que haría de cubierta a los liberados y a los que les llevaban, así como a algunos que se dedicaron a llevar los caballos al bosque para recogerlos al día siguiente. Una granizada no muy grande cayó cuando aún la mitad de la gente bajaba hacia el campamento, pero no hubo heridos graves. Cuando cayó otra, ya terrible como las anteriores y en medio de una ensordecedora estridencia de truenos, estaban todos a cubierto. Los liberados habían sido metidos bajo las tiendas más cercanas de los soldados que siendo para dos, cabían hasta cuatro sentados. Mientras se hacían los preparativos para la batalla y durante la misma, Seti había ordenado abrir más espacio en el bosque e improvisado con su gente barracones para atender heridos, donde los médicos trataban ya a todos, apenas pasó la pedrada. La Plana Mayor en su tienda grande, hablaba con algunos liberados que estaban en mejores condiciones.

-Setenta y un heridos leves y ocho graves entre los nuestros, -decía el Furriel presentando el parte de batalla, ya reunida la información de todos los Comandantes- pero todos fuera de peligro. Ninguna baja propia, aproximadamente cuatro mil quinientos enemigos muertos. Varios liberados en situación delicada. Cuatrocientos ochenta y tres en total y de ellos, treinta y siete son niños o muy jóvenes. Han muerto más de cien por la granizada. Todos deshidratados, hambrientos y con golpes de látigo y granizo.

Mientras Nuptahek salía de la tienda con el Furriel y daba indicaciones para las labores de limpieza de cadáveres cuando pasara el riesgo con la tormenta, Hatshepsut hablaba con los cinco liberados que habían resultado casi ilesos.

-Ahora estáis en calidad de refugiados, -decía Hatshepsut- ya no sois esclavos... ¿Alguno entiende lo que hablo?

-Sí, yo entiendo y no soy el único. -respondió un hombre mayor- Me llamo Andrujkas. Somos del Norte, del país que llamamos Swideraj y que también ha caído en manos de los esclavistas. Nuestro país se extiende desde donde acaban los montes Carpatians, hasta la tierra de los Hermanos por el Poniente y con el mar de los Vikingos por el Norte. He viajado mucho y aprendido varios idiomas. Los Fenhygios que exploraban mi país, me enseñaron la lengua y cultura de la tierra del Nilo. Hemos sido capturados por unos hombres que dicen ser enviados de un Faraón, pero yo sé que son falsos porque su lengua es oberita. Ahora estoy confuso; Vosotros lleváis las insignias del país del Nilo, pero no vestís igual... ¿Sois de esa tierra?

-Sí, -respondió Hatshepsut- Hemos cambiado nuestros uniformes justamente por causa de esos malvados que se disfrazan para hacer creer a todo el mundo que somos nosotros los esclavistas. Pero igual ha venido bien el cambio para hacer la ropa más adecuada a la milicia. Estamos liberando esta región. Pero seguid contando vuestra historia.

-Sabíamos que hay un pueblo esclavista, pero no habían llegado a nuestra Patria, creíamos que estaban demasiado lejos. Mi pueblo es el más cercano a los Carpatians, es decir muy al Sur de mi país. Hace dos años nos capturaron y nos han tenido en dos lugares, dos centros de trabajo forzado y ahora nos llevaban no sabemos adónde...

-El sitio donde os llevaban ya está liberado, -dijo Hatshepsut- a dos días de marcha rápida desde aquí. Y esta campaña es para...

Se escucharon algunos golpes en ramas y en la tienda, a la vez que Nuptahek y el Furriel entraban a la carrera, justo cuando otra granizada espantosa se desataba sobre la región.

-Ya veis... -dijo Nuptahek- Creo que nadie hubiera sobrevivido de esa caravana. Ni esclavos ni esclavistas. ¡Mirad el tamaño del granizo!

-Nos pillaron dos tormentas, -dijo Andrujkas conteniendo lágrimas- una casi tan fuerte como ésta. Murieron varios soldados y muchos de los nuestros. Los que estaban lejos de los carros tomaron a los niños y creíamos que era para ponerlos a salvo, pero era para cubrirse con ellos... Luego arrojaron los cadáveres y heridos a los barrancos.

-Ahora -dijo Elhamin- tenemos que pensar qué podemos hacer con Vosotros. Si os dejamos marchar hasta vuestro destino, que era la fortaleza que hemos llamado Ramankh, ahora liberada, podríais vivir muy bien. Cien de los nuestros están instruyendo a ese pueblo para la autodefensa y otras cosas. Alguien os acompañaría parte del camino para llegar sin incidentes.

-Lo que deseamos es volver a nuestra Patria. Fuimos capturados en diversas aldeas y seguramente que nadie sabe la causa de nuestras desapariciones. Además, si vais en la dirección de la que venimos, el destino próximo sería donde estuvimos esclavos durante un año. Sabemos lo que hay allí, como en el otro lugar más al Norte. No puedo pedir a los míos que piensen y hagan como yo, pero estoy dispuesto a luchar, a ganarme la libertad que no pude ni supe defender antes, porque cualquier acción que realizara costaba la vida de algún niño... Si ese pueblo maldito es vuestro enemigo, dejadme participar...

-Hablad con los vuestros cuando pase la tormenta, -decía Nuptahek en voz muy alta para que se pudiera oír- que cada uno elija su destino y los que estén dispuestos a seguir al Norte, no tendrán obligación de luchar, sino de ayudar en lo que puedan. No podemos garantizaros el regreso a vuestra tierra, con tanta batalla que hay por delante.

Tres días después, tras las grandes quemas de cadáveres y con todo el personal propio y liberados, ya recuperados, curados y bien alimentados, partieron con la seguridad dada por los locales, de que no habría tormentas por algunos días, y ya fuera de la región, a unas cincuenta jaetas, el clima no sería tan peligroso. Contaban ahora con mil cien caballos y ciento diez carros más. Los liberados fueron provistos con las armas de los oberitas muertos. El viaje hasta el punto siguiente podía durar varios días y por las características del camino el avance era lento, pero los Swideraj que ya conocían el sitio, dieron datos más precisos sobre la ubicación del fuerte enemigo. La Plana Mayor iba al frente, con un abanico de exploradores a dos jaetas por delante, con Shorinet, cuatro Comandantes y dos Slobundans haciendo de enlace permanente.

-Son al menos tres mil efectivos fijos, -decía Andrujkas a Nuptahek mientras iban en camino- pero antes de salir con nosotros, llegaron cinco o seis mil. Mil quinientos o más se quedaron y los cuatro mil quinientos que habéis matado se destinaron a donde nos llevaban.

-Es decir que hay ahora por lo menos cuatro mil quinientos allí, -dijo Nuptahek- ¿Sabéis cuantos esclavos?, ¿Habláis su lengua?

-Sí, en dos años de convivencia y como soy muy mayor, en ambos lugares me han tenido de sirviente en sus casas, así que he podido ir aprendiendo su lengua, aunque no les gusta que la aprendamos. No es un idioma tan complejo como el vuestro; son menos de cinco mil palabras y una gramática más simple que el Fenhygio o la vuestra. Lo más complicado es su escritura, porque no la muestran a nadie... En cuanto a esclavos, quedaron unos pocos y escuché que esperaban más, por eso nos llevaban a nosotros a otro destino. Me temo que mi país siga siendo recorrido por estos monstruos de rapiña...

-¿Creéis que podríais pasar por uno de ellos?

-En otro sitio sí, Faraona, pero ahí me conocen todos. A menos que tengáis alguna idea de cómo poder ayudar y mi conocimiento sirva. No hemos decidido sumar nuestra fuerza sólo porque deseamos volver a casa, sino porque lo más importante es parar las andadas de estos criminales, antes que se hagan más fuertes. Porque tarde o temprano volverían a nuestras tierras a capturar más gente.

-Ya encontraremos utilidad para eso, y una de ellas es que podéis enseñarnos esa lengua enemiga a todos nosotros. Apenas hay tres entre nosotros que la hablan y un poco los Fenhygios, pero el idioma es muy estratégico. Ellos aprenden todas las lenguas, así pueden mentir y engañar a todos los pueblos, haciéndose pasar por otros, e infundir ideas y noticias falsas. No son tan buenos con las armas, pero sí con sus trucos de engaño y falsedades, con lo que en muchos sitios han conseguido más que con la fuerza de sus ejércitos.

-Mirad, -dijo Andrujkas indicando el cadáver de un caballo y otros objetos dispersos- aquí es donde nos sorprendió la segunda pedrada, que fue peor que la primera...

-¡Atended, por favor!, escucho un llanto, -dijo Ajmet, el soldado herido por los Slobundans, que iba en el primer carro- y parece de un niño o una mujer. Aquí en el barranco de la derecha...

Detuvieron la marcha y Gelibar y Geonemetis se apearon y descendieron buscando entre la vegetación espinosa y las rocas de la ladera. Subieron poco después con un niño pequeño casi desnudo, lastimado en varias partes, con sangre seca en la cabeza. Andrujkas hizo llamar a las mujeres de su grupo, que estaban a media jaeta detrás. El niño era hijo de una de ellas, dado por muerto y el médico tuvo que tener paciencia para que la mujer lo soltase y permitiera examinarlo. Ella, con el médico y el niño fueron acomodados en el primer carro para no demorar más la marcha, pero los exploradores revisaron la zona, hallando sólo cadáveres de soldados, de niños y esclavos. Se hizo campamento sobre el camino antes del anochecer, con una fuerte guardia a cinco, tres y una jaeta, con orden de no hacer fuego, consumiendo sólo conservas, de las que había abundancia, ya que aparte de las que traían, apenas consumidas, en los días del último campamento se cazó, pescó y cocinó bastante para varias jornadas, repartiendo gran cantidad en los carros que dejaron los esclavistas vencidos. Además durante el viaje se recolectaban frutas del bosque, que metidas en miel no se deterioran.

La noche pasó en calma total, con sólo una brisa fresca y amaneció con cielo despejado. Al día siguiente llegaron al sitio donde la caravana esclavista recibió la primera granizada y decidieron hacer silencio y revisar el lugar, ante la posibilidad de que hubiese más supervivientes. Durante la revisión en los barrancos de ambos lados, los saldados hallaron a una pareja de jóvenes que habían tratado de ocultarse. Aterrorizados permanecían en un socavón, con unas flechas preparadas en sus manos y uno de los hombres se dio cuenta que tenían intención de suicidarse, antes que volver a ser esclavos. Dejó las armas en el suelo, se puso en cuclillas e intentó hablar con ellos, pero la situación era delicada porque los chicos no entendían ni una palabra. Dijo a sus compañeros que corrieran a buscar a un liberado y entre tanto, explicaba con gestos suaves y palabras dulces, que todo estaba bien, que no era esclavista y que podían confiar en él. Así pudo entretenerles hasta que llegaron dos liberados y por fin les hablaron y explicaron rápidamente todo. Los jóvenes salieron mirando a todas partes, aún con gran desconfianza, pero vieron a Hatshepsut y dos mujeres soldados corriendo hacia ellos, lo que les llamó la atención y se tranquilizaron. Habían escapado cortando las cuerdas con flechas de un soldado caído, aprovechando la granizada y se habían jurado no volver a vivir como esclavos.

-Hemos encontrado también dos soldados enemigos, -decía uno de los exploradores a la Faraona- heridos, pero aún así uno intentó huir y hubo que... Ya sabéis. El otro está herido leve; no corrió porque lo acorralamos y lo tenemos a retaguardia, por si queréis interrogarlo.

-Bien hecho, soldado. Dadle agua pero no comida. Lo interrogaré esta noche. Aseguraos de que no escuche ninguna conversación. Que vaya caminando atado al último carro y mejor si no ve a los liberados.

El siguiente campamento se preparó en una meseta amplia y de poca altura, con árboles enormes, donde se abrió espacio quitando los arbustos bajos que abundaban, quedando lugar para toda la caravana, con posibilidad de hacer fuegos sin que fuesen vistos en la distancia. Nuptahek hizo traer al prisionero a la tienda de Comando y ante la Plana Mayor se efectuó el interrogatorio, con Andrujkas como traductor, que sorprendió al soldado porque le había visto muchas veces en el servicio a sus jefes. Al enterarse de que toda su unidad militar había sido aniquilada cambió su inicial soberbia por una actitud temerosa. Aún así guardó silencio y no se le pudo sacar información.

-¿Qué haremos con él, Faraona?, -preguntó Elhamin- ya sabéis que dejarle libre es un peligro.

-Le entregaremos a los suyos. Ahora descansemos, que es posible que mañana estemos en el sitio adecuado para estudiar el tercer punto y debemos estar más relajados. Según los Slobundans, estamos a sólo cincuenta jaetas. No podemos establecernos demasiado cerca y hay que estudiar el entorno.

-Así es, Faraona, -respondió Elhamin- pero voy a conversar un poco con la tropa y ver que estén todos bien. Los exploradores aseguran que no hay riesgo de ser oídos ni vistos en más de diez jaetas, así que voy a autorizar el uso de instrumentos musicales, que la fiesta del último campamento, tan mojado y granizado, no ha sido tan buena. Un poco de fiesta antes de la próxima batalla vendrá muy bien y si estáis con ganas, sin mucho cansancio, vendría bien que participéis.

-Os acompaño, General. La moral de la tropa está bien, pero si está más elevada, tanto mejor. Muchas veces siento ganas de decir a la gente lo que siento y quizá sea la ocasión...

En el centro del círculo mayor que había formado casi la mitad de la tropa, aprovechando el amplio espacio ganado a la meseta con muy pocos árboles, habían improvisado un escenario con los carros cubiertos con el tablado de los pontones. Al terminar un grupo de músicos su excelente actuación , Nuptahek subió y se dirigió a todos:

-Atended un momento, Amados míos. Varias veces en este viaje he tenido intención de hablaros y decir el inmenso orgullo que siento por ser vuestra camarada, vuestra Faraona en Ankh em-Ptah, pero aquí, sólo una más entre todos, durmiendo como Vosotros, en el suelo en los turnos alternados de guardia, corriendo los mismos riesgos, ... Y no más de los que me permite la Plana Mayor, en especial nuestro querido General Elhamin, que se toma muy en serio su rol de protector faraónico. No es una crítica, sino un profundo agradecimiento, porque no os podéis imaginar lo que hace con su esposa... Hetesferes no puede ir a la letrina sin la protección del General... Sólo me libro de él y puedo ir sola por ahí, usando las técnicas de Invisibles...

Tras las carcajadas de la tropa y de los propios aludidos, la Faraona continuó su discurso, ya con el fondo musical suave que hacían algunos instrumentistas, lo que dio más profundo sentido a sus palabras, emanadas de su corazón con la más absoluta franqueza, pero con la doble intención de ser escuchada por el gran grupo de gente liberada, que debía tomar consciencia de su situación para no volver a caer en cualquier forma de esclavitud.

-Me faltan palabras para elogiar vuestra disciplina, vuestra precisión en el hacer, que apenas dais trabajo a los Comandantes, gracias a vuestra iniciativa consciente. Me faltan palabras para elogiar con toda justicia el valor y la responsabilidad de cada uno de los varones y mujeres que componen este ejército en campaña... Quizá mañana no estéis algunos de Vosotros; quizá mañana muera yo en combate, pero como bien sabéis, la única opción es vivir en Libertad o morir con Dignidad. La esclavitud no es una opción y el vivir sin combatirla, tal como habéis firmado en el Compromiso de Consciencia, tampoco es una opción. Me faltan palabras para daros las gracias por **sentir, pensar, decir (o callar) y hacer** con esa coherencia que nos hace dignos de vivir en la felicidad que sólo puede sentir el que se siente Soberano, hijo de Ptah, sin dueño ni nadie que gobierne su espíritu. Todos Vosotros estáis aquí por libre determinación, en un Pacto de Soberanos que podéis rescindir en cualquier momento, atenidos únicamente a vuestra más elevada consciencia de Ser. Me llenáis del más sano orgullo... Pero ahora no quiero quitaros más tiempo de fiesta, que es lo que corresponde aprovechar, antes de la próxima batalla. ¡Adelante músicos y bailarines!

La algarabía posterior no fue tan sonora como los aplausos y la ovación tras el breve discurso, pero todo el personal se puso a bailar al compás de las bellas sonoridades de más de cincuenta instrumentos diferentes, coordinados por la magistral dirección de una soldado.

-Es increíble lo que hace con los músicos esa mujer, -decía Ajmet a la Faraona y Hatshepsut- que mis sensibles oídos no padecen a pesar del volumen de los instrumentos...

-Es que esa es la vocación de Meri-em-Jnum, -dijo Elhamin- pero ha dejado hasta eso, su profunda vocación musical, para incorporarse a este ejército libertador. Y le he visto en combate usando el arco y la espada como si fuese la mismísima Sekhmet.

La fiesta duró varios Râdnies, hasta pasada la media noche, pero al día siguiente todo el personal estuvo despierto y activo apenas empezó a calentar el sol. Se continuó con el viaje antes de media mañana y a la noche estaban en similar situación, pero se acampó sobre el camino y sin fuegos.

CAPÍTULO ∩‖
EL ESPANTOSO FANTASMA DE ANUBIS

El día posterior amaneció nublado y se partió muy temprano, siendo el camino más transitable y al atardecer los exploradores dieron aviso sobre un mojón que los liberados habían visto y conocían los Slobundans, que indicaba el camino hacia el poblado esclavista. La señal era un tronco tallado, con la figura de Anubis, con el objetivo de infundir miedo a cualquier probable intruso, visitante o explorador no deseado por los oberitas, pero se hallarían con la suela de sus sandalias, con un ejército que conocía a Anubis en su real naturaleza y significado, al que lejos de amedrentar, infundía tranquilidad, apoyo espiritual, valor y coraje.

-Entonces, -dijo Hetesferes- los mapas dados por Oklafeb están muy exactos hasta aquí. Hemos venido por un camino diferente pero calculando bien las distancias, hemos llegado al sitio exacto. Debe haber un pequeño valle hacia Naciente y tras las montañas para ese mismo lado, estaría la fortaleza. Haré que me lo confirmen los liberados y de ser así, el sitio donde conviene acampar es cerca de aquí, sin llegar al valle porque podrían vernos algunas patrullas que ronden los cerros entorno a la fortaleza. Si Andrujkas conoce bien este entorno, podemos planificar un mayor acercamiento.

-No lo recomiendo, -dijo el aludido- porque tal como decís, hacen patrullas por toda la serranía circundante, hasta ambos lados del lago largo que hay a Poniente. Es posible acampar con seguridad a una jaeta de aquí, hacia la derecha, y desde ahí al fuerte habrá unas doce o trece jaetas. Todo el camino desde aquí es bueno hasta allí.

Se buscó el lugar en el pequeño valle y hallaron un bosque ralo de árboles gigantescos, que permitió en dos Râdnies de limpieza de arbustos, establecer antes de la noche, el campamento en círculos concéntricos. Un pequeño arroyo daba caudal suficiente para abrevar y beber. Mientras tanto, cuarenta invisibles y un mozo ecuestre fueron a caballo con Ankemtatis y Henutsen al fuerte enemigo. Dejaron los animales con el mozo en la ladera de un cerro y observaron a una patrulla de doce hombres, a la que dejaron seguir para no iniciar acciones que pudieran poner en aviso al enemigo. Cuando vieron que seguirían cuesta abajo en una parte desde la que no podrían ver ningún movimiento, fueron directamente al fuerte y desde una posición cercana esperaron a que la noche facilite las cosas. Dos Râdnies después, Ankemtatis y Henutsen con veinte invisibles cada uno rodeaban por ambos lados el fuerte encontrándose al lado opuesto. Sin más, decidieron volver e informar lo visto; regresaron con los caballos y tres Râdnies después decía Ankemtatis a la Plana Mayor.

-El muro es precario y mal arreglado apenas mejor que en las anteriores fortalezas. Son cinco jaetas casi justas y el alto no supera los siete Ankemtras, en gran parte sólo hay seis y en el algunos tramos cinco o menos. El ancho no pasa dos Ankemtras en menos de la mitad, pero en el resto es más estrecho aún, con apenas un codo. Es decir que las patrullas van en fila de a uno en esos tramos. No hay torres de vigilancia, salvo dos atalayas de madera: uno pegado al muro en el extremo Sur y el otro en el extremo Norte. Tiene forma casi ovalada, hay veinte puestos de centinelas y dos patrullas constantes. El barrio de los jefes está pegado al extremo Sur y el de los esclavos es un caserío precario y disperso. Los mapas hechos por los liberados son correctos. En el centro, como es habitual, están las construcciones de cuartel de tropa y de manufacturas. El resto es de huerta. Hay muchas vacas en un sector, pero parece que las alimentan con pastos que producen fuera de la fortaleza, hacia Naciente, donde el campo de cultivo es extenso. Hay dos arroyos, que se unen poco antes de entrar en el fuerte y son un único cauce, que sale por Poniente. Es la única agua, porque hemos subido a los muros, Henutsen y yo hemos recorrido casi todo por el interior y no hemos visto pozos ni aljibes.

-Es decir que podríamos cortarles el agua, como dijo un Swideraj.

-No sería difícil, Faraona, -dijo Henutsen- porque el río se une a una cuerda de flecha, pero es posible taponar los dos arroyos y el agua cambiaría su curso inundando el campo hacia el Sur, incluso dañando el muro, que en esa parte es estrecho y hecho de adobes sin cocer.

-¿Habéis podido calcular si han ingresado más esclavos? -preguntó Hatshepsut.

-No, -dijo Henutsen- ya de noche en sus casas, imposible saberlo.

-Mañana con la mente más fresca estudiaremos el plano, -dijo Nuptahek- ahora vamos a descansar y meditar qué haremos con esta gente liberada. Son valientes, pero preferiría que no combatan aquí, porque no tienen la formación necesaria. Me gustaría devolverles a su pueblo sanos y salvos.

El día siguiente amaneció nublado pero sin previsión de lluvia y mientras desayunaban, revisaban las alternativas de ataque y dijo un soldado en la puerta de la tienda.

-Faraona, tenemos novedades por el Norte y Poniente... Algo menos de mil hombres, con más de quinientos civiles atados. En un Râdnie estarán llegando al mojón con la forma de Anubis y medio Râdnie más para entrar al valle.

-¡Zafarrancho de combate!, -exclamó Nuptahek- Omar y Diva en la falda del cerro a la derecha, a la entrada a este vallecito. Buscad altura como de veinte Ankemtras sobre el nivel del camino, para no cruzar disparos. Los boleros en primera fila, dispararéis tras mi primer disparo con Uás. Gelibar y Unitis lo mismo, pero conmigo del lado izquierdo. Ankemtatis con todos los vuestros, vais al Norte y luego a Naciente, y quedaréis a retaguardia de la fila enemiga para que nadie escape. Daverdis, Espiria y los demás permaneced ocultos con los liberados. Tapad los carros más cercanos al camino con ramas, aunque es difícil que lleguen a verlos. ¡Todo en menos de medio Râdnie...!

Cada uno salió a la carrera dando las órdenes pertinentes y el cálculo fue perfecto. Trescientos jinetes entraban al valle, con medio millar de esclavos detrás, que tiraban de cincuenta y cinco carros de provisiones y posteriormente cuatrocientos infantes. A retaguardia otros trescientos jinetes cerraban el grupo. Nuptahek hizo que los suyos, las tropas de Gelibar y Unitis, subieran una buena parte del promontorio, de modo que sus disparos se concentrarían en el enemigo sin afectar a las milicias de Omar y Diva. También ellos estaban a una altitud similar, de modo que cuando Nuptahek disparó el Uás, ya por la espalda a los jinetes de cabecera, desde ambos flancos de la fila enemiga recibieron ocho mil disparos certeros, entre bolas de metal y flechas. Ningún caballo fue herido, la batalla fue más bien una ejecución y duró menos de tres têmposos, sin posibilidad de reacción y los dos mil hombres de Ankemtatis aparecieron a retaguardia de la tropa aniquilada, sin haber tenido que actuar. El grupo de esclavos fue conducido con los otros liberados y la felicidad de muchos de ellos fue enorme, porque se encontraron con amigos, conocidos, parientes y familiares. Se preparó el campamento para la posibilidad de varios días de permanencia, a fin de estudiar la estrategia que permita tomar la fortaleza. Contaban con novecientos ochenta caballos más. Ello era una ventaja para continuar la campaña, no para la batalla en ciernes.

-No hay comparación con la de Ramank, -decía Henutsen- porque el muro de ésta es frágil en muchos sitios. Tiene cuatro puertas de acceso, pero con unos disparos de Uás abriríamos paso en muchos puntos. Hay pocos esclavos ahí, porque contaban con estos que ya no les llegarán, pero hay cuatro mil quinientos efectivos.

-Podríamos hacer la campaña de aniquilación como en la fortaleza vecina de Ramankh, -dijo Hatshepsut- pero igual algunos esclavos han de haber aún y hay que localizarles.

-Podemos hacer como ahí, -dijo Ankemtatis- una limpieza de muros, pero como la extensión es de cinco jaetas, y vamos más holgados de recursos y personal, podríamos ir retirando los cadáveres como para que simplemente "desaparezcan".

-También podemos sitiarles y cortarles el agua, -comentó Elhamin- pero eso requerirá más días de espera, aparte de perjuicio a civiles.

-Pero podemos cortarla y hacer que salgan a buscarla, -dijo Gelibar- así también van "desapareciendo misteriosamente". Eso sería antes de la operación contra la guardia, porque de lo contrario no saldrían. Habría que ver cómo son los arroyos que vienen, cortando el agua a unas cuantas jaetas más lejos, de modo que no puedan ver nada desde el fuerte y eliminar a los que salgan, en el sitio mas lejano.

-Bien, -dijo Nuptahek- esa idea es buena en cualquier caso y puede ser útil conocer más sobre ese valle, que es muy grande y puede hacer otro fuerte vecino, como en el caso de Ramankh. Descartar esa posibilidad nos dejará más tranquilos, así que exploraremos en dos grupos, uno siguiendo cada arroyo. Quinientos cada grupo, con cien boleros y cien Uás cada uno, por si hubiese patrullas de entorno, aunque Andrujkas dice que no suelen hacerlas por Naciente sino sólo por los cerros contiguos. Habrá que dar un buen rodeo, pero si no tenemos novedades, regresaremos antes de la noche. Si aparece alguna patrulla, aniquilación y ocultamiento de los cadáveres bien lejos de caminos, arroyos y puntos transitables.

-¿Exploraremos, regresaremos...? -dijo Elhamin- ¿Es que os vais a arriesgar de nuevo...?

-Y Vos también, General, para que me tengáis cerca. Un grupo viene conmigo y el otro con Vos. ¿Trato hecho?

-Bien, pero viene otro General, y yo permanezco con vuestro grupo.

-De acuerdo...-dijo Nuptahek haciendo gesto de paciencia- ¿Y si os pido que os quedéis a descansar y rumiar más ideas con el resto? Además, a Hetesferes no le vendría mal un poco más de protección.

-Si me ordenáis que me quede, me quedo, pero tengo ganas de explorar un poco, sólo por ver paisajes...

Luego de las risas y unos tragos de cerveza que habían enfriado en el arroyuelo cercano, partieron ambos grupos, uno de los cuales era dirigido por Gelibar. No encontraron patrullas pero divisaron la muralla del lado de Naciente y mientras Nuptahek siguió el arroyo más cercano, Gelibar siguió camino hasta encontrar el otro. Elhamin propuso explorar hasta el fondo del valle, cuyos cerros de entorno no eran muy altos, pero sí densamente vegetados, incluso más que el terreno llano. Varios exploradores subieron con largavistas a los árboles más altos en diferentes lugares, con lo que calcularon algo más de trece jaetas como diámetro mayor del valle y siete jaetas de ancho máximo. No había caminos ni sendas y Azalema que iba con Nuptahek, sólo encontró rastros de animales.

-No parece que anduviese alguien por aquí desde hace mucho tiempo, -decía la rastreadora- porque no hay ni una marca de pisadas, que en este tipo de lodo suele quedar si no llueve mucho, y aquí no ha llovido en varios días. Ni ramas rotas, ni piedras movidas por cascos de caballos... No hay sendas transversales y si alguien anduvo, sólo puede haberlo hecho por dentro del cauce, lo que es difícil con estas rocas tan resbaladizas.

-Este lugar está interesante para desviar el cauce, -dijo Elhamin cuando entraban en una estrecha garganta- con poco trabajo podemos desmoronar ese farallón que no es muy alto. Dos disparos de Uás bajo esas rocas y se hará un dique. Un disparo sobre ese lado en el terreno y el agua se desviará hacia esa zona. Finalmente llegaría al fuerte pero eso sería dentro de varios días, porque haría otro recorrido y se embalsaría en algunos lugares antes de abrirse paso.

-Os cedo el honor, -dijo Nuptahek- que eso no dolerá en el Ánima.

Momentos después, Elhamin estudió un poco más el asunto e hizo lo pensado, logrando exactamente el efecto deseado, aunque en el terreno tuvo que hacer varios disparos, para que el agua no volviese por la pendiente al curso anterior. Después de un Râdnie comprobaron que el trabajo era perfecto, porque el agua llevaba ya el otro curso. Regresaron y se reunieron con Gelibar, que había hecho algo similar.

-Hemos hecho un dique a tres jaetas de aquí, o sea a cinco jaetas del fuerte. -explicaba Gelibar- Tardará tres o cuatro días en llenarse, pero además hicimos un desvío con todos los Uás, a jaeta y media más abajo, justo donde el arroyo sale de entre los cerros, así que incluso cuando se llene, el agua que salga se desparramará por esa zona y tardará mucho en volver a retomar su cauce hacia el fuerte.

-¡Perfecto!, -dijo Nuptahek- pero ahora hay que volver porque van a notar la falta de caudal mañana y seguramente van a enviar patrullas de exploración para ver qué ha pasado. Hay que ir preparando las emboscadas para ellos. También hemos de conversar sobre si fuese posible hacer un cerco en torno al muro, discreto pero efectivo, para eliminar las patrullas sobre los cerros y cualquier grupo que salga.

-Y si me permitís una idea, -dijo Gelibar- creo que no deberíamos dejar de cuidar la retaguardia. No sabemos si puede venir más tropa por donde vinimos nosotros. Si están en tanto movimiento de esclavos y milicias, es porque están en un proceso de expansión o refuerzos, o ambas cosas, o preparando alguna campaña de la que no conocemos.

-Bien, -dijo Nuptahek mientras retomaban el camino de regreso por la zona alejada del fuerte- concuerdo en eso. Vamos a dejar a los más de quinientos adultos liberados, que ayuden a una tropa nuestra de la misma cantidad. Pero el resto de la milicia se destinará desde mañana temprano a ocupar posiciones en torno a la fortaleza. Seremos doce mil, de modo que si establecemos el cerco a esas cinco jaetas del fuerte, a la distancia de una cuerda larga, serán unas siete jaetas, con lo que cabe un hombre cada poco más de medio Ankemtra.

-Un cerco muy estrecho, -dijo Elhamin- no pasará nadie. Pero habrá que hacerlo de otro modo en el lado de Naciente, porque allí hay más de una jaeta sin árboles, entre el muro y los campos de cultivo externo.

-Podemos extendernos un poco, -dijo Nuptahek- con lo que el cerco sería de unas ocho jaetas y media, si no me falla el cálculo. Es decir que igual da menos de un Ankemtra entre cada hombre.

Ya en la tienda de Plana Mayor, la Faraona ajustaba con todos el cálculo y demás detalles de la operación.

-Entonces, según lo definido, -dijo Elhamin- revisamos el plan y así queda: Al alba se desplazarán los invisibles exterminando a cualquier patrulla que haya en los cerros. Inmediatamente que avise el cetrero, los doce mil de Diva, Daverdis, Unitis, Espiria, Omar y Ankemtatis, se desplazarán hasta sus puestos a una jaeta y media del muro formando el cerco. Un bolero y un Uás cada veinte hombres, en forma alternada, de modo que habrá armas potentes cada diez hombres. Gelibar ya conoce mejor la zona y se encargará con mil hombres establecer la logística para proveer de alimentos y agua al cerco, que no sabemos cuánto puede durar. De eso se ocupa luego un Comandante, porque otros mil a órdenes de Gelibar irán a Naciente para esperar y liquidar a los exploradores, a los que se dejará pasar cuando vayan a ver qué pasa con el agua. Luego esperaremos un día más. La gente puede dormir por turnos en sus puestos. Si no hay nuevas salidas de personal, a la noche del segundo día los invisibles y los mejores de cada Comando se ocuparán de eliminar a la guardia y patrullas del muro, usando lazos para que caigan fuera y se procede a alejar los cadáveres. Un Comandante con quinientos hombres y los adultos liberados, se encargarán de custodiar el campamento y guardarnos las espaldas por si ingresase nueva tropa, lo cual es sólo una posibilidad. En ese caso tendrán que actuar según los protocolos establecidos y hacer sonar una vez varios bramidos al unísono, por cada cien enemigos que se acerquen. No podremos ayudarles rompiendo el cerco, o podríamos enviar una ayuda parcial, según lo que esté ocurriendo con el fuerte. Eso es todo.

-Está muy claro, -dijo Nuptahek- hasta donde podemos prever en teoría. Según los Slobundans estará muy nublado pero sin lluvia en algunos días. Eso nos facilita las cosas. Pero debemos prever qué pasaría si saliese una gran tropa para hacer una batida.

-En ese caso, -dijo Elhamin- tendríamos que hacer concentración de fuerzas sobre ese punto, usando un bramido tres veces, evitando el silbato de zafarrancho. Pero al mismo tiempo, según la cantidad de gente que salga, podría ser buena acción la de invadir la fortaleza y proceder como es debido, cuidando de no herir a los esclavos. Sería lo menos deseable, pero puede que si no lo hacemos así y logran dar aviso de ataque, tengamos a toda la tropa enemiga saliendo por varios puntos, sin poder contenerlos en un cerco tan estrecho y cerrado, pero a la vez frágil, con una línea de un solo hombre...

-En ese caso sí que valdría usar los bramidos, -dijo Henutsen- con el efecto sorpresa y se sentirían rodeados por todas partes por algo desconocido que mete miedo... Lo más probable es que volverían a la fortaleza de inmediato y entonces habría que continuar la espera.

-En ese caso -dijo Nuptahek- habrá que mantener el concierto, más espaciado, pero que dé la sensación de ser una jauría infernal, no algo de ruido en una ocasión y que luego calla, porque eso daría sensación clara de ser una tropa o algo inteligente.

Luego de los ajustes y detalles finales, se dieron indicaciones precisas a cada Comandante, se instruyó a los liberados, se les avisó de que todos los soldados podrían hacer unos ruidos terribles con los bramidos y se asignaron todas las tareas. A media noche los invisibles eliminaron a dos patrullas que merodeaban por los cerros cercanos, de veinte hombres cada una y más tarde a otras dos de igual cantidad. Se estableció una guardia de vigilancia pero no salieron más patrullas. Al amanecer se continuó con el plan y Gelibar preparó la logística, con un destacamento de doscientos carros dispuesto por el camino, cerca de la fortaleza, una vez que estuviese formado el cerco. A medio día la unidad de Diva, que estaba a Naciente, debió dejar paso a una tropa de doscientos hombres que salieron de la fortaleza, tal como se había previsto. Se escondieron todos y atacaron por retaguardia, a la vez que por delante se encontraron con Gelibar y los suyos, correctamente emboscados. En momentos las dos centurias quedaron eliminadas y mientras Gelibar se hacía cargo de alejar los cadáveres y atar los caballos en un sitio más retirado aún para luego recuperarlos, Diva volvió a cerrar el cerco. Se había actuado con tal precisión y coordinación que nadie pudo soplar un silbato, aunque por la distancia de más de tres jaetas y con viento de Naciente, no habría sido escuchado en la fortaleza. Según lo previsto, esperaron y al final de la tarde salió otra centuria, seguramente a buscar a las dos que no habían regresado. Los hombres de Diva resultaron suficientes para eliminar a los cien hombres sin necesidad de bramidos ni de moverse mucho de sus puestos. Una concentración rápida y un hombre avisó a Gelibar para que se hiciese cargo de cadáveres y caballos

Durante la noche, al no regresar las patrullas ni las centurias salientes, la vigilancia en los muros había aumentado a un hombre cada veinte o treinta pasos sobre el muro y patrullas de veinte a cuarenta hombres recorrían todo el perímetro, pero también algunos grupos lo hacían por fuera a paso rápido.

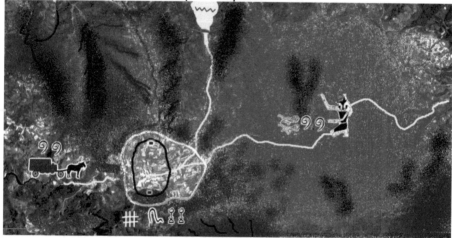

-Es evidente el estado de temor en la fortaleza, -dijo Nuptahek a Elhamin mientras recorrían la línea del cerco- ¿Creéis que sería buena idea meterles un poco más de terror?

-Lo que digáis, pero recomiendo esperar otro día. Pasarán un poco más de incertidumbre y eso es bueno para nosotros. No creo que salgan más patrullas salvo las de entorno inmediato al muro, con ochenta ausentes anoche y tres centurias desaparecidas; pero si lo hacen, reducimos más el número. Ahora son como mucho, poco más de cuatro mil cien. Si hacemos bramidos puede que no se animen a salir e incluso a mantenerse lo menos expuestos posible en el muro, haciendo que las patrullas lo recorran por dentro para hacer los cambios de guardia. Si les dejamos como están, les tendremos mejor expuestos para acercarnos, cerrar el cerco a las distancias mínimas de disparo y ahí sí, con unos bramidos, lluvia de bolas y de flechas... Incluso me parece oportuno que tras diezmarles de ese modo, quitándoles otros cuatrocientos o quinientos hombres, hagamos una entrada total.

-De acuerdo en la primera parte, General, -dijo Nuptahek- pero aún no haremos la entrada. De hecho están sitiados y empiezan a tener miedo. Si tenemos paciencia y alargamos la situación, unos bramidos y toda la guardia liquidada les pondrá en pánico. Mejor aún si conseguimos realizar la liquidación como habíamos previsto, con lazos para tirar los cadáveres afuera, para que no vean flechas ni bolas que delaten la acción de una milicia.

-Eso está difícil, -dijo Hatshepsut- porque están los hombres muy cerca entre sí y no podremos usar los lazos. Habría que escalar e ir arrastrando los cadáveres para echarlos fuera. Igual algunos caerán dentro. Luego llevarlos más lejos, aunque sea a una jaeta. Eso les confundiría más, pero si se los dejamos ahí, tendrán que ocuparse ellos de quemarlos para evitar el pestazo. Pero lo mejor es que prácticamente no hay árboles en el interior. Ni quemando toda la madera de las casas conseguirían una hoguera buena para más de doscientos cincuenta hombres.

-Bien pensado, Hermana. dijo Nuptahek- Y según mi cálculo, entre centinelas y las patrullas han de ser unos quinientos. Luego habrá aviso y saldrá más gente a ocupar los puestos. Luego de eso no van a patrullar por fuera y como dice el General, se expondrán lo menos posible. También deben saber de una partida con esclavos que no ha llegado, es decir que saben que algo grande les rodea. Aún no saben que es una milicia y eso quiero usarlo de algún modo.

-Entonces, -dijo Henutsen- la clave estaría en usar sólo boleras, cuya herida ellos desconocen, o los Uás, que también desconocen y usados a la menor intensidad dejarán cadáveres enteros y casi sin marcas. Los demás pueden usar cerbatanas, que casi nunca usamos porque no son tan certeras, a menos que nos acerquemos a treinta pasos. El veneno es mortal aunque les pinche un dedo y los dardos son pequeños, así que no verían marcas, sobre todo si lo hacemos en el anochecer. No todos tienen gran vista nocturna y ahora no tenemos casi nada de luz lunar.

-Para eso hay que empezar por Poniente -dijo Elhamin- con los últimos rayos del sol, para que no ven a la gente acercarse. Pero de inmediato hay que seguir con el resto, que con algún aviso de ese lado habrá algunos têmposos de distracción.

-No me fío de usar las cerbatanas. -dijo Nuptahek- Eso va muy bien en algunos casos especiales, pero no en una batalla como ésta. A ver si tengo claro el cálculo... Si tenemos un total de setecientos Uás y hay que cubrir cinco jaetas, con uno cada ocho Ankemtras o poco menos, es posible liquidar a todos en las murallas y las patrullas que anden por fuera. La única condición es que disparen todos al mismo tiempo o con mínima diferencia. Para no usar los bramidos ni silbatos todavía, dos Uás dispararán a las atalayas, que se ven desde todas partes. A ellos, nada de mínimos, sino con toda la fuerza. Con esa señal bien visible, se hace el ataque en todo el perímetro. Lo hacemos apenas se oculte el sol, aún con luz, y luego esperamos a ver qué pasa durante la noche. Tendrán medio millar de cadáveres sin flechas ni nada que conozcan. Aún no usaríamos los bramidos, pero tendrán ya metida en la psique la sensación de lo sobrenatural. Ni piedras, ni lanzas, ni flechas... Y ya que han usado la imagen de Anubis, que no sé si se mofan de él o creen que es un "dios inventado", se me ocurre una idea que tendría que probar... Voy al campamento, que necesito a Khumpomisis. Nos reunimos en el punto de los carros de Gelibar en tres o cuatro Râdnies.

Corrió hacia donde Gelibar tenía los doscientos carros y tomó un caballo, para dirigirse al campamento base, donde los niños y civiles estaban entretenidos a cargo de Khumpomisis y Hetesferes.

-¡Faraona!, -dijo Khumpomisis abrazándola- os imaginaba en medio de un combate...

-Y lo estamos, cariño de mi Alma, pero necesito pediros ayuda, porque tengo una idea que no sé muy bien cómo hacerlo. He visto que las lámparas son tan potentes que así como iluminan, también pueden proyectar sobras a gran distancia. Quiero saber si es posible hacer una imagen de Anubis para proyectarla sobre un muro, o sobre las nubes si se nubla, como parece que ocurrirá porque ya casi lo está.

-¡Claro!, -dijo Khumpomisis- igual que las sombras de hacer con las manos, pero en vez de una vela, esas lámparas... Dejadme pensar...

La muchacha buscó un papiro de los más gruesos, una navaja bien afilada, pluma, pinceles y pinturas y comenzó a hacer un dibujo que luego recortó por fuera y en partes internas.

-Dadme una lámpara, Faraona, que os la preparararé y hacemos una prueba. En unos têmposos tendremos una figura cuya sombra se pueda proyectar con la luz. Pegaré con resina sobre el cristal de la lámpara, el dibujo recortado, y luego pintaré el resto, para que se vea la imagen y no el redondel de la lámpara... Luego se podrá quitar todo con agua, así que cuidad que no se moje porque se estropearía...

En un rato de cuidadosa dedicación, quedó hecho el trabajo y probaron la lámpara en el costado de un carro. El efecto era notable e impresionante.

-Y eso que es pleno día y estamos dando la menor intensidad, -dijo Nuptahek- así que cuando la ponga al máximo, se verá eso en las nubes. Si no se nubla bien, podría hacerlo desde un árbol alto, contra un muro interno de la fortaleza. Sois genial, Khumpomisis. Os invitaría al campo de batalla, pero nadie mejor para cuidar a niños y heridos. De todos modos, estas atenta al cielo, porque quizá se vea algo...

Se abrazaron y despidieron y la Faraona regresó a la posición de los carros cerca de la fortaleza, con la lámpara en una bolsa de cuero a prueba de agua. Ya estaban los demás esperándola y tras informarle que habían eliminado medio centenar de hombres enviados de patrulla a los cerros, repasaron la acción, que se llevaría a cabo en cuanto se pusiese el sol. Ya se había nublado por completo y se daba la mejor condición para el truco.

-Podemos hacerlo como lo planeamos, -decía Nuptahek- pero si le cambiamos el orden a las cosas podríamos tener ventaja. Mirad un momento lo que ocurre con la linterna... Bien, veo que os gusta aunque no es muy impresionante de día y sobre el carro. Cuando proyecte la imagen, habrá apenas uno o dos têmposos de distracción general, dependiendo de cómo el viento juegue con la imagen en las nubes. Al mismo tiempo de la proyección, han de sonar los bramidos en una parte del perímetro, sólo los de Naciente y sin abandonar posiciones. Mientras, los que están al otro lado hacen el acercamiento. Tendrán que correr y actuar inmediatamente. Luego hacen sonar los bramidos los de Poniente y los del otro lado corren hacia los muros. Yo haré la proyección desde el promontorio cercano al punto Sur y casi al mismo tiempo Hatshepsut disparará sobre la atalaya de ese lado. Al mismo tiempo, apenas vea la proyección, Omar disparará sobre la atalaya Norte. Si coordinamos bien, eso permitirá el acercamiento con el mínimo riesgo de respuesta. ¿De acuerdo, ideas, opciones...?

-Me parece perfecta la idea, -dijo Gelibar- pero triangulando un poco en relación a la distancia de las nubes, que es de poco menos de dos jaetas, es decir la misma medida del diámetro mayor de la fortaleza, deberéis tener cuidado de que la proyección se alcance a ver desde todo el interior. Vos misma no la veríais muy bien, al estar lejos del perímetro, pero los que queden más directamente bajo ella, sí que la verán pero deformada. Debéis apuntar formando un triángulo con el lado opuesto, o sea apuntando al medio entre los dos cuadrantes de alza, pero tendréis que estar más cerca del muro para que no se alargue demasiado la imagen. Tendréis que haceros invisible para llegar a los arbustos que se encuentran algo más cerca, sin acercaros demasiado para no perder de vista la parte superior de la atalaya. Calculad estar a unos cincuenta pasos del muro...

-Entendido, Amor mío, y espero que las nubes no se dispersen o cambien de altitud por el calor y el viento.

-El efecto puede que no sea fijo, -dijo Hatshepsut- pues variará con el comportamiento de las nubes y el viento, sí, pero estos nublados así no suelen variar de altitud. El viento es mínimo abajo y arriba. Si a la noche se mantiene como ahora el nublado, estará muy oscuro y el fuego de las atalayas también será una ventaja para el acercamiento. Voy a ocuparme de dar las órdenes a los Comandantes, los avisos de la proyección y la coordinación, así Vosotros seguís puliendo detalles.

-De acuerdo, -dijo Nuptahek abrazándola- pero no olvidéis que vais a estar a cerca de mí al comenzar la función, porque además debemos decidir qué hacemos luego, según como resulte todo.

La espera fue larga para todos, pero se empleó bien el tiempo en el ajuste de detalles, como el orden en que se harían los bramidos, a fin de que pareciese una manada infernal de monstruos dispersos con bramidos espontáneos y no como algo organizado y coordinado, aunque era justamente eso, una coordinación perfecta para hacer que parezca en un orden entrópico y natural, incluso haciendo diferencia de distancias, más lejos y más cerca, ya que sólo participarían del ataque directo los portadores de Uás. Al anochecer todo estaba casi óptimo y el nublado en las condiciones esperadas, con un poco de viento en altura arremolinando las nubes, lo que podía resultar mejor o peor, pero no lo sabrían hasta la realización.

Cuando la visibilidad era menor ya poniéndose el sol, Nuptahek hizo por fin la proyección y el efecto fue mejor de lo imaginado. Parecía que Anubis radiaba rayos por los ojos, mientras que el movimiento ondulante que le daban las nubes, acortando espacios en la imagen, unido al leve movimiento del pulso de Nuptahek, daba la sensación de que hablase o bramase.

El sonido de los bramidos, al mismo tiempo que estallaban las dos atalayas, infundió el más profundo terror en el enemigo, que no quitaba ojos del cielo y del incendio en ambos extremos, con lo que los portadores de Uás corrieron hacia el muro en el orden establecido y comenzaron su tarea sin ser percibidos en ningún momento. Si algún soldado desde los muros llegó a ver algo, fue lo último en ver, porque en cinco têmposos fueron aniquiladas cinco patrullas exteriores, todos los centinelas y varias patrullas que andaban sobre la muralla. El pavor infundido por lo visto y oído, con los bramidos sonando durante cinco têmposos más, a medida que los Uás y los demás volvían a cerrar el cerco en sus posiciones, hizo que el fuerte permaneciera en el más absoluto silencio. Desde los puestos Sur y Norte sólo se oía el crepitar de las maderas incendiadas de la atalaya. Nuptahek y Hatshepsut por un lado y Elhamin con Henutsen por el otro, recorrieron el perímetro cerca de la muralla atentos a disparar sus Uás y alumbrando con las lámparas desde abajo.

Nadie había vuelto a subir al muro, ni un centinela asomado. Luego de ir ordenando permanecer atentos en sus puestos a todo el cerco, se reunieron en la posición de los carros para hacer un recuento aproximado de lo conseguido.

-No podemos tener las cifras exactas, -decía el Furriel Ankhceroi- porque se ha hecho un conteo rápido, desde los árboles cercanos y vuestro rodeo del muro, pero entre patrullas externas, las del muro y los centinelas, son seiscientos cuarenta enemigos muertos. Es decir que les queda un total aproximado de tres mil quinientos efectivos en el recinto. No sabemos cuántos han caído en las atalayas, pero había diez o más hombres entre las tres alturas de cada una y seguramente el incendio, que aún perdura y ha crecido, ha afectado a las casas cercanas a ellos, sobre todo en el lado Sur. Entre los nuestros tenemos dos heridos mordidos por serpientes y ambos fuera de peligro; tres heridos en accidentes con los caballos y un muerto por flechazo y posterior caída de un árbol. Fue alcanzado por una flecha enemiga del lado Norte, momentos después de comenzar vuestra proyección. No parece que haya sido visto, sino que han lanzado gran cantidad de andanadas en todas las direcciones, al azar. Seguimos desconociendo el número de esclavos que puedan tener. Los que nos hemos asomado desde los árboles más altos y algunos a los muros, no hemos visto más movimiento que el de tropas intentando apagar algunos fuegos. El resto parece recluido en las casas del Sur que no han ardido, en los barracones del centro del fuerte y unas pocas construcciones en el lado Norte.

-Bien, -dijo Elhamin- están aterrorizados y posiblemente no saldrán en varios días. Pero está por amanecer, hay que vigilar y que nadie se confíe ni pueda ser visto, porque igual habrá asomos. Tiene que seguir toda la tropa invisible, eliminando a cualquiera que se anime a mirar sobre las murallas. Tienen más de la mitad de los muertos en el interior y sobre el muro, así que intentarán sacar los cadáveres al exterior, porque tenían poca madera y ya no les quedará nada.

-Atended, Generales y Comandantes: Queda habilitado el uso de Uás y boleras totalmente ante cualquier enemigo que se deje ver, sea en el muro o en exteriores, pero hay que guardar silencio profundo y esperar en sus sitios con asomos esporádicos. No deben saber aún si lo que tienen afuera es una milicia o monstruos del inframundo. Si salen, hay que dejar que se alejen hasta que depositen los cuerpos y en ese momento se les liquida y aumenta la parva. Que no traigan los caballos de las patrullas liquidadas; tienen agua y pasto en el desvío del arroyo, a cuatro jaetas hacia Naciente y un poco al Sur del fuerte. Que nadie use los bramidos por ningún motivo. Los usaremos sólo unos pocos de modo dosificado. Al prisionero lo seguiremos teniendo y ya veremos que uso le damos, pero aún no lo vamos a entregar.

Después de recorrer el campamento base y comprobar que los niños, heridos y ancianos estaban bien, Nuptahek dijo a Ankemtatis que era necesario mantener guardia por el Norte y Naciente, al menos hasta cinco jaetas del mojón con la forma de Anubis y hacer una expedición por el lado Norte del fuerte, descartando la posibilidad de que hubiese algún camino que no figurarse en los mapas. Luego fue hasta el destacamento de carros de Gelibar y esperó a que todas las órdenes fuesen transmitidas por los que servían la logística al cerco. Pasado el medio día, con el cielo aún densamente nublado, reunió a cincuenta soldados entresacados del cerco y les dio orden de dispersarse en puntos concretos alrededor del fuerte y dentro del bosque, a suficiente distancia para no ser vistos, y hacer sonar los bramidos en un orden predefinido y con unos lapsos concretos. Al terminar la acción, todos debían regresar al punto de los carros y se repetirían los bramidos, también con tiempos calculados a medida que andaban, con lo que para el enemigo resultaría que los monstruos se reunían de ese lado.

-De este modo, -les explicaba- vamos a darles la sensación de que la jauría infernal se retira. Una vez cumplida esa parte, aquí reunidos, seguiremos los berridos según les indique, pero ya nos iremos juntos hasta el campamento base y aún más allá. Quiero que piensen que efectivamente, Anubis y los suyos se van. Les dejaremos tranquilos lo necesario para que se animen a retirar los cadáveres, hagan nuevas guardias en el muro y volveremos diezmarlos cuando sea oportuno. Es un proceso más largo, pero no podemos arriesgarnos a dañar a los pocos esclavos que tengan con ellos. Aún son tres mil quinientos y los aniquilaremos, pero no será a costa de bajas nuestras.

Esperó tres Râdnies hasta que estuviesen en sus puestos los más alejados hacia Naciente, e hizo el primer bramido. Esperó tres têmposos y mientras sonaban los otros tal como se había estipulado, probó con la lámpara sobre las nubes hacia Poniente y al ver que a pesar de la luz diurna, la imagen fantasmagórica de Anubis se veía, menos intensa pero igualmente impresionante, paseó la proyección sobre el fuerte de Norte a Sur una sola vez, durando el espectáculo sólo medio têmposo. Seguramente muchos lo verían, porque se asomarían a los patios tras los primeros bramidos, de modo que el ambiente temeroso se mantendría durante el día. Cuatro Râdnies después, todos los "bramadores" estaban reunidos y Nuptahek iba dándoles órdenes a cada uno, a varios a la vez o a todos juntos, mientras caminaban hacia el campamento base. Luego continuaron hasta el mojón del camino y frente a él hicieron una algarabía total de bramidos, para continuar por el camino del Norte una jaeta más.

-Ya está bien, Hermanos de mi Alma, -dijo a la tropa- el viento nos ha jugado a favor, así que estando a casi diez jaetas, seguro que han escuchado el batifondo del mojón. Pero ahora ha cambiado el viento y no lo oirían desde aquí, así que volvamos. A esperar que se les pase el terror. Seguramente, sin más fantasmagoría ni bramidos hoy ni en la noche, mañana algunos se asomarán por las murallas. Aprovechad a tomar baño en el arroyo, comed bien y a ocupar vuestros puestos en el cerco más tarde. Habéis seguido el plan a la perfección. Seguiremos durmiendo en el lugar que toque y por turnos. Hay que aguantar un poco más, que aunque sea larga la operación, es más segura y con menos riesgos de bajas si lo hacemos así. Volvamos al campamento.

-Si el grupo del General Gelibar nos sigue atendiendo así, -comentó riéndose una soldado- llevándonos la comida, el agua y la cerveza, ya puede durar mucho, que salvo por el silencio obligado y la vigilancia, nos lo tomamos como vacaciones.

-Esta idea de usar a nuestro Amado Anubis, -comentó otro- ha sido realmente genial. He visto huellas de felinos grandes, así que igual se podría hacer lo mismo con Sekhmet.

-Tomo en cuenta vuestra propuesta, -respondió Nuptahek- pero no será ahora. Nos queda de campaña, cuatro veces lo andado hasta aquí, así que no faltará oportunidad…

Al llegar al campamento y preguntar sobre la sensación que habían tenido todos, Khumpomisis abrazó a Nuptahek.

-¡Ha sido "monstruoso", Faraona!, y he visto un momento la imagen proyectada en las nubes... Quedó mejor de lo esperado, pero el escuchar los bramidos acercarse y continuar alejándose, si una no supiese de qué se trata... Bueno, que la imaginación del enemigo estará ahora hirviendo y haciéndoles sufrir... Me da algo de pena.

-Ya podéis ir viendo de hacer algo parecido con Sekhmet, querida artista, que este soldado ha propuesto la idea y en algún momento nos puede hacer falta también su felina presencia...

El resto del día y la siguiente noche transcurrieron en el silencio más sepulcral, roto sólo por el sonido del viento. Los venados, felinos, pájaros y cualquier otro animal, habían desaparecido de la zona, tal como ocurriera con los bramidos la primera vez que los usaron. En todo el día posterior no hubo ningún asomo por el muro, pero sí vieron los que estaban en los árboles más altos, que algunos soldados del fuerte salieron de las casas y barracones, a reunir a los caballos que con el susto se habían escapado y aún rondaban por dentro del fuerte.

-¿Se pudo calcular cuántos animales tienen? -preguntó Nuptahek.

-No con exactitud los caballos, -respondió Ankhceroi- pero rondan los quinientos. Las vacas son trescientas tres y no parecen afectadas por los bramidos. En cambio a los caballos les ha faltado poco para saltar el muro. Desde un árbol del Norte, un soldado vio que cuando empezaron los bramidos, las corridas de los huidos de los corrales hacían estragos entre la tropa que intentaba apaciguarlos. Luego salieron unos cien de los establos rompiendo las cercas y puertas, y pasó lo mismo. Así que al número de muertos hay que sumar un número no determinado de heridos en ese momento, pero aunque sean pocos, sin duda los tienen. Hay una construcción que tiene horno como para fundición de metales y la flecha extraída a nuestro soldado muerto tiene un modelo de punta bastante refinado. Como se ha visto ya, los arcos no son de madera, sino de finas láminas de metal unidas, y son más potentes que los nuestros, a pesar de su menor tamaño.

-Cuando nos hagamos con ese fuerte, -respondió Nuptahek- habrá que ver si podemos usar esa fundición, ver qué gente se queda aquí, porque no podremos dejar esto abandonado ni podemos llevarnos las vacas... Quizá interese a los Slobundans asentarse aquí, al menos una parte de su pueblo, más algunos liberados si prefieren quedarse.

-Habría que dar aviso ahora mismo a Dragomirio, -dijo Hatsheptsut- para no tener que esperar mucho y seguir nuestra marcha.

-Encargaos de ello, -dijo Nuptahek luego de las opiniones favorables de los demás- que vaya uno de los tres Slobundans, el que menos hable nuestro idioma, mas veinte de los liberados que sepan montar y manejar arcos. Que lleven tres caballos cada uno. No necesitan más compañía porque no hay peligro por retaguardia. Aclaradle bien que Dragomirio no debe sentirse en obligación de nada. Cuando lleguen, si quieren hacerse cargo de esto, ya habremos acabado con toda esa mala cría. Si prefieren quedarse donde están, son dueños absolutos de ello y los caballos son un obsequio. Sólo necesitamos que regresen los liberados que quieran regresar, pero que también pueden quedarse con los Slobundans si quieren y los autorizan. Llevad escudos grandes por si os pillan esas tormentas de piedra...

Transcurrieron dos días más, hasta que por fin alguna cabeza se vio asomar por los muros. Luego otras y al atardecer parecía que toda la guardia se había restablecido de modo regular sobre el muro. Los hombres permanecían agachados, no de pie, y no iban patrullas por el muro ni por el exterior. Por la puerta Norte salió un carro con dos carreteros, tirado por cuatro caballos, cargado de cadáveres y rodeado de diez infantes. Otro lo hizo poco después en las mismas condiciones y un tercero medio Râdnie más tarde. Los soldados del cerco se fueron comunicando con leves chasquidos de lengua, tal como les habían estado enseñando los Slobundans, y sin ser vistos ni oídos por los carreteros, les siguieron a lo largo de dos jaetas en dirección Norte, hasta un claro del bosque, con base rocosa donde prepararon gran cantidad de ramas para hacer las hogueras. Los otros se fueron sumando y después llegaron cinco carros más, repletos de cuerpos, cada uno con su guardia de diez infantes que inmediatamente se ponían a reunir ramas y troncos. Les dejaron trabajar armando un total de ocho grandes piras preparadas para la quema. Cuando un explorador confirmó que no salían más carros del fuerte, procedieron a aniquilar con arcos, boleras y Uás a carreteros y soldados en una acción que sólo duró tres têmposos. Posteriormente reunieron muchas más leña, aguantando la fetidez, porque algunos cuerpos ya llevaban tres y cinco días de descompostura, a pesar de que les habían echado cal para disminuir el hedor. Sumaron los noventa cadáveres recientes y encendieron las hogueras con disparos de Uás. Cinco hombres se quedaron a vigilar que los fuegos no se extendieran al bosque, ocho llevaron los carros y caballos hasta el destacamento de Gelibar y el resto volvió a su sitio en el cerco. Al cerrarse la noche sólo se veía desde el destacamento, el fulgor lejano de las hogueras, pero en el fuerte reinaba la quietud.

-¿Opináis que saldrán a buscar a los nuevos desaparecidos? -dijo Nuptahek.

-No esta noche, Faraona, -respondió Elhamin- esa gente sigue con miedo y la desaparición de carros y noventa carreteros e infantes les infundirá un poco más de desesperación, que lamento por los esclavos que tengan ahí. Es curioso que ahora ni los caballos hacen ruido alguno y sólo las vacas son inmunes al miedo del entorno.

-He pedido a Hator por ellas, -dijo Hatshepsut- para que las proteja de lo que no deben padecer. Y parece que me ha oído.

-¿Veis la injusticia, Amados míos, -dijo Permiskaris- que yo no tenga un dios alegórico o un Maestro al cual rogar por nuestros caballos?

-Será que los tratamos tan igual que entre nosotros mismos, -dijo Henutsen riéndose- que a nadie se le ha ocurrido que es un animal. Pero volviendo al tema que nos ocupa, esta nueva desaparición será para ellos otro misterio y ya no llega el agua por ningún arroyo. Quizá se aventuren a buscar agua en este corre aquí, que viene del Norte, pero también podrán ver desde la muralla Sur el agua, que cuando se embalse un poco más el desvío en Naciente, estará corriendo por ese costado Sur, fuera del muro.

-Creo que es momento de una nueva eliminación de centinelas en el muro, -dijo Nuptahek- porque aún se ven las hogueras y no les darán por desaparecidos hasta la madrugada o hasta mañana. Después, quizá no veamos a nadie asomarse, hasta que la sed les pueda…

-Pero antes de eso, -dijo Diva- beberán la sangre de las vacas y los caballos. Una pérdida para nosotros y un alargamiento de la misión.

-Eso, sin contar con la posibilidad de que haya un pozo que no hayamos visto. -agregó Omar- Si la Faraona ordena hacer esta noche la limpieza del muro, si os parece bien me puedo infiltrar después, aniquilar a golpe de Uás a las patrullas que haya por dentro y recorrer el recinto una vez más. Hay partes que no he visto reflejadas en el informe de inspección, como el pequeño campo con construcciones dispersas entre los corrales de las vacas y los establos. Alguna de ellas puede ser una caseta que cubra un pozo.

-Y si estuviera custodiada o no hubiera pozo pero sí gente, -dijo Nuptahek- os hallaríais en un problema. Creo que ahora sólo haremos la barrida del muro apenas anochezca. Esta última noche han doblado la cantidad de centinelas, así que podríamos repetir dentro de un rato la "brama"… Y luego de liquidar a los centinelas, abrimos agujeros en el muro, para que se escapen los caballos fuera del recinto. Aunque luego nos cueste mucho reunirlos. Creo que ellos sólo tienen miedo por contagio emocional, y lejos de los hombres no les asustarían los bramidos. ¿Qué opináis, Permiskaris?

-Los caballos ven y oyen de todo en el plano de Anubis, así que no les asustarían los ruidos, por monstruosos que sean. Me resultó raro que se escaparan por susto, pero ahora entiendo... Claro que estarían mucho mejor fuera, lejos de esos cobardes esclavistas. Y no debéis preocuparos por reunirlos, que no se irán demasiado lejos y tenemos nuestros trucos para eso. Sólo tengo que reunir algunas hierbas que se machacan y largan un aroma muy atractivo para ellos. Además les atraemos enseguida con las ocarinas aunque estén a varias jaetas...

-¡Creía que las usabais por vuestro propio divertimento, como una especie de señal de vuestro gremio! -exclamó Henutsen.

-No, Generala, la ocarina es un instrumento musical ya conocido y usado en todo el mundo, sí, pero en su origen está especialmente diseñada para gustar a los caballos, con ese sonido suave, dulce y ajustado a sus oídos. Hay algunas flautas que también gustan a los equinos, pero ninguna como la ocarina. Claro que también hay que usarla correctamente, porque hasta el caballo menos sensible es un "sibarita" de la música. Incluso los burros se tranquilizan con ella.

-Magnífico, -continuó Nuptahek- resuelto eso, pasamos al plan. En seis Râdnies a partir del momento de definición, estarán informados todos en sus puestos. Vuelven a operar sólo Uás barriendo los muros a la mínima potencia. A tener en cuenta que hay luna muy crecida y tendrán que actuar rápido, sobre todo en los campos de Naciente. Ventaja para ver pero desventaja para ser vistos. Las boleras sólo de apoyo por si alcanzasen a reaccionar. Como no tenemos nubes y proyectar la imagen de Anubis sobre un promontorio puede no causar buen efecto, la señal será mi primer bramido y luego repetido sólo por los de Uás a intervalos al azar, no muy constante. Deben hacer sólo dos agujeros del lado de Naciente y uno por el Norte, que son los sitios más cercanos a corrales y establos, pero esperando que toda la guardia del muro esté liquidada, es decir unos diez têmposos luego del primer bramido, o bien cuando estén seguros de haber acabado a la guardia de esos sectores. Los tres que harán los agujeros serán los Comandantes que coordinen. Esta vez el factor de distracción que fue la proyección en las nubes, no estará presente. Me gustaría que alguien diese una idea al respecto.

-Tengo una idea, -dijo Ankemtatis- que es una explosión en el centro del recinto, pero habría que buscar cómo lanzarla con suficiente fuerza para que llegue a poco más de una jaeta. Si la lanzamos por un lado, cerca de la muralla, no concentraría la atención tan bien y el acercamiento no sería muy seguro. En Karnak y otros sitios tenemos catapultas que llegarían, pero hacer una sólo para eso nos demoraría dos o tres días.

-¿Y hacer una improvisada, con un árbol no demasiado grande, que podamos curvar y soltar? -propuso Diva.

-No sería seguro, -respondió Geonemetis- porque además de no poder calcular la parábola, un descuido y esas cosas explotan entre los que estemos haciendo el experimento. Demasiado inseguro a mi ver, pero otra cosa que puede hacerse, es que aunque demorados, pueden ingresar los carros con algunos infantes... Los que han sido eliminados. Tenemos más de cien ropajes para disfrazarnos de ellos y además de infiltrarnos, podríamos establecer combate interior y hacer algo como detonar una de esas cosas, que Ankemtatis tantas ganas tiene de usar. No bajaríamos de los carros, volveríamos a salir por la puerta, que tendríamos que reventar con un Uás...

-Por ahí la idea me empieza a gustar, -dijo Nuptahek- pero para que mantengan el miedo a lo desconocido y sobrenatural, podríamos hacer que los carreteros e infantes provengan del inframundo... Como si fuesen muertos que se les vuelven en contra. ¿Cómo haríamos eso?

-Para ello tengo una idea, -dijo Encalinetus- aunque me demoraría un rato en preparar los elementos. Habréis visto que las remolachas de vuestra tierra son moradas al sol pero se ven muy como sangre a la luz de la luna. Pues con ellas puedo hacer manchas que parecerán sangre y con algún truco más... Parecerán "muertos vivientes".

-Flechas como en el teatro, -dijo Gelibar- las plumas por detrás y la punta por delante. Las podemos hacer con los hilos de metal, que se acomodan bajo la ropa en las costillas y salen por delante y por detrás.

-Incluso algunos pueden ir sin cabeza, -agregó Espiria- poniendo a los de menor estatura, ropa de hombres muy grandes... Unos palitos en las hombreras y parecerán decapitados.

-Apuntad eso también, -decía Nuptahek al Furriel- pero como iréis con Encalinetus al campamento base a preparar la "sangre", pedid ideas a Khumpomisis y los que están con ella... Aquí tenemos los ocho carros, que volverán al Norte antes de comenzar la operación. Ellos tendrán que entrar al fuerte. Aún con luna los guardias de las puertas no notarán nada raro si se hace todo a tiempo.

Dos Râdnies después llegó Encalinetus con sus preparados y pinceles, con Khumpomisis y Seti, que traía el carro con ropas oberitas y otros objetos. Se llamó a uno cada tres hombres del cerco hasta ser noventa, numerándose para ir sólo esos al destacamento de logística de carros. Se vistieron con la ropas adecuadas, que iban pintando Khumpomisis y Encalinetus con cuidado para dar realismo, incluso manchando algunas caras y manos, mientras Seti armaba cuarenta flechas falsas. Uno de los Slobundans colaboró preparando con resinas, hojas y pintura, unas máscaras que hacía parecer que el portador tuviese sólo media cabeza, o con un lado faltante, y con resinas y palos fabricó unas espadas falsas, que acomodadas entre las ropas parecía al igual que las flechas, atravesando el cuerpo desde el pecho hasta la espalda. Un Rádnie después, ya expuestos a la luz lunar, el grupo era realmente horripilante, como venido del inframundo. Esa parte de la operación sería guiada por Hatshepsut, con ayuda de Shorinet, Encalinetus y tres Fenhygios, que dominaban el idioma del enemigo. Los cinco dirían pocas palabras, pidiendo abrir las puertas con celeridad, para que no se fijasen aún en sus manchas y demás detalles, y marcharon con las consignas y tiempos establecidos, llegando en dos Râdnies a la puerta Norte. Hatshepsut gritó en idioma oberita, impostando la voz para que pareciese masculina y simulando ser un herido o algo así.

-¡Abrid las puertas! ¿Qué esperáis para abrir las puertas?

-¡Vamos, rápido, -gritó un Fenhygio- que tenemos miedo!

-¡Si no abrís pronto vais a conocer el inframundo! -dijo Shorinet.

En cuanto les escucharon abrieron las puertas y los carreteros habían echado algo de pintura de remolacha en cada caballo, con lo que al entrar, se vieron "ensangrentados" también ellos. Los ocho carros, con doce hombres en cada uno, abriéndose cuatro para cada lado y repartiendo flechazos tan inesperadamente, así como los conductores disparando con los Uás contra la tropa enemiga que les veía con terror, recorrieron raudamente el interior junto al muro Norte. Fueron eliminando a los que salían de los barracones, aunque no parecían muchos, porque los gritos del grupo, unido a algunos disparos de Uás con buena potencia, contra partes de la muralla, aumentaron el terror general. Mientras esto ocurría, Ankemtatis corrió con su carro al centro del recinto. Allí quitó el seguro de metal de un explosivo y lo lanzó contra un grupo que arremetía contra ellos. Nadie pareció darse cuenta de nada, el aparato no estalló medio têmposo después y con ello empezaron los bramidos, causando más desazón y terror. Eso dio tiempo a Ankemtatis para dar un corto rodeo a una construcción, romper las tranqueras de los corrales y establos para luego correr al galope hacia la puerta Norte, que Hatshepsut y Geonemetis acababan de destruir con sus Uás. Ese jaleo dentro del recinto, donde se fue dejando fuera de combate a cuantos soldados salían, confundidos y sin esperar un ataque de sus supuestos propios compañeros, hizo también que en las murallas reinara la distracción, bien aprovechada por todos los Uás, que dejaron inermes a otro centenar de centinelas. Cuando todo volvió a quedar en aparente calma por un instante, tres puntos del muro se derrumbaron con los Uás según lo planeado y los caballos comenzaron a huir hacia el exterior. Los ocho carros se mantuvieron a la espera a una jaeta hacia el Norte, por si se decidía alguna otra acción.

-Los supervivientes del ataque, -dijo Ankemtatis largo rato después- han visto el cuadro más horrible de sus vidas, aunque no hemos dejado muchos en el sector Norte. Creo que si se les sigue este juego macabro se van a volver locos. Pero me temo que sus esclavos también estarán sufriendo lo indecible.

-No lo sé, no podemos saberlo, -dijo Shorinet- pero cualquier cosa indeseable que les ocurra a los esclavistas, aparte de tenerlo merecido debe sembrar una esperanza en los esclavos. Sé por mi experiencia propia lo que se siente, tanto cuando era esclavo del supuesto Faraón, como cuando estaba corriendo riesgos en el laberinto... Ahora que sé todo tal como es, también puedo ponerme en el lugar de los esclavos que están ahí. Ninguno fue dañado por lo sobrenatural de afuera, sino sólo por sus captores y tendrán más esperanzas que miedo...

-Os comprendo, -dijo Geonemetis- vuestro sentir es algo que nunca hemos vivido nosotros, pero no podemos dejar de pensar en que esa gente también puede estar pasando miedo. Lo sobrenatural no es algo selectivo y si no hay muertos o heridos es porque no les han obligado a combatir. Pero sí, intentando ponerme en lugar de los esclavos quizá pensaría que lo que sea que liquida a las tropas, no va contra ellos.

-¡Silencio!, -exclamó un Fenhygio en voz baja- escucho voces...

-Sí, -dijo Shorinet- pero hablan como los Swideraj. No entiendo lo que dicen, pero vienen con prisa...

-Abríos, en abanico a cinco pasos entre cada uno, -dijo Ankemtatis- les vamos a interceptar. Si están armados y reaccionan, disparad a matar, pero si deponen las armas alguien tendrá que hablarles.

-Yo, -dijo un Carpatian- mi pueblo de origen es norteño y hablamos casi como ellos, están hablando de fantasmas y de qué camino tomar... Otro ha dicho que era mejor quedarse donde estaban. Creo que son esclavos que han huido.

Momentos más tarde, un grupo de más de trescientos hombres sin armas, era detenido por Ankemtatis cuando entraban en la parte más espesa y oscura del bosque, y el Carpatian habló en su idioma.

-Atended, Swideraj, soy Carpatian y me llamo Povolov, no tengáis miedo. Era esclavo como Vosotros, pero ahora soy soldado del ejército de Ankh em-Ptah, en misión de eliminación de esclavistas y liberación de nuestros pueblos. Este es Ankemtatis y ella es Hatshepsut, unos de los Generales, y hay muchos otros de vuestro pueblo con nosotros, recientemente liberados.

-¡Mi esposo fue llevado con un grupo grande a otra parte!

-Quizá esté entre ellos, aunque también murieron muchos en el camino. Luego sabréis si ha sobrevivido, -respondió Povolov- pero no os hagáis ilusiones. Sólo debéis saber que dejáis de ser esclavos, que se os alimentará y cuidará pero sois libres nuevamente. Contadnos qué ha sucedido ahí dentro...

-Hemos escapado, pero vimos fantasmas en el cielo y gente muerta que acaba de... ¡¿Sois Vosotros los muertos?! ¡Que los dioses nos perdonen y ayuden!... -decía un hombre aterrorizado al verles mejor.

-No, sólo son disfraces, -dijo Povolov quitándose la chaqueta y la flecha falsa- y con ellos hemos engañado a los oberitas. Son trucos de guerra, igual que el fantasma del cielo. Quedaos tranquilos. Imagino que aún queda gente vuestra en la fortaleza...

-Ninguno, -dijo una mujer- nos reunimos todos aprovechando que en la confusión de estos días nos dejaron de atender y vigilar. Creímos que al producirse los agujeros en el muro, era el momento oportuno.

Explicó a Ankemtatis lo hablado y la gente, ya más relajada fue conducida por Povolov hacia el destacamento por el camino más alejado posible de la fortaleza. Había sólo unos pocos niños, pero sí desde jóvenes hasta ancianos, que lloraban por las emociones, entre el miedo sufrido y la felicidad de que alguien les liberase. Pero el grupo fantasmagórico tuvo que lamentar dos muertos en los carros, que habían permanecido sin ser detectados por sus compañeros hasta que se marcharon los liberados. Geonemetis también tenía en el cuerpo una flecha que no era de truco, pero no había dicho nada. Un soldado se dio cuenta y una mujer le atendió, extrayendo el proyectil, que al parecer no le había dañado nada vital. Mientras uno de los carros se alejaba llevándolo al destacamento de Gelibar, siguiendo a los liberados, Omar explicaba a los otros:

-Aproveché la confusión y con algunos soldados revisamos si había pozo en el recinto y efectivamente, hay uno, pero lancé una piedra y golpeó en seco. Es muy profundo y no tiene agua. Quizá se llenaba cuando llegaban hasta aquí los arroyos o con la lluvia. Ahora, nada. Estos dos muertos han recibido los flechazos en esa acción nuestra.

-Bien, -dijo Hatshepsut- sus Almas volverán y sin duda lo harán para repetir si fuese necesario, la misión liberadora. ¡Honor y gratitud para ellos!... Volvamos a los carros y preparémonos, porque lo mejor es que ahora sabemos que no hay esclavos dentro y podemos entrar a batalla directa. Vamos a quedarnos aquí y esperar indicaciones mientras hacemos una hoguera para estos amados de Ptah. Estos camaradas nuestros no compartirán hoguera con los esclavistas...

Al amanecer llegó el Furriel Ankhceroi con las órdenes:

-He visto vuestra acción desde un árbol del Sur. ¡Magistral!, y ahora están los liberados en el campamento, casi en situación de fiesta, con lamentos de pérdidas y alegrías de reencuentros. Geonemetis está fuera de peligro aunque no combatirá por muchos días... Dice la

Faraona que al medio día comienza otro concierto de bramidos e inmediatamente entra todo nuestro ejército a barrer el interior. No se hacen prisioneros ni para interrogatorio, porque los liberados saben bastante. Entraréis con Uás y boleras demoliendo gente y todo lo que haya que demoler, incluso con incendios a fin de evitar bajas propias, y cuidando de no disparar lejos para evitar tiros cruzados.

Tal como se ordenó, los setecientos Uás en cabecera hicieron su barrido y el resto de apoyo, tanto boleras como arcos desde los muros y otros ingresando por portales y derrumbes, convirtieron el recinto en una carnicería en menos de un Râdnie. Con un total de nueve bajas propias y tres mil cuatrocientos enemigos muertos, se dedicaron tres días a hacer hogueras y exequias, en las zonas más abiertas y alejadas del fuerte. Determinaron que no era posible seguir la campaña llevando a tanta gente sin preparación militar, con niños, ancianos y varias mujeres embarazadas, de modo que Nuptahek les reunió a todos y mediante las traductores, les dijo:

-Es una campaña larga y peligrosa, pero aquí tenéis abundantes recursos, sois libres, los esclavistas se apoderaron de este lugar por ello y ahora ya no están. Si seguimos con los mismos resultados hacia el Norte y luego rodeamos las montañas de la región, no quedará ni uno para molestaros. Hay otras comunidades cercanas que quizá os puedan ayudar. Vosotros sois agricultores y ganaderos, os quedan aquí trescientas vacas, muchos caballos y campos muy fértiles que habéis trabajado como esclavos. Ahora lo podéis hacer como libres...

-Tenemos visitas, Faraona, -decía un mensajero de la guardia de Poniente- viene el jefe de los Slobundans con sesenta jinetes.

Tras los abrazos, recuento de resultados y felicitaciones por la misión cumplida, Dragomirio dijo que su pueblo podía hacerse cargo del sitio, dejando en su anterior poblado un destacamento como barrera, pero que con tanta gente que se incorporaba, estarían más seguros y felices de crear en el fuerte un nuevo espacio para la vida en libertad. El nuevo poblado fue llamado "Fuerte Anubis".

-No sabíamos montar a caballo, por eso tardamos un poco. Los que saben nos tuvieron que enseñar. Y veo que hay aquí muchos...

-Sí, -dijo Nuptahek- y unos quinientos pueden quedarse aquí. El resto los ocuparemos para la campaña. Se irán reproduciendo, así que quedará con Vosotros una moza ecuestre, discípula del mayor experto nuestro. Si precisáis más gente, disponemos algunos más...

-No es necesario, Faraona. Nosotros somos guerreros, agricultores precarios y cazadores. Toda esta gente sabe de eso y nos enseñará, mientras que nosotros les enseñaremos a defenderse.

Tras siete días de merecido descanso y divertimentos junto con la casi totalidad de los Slobundans que llegaron dos días después, era momento de reiniciar el viaje del ejército. Entre los liberados que rogaron ser incorporados como soldados regulares, aunque tuvieran que hacer su instrucción en viaje, sumada al contingente anterior, formaron en la explanada mayor del fuerte catorce mil ochocientos tres hombres, con la Plana Mayor incluida y diez Slobundans que fueron autorizados por Dragomirio para colaborar en toda la campaña.

-A los nuevos soldados de Ankh em-Ptah, -decía Elhamin- les doy las gracias por compartir nuestros ideales. No sólo vivimos como seres libres, sino que nuestro espíritu nos impele a luchar contra toda forma de esclavitud, porque sabemos que si no lo hiciéramos, más tarde o más temprano el esclavista invadiría el mundo, porque sus ambiciones no tienen límites. Su dios, Seth, les dice que todo el mundo será de ellos y todos los demás pueblos serán sus esclavos. Pero Ptah, que es la Esencia Divina creadora del Universo y está dentro de nosotros más cerca que nuestro propio aliento, nos dice que eso jamás será así, porque cada uno de nosotros es libre. Hasta nuestros caballos son tratados según su naturaleza, pero en interacción con nosotros, no como esclavos; respetados tanto como uno cualquiera de nosotros, mimados, acariciados, amados... Al igual que los Slobundans y todos los pueblos libres, preferimos morir antes que estar un día esclavos. Eso es algo que deben aprender los recién liberados y para ello se quedan aquí con estos Hermanos de Alma. Ahora os habla nuestra Faraona, ante la que ya veis que nadie ha de ponerse de rodillas...

-Digo lo mismo que el General, -siguió Nuptahek- pero agrego que apenas hemos andado la quinta parte de nuestra campaña. Ya son miles los liberados y os daremos las instrucciones para comunicaros con los otros fuertes del Sur, con los Fenhygios y con todos los demás pueblos. Ya os hemos dicho cómo debe ser la organización social, que es en forma de Consilios o Asambleas, con respeto al liderazgo natural pero sin creer que el líder es infalible, para que no haya divisiones ni tiranías. Os dejamos con un líder de verdad, pero seréis Vosotros los que lo refrendaréis o elegiréis a otro. Haced que vuestros niños jamás puedan caer en la esclavitud, no dejéis que padezcan lo que Vosotros habéis tenido que padecer como esclavos por falta de dignidad. Los que nos marchamos, os comunicaremos los resultados al final de la campaña, para lo que pasarán aún muchos meses.

Al alba del día siguiente iniciaron el viaje un total de seiscientos once carros, con más caballos y una provista aumentada con los preparados locales, abundantes en miel, verduras y carnes cocidas en ánforas rellenas de aceite de oliva, frutos del bosque cocinados y embebidos en miel, frutos y verduras disecadas al sol. Se estimaba que la siguiente etapa era de unas trescientos cincuenta jaetas y las opciones de ruta eran varias, pero se definirían cuando estuviesen en camino. Volvieron al sendero hasta el mojón de Anubis, pero en vez de ir al Norte, siguieron hacia Poniente buscando ir por los terrenos bajos en vez que por el camino de montaña más corto, pero adecuado sólo para infantería y caballería, no para los carros.

CAPÍTULO ∩⫶⫶
EL RÍO DE ANUBIS y EL ERMITAÑO

A medio día llegaron por fin a un camino que constaba en los mapas como posible sendero, pero era ancho, sólo con algunos tramos embarrados que se iban arreglando y permitía en varias partes, que los carros fuesen en columna de a dos, pero un grupo iba por turnos, quitando grandes arbustos a golpe de hacha, colocando las ramas sobre los lodazales para que las ruedas no se hundan. Los exploradores iban a dos jaetas delante, en abanico a punto de vista y la Plana Mayor a la cabeza de la caravana, con los Comandantes en recorrido a caballo, hacia vanguardia y retaguardia.

-Es evidente, -decía Geonemetis bien repuesto del flechazo- que hace más de cinco años que ningún carro transita este camino y eso es llamativo. A este ritmo no haremos ni veinte jaetas por día.

-Pero por lo explorado al Norte del mojón Anubis, -dijo Ankemtatis- si hubiésemos seguido por ahí, no haríamos ni eso, con roquedales sin agua, poco bosque alto, nada de sombra y algunos pasos estrechos. Los carros oberitas han pasado porque son más pequeños y de no más de tres codos de ancho. Como fabricados para esa ruta y tirados más por esclavos que por caballos. Además, el puente que figura en los mapas, es demasiado estrecho y no pasarían nuestros carros.

-Según me dice un soldado nuevo, de los liberados Swideraj, -dijo Unitis que acababa de recorrer la caravana- éste es el mejor camino, aunque no sabe si el río que hay a sesenta jaetas de aquí, aún tiene el puente que había hace muchos años. Pero en cualquier caso, el que dice Ankemtatis no serviría porque es peligroso hasta para cruzarlo los infantes y del grupo que liquidamos venían cinco jinetes menos que cayeron en ese puente, según dijeron los que vinieron por ahí.

-¿Sesenta jaetas hasta ese punto? -dijo Hetesferes- Según el mapa son menos de cuarenta... Pero claro, están marcadas las distancias muy rectas, mientras que en la realidad el camino es culebrero y ellos lo conocen mejor. Y llegar hasta el puente quizá sea mucho más...

Tres días después llegaron a un promontorio desde donde se divisaba una línea de vegetación más intensa y mientras enviaban a los exploradores, revisaron nuevamente detalles de los mapas.

-Creo con casi seguridad, -dijo Hetesferes- que esa foresta está a la vera del río que figura en este mapa Grakio como *Istros* y los Swideraj le llaman *Danuris*, pero los Carpatians le llaman *De Anubis* y los Fenhygios le llaman así y a veces le llaman *Dardanus* en homenaje a su héroe histórico. Me decía el Edecán de Oklafeb que es uno de los ríos más largos conocidos, con más de dos mil ochocientas jaetas y es navegable en muchos tramos, pero hay pocas referencias de puentes.

-Quizá podemos resolverlo, -dijo Maturinheb, el esposo de Espiria, que ya era Comandante, ayudante de Seti, que junto con Meringeteb, estaba a cargo de la ingeniería y los caminos- no falta madera, sobra cuerda de todo tamaño y tenemos diez carros de pontones. Así que no os preocupéis por ese asunto. Sólo hay que encontrar un lugar adecuado para armar un puente bueno, que incluso lo podemos hacer retráctil o dejarlo fijo.

-Hay buena madera en estos bosques, -dijo Meringeteb- y aunque hemos tardado tres días más al tener que abrir camino, ahora son menos de dos días hasta el Fuerte Anubis. A caballo sólo un día forzando un poco la marcha. Así que un puente fijo sería lo ideal. Pero hay que tener en cuenta que en las partes más estrechas habrá casi una jaeta y tardaríamos meses en hacer un buen puente.

-Entonces, -respondió Maturinheb- habrá que aplicar lo que he aprendido con Merensob. Puedo construir un barco en cinco días, ya que sólo sería para servicio de cruce, y en el mismo tiempo varios más, si se pone a trabajar a todo el personal.

Al día siguiente comenzaron los trabajos, que consistieron en el corte de maderas adecuadas para construir grandes balsas, mientras otros hacían un dique parcial en la vera del río para servir de astillero, colocando rocas de un promontorio cercano. Con todo el personal trabajando, antes de la noche estaba listo el astillero y se contaba con la mitad de los troncos para hacer diez balsas, para transportar cuatro carros cada una. Al día siguiente, mientras se traían más troncos, Maturinheb comenzó a dirigir la unión de los troncos, formando las balsas como cajas rectangulares con una proa en punta. Cuatro días después de iniciado el trabajo, estaban las diez balsas preparadas y uno de los mejores remeros se encargó de llevar una cuerda hasta el otro lado del río con un bote. La corriente le llevaba, pero entre su habilidad y fuerza con los remos, además de la cuerda pasante que iban dándole desde la orilla, en poco más de un Râdnie estaba al otro lado, atando la soga a unas rocas firmes. Usando dicha soga y su piola menor, se cruzaron cuatro más, de modo que pudieran cruzar cinco balsas a la vez, mientras se preparaban las otras cinco.

La primera balsa sólo tripulada por Maturinheb y Meringeteb con cinco remeros para comprobar la seguridad, fue atada a la pasante con otra cuerda con una roldana y un aro metálico en su extremo, de modo que podía correr y avanzar sin atascarse. La tarea fue difícil al principio, porque la corriente era rápida y en vez de usar los remos tuvieron que usar pértigas muy largas para alcanzar el fondo y empujar mejor la barcaza. Luego se hizo un ensayo con una barca con cuatro carros, su respectivo par de caballos y los mejores nadadores para el caso de caídas u otros problemas, pero todo funcionó según lo esperado y al final del día se había cruzado a un centenar de carros. Durante el día siguiente, ya sin ensayos y con más habilidad práctica, se cruzaron otros doscientos, y trescientos once durante los dos días siguientes.

-Ocho días para cruzar todo, -decía Elhamin- y nos queda decidir qué haremos con estas balsas. No creo que anden oberitas por aquí y tampoco regresaremos por este camino, pero podríamos esconderlas y enviar mensaje a Dragomirio para que sepa dónde están.

-Un mensajero llegará al Fuerte Anubis, -decía Nuptahek- pero no podemos esperarle y no podrá cruzar solo, así que puede volver por el camino de las montañas y encontrarnos más adelante, en la aldea Simeria, donde se unen los caminos, a cincuenta jaetas de nuestro destino. De paso vendrá bien una exploración de ese camino, así que irán diez jinetes con boleras. Dos llevarán Uás y si hallan patrullas enemigas, ya saben qué hacer, siempre que no sean demasiados.

-Si no tenéis inconveniente, me ofrezco a ello, -dijo Aknotubis- y si Permiskaris me elige buenos caballos, yo elijo a mis compañeros. Me llevo a dos Swideraj, dos Fenhygios y un Slobundan, que con ese personal cubro las necesidades idiomáticas y conocimiento de la ruta. De los otros cuatro, al menos un Comandante, como responsable del pelotón y con más experiencia bélica que yo.

-No habéis dejado ningún detalle para indicaros, -dijo Nuptahek- así que en cuanto Elhamin determine dónde se dejan las balsas, vais al Fuerte. ¿Cuántas roldanas de esas de las cuerdas tenemos, Seti?

-Ochenta, Faraona. Podemos dejar algunos en las cuerdas, porque ellos aún no tienen fundición de metales y además tenemos el doble de cuerda de la ya utilizada.

-Bien, -dijo Nuptahek- pero sacad las roldanas de las sogas y que Aknotubis se las lleve a Dragomirio. Que si algún enemigo encuentra las balsas, al menos no tenga todo servido. No sé para qué vendrían por esta zona los del Fuerte, pero hay allí bastante gente que en algún momento querrá enviar noticias a los pueblos de los cuales fueron secuestrados. Y en ese caso no saldrían en solitario y sin carros. Atended bien, Aknotubis, Vosotros vais a llegar por el camino de la montaña, antes que nosotros hasta Simeria, pero no os aventuréis más allá y ya en ese punto, haceos invisibles para el enemigo si ronda esa región. Si acaso los hubiera, dais un rodeo para buscarnos e informarnos. Como Comandante a cargo irá Maturineb, pero también Ligustek, que con la experiencia de esos dos, iréis muy seguros. Que elija Ligusteka los dos soldados que faltan.

Las balsas fueron arrastradas fuera del agua y escondidas en un pequeño claro de base pétrea, rodeado de abundante vegetación espinosa que luego crecería de nuevo cubriendo la entrada al lugar.

-Aquí estarán asoleadas, -dijo Elhamin- sin riesgo de que llegue el agua y es donde menos miraría cualquier explorador. Las cuerdas quedan en este arcón con algo de sal y tierra azul, para que no las afecten insectos y no se pudran, al menos por un par de años.

-Excelente, General, partimos ahora mismo, -dijo Aknotubis- nos vemos en Simeria.

Al día siguiente muy temprano se reinició el viaje y casi a la noche acamparon en un prado a orillas de un arroyo. Habían recorrido poco más de cuarenta y cinco jaetas por un camino bastante bueno, con menos vegetación densa que en el tramo anterior pero igualmente abandonado. Los exploradores revisaron el entorno hasta tres jaetas y uno de ellos percibió un olor extraño y agradable que podría ser de humo. Alertando a otros cuatro, se reunieron e hicieron un meticuloso y silencioso barrido de la zona ya casi de noche. Observaron al pie de un pequeño farallón de un promontorio, una tenue luz.

-Soy de los invisibles, -dijo una mujer en voz muy baja- dejadme que llegue sola hasta allí. Parece el resplandor de una hoguera.

Rato después regresó y comentó que sólo había un hombre en un socavón profundo, pero era preferible comunicar a la plana mayor, antes de contactar, por si dentro de la cueva hubiese más gente. De modo que indicó quedarse en el lugar y regresó luego con Hatshepsut, Nuptahek, Ankemtatis y diez hombres más. Nuptahek pidió quedarse para acercarse ella sola, luego de que los otros confirmaran que no había nadie en un radio exterior de al menos una jaeta. Al llegar al farallón y entrar en la cueva, el hombre que se encontraba frente a una hoguera donde asaba un conejo, silbaba una melodía y al ver aparecer a Nuptahek, tomó una lanza y permaneció en actitud defensiva. Su cabello negro era muy largo, al igual que su barba que llegaba a mitad del pecho y vestía con ropas bien hechas de cuero de venado.

-No temáis nada, -dijo Nuptahek suavemente- no vengo a dañaros. ¿Entendéis mi idioma?

-¡Claro... Sí... que lo entiendo...! No es mi idioma de infancia pero lo aprendí hace mucho y a veces lo practico con algún viajero de los pocos Carpatians que andan por aquí. Aunque ahora hace muchos años que no viene nadie. ¿De dónde venís?, ¡Hace años que no hablo con nadie! Y me asombro de recordar, porque si no practicase todos los días, me volvería mudo. ¿De verdad estoy viendo una bella mujer o es el humo de la salvia que me ha traído un espectro nuevo?

-Vengo de Ankh em-Ptah. Soy la Faraona. Y no os engaña ese humo. Como veis, dejo aquí mis armas. Sólo deseo conversar un poco y si puedo seros útil en algo... Aunque veo que aquí estáis muy bien, con esta cueva limpia, ordenada y cómoda... ¿Vivís con alguien más?

-Vivo solo desde hace unos... treinta años. -dijo el hombre dejando la lanza a un costado- Tuve... como otra vida, antes, hace mucho... ¿De verdad sois Faraona?, perdonad que no os crea, pero una mujer sola en medio de estos bosques... Y la tierra de los Faraones está demasiado lejos... No, no sois nadie... ¡Este humo de salvia es fuerte!

-No soy producto de vuestra imaginación ni estoy sola. Hay muchos de los míos afuera. Pero podéis estar tranquilo, nadie tiene intención de haceros daño. Un explorador ha visto el resplandor de la hoguera.

-¿Y qué hacéis tan lejos de la tierra del Nilo? ¿O queréis engañarme como ya lo estuve hace tanto tiempo? ¡Aquí sólo hay falsos Faraones! Y yo soy ya bastante sabio, no os serviré de esclavo ni soy ya de los vuestros. Creo que deberíais iros a otro lugar con vuestro maldito y falso dios, y si queréis matarme podéis hacerlo ya mismo, pero moriré libre y seré libre en el ámbito de los espectros. Y si un espectro me quiere esclavo le meteré un espectral palo por...

-¡Os he dicho que no voy a haceros daño...! Esperad que llame a los míos y seguimos conversando.

Nuptahek salió de la cueva y con un silbido llamó a los demás, que se presentaron en el sitio en un momento.

-Estos son algunos de los míos. Hemos venido miles, pero podéis contarnos lo que me decíais... ¿Qué ya no pertenecéis a quién?

-Ya no pertenezco a vuestra casta ni a ninguna. Encontré la Esencia Divina que hay en todos los Seres y las cosas de todo el mundo. Y ya hace como ochenta años que dejé de tener esclavos o contribuir con los que los tienen. Así que tampoco seré esclavo vuestro.

-¿Es que sois oberita? -preguntó Ankemtatis.

-¡Lo era!. Pero aún siento vergüenza de ello cuando cada día me presento ante el Dios de Todos los Seres y Cosas. Durante veinte años fui creyente en esa idea de que debe haber una casta que tiene esclavos y el resto del mundo ha de obedecer en nombre de Seth...

-¡Os ruego, contadnos más!, -dijo Hatshepsut tras el largo silencio que hizo el hombre mirando a todos- que es importante lo que estáis diciendo, porque nunca hemos escuchado a un oberita que piense de esa manera. Si nos contáis vuestra vida, os escuchamos con gratitud.

-Se me va a quemar el conejo y tampoco me gusta frío. Tendréis que esperar a que cene, si es que me dejáis vivir para ello, aunque sea mi última cena.

-Os propongo algo mejor, -dijo Nuptahek- nos acompañáis a nuestro campamento, traéis ese conejo o lo dejáis para mañana y ahora cenamos todos juntos. Que tenemos mucha comida para compartir, pero hay otros que estarán preocupados si no volvemos enseguida. Estamos a menos de tres jaetas. Y os repito que nadie pretende haceros daño. Os invito de corazón, en nombre del Verdadero Dios, que para nosotros es ese ante el cual os soléis presentar cada día.

El hombre pensó un momento y decidió que no era mala idea conocer a los que habían llegado. Dejó el conejo dentro de un hueco en una repisa de piedra, lo tapó con una lasca y salió con los demás. Por el camino aún mantenía la duda de que estuviera viviendo una realidad, o algo creado por el humo de una planta que dijo usar algunas veces para ver asuntos de otro mundo. Reunida la Plana Mayor con el hombre, que dijo llamarse Daniur, le invitaron a sentarse con ellos y mientras compartían carne de ciervo, verduras asadas y otros manjares, explicó que su padre era jefe de una colonia oberita en una tierra muy lejana, pero lo trasladaron a la región de las altas montañas a doce días a caballo hacia el Norte.

-...Yo aún era un bebé, -contaba Daniur- entonces mi madre y yo fuimos traídos con él, aunque sólo los jefes tenían la prerrogativa de llevar a sus familias a las guarniciones militares. Luego no lo permitían más, pero ya vivíamos allí, en Plesostrebe, un bello lugar al pie de montañas que parte del año quedan blancas de nieve. Crecí con una educación buena, aprendiendo a hablar, leer y escribir varios idiomas, recibiendo instrucción militar, siempre bajo la terrible mirada de Seth, pero con la creencia de haber sido elegido por él, como todo ese pueblo, para cumplir la misión de recuperar para su gloria, todas las tierras del mundo, que -siempre según él- le pertenecen y le habían sido quitadas por otros dioses hacía más tiempo que lo podíamos saber. A cambio de eso, todos los pueblos del mundo, adoradores de otros dioses, deben quedar como esclavos de nuestro pueblo. Pero yo muchas veces pedí a Seth que me permitiera estar delante de él, porque algo en mi psique me decía que sólo teníamos estatuas de Seth y leyendas, pero nadie le había visto ni nadie recordaba a alguien que le hubiese visto. Cuando estaba por cumplir veinte años le invoqué con toda la fuerza de mi corazón, con la entrega total, rogando que apareciese, para preguntarle unas cuantas cosas que no acababa de comprender. No se presentó. Al día siguiente volví a hacerlo, pero no con entrega, sino exigiéndole que se presente, hasta insultándolo, provocándolo para que me atienda... Y nada, desde la mañana temprano hasta la noche. Así que dejé de ser creyente ese día y al comunicarlo a mi padre, me golpeó y tuve que defenderme. Lo herí sin mucho daño, tomé un caballo y me marché. En la puerta del fuerte tiré los primeros galones militares que había ganado y decidí emprender el camino del Norte, para llegar lo más lejos posible. Sin embargo quería permanecer cerca de mi madre, así que no me alejé demasiado y un día volví ya muy barbudo, como ahora, para verla y decirle que la amaba a pesar de no creer en su dios. Me descuidé y alguien me reconoció, me prendieron y estuve preso durante muchos días, hasta que pude engañar a un guardia con algo que supuestamente tenía entre las ropas. Lo maté, huí y ya no volví a acercarme. Fui por varios lugares y me encontré con que mi pueblo estaba sometiendo a esclavitud a la gente de todas las aldeas que encontraba a su paso. Una noche, escondido en una caverna, mientras curtía pieles porque mis ropas ya se estaban deshaciendo, entré en un estado... No sé cómo decirlo... Me encontré conmigo, con mi propia esencia, y ella me condujo a pensar en el mundo todo, y eso me llevó a pensar que si hay otros dioses que hacen que la gente sea libre, aquel dios esclavista no podía ser nada bueno. Y ahora creo que no hay ningún dios de esos, ni que hagan a los hombres libres ni que los hagan esclavos, sino sólo un Dios, uno que creó el mundo, que está dentro de mí, dentro de todos, dentro de este ciervo, aunque me sirva ahora de alimento... Dentro de Vosotros, aunque aún no sé bien quiénes sois, ni cuales son vuestras intenciones. Entonces esa forma de comprender el mundo, me convirtió en un hombre feliz y hasta me gustaría poder compartir esa felicidad con todos, pero parece que eso no es posible. Quizá cada uno tenga que encontrarse a sí mismo como me ocurrió a mí... Bueno, no sé, por vuestros rostros, si no sois una ilusión creada por la salvia, podría creer que os he compartido algo bueno y lo estáis entendiendo...

-Os entendemos, Daniur, -dijo Nuptahek extrayendo y mostrándole una figurilla de madera que le había regalado un soldado- pero no porque nos digáis algo nuevo, sino porque nosotros amamos a Ptah, el Dios de Todas las Cosas, de todo el Universo, que representamos como un niño bebé porque siempre está naciendo en todos los Seres, con el Heka, el Nejej, el Ankh, el Uás y el Jed, que son los atributos de poder porque Él los tiene todos... Con un gorro de nadador azul, porque está siempre en las Aguas Primordiales, que representa el Espíritu de la Creación Eterna, y aunque es un bebé, tiene barba larga porque es anciano, es tan anciano como el tiempo, porque es Eterno.

-Estoy... Sorprendido, casi más feliz de costumbre, porque todo eso lo he pensado, es lo que siento cuando me presento ante Él... También un día le pedí que se me presente, como había hecho con Seth, pero aunque no se presentó un individuo, vi un brillo diferente en el cuero que estaba frotando y curtiendo, en el fuego que me alumbraba y en las piedras de la cueva... Salí y bajo la luna el brillo de los árboles era increíblemente bello... Un gamo se acercó a mí manso y tranquilo, un cuervo enorme se posó sobre mi hombro y me dijo que el Dios que estoy buscando no tiene aspecto de hombre, sino que es la totalidad del mundo y de las estrellas, pero que lo encontraría dentro de mí mismo cada vez que quisiera porque Él está en lo más grande y en lo más pequeño; que lo sabe todo porque está en la psique de todo Ser y lo puede todo porque cualquier medida de poder que usemos, aunque sea para levantar una piedra, es Su Poder el que usamos porque no hay poder alguno fuera de Él, ni espacio fuera de Él porque también es Él mismo, el espacio y el tiempo. Creí que me iba a volver loco, pero aquel cuervo me tranquilizó y me dijo que de algún modo, mi pedido había sido respondido, pero no necesitaba creer en ese Dios, sino vivirlo, sentirlo, pensarlo... Y que cuando amamos al alguien o a algo, estamos amándole a Él, con el Amor que le pertenece tanto como a nosotros, pero cuando odiamos, estamos usando mal su Amor y entonces empecé a comprender que Él es la existencia misma, que tiene sus Leyes y que sólo debemos pensar en Él para que nos guíe y nos diga lo que está bien y lo que no está bien... Aún me quedan unas cuántas cosas por entender, pero el cuervo me dijo que cuando se pregunta al Dios del Universo, nadie queda sin respuestas. Luego voló y no volví a verle, pero en esos días no ponía hierbas en el fuego, ni nada de eso... Ahora podéis decir que habéis encontrado a uno que enloqueció de tanto estar solo y podéis matarme para que no sea yo una molestia en vuestro camino. No me importa lo que penséis, pero si vais a liquidarme, sólo os ruego que lo hagáis rápido y os doy mi más sincera y profunda gratitud por esta deliciosa comida...

-Nadie va a haceros daño, -respondió Elhamin- nada de lo que habéis dicho nos extraña porque es lo que aprendemos en nuestras escuelas. Vos lo habéis descubierto sólo y eso es magnífico. Nosotros hemos venido para exterminar a los esclavistas, que han intentado destruir y envenenar nuestro pueblo desde hace siglos. y hace poco en una operación militar, llevando esclavos Carpatians hasta nuestra tierras, engañados por un falso Faraón... No sé si debo decir más...

-No os preocupéis, General, -dijo Nuptahek- que este hombre sabe de eso. Y lo que os digo, Daniur, es que realmente soy la Faraona de Ankh em-Ptah y estos son la Plana Mayor del país, en este momento en campaña para parar las andanzas de vuest... Del pueblo al que alguna vez pertenecisteis. Nunca habíamos salido de nuestro país, pero las invasiones que han hecho los oberitas nos han obligado a venir a esta tierra a combatir, porque aquí preparan esclavos engañados, que luego ellos supuestamente liberan, para infiltrarlos en nuestra Patria...

-¡Ah!, -exclamó Daniur casi riendo- ¡Ahora entiendo el juego de los falsos Faraones... Es que desde mucho antes que yo naciera, aparecen en las aldeas, matan a los que se rebelan y se llevan esclavos al resto. Pero yo he visto a uno hace muchos años... Y me di cuenta que no era real, porque le había conocido como General en mi pueblo. Me escapé antes que me vieran y vi cómo se llevaban a la gente, matando a un niño como escarmiento por los que intentaron defenderse. Os ruego disculpar mis lágrimas, pero no puedo evitarlo... He recorrido toda esta región, desde el mar del Norte hasta el Sur de Grakia y desde la tierra de los Lobunos hasta el lado de Naciente del Mar de las Sombras. Siempre lo mismo, esclavitud contra la gente que no fuese de nuestro pueblo, o muerte al que se resista. Así que si vuestra presencia aquí es para lo que decís, tenéis un gran trabajo por delante y vais a tener que esforzaros mucho, podéis inlcuirme...

-¿Habéis conocido otros oberitas como Vos, que cambie su forma de ver la Vida y modifique su camino?

-No. Intenté alguna vez convencer a algunos, porque estaba en un pueblo al otro lado de las montañas Carpatians, donde me enamoré de una mujer. Como conozco el idioma secreto me presenté como mensajero que estaba allí por casualidad, ante el oficial que hacía la invasión, y le pedí que me dejara llevarme a la chica que me gustaba, con el pretexto de tenerla esclava en otro pueblo. Me mandó a buscarla y al presentársela, la mató con su espada, diciéndome que los esclavos eran mercadería que ningún soldado o mensajero podía usar sin autorización de la cadena de mandos y estaba prohibido llevar en viajes no autorizados a esclavos de cualquier edad. Tuve que aguantarme porque me habrían matado inmediatamente. Demasiada suerte tuve en que nadie entre los varios miles de hombres, me reconociera, porque no hacía más de diez años desde mi deserción. Luego seguí andando caminos hasta que varios años después conocí a una mujer y nos enamoramos, pero luego de vivir más de cuarenta años juntos, tuvimos la mala idea de ir a vivir en una aldea en vez de seguir solos, porque ella quería ser madre y la vida solitaria no conjuga con eso. A poco más de un año de vida feliz, con un hijo en camino, cayó una horda oberita cuando yo estaba cazando, bastante lejos del pueblo. Cuando volví sólo encontré cadáveres y un anciano medio muerto que me contó lo ocurrido para expirar momentos después. Seguí el rastro de la tropa y la alcancé, pero eran muchos miles. Estaba decidido a seguir tras ellos para recuperar a mi mujer y al hijo que traía en el vientre, pero unos días después encontré en el camino su cadáver y el de algunos más. Por las heridas de espada, fueron asesinados, posiblemente al querer escapar. Así que muchas veces pensé en cómo luchar contra esa peste de pueblo en que me tocó nacer, pero estando solo no hallé manera. Aunque tuve instrucción militar de joven, no soy un guerrero, no podría dirigir un ejército, y muchas cosas que aún no conozco de ese Dios de Verdad, el que llamáis Ptah, me hacen incapaz de matar a alguien. Hasta siento pena por tener que matar animales para comer.

-Sería bueno que en vez de pena, -dijo Hatshepsut- sintierais sólo la gratitud, porque eso es lo que sirve al ánima de los animales. ¿Habéis probado a alimentaros sólo de verduras y frutas?

-Sí, pero no es posible para mí. Sólo pescados y frutos, pero en unos días me arde el vientre, pierdo fuerzas y no sirvo ni para pensar.

-Eso lo sabemos, -dijo Henutsen- que una parte de la humanidad no puede vivir son comer carnes. Pero como os ha dicho Hatshepsut, la pena no sirve. En cambio la profunda gratitud compensa el servicio que hace el animalito que os coméis.

-No se me había ocurrido verlo de ese modo... Gracias por esta enseñanza, que practicaré de ahora en más. Y me pregunto... ¿Qué vais a hacer conmigo? No podréis olvidar que era un oberita, sólo sabéis de mí lo que os he contado y seguramente sabéis que vengo de un pueblo maestro en el engaño y la mentira...

-Algunos de nosotros, -dijo Henutsen tras un largo silencio- vemos en el plano de Anubis, en ese mundo donde se encuentra nuestro Ka, es decir el cuerpo de la emociones. No somos infalibles y podemos equivocarnos algunas veces. No obstante, con Vos no cabe duda y no nos equivocamos. Sois una excepción a la regla, la única que hemos conocido en tantas décadas y eso nos da algunas esperanzas... El antecesor de Nuptahek y este General Elhamin que le acompañó durante muchas décadas, han perdonado a tantos oberitas que no podéis imaginar, pero siempre han vuelto con más, mejor armados y siempre dispuestos a hacer su mortífera tarea de esclavizar o destruir, y eso ha costado muchas vidas nuestras.

-Por eso si me matáis, -dijo Daniur- os comprenderé perfectamente. No es bueno confiar en nadie nacido en un pueblo cuyas ánimas traen esa enfermedad espiritual del esclavismo, impuesta a partir de una creencia, enseñada desde niños. Yo recordé cosas de cuando aún ni hablaba, por eso puede completar mi proceso interno y cambiar. Pero es algo tan difícil que no creo que nadie más lo haya logrado. En una comunidad que hay muy lejos, al Naciente y muy al Norte del Mar de las Sombras, donde por mucho tiempo no consiguieron esclavos, tomaron la costumbre de hacer una especie de juego con fichas, en que los más inteligentes podían tener de esclavos a los más tontos. Un juego abstracto, algo nada real, pero efectivo para que unos tengan todo y otros nada. Entonces había una forma de esclavitud de los que tienen menos, y un poder en los que tienen más fichas.

-Conocemos eso, -respondió Elhamin- lo han intentado en nuestra Patria, pero nuestro pueblo ha sido instruido y no lo consiguieron. En cuanto a qué hacer con Vos, no tenemos nada que hacer ni decir. Sois libre y seguiréis siéndolo, a menos que nuestra Faraona tenga otra...

-Ninguna idea, -dijo Nuptahek- ninguna propuesta. Lo que habéis dicho, General. Este hombre es libre, una excepción a tener en cuenta, muy interesante. No es un peligro para nadie ni para nuestra campaña. Aún es joven, con cerca de cien años... Con una vida tranquila que nadie tiene derecho a arrebatarle. Como estaremos aquí todo el día de mañana porque hay ruedas que arreglar y caballos que herrar, podéis pedirle a nuestro peluquero que os recorte y arregle el pelo y la barba si os apetece. Incluso hay tiendas para que durmáis aquí sin tener que ir a vuestra cueva y mañana compartiréis nuevamente la mesa.

-Estoy profundamente agradecido. Quizá os pueda compensar en algo por vuestra amabilidad.

Al día siguiente siguieron la conversaciones y Daniur lo hizo con algunos de los Generales, especialmente con Daverdis y con Khumpomisis. Dijo que tenía algunas visiones cuando tocaba a la gente, pero nadie hizo comentarios al respecto. Luego, durante la cena y sin ser preguntado, explicó lo que podían encontrar más adelante.

-Hay un poblado muy grande a unos siete días de marcha si lográis hacer unas cuarenta jaetas diarias, cosa difícil porque está por llover y tendréis demoras. El lugar se conoce como Cetatis y allí los oberitas son varios miles pero los esclavos son muchos más. Hay campos de cultivo diverso y grandes establos, factoría de cueros, alimentos y metales; dos pozos y un arroyo que pasa por el medio dan agua abundante. En el interior de la muralla grande, que tiene unas diez jaetas de largo formando un rectángulo, hay otro lugar amurallado en forma de estrella, que protege el barrio de los jefes. Pero lo peor que hay allí es algo que estaban probando con los esclavos. Como hace unos seis años que no viene nadie por aquí, hace algo más de dos años me acerqué a observar. Intenté hablar con unos que trabajaban en uno de los campos más alejados, pero... No sé cómo explicarlo... La gente está como dormida, anda y trabaja, pero sólo sonríen como tontos cuando se les habla. No responden y siguen trabajando... Así les observé durante tres días. Ni siquiera hace falta que les vigilen, porque van, trabajan y en la noche vuelven a la fortaleza.

-¿Cuántos esclavos puede haber ahí?

-Más de diez mil trabajan en los campos externos, Faraona. Puede que el doble en total; no pude ver cuántos trabajan en el interior, donde hay muchos olivos y frutales muy variados. Sólo he podido recorrer la muralla por fuera durante las noches y asomarme en algunos puntos donde no es demasiado alta. Hay una torre en cada esquina, así que la guardia sólo hace patrullas externas día y noche, el muro exterior es delgado, de apenas un codo y no se puede caminar sobre él porque está lleno de espinos, con los que me lastimé cada vez que me asomaba, hasta que puse un cuero... Luego no sé cómo va lo que estén haciendo, pero creo que es algo como las hierbas que pongo en el fuego y aspiro; aunque diferentes, porque las mías me permiten ver otras cosas, sin placer ni tristeza, quizá lo que decíais del plano del Ka, pero eso no atonta sino que despierta y algunas hacen que uno pueda pensar con más claridad. A ellos les deben dar algo que hace el efecto contrario.

-Es una información valiosa, -dijo Elhamin- lo tendremos en cuenta, porque aunque más que liberar esclavos, nuestra misión es destruir el esclavismo, hay que proteger a esa gente y habrá que estudiar cómo quitarles el efecto de lo que sea que les estén dando.

-Algunas substancias de esas, -dijo Henutsen- producen un efecto de dependencia tan grande, que se vuelven locos o se mueren cuando pasa cierto tiempo sin aspirarlas o beberlas.

-Tendremos que estudiar bien la situación, -agregó Ankemtatis- y averiguar de qué se trata. ¿Qué más podéis decirnos de ese lugar?

-Que allí también hay un falso Faraón. Sólo le vi una vez desde el bosque, recorriendo los campos sobre un caballo, con ropa diferente a las vuestra, que según parece son más cómodas y modernas. Las de él eran iguales a las que nos han llegado en los dibujos de los viajeros, con un tocado como el de algunos de Vosotros, pero con una corona roja y un copete blanco...

-Sí, -dijo Gelibar- la corona roja es la militar y la corona blanca es la sacerdotal. Nuestra Faraona no las lleva puesta ahora, aunque las trae consigo y son el símbolo de su puesto, alcanzado por méritos en todas las escuelas y luego elegida por el voto de todas las cofradías y Consilios de las Calles de todos los pueblos del país.

-¿O sea que no sois hija de un dios, de un Faraón, ni vuestro poder está dado por mérito militar?

-No, -dijo Nuptahek señalando a Henutsen- ni siquiera soy hija del anterior Faraón, que es ella y soy tan hija de Ptah como Vos y como todos los Seres, incluso los esclavistas, aunque esa parte degenerada de Él tenga que ser combatida para preservar a los demás. Y en parte sí que mi puesto ha sido alcanzado por ser la mejor en promedio en todas las escuelas militares. Pero sólo soy alguien más entre los de mi pueblo; alguien que tiene más obligaciones de servicio. Siempre ha sido así en Ankh em-Ptah, salvo una vez que hubo un Faraón que en su desvío empezó a imponer el esclavismo. No duró mucho...

-Creo que tendré que visitar vuestra tierra del Nilo. Aunque sería un viaje muy largo. Quizá consiga que los Fenhygios me lleven...

-Lo tendréis difícil, Daniur, -respondió Geonemetis- porque aunque seáis una excepción entre los oberitas, vuestros rasgos os pondrían en peligro. He hecho informes detallados sobre eso, que se han difundido por todo el país. Cualquier soldado reconocería en Vos a un oberita.

-Una auténtica maldición de Seth, -dijo Daniur casi llorando- siendo esclavo de mi aspecto, aunque no en mi corazón.

Luego de un descanso tras la comida, mientras el barbero le acicalaba, Nuptahek pidió consejo a los demás, sobre la posibilidad de darle algún salvoconducto que le permitiera a Daniur visitar cualquier territorio amigo sin ser molestado.

-Comprendo vuestra bondad, -dijo Elhamin- pero eso sería peligroso para él y más aún para nosotros. Un salvoconducto se puede copiar, falsificar a partir de uno verdadero...

-Y sólo podríais darlo a quien sea capaz de protegerlo. -opinó Hatshepsut- Mi opinión es esa...

-Y la mía, -dijo Henutsen- aunque también pensé en ello antes de que lo preguntaseis. El hombre es veraz, hemos visto su Ka y lo que nos ha contado es cierto. También será muy útil la información que ha dado sobre Cetatis, pero si es por andar mundo, tiene más del que podría recorrer en una vida, sin ponerse y ponernos en peligro.

-Nuestros soldados -agregó Geonemetis- le detectarían en cualquier parte y no habría salvoconducto que le valga. De hecho, el código que hay para ellos no es conocido desde Comandantes hacia abajo. Sólo los Comandantes en misión especial y los Generales podrían aceptarlo como verdadero. Con cualquier otro Comandante estaría condenado.

-Opino igual. -respondió Ankemtatis.

-Basta alguien como yo o como Khumpomisis, -dijo Hetesferes- para hacer copias de cualquier salvoconducto, que aunque sean burdas y de poca calidad, con uno falso se puede engañar a mucha gente.

La opinión en contra era unánime, de modo que Nuptahek la aceptó de buena gana y les agradeció. Cuando volvieron a reunirse para la cena, ya con todo preparado para partir temprano, Daniur les dijo que iría a su cueva a dormir y les saldría al camino, que quedaba a una jaeta de su abrigo, para despedirse.

-Buenos días, Amados de Ptah, esto es algo que tengo como un tesoro, -dijo a la Plana Mayor en medio del camino, entregando a la Faraona un gran saco de cuero cuadrado- he hecho copias en cuero de esto que os entrego, pero yo voy a seguir por aquí, esperando lo que el Altísimo quiera traerme, así que estos mapas no me serán tan útiles como a Vosotros. Algunos puede que deban ser actualizados con nuevos poblados y nuevas construcciones, pero los caminos, las distancias, los hitos fijos, las condiciones de montañas y ríos, que tardan muchos años en cambiar, están marcados con gran exactitud. También la cantidad de habitantes de cada lugar y la fecha según el calendario Fenhygio, así que eso habrá ido cambiando pero os dará una idea aproximada de lo actual haciendo las deducciones correctas. Si esto sirve para combatir al pueblo maldito, aunque gran pena me da, el mundo estará mejor y yo estaré más en paz conmigo mismo. Estáis haciendo lo que yo no he tenido posibilidad de hacer y si no os pido ir con Vosotros... Es porque sólo he matado una vez y aún me duele haberlo hecho. El próximo pueblo está abandonado y puede que todos hasta Cetatis. ¡Que la Consciencia de ser Ptah y el ánimo por la Libertad os acompañe siempre!

Todos se apearon para abrazarle y se despidieron para seguir el largo camino que amenazaba con quedar embarrado. La fina lluvia no pasó de eso y consiguieron llegar antes de la noche a un terreno algo más alto que el camino y con un bosque muy cerrado por Naciente. Los exploradores hallaron cerca una aldea que sólo figuraba en los mapas obsequiados por Daniur pero no en los otros. Treinta casas grandes de madera y piedra, bien hechas pero deshabitadas.

-Estas construcciones son muy nuevas, -decía Geonemetis- pero poco tiempo han sido habitadas. Hay enceres, algunas mantas, cosas que normalmente la gente se lleva consigo... A menos que los hayan llevado como esclavos.

-Eso es lo más probable, -dijo Gelibar- Hay que preguntar a los nuevos reclutas si alguien sabía de este pueblo.

-Aquí las últimas huellas son de hace un año, -dijo Azalema- y creo que las casas no tienen ni dos de antigüedad. O sea que se han ido justo cuando iban a tener las primeras cosechas de verduras. Las plantas indican que no hubo recolección de hortalizas. Ni siquiera ha brotado mucha hierba alrededor porque habían preparado bien el terreno y limpiado el entono. El bosque circundante hace casi invisible este lugar, pero así como lo encontramos, lo encontrarían los oberitas.

-Vamos a continuar mañana temprano, -dijo Nuptahek- así que no os entretengáis mucho. Parece que la lluvia puede arreciar y sería bueno salir de este tramo del camino, que dicen los Carpatians que cuando llueve bastante, se inunda.

CAPÍTULO ∩‖‖
LAS CADENAS EN LA SANGRE

Las siguientes jornadas fueron muchas más de las previstas y difíciles, aunque el camino estaba algo mejor, con malezas de menos de un año. Pero la lluvia les acompañó a tiempos irregulares haciendo la senda cada vez más embarrada. Los accesorios de cuero, madera y metal de las ruedas volvieron a facilitarles el tránsito. Mientras, con ayuda de varios soldados y en especial los músicos, Geonemetis se dedicó a perfeccionar diferentes silbatos con las cañas, abundantes en la región, creando unos para hacer cinco sonidos de pájaros diferentes y con ellos poder transmitir mensajes u órdenes a cuatro o cinco cuerdas largas. Los reprodujeron para repartir a toda la tropa algunos modelos y cada soldado hacía el suyo. Otro modelo, logrado el último día de marcha, reprodujo el rugido de un león con tal volumen que se escuchaba a casi una jaeta. De estos apenas tuvo tiempo a hacer diez porque eran más complejas y no podían hacer ruidos en cercanías del destino, que según calcularon, estaría a un día de marcha o poco más. En las paradas aprovechaban para coordinar bajo las decisiones de

Hatshepsut, lo que significarían los silbidos, lo que les facilitaba a los exploradores, la comunicación a "punto de oído", alargando al triple su distancia y sin que algún enemigo pudiera oír más que un pájaro.

-Uno de éstos, es "Atención", -decía ella- ante cualquier presencia sospechosa. Dos es "esta es mi posición". Tres significa "Reuniros en mi posición", cuatro significa "Urgente, persigo o me persiguen". Veamos con este otro más agudo y largo: Uno es "retirada", dos es "guardar posición", tres significa "avanzar"...

Así aprovecharon a mejorar el sistema de comunicaciones, de modo que el "punto de oído diurno" se extendía ahora a tres cuerdas largas y a cuatro cuerdas el nocturno. Los otros tres modelos servían para otras operaciones y se reservaron para los invisibles, porque la repetición de un mismo sonido en cualquier operación podría hacer sospechar al enemigo. Hallaron en ese largo y duro trayecto otras tres aldeas abandonadas hacía mucho más tiempo y por fin llegaron una mañana tras muchas paradas obligadas e intenso trabajo de toda la tropa, a la aldea de Simeria, también abandonada, donde encontraron al grupo de Maturineb, Ligustek y Aknotubis, que había explorado la zona hasta Cetatis.

-Incluso tuvimos tiempo para recorrer los alrededores del fuerte hasta cinco jaetas, -decía Maturineb- porque el camino de montaña es muy directo. Cierto que no lo hubieran podido recorrer los carros, pero muy bueno para los caballos. Pasamos por un sitio no muy lejos, donde vimos gente, pero creo que esclavos y soldados. Cerca de aquí, a unas diez jaetas, hay un promontorio de unas tres o cuatro jaetas de diámetro, cubierta por el bosque más denso y oscuro que todo lo que he visto en la zona. Es un terreno alto y en el centro hay un claro de base rocosa, más que suficiente para acampar escondidos con buena posibilidad de defensa. Nos quedarían desde ahí, unas cuarenta jaetas hasta nuestro destino. Acampar más cerca sería peligroso.

-De acuerdo, -dijo Nuptahek- vamos hasta ahí. Id contándonos qué habéis visto en Cetatis.

-Algo muy extraño, Faraona, -dijo Ligustek- parece que la gente ahí es feliz, pero trabajan todo el día sin parar. Les vimos desde antes de ayer en las labores del campo alrededor de la fortaleza y Aknotubis y yo nos colamos en el fuerte cuando comprendimos la frecuencia de las patrullas, que sólo andan por fuera y el muro sólo tiene custodia en las cuatro esquinas.

-Sí, alguien que nos encontramos nos dijo eso, -dijo Elhamin.

-Ayer en la mañana aún estábamos allí, -intervino Aknotubis- porque se nos complicó el escape nocturno. Escondidos en un granero vimos en diferentes puntos del recinto, que la gente es reunida para recibir un brebaje. Las caras estaban tristes y algunos llegaban con esfuerzo hasta el dispensario. Luego que los soldados les daban eso, parecían reponerse y salían contentos. Les hacían formar y un solo soldado conducía a cada grupo a sus labores. Por fuera apenas patrullas, sin vigilancia en los campos, parece que sólo les dicen lo que deben hacer y lo hacen sin más, con una sonrisa en la cara... Creo que sin pensar.

-¿Habéis calculado cuántos esclavos son? -preguntó Hatshepsut.

-Entre doce y quince mil, -respondió Maturineb- pero eso es lo que hemos contado en el exterior. Según lo observado por estos dos intrépidos en el interior, ha de ser otra cantidad no mucho menor, si consideramos que la dispersión de las instalaciones y el campo interno abarca más de seis jaetas cuadradas. Los muros de Naciente y Poniente tienen más de dos jaetas y media y los de Norte y Sur unas dos jaetas justas o poco más. El cálculo de edificios da unos cuatro mil oberitas, pero con tanto árbol que hay es difícil estar seguro. Sólo ha sido posible tener una visión más clara desde un árbol del bosque de Poniente, con mi largavistas. Dentro de la Estrella que forma la muralla del interior, puede haber más de ochenta casas.

-Sí, vuestras anotaciones concuerdan con los planos que nos ha dado un oberita, -dijo Hetesferes- luego les cuento lo ocurrido, pero veamos si podemos establecer más claro algunas cosas, para que se pueda definir una estrategia. Vamos a necesitar combinar todos los detalles para saber exactamente cómo es el interior y las murallas.

-La interna es muy ancha, -dijo Aknotubis- como de tres Ankemtras y en partes más; puede que mida eso en toda su extensión, pero la externa diría que es un descuido integral. Están confiados a que nadie que no sea de ellos llegaría hasta aquí. Sólo hay espinos encima, no vale para caminar y en partes no supera los cinco codos de alto. Cuando estemos acampados os entregaré los dibujos y acotaciones.

-Bien, -dijo Nuptahek- pero decidme qué más habéis visto, cualquier detalle que pueda ser relevante.

-El armamento, -dijo Aknotubis- las patrullas llevan espadas, lanzas y arcos. Los de las torres tienen arcos más grandes y hondas, pero hay unas patrullas externas que llevan de todo, incluso unas picas cortas que aplican con los esclavos que se confunden y no van por donde se les ha indicado. Las espadas son temibles, de buena forma y quizá de buen acero, más grandes que las nuestras y finas, por lo que no han de ser pesadas. Creo que en el combate cuerpo a cuerpo tendrían ellos la ventaja. Se entrenan físicamente como nosotros, porque les vimos hacerlo desde el granero y están en forma. Las patrullas que recorren el exterior lo hacen al trote y son de diez a quince hombres. No hay mujeres entre ellos. La estatura promedio no se diferencia de la nuestra y a los que se quedan atrás o no rinden bien los castigan los oficiales con las picas de modo muy cruel. Así que los castigos a los esclavos confundidos, en ese estado raro que llevan, son igualmente muy crueles. Pero no reaccionan mucho y siguen las indicaciones.

-Vamos a tener que estudiar mucho este asunto, -dijo Nuptahek- porque ya no sólo se trata de combatir y cuidar a los esclavos, sino de averiguar qué es eso que les dan. Creo que los invisibles tendremos más trabajo de lo habitual, incluso para averiguar cuántos efectivos...

-Y yo creo, -dijo Henutsen- sin pretender ofenderos, que no habéis dicho bien. Diríais "los invisibles tendrán más trabajo..."

-¡Elhamin, por favor!, -exclamó Nuptahek- Os pido ayuda una vez más. Decidle a Henutsen que no se gaste...

-Lo que habéis oído, Henutsen, -dijo Elhamin entre carcajadas- no vale la pena que os gastéis, que Isman no... Perdón, que la Faraona no se quiere perder ni pizca de la acción de infiltración.

-De acuerdo, está bien, pero... ¿Os puedo pedir que permanezcáis en ese inevitable caso, bajo mi mando operativo? Habéis sido la segunda calificación como invisible, por detrás de Hatshepsut con mínima diferencia, pero aprovecho a echaros en cara que aún os falta entrenamiento. Si me decís que sí, seré vuestra jefa y si me decís que no... Seré vuestra subordinada, je, je, jeee

-No os preocupéis. Seréis mi jefa a rajatablas y Hatshepsut mi control personal. Entrenaremos toda esta noche revisando todo el campamento y si alguien me ve, renuncio a participar de la misión.

-Os tomo la palabra, -dijo Hatshepsut- que no sólo Elhamin sufre por vuestro empeño en estar en medio del peligro.

Al llegar al lugar indicado por los exploradores, la lluvia empezó a arreciar y la entrada al centro del promontorio estuvo jalonada de atascos por el barro y problemas de anchura entre los árboles, de los cuales tuvieron que cortar diez, pero valió la pena el trabajo. El claro de base rocosa resultó óptimo, porque en caso de tormenta de rayos, éstos caerían sobre lo árboles más altos en el lado Sur del sector. Aún faltaban algunos Râdnies para la noche y el campamento estaba listo, con la entrada ya disimulada y las guardias establecidas en todo su entorno y uno de los grupos de exploradores a modo de patrulla, se destinó a sondear el camino del Norte, la vía a Cetatis, así como un par de senderos con dirección Sur, que rodeaban la posición del campamento, a los pies del promontorio. Ya de noche, mientras los invisibles Hatshepsut, Nuptahek y otros treinta hacían con Henutsen sus ensayos, una exploradora apareció al lado de Nuptahek causando su sorpresa al hablarle, cuando se suponía que ni Henutsen la vería.

-Perdonad, Faraona. Pero hay un grupo de gente desplazándose por Naciente, como para tomar el sendero del Sur. Son treinta varones y veintiocho mujeres que llevan a más de cuarenta niños.

-¡Meritetis!... No os había visto desde antes de partir...

-Como me pedisteis, Faraona. Aquí estoy a vuestro lado, ahora y siempre que tenga aliento de vida.

-Es una alegría, pero os ruego no decir que me habéis visto, o Henutsen me impedirá ir a Cetatis. Vamos a ver qué pasa con esa gente. Seguid invisible, que por algo os dije vuestro rol, aunque no sabía que teníais tan buena escuela en estas artes. Haced lo que os parezca, pero permaneced de incógnito. ¿Van a pie?

-Sí, vestidos todos con túnicas oscuras, sin caballos y sin armas, creo que son fugados... Tenéis mi silencio, amada Faraona.

-Gracias. Seguid en vuestro puesto, donde la intuición os diga.

Nuptahek se levantó y corrió tocando a algunos de sus bien escondidos compañeros, llegando hasta el carro usado como centro de retenes, donde reunió a los cincuenta hombres que permanecían allí en espera de su turno. Les indicó seguirle para interceptar al grupo y designó a uno para reunir a cincuenta más e informar a la Plana Mayor que ya dormía. En un Râdnie alcanzaron el punto donde debía pasar el extraño grupo y esperaron pocos têmposos hasta que oyeron una voces tenues en idioma Carpatians, casi igual al de ellos.

-¿Seguro que no nos siguen? -decía una mujer.

-No nos han visto huir, pero habrán notado nuestra ausencia esta mañana -decía un varón- Ya veis que están muy confiados a su poción mágica... Tenemos que alejarnos todo lo posible y tomar el camino de la montaña, que siendo pedregoso como éste, no hallarán rastros y si nos persiguen podremos escondernos en los barrancos...

-¡Deteneos!, -dijo Nuptahek- pero no os preocupéis porque no os hemos seguido. No somos vuestros captores, sino quienes hemos venido a destruirles a ellos. Sólo hablaremos en nuestro campamento y si acaso decidís seguir vuestra huída, nadie os detendrá.

El grupo se dispersó intentando ocultarse en la foresta, pero un hombre se quedó en medio del sendero.

-No sé quiénes sois, pero entre nuestros captores no hay mujeres. Y este grupo está determinado a morir, antes que volver a ser esclavo. Así que podéis matarme ahora mismo si acaso...

-Nadie os va a matar. Decidle al resto que somos enemigos de esos que os han tenido con no sé qué porquería de substancia, dormidos y atontados. Estamos en campaña para destruir a los esclavistas, así que no tenemos tiempo que perder. Si fuésemos de ellos, ya estaríais todos muertos. Os reunís ahora mismo para venir con nosotros y quizá ayudarnos a rescatar al resto de vuestro pueblo, o nos retiramos y Vosotros seguís vuestro camino, sin saber ni a dónde vais, con miedo a ser perseguidos y sin saber el porqué de nuestra presencia aquí.

-Es lógico pensar que no tenéis motivo para mentir... -dijo el hombre después de pensar unos momentos- ¡Atención!, todos, por favor reuniros conmigo. Veo que hay soldados a retaguardia y si fueran oberitas no habrían tenido piedad. ¿Quién sois?

-Si os lo digo, no me creeríais, así que sólo sabréis por ahora que no permitiremos que nadie os haga daño. Si venís al campamento os prometo que estaréis más a salvo que vagando por estas tierras donde puede haber patrullas de los esclavistas. Me llamo Nuptahek ¿Y Vos?

-Estevies, de Tartaris, la antigua capital del mundo, a más de ochenta días a caballo hacia el Norte y Naciente. Soy un explorador y hace unos seis años caí esclavo. Veo que sois Carpatians y parece que estáis contra la esclavitud...

-No somos Carpatians, aunque los hay ahora entre los nuestros. Vamos andando hacia el campamento y me vais diciendo más... ¡Soldados, atención!... Llevad en brazos a los niños, que esta gente está hambreada y débil y no quiero riesgos... Seguid, Estevies.

-Me apresaron en un poblado llamado Vijelob, a unos cuarenta días a pie, hacia el Norte. Era bastante grande, con veintidós mil militares y cinco mil esclavos. Puede que ya no estén ahí. Aquí, donde me trajeron hace cinco años, es casi al revés, con veintitrés mil esclavos y sólo cuatro mil soldados. Hace varios días eran más, pero se llevaron a un grupo grande de gente que habían traído de otros pueblos. Aquí necesitan menos custodia porque dan a la gente una substancia que hace sentir placer y alegría. El efecto dura casi un día pero no se puede pensar bien y al cabo de unos días se piensa menos, hasta casi no poder pensar en nada. Es casi imposible vivir sin eso que llaman "sueñobello". Si pasa un día sin beber se producen descomposturas y algunos pueden morir. Yo me di cuenta de que podía pensar un poco y era sólo una forma sutil pero monstruosa de esclavitud. Empecé a engañar a los guardias para beber cada vez menos y en pocos días conseguía pensar con claridad y sin descomposturas. Como soy carpintero le dije a un jefe que cuando bebía mucho no podía hacer bien mi trabajo, así que le pedí que me dejara beber sólo lo necesario para estar feliz. Me creyó y aunque me vigilaba estrechamente logré engañarlo, hasta que ya no me obligaban a beber delante de ellos. Conocí a esta mujer que viene aquí y conseguí convencerla para que bebiera menos cada vez, lo que tampoco fue fácil para ella, pero lo consiguió. Luego lo hicimos con los otros, hasta que pudimos coordinarnos para estar en contacto por las noches. Hay otro grupo de unas cien personas que están casi curadas y podrían haber escapado esta noche, pero sólo pudimos reunirnos los que estamos. Llevábamos año y medio preparando la fuga y creo que ha sido una gran suerte que Vosotros estuvieseis cerca. Tuve un raro sueño hace tiempo, con una mujer leona, que me decía que esperara y no precipitara la fuga. Se repitió varias veces y hace unos días volvió a aparecer, cuando ya descarto que sea por efecto de la poción, que sólo tomé en aquellos primeros días... Me indicó que debía ser anoche, la noche de los festejos oberitas en honor a Seth, un dios que adoran con cara de animal raro... Hemos andado desde la madrugada todo el día y estamos... Muy cansados.

-Sabemos de eso, -dijo Nuptahek en voz baja- y no me extraña lo que contáis. Cuando nos conozcáis sabréis el resto y comprenderéis todo. Ahora esperad, que oigo algo... A guardar silencio todo el mundo y que no vayan a llorar los niños... Quietos en sus puestos. Son cascos de caballos y voces.

Desapareció en un instante y se dirigió hacia el camino en la periferia del bosque al que habían entrado, con otro de los invisibles, para regresar poco después y dijo en voz muy baja.

-Es una patrulla de treinta jinetes, puede que siguiendo rastros...

Se escucharon órdenes, maldiciones e insultos a menos de una cuerda larga, pero luego la voces volvían en dirección a Cetatis.

-Dicen que agotaron el tiempo -susurró luego una de las fugitivas- y que por este lado no hay ni rastro. No he aprendido todo su idioma, pero están volviendo y creen que hemos ido hacia el Norte.

-Bien, -dijo Nuptahek- permaneceremos aquí un rato, hasta que se alejen bastante... ¿Está Meritetis por aquí?

-Como siempre, cerca vuestro, Faraona... -dijo la Generala, vestida como un soldado regular- Lo que ordenéis...

-Llevad el grupo al campamento a su propio paso, que están agotados. Explicadles quiénes somos y porqué estamos aquí. Voy a adelantarme, reunir gente y seguir a esos... No creo que hayan visto nada del campamento, pero es mejor asegurarse.

Rato después estaba galopando con cincuenta retenes y dando alcance a la patrulla enemiga. El combate no podía dar tregua ni aviso, así que se usaron las boleras y se llevaron los cadáveres dentro de un bosque, a más de tres jaetas del camino y cinco del campamento, porque no había posibilidades de hacer hogueras.

-Treinta caballos más, -decía Nuptahek a la Plana Mayor- treinta enemigos menos y como hay un día largo de marcha, no sabrán de su ausencia hasta mañana por la noche. Las patrullas deben tener orden de regreso en un día. Las armas requisadas servirán para los fugados que prefieran combatir y quizá haya que enviarles con Dragomirio. Son demasiados niños y por el camino de montaña llegarán más rápido. ¿Dónde están los invitados?

-Comiendo en la tienda de cocina, Faraona, -dijo Ankhceroi- están hambrientos y no creo que hubieran podido andar mucho más. Sin ni un arma para cazar lo habrían pasado muy mal, incluso en caso de escaquearse de la patrulla, porque en esta parte hay pocos árboles de frutos comestibles.

-Vamos a verles y tomáis buena nota de todo, que quiero preguntar algunas cosas antes que se vayan a dormir.

Estevies comentó algunos detalles de la distribución interior, las instalaciones y sobre un papiro dibujó con facilidad todo en escala aproximada mientras explicaba:

-En el recinto interior, con forma de estrella de siete puntas, hay setenta casas, arsenal y un cobertizo donde se almacena gran cantidad de leña. Allí viven los jefes y tienen uno o dos esclavos por vivienda para su servicio. Esa construcción es muy antigua, la hizo mi pueblo hace milenios. La muralla exterior la hicieron los Carpatians hace menos tiempo, pero era mejor, sólo que la tienen descuidada. La producción del sueñobello la hacen en unos cobertizos a modo de laboratorio, con muchos aparatos, dentro de la Estrella.

-¿Sabéis algo de los componentes de la poción?

-No mucho, Faraona, porque lo tienen secreto, pero la gente que lo hace es esclava, así que deben saber qué elementos les dan para ello.

-Bien, -dijo Nuptahek- ahora comed tranquilos y luego vais a dormir en las tiendas que están preparadas aquí al lado. Ya habéis visto que estáis a buen seguro. Los que quieran combatir o ayudar se podrán quedar con nosotros y los que no, pueden ir con los niños a un poblado ya liberado, donde además de ser algunos miles, también hay niños y un grupo de Slobundans, gente guerrera de la zona que está entrenando a los demás para la defensa.

-Yo sólo necesito descansar un poco, Faraona, pero podéis contar conmigo. Seguramente con varios más, pero lo dirán ellos.

-¡Y conmigo! -dijo otro varón al que se le sumaron varias voces masculinas y femeninas.

-Es decir que sólo quedará la mitad, los que tienen niños. Pero esperemos a ver qué pasa aquí. Si liberamos esta zona, quizá no sea necesario que os marchéis... Comed y descansad.

Nuevamente reunida la Plana Mayor, se analizó la situación y sus alternativas y posibilidades de ataque.

-Esta es una excelente posición, -dijo Elhamin- a un día de marcha del fuerte y podríamos diezmar esa guarnición poco a poco, haciendo salir patrullas. Es decir, la misma estrategia que ya hemos usado, pero como esto es más grande, habrá que adaptarla a la situación.

-Demasiado lejos, General, -dijo Nuptahek- aunque buena para guardar los carros, a los civiles y mantener una posición de base. Para un asedio efectivo tendríamos que explorar a fondo el entorno, hallar un sitio donde establecer campamento de vigilancia y ver qué trucos usamos. ¿Cómo tendremos el tiempo, Shorinet?

-Bueno por un par de días, Faraona. Como sabéis, he conocido esta región bastante bien, pero Encalinetus sabe más sobre eso, porque además de conocer la zona, le encantan los insectos y suele predecir el tiempo hasta diez días por delante. ¿Queréis que le llame?

-No, seguiremos mañana, pero decidle que desayune con nosotros.

Durante el desayuno se comunicó del ataque de un grupo de hienas que asaltó a un explorador que se alejó de sus compañeros y le habían herido, así como a su caballo, salvando ambos la vida gracias a que otros escucharon los gritos y relinchos de los atacados. Luego se pasó al tema de campaña y se fijó la estrategia de exploración con los mapas y el conocimiento de la zona que tenían Estevies y los suyos. Aunque no habían recorrido todo meticulosamente, solían ir a buscar hierbas y unos pocos frutos que daban los bosques cercanos.

-El punto más adecuado y cercano para ver toda Cetatis, -decía Estevies- está a Poniente y a jaeta y media de la muralla. El bosque por todo ese lado, es tan espeso como éste, pero hay unas salientes rocosas que pueden servir de atalayas, porque se ve todo por encima de los árboles. Es posible llegar hasta allí subiendo por una quebrada anterior, sin ser vistos desde las murallas. Las patrullas suelen recorrer esa zona, pero no desde la quebrada, sino que suben un línea recta desde la puerta de Poniente. Puedo llevaros hasta ahí.

-Os veo más descansado, -dijo Nuptahek- pero no es necesario. ¿Qué instrucción militar tenéis?

-Ninguna en especial, pero en mis viajes he tenido que aprender de todo un poco, viviendo de la caza y ocultándome de los indeseables. Soy muy bueno con el arco pero hace tres años que no tiro una flecha. Con la espada también porque tuve que defenderme varias veces...

-Bien, ahora Encalinetus, por favor decidnos que sabéis del clima.

-Faraona, he de garantizar, gracias a las hormigas y otros insectos, que hoy habrá día soleado como está, sin nubes. Mañana igual pero en la noche se nublará sin lluvia o si llueve será fina y escasa, sin llegar a borrar rastros en los caminos. Puede que por dos o tres días esté nublado así, pero los escarabajos de algunos árboles se preparan para lluvias torrenciales desde hace poco rato, así que en unos cuatro o cinco días las lluvias serán intensas. No es posible saber cuándo van a durar, pero al menos aquí no hay rastros de ramas golpeadas por la piedra, como en la región anterior a Fuerte Anubis. Aún bajo lluvia fina y de noche, la temperatura será buena, sin frío. Si hay que hacer guardias largas podremos dormir en el suelo, sólo con un cuero. Y ya he preparado como siempre, suficiente mezcla de limón, menta y el extracto de orines de mofetas para no tener molestias de insectos.

-¡Que por cierto!, -dijo Elhamin- ha resultado de maravilla en todo este viaje, pero para las narices delicadas como la mía, es difícil elegir entre el "aroma" y los insectos...

-No se puede tener todo, Amor mío, -dijo riendo Hetesferes- pero es preferible acostumbrar la nariz, que sufrir por mosquitos o por arañas.

-Además, -agregó Omar- el aroma general de la línea ha hecho que algunas patrullas se retiren antes de llegar a nuestras posiciones.

-A acostumbrarse, General, que el preparado de Encalinetus ya ha mostrado sus grandes ventajas. -continuó Nuptahek- El Comandante Ligustek se encargará de entrenar a los de Estevies que se quieran quedar con nosotros. Ahora os ruego marcar con Hetesferes en el mapa el punto alto que decís y anotar todos los detalles que podáis. Hatshepsut se quedará a cargo aquí y vamos a partir mañana al amanecer los grupos de Gelibar, Diva y Omar, con sesenta invisibles si me incluyo... Una no irá, pero ahora hay una más, que parece más invisible que nadie, aunque ahora sería bueno que supieseis de ella. Ya aparecerá...

-Siempre estoy con Vosotros. -dijo alguien que estaba de guardia en la entrada de la tienda y entró quitándose una barba postiza.

-¡Meritetis! -exclamaron al unísono Henutsen y Ankemtatis.

-Sí, Amados míos. La Faraona me pidió mantenerme de incógnito y tardé en entender su propósito. Sobre la extraordinaria instrucción que he recibido de Vosotros, llevo todo este viaje siendo invisible incluso para los mejores. Lo que ha hecho la Faraona, ha sido forzarme para superarme... He recogido ropa del enemigo, puedo cambiar mi cara con varios trucos, un Carpatians me ha enseñado el idioma del enemigo y me puedo infiltrar en el inframundo sin que Anubis se dé cuenta... Bueno, estoy exagerando, pero estoy a vuestras órdenes.

-¡Sois increíble, -dijo Hatshepsut- os habéis disfrazado de Omerinef! Y hasta le imitáis la voz... ¿Y él dónde está?

-Aquí, Generala. -respondió el aludido entrando a la tienda.

-Es que Meritetis tiene varios compinches entre los invisibles, que sabemos de su hacer y le ayudamos. Ha desarrollado unas técnicas que superan a nuestros maestros.

-¡Eso es para sentirnos orgullosos! -dijo Henutsen- Si un maestro no es superado por sus alumnos, es que no es tan bueno.

-Y como sé todo lo que se cuece, -dijo Meritetis- contad conmigo para entrar en ese fuerte y ver todo lo que hay.

-No será para eso, -dijo Nuptahek- porque esta gente conoce todo el interior, pero iréis a averiguar la composición del brebaje sueñobello, porque en recuperar a esa multitud sin que sufran daños, estará el desafío mayor. ¿Qué opináis, Akhmandef?

-Lo mismo que Vos, Faraona. Ya me ha explicado anoche Estevies cómo hizo su proceso de limpieza del brebaje y tengo bastante clara la idea para todos. Demorarían más de cien días en quedar libres de eso, pero si supiese cuáles son los ingredientes podría diseñar un antídoto para que sea más rápido y seguro.

-Puedo encargarme, -dijo Meritetis- sólo necesitaré que Estevies describa los rostros de los de su grupo que se puedan contactar y Khumpomisis puede hacer sus retratos. ¿Todos llevan allí túnicas oscuras?

-No, -dijo Estevies- todos las llevan blancas cuando salen al campo externo y amarillas cuando trabajan dentro. Estas batas oscuras sólo se las ponen a los esclavos que llevan a una mina de donde se extrae la sal, a dos días a caballo hacia el Norte. Hace unos días llegaron con cuarenta grandes carros cargados tirados por seis caballos cada uno, creo que para llevar sal a diversos sitios. El lugar es un subterráneo donde he trabajado haciendo los soportes de madera y es tarea muy dura, se secan las manos, se agrieta la piel y nos daban menos agua de la necesaria para soportarlo. Pero en los dos años que me estuvieron llevando ahí, robé más de cien sayales de éstos, porque siempre pensé en la huida. Los guardé en un zulo que fui cavando día a día en la carpintería. Gracias a ello no nos vieron salir.

Durante el resto del día Khumpomisis hizo cincuenta retratos, con los que Estevies quedó admirado por la capacidad de la joven. Luego llamaron a otros del grupo fugado y les pidieron decir sus nombres. Todos les reconocieron, con lo que quedó claro que eran dibujos perfectos. Meritetis, Henutsen, Ankemtatis y diez invisibles, repasaron durante todo el día los dibujos y las señas particulares que Estevies recordaba.

-Vamos a llevar copias, -les decía Meritetis- pero es posible que no las podamos estar viendo y comparando. Debéis imaginar las caras, más allá de la exactitud de los dibujos y recordar bien los nombres de toda esa gente. Estevies me dirá cuál de todas estas personas pueden tener más libertad de movimiento dentro de los recintos. No sabemos a cuáles hallaremos y si estarán dispuestos a ayudar, o será posible...

-Podéis contar con todos los descritos, -dijo Estevies- salvo que estuviesen en situación comprometida con guardias cerca, porque son de los nuestros, con mínimos o nada de efecto del brebaje. El mejor que podéis hallar es éste, que se llama Arionavo, que siendo un gran actor hace años que no bebe sueñobello, pero lo aparenta tan bien que lo tienen como mandadero tonto y quizá el único que tiene acceso a todo el recinto interno y el externo, siempre llevando mensajes, las órdenes para la guardia, barriendo los sitios mejor guardados... No escapó, como el resto que estaba preparado, porque hubo más soldados en movimiento debido a los festejos y a las próximas partidas con la sal. No obstante, Arionavo conoce a todos, esclavos y oberitas, con su memoria genial, y es quien ha organizado nuestras reuniones.

-Por favor, Khumpomisis, -dijo Meritetis- haced otra copia de este retrato. Vamos a ver si conseguimos hacer las cosas bien.

-Hasta aquí, vamos cerrando el cuadro muy bien, -dijo Nuptahek- pero pensad en todo lo que pueda ser útil, Estevies...

-Creo que vendrán otros soldados para hacer esos viajes hacia el Sur y Naciente con la sal, porque los últimos y éste, los han hecho otros que traían esclavos, dejaron los carros y fueron luego hacia el Sur llevando a la misma gente... Si habéis liberado a muchos, supongo que habéis encontrado unos cuatro o cinco mil oberitas...

-Sí, -dijo Hatshepsut- y ya no vive ninguno de ellos. Voy a preparar el equipo para Vosotros, aunque me quedo incierta al no participar...

-No lo sintáis así, Hermana Amada, -dijo Nuptahek- que esta misión incluye eliminar patrullas que vengan por aquí, lo cual haréis Vos, así no comprometemos la operación en torno a Cetatis. O si acaso aparecen esos llevando carros de sal, en cuyo caso también tendréis que haceros cargo. Harían el camino que hicimos nosotros, con alguna diferencia porque no sabemos por donde cruzan el río De Anubis.

-¡Yo sé dónde lo cruzan!, -exclamó Estevies- porque varias veces pude ver sus mapas, aunque era demasiado peligroso quedarme con alguno. Si me permitís, Hetesferes... Aquí, en este punto hay un islote grande, el río se divide en dos brazos tan anchos y poco profundos que pueden cruzar los carros. Si no llueve durante unos días, el agua no llega a las rodillas y el suelo es rocoso, casi sin barro en el fondo.

-¡A quince jaetas aguas arriba de donde hicimos las barcas!, -comentó Hetesferes- habríamos cruzado sin trabajo. Pero ya está hecho. De todos modos, lo importante es que harían todo el trayecto que hicimos y no se les debería dejar pasar. Aunque no serían muchos caerían sobre el Fuerte Anubis y es mejor evitarles eso hasta que estén mejor preparados. No sé si digo tonterías, Faraona...

-No, Hetesferes. -dijo Nuptahek- Es tal como decís pero Hatshepsut estará aquí para eso. Y según lo que vamos sabiendo de los oberitas y sus movimientos, puede que vengan muchos. Si los que liquidamos eran de Plesostrebe, no sabemos cuántos quedarán allá, pero si eran Vijelob, aún tendrán unos quince mil o más. Es una fuerza militar muy grande para relativamente pocos esclavos, y no hacen ellos vida de civiles, de modo que su presencia aquí obedece a un plan expansivo.

-Eso quiere decir, -intervino Elhamin- que en alguna parte están formando y entrenando a un ejército posiblemente mucho mayor que el nuestro, lo que además queda demostrado en la gran producción de ropa y armas que habían establecido en Fuerte Ramankh y en Anubis. ¿Qué hay de eso en Cetatis, Estevies?

-Mucho, General. Como he marcado en los mapas de Hetesferes, entre los olivares, dentro del recinto externo, hay un desparramo de casitas de madera que pueden ser más de cien. Ahí hacen trabajar por turnos a los esclavos que a pesar del brebaje, son coherentes en su labor manual. El metal se funde en un solo sitio, pero luego se afilan las flechas y demás armas en esas casitas. En otras están los telares y curtiembres, en otras elaboran los alimentos y en este punto, entre las casuchas de los esclavos y los establos, está la carpintería y los otros talleres donde se hacen aperos, monturas, ruedas para carros.,, Sacando algunas cuentas, creo que están produciendo cantidades muy grandes, como para muchos ejércitos. Sólo en los últimos cien días he fabricado más de treinta mil vástagos para flechas y unas mil lanzas para caballería, con tornos que hacen la labor muy rápida. Uno de los que tenéis que contactar allí es el herrero Martuse, que sólo ha hecho espadas durante estos dos años. En otros sitios seguramente hacen igual o más, de modo que algo grande están preparando.

-¿De dónde llega el metal? -preguntó Gelibar.

-El hierro que procesan aquí, -respondió Estevies- se extrae a unas treinta jaetas al Sur. Está en el camino de la montaña, que es más directo hacia el Sur, pero nos desviamos por este lado más a Poniente, porque siempre hay patrullas en esa zona y en la mina de hierro hay al menos doscientos esclavos y cincuenta soldados.

-Entonces, -dijo Nuptahek- mientras vamos mañana hacia Cetatis, Vos podéis indicarle el camino a Daverdis, que irá con la mitad de su grupo a esa mina de hierro. Queda aquí Hatshepsut, con Diva, Espiria, Unitis y el grupo de Ankemtatis que quedará a cargo del Comandante Maturineb.

-¡Uff!, -exclamó Ankemtatis- gracias, creí que me dejaríais aquí...

-No podemos prescindir de ningún invisible, -dijo Nuptahek- que esta operación puede ser más complicada de lo que parece. Tenemos luna muy menguada pero saldrá temprano, creo que la mejor para el uso del protocolo nocturno, pero no vamos a fiarnos y lo haremos como si fuese de día. Repasemos la idea: Si eliminamos los centinelas de las torres, que son seis en cada una, y vamos eliminando las patrullas externas, cuyo ritmo nos ha descrito Estevies, serán unos ciento cuarenta y cuatro enemigos menos y no notarán nada hasta la madrugada. Son tres pelotones de diez de cada lado de la muralla. La recorren en rotación con una frecuencia de quince a veinte têmposos, pero no sabemos si han hecho refuerzo y si hacen reemplazo nocturno en las torres.

-Ninguno, Faraona, -dijo Estevies- suben seis al anochecer, que reemplazan a los seis que han pasado allí el día. Sólo cuando hace frío se reemplazan más pero en esta época hay un turno diurno y otro nocturno. También cabe considerar que algunas veces los oficiales se asoman desde el interior a la muralla, para vigilar que las patrullas no se quedan a beber o descansar. Hay una escalera cada dos cuerdas largas, que no las dejan puestas pero las guardan cerca. Por eso escalamos el muro sin problemas, poniendo cueros sobre los espinos.

-Si se eliminan las patrullas y centinelas, -dijo Elhamin- hallarán los muertos o sabrán de las ausencias en la mañana. Eso implica que reforzarán todo más aún, así que lo que queráis hacer durante la noche, será la única oportunidad.

-No para los invisibles, -dijo Meritetis- pero sí que nos será algo más complicado realizar cualquier acción diurna. Si me permitís opinar...

-Adelante, Generala, -dijo Nuptahek- que para eso hablamos.

-Si yo tuviese que definir la acción, no liquidaría a la guardia todavía sino que haría una revisión a fondo del interior. A lo sumo, en caso de un error de algún invisible, podría ocurrir que tuviera que eliminar a algún soldado allí dentro, pero tendríamos un cuadro de situación mucho más completo. Aún con las mejores referencias de un problema o de un lugar, no se puede tener la certeza, el cálculo y la vivencia que da el estar en el sitio el tiempo suficiente. Puede haber cosas que no hubieran conocido los fugados, o no las recuerden con exactitud, o cambios en los ritmos de seguridad, al haberse escapado este grupo, más la desaparición de una patrulla de treinta...

-Totalmente de acuerdo, -dijo Elhamin- pero además, el conocer el lugar con propios ojos, puede dar mejores ideas para la estrategia. Os veo más pensativa que de costumbre, Faraona...

-Sí, claro, es que Meritetis tiene toda la razón... Aunque ya volvió a desaparecer... No nos urge nada y una pequeña demora puede ser providencial. Es que me vienen ideas raras...Como echar una buena cantidad de ese brebaje maldito en las aguas que beben los oberitas.

-¡Lo he pensado, Faraona!... -exclamó Estevies- Desde los primeros días, pero para un hombre solo es imposible, y aún para un grupo sin armas. La vigilancia de las armas es tan estrecha que jamás he trabajado solo. Incluso me han revisado siempre las herramientas que sacaba de las carpintería, así que no he podido hacerme ni con una punta de flecha. Pero sé dónde se almacena el brebaje y sé dónde están los tanques del agua que consumen ellos. Los esclavos sólo bebemos del arroyo que pasa por el medio y de las acequias, pero ellos tienen dos pozos de nivel estable. Hay sólo un tanque en la Estrella, para todas las casas, de unos quince mil Hegats. De uno de los pozos que está cerca del tanque, en el lugar más alto, se bombea el agua sólo para la Estrella. El otro está cerca del muro de Poniente y es para todos los soldados. Como es lo más alto del recinto mayor, el agua va a siete tanques dispersos, que están casi todo el tiempo llenos. En cada tanque hay dos guardias siempre, de día y de noche.

-Hay que tener en cuenta otra cosa, -dijo el médico Akhmandef- es que si se diluye no será algo tan efectivo. La potencia de la poción debe estar bien calculada y no conocemos su dilución. Envenenar el agua es algo que ellos han hecho siempre con los pueblos que no han podido someter, pero tiene muchos riesgos, incluyendo el de que no funcione si la cantidad es menor de lo óptimo... Es complicado.

-Vamos a hacer lo que propone Meritetis, -dijo Nuptahek- y con esta información estudiaremos el terreno muy a fondo. Luego veremos si hacemos lo del agua. ¿Qué lado del muro habéis escalado en la fuga?

-El de Poniente, -dijo Estevies- que es el único lado donde la puerta de acceso está bien hecha y no tiene centinelas, sino grandes llaves que tiene el oficial general de guardia. Y no es el lado más fácil de escalar sin escaleras, pero es el menos custodiado. Los centinelas más cercanos están a dos cuerdas, en el pozo y el ritmo de los de afuera es más largo en Poniente y Naciente...

-En resumen, -dijo Nuptahek- hemos de andar todo el día para llegar y explorar a fondo por el exterior. En la noche de mañana entraremos casi todos los invisibles con un sector determinado para revisión por cada uno. Nos haremos con una cantidad de brebaje, en lo posible de la fórmula de fabricación y si hace falta que alguien se convierta en columna de madera para verlo, pues habrá que hacerlo. Antes del amanecer nos reuniremos fuera, salvo que alguien considere posible e importante quedarse más tiempo y en tal caso sólo será hasta la noche siguiente. Si alguien falta, no podremos hacer ningún movimiento ni tomar decisiones en el terreno, salvo eliminar patrullas si aparecen alejadas del muro...

-No puedo saber cómo es la voz de Arionavo, -dijo un aparente varón con voz femenina- pero ahí afuera, los liberados me han reconocido con tal...

-¡Meritetis!, -exclamó Nuptahek- si no fuese por la voz diría... Sois más increíble de lo que creía, ja, ja, jaaa... ¿Cómo podéis hacer eso?

-Cosas de la química, Faraona. Cera de abejas, resina de pino, algo de tierra, agua, grasa de caballo, una cacerola y bastante paciencia. He traído suficiente preparado como para hacer muchas de estas máscaras. A esta pasta le podemos dar la forma que nos dé la gana. Algo de talento de escultor para formar el rostro, en lo que me ha ayudado Khumpomisis, luego pegar los pelos de crines de caballo partidas con salmuera y ya está. En unos pocos têmposos se seca y luego queda como se haya moldeado. Si se hace como ésta, se puede poner y quitar, con un poco de cuidado para que no se raje... No sé el color de ojos, pero eso no podría...

-¡Igual que los vuestros, Meritetis!, -dijo Estevies- puede que de un azul apenas más oscuro, pero os aseguro que nadie se daría cuenta... Se va a sorprender mucho nuestro amigo, porque creo que la estatura es casi igual Sólo tendréis que poneros la bata amarilla sin cordón y algo más ancha, para disimular el busto; podéis llevar en el pecho bajo el sayal, unos papiros con sólo dibujos, raros, ya que Arionavo suele llevar mensajes y esas cosas así... y evitad que os vean juntos, claro.

Al amanecer partieron a caballo los grupos designados y los invisibles, para tomar posiciones en las alturas de Poniente, donde llegaron a últimas de la tarde. No podían ir por el camino, sino por dentro del bosque y se toparon con un pelotón de diez hombres y cuarenta esclavos. Se reunieron a cuatro cuerdas de donde el grupo recogía frutos y hierbas.

-Si los liberamos, -dijo Henutsen- mañana tendrán el problema de la abstinencia, pero si liquidamos a los soldados, es inviable dejar volver a esa gente, a menos que mañana a la noche extraigamos y llevemos brebaje suficiente para ellos...

-De acuerdo, -dijo Nuptahek- pero hay que eliminarlos porque no nos dejarán hacer nuestro trabajo ahora y nos demorarían... Vamos.

En un momento eliminaron a los soldados y tras unos intentos vanos de explicaciones a los liberados, fueron llevados al campamento por cinco soldados. Los seis mil efectivos se dispersaron por todo el lado Poniente cubriendo unas cinco jaetas, alternando boleros y Uás. Nuptahek y Elhamin se instalaron en la prominencia rocosa indicada por Estevies y desde ahí podían ver casi todo el interior del recinto. Al atardecer salió una patrulla de cincuenta hombres a caballo por la puerta de Poniente y Nuptahek dijo que buscarían al grupo que no volvió. Con los silbidos adecuados se ordenó dejarles pasar por donde fuesen, para atacarles por retaguardia con boleras. Nada de ruidos ni posibilidades de reacción. Cinco soldados se encargaron de llevar los cincuenta caballos al campamento y el resto llevó los cadáveres a cuatro jaetas a Poniente, ya que tampoco se podrían quemar por varios días. Apenas cerrada la noche, los sesenta invisibles se internaron en el recinto por diferentes sitios, cada uno siguiendo lo más aproximado posible las instrucciones determinadas en los mapas. Tal como se había acordado, cincuenta y nueve invisibles estaban en al amanecer en el promontorio, donde los otros les habían preparado el desayuno. Pero faltaba Meritetis, de modo que permanecieron todo el día a la espera y aprovecharon a dormir por turnos. A media tarde apareció Meritetis cargando una bota de cuero bastante grande.

-Aquí hay diez Hegats de brebaje. He visto todo del proceso de preparación y tengo muestras de los ingredientes. Akhmandef tendrá lo que necesita porque Arionavo, después del susto y una breve charla, me fue indicando para ir por todas partes, a varios Ankemtras y sin que nos vean juntos. En este otro morral traigo muestras de todos los componentes y Arionavo me anotó las cantidades que echan de cada uno, luego el cocinado es simple, sólo se hace hervir la mezcla una vez con la proporción de agua aquí indicada. Se deja enfriar y está preparada. No he tenido que eliminar a nadie y nadie se ha fijado en mí. He salido por la puerta de Poniente diciendo al guardia que llevaba agua para una patrulla que ha de demorar en volver...

-Habéis estado magnífica, -dijo Nuptahek- que un jinete lleve ese odre con urgencia a Akhmandef. Llegará a últimas de la tarde y la gente estará padeciendo... Se queda allí e inmediatamente que salga hacia aquí con sus dos mil el grupo de Unitis, que presiento que habrá novedades... ¿Y el guardia os tomó por Arionavo sin más, Meritetis?

-No es difícil imitar su voz, que además, al ir cargada una hace el efecto de esfuerzo... Ahora él tendrá que andar con cuidado para que no le vean dentro, los mismos que le vieron salir. Se encargará de alertar al resto. También hallamos al herrero Martuse y le explicamos, así que esta noche estarán todos sabiendo que cualquier cosa rara puede ser oportunidad de huida y ya saben dónde está nuestro campamento. De todos modos les dije que somos dos mil pero no saben de esta línea de vigilancia. En caso de que pillen a alguno y le hagan hablar, tendrán la desinformación y podremos con ellos. Otro asunto a comunicaros, es que Martuse les ha hecho buenas espadas desde hace décadas, pero desde el principio, ha hecho un truco en el forjado para que se quiebren cerca del **candado** [9*] a medio palmo de la empuñadura, colocando dentro un trozo de hoja de junco, que se quema pero hace su efecto debilitando ese punto. Sólo hay que conseguir dar un buen golpe de costado y se rompen. Como no las usan para entrenar y no han tenido ataques desde hace décadas, no han descubierto ese defecto.

-Los que habéis oído, -dijo Nuptahek- comunicadlo a todos y que el que va con el odre lo avise en el campamento. Aunque es preferible no tener que combatir a espada.

-Atención, Faraona, -dijo un vigía desde un árbol- que han salido por la puerta de Poniente unos cien o más jinetes tomando este rumbo. Otros veinte van hacia el Sur y al Norte otros tantos...

-Son un par de jaetas, -dijo Nuptahek- así que vamos a retraer toda la línea. A mis espaldas a una cuerda corta, reunión de los invisibles. Que Omar persiga con trescientos a los del Sur y Diva a los del Norte con la misma fuerza. Aunque Hatshepsut se haría cargo de los del Sur es mejor no dar oportunidades. Gelibar, encargaos de los silbidos.

En poco rato se cumplía la orden y cuando el azafe de jinetes se aproximó al promontorio que hacía de atalaya, desde el semicírculo formado por los invisibles partieron coordinadamente las flechas, tras un graznido de cuervo imitado por Nuptahek. Otros cien caballos fueron reunidos para llevar al campamento y los cadáveres llevados donde los anteriores, pero tuvieron que esperar a Diva y Omar con sus respectivas noticias. Las operaciones habían sido implacables y otros cinco soldados se hicieron cargo de los caballos.

-Deben haber visto a Arionavo -dijo Meritetis- o algún oficial ha sospechado algo. Ahora sí que estarán muy alertas, con demasiadas patrullas que no vuelven...

-Y por ello, -respondió Nuptahek- haremos campamento a una jaeta más atrás, donde el barranco nos permite hacer un fuego, y mientras comemos algunas raciones vemos qué hacer. Atención, vigías de los árboles, permaneced muy alertas, que ahora las cosas se han puesto más delicadas y no sabemos cómo reaccionarán... ¿Y Meritetis?

-Creo que ha vuelto al recinto, -dijo Henutsen- no la vi desaparecer pero mientras hablabais vi su intención en el rostro. Ha de asegurarse de que Arionavo no haya sido descubierto...

-Pero lleva demasiado tiempo sin dormir, -dijo Ankemtatis- y aunque nos supera a todos, los reflejos no son los mismos... ¿intervenimos?

-Sí, -dijo Nuptahek- se suspende la acampada en el barranco, pero si aún Meritetis está funcional no la encontraremos. De todos modos vamos treinta invisibles al recinto. El resto de invisibles queda con Hekamusim, que la nombro Comandante ahora mismo, y la línea sigue a cargo de Elhamin.

-Excelente decisión, -dijo Elhamin- que esta mujer se lo merece. Si no volvéis al amanecer, dispersaré la línea en todo el entorno del muro y pediré refuerzos dejando el mínimo en el campamento, preparado para contención total, sitio del fuerte y eliminación del enemigo... El grupo de Daverdis llegará después del amanecer y entraríamos...

-No seáis pesimista, General, -dijo riéndose Henutsen- que no nos dejaremos ver y menos en esta noche casi sin luna.

-Elhamin, -dijo Nuptahek también en tono de broma- si no volvemos, quedáis como Faraón interino en campaña, pero dadnos hasta medio día, porque quizá tengamos más fiesta de lo esperado...

El grupo despareció de manera tan sorprendente a pesar de haberse puesto el sol hacía poco, que Nuptahek hizo un gesto muy gracioso, como sorprendida de haberse quedado sola hablando con el General. Luego señaló al árbol más alto detrás de Elhamin pero él comprendió la treta girando la cabeza a medias y por un instante. Cuando volvió a mirar a Nuptahek, ya sólo estaba a su lado la nueva Comandante Hekamusim, riendo en silenciosa carcajada.

-Ya sé que sois divertidos y eficaces, Hekamusim, pero no os riáis de este vejete, que como me ponga a aprender vuestras tácticas...

-Lo haríais igual que nosotros, General, pero no se puede estar en tantas cosas. Nadie coordina como Vos los movimientos de la tropa, la logística, las comunicaciones... Seti no podría saber qué debe hacer ni la Faraona contaría con una segunda cabeza pensante en estrategias y yo sé que muchas de sus ideas son las que le insinuáis en secreto.

-Eso no es tan así, Comandante. Ella tiene sus propias ideas y si las comparte primero conmigo es porque sabe que el ingenio es mucho más efectivo cuando se combina con la experiencia... Pero volviendo al tema de vuestras técnicas, ya me haré tiempo para aprenderlas, si es que tengo las dotes necesarias. Henutsen me ha dicho que cuando quiera, pero como bien decíais, no se puede estar en todo y además, sé que la cuestión del parche en el ojo tiene sus riesgos... No sé si confío en mis capacidad para lo que al menos en teoría, es peligroso.

-No lo sería para Vos, General. El peligro es para los que no hacen a fondo la Katarisis. La cabeza no funciona bien cuando hay un "yo inferior", que es el creador del "yo superior" y el "yo soberbio", o si el practicante empieza a ver en el plano de Anubis y se deja engatusar por las entidades astrales que empieza a ver con el cambio de ojo. Eso hace desarrollar cosas que el menor desequilibrio en los valores éticos las convierte en poderes peligrosos, y ya sabéis como se acaba cuando son mal usados. Vos no tenéis nada de eso y Hetesferes tampoco. Con vuestra experiencia de vida y técnicas de invisibles, seríais una pareja como Henutsen y Ankemtatis, porque incluso estáis tan cerca de la Ascensión como ellos, aunque la demoráis para seguir en la lucha, por amor a Ankh em-Ptah y a la Humanidad toda...

-Cierto, pero... ¿Cómo podéis saber eso, cuando jamás hablamos de nuestras vidas?

-Porque todos los invisibles vemos en el ámbito de Anubis y no nos hace falta oír nada de Vosotros para saber cómo sois. Vosotros no vais a demorar en ese desarrollo, si lo deseáis. Ya sabéis, que cuando lo digáis, estoy a vuestras órdenes para comenzar a daros a Vos y Hetesferes la instrucción como invisibles. Aunque sea de a ratos...

Continuaron conversando hasta muy pasada media noche, cuando les interrumpió una soldado desde un árbol.

-General, hay un incendio en el sector Sur del recinto. Y viene un jinete. Los invisibles fueron a pie, pero creo que es de los nuestros.

-Bien, -respondió Elhamin- permaneced atenta e informad cualquier otra cosa. Diva, avisad a los demás una alerta para movilización... Hekamusim, recibid al jinete, voy a reorganizar la línea...

-¡Rainoptes!, -dijo Hekamusim unos têmposos después al reconocer al jinete- ¿Qué ha pasado?, ¿Está bien en grupo?

-Llegamos a tiempo, iban a matar a Arionavo, al herrero Martuse y a cinco niños para dar escarmiento.. Tengo órdenes para el General...

-Estoy aquí, por suerte no me he alejado... -dijo Elhamin- decidme...

-Hubo que actuar con contundencia e hicimos el incendio en el Sur, para crear distracción. Pero el grupo ha tomado el sector donde estaba la casi totalidad de los esclavos para ser testigos del escarmiento, así que urge llevar toda la línea a la fortaleza. La Faraona autoriza el uso de Uás y boleras sin restricciones. La zona tomada forma un triángulo entre la puerta de Poniente y algo más al Sur, y la torre de Naciente y Norte. La casi totalidad del enemigo se ha replegado al interior de la Estrella, pero parece que también custodian bien algunos puntos entre los árboles y otras construcciones. Se necesitan refuerzos en ese sitio pero también por los otros lados...

Elhamin comenzó una serie de silbidos y en medio Râdnie la mitad de la fila estaba formada detrás del promontorio.

-Diva, -dijo el General- id directo hacia la puerta de Poniente que está tomada por los invisibles. Rainoptes va con Vosotros y dará las señas pertinentes para que os abran. A medida que lleguen los demás vuestros, se envían por el mismo lado. Ya veré por dónde entro con Gelibar y Omar, que hemos ser muy sorpresivos...

Cuando estuvo formado el grupo de Omar, dio las instrucciones para un ataque y entrada destruyendo el muro de modo coordinado y les envió a tomar la torre Sur de Poniente. Cuando llegó todo el batallón de Gelibar partió con ellos para tomar la torre Sur-Naciente. Un Râdnie después, eliminados a disparos de Uás los vigías de las torres, abrieron las brechas en el muro con esas armas, entrando para batalla frontal y directa, usando todo el armamento disponible. El combate duró hasta la hora más oscura y finalmente rodearon todo el recinto de la Estrella. Elhamin ordenó formar y numerarse, cerca del muro externo, alejados de la fortaleza interna, desde la cual se seguían disparando flechas y algunas lanzas grandes, con ballestas potentes. La numeración arrojó un resultado de veintidós bajas propias y cuarenta y cuatro heridos que fueron alojados para su atención en una casa cercana a la torre Nor-Oriental. El número de enemigos muertos se calculó sumando el reporte de cada uno a medida que se numeraba a sí mismo y resultó en un aproximado a dos mil. Los arcos hicieron la tercera parte de lo conseguido con las boleras, pero igual la efectividad fue considerable, sobre todo para rematar a los heridos que dejaban las ráfagas de boleras y Uás de los jinetes de vanguardia en la batida. Cuando los primeros rayos de Ra que aún no se asomaba, formaban entre las altas nubes una corona espectacular, Elhamin se reunía con Nuptahek y en ese momento llegaba el grupo de Daverdis.

-Debe haber unos mil trescientos hombres en la Estrella, -decía Nuptahek- más los que viven ahí y sus esclavos, pero es muy difícil entrar, ahora que están en alerta. Daverdis, decidme qué ha pasado con la gente sometida al brebaje.

-Que llegó justo cuando algunos empezaban a delirar, desmayarse y con espasmos. Otros parece que aguantan mejor, pero el médico les está dando las dosis ya reducidas, y se las irá reduciendo a cada uno según su peso y sus reacciones. La cocinera Maurenka, que ha oído algunas conversaciones, ha estado preparando otro brebaje, pero éste es muy potente y venenoso. Con plantas que conoce de nuestra tierra y hay aquí también, ha preparado estos tres odres que traemos... Basta uno para matar o dormir a mil hombres. Hay que calcular muy bien su uso y dilución en agua o leche para un efecto u otro, por eso ha venido Geonemetis. Todos sabemos sacar cuentas muy diversas, pero él es el más experto...

-Bien, Geonemetis, -siguió Nuptahek- porque además sois médico y podréis darnos idea de qué hacer. La Estrella tiene un pozo propio con un tanque de quince mil Hegats... Cómo podremos llegar hasta ahí ahora, está por verse, pero ya... Calculad, no os interrumpo.

-¿Cuánta gente hay ahí, aparte de los mil trescientos?

-Unos cuatrocientos más, entre los jefes oberitas que viven ahí y sus esclavos, -dijo Nuptahek- pero no es una cifra segura...

-¿Y alguien puede decirme qué tamaño tiene la vejiga con la que se bombea el agua desde el pozo?

-Mientras preguntáis a los invisibles que han estado en la zona, -dijo Henutsen- busco a Arionavo, que él lo ha de saber con seguridad.

-Yo lo sé bien, -respondió uno de los invisibles- pero igual es bueno que me confirme Arionavo. No es una vejiga sino una buena **bomba sapo** [(10*)] igual que las nuestras y hasta diría que la han traído de La Luz, donde se fabrican esas en metal. Tiene la misma forma y tamaño pero le han puesto un tubo demasiado fino, así que puede bombear como mucho dos Hegats por cada têmposo. Con un buen tubo podría bombear hasta cinco. Además, no han hecho la "escalera" de tanque intermedio vacío de aire, de modo que entre el pozo y el tanque hay treinta codos. Está casi lleno, por el sonido al caer el chorrillo de agua, pero tiene una tapa de metal que no destapé porque hubiera hecho ruido y habría tenido que eliminar a los centinelas que estaban cerca.

.-Bien, -dijo Geonemetis- habéis tomado excelente nota de ello en vuestra inspección. Eso quiere decir que no sube al tanque más que un Hegat por têmposo... Ahora sí he de hacer algunos cálculos en base a considerar que el agua ha de seguir siendo bombeada desde el pozo noche y día sin parar. En un rato os digo lo que pueda determinar en números. Sobre la viabilidad de usar el compuesto y la cantidad...

Siguieron haciendo recuento de flechas y la munición restante para las boleras, revisión de heridas leves de las que muchas veces los soldados no hacían reporte por considerarlas insignificantes o que en la tensión de la batalla pasaban inadvertidas para ellos mismos. Rato después Geonemetis volvió con una serie de cálculos hechos.

-Hemos de considerar que ese tanque recibe cada día completo dos mil trescientos cuatro Hegats, aproximadamente, lo que representa un consumo de un Hegat y un tercio por persona y día. Ahora no usarán agua para bañarse, sino que tendrán apenas lo justo para beber. Las instrucciones que me dio Maurenka han sido de una gota sin diluir para matar en poco rato a una persona, pero en la dilución con agua, para matar a toda esa gente nos sobra un odre si lo echamos en ese tanque, aunque eso se iría reduciendo en función del agua que entra, en una proporción inversamente proporcional al...

-Por favor, Geonemetis, -interrumpió Nuptahek- decid cuánto de eso hay que echar en el tanque para dormirlos, desmayarlos o lo que sea, sin matarles, que hay al menos cien esclavos que no queremos matar. Además, no es problema romper la entrada de agua...

-Pues entonces, Faraona, hay que echar medio odre, revolver bien el agua y sí, bastaría con romper la bomba o la cañería, para que al menos pasen un día bebiendo el agua del tanque sin que se vaya reponiendo. Si los datos son correctos, no van a morir pero van a quedar inermes antes de acabar el día, durante al menos tres o cuatro días. Si les echamos sólo un cuarto de odre quedarán como enfermos y en un día no podrán moverse ni para defenderse, se harán de todo encima, pero no se dormirán y el efecto igual les durará al menos dos días. A los que queremos recuperar se les da agua y leche y en un solo día pueden reponerse. Si se echa un odre de éstos completo, a la noche estarían todos muertos... Medio odre en el tanque y en veinte Râdnies estarán desmayados los más débiles pero incapacitados los más fuertes. Una gota en la lengua del más resistente y estará muerto en menos de medio Râdnie.

-¿Estáis bien seguro de las cuentas, Geonemetis?

-Sí, Faraona. Y Maurenka es muy experta en lo suyo, que no sólo es maestra de la cocina, sino que usa varillas, péndulos y otras cosas, luego de haber hecho los cálculos matemáticos, pesado y medido los componente de cada cosa, tanto en sus comidas como en remedios o lo que sea que prepara. Sólo me gustaría estar más seguro de que el tamaño del tanque es como se ha calculado.

Al llegar Arionavo y contrastar el conocimiento del hombre, las medidas calculadas eran las mismas, así que se elaboró un plan para ingresar con medio odre de poción al recinto.

-El punto más débil de esa fortaleza, -explicaba Arionavo- no es ni siquiera conocido por los que viven ahí. Sólo lo conocemos el herrero Martuse, el carpintero Estevies y yo. Es un pequeño túnel que parece de desagüe y por eso nadie se ha fijado en él. Pero cuando a Martuse le ordenaron cambiar la tapa porque se veía muy enrobinada, se dio cuenta que era un túnel de escape bien disimulado. Está en el extremo Sur fuera de la Estrella y sale dentro de la misma, a una cuerda corta del tanque de agua, pero aunque es bastante alto y no hay riesgo de darse en la cabeza, es estrecho y no caben dos personas grandes...

-Entonces vamos sin problema a la boca del túnel, -dijo Henutsen- con sólo eliminar a algún centinela de la muralla, en caso que nos vea, pero... ¿Se puede abrir con facilidad, tanto la entrada como la salida?

-Martuse tiene de todo en su taller para hacerlo. Pero no le veo...

-Está herido, -dijo Arkanesis, una de las invisibles- pero puede decir qué hay que llevar. Rainoptes y yo podríamos hacer lo mismo que antes, un incendio en el depósito de leña que está en la punta Norte de la Estrella. De noche podemos escalar sin que nos vean los que vigilan la muralla, o incluso eliminarlos alumbrando con las lámparas y despejar el panorama eliminando la guardia de todo el muro...

-Las luces se verían desde todos lados, -dijo Henutsen- pero además ese muro es muy ancho, se puede caminar por él y sería complicado e inconveniente eliminar a la guardia. Basta con escalarlo usando técnica diurna. Esta noche ya no habrá luna, así que vamos con ventaja. Se elimina con bolera el guardia que aparezca y hacéis el incendio pero sin disparo de Uás, porque se ve el origen desde lejos.

Sólo un cartucho explosivo de los que tiene Ankemtatis. Se verá la explosión pero no el origen y nos aseguramos de volar el tejado del cobertizo, así no sólo será el incendio, lo que llame la atención. Como seña para Vosotros y para los que entraremos, Arionavo encenderá un fuego en el muro externo de Naciente, formando un triángulo con los extremos Norte y Sur de la Estrella. Será el momento del incendio y en menos de medio têmposo estaremos entrando al túnel... ¿Aprobado?

-Perfecto, -dijo Nuptahek- pero no quiero perderme esa parte...

-Entonces, -dijo Meritetis abrazando a la Faraona- yo tampoco me lo pierdo, así que me apunto también... A menos que digáis que no...

-Sí, -respondió Nuptahek- pero no iré como Faraona, sino a órdenes de Henutsen, como una invisible más. Así no nos pone pegas...

-Bien, chicas, -dijo Henutsen- pero nos cuidaréis las espaldas. El odre, aún con la mitad del contenido, pesa bastante, así que lo llevará Ankemtatis. Vienen con nosotros Menkhali, Alvalis, Rutene y Bastetina así siendo ocho formamos escuadra angular. Arkanesis y Rainoptes van con seis más, aunque sea sólo para arrojar ese explosivo. Debéis aseguraros de que caiga en el sitio adecuado y tenéis diez mútlicas para estar fuera, del otro lado del muro, cuando eso explote.

Tal como se dispuso, con las herramientas del herrero, el grupo de Henutsen se preparó mientras Arionavo iba a su posición para encender una antorcha. El acercamiento a la entrada se hizo cuando Arionavo encendió la antorcha, de modo que estaban cerca de la tapa cuando se escuchó la detonación y al salir del túnel debieron eliminar a cinco hombres que se hallaban en las cercanía del pozo, más cuatro que estaban cerca del tanque. Mientras Nuptahek y Henutsen cubrían a Ankemtatis y Alvalis, que eran los más corpulentos, para echar la poción en el tanque y revolver el agua con una larga vara, Meritetis se dedicó a quitar la bomba del agua pero no la rompió, en previsión de futuro, y luego con los otros tres llevaron la bomba y los cadáveres de los guardias dentro del túnel. Con la confusión del incendio no se notaría su ausencia o se les daría por relevados, ya que casi todo el personal se destinaría a la extinción del fuego. En la salida fueron acomodando los cuerpos en el estrecho túnel para poder pasar y Henutsen, que hizo entrar a todos y quedaba al último, recogió a un niño pequeño que deambulaba llorando por el lugar. Escuchó los llamados desesperados de una mujer justo cuando estaba cerrando por dentro la tapa de metal y dudó un instante, pero Meritetis le tomó el niño para que ella fuese a por la madre. Cuando salieron Henutsen no aparecía y Nuptahek y Ankemtatis volvieron a entrar. Al llegar a mitad de camino hallaron a Henutsen arrastrando el cuerpo de la mujer que había sido alcanzada por una flecha.

-Eliminé al soldado, -dijo ella- pero alcanzó a disparar. No sé si vive.

-Dadme sus brazos y tomadla de los pies. -dijo Ankemtatis.

Al salir comprobaron que la mujer respiraba y el equipo de dos médicos y algunos ayudantes, que estaba a la espera, se la llevó a distancia prudencial del muro, mientras una soldado llevaba con ellos al niño, ya que cuando una persona se encuentra cerca de muerte, el estímulo de los seres amados en la cercanía inmediata ayuda mucho en su recuperación.

-Evitad que el niño llore, -le decía el médico en voz muy baja a la soldado- que la gente desmayada o dormida es influencia en su psique por lo que escucha en ese estado. Por eso les hablamos cosas bellas cuando operamos, para que la parte automática de la psique no quede resentida. -y luego decía en voz alta- Esta mujer es muy bella y tiene un hijo precioso. Vivirá para criarlo sano y feliz, tendrá una vida feliz y ahora sólo es cuestión de que quiera seguir viviendo. Ahora es libre...

Un Râdnie después estaba todo el Comando reunido en torno al pozo del recinto externo, cerca del muro de Poniente, observando el fulgor del incendio que se iba extinguiendo.

-Ahora sólo queda esperar hasta mañana, -dijo Elhamin- pero la Faraona tendrá otra vez el peor de los dilemas...

-Y lo tengo ahora, General, desde que pergeñamos esta idea de la poción. Creo que tendremos que entrar, sacar a los esclavos y poner una gota de poción en cada lengua oberita. Es mejor que...

-Me parece buena idea, -dijo Elhamin- pues ya no seréis Vos sola quien lo haga. No sé si será una muerte dolorosa...

-Nada de dolor, -dijo Geonemetis- es uno de los venenos dulces, sólo se duermen y despiertan en el ámbito de Anubis, pero como también se envenena el Ka, el Lah se desprende rápido de esa lacra enferma de esclavismo...

-Tengo mis dudas al respecto, -dijo Nuptahek- pues no sé si el Lah de los esclavistas ya está enfermo. Es algo a aclarar aún en las Escuelas de Kom Ombo y Dandara, aunque los Sacerdotes más ancianos digan que el Lah no se contamina con eso... Ahora vamos dormir por turnos, que queda poco para el amanecer y tenemos que estar atentos a lo que ocurra.

-No creo que intenten salir estando sitiados. -dijo Ankemtatis.

-Ni creo que puedan andar ni montar un caballo a partir del medio día, -dijo Geonemetis- porque con lo que hemos echado, el desmayo total sobrevendrá a los cuarenta Râdnies, pero en la mitad del tiempo sus músculos no responderán. Despiertos aún, pero casi inmóviles.

-Entonces, -dijo Nuptahek- para empezar a recuperar a los esclavos habría que proceder antes del desmayo, para no tener que esperar tres días. Y al mismo tiempo, poner las gotas en los oberitas, todo en un mismo procedimiento...

-Así es, Faraona, -dijo Geonemetis- pero no estéis tan triste. Y si me queréis hacer caso, dejad que eso lo hagamos los demás. Sólo he matado en combate, pero tengo asumida esta obligación. Os lo ruego, dejad esta vez en manos del resto la liquidación del enemigo, que no será violenta ni dolorosa para ellos.

-También os pido lo mismo, -dijo Gelibar- que no es bueno que sólo Vos carguéis con esas acciones...

-De acuerdo, -dijo ella, viendo los rostros de los demás que asentían compartiendo la opinión- y lo agradezco, os haré caso. Que vayan cinco jinetes a movilizar hacia aquí a todo el campamento, que con los carros llegarán aquí mañana por la noche. Mientras, quiero ir mañana con todos los que hayan descansado lo suficiente, al menos la mitad de los que estamos aquí, a la mina de sal, que allí debe haber algunas centenas de soldados y no sabemos cuántos esclavos.

-Si me permitís, Faraona, -dijo Elhamin- quiero daros una opinión.

-Vuestra sabiduría no necesita permiso para ser escuchada por mí, así que soy todo oídos.

-Gracias una vez más. -dijo Elhamin- Se trata de que en el arte de la guerra, lo mejor es esperar a que el enemigo mueva sus fichas y obrar en base a ello, pero en esta ocasión hemos movido las nuestras para poder entrar a la solución. Si no hubiese sido porque estaba en juego la vida del herrero, de Arionavo, de cinco niños y otros, habríamos podido pergeñar un plan que no nos costara tantas bajas y heridos. Hubo que mover las nuestras antes que ellos, pero respecto a lo que puede haber en las minas, no lo sabemos. Sean quiénes y cuántos sean, ya vendrán aquí, donde tenemos todo tomado ¿No os parece más prudente esperarles a que vengan, en vez de ir a un escenario de combate que no conocemos, sin saber cuánta gente hay, haciendo un esfuerzo extra? Si hacemos que la guardia se vista de oberita, vendrán a nosotros como corderitos y sólo tendremos...

Nuptahek comprendió la idea antes de terminar Elhamin, le abrazó y besó sus mejillas, mientras decía sonriendo feliz:

-¡Infinitas Gracias a Ptah, por tener a mi lado sabios como Vos! Vamos a ocuparnos de esperar pacientemente el efecto de la poción, y luego llevar los cadáveres lejos, para quemarlos en el camino del Sur y Poniente, detrás de los cerros para que si vienen del Norte no vean las hogueras... ¡Shorinet, que suerte que os veo!... ¿Qué tiempo hemos de esperar para estos días?

-Lo he hablado con Encalinetus, Faraona. Ya sabéis que apenas soy un pretendiente a predecir el clima pero él es mi maestro. Dice que mañana estará nublado a partir de medio día, con posibles lluvias poco probables, pero las tormentas grandes, como las que nos dificultaron la venida desde el rio, se esperan para el inicio de la luna creciente, o sea dentro de seis días. Como en esta ocasión la "tasa" que forma la luna parecerá volcarse hacia abajo, es de esperar lluvias intensas durante toda la creciente y parte de la llena. Luego vendrán dos o tres días soleados, pero cuando empieza así la creciente, es de esperar lluvias en todas las regiones de la gran comarca hasta la próxima menguante...

-Eso lo sabemos para Ankh em-Ptah, pero... ¿Es igual aquí?

-Sí, Faraona, -siguió Shorinet- porque desde que desembarcamos hemos seguido las señas de la Naturaleza y comprobado que rigen igual aquí, y quizá en todo el mundo sea igual. Cada lugar tiene lo suyo, pero las señales que se relacionan con los astros, afectan a todo el mundo igual. Si se siembra ajos, zanahorias, remolacha, cebollas o cualquier cosa de la que esperamos raíz grande, es decir bajo tierra, en creciente o llena, darán mucha hoja y poco de lo que deseamos. Si lo sembramos en menguante será lo ideal y en nueva o "negra" será normal. Eso nos lo han confirmado los Fenhygios, los Slobundans, los Swideraj y lo sabemos de siempre los Carpatians. En esas cosas no hay diferencia alguna con la Patria del Nilo, aunque esté a miles de jaetas. En la parte de Naciente de las montañas lejanas de este territorio hay diferencias por los vientos y otras variables, pero lo que hacen los astros sobre el mundo, afecta a todo el mundo por igual.

-Gracias, Shorinet, os ruego encargaros de actualizar mapas y todo lo nuevo con Hetesferes y Khumpomisis, que vuestro conocimiento de la región es muy apreciable.

-Disculpad, Faraona... ¿Por qué decís "os ruego que..." si podéis ordenarlo y he de cumplirlo inexorablemente?

-¿Y por qué he de ordenarlo, cuando si os lo ruego os cae mejor y respeto vuestro libre albedrío, tan divino como el mío o de cualquier otro, por si hubiera alguna razón que no conozco y que os impida hacer lo que yo deseo?

-Sí, claro... -dijo Shorinet meditando en voz alta- eso se llama ética, como le llaman los Grakios. ¿Cómo no satisfacer un deseo de alguien que pide con sabiduría?... Además, si así lo pedís, yo lo haré como si me lo pidiera el mismísimo Ptah... Vuestras órdenes militares, ya veo que las dais sólo cuando son extremadamente necesarias, pero lo demás, lo pedís al Ser que Somos, no al "soldado". Gracias, Faraona.

-Ahora, Daverdis, como sólo habéis marchado hasta aquí y vuestro grupo no está tan cansado, os encargaréis de atender a los oberitas colocando la gota fatal en sus lenguas y metiendo un trago de leche en las bocas de los esclavos. Como son algo más de dos mil bastará de sobra vuestro grupo. Luego irán los grupos de Gelibar, Omar y Diva, después de un Râdnie, recogiendo los cadáveres para llevarlos en los carros que aquí hay en abundancia, para quemarlos en algún lugar a cinco jaetas al Sur.

A medio día no se escuchaba ninguna voz. Sobre los muros del exterior, se divisaban con los largavistas algunos soldados acostados en el muro de la Estrella y los vigías de los árboles del bosque, con una altura mayor que desde los muros externos, avisaron que había cuerpos caídos en los puntos de la Estrella que alcanzaban a ver. De todos modos, la seguridad era preeminente sobre el tiempo que se tardara en recuperar a los civiles, de modo que esperaron a pasada la media tarde. Entonces entraron las tropas a la Estrella derribando el grueso portón de Poniente con tres disparos de Uás, sin resistencia alguna en el interior. El brebaje de Maurenka había resultado tal como se esperaba y cada soldado había puesto en los picuás del cinturón, donde llevaban el veneno para los dardos, la poción de la cocinera. Se hizo una meticulosa batida para no dejar ningún rincón sin revisar y cada uno fue colocando una gota en la lengua de cada oberita desmayado o no. Algunos movían los ojos pero no podían mover el cuerpo ni hablar ni hacer gestos. Debido al desparramo les marcaban como "atendido", cruzándoles los brazos en el pecho, en la posición del Abrazo de Anubis. Gelibar hizo la batida un Râdnie después y no halló a nadie que hubiese resistido el veneno, de modo que a media noche estaban listas ciento veinte piras a cinco jaetas al Sur y Naciente, justo cuando llegaba Hatshepsut con todos los carros, caballos y personal. El medio grupo de Ankemtatis que había ido a la mina de hierro venía con la caravana; había regresado sin bajas, liquidando a cincuenta soldados y liberando a doscientos esclavos.

Nuptahek se colocó las dos coronas, los Furrieles hicieron los documentos oficiales, que fueron sellados como en cada ocasión, para dejar constancia de lo hecho y tras las exequias y ruegos para que Anubis se hiciera cargo de las Lah que se pudieran rescatar, se encendieron grandes hogueras. Sólo habían quedado en la fortaleza mil hombres de los diversos grupos, en previsión de posibles llegadas de tropas desde las minas de sal u otras. Se habían vestido con las ropas oberitas y establecido las guardias, pero la mitad se dedicaba a dar a los liberados, leche y otras pociones preparadas por los médicos. Cuando regresaron a la fortaleza, Râ estaba dando sus primeros rayos y se ordenó descanso por dos días, tras los cuales continuaban las labores de recuperación de la gente y había que lamentar veinte decesos de los esclavos, muertos en los incendios o en otras circunstancias, pero más de veintitrés mil personas habían sido liberadas y ahora contaban con un fuerte para vivir en paz, en la medida que estuviesen dispuestos a defender su libertad aunque les costase la vida. Tres días después de la toma del sitio, se hizo una reunión en una de las construcciones mayores de la Estrella, para definir los próximos movimientos y la continuación de la campaña.

-Pensaba que la leche podría ser incompatible, -decía el médico Bugarim- aunque Ajnanumis ya intuía que podía tener doble efecto y buenos ambos. Lo comprobado es que la leche ya ha quitado el efecto de la poción de Maurenka, pero además ayuda mucho a quitar la dependencia de ese "sueñobello" que les daban. Por eso no dejaban tomar leche a los esclavos...

-Y aquí hay trescientas vacas, -decía Gelibar- o sea que podrían en el próximo año, alcanzar una producción de leche más que suficiente para los veintitrés mil civiles. Ya alcanza para todos en un consumo moderado, pero lo raro es... ¿Qué hacían con la leche que producían, si sólo había poco más de tres mil soldados?

-Fabricaban mucho queso que sólo comían ellos, -dijo Estevies- y bebían mucha los soldados, pero también regaban algunas plantas si les sobraba... Para nosotros era algo prohibido.

-Claro, es que la leche desintoxica el cuerpo, aún cuando las vacas estén mal alimentadas, -dijo Ajnanumis- pero éstas están muy bien. Creo que tendré que enseñarles todo lo que se puede hacer con la leche. No sé cuánto nos quedaremos, Faraona...

-No mucho, -decía Nuptahek- y no podemos dejar más expertos cada vez que liberamos un lugar. Si seguimos dejando gente para instruirles, nos vamos a quedar rengos en la campaña, pero creo que en unos cuántos días, o lo que duren las próximas tormentas, se puede hacer una instrucción fuerte, si se les pasa a todos, el efecto del sueñobello y si hay líderes adecuados...

-Sin dudar, Faraona, -dijo Estevies- porque como habéis visto Vos misma, somos más de doscientos los que estábamos tramando fuga por no poder hacer otra cosa. Ahora que nos habéis liberado, con todo lo aprendido y sin esclavistas que nos sometan... Creo que sólo necesitamos instrucción militar, porque lo demás, lo sabemos. Hemos sido instruidos para servir en todo a los tiranos. Sabemos cultivar, criar animales, construir, trabajar la madera, fundir y forjar metales...

-¡Eso, los metales!, -exclamó Elhamin- que necesitamos reponer la munición de las boleras. Tenemos las fórmulas, pero sólo lo han hecho dos herreros de Ankh em-Ptah y si no se hacen bien, no funcionan...

-Eso está en nuestras manos, -dijo Arionavo- que Martuse es el mejor herrero, pero no el único. Ya está bastante repuesto y puede dar indicaciones, pero yo mismo le he ayudado mucho y sé bastante. Otro es mejor que yo y de los que se escaquearon hace tiempo de beber la poción. Si es hacer bolas para esas armas vuestras, esta misma tarde me decís en la herrería la composición y hacemos las que queráis.

-No sólo hay hierro en la composición, -dijo el General- pero en previsión de los metales más raros, hemos traído bastante para hacer muchas. Seti será quien se encargue con Vos de ese asunto. Hay que daros instrucción militar, sí, pero quién y cuánto, lo dirá la Faraona.

-Pues desde mañana mismo, la mejor instructora que es Henutsen, se encargará de eso. Incluso si tiene que dar trucos de invisibles, está autorizada a hacerlo con los que tengan los talentos necesarios. ¿Qué hay de las lluvias, Encalinetus?

-Que ya las tenéis aquí, Faraona. No lloverá mucho hoy, pero los escarabajos verdes han desaparecido y las hormigas negras también, y han hecho hormigueros en zonas altas. Mañana antes de la noche tendremos las primeras lluvias fuertes y será por muchos días...

-¡Visitas, Faraona!, -dijo Ankhceroi desde la puerta- parece que son los que esperábamos de las minas. Cinco carros de sal, con quinientos hombres en total. Sólo vienen diez esclavos y los exploradores los divisaron a diez jaetas al Norte, así que ahora estarán a poco más de cinco jaetas. Como me quedaban más cerca las Comandancias, he alertado a los retenes y están formando, listos para lo que sea.

-Generales, -dijo firmemente Nuptahek- haceos cargo de vuestras tropas, todos vestidos normal pero escondidos y tened cuidado con los de los muros del exterior y de la Estrella, que están vestidos de oberitas. Elhamin coordinará la acción para que entren confiados y se les liquida sin más. Se descarga la sal y se llevan los cadáveres en los carros al mismo sitio de las hogueras anteriores, antes que arrecie la lluvia. No hace falta ningún prisionero para interrogar...

Bastó el silencio que hizo de unos momentos y sólo quedaron a su lado los pocos Carpatians, Swideraj, Slobundans y Fenhygios que no formaban parte oficial en ninguno de los grupos. Nuptahek les dejó en sus conversaciones y fue a instalarse en la torre Nor-Occidental, que estaba cerca de la puerta Norte. Tres Râdnies después llegó la tropa con los carros y se ejecutó la orden como se dictó, quedando en medio de los cadáveres, los diez esclavos confundidos y asustados, de los que se hizo cargo Estevies, acompañado de los médicos.

-Hay doscientos cincuenta soldados en las minas y los esclavos son unos quinientos.-explicaba Estevies en la reunión del día siguiente- Se extraen otros minerales, además de sal. Me ha costado bastante que los que vinieran pudieran hablar. Como ese trabajo es el más duro, al igual que en la de hierro, se llevan a los más fuertes, pero les dan más sueñobello. No se requiere pensar con claridad para trabajar en las minas, pero eso también causa accidentes mortales para los esclavos. Para los oberitas somos material desechable.

-¿Es posible, Estevies, que esos soldados y estos quinientos no sean de este cuartel, sino venidos de otras partes?

-Puede ser, Faraona, ahora que lo decís... Sí, porque no hemos visto salir tantos hacia el Norte... Sólo las patrullas, que raramente salen por ese lado. Pero cada vez que viene un cargamento, vienen muchos, y como sabéis, también con los esclavos venidos de otros sitios. Así que como sospecháis, puede que se esté preparando una expansión y tengan fuerzas muy grandes más al Norte.

-Iremos extremando las precauciones. Ahora sí que habrá que ir a esa mina. ¿Cuándo hace que fuisteis por última vez?

-Hace unos tres años, pero he preparado maderos para muchos Ankemtras de subterráneos. No sé ahora cómo será el lugar y poco puedo recordar de cómo era ese laberinto entonces...

-Es decir -dijo Nuptahek- que no tenemos muchas posibilidades de conocer ese escenario para una eventual batalla. Hablad con esos diez, a ver si van recuperando facultades y que traten de hacer mapas. Ankhceroi, ocupaos de que cada experto haga un plan de instrucción para los que se van recuperando. Aunque la lluvia nos retenga durante cuatro lunas, es poco tiempo y hay que aprovecharlo bien. Ya que llegáis por aquí, General... ¿Movemos fichas esta vez y vamos a la mina de sal, o esperamos a que pasen las lluvias?

-No sé qué hacen en esa mina cuando llueve, -dijo Elhamin- porque aún siendo un subterráneo, pueden tener problemas con el agua ¿No?

-Así es, General, -respondió Estevies- cuando llueve mucho es más arduo el trabajo porque algunas partes se ablandan y se aprovecha porque es más fácil la extracción, pero también se suelen llenar de agua los túneles y se producen derrumbes. Hay que estar sacando agua que se bombea con vejigas artesianas. La actividad es más febril y aunque refresca, se hace más dura e insoportable.

-¿Y qué tan entretenidos están en ello los soldados?

-Mucho más, porque tienen que ayudar en muchas cosas o la gente no daría abasto. Y si se inunda demasiado también ellos corren riesgo con los derrumbes y las sanciones por lo que se pueda perder. Incluso los esclavos muertos son material perdido y a los oficiales les puede costar su rango si es grande la pérdida en sal o en esclavos, así que ellos tienen que trabajar también cuando hay problemas.

-Entonces, -siguió Elhamin- puede que en unos días sea oportuno visitar esa mina. Al menos con un grupo de dos mil hombres, por si nos encontramos con más gente llegada de otros sitios. Y creo que me quedaría corto en ese caso...

-Os quedáis corto, General, -dijo Nuptahek- porque ya hemos visto que el movimiento de tropas que están haciendo, es de varios miles en cada traslado. Y sí que el mejor momento será cuando haya llovido varios días, pero debemos prever que pueden aparecer más y antes de avanzar con los carros, eso servirá de exploración.

-Y además, -intervino Hatshepsut- habría que esperar luego de las lluvias, dos o tres días para que seque el terreno y no sufrir tanto como en el tramo desde el río. Propongo que vayamos la mitad del personal, que no será malo un poco de movimiento...

-De acuerdo, -dijo Nuptahek- pero no vamos a dar prioridad a eso. Ahora quiero saber de los médicos y sus tratamientos. Por favor, Ankhceroi, comunicadles que los que no estén atendiendo pacientes graves, deben reunirse aquí después de la comida, con toda la Plana Mayor, incluidos los Comandantes principales y los líderes liberados.

Como se ordenó, se presentaron Akhmandef, Bugarim, Ajnanumis, Anjotepeth, Geonemetis, Maurenka y veinte más, que componían el personal médico de la campaña, faltando sólo otros cuatro que estaban al cuidado de heridos. Cada uno fue reportando sus novedades y pareceres y Akhmandef, como médico jefe, presentó finalmente las estadísticas y el informe general de situación:

-Hasta ahora no hay que lamentar muertes por carencia del brebaje, pero sí muchos casos de espasmos y desmayos, que disminuyen a medida que vamos ajustando las dosis. Bugarim y Maurenka han conseguido producir el sueñobello en cantidad suficiente y no hay riesgo de quedarnos sin ello. Cincuenta liberados están en ello de modo exclusivo. El equipo médico ha comprobado ya, que la leche en proporción al peso de cada individuo, ayuda a eliminar ese brebaje. Por ahora se destina la producción lechera a esa prioridad y los efectos del brebaje que echasteis en el agua, han desaparecido de todos los afectados. A los niños de menos de diez años, que suman dos mil cien, no les daban el sueñobello. Sólo a partir de esa edad pero con una dosis general, así que a los más jóvenes está costando más depurar sus organismos. No obstante, van todo bien. Ajnanumis ha elaborado un cuestionario mejorado sobre los de Kom Ombo, que sirve para determinar el grado de inteligencia normal y sus mejoras en los pacientes tratados con las diversas dosis de antídotos, así como el suministro de sueñobello en dosis cada vez menores... Maurenka está probando desde ayer en diez pacientes una fórmula hecha con el mismo sueñobello y su antídoto, mezclados y luego batidos por cuatro Râdnies para convertir la **Luz etérica** [11*] de ambos en medicamento de alta dilución. Luego se vierte una gota en un cántaro de diez Hegats de agua, que se vuelve a revolver otros cuatro Râdnies, pero esta vez lo hace el mismo paciente aplicando sobre el liquido su propia energía etérica. Cada uno tiene su propio cántaro. Esa cantidad la beberá en cinco días y debe revolver el agua que tomará ese día, durante buen un rato, antes de beber. Ya lo han hecho por un día y el resultado ha sido magnífico, según comprobamos esta mañana. Así que vamos a aplicar el mismo protocolo para todos, pero Estevies está fabricando las miles de cubetas de madera y cántaros de barro que hacen falta para que cada individuo tenga sus diez Hegat de agua etérica. Creemos que podrían quedar impecables en menos tiempo, pero el tratamiento debe ser de veinticinco días para ser seguro, aunque los síntomas están desapareciendo en sólo un día. Sobre esto, quería pediros que Seti disponga de todo el personal posible para cortar las maderas y ayudar a Estevies. Ya lo hace con los suyos, pero a este ritmo sólo se hacen cuarenta cántaros y cuarenta cubetas diarias y estaríamos más de un año para hacer todas las necesarias...

-Lo entiendo, -interrumpió Nuptahek- dejadme calcular un poco... y sí, vamos a multiplicar por... ¡veintiocho!, esa producción. Que sólo se destinen trescientos hombres a las guardias, ya que sólo hay que custodiar el muro externo. Ahora mismo, Ankhceroi comunicad a todo el personal que no esté de guardia, que pasa a órdenes de Seti. En veinte días estarán todas las cubetas.

-Excelente, Faraona, -siguió Akhmandef- también debo comunicaros que el material de los laboratorios que hay aquí, es todo proveniente de Ankh em-Ptah, como la bomba sapo del agua... Robada allá...

-Que por cierto... ¿Qué ha pasado con ella, Ankemtatis?

-Ya está colocada y funcionando, Faraona, pero aún no podemos beber del tanque. Se está llenando, limpiando con jabón y vaciando repetidas veces, hasta que no quede nada de lo que echamos ahí. Estará totalmente limpio en dos días y no habrá que traer el agua del recinto exterior.

-No he escuchado el ruido de la bomba...

-Claro, cariño, -dijo Gelibar- es un golpeteo muy molesto, así que le diseñé una gruesa carcasa doble de madera, de modo que apenas se oye desde cuatro Ankemtras. Como eso no requiere aire externo y sólo requiere de la presión del agua y el vacío de la bomba, ahora no se ve ni se oye, pero bien ajustada y con el tubo adecuado, más el tanque con vacío de aire en la mitad, echa siete Hegats por têmposo.

-¿Cómo es que funciona ese tanque de vacío de aire...?

-Sencillo, Faraona, -explicó Geonemetis- pero hay que comprender las leyes de la física. La bomba sapo también funciona por vacío y la diferencia de presión del agua, pero el tanque intermedio es uno de metal muy bien soldado, al que se ha quitado todo el aire... Mejor os lo muestro en los planos...

-En otra ocasión, Geonemetis, disculpad la curiosidad momentánea, pero tengo la mente en muchas cosas y me estaba yendo de lo más importante ahora, que es prever el desarrollo de nuestra campaña, que va con veintidós efectivos menos, aunque ahora disponemos de más caballos y una reposición total de munición de boleras, más alimento en conserva que lo que podemos cargar... Posiblemente tengamos que combatir con una fuerza mucho más numerosa que la nuestra...

-Permitidme un comentario, Faraona, -dijo Bugarim- que puede ser importante para la campaña... Como sabéis, los médicos tenemos una empatía profunda con los pacientes y nos cuentan lo que no dirían a otras personas. No anoté los primeros cuatro o cinco casos, pero al ver el aumento, comencé a hacer estadística y ahora mi esposa la está completando en su cuestionario. Se trata de que la mayoría de los liberados que recuperan su nivel de consciencia normal aunque sea por momentos, desde adolescentes hasta los muy mayores, así como la mitad de los doscientos que se habían preparando para la fuga con Estevies, Martuse y Arionavo, quieren ser parte de esta campaña. En una estadística imprecisa, sólo basándome en mis conversaciones con la gente y con lo que voy anotando, hay una fuerza posible de diez mil efectivos, aunque casi ninguno haya tenido entrenamiento militar.

-Eso, -dijo Nuptahek tras un têmposo en que todos meditaron- si nos quedamos el tiempo necesario, sería magnífico. Vamos a esperar a ver qué pasa con toda esa gente. No quiero que se incorporen por odio al enemigo o por resentimiento de su experiencia como esclavos, pero si se les ayuda a ajustarse emocionalmente, quizá a muchos se les pueda incorporar. También esperaremos para ir a la mina de sal, que las prioridades nos dejan sin esa posibilidad por ahora y no es de esperar que venga nadie de allí con estos chaparrones.

Las lluvias ya eran intensas, constantes y por momentos tan torrenciales que debían esperar para seguir la labor de recolección de maderas. Poco se podía hacer en algunas jornadas, pero a pesar de ello, Seti dirigía las obras de corte y traslado de los mejores troncos para las cubetas, que se aserraban en tablones y cortaban en tiras más de mil hombres dirigidos por Estevies, mientras otros traían barro para hacer ánforas y cocerlas en los hornos. Cuarenta herreros aprendices, dirigidos por Martuse, recuperado de sus heridas, hacían asas y cinchas para el fondo y soporte medio de las cubetas. La producción se aumentó a mil ciento veinte cubetas diarias, que se iban entregando a cada liberado para su tratamiento con la fórmula etérica de Maurenka. Algunas cosechas tuvieron que hacerse alternando esos trabajos para no perderlas pero veinte días después estaba cumplido el objetivo. La recuperación de la multitud sometida al sueñobello ya era un hecho indudable y el medicamento de Maurenka, sumado a la educación en perspectiva de una nueva vida, había dado bríos a toda clase de propuestas, ideas y ofrecimientos personales de los liberados para participar en el ejército de la Faraona.

-Se aceptan -decía Elhamin en una reunión general de Plana Mayor, Comandantes y líderes de los liberados- diez mil novecientos veinte voluntarios para formar parte de nuestro ejército. Hemos declinado la oferta de más de cien menores de veinte años y de mayores de cien años, cuya experiencia de vida será demasiado necesaria aquí. También hemos descartado a las mujeres que Ajnanumis definió como de gran vocación maternal. Muchos niños de este pueblo quedaron huérfanos por los trabajos inhumanos al que sometieron a sus padres, así que Hetesferes, Ajnanumis y Khumpomisis han organizado este pueblo para mantener relaciones familiares armónicas. Mañana vamos a empezar el entrenamiento militar que durará cuatro lunas. Será muy duro y puede que mucha gente desista. Ankhceroi, por favor, leed la lista de efectivos y demás datos actualizados.

-Sí, General, tenemos con esta incorporación masiva, veinticinco mil setecientos un efectivos, si incluimos a la Faraona. Dos mil cien carros grandes, doscientos de los pequeños más cien cuadrigas de combate. Ya se han elegido los caballos para laboreo aquí y nos quedan diez mil cuatrocientos para la campaña. Como decíais, en la instrucción se verá cuántos liberados quedarán realmente. ¿Se hará la instrucción básica de Karnak?

-No, -respondió Nuptahek- se hará la completa que hemos hecho los elegidos por los Consiliums de las Calles, con la mayor exigencia. Es preferible que sigan con nosotros sólo los mejores. Incluso se les dará parte de la instrucción de logística, a cargo de Elhamin y parte de la de los invisibles, a cargo de todo el grupo invisible. Al menos las técnicas diurnas, ya que no hay tiempo para más.

Ocho días más tarde las lluvias comenzaban a decrecer, pero en ningún momento detuvieron la instrucción, sino que al contrario, se produjeron circunstancias más apropiadas para exigir al máximo a los voluntarios, tanto física como mental y emocionalmente. Parte de la instrucción militar consistía en hacer trabajos necesarios pero forzados en rapidez y las peores condiciones, con el control de los médicos, pero los liberados los hacían con enorme entusiasmo. Hubo algunos heridos leves, caídas de caballos y otros accidentes, ataques aislados de hienas que no produjeron muertes, pero nadie tenía quejas. Aún cansados del ajetreo diurno y en perspectivas de despertar nocturno para simulacros de combate, por las noches hacían bailes, música, juegos y toda clase de actividades sociales. Veintiocho días más tarde, a cuatro lunas de haber comenzado la instrucción, Nuptahek reunió a los novatos, que se sentaron en el suelo frente a la punta Norte de la Estrella para hablar desde el muro con la corneta altavoz.

-Nunca se termina de aprender, nunca se da por totalmente hecha una instrucción militar, pero Vosotros nos habéis sorprendido mucho, no podíamos imaginar que un pueblo envenenado, mal tratado, sometido y hambreado por años, pudiera mejorar y recuperarse en tan poco tiempo, como para rendir sin una sola deserción ni un lamento, en las instrucciones más exigentes que hemos dado jamás a cuerpo militar alguno. Habéis sido probados en el rendimiento y el aprendizaje con la misma dureza que se trata a los Comandantes, antes de darles el cargo. Me llenáis de orgullo todos Vosotros. Sabéis que vamos a combatir esclavistas cuyo poderío no conocemos; que tenemos armas muy especiales pero en poca cantidad; que a pesar de cualquier gran diferencia, somos mortales y una flecha enemiga que no prevemos, nos mata. Sabéis que no se permiten deserciones injustificadas y que no volveréis a este lugar ni a ningún otro, hasta que dentro de no sé cuánto tiempo, hayamos erradicado la peste esclavista de toda esta región... Nos esperan muchos meses de marchas y batallas, con nidos de esclavistas en sitios que no teníamos marcados en los mapas y que ahora sabemos que alargarán el tiempo de esta campaña. Una cosa es la instrucción, por más dura que os haya resultado, y otra bien distinta es la realidad, como que en cada lugar nos encontramos con condiciones diferentes e imprevisibles en tantos aspectos... Si alguien se ha sentido al límite de sus fuerzas y a punto de renunciar, deseo que lo manifieste ahora, porque este tiempo que habéis padecido esta prueba, puede ser apenas "*el hueso de la oliva, del aperitivo de la comida que nos espera...*" Prefiero que renunciéis ahora y no que lo hagáis cuando estemos en marcha o en combate...

El silencio fue absoluto por un rato, pero luego empezaron a hablar entre ellos muchos voluntarios, hasta que una mujer se acercó al muro y dijo a la Faraona.

-Creo que hablaría en representación del sentir de todos, ya que por corrillos nos hemos puesto de acuerdo para deciros... ¿Me permitís?

-Hablad sin tapujos, la pura verdad, lo que sea de vuestro corazón.

-Nos habéis liberado y ha sido como nacer a una nueva vida, así que vuestra insistencia en hacernos desistir, es gastar palabras sin utilidad. Pero además han hecho la instrucción formando "colados" setenta varones y mujeres más, aunque han sido descartados por el

General Elhamin por tener menos de veinte años. Unos de ellos son mi hijo Rubjim y su novia Sutramon, los que aparecieron llorando ante mí cuando se enteraron que estaban descartados por su corta edad. No obstante, el pedido es que veáis las calificaciones de los colados y les consideréis parte de este ejército si son buenas.

-Bien, ya os hablará al respecto el General, pero yo insisto sobre la posibilidad de que alguno de los presentes desee quedarse aquí, hacer una vida pacífica, tener hijos, criar animales, defender este lugar, lo que igual requiere valentía y formación militar... Disculpad, pero es mi obligación preguntar y que todos estéis seguros de vuestra decisión, de modo irrevocable.

Momentos después reiniciaron los corrillos y un varón gritó:

-¡Yo estuve al borde de mis fuerzas, Faraona, pero sentí que era preferible morir o desmayarme, antes que renunciar!... Nuestro pueblo ha estado esclavo, sí, pero por la trampa más artera que han podido crear los esclavistas con ese brebaje infernal. Ahora nadie preferiría la esclavitud, antes que perder la vida. ¡Muertos, antes que esclavos!

-¡Muerte a los esclavistas!, -gritó otro- ¡Libertad y paz para nuestros pueblo aunque nos cueste la vida y el Alma!

La multitud se puso en pie y empezó a cantar y bailar con una de sus danzas típicas. Nuptahek tuvo que contener las lágrimas, porque lo que más podía emocionarle, eran las demostraciones de Dignidad y Lealtad a los mayores valores. Luego del baile, que duró un buen rato, pidió la opinión a Elhamin, que estaba con Ankhceroi revisando las calificaciones en la instrucción y comparando la lista de inscritos.

-Disculpad un momento, Faraona, -dijo Elhamin- estamos revisando esto y se ve que los colados lo han hecho muy bien. Aquí está... se han anotado distribuidos de modo muy inteligente, para que no se note, en los diversos grupos a cargo de los Comandantes, incluso en los de Henutsen, Ankemtatis y de los otros invisibles. Han debido colarse de modo muy oportuno, luego de pasar lista, justo cuando se escribían las tablas de calificaciones. Sólo eso sería suficiente para aumentar estas calificaciones, por astucia, valentía, disposición de ánimo... Y mirad... Están todos con notas superiores a la media...

-Y no podemos achacarles falta de ética, -dijo Ankhceroi- porque no han cometido una falta en todo su desempeño. Sólo han demostrado su capacidad y disposición para ser incorporados. La madre de Rubjim no es que los haya delatado, sino que ha pedido su reconocimiento. Es decir que son listos hasta para conseguirlo mediando una madre, que tiene un peso emocional...

-Bien, por mi parte los apruebo, excepto a éste, que tiene catorce años, según pone aquí... Pirjelis... Es demasiado joven.

-Sí, Faraona, -dijo el General- pero mirad las calificaciones, sobre todo en las técnicas de invisibles... ¿Os imagináis a este chico con un poco más de instrucción?

-Por mi parte también aprobaría a ese, -dijo Henutsen- que ya le vi sobresaliente en todo y tuve la sospecha de que era demasiado joven. En la práctica de pontones, siendo delgado y de poca estatura, se daba maña para mover los tablones mejor que los más corpulentos.

Toda la Plana Mayor aprobó a los colados y Nuptahek fue a comunicarlo a los novatos, lo que causó otro largo rato de festejos, cantos y bailes, gritos de alegría e infinidad de gestos de gratitud. Se trabajó intensamente durante los siguientes días para confeccionar los casi once mil uniformes para los incorporados y proveerles de mejor armamento que el usado en la instrucción. En la herrería se hicieron arcos nuevos, más pequeños y metálicos, que superaban en potencia a los otros, aunque los usuarios de los existentes preferían seguir con los suyos. Se aprovechó todo el material oberita, pero haciendo las modificaciones técnicas para mayor calidad.

-Como soñaba con que un día nos liberaríamos, -comentó Martuse a la Plana Mayor mientras visitaba la herrería- diseñé una extensión para el candado de las espadas, que corrige la falla que les hice. Con esta cubierta que les estamos poniendo, ya no se partirán y además le sirve al soldado para usar de yunque en miniatura, cuando hay que machacar hierbas, cuero o resinas, y esta pestaña se puede usar para encastrar un dardo de reserva, para llevar hilo y aguja... Varias cosas.

-¿Cómo va la fabricación de las nuevas ruedas para los carros que sumamos a la campaña?

-Están todas en otros cobertizos, Faraona. Sólo hay que ponerlas y en eso está trabajando Seti. Ese invento de vuestro científico.... Alvalopep, es una gran genialidad. Vamos a hacer más para los carros que nos dejáis, pero eso no urge. ¿Cuándo pensáis partir?

-En cualquier momento, pero hay ajustes que hacer todavía y los médicos prefieren esperar, para dejar a todos en óptimas condiciones.

-Os pregunto porque estoy mejorando vuestros arcos tradicionales y he aumentado la potencia, cambiando las cuerdas de tripa por otras de metal, que no se resecan y durarán más que el arco mismo....

-Id haciendo las que podáis hasta que nos vayamos... ¿Cuánto tiempo demoráis en cada uno?

-¡Poco, Faraona!, ya están hechas las cuerdas. Lo demoroso fue el diseño de la máquina para hacer el hilo de metal para los arcos, que es más fino que el que traéis para arreglar muchas cosas y también más flexible. Luego han sido complicada la prueba, pero hora están tres ayudantes, haciendo dos mil Ankemtras por día, es decir para unos mil quinientos arcos... En quince días habrá para todos, pero descuidad, que hasta que os vayáis se estarán haciendo. Además, ya contáis con mil Jomhets de bolitas para vuestras armas, funcionan a la perfección. Están repartidas en varios carros y llenos los bolsitos de los soldados. Unas quinientas bolitas para cada uno...

-Queda toda esta gente en excelentes condiciones de salud, -decía a la Plana Mayor el médico Akhmandef unos días después- sin el menor rastro del brebaje de los esclavistas y Ajnanumis ha logrado educarles socialmente con pequeños ajustes, porque son nobles y por suerte el brebaje nos les ha dañado la cabeza como temíamos. En cuanto a la tropa, también están en forma. Se quedan quince varones y nueve mujeres que tienen heridas que no han acabado de curar y no están en condiciones de soportar más batalla, de modo que formamos en total veinticinco mil setecientos cuarenta y siete con la Plana Mayor.

-Por favor, Ankhceroi, decidnos cómo va el reparto de roles para los caballos y los carros...

-Diez mil cuatrocientos en total, de los cuales cuatro mil doscientos van para los carros grandes y uno por cada carro pequeño, uno por cada cuadriga, de modo que la tropa cuenta con cinco mil novecientos. Se han seleccionado los percherones más grandes para los carros, de modo que dos por cada carro grande es suficiente. Está todo listo y los expertos en el clima, todos Carpatians, dicen que tendremos unos diez días como hoy, algo nublados y con poca o nada de lluvia en esta región, pero en ese tiempo estaremos a doscientas cincuenta jaetas si las lluvias no son intensas, así que pronosticarán según avancemos.

-¿Habéis calculado sólo veinticinco jaetas diarias?

-Sí, Faraona, -dijo Elhamin- lo calculamos Ankhceroi, Permiskaris, el Swideraj Andrujkas, Hetesferes y yo, considerando que la caravana, como veis casi formada con parte afuera y otra dentro del recinto, es enorme y una vez en fila será de unas veinte jaetas si el camino da sólo para un carro... Aunque los Carpatians y Andrujkas aseguran que de aquí hasta Plesostrebe sólo la quinta parte será estrecha y una décima parte es camino de montaña. Serán treinta días si el clima no pone inconvenientes, pero ya sabéis que las incidencias no se pueden prever, pero además tenemos que hacer exploración muy amplia, para evitar que nuestro desplazamiento sea visto por exploradores oberitas, patrullas, o de otros pueblos que no hayan sido sometidos por ellos...

-Que difícilmente encontremos alguno, -intervino Henutsen- porque teniendo en cuenta sus emplazamientos mayores y la forma en que se iban expandiendo, no creo que hayan dejado una aldea libre...

-Salimos mañana antes del alba, -dijo Nuptahek- pero irán cuatro mil jinetes por delante, directo a la mina de sal. Serán los jinetes de los grupos de Diva, Unitis y Daverdis, comandados por Hatshepsut e irá Geonemetis, que también sabe de minas. Llevarán los diez Cetatisos que mejor conozcan ese sitio. Será su bautismo de fuego... Luego de ellos irán los exploradores de vanguardia de la caravana, esta vez a cargo de Enjoliteb, Encalinetus por la derecha, Shorinet y Andrujkas por la izquierda y Ankemtatis en el centro, formando cinco escuadras de diez jinetes manteniendo una distancia de diez jaetas y otro tanto hacia cada lado y un jinete de contacto con el grueso de la caravana por cada pelotón. Al menos uno de cada escuadra que sea un invisible... ¿Cuántos cetreros hay?

-Veinte, -dijo Ankhceroi- los mismos y sin novedades pero ya sabéis que hasta que conocen los sitios, sólo pueden ser útiles en tramos cortos, de diez jaetas, a menos que se usen en mensajes de retorno fijo, en que alcanzan un día de distancia, es decir unas cuarenta o cincuenta jaetas.

-Entonces estamos en los márgenes adecuados, -dijo Nuptahek- así que se suma un cetrero a cada pelotón de exploradores y sus cinco corresponsales vendrán justo detrás de la Plana Mayor. No difiere con el protocolo habitual, pero sí las cantidades. Hatshepsut se lleva un cetrero y Ligustek se lleva su corresponsal para permanecer a mitad de la distancia, con un tercero al lado nuestro. Así nos mantendremos mejor comunicados... Y si falta algo que prever, me lo vais diciendo. Ahora es momento de las despedidas, porque mañana no habrá ni desayuno, que se irá haciendo con raciones durante la marcha para evitar demoras. Si alguien tiene algo que agregar...

-Que deberíamos dejarles algunos médicos, -dijo Bugarim- porque hemos instruido a varios de ellos durante más de cuatro lunas, en todo lo esencial, pero les falta mucho para ser realmente médicos.

-De acuerdo, -dijo Nuptahek- designad los tres mejores de vuestro equipo, los que además de expertos tengan la mejor didáctica para crear aquí una nueva Escuela de Horus-Sobek, que ha servir luego a toda esta región para formar médicos tan buenos como Vosotros.

La despedida no tuvo cantos ni bailes, ni risas; nada de fiesta por parte de los que se quedaban. Sólo abrazos, amor y gratitud a la Faraona y todo su ejército; llantos y conversaciones en voz baja, y una profunda sensación de pérdida. En cambio los que se marchaban, en especial los Cetatisos, intentaban consolar a los que se quedaban. Estevies, Martiuse y Arionovo cenaron con la Plana Mayor.

-Haremos honor a vuestra labor salvadora, -dijo Estevies- y le ha costado a Hatshepsut y Ajnanumis, convencernos para no ir con Vosotros. Pero os rogamos volver cuando sea posible. Esta es vuestra casa y es también un pueblo vuestro...

-Sabemos -dijo Arionavo- que sólo regresarán los Cetatisos que sobrevivan a las batalla; incluso puede que muchos decidan quedarse permanentemente en el ejército de Ankh em-Ptha. Así que lo único que podemos hacer, es aprovechar vuestra enseñanza y rogaros que nos consideréis como ha dicho Estevies, parte de vuestro pueblo.

-Por mi parte, -dijo Martiuse- sólo he de deciros que cuando todos mis aprendices estén debidamente instruidos, me tomaré un año de viajero para visitaros en la orilla del Nilo. Eso será... ¡El próximo año!

-Si esperáis un poco más, -dijo Nuptahek- quizá estemos allá para recibiros, porque según se han ido ajustando y completando los mapas esta campaña será más larga de lo esperado. Dentro de treinta días o más, habremos alcanzado menos de la mitad del camino previsto...

CAPÍTULO ⋔⁞⁞⁞⁞
SOLEDAD EN EL CAMINO A PLESOSTREBE

La marcha se inició cuando el horizonte estaba rojizo, con los primeros rayos de Râ sobre las nubes lejanas y el camino, explorado en días anteriores hasta cerca de la mina de sal, permitía formar fila de cuatro carros en algunos tramos y de dos en otros, pero estaba en las mejores condiciones deseables, de modo que se hicieron treinta y dos jaetas y al anochecer se acampó en fila de seis sobre el camino, con algunos carros acomodados en el bosque ralo del lado de Naciente. El amplio valle estaba surcado por un arroyo caudaloso pero con playas, pozas y varios sitios donde por la mañana, a medida que se formaba nuevamente la fila, los caballos pudieron abrevarse y bañarse todo el personal. Al emprender la marcha llegó un mensaje y dijo el cetrero:

-Desde la mina de sal, Faraona, avisan que Hatshepsut ha tomado el sitio eliminando a los doscientos cincuenta y cinco soldados y nos esperan, pero vienen algunos trayendo seiscientos quince liberados.

-Bien, avisad a los exploradores... ¡Vendrán atosigados de brebaje! Debimos hacer antes el rescate de esa gente. Cetrero, responded que podemos demorar dos días más en llegar a la mina. General Elhamin, hay que vaciar sesenta carros para llevar con urgencia a los hombres, antes que empiece el efecto de carencia de sueñobello... ¡Mejor no, esperad!... Seiscientos quince jinetes irán a buscarles ahora mismo para apresurar y regresar más rápido. Pueden estar a media tarde en Cetatis, si fuerzan un poco a los caballos; pernoctarán allí y mañana a la noche nos alcanzarán. Nosotros podemos continuar la marcha.

-Seguramente Hatshepsut ha pensado igual que Vos, -dijo Elhamin- así que puede que no vengan a pie...

-¡Claro!, pues que lo confirme el cetrero. De todos modos conviene que sigamos en marcha. Si antes de medio día no tenemos respuesta, enviamos los seiscientos quince jinetes...

A medio día llegó el halcón avisando del viaje de los jinetes, llevando cada uno a un hombre en ancas. Apenas se detuvieron los para hablar con Nuptahek, ella hizo reemplazar hombres y caballos.

-Ahora vamos seguir, General, -decía Nuptahek cuando el grupo se llevaba a los liberados- pero que los que han venido y sus caballos, se queden en descanso, que no prevemos problemas para la próxima jornada Mañana se unirán a los otros para alcanzarnos y así no se revienta la gente ni los animales.

Llegaron casi de noche a la salina y Hatshepsut tenía dispuesta las hogueras para quemar cadáveres. Tras los abrazos de costumbre y después de inspeccionar el lugar de batalla, casi toda ocurrida en el exterior, verificaron juntas el estado del interior, que se hallaba en buenas condiciones para el trabajo que en algún momento retomarían los Cetatisos, ya como Seres Libres. Mientras, un Furriel de Diva iba comunicando las novedades y partes de batalla, con la novedad de que todo el personal y los caballos se encontraba bien.

-Entonces, -dijo Nuptahek mientras andaban por los túneles- ahora tenemos un total de diez mil seiscientos cincuenta y cinco caballos. Ni mi Amado Faraón Isman se hizo con tanto material del enemigo... Si desde el Reino de los Cristalinos nos pudiera comunicar algo, rogaría que me consuele por tanto cadáver...

-Es que mi padre tuvo un territorio de acción mucho menor que éste -dijo Henutsen- y mucha más necesidades locales que cubrir, así que lo requisado se dejaba todo a las poblaciones locales. Las campañas allá no tenían tantos jinetes entre los enemigos, ni tantos carros... Casi no se aprovecharon ni sus barcos, de calidad inferior a los nuestros. Si hacemos historia, no ha habido en toda la conocida, una campaña tan larga, extensa y numerosa como ésta. En cuanto a los cadáveres enemigos, tendría que revisar el historial, Faraona pero siempre es poco. No puede haber evolución, paz ni felicidad en el mundo mientras siga vivo un solo enfermo de esclavismo. Así que os ruego que no os lamentéis ni pidáis consuelo por ello a los vivos, a los muertos ni a los Ascendidos, porque deberías pedirlo por culpabilidad, si acaso no hiciéramos lo que hacemos. Pero si necesitáis el alivio del abrazo, por favor no dudéis en pedirlo a cualquiera de vuestro ejército para llorar sobre los hombros de todos nosotros, que quizá no sufrimos como Vos y Hatshepsut o cualquiera de los más nuevos, sólo porque ya hemos derramado demasiadas lágrimas, aunque no tan abiertamente como vosotras... Ya vemos que todo está bien aquí, dejemos a Geonemetis y su equipo revisar más a fondo y vamos a despedir a esos enemigos muertos que esperan deshacerse de sus Bah, antes que se pudran.

En medio de la noche, las exequias se realizaron con el Amor Profundo de siempre, agradeciendo no tener que hacerlo también por los propios. Con el cielo oscuro, densamente nublado, cinco hogueras alumbraron durante toda la noche el gran campamento, a pesar de estar a casi una jaeta. En la mañana temprano se reanudó la marcha, dejando un cetrero y veinte jinetes para avisar de cualquier novedad, de los mil doscientos treinta que debían alcanzarles. Cuando se había establecido el campamento a treinta jaetas de la mina, ya casi a media noche, llegó ese grupo con los demás, con la rara novedad de que habían entregado a los liberados pero en Cetatis nadie conocía a ninguno de ellos.

-Es decir, -decía Nuptahek a la Plana Mayor y al Comandante que dio la noticia- que dejaron en la mina a esa gente traída de otro lugar, pero también envenenados con ese sueñobello... ¿Cómo están?

-Así es Faraona, -decía el Comandante- y dos de ellos se cayeron de los caballos por efecto de la carencia. Hubo que desmayar a varios de un puñetazo, porque se volvían locos. Luego fueron llevados delante de la silla de montar, pero atados, para evitar más problemas. Al final llegamos bien con ellos, pero no conocían a ninguno. Les dieron sus dosis y reaccionaron como era de esperar. Se comprobó que es el mismo brebaje. Así que puede que lo usen en más sitios. De modo que están todos bien.

-Gracias, Comandante. Id a descansar, que habéis superado mucho las distancias esperables en vuestra carrera. Y digo a todos que no hay que poner hora de diana, porque está empezando a llover y creo que no vamos a levantar campamento, a menos que nos sorprenda el clima con noche de muy pocas gotas y mañana cielo sin nubes.

El clima sorprendió, pero al revés de lo deseable, a pesar de las previsiones de los locales. Durante dos días la lluvia fue constante y por momentos torrencial. Al atardecer del segundo día, con el cielo despejado, la Plana Mayor se reunió en la tienda de Comandancia para cenar y conversar sobre las perspectivas.

-Paciencia, Hermana, -decía Hatshepsut- porque esta noche ya será clara y mañana continuaremos. Dicen los que conocen estos caminos, que lo que sigue hasta los Cerros Rojos no tiene lodazales, es decir que hay tres días de marcha con campiña de suelo riscoso y sendas amplias. Casi la mitad de los Cetatisos que incorporamos ha estado en Plesostrebe y al menos cinco de ellos han descrito a Hetesferes el camino completo hasta allí, por separado, coincidiendo lo suficiente como para tener clara la ruta. Una de las mujeres tiene memoria de registro total y hace regresión mental para recordar detalles, incluso de vivencias de hace años. Fue una de las primeras en evitar el consumo de sueñobello, así que si lo aceptáis, será la guía de los exploradores hasta allí. También contamos con dos varones que han ido varias veces como carreteros entre Plesostrebe y Vijelob.

-No teníamos ese sitio en la previsión de campaña, -comentó la Faraona- y dicen que quizá ya no exista, pero sin duda que hay que llegar hasta ahí. ¿Qué distancia puede haber desde Plesostrebe?

-Unas trescientos ochenta jaetas, es decir unos quince días si no hay incidentes y lluvias. Dicen que hay opciones incluso si el clima no es favorable, por caminos más estrechos pero sin lodazales.

-Y yo tengo otra buena noticia, -dijo Hetesferes- pues hemos hecho ajustes a los mapas y hasta Plesostrebe hay un camino alternativo y muy bueno, con casi un tercio menos de recorrido, aunque hay que ir con cuidado en alguna parte, porque es terreno más bajo y puede que encontremos lodazales si llueve mucho. No obstante, dicen que por el camino que teníamos previsto el peligro es mayor si llueve porque hay zonas de riadas intensas.

-Son preferibles los lodazales, -comentó Elhamin- que a pesar de las demoras que causan, no se llevan a nadie ni hay aludes. Si tenéis decidido que partimos mañana, está casi todo preparado.

La partida al alba fue acompañada de un sol fuerte que hasta pasado medio día fue secando el camino. Durante la tarde algunas nubes pero sin lluvia y la tropa marchaba cantando en la mayor parte de la extensa caravana. Otros tramos de la misma se deleitaba con el son dulce de las ocarinas y casi con las mismas rutinas se hicieron en tres días algo más de noventa jaetas, en dirección a Poniente, hasta llegar a los Cerros Rojos, que no eran muy altos pero formaban un paisaje notablemente bello, separando el amplio valle que dejaban atrás y dos valles más estrechos que tenían por delante, igualmente transitables gracias a que se había secado la senda. Gran parte del trayecto se hizo a la vera de un arroyo, así que no faltó agua y sombra de altos árboles. En los siguientes valles, durante dos días de marcha, tuvieron que vadear dos arroyos pero no hubo demoras ni accidentes.

-Haremos un día más de marcha -decía Nuptahek- e intentamos llegar al Lago Largo para descansar ahí, aunque faltan cuarenta jaetas según los mapas. Pero Ankemtatis elegirá diez exploradores de los mejores entre los invisibles, para adelantarse y revisar aquella zona hasta unas diez jaetas más allá del Lago. Que Permiskaris seleccione los once caballos más resistentes para ello y que vaya un cetrero.

Avanzado el atardecer siguiente faltaban sólo quince jaetas para alcanzar el Lago Largo pero llegó un mensaje de Ankemtatis.

-Hay caravana enemiga en el Lago, -decía el cetrero que recibió el mensaje- quinientos soldados, trescientos esclavos y cincuenta carros, pero la mayoría vacíos. Recién llegan. ¿Qué le respondo, Faraona?

-Esperad que analicemos... Elhamin, creo que con la noche a sólo tres Râdnies y recién llegados, no van a moverse, harán noche ahí... Podemos atacarles sin más, esperando sólo a que se duerman.

-En ese sitio, -dijo el General- con terreno abierto y bosque ralo, no podemos hacer fuego ni avanzar a caballo en forma masiva. Tampoco podemos atacar desde varios frentes porque podríamos cruzar disparos y además están al lado del lago. Pueden ir todos los invisibles ya mismo a encargarse de las rondas, centinelas, exploradores y patrullas, si es que no lo está haciendo ahora mismo Ankemtatis. Nosotros iríamos para pillarles más dormidos, casi a la madrugada.

-De acuerdo. Cetrero, responded este mensaje: *"Explorad más adelante cinco jaetas. Eliminad exploradores. Van de refuerzo todos los invisibles. Ataque sin pinza de madrugada"*. Y ahora, Generales, total silencio y sin fuegos, que a media noche avanzaremos a ocupar posiciones para llegar en siete Râdnies, justo a la hora más oscura. Henutsen sale ahora con todos los suyos a limpiar de exploradores el terreno en refuerzo de Ankemtatis. ¿Cómo va el entrenamiento con los arcos arreglados y los nuevos, Hekamusim?

-Bien en cuanto a potencia, Faraona, -dijo la aludida- pero no están habituados la mayoría, que aún no ha recuperado el nivel de acierto.

-Entonces, -continuó Nuptahek- sólo irán los setecientos de boleras en primera línea y los quinientos de cada grupo que hayan alcanzado la certería total o aproximada, es decir voluntarios a consciencia. Irán Diva con los boleros, Unitis con los arqueros y Espiria con todos los de Uás, sólo por precaución. Ligustek cubrirá con arqueros el lado Sur del Lago y Maturineb seguirá por ese lado pero hasta el extremo, para que no escape nadie por el agua ni por su retaguardia...

La operación se realizó con absoluta precisión según la orden, acabando rápidamente. Al brotar los primeros rayos de Râ el resto de la caravana fue avisada por los cetreros para avanzar al lugar y llegó antes del medio día. Se reunió a los esclavos para suministrarles las dosis de sueñobello que llevaban en los carros, ya reducida con agua, como indicaron los médicos y se estudió qué hacer con ellos.

-Podemos enviarles a Cetatis, -decía Hatshepsut- pero ya serán mucho días para que los que vayan retornen a alcanzarnos. No sé la cantidad de brebaje que haría falta para llevarlos con nosotros y hacer su limpieza corporal mientras tanto.

-Imposible, -dijo Akhmandef- porque traen para unos diez días, que no alcanzará para quince aunque se lo vayamos reduciendo y aún nos falta más que ese tiempo para llegar hasta Plesostrebe. Además no tenemos suficiente antídoto del que prepara Maurenka, con lo cual les pondríamos en grave riesgo.

-Bien, -dijo Nuptahek- son cinco días hasta Cetatis. Hay quinientos caballos y cincuenta carros, con comida de sobra. Nos quedamos con cuatrocientos caballos y se van los carros con dos caballos cada uno. ¿Cómo están para llevar ellos mismos los carros, Akhmendaf?

-Como carreteros bien, pero no conocen el camino y no sabrían seguir los rastros que hemos dejado porque están atontados, pero eficientes para recibir indicaciones y conducir los carros. No sabrían repartirse las dosis, podrían tomar de más, y menos sabrían reducir la dosis para ir adecuándola. No se puede diluir previamente de manera general, sino a cada día y según el peso de cada individuo. Solos no podrían llegar, sería un milagro.

-Es decir que hay que enviarlos con algunos que no volverán, -dijo Nuptahek- así que si tenéis heridos aunque sea leves, o gente que por cualquier motivo no esté en las mejores condiciones...

-Nada de eso, Faraona, -dijo el médico- está todo el mundo en las mejores condiciones físicas y anímicas, pero puedo revisar los partes y elegir a los que han tenido heridas severas con anterioridad... Aunque sólo sería como escusa para decirles que se pierden esta campaña...

-Con cinco sería suficiente, supongo, -dijo Hatshepsut- y no sería una excusa. Pondrán a salvo la vida de trescientas personas... Y en Cetatis igual les vendrá bien tener cinco más de los nuestros. Tienen que salir de inmediato, porque no me confío con las lluvias...

-Ya mismo los elijo, -dijo el Akhmandef- y les instruyo para que den las dosis correctas en reducción progresiva.

Las diez enormes hogueras fueron encendidas a media tarde a una jaeta del lago. El día siguiente fue de descanso y aún con buen tiempo se reinició la marcha a media mañana, por un camino estrecho que daba para dos carros, llegando a una aldea abandonada, con más de doscientas casas aún no derruidas y unos extensos campos de cultivo de hortalizas y cereales, donde la maleza indicaba muchos años de abandono. Algunos aprovecharon las casas, todas de color turquesa, curiosamente pintadas con dibujos diversos, en vez de armar sus tiendas, pero tuvieron que quitar serpientes y otros animales y hacer arreglos rápidos en los tejados por si llovía. Las precauciones fueron útiles porque empezó a llover a media noche y debieron hacer un día completo de parada porque además de la intensidad de los chubascos, cayó granizo varias veces. Los siguiente días fueron más dificultosos por las tormentas, pero con lluvias menos intensas y sólo se detenían a pernoctar, hasta que atravesando extensos valles con rumbo Norte, con dura labor por los guadales y lodazales, llegaron a otra aldea abandonada hacía mucho tiempo, de la que sólo había unas ruinas, a los pies de cerros más altos, donde se reunió la Plana Mayor.

-Aquí el camino toma rumbo a Poniente, -decía Hetesferes- y nos quedan cuatro o cinco jornadas para llegar a Plesostrebe. Dicen los conocedores que más adelante podremos pasar sólo con un carro en la senda, comienza la subida constante pero no demasiado inclinada, pero parece que no lloverá durante estos próximos días.

-Esos cuatrocientos caballos -dijo Hatshepsut- han venido muy bien para los carros más pesados y pensábamos en Cetatis que teníamos treinta días de marcha en condiciones óptimas, pero lo hemos hecho hasta aquí en diecisiete a pesar de las lluvias y sólo faltan cuatro o cinco... Acabo de revisar los partes de todos los Comandantes y los Generales y sólo hemos tenido algunos lastimados leves, dos caballos heridos cargados en carros y ninguna rueda rota. Vamos muy bien.

-Ahora extenderemos la línea de exploración con diez invisibles y un cetrero a treinta jaetas por delante, -decía Nuptahek- con otra igual por retaguardia, porque si este mismo camino une Plesostrebe con Vijelob, podríamos tener sorpresas por detrás.

-Dicen los carreteros que hay dos vías, -decía Elhamin- pero la más usada sale por el Norte de Plesostrebe. Es más larga pero con sendas más amplias y sin lodo. Está ese mapa casi terminado por ellos, que difieren en sus recuerdos en algunos puntos, pero esa ruta la usan la mitad del año y en especial en esta época. Sólo en invierno es más probable que usen este camino, pero igual cuidaremos la retaguardia.

-Es decir, -continuó Nuptahek- que esa ruta por el Norte es la que usaremos después de limpiar Plesostrebe...

-Así es, -respondió Hetesferes- a menos que queráis dividir en dos la caravana, para asegurar ambos caminos.

-No descarto la idea, -dijo Nuptahek- pero eso lo definiremos luego de ver qué ocurre en Plesostrebe y qué información obtenemos allí. Como parece que la gente está igual que en Cetatis, con ese maldito brebaje en sus venas, volveremos a tener demora de cuatro lunas...

Cuatro días después los exploradores habían eliminado a dos patrullas de cinco jinetes en las proximidades del destino e informaron que no había una fortaleza, sino cuatro grandes cuarteles amurallados.

-Los esclavos se alojan en tres mil casuchas, -decía Neferostris a la Plana Mayor- dispersas en el cuadrado de una jaeta por lado, que forman los cuatro recintos militares. Sólo hay unas vallas delimitadoras al lado de antiguos sillares de un codo de alto, pero no muros que cierren ese cuadrado. Los cuarteles son también cuadrados, con dos cuerdas largas por lado y el muro no pasa de seis codos de alto y uno de ancho. No es transitable, hay una torreta de vigía en cada esquina y da para uno o dos centinelas. Un poco más al Norte, en la falda de las montañas hay treinta casas grandes y bien construidas, con otras cuarenta casuchas para esclavos y unos cobertizos que parecen ser para manufacturas. Los campos de cultivos y ganado están más abajo, en una zona que podréis ver desde los próximos promontorios y también os advierto que si viniese gente por el camino del Norte, podrían ver esta caravana sólo con el movimiento entre los claros del bosque aunque no se hiciera fuego. Hay unas tres jaetas y media pero alguien con buena vista nos vería.

-Entonces, -dijo Nuptahek- ni un movimiento más, salvo para llevar los carros más cerca del bosque del lado Norte, para que nos cubran los árboles. En cuanto esté oscuro nos acercaremos eliminando al enemigo de modo rotundo ya que no es de esperar que haya esclavos en los cuarteles y si esperásemos hasta mañana tendríamos más riesgo de fugas y batalla frontal. Siempre tenemos ventaja en la noche, incluso cuando pudiera escaparse alguno. ¿Cómo lo veis Elhamin?, ¿Tenemos suficiente información?

-Creo que sí, Faraona. Aquí sería inviable sitiarles, por la amplitud del escenario. Hay que acercarse y destruir esos cuarteles sin tregua. Los que han vivido aquí, dicen que nunca entran los esclavos en los cuarteles y tenemos calculado un total de dos mil hombres en cada uno. Nadie se va porque además de los asesinatos de escarmiento, se quedarían sin las dosis que les mantienen vivos. Eso está disperso en los cuatro cuarteles, en cuyas puertas les dan la ración diaria de alimentos y el brebaje, pero nadie recuerda dónde lo elaboran. Los jefes viven en las casas que están fuera del cuadrado, más arriba, rodeadas de cobertizos de manufactura y talleres. Respecto a las patrullas, las hacen por todas partes en grupos de cinco por el Sur y de diez por el Norte oteando desde los cerros. Así que es posible que nos hayan visto si acaso anduviesen muy al Naciente... No podemos saber qué cantidad de esclavos hay, pero calculamos que diez mil.

-Si nos hubieran visto, -decía Hatshepsut- habrían hecho algún movimiento y no hay aviso de eso, pero notarán la ausencia de dos patrullas esta noche, más las que puedan estar eliminando nuestros exploradores e invisibles ahora mismo.

-Entonces, -intervino Ankemtatis- cabe la posibilidad de que salgan más patrullas, o todos juntos al enfrentamiento, lo cual nos obligaría a un combate disperso y sin posibilidad de urdir estrategias efectivas.

-O que se recluyan en situación de alerta, -dijo Unitis- en cuyo caso tendríamos ventaja si atacamos con los Uás. La cuestión es recluirlos..

-Y eso no sería difícil de hacer, -dijo Omar- con algunos bramidos que no hemos usado desde el Fuerte Anubis...

-Ya veo que tenéis ganas de meter miedo, -dijo Nuptahek mientras todos asentían con la cabeza- eso también haría que los esclavos se queden en sus casas, dejándolos fuera de peligro. Pero sería bueno hacer un desparramo por todo alrededor, de modo que se recluyan también las patrullas. A ver los mapas y planos, Hetesferes...

Luego de estudiar la situación coordinaron los movimientos sólo de los invisibles, rodeando todo el escenario y a dos jaetas de las líneas del cuadrado, para hacer sonar los bramidos al caer la noche. El ritmo sería alternado entre los que lo harían desde cada punto cardinal y con tiempos irregulares, a fin de evitar un patrón que indicase una acción artificiosa. El resto de la tropa estaría preparado para atacar un largo rato después, cuando los invisibles cerrasen posiciones sobre el cuadrado y se asegurasen de tener a todos los enemigos en los cuatro recintos militares. Mientras hablaban se hizo de noche, pero faltaban algunas confirmaciones de situación para ejecutar el plan.

-Cien Uás por cada cuartel serían suficientes para demoler todo con rapidez, -decía Nuptahek- con todos los esclavistas dentro, pero nos arriesgarnos a destruir el sueñobello y el laboratorio de producción. ¿Qué hay de las casas de arriba?, ¿Se sabe algo?

-Aún nada, Faraona, -dijo Ankhceroi- pero de eso se ha encargado Meritetis, así que... Ya sabéis que ella puede revolver el inframundo sin que Anubis se entere. Además le acompaña Rainoptes, que usa esa... ¿clarividencia?. Traerán noticias completas.

-No es clarividencia, -dijo riéndose Hatshepsut- sino nigtalopía, es decir visión nocturna total. Él no necesita usar el parche en el ojo... Ve en el ámbito de Anubis pero también el palpable en la oscuridad más absoluta, aunque no haya una estrella iluminando el cielo. Y hablando de pirámides, se asoma el piramidión...

-Amados míos, -decía Meritetis apareciendo en medio del grupo- he dejado al vidente nocturno con los cincuenta boleros que Elhamin me recomendó, aunque se irá a explorar más arriba, a ver si pilla a los jefes en traje de parto... Esa parte está asegurada y ahí es donde preparan el brebaje, las armas y toda la producción estratégica, pero en el cuartel de Norte y Poniente está el depósito principal de brebaje de reserva. Si tenéis pensado atacar ahí, hay que cuidar de no destruir los tanques que lo contienen.

-Parece que hubierais oído toda nuestra charla, -dijo Nuptahek- pero sí, pensamos atacar los cuatro cuarteles y esperábamos esa noticia.

-No os he escuchado, Faraona, pero sé cómo pensáis y sé que hay que proteger esa porquería si queremos que esos quince mil esclavos sigan viviendo...

-¡Quince mil!, -exclamó Hetesferes- no pensábamos en tantos...

-Sí, Hetesferes, quince mil. Vi los números en un listado de dosis que tienen en el laboratorio más grande que he visto en mi vida y también anduve entre las casas, donde viven hacinados. Así que habrá largo trabajo con ellos después. Hay cinco carros con tanques de metal con los que parece que transportan a diario la poción hasta los cuarteles, pero el que os he dicho tiene el tanque de almacén más grande. Deben ir reponiendo allí diariamente a modo de reserva de emergencia. No pueden correr el riesgo de que un día de tormenta o lo que sea, se queden sin brebaje para todos. Se les volverían locos y los destriparían... Lo cual no sería mala idea...

-Descartadla, Meritetis, -dijo Nuptahek- que igual se morirían unos cuántos en una confrontación. Sin armas no harían mucho y luego para nosotros sería imposible ayudarles en nada. Si atontados como están es difícil manejarse con ellos, peor sería se entran en carencia... Ya tenemos la estrategia planificada y hay que marchar a ello ahora mismo. Henutsen y Ankemtatis ya están en sus puestos o casi. ¿Os gusta soplar bramidos?

-¡Me encanta, Faraona!, ¿Para arrinconarles en los cuarteles?

-Así es, Meritetis. Creo que usaréis vuestro Uás por primera vez...

-No, Faraona, lo he usado como soldado regular nunca visto ni oído como tal, en tres ocasiones.

-Daverdis, id con los vuestros a cubrir las casas de los jefes, que eso debe quedar liquidado antes, para que no puedan escapar hacia la cima de las montañas... ¿Tres ocasiones, Meritetis?

-Sí, pero no importa. Nadie se enteró y el enemigo no tuvo tiempo...

-Bien, -siguió Nuptahek mientras marchaban a sus posiciones a más de tres jaetas- pero ahora por favor decidme opiniones de qué hacer con el cuartel de Nor-Poniente.

-Me voy a eso, Faraona, -dijo Meritetis- y me llevo algunos invisibles en cuanto empiece la función sonora.

-Si Meritetis lo dice, nosotros a lo nuestro, Faraona, -dijo Elhamin- podemos dejarles con un poco más de miedo. Esos quedarán sitiados por Omar y después de eliminar los otros tres recintos, lo analizamos.

-De acuerdo. Hay dos mil en cada cuartel y calculábamos seis mil en principio. ¿Estamos seguros de las cifras?

-Sí, Faraona, -dijo el Furriel- pero además Rainoptes acaba de enviar un hombre con nuevas cifras del barrio de los jefes. Son sólo sesenta, con una decena de soldados en el exterior por cada casa, es decir que han visto algo, aunque no saben qué es y no sabemos cuánto han visto. Si supiesen de toda nuestra fuerza se habrían recluido en los cuarteles, en vez de poner un poco más de centinelas. Además, durante la noche no hay esclavos en esas casas.

-Entonces vamos con Rainoptes. Llegamos en medio Râdnie, pero mientras, comenzamos a bramar...

Momentos después de comenzar los bramidos, escucharon los trotes de una patrulla que se dirigía al cuartel de Norte-Naciente y tras unos golpes y gritos se abrió el portón, que se cerró un instante después. Lo mismo se repitió dos veces en pocos têmposos y era evidente que había funcionado la estrategia. Las patrullas, ante los terroríficos sonidos, no estaban dispuestas a quedarse a merced de algo sobrenatural. Cuando pasaron más cerca del cuartel, el silencio era roto sólo por los bramidos dispersos y ralos en el tiempo. Al llegar con Rainoptes, otros cuatro invisibles llegaban para avisar que el cerco estaba echado y toda la tropa estaba tomando posiciones en torno a los cuartes y una parte cercando las casas de los esclavos, para contener intentos de evasión, que pudiera dejarles a merced de la carencia de sueñobello. Con todo acordonado, pasaron a la acción total y Nuptahek hizo cuatro bramidos seguidos, que era la señal de ataque. Un momento después las casas de los jefes eran arrasadas con la fuerza de los Uás y lo mismo se hacía en los cuarteles, con excepción de uno, que fue sitiado a una distancia de dos cuerdas de flecha, ocupando incluso muchos tejados de las casas de los esclavos más cercanas. Las murallas de adobe y roca, de un codo de espesor, se llenaron de agujeros ante los disparos de Uás. Algunas partes se derrumbaban y los que intentaban escapar por las brechas recibían bolas de metal, flechas o disparos de Uás. La ejecución duró cuatro Râdnies, ya que se evitaba el acercamiento, a fin de evitar bajas propias, aunque eso daba lugar a intentos de reacción y evasión. Pero ninguno de los que lo intentaron pudieron llegar a más de diez pasos del muro, cada vez más convertido en ruinas y en gran parte ya inexistente. Cuando no se presentaba nadie más intentando reacción, se procedió a la total destrucción de las construcciones internas y de los que aún pudiera haber en ellas, hasta asegurarse que no había ningún superviviente.

-¿Qué novedades hay, General? -dijo Nuptahek un Râdnie después, llegando junto a la Plana Mayor, cerca del último cuartel.

-Unos cien muertos aquí, -respondió Elhamin- ya no se asoma nadie ni ocupan las torres de vigía. Tenemos diez invisibles con Meritetis ahí dentro, que se vistieron como ellos y simularon ser una de sus patrullas. Deben estar haciendo una drástica limpieza desde adentro, así que sólo podemos esperar hasta que nos hagan alguna señal o abran un agujero con un Uás…

-Bien, habrá que tener paciencia… -dijo Hatshepsut- no podemos hacer nada más y hay que cuidar de no atacar a quien salga de…

No acabó la frase porque los goznes del portón chirriaron.

-¡No disparéis!, -gritaba Meritetis mientras terminaba de empujar un lado de la puerta- que aquí está todo controlado. Más de mil ya son cadáver pero quedan setecientos hombres encerrados en las cuadras mayores. Han tirado las armas por las puertas y ventanas. Se rinden.

-¿Otra vez en el maldito dilema? -exclamó Nuptahek- ¿Hay alguno ahí que no sea oberita?

-No, Faraona. Ningún esclavo; sólo soldados del enemigo. Ningún oficial ha salido a parlamentar o pretender una rendición formal.

-Esta vez me encargo del asunto, -dijo Gelibar- que puede que aún no se hayan dado cuenta que sólo somos Seres Humanos y si lo averiguan harían armas con sus pestañas para esclavizarnos. ¿Algún inconveniente, Amada mía?

-No, ninguno, -respondió Nuptahek abrazándole y llorando- aunque no evita que duela; que vuestras lágrimas no os hagan errar disparos.

Gelibar reunió a doscientos portadores de Uás y se internó en el cuartel, luego hizo salir a todos los invisibles y dispersó a su grupo formando un arco de círculo frente al lado mayor de la cuadra. Unos momentos después se vio desde el exterior una prolongada sucesión de destellos y el estruendo de los muros arrasados y la caída de los grandes tejados. Posteriormente comenzaron a reunir los cadáveres para su incineración y la Plana Mayor fue a inspeccionar los tanques del brebaje. Elhamin se encargó de organizar el transporte de cuerpos con los carros, a una zona alejada para hacer las hogueras, mientras Nuptahek ordenó la distribución de hombres que se encargarían, bajo la dirección de Meritetis, de dar por la mañana las raciones de brebaje a los esclavos, que se hallaban aterrorizados en sus casas.

-Shorinet, Encalinetus, Andrujkas y Geonemetis, -decía Nuptahek- recorred cada uno un cuadrante de la zona hablando en los idiomas que conocéis, avisando a la gente que ya no hay peligro. Que deben dormir en paz y mañana presentarse en los lugares habituales... Ankemtatis, os ruego distribuir las guardias mínimas necesarias y que el resto vuelva al campamento a dormir en cuanto se hayan llevado todos los cadáveres...

-En varios sitios no hay cadáveres, -dijo Elhamin- sino pedazos. En especial en este cuartel. Y sí, es mejor que la gente descanse, porque mañana tendremos un largo y duro trabajo.

Al amanecer comenzó a llover finamente y se despejó por la tarde. La labor de reunir ramaje y leña para las hogueras duró dos días ocupando tanto al personal de campaña como a los liberados, que aún no comprendían su situación, salvo un grupo de cincuenta que habían logrado lo mismo que los de Cetatis, engañando a los soldados para evitar el consumo de sueñobello. Luego de la quema de cadáveres se reunió con ellos la Plana Mayor para ayudarles a organizarse y darles una instrucción militar rápida que duraría cuatro lunas, mientras se procedía al tratamiento de desintoxicación. Unos días después, Seti Nuptahek, Elhamin y Hatshepsut caminaban por el barrio revisando las casas y sus posibilidades de uso y mejoras, cuando les abordó Ankhceroi para leer sus estadísticas ya completadas.

-El total de liberados -decía Ankhceroi- es de quince mil seiscientas diez personas. Muy pocos ancianos, es una población joven y sólo hay trescientos niños menores de diez años. La gente habla lenguas diversas porque provienen de muchos lugares pero todos hablan la nuestra. Hay mayoría de Carpatians, pero también Grakios, Swiderajs, Fenhygios y otros que han traído desde muy al Norte y Naciente. Ahí vienen los demás de la Plana Mayor. No quieren perderse la revisión...

-Bien, revisemos... ¿En cuánto aumenta la caballada, Permiskaris?

-Dejando los quinientos que ordenáis, Faraona, nos llevamos tres mil seiscientos veinte, así que tenemos ya catorce mil seiscientos setenta y cinco. No podremos llevarnos tantos a Ankh em-Ptah...

-Ni falta hace, Permiskaris; -dijo Nuptahek- los repartiremos cuando hayamos acabado. Los Fenhygios nos proporcionaron veinte en el inicio de la campaña, pero no estaban muy sobrados de caballos. Se hará un reparto para llevarlos donde más se necesiten. No vamos a llevar ninguno en nuestro regreso. Aunque se han portado mejor de lo esperado en el viaje, han sufrido y no es necesario que se repita...

-Os agradezco, Faraona, en nombre de todos mis pacientes...

-En cuanto a carros, Seti, decidme...

-Hay un total de quinientos treinta carros aquí y son muchos más de los necesarios si esta gente no hará grandes envíos y viajes, pero aunque son de maderas buenas, las ruedas dejan mucho que desear. La herrería de aquí es la mejor y más completa que hemos hallado, contando con una fundición bastante avanzada, copiada totalmente de la nuestra en La Luz, así que se pueden arreglar las ruedas. Abunda el hierro y otros metales, con un depósito de carbón mineral que abarca una cuerda larga por lado. No tengo idea de dónde la sacan, pero hay material para mucho... Han estado fabricando armas en cantidades superiores a las de Cetatis aunque la calidad no es mejor. Si tuvieran las fórmulas nuestras habrían sido más efectivas. Puedo hacer mucho con los ayudantes que tengo y en cuatro lunas habría cien carros más, bien arreglados y con el sistema de ruedas mejorado.

-¡Excelente!, -dijo Nuptahek- poneos en ello, que no aumentamos tropa pero sí aumentamos a cien los carros, que con el aumento de caballos habrá menos gente en caminata, con sus equipos en carros y por lo tanto más rapidez. Adaptad los carros grandes que faltan para tiro de cuatro caballos. Elhamin, informad del entrenamiento de la gente y provisión de armas, por favor.

-Vamos sobrados, Faraona. Se ha gastado poca bolera. Aún tienen mucho en las bolsitas y tenemos dos cofres repletos de reserva. En cuanto a flechas, hemos recuperado y limpiado la casi totalidad. Todos los Uás siguen funcionando perfectamente. No se ha usado ninguno de los explosivos de Ankemtatis. El entrenamiento militar sólo se ha iniciado con los cincuenta no envenenados. Si se lo proponemos, creo que nos llevaríamos más reclutas, aunque necesitarán ser fuertes y muchos en esta zona, porque este lugar es el más norteño y muy estratégico para contener una expansión oberita si viniesen del Norte. Con los otros habrá que esperar lo que digan los médicos...

-Y no mucho, -dijo Akhmandef que llegaba con Ankemtatis y otros Comandantes- porque en Cetatis hicimos las pruebas necesarias y sabemos las dosis exactas para cada persona según su peso corporal y otras variables. La mayoría estará limpia en diez días más y no necesitarán antídoto ni brebaje, pero ya están limpios dos de cada diez. Y esos están despiertos lo suficiente para que les enseñéis lo que sea, cualquier cosa que no sea tan complicada como los números de las formulas o las estadísticas. En general están recuperando la memoria con rapidez y se comportan naturalmente alegres.

-Entonces, Akhmandef, -continuó Nuptahek- supongo que lleváis la lista de todos, aunque sea aproximada, y podríais seleccionar los que estén con la sangre más limpia y listos para que los Comandantes comiencen a instruirles en el uso de las armas.

-Claro que llevo todo enlistado, Faraona, pero no aproximado sino con la exactitud que requiere mi trabajo. Convoco mañana a los más limpios y los pongo a vuestras órdenes. ¿Cuándo reiniciamos el viaje?

-Cuando Vos digáis que está todo nuestro personal en óptimas condiciones y podamos dejar solos a los liberados, los cien carros de Seti acabados y Elhamin diga que los de aquí están instruidos...

-¡Eso sería para dentro de un año!, -dijo riendo Elhamin- pero la instrucción militar básica requerirá unos treinta o cuarenta días más...

-Entonces no hay prisa en partir, General. No debemos irnos sin que esta gente quede preparada para su defensa, que como bien decíais, esta zona es especialmente estratégica porque no sabemos si hay hordas enemigas moviéndose aún, más al Norte. No llevamos reclutas aunque lo pidan. Son necesarios aquí. ¿Algo que agregar, Ajnanumis?

-Sí, Faraona; que si dispongo de un poco más de tiempo, junto con Khumpomisis conseguiremos que esta gente logre mejorar en menos tiempo. Su psique está cambiando muy bien, con gran entusiasmo y capacidad de entender cosas abstractas. Como ha dicho Akhmandef, están naturalmente alegres. Todavía algunos no parecen enterarse del todo sobre su cambio de vida, pero están muy felices con cada vez menos veneno en el cuerpo y muchos ya sin nada.

-Pues entonces, -concluyó Nuptahek- vamos a dejar en suspenso la fecha para la partida. Nada nos apura y antes de que empiece el frío estaremos recorriendo los últimos lugares previstos en la campaña. Es también oportuno para que las parejas hagan su "vida mágica", que no todo es combate en esta vida...

Habían pasado cuarenta días y los líderes natos entre los del pueblo empezaban a destacar por dedicación, responsabilidad, tesón, entrega personal e ideas claras. El nombre del poblado no se cambió porque hacía trescientos años, antes de la llegada de los esclavistas, se llamaba así y significaba "Lugar de Sabios". En una de las casas se hallaron unas tablillas muy antiguas escritas en símbolos cuneiformes que algunos aún podían leer, mezcla de Swideraj y Carpatian, con gran parte de la historia de la región, con lo cual los habitantes recuperaban también el conocimiento de sus orígenes.

Estaba todo preparado para la partida. Seti había logrado preparar ciento veinte carros más; se había construido un muro de cinco Ankemtras de alto rodeando toda la zona de casas, con lo que se daba una mejor protección al barrio. Los más expertos en construcción habían enseñado sus artes para mejorar las casas y engrosar y elevar el muro. Las casas que habían ocupado los jefes esclavistas se usarían de escuela, biblioteca, hospital y otros usos generales. Se había construido en todas las casas, estufas de las que antes carecían y a pesar de que no faltaban cueros de diversos animales, algunos morían por el frío extremo en algunas noches de la época invernal, en parte debido al efecto del brebaje, que inhibía en alguna medida la sensación corporal y el instinto de conservación. La mañana de la despedida fueron sorprendidos por la aglomeración de la gente en la puerta de Naciente, que se extendía hasta cuatro jaetas fuera del recinto, y una formación de varios cientos de habitantes que habían formado un coro finamente instruido que les acompañó hasta el final cantando canciones Carpatians, Swideraj y algunos bellos himnos de Ankh em-Ptah que emocionaron profundamente el Alma de la tropa que marchaba hacia su próxima batalla.

-Me adelantaré con cien exploradores, -dijo Ankemtatis a la Plana Mayor mientras avanzaban a caballo- e irán a diez jaetas por delante, con un abanico de cinco jaetas. Otro grupo irá en igual condición a cinco jaetas, pero me mantendré con diez invisibles a veinte jaetas y más desparramados, a fin de evitar cualquier sorpresa. Si no hay nada que comunicar, nos vemos a la noche, donde encuentre un sitio bueno para acampar. No me extrañéis…

-Ya podéis incluirme en esos diez, Amado mío… -dijo Henutsen y se marchó con él a elegir a los invisibles y a los exploradores.

Mientras se despedían, se sumó Hetesferes al grupo en un percherón con una silla a la que había adaptado un mandil de madera para trabajar con los mapas y explicaba las previsiones del camino.

-Hemos ajustado los mapas con ayuda de los de Plesostrebe… Que por cierto, hay entre ellos artistas de toda clase, incluso para el trabajo de geografía... Pues tenemos por delante trescientas ochenta jaetas o poco más. Las señales que hay donde el camino se hace confuso, son símbolos nuestros, porque los oberitas han mantenido a toda la región engañada con ser nuestro pueblo.

-¿Tenéis claro si ir por el Norte también es más corto?

-No es más corto, Faraona, pero sí es más seguro en esta época. Hay muchos arroyos, pequeños lagos y caza abundante, mientras que por el camino del Sur, aunque no falta la caza, recibe el agua de estas montañas. No son muy altas pero en el verano hay más lluvia y esa agua que baja, forma barrizales, ciénagas y torrenteras sorpresivas. En invierno es al revés y este camino sería más peligroso. Aquí se... ¡Mirad!... Otro mojón con la forma de Anubis.

-Al menos éste está mejor tallado, -dijo Hatshepsut- pero me entran ganas de escarmentar de nuevo a esos criminales...

-La próxima le toca el turno a Sekhmet, -dijo Galibar- que no hemos estrenado bien los instrumentos de Geonemetis y según dice Shorinet, en esa zona de Vijelob hay grandes felinos, parecidos a nuestros leones y otros rayados amarillo y negro, negro y blanco, y unos gatos negros poco menores que un león...

-Eso quiere decir que también nosotros tendremos que extremar las precauciones, -dijo Hatshepsut- sobre todo a retaguardia y que nadie se quede demasiado apartado del grupo...

-Así es, Generala, -intervino Encalinetus- porque según averigüé de los locales, esos bichos atacan a rebaños de búfalos y otros objetivos, directa e impunemente. Como no suele haber reacciones defensivas, sino estampidas de susto, son un peligro que los oberitas han evitado manteniendo las formaciones muy estrechamente unidas. Ya expliqué eso al Comandante Maturineb y ha dispuesto un carro pequeño con cinco arqueros como retaguardia especial. También Enjoliteb y yo lo explicamos a los demás Generales y Comandantes, así que los jinetes de custodia lateral están al tanto y precavidos para el caso, que no sería por aquí, sino más adelante, cerca de Vonamir, a mitad de camino. Desde ahí hacia Naciente es donde están los grandes felinos. En esta zona serían raros, porque al haber tantos arroyos y rápidos ruidosos, tienen problemas... No les gusta el agua en movimiento.

-¿Y tampoco saben nadar, como los felinos de nuestra tierra?

-Algunos sí, Faraona, en especial los rayados. Esos nadan aunque no muy bien. Pero a todos los felinos les espanta un poco el ruido de las cascadas. Así y todo, no es algo de fiarse, porque cuando tienen hambre, no hay ruido que les asuste. Desde Vonamir hacia el Norte y al Naciente hay extensas praderas llanas con bosque ralo y buena pastura donde abundan grandes manadas de yaks, antílopes más grandes que los de nuestra tierra del Sur, búfalos enormes y otros animales parecidos, que son las presas preferidas por los felinos. También dicen que hay elefantes enormes como los de África, pero más al Naciente y los felinos los están extinguiendo.

-Es decir que habrá caza más productiva... -dijo Nuptahek.

-Así es, -intervino Enjoliteb- pero también hemos de cuidarnos de los osos, que hasta ahora hemos visto sólo en dos ocasiones, pero del otro lado de las montañas, hacia Naciente, abundan y son terribles. No suelen acercarse a un grupo de tres o cuatro personas, pero encontrar uno en solitario es muerte segura, porque corren, nada y trepan a los árboles con más velocidad que nosotros... Sólo hay una excepción a esta regla y es fácil de explicar, pero difícil de realizar...

-No he visto nunca uno, -dijo Hatshepsut- salvo en vuestros dibujos, pero supongo que alguna forma de defenderse habrá...

-Sí, la hay, -dijo Encalinetus- y consiste en disponer de una lanza y no tener ni una pizca de miedo. Atacan de manera muy directa en relación al tamaño de la presa; a un hombre le atacan irguiéndose sobre sus patas traseras, luego van directo hacia él, con los brazos abiertos para dar sus zarpazos... Si le alcanzan en el cuerpo, es hombre hecho pedazos; si en un brazo, es hombre indefenso porque lo puede arrancar. Pero no mira mucho, así que con el culote de la lanza clavado en el suelo, entre las piernas, se le espera y cuando está justo casi encima, se mueve la lanza para ensartarlo y al instante hay que saltar atrás. Sólo su peso aplastaría a cualquiera. Erguido, un oso adulto mide entre cinco codos y seis codos y las hembras un poco menos... Pero incluso los cachorros son igualmente peligrosos.

-¿Mata para comer o por cualquier otra razón?

-Sí, Faraona, -respondió Enjoliteb- para comer, por defensa de su territorio, por defender a sus cachorros... La clave donde hay muchos, aparte de no olvidar la lanza, es no andar solo. Al menos tres personas hasta para ir a las letrinas, y es difícil que ataque... pero no imposible. Si habéis visto los tridentes que había en Plesostrebe, pues no sólo se usan para hacer las parvas de hierbas, sino que son gruesos, fuertes y de puntas bien afiladas de capuchón metálico, para defenderse de los osos. No son habituales aquí, pero la rara vez que aparece uno, es mejor tener eso, más efectivo y seguro que una lanza... Por eso he colocado cincuenta tridentes en uno de los carros de herramientas.

-¡Excelente!, -dijo Elhamin- entonces ya se pueden ir repartiendo, uno cada dos cuadrigas, que van distribuidas a una cada veintitrés carros y son veloces, se da mejor cobertura a toda la caravana, que ya tiene veinticuatro jaetas de largo. Se tarda medio día caminando en ir de un extremo a otro del convoy, así que os dejo esa misión, Enjoliteb, que si aparece uno, no esperará a que alguien llegue con el tridente.

Al anochecer llegaron junto a Ankemtatis, que les esperaba en un sector amplio del camino, a lo largo de un río no muy ancho pero con buen caudal, donde acamparon en formación de cinco carros, con lo que la disminuyó a cinco jaetas el largo de la caravana. Elhamin fue a recorrerla toda, junto con Diva, Gelibar y Geonemetis, comprobando que no habían ruedas rotas, accidentados, ni novedad alguna. Durante los siguientes cuatro días, la marcha se mantuvo en cuarenta jaetas diarias de promedio, con novedades mínimas y sin percances graves. Al quinto día llegaron a la ciudad de Vonamir, donde una dos mil casas se hallaban en ruinas, salvo unas pocas que los oberitas usaban como cuartel de posta en sus viajes. Los exploradores habían avisado de la ausencia total de habitantes o enemigos en camino, pero manadas de lobos habían hecho allí sus cubiles. Sólo habían hecho diez jaetas desde la última parada, así que continuaron camino sin molestar a los ocupantes. Se estableció campamento poco antes del anochecer, a orillas del río Nas, ancho y con gran caudal, al que inexorablemente debían atravesar. Se reunió la Plana Mayor para tomar decisiones frente al puente que podrían utilizar.

-Este puente, -decía Hetesferes- según las marcas de los mapas estaba en buenas condiciones, pero aunque no soy experta en puentes, creo que éste no soportaría el paso de más de dos mil carros, y muchos de ellos tan pesados que son tirados por seis caballos.

-Según mi cálculo, -intervino Seti- no aguantaría el paso de diez carros de esos. Tendréis que esperar a que lo construyamos de nuevo utilizando lo que hay, sólo como andamio de construcción. De hecho, con lo que hay, en vez de madera me atrevería a hacerlo totalmente en piedra, como para que dure siglos o milenios.

-Pero no esperaremos siglos a que esté construido... -dijo Elhamin.

-Tranquilo, General, -siguió Seti- que con toda la gente que traemos no vamos a tardar más de cuatro días si lo hacemos en madera, pero tras el paso de esta caravana puede que no quede muy transitable...

-Esperaremos lo que haga falta, -dijo Nuptahek- pero lo haréis de piedra, porque además de pasar el río con más seguridad, estamos limpiando la región y cuando acabemos, la gente viajará por todas partes y esa interacción hará más fuertes a todos. Mañana empezáis a buscar canteras, pero... ¿Podéis calcular el tiempo de obra?

-Tengo diez canteros expertos en extraer y en labrar la piedra, así que formando diez equipos de cien hombres cada uno, usando Uás para los cortes de extracción y los cinceles mejorados que hicimos en Cetatis... Con ayuda de Isis, unos veinte días si los hacemos con sillares medianos. No usaremos mortero para pegarlos, porque creo que no hay materiales adecuados en esta región, pero con sistema de trabas múltiples quedará como os he dicho, para durar milenios.

Veinte días después, el puente estaba casi terminado; aún faltaba colocar las barandas almenadas, pero los carros comenzaron a pasar y se mantuvo el campamento del otro lado del rio durante tres días para dejar la obra correctamente terminada. Antes de la noche posterior al reinicio de la marcha, llegaron a una pradera con arboles ralos, atravesada por un arroyo fácil de vadear y adecuado para tomar baños y abrevar la caballada. Un explorador les esperaba con noticias.

CAPÍTULO ⋂ⅠⅠⅠⅠ
FORTALEZAS EN LOS LABERINTOS

-Hasta aquí son cuarenta y dos jaetas desde el puente nuevo, Faraona, pero hemos ido a veinte jaetas por delante y hay una aldea abandonada de pocas casas, con evidentes signos de acampada hace poco tiempo, seguramente de los últimos oberitas que combatimos. Pero los rastreadores han visto otras huellas preocupantes, de una tropa grande que iría en nuestra misma dirección. Las lluvias pueden haber borrado las huellas anteriores más atrás pero aquí anoche ha llovido muy poco... Puede que nos lleven uno o dos días de ventaja.

-O sea que pueden ser oberitas que hayan salido de Plesostrebe antes que llegásemos nosotros... Pero no nos informaron nada de eso lo lugareños. ¿Habéis abierto el abanico, Arkosestrus?

-Sí, Faraona, y como el bosque aquí no es muy denso, el grupo está haciendo rastreo rápido de entorno, con Maturineb, Andrujkas y tres más. Azalema dice que pueden haber venido de más al norte e irían hacia nuestro mismo destino. Dos rastreadores tienen orden de seguir hasta darles alcance y averiguar, porque también van con muchos carros, así que no tardaremos en tener noticias.

-Entonces -dijo Nuptahek- descansaremos ahora, pero saldremos al alba para ir a la mayor velocidad posible. Si se suman a los de Vijelob será todo más complicado. ¿Cuánto calculáis hasta allí, Hetesferes?

-Dos jornadas más, Faraona. Digamos que jornada y media si hay que quedarse a una distancia prudencial.

-Entonces no todos vamos a descansar. Quiero dos mil voluntarios para una marcha forzada a caballo. Que Permiskaris y los suyos pasen al frente para ir aceptando o descartando a los caballos. Comandantes, tenemos un Râdnie para formar esa tropa, con cien de Uás y trescientos boleros. Si no han llegado a Vijelob, tenemos que alcanzarles antes que lo hagan...

La orden se fue pasando por la caravana de más de seis jaetas de largo y tres Râdnies después, mientras comprobaba y seleccionaba los caballos de los voluntarios, Permiskaris dijo a Nuptahek, Elhamin y Hatshepsut, que observaban la tarea:

-Creo que no vamos a terminar hoy, amados míos. Casi todos los caballos están en condiciones óptimas y los jinetes de los dos que he dejado fuera, aunque por nimiedades, han puesto muy mala cara. Toda la tropa se ofrece voluntaria, por lo que creo que es una pérdida de tiempo si tienen que alcanzar a ese grupo...

-Tenéis razón, -dijo Nuptahek- así que cambiamos órdenes. ¡Que monten los dos mil más cercanos!, partimos ya mismo. Seguramente harán campamento de noche si no han llegado y en ese caso quiero alcanzarles antes del amanecer.

La tropa preparada como se ordenó, partió al galope y en un Râdnie se encontraron con Neferostris que venía a dar aviso.

-Es una milicia de seiscientos hombres, llevando treinta carros y más de doscientos esclavos, en su mayoría mujeres y niños, así que no van muy rápido. Estaban arreglando ruedas y los esclavos van muy agotados, así que puede que les alcancemos en algo más de media jornada, es decir antes del amanecer. Según el mapa, a trote sin forzar ni pausa, les alcanzaríamos a unas treinta o cuarenta jaetas antes de llegar a Vijelob.

-Sí, bien, -dijo Nuptahek- pero llegaremos con los caballos muy cansados. Vamos de todos modos, haciendo paradas muy cortas y si quedan muy agotados seguiremos a pie. No podemos dejar que sean un aumento de fuerzas y complicaciones en Vijelob; sigamos. ¿Habéis podido saber qué gente compone al grupo de esclavos?

-Sin seguridad por mi parte, Faraona... Pero Andrujkas dice que son de su país, es decir Swiderajs. Están tan sucios, flacos y maltratados que no es fácil reconocerles...

A Râdnie y medio antes del amanecer, ya unos pocos caballos daban signos de fatiga y un explorador les detuvo.

-No han avanzado, Faraona. Tienen cuatro carros aún en arreglos y decidieron hacer noche en un lugar muy fácil de atacar. Van confiados a que no tienen rivales en la región y sólo cuidan que no escapen los esclavos. En un Râdnie estaríamos sobre ellos. Mi caballo viene con sus últimas fuerzas y no podrá seguir.

-Atención... -dijo Nuptahek- que los que tengan caballos agotados, se queden a retaguardia. Necesitamos saber cuántos son...

Sólo treinta jinetes dejaron sus caballos con un mozo ecuestre y continuaron a pie, mientras el resto avanzó para asestar al enemigo un golpe sorpresivo simple. Cuando llegaron, los centinelas ya habían sido eliminados por los exploradores y Andrujkas, que había estudiado bien la situación, había ido a esperarles a unas jaetas antes, para indicarles la ubicación de los esclavos y las tiendas de los esclavistas. La operación se hizo en menos de medio Râdnie y se procedió a reunir a los esclavos para su reconocimiento médico y averiguar su procedencia. La mitad de los hombres se dedicaron a reunir cadáveres y preparar hogueras en una explanada aledaña al camino. Luego se designaron exploradores para mantener un control en abanico veinte jaetas más adelante. Andrujkas fue hablando con los liberados y tuvo la triste sorpresa de que algunos eran conocidos o familiares suyos.

-Han atacado a nuestras aldeas abiertamente, en vez de hacer secuestros individuales. -decía a Nuptahek con la voz entrecortada, sin poder evitar un profundo llanto- Mataron a los que se defendieron y capturaron al resto. Calculan haber caminado durante veinticinco días, son doscientos veinte ahora, pero eran más de doscientos cincuenta cuando salieron del sector de aldeas atacadas...

-Faraona, -dijo un soldado- soy Masuformet, uno de los ayudantes de Seti. Os aseguro que arreglar estos carros es más engorroso que hacerlos de nuevo. No sirven los fulcros ni los ejes, de madera muy gastada. La mayoría de sus cajas valen la pena, cuidadas y hasta calafateadas como si fueran barcos, pero sin buenas ruedas ni ejes...

-Usadlos para hacer las hogueras, -respondió Nuptahek- que deben arder ahora mismo. Esperaremos aquí al resto de la caravana y vamos a descansar al menos dos días, antes de actuar sobre Vijelob.

-No creo que podamos hacer la quema, -dijo Hatshepsut- mirad el cielo. Aún no amanece pero es porque la nublazón es muy espesa...

-Y es seguro que tendremos lluvia de un momento a otro, -dijo Ankhceroi- pero tenemos las carpas de los oberitas, que alcanzarán para la mayoría y no están mal...

-Claro, -intervino Andrujkas- es que están hechas en nuestra tierra, con cueros de cebúes bien curtidos. Su olor a esencia de crisantemos con aceites finos es inconfundible. Luego del curtido final se les hace una inmersión en ella durante algunos días, porque para nosotros es un perfume, pero repele a insectos y arácnidos. Y ya están cayendo algunas gotas.

-Podemos volcar los carros, -dijo Masuformet- que al menos caben cinco personas para dormir bajo cada caja...

-Ya sabemos las tiendas que hay, Furriel, -decía una soldado que llegaba corriendo- se están armando las cuatrocientas veinte, es decir la mitad del cargamento. Sobran para todos. El resto son flechas, lingotes de metal, alimentos y ropas del mismo cuero que las tiendas.

-No hacen falta los carros, -dijo Elhamin- que quede el resto de la carga bien cuidada y preparémonos para dormir mientras llega el resto, que será esta tarde a última hora.

-Me encargo de las guardias. -dijo Hatshepsut- ¡Que vengan los que aún tienen fuerzas para unos cuántos Râdnies!... Bien, de acuerdo, los primeros cien y el resto id a dormir, que la lluvia empieza a arreciar...

-Esto de pedir voluntarios, -dijo Elhamin riendo- creo que será siempre igual. Sólo los... tantos que sean necesarios, o tendréis a todo Ankh-em-Ptah navegando hacia aquí...

A la noche aún no llegaba el resto de la caravana, pero sí unos exploradores que fueron enviados para tranquilizarles. Las lluvias estaban siendo más torrenciales en algunos sitios de paso obligado y tuvieron que detenerse y acampar en un predio alto y sin correnteras. La espera duró un día completo más y luego dos días retenidos por los intensos chaparrones. Se ordenó descansar hasta que pasen los aguaceros pero mientras, a partir del segundo día de descanso, Henutsen y Ankemtatis fueron con diez invisibles hasta Vijelob, comprobando que el lugar no era tan grande como se esperaba, ni tenía la fuerza militar que se temía, sino un cuartel pequeño, con pocos soldados y pocos esclavos. Lo peculiar, sin embargo, era un problema de ubicación, pues el fuerte era un laberinto enclavado en una serranía no muy alta, pero cubierta de bosque extremadamente espeso y con muchos pasos cubiertos con verjas levadizas formadas por troncos finos y ramajes que se cambiarían cada cierto tiempo, lo que permitiría el paso de los carros, pero disimulando muy bien el sendero para cualquier explorador, incluso para los expertos. Pudieron encontrar el camino siguiendo a una patrulla de diez hombres, a los que no redujeron porque ya comprendían que no era fácil ni para ellos, seguir el rastro, sobre la abundante hojarasca del escabroso terreno. Dejaron escondidos los caballos y a cargo de uno de ellos en cuanto vieron algunas atalayas de madera en los promontorios cercanos, para seguir a pie la exploración del entorno.

-Alcanzaremos esos puestos -dijo Ankemtatis- pero no subiremos inmediatamente, sino que esperaremos el cambio de guardia para disponer de más tiempo. Hay dos soldados en cada torreta, así que tras los cambios esperamos que se vayan los relevados y eliminamos a los recientes, poniéndonos sus ropas. Cada uno esconderá la propia bajo las atalayas, para internarnos en el laberinto...

-Esto será fácil porque está próxima la noche, -agregó Henutsen- y dadas las condiciones de niebla densa y lluvia alternadas, que hacen difícil ver incluso cerca de esas antorchas de la entrada. Por suerte este lugar está en los mapas que nos entregó Daniur y creo recordar su forma. Cada uno obrará por libre, con la sola consigna de manteneros hacia la derecha Vosotros tres. Vosotros tres la izquierda en lo inmediato y Vosotros dos en el segundo o tercer túnel, a fin de cubrir el mayor cuadro posible. Rainoptes, Ankemtatis y yo iremos a lo más profundo. Calculad un máximo de tres Râdnies, caminando rápido como si fueseis a entregar mensajes o alguna labor similar, para regresar al punto donde dejamos la ropa propia y regresar al sitio de los caballos. Y por cierto, que parece que no tienen muchos caballos. Quizá los tengan en otro lado y ahí dejen sólo los de las patrullas...

-Pero antes que el cambio de guardia halle los cadáveres de los centinelas, -dijo Ankemtatis- esperaremos a los del relevo y también los dejaremos fuera de combate. Así tendremos un poco más de tiempo para la fuga. Debemos traernos las armas requisadas, para que en cualquier caso, piensen que ha sido obra de una horda de ladrones y no de una milicia que lo que menos necesita son sus armas. Hay casi media jaeta hasta el círculo de atalayas, así que si nos coordinamos bien, estaremos lejos cuando se den cuenta. Salimos Henutsen, Rainoptes y yo hacia la atalaya más lejana. Esperad Vosotros a los retenes de relevo y seguidlos. ¿Alguna duda?

Nadie tenía dudas y la operación se hizo tal como se planificó. La noche ya estaba plena, sin luna y bajo la lluvia, de modo que se usaron las claves de silbidos y otros sonidos para ir marcando a sus compañeros la localización propia. Cuando regresaron junto a los caballos tuvieron que esperar a Rainoptes y a Neferostris, que fueron los últimos en volver.

-Por mi parte, todo claro, -dijo Neferostris- he recorrido bien el sector que me tocó y creo que son más de dos mil hombres... Además, ya sé dónde están los establos... Un camino sale de la entrada de Naciente, muy estrecho, y va hasta los establos, que no pude ver pero gracias al viento se huelen y se oyen algunos relinchos al fondo de la quebrada.

-Ahora regresamos con los demás, -dijo Ankemtatis- y allí haremos mapa e informe de lo visto. En unos cuatro Râdnies encontrarán los cadáveres de dos turnos de guardia, así que moverán patrullas por el entorno hasta muchas jaetas. Ellos ya deben tener conocedores de la zona, que tendrían ventaja si no nos damos prisa. No atacaremos los establos por ahora, pero habrá que inspeccionar esa zona después, antes de cualquier otra acción.

Llegaron de regreso tras una jornada completa, cuando estaba por oscurecer. La Plana Mayor tomó nota de todos los dibujos y los informes detallados de cada invisible que recorrió el laberinto, llegando a la conclusión de que el mapa de Daniur era y correcto. Sólo habría tres entradas, con un manantial en el interior y depósitos de alimentos en conserva salada y en miel, suficiente para resistir durante muchos meses en caso de ser sitiados.

-Además de descartar esa opción, -decía Nuptahek- ya han de estar muy prevenidos, con patrullas y nuevos puestos de guardia exterior.

-Por eso -dijo Ankemtatis- he enviado otros diez invisibles a revisar la zona, con un relevo cada dos jornadas. Hemos hallado huellas de un posible camino que sigue hacia Sur y no hemos visto otro hacia ninguna dirección. Aunque desde algunas atalayas se domina todo el entono, no ha sido posible ver casi nada. Creo que sólo podrían recibir refuerzos desde dos direcciones, pero también habrá que estar muy atentos a esa posibilidad.

-Según este mapa -dijo Hetesferes- que es el resultado de vuestra inspección por sectores, estos cuadrados son las atalayas y es lo único que no anotó Daniur porque no existirían en ese momento. Aunque muy exagerados en tamaño, al igual que los círculos indican las tres entradas. Combinados con los informes, la dotación no sería mayor de dos mil doscientos hombres, a menos que os hubiera quedado algún sector sin registrar. Los esclavos serían sólo doscientos o apenas algo más; mejor dicho esclavas, porque ninguno de Vosotros vio esclavos varones...

-Cierto, -dijo Henutsen- y repartidas como están, sirviendo para todo, no podemos hacer una destrucción masiva sin que caigan ellas. Y en esa situación es difícil que estén todas juntas en un sitio...

-Hay que diseñar algo selectivo -dijo Nuptahek- y tan sorpresivo a la vez, que permita dejar a las mujeres al margen.

-Al menos la mitad estaba en este sector, -dijo Meritetis- la cavidad interior más pequeña del Sur, al final del túnel. Ya dormían o estaban en ello a esa hora, recién caída la noche. Desde ahí no tienen ninguna posibilidad de llegar a las entradas y escapar. En la anterior sala, que es una de las mayores, duermen unos trescientos soldados... Alguno me miró demasiado, porque no disimulé muy bien las formas, con el uniforme del de la atalaya, que me quedó un poco ajustado... Pero con la rapidez que pasé y la tenue luz de las velas que hay allí, no tuvo tiempo a verme mejor. Eso me dio lugar a observar las velas y darme cuenta que hay una corriente de aire, aunque ese sector no tiene una salida visible. O sea que hay respiraderos que deben hallarse en la sala de las mujeres, donde también vi la llama moverse por soplo de aire. Creo que había una buena subida en el túnel... ¿Sería posible calcular los niveles de esas salas y la distancia hasta la superficie?

-También Sorguriteb entró en ese sector, -dijo Hetesferes- según...

-Así es, -intervino el aludido- y aunque omití ponerlo en el informe, Meritetis no habría visto la diferencia de nivel tan clara como yo, porque ella iba inspeccionando por las salas de los costados, mientras yo hice todo el túnel antes, de una sola caminata. Son unos quinientos Ankemtras de largo hasta la sala de las mujeres y calculo que hay más de diez Ankemtras de desnivel, lo que concordando con la superficie exterior, que va en declive en ese rumbo, esa sala debe estar muy cerca de la superficie de la ladera Sur.

-Vemos que hay dos corrientes de agua transversal, -dijo Nuptahek- y aunque seguro que habrán extremado la vigilancia de entorno, la anterior quizá sea adecuada para llegar a ese punto, cercano a la atalaya y a la entrada del Sur... ¿Qué tan escabrosa es esa zona?

-Bastante intransitable, -dijo Henutsen- pues fuimos por ahí hasta la entrada y la atalaya orientales, de modo que hicimos el camino inverso al resto. Los invisibles podemos transitarla sin ser percibidos, pero para los demás, quizá las dificultades sean demasiadas para un andar discreto. Si estáis pensando en explorar de nuevo para encontrar una entrada, aunque sea de respiradero, puedo encargarme, sólo con Ankemtatis y un par de invisibles más. Abrir una nueva entrada con Uás es lo único que se me ocurre, en caso de hallar un respiradero...

-Creo que tenemos mejores alternativas, -dijo Gelibar- porque si no queremos dañar a las esclavas, sólo es cuestión de hacer salir a todos y eso es como sacar a los topos o cualquier otro bicho de su cueva...

-Nada más fácil, -dijo Geonemetis- y Hatshepsut y yo hace unos días, hablábamos del potencial bélico del humo, para el caso que no hubiera nubes y quisiéramos hacer un espectáculo como el de Fuerte Anubis, o cosas por el estilo... No teníamos ni idea de que este Vijelob fuese una ratonera, pero hablamos de eso, sacar a la gente con humo cuando les quisiéramos vivos pero indefensos... Y como se lo comentamos a Maurenka, nos dijo cuáles son las mejores plantas para hacer humos que matan, que duermen, hacen llorar o simplemente desesperar o volver locos, hasta hacer salir corriendo... No obstante sus claras explicaciones, debería ser ella quien hable del tema.

-Pues que venga, -dijo Nuptahek- a menos que esté muy ocupada...

-Lo está, -dijo Gelibar- preparando nuestra comida, así que vendrá enseguida. Si está claro que vamos a sacarles con humo, siendo más de diez contra uno, sólo es cuestión de esperarles afuera y de ver cómo hacemos para que las esclavas no sean afectadas, es decir que hallar ese respiradero puede darnos opciones.

-Si estando inaccesible para entrar, -dijo Hatshepsut- igual podemos echar algo en su aire, podríamos dormirlas, mientras que al resto sólo hacerles desesperar y salir. Pero estamos hablando sobre la hipótesis no probada de que exista ese respiradero y además, tendríamos que dar por eliminada toda la guardia de entorno.

-Sí, sería una operación compleja, -dijo Gelibar- porque primero hay que explorar de nuevo todo el sitio tras eliminar a la guardia, o hacerlo sin que lo noten y a la hora de atacar deben estar desprevenidos. ¿Y cómo echamos humo dentro de ese laberinto, que tiene unas cuatro jaetas y media de túneles, sin contar con esas salas enormes? Yo he dado esa idea, pero ahora me parece muy traída de las pestañas...

-No, -dijo Nuptahek- la idea es buena, porque no hay otro modo de sitiarles y conseguir resultado a corto plazo, ni podríamos proteger a las mujeres en ningún caso de operación invasiva directa. Aunque la superficie y el volumen a cubrir es grande, el humo se expande y aparte del respiradero, hay tres entradas por las que echar lo que sea. También es cuestión de que el aire se mueva y... Ahí viene Maurenka, a ver qué opina ella.

-¿Ya estáis discutiendo acerca de si es mejor la comida de aquí que la de Ankh em-Ptah? -dijo bromeando la aludida mientras colocaban ella y dos ayudantes, unas cuantas bandejas sobre la mesa. Luego le explicaron el asunto con todos sus detalles y la mujer hacía preguntas sobre el cuadro de situación.

-No es nada fácil saber para donde corre el viento, y también hemos de evitar que el humo que sea nos afecte a nosotros...

-Claro, Faraona, -comentó Geonemetis- pero eso es fácil. Recordad los filtros para respirar de las minas... Tengo unos cuantos y puedo fabricar más en poco tiempo. Nefkaten también sabe mucho de eso, así que los podemos hacer mejores que los que tengo ahora. También llevo un cofre con mucho carbón en alguno de los carros...

-Eso no estaría demás, -dijo Maurenka- pero no os preocupéis por eso, que cada veneno tiene su antídoto, salvo el de la desesperación. Ese humo no tiene antídoto porque hace arder los ojos y por ellos llega a la cabeza... No es sólo para llorar, sino para enloquecer. Aunque los efectos duran unos cuántos Râdnies, pueden aparecer síntomas de confusión e incoherencia en cualquier momento, a lo largo de algunos días... Pero con todo lo que me habéis explicado, creo que deberíais usar una estrategia más suave, con vapores que no se ven, sólo para dormir a todos durante un par de días. Para eso habría que entrar y echar lo que puedo preparar, en todas las fogatas, y si no queréis o no podéis entrar, se puede hacer fuego con brasas en las tres entradas y mantenerlas durante un buen tiempo. Los que se vayan acercando se irán cayendo. Nadie verá nada violento y el que vea caer a uno, irá a mirar a ver qué pasa, muy precavido, muy atento, pero nadie imagina que el arma invisible está en el aire que respira...

-Suena como muy fácil, -dijo sonriendo Nuptahek- pero os pregunto: ¿Cómo evitamos que los nuestros caigan bajo el mismo efecto con el humo de dormir?

-Como he dicho, Faraona, -siguió Maurenka- casi todo veneno tiene su antídoto. En este caso se hace con las mismas plantas y los filtros para respirar son innecesarios porque serían absolutamente inútiles. Este vapor para dormir es invisible porque es esencial, no hay filtro que pare algo compuesto de partículas tan pequeñas que no se ven como el humo de cualquier otra cosa. Sería como el gas de ls minas, que ni siquiera tiene olor fuerte... Para el humo mortal sí que sirven los filtros de los mineros, aunque no serían suficientes y tendrían que tomar antídoto. Hay que tener cuidado con ambos preparados, que se reducen a polvo. Me tendré que poner guantes de cuero fino y necesito un día para recoger muchas plantas con ayuda de tres personas, otro día para preparar lo básico y otro para destilarlo, como al licor de cebolla. Luego un día más para mezclarlo con sal y hacer la reducción a polvo. Mientras hago todo, tendré tiempo a preparar el antídoto para seis hombres a razón de dos días de trabajo. No podrá ser menos si se quiere dormir a tanta gente en ese montón de cuevas y salas, ni más porque el antídoto no se puede beber por más de dos días. Y si queréis avanzar en vez de esperar a que vayan saliendo, podríais hacerlo poniendo brasas en un caldero e ir echando el polvillo... De ese modo se reduciría a un día todo el operativo, según mi humilde cálculo. Seréis Vosotros los que digáis si estoy muy equivocada... Yo garantizo que incluso los más fuertes que respiren eso, van a dormir por dos días con sus noches. Os haría un ensayo con serrín fino, para indicaros cuánto hay que ir echando y cuánto hay que esperar, luego de dormir a los que estén cerca, antes de volver a echar polvo para no malgastar... ¡Vaya, me siento como una artista del escenario, porque nunca me han prestado tanta atención!

-Os equivocáis, -dijo Elhamin- porque desde que comenzó este viaje estáis haciéndoos cargo de la comida, dirigiendo a los cocineros que ahora alimentan a casi veintiséis mil hombres, hacéis personalmente la comida de la Plana Mayor y es la segunda vez que intervenís en las acciones militares con vuestros conocimientos... Sois más que una artista de escenario, sin quitar el mérito que ellos tienen. Contamos entonces con cinco días de preparativos si todos están de acuerdo en usar ese método.

-Por mi parte me parece excelente, -dijo Nuptahek luego de que todos aprobaran la idea- pero debo agregar a lo dicho por Elhamin, que si hay alguien que no pasa inadvertida en esta campaña, sois Vos. No hay día en que no se alaben vuestros platos, que alimentan el Bah, el Ka y el Lah...

-Gracias, General, gracias, Faraona y a todos, pero ahora he de buscar ayudantes y empezar a recoger plantas, que con este cielo tan oscuro no es fácil diferenciarlas y hay que manejarlas con cuidado. Y ya que lo hacemos, buscaré también las plantas necesarias para los preparados más... peligrosos, por si acaso.

-Bien, pero los que van al bosque deben ir con los que ya están entrenados en el uso de los tridentes para cuidarles de los osos...

Cuando la mujer salió de la tienda, se hizo un rato de silencio para degustar la carne de ciervo envuelta en hojas de vid, con salsa de frutos para ensalada y vinagre de caña, peces del arroyo, cocinados a la brasa, ahumados con las hierbas locales que los Carpatians le enseñaban, aumentando cada día su gran conocimiento culinario.

-Recuerdo aquel día, antes de partir, -comentó Ankhceroi- cuando el General Elhamin me envió a Ankhonemesis y Menkaura para aceptar o no su inscripción. Estaban desesperados ante la idea de separarse pero más aún ante la posibilidad de no participar en la campaña. Pensé que si negaba a Maurenka el puesto, saldría tras los barcos en una chalupa. Ahora estoy convencido de que lo hubiera hecho...

-¿Y qué pensáis de Ankhonemesis? -preguntó Nuptahek.

-Que está a su altura en todo, -dijo el Furriel- y lo tengo en lista de propuestos para Comandante. No he dicho nada de esa lista porque el desplazamiento y las acciones han sido uniformes y la plantilla actual es suficiente. Pero en cuanto volvamos o nos dispersemos y las actividades se diversifiquen, será necesaria una serie de ascensos para dirigir las operaciones. Ankhonemesis lleva junto con una mujer de Gavelade y el Carpatian Povolov, las mejores calificaciones.

Cuando por fin paró de llover, Maurenka tenía preparada una gran cantidad de polvillo soporífero, pero tuvieron que esperar otros dos días para que se seque el barro y poder marchar toda la caravana, hasta un punto más cercano al objetivo. Mientras, los invisibles habían hecho un profundo reconocimiento del terreno circundante a Vijelob, aunque no era prudente una nueva incursión en el interior.

Meritetis había descubierto el respiradero que había encima de la habitación de las esclavas, pero era inviable entrar por él. Era un hueco creado por una filtración de agua, por el que apenas cabría un conejo pequeño, pero suficiente como para escuchar todo lo que se hablaba en la sala. Al no entender la lengua que hablaban, regresó con uno de los invisibles que sí la entendió y permanecieron más de medio día en escucha, extrayendo algunas conclusiones. Regresaron todos a un campamento que se estableció a veinte jaetas, sobre una meseta poco arbolada, de base parcialmente rocosa y con mucha pastura, accesible para los carros por un único camino, fácil de custodiar y de gran amplitud como para albergar a los veinticinco mil setecientos cuarenta y siete efectivos, dos mil quinientos carros y quince mil doscientos ochenta y siete caballos, formando círculos concéntricos, dejando en el medio las tiendas de Plana Mayor y las de los recientes liberados. Justo cuando el campamento estaba quedando bien establecido, comenzó de nuevo la lluvia pero duró sólo un día. A la siguiente mañana, nuevamente despejada, durante el desayuno se definieron los planes.

-Amados míos, -decía Nuptahek- el objetivo de dormir a todo el mundo no es otro que sacar con vida a las esclavas. Luego podemos optar en destruir totalmente ese lugar, o sólo eliminar a los esclavistas, pero pensar en cómo hacerlo me revuelve las tripas... Os escucho.

-Mi opinión, -decía Elhamin- es que habría que hacerlo de día, para estar más seguros de que no hay fugas. Se puede eliminar la guardia de entorno y patrullas en las últimas horas de la noche, e incluso iniciar la incursión con los calderos por las tres entradas, aún oscuro, para burlar más fácil la guardia de las mismas...

-Y por el respiradero, -intervino Gelibar- ya que es probable que la mayoría de las esclavas estén ahí durmiendo. Dejarlas fuera de acción implicaría facilitar las cosas, aunque luego haya que cargar con ellas. Luego, si no queremos destruir el laberinto, podríamos ahumar a los enemigos dormidos, con otros humos más drásticos y que duerman para siempre... Maurenka ya tiene también un preparado para eso.

-A mí me parece bien hasta ahí, -dijo Hatshepsut- para asegurarnos que ninguno sobrevive, pero luego derrumbaría el laberinto, si fuese posible, aunque por los mapas, hablamos de derrumbar una montaña.

-Es una masa montañosa muy dura, -comentó Ankemtatis- que en el centro tiene unos setenta Ankemtras sobre el túnel. Con los Uás a máxima potencia demoraríamos dos o tres días en esa destrucción. Pero tardaríamos casi nada en retirar y quemar los cadáveres. Si luego sellamos las entradas, ese laberinto puede quedarnos como almacén táctico, para nosotros o para los pueblos liberados.

-Bien, -dijo Nuptahek- combinando las ideas, procedemos a dormir a todos, luego sacamos a las esclavas y finalmente ahumamos de nuevo a los oberitas... Me gusta más la idea de dejar todo como está para que los liberados puedan ocuparlo y establecerse. ¿Cuánto tiempo tendríamos que esperar para sacar sin peligro los cadáveres?

-Al menos dos días si no se toma antídoto, -respondió Maurenka- y aunque es seguro, es preferible no tener que tomarlo, porque además de un poco de mareos, produce diarrea inevitablemente.

-Pues esperaremos esos dos días, -dijo Nuptahek- o quizá tres. Es preferible soportar sólo el olor de los cadáveres. Veo que Meritetis tiene alguna novedad que comentarnos...

-Sí, camaradas. Lo que extraigo como conclusión de lo escuchado por el respiradero, es que las esclavas embarazadas las llevan a otro sitio, pero no saben dónde. Sólo saben que esas nunca han regresado ahí. Sobre los turnos para estar con ellas, los llevan en cuenta para evitar que les pillen cuando hacen cosas para evitar los embarazos, porque cuando se enteran que lo están, las castigan con dureza. En los horarios nocturnos es cuando tienen sus... contactos. En en el día, en la sala anterior y la sala dormitorio de ellas, lo tienen prohibido, así que ahí seguramente sólo van alguna vez a inspeccionar...

-Furriel, -dijo desde la entrada un hombre- deseo hablar con la Faraona y la Plana Mayor...

-¡Povolov!... -respondió Ankhceroi- ¿Habéis nadado en el barro?

-Algo así, es que regreso con los invisibles de la exploración por el Sur y tengo algo que comunicar...

-Entrad, Povolov, -dijo Hatshepsut riéndose- sólo evitad sacudiros como los perros, o nos dejaréis a todos embarra... ¿Estáis herido?

-No, Generala, sólo es un rasguño, luego iré a curarme el brazo, pero el asunto es demasiado importante... Es que aunque había mirado los mapas, no tenía referencias claras de los sitios a donde vamos, pero he comprendido en la exploración reciente, que conozco esta zona más de lo que me parecía. Al encontrar algunos sitios que pude reconocer, me he ubicado respecto a toda esta región y si bien está ese laberinto que hemos tomado por Vijelob, esa es la vieja mina de oro que se llamaba "Acotis" y fue abandonada antes que yo naciera. Vijelob es ahora un montón de ruinas y casas abandonadas y mi padre no me dejó ver nada allí cuando la encontraron, aunque podemos llamarle así a este laberinto. Cuando era niño, con unos diez años, mi padre me trajo a conocer estos lugares, pero hay otra mina, que es mucho más grande y no fue abandonada, sino invadida por el supuesto Faraón, poco después de aquel paseo, es decir hace unos sesenta años. Allí quedó esclavo mi padre, mientras que mi madre y yo huimos con muchos de mi aldea hacia el Sur, para ser apresados unos años más tarde... Pero dejando de lado mi historia personal, os puedo asegurar que a dos días de marcha a pie, están las montañas más altas de esta parte y en la segunda de ellas hay un laberinto mucho más grande que este de aquí. No puedo recordar ahora todos los detalles, pero estoy seguro de saber llegar.

-¿También era o es una mina de oro? -preguntó Geonemetis.

-No era oro lo principal, sino hierro y plomo. No se llega allí con carros sino sólo con caballos. Creo que con los carros sólo llegaríamos hasta la mitad de camino entre este laberinto y aquel. Luego, según el mapa general, hay que seguir hacia el Sur y Naciente, así que allí se puede establecer un campamento y hay buenos lugares, con varios arroyos pequeños, pero hasta la montaña hay casi un día de marcha a caballo, incluso mejor a pie, porque los bosques allí son más densos que aquí y aunque no hay grandes farallones, el suelo es muy irregular y lleno de piedras pequeñas, medianas y grandes, medio tapadas por la abundante hojarasca, lo que hace un terreno impracticable para los caballos. Sólo habían hecho un estrecho camino, pero estará vigilado y además, seguramente hay vigilancia en varias de las montañas que forman esa cordillera.

-¿Recordáis mucho de esa zona, -preguntó Nuptahek- como para marcar hitos en los mapas?

-Sobre el camino hasta allí, lo recuerdo bien, pero más aún recuerdo el entorno de esa mina que llamábamos "Yakira" y todo hacia el Sur, hasta los túneles de las montañas mayores, a ochocientas jaetas...

-Bien, Povolov, -interrumpió Nuptahek- id a tomar un buen baño, que os curen ese brazo y cuando hayáis comido y descansado volvéis para que Hetesferes tome nota de todo lo que podáis recordar. Es importante que los mapas cuenten con todas las referencias posibles.

-Volviendo a la operación inmediata, -dijo Hatshepsut- creo que no hay duda de lo que debemos hacer, salvo en qué momento.

-Vamos a esperar dos días más, -dijo Nuptahek- para controlar mejor la actividad de los guardias y patrullas enemigas. Un poco de paciencia y mayor descanso nos vendrá bien a todos, aunque el propósito es dejar que se relajen un poco y acaben pensando que el ataque recibido pudo ser de una horda viajera que se ha conformado con robarles la ropa las armas. También por eso ha sido buena idea no atacar los establos, pero creo que coetáneamente a la acción en el laberinto, deberíamos capturar esos animales, asegurándonos de que no se enteren los otros, es decir, hacerlo al mismo tiempo...

-Los que lo hagamos, -dijo Elhamin- nos aseguraremos de ello...

-En esta operación, -replicó Nuptahek- os prometo que sólo estaré en la parte de dormir a todos y el resto os lo dejo... No me miréis con esa cara, Elhamin... ¿Es que no os he hecho caso hasta ahora?

-De acuerdo, Faraona. Pero no vais comandando la acción, que los que ya han ido son los que pueden volver sabiendo por dónde andan. En todo caso os ruego dedicaros a acompañar a Permiskaris, que los caballos también son cosa seria y hay al menos una dotación de cien oberitas que no os los darán por las buenas...

La operación se realizó tres días más tarde, con una requisa de dos mil trescientos caballos, con la liberación de doscientas noventa mujeres y a la mañana siguiente y durante cuatro días, ardían en cuarenta hogueras dos mil ciento ochenta cadáveres. Las cremaciones se hicieron en una explanada formada por la tala de los árboles que sirvieron para las hogueras, montaña abajo, con gran cuidado y leña abundante para, evitar la emanación de humos y sin avivar demasiado las llamas durante la noche.

-Es una buena medida, -decía Povolov a la Plana Mayor reunida una mañana con todos sus colaboradores- porque aunque por el camino son como cincuenta jaetas hasta Yakira, en línea recta es la mitad y aún desde esa altura creo que no ven esta montaña, pero sí verían una columna de humo muy alta, o los fuegos en la noche...

-Incluso, -dijo Gelibar- podría haber patrullas de allí más cerca o en camino hacia aquí. ¿Cuánto más grande calculáis que es Yakira?

-Al menos cinco veces más grande. Allí seguramente manufacturan algo, no como aquí, que parece que sólo tenían personal de relevo.

-Y no sólo para relevos, -dijo Nuptahek- sino para vigilancia regional y captura de esclavos... Ni fabricación de armas ni manufactura de nada, sólo cuartel. Se dejaban aquí sólo a mujeres jóvenes, es decir que tenían la posibilidad de selección y además, tenían más caballos que efectivos y demasiadas herramientas como lazos, yugos, cadenas y pocos carros, como para hacer incursiones largas y rápidas. Creo que hemos eliminado a los depredadores principales de la zona Norte y Naciente. Veremos más adelante, pero estoy segura que estamos más cerca de su centro de operaciones más importante.

-Es posible, -dijo Elhamin- porque así como los de Plesostrebe eran los que rapiñaban y capturaban gente por el Noroeste, estos serían los suministradores de esclavos de esta región hacia el Sur. Sin embargo parece también que sus actividades aquí son más nuevas, con sólo seis décadas o poco más.

-Es que antes -intervino Geonemetis- les paraban las actividades los últimos TarthArios, pero ellos según los relatos de los Carpatians y los Swideraj, se fueron yendo más al Naciente y al Norte, con lo que estos pueblos pequeños, diseminados y poco fogueados en el combate, con buenos valores éticos y morales, pero sin una organización ni líderes que los unan, quedaron como presas fáciles para los enemigos de la humanidad. Y por otra parte, es evidente que nuestros ancestros de Ankh em-Ptah estuvieron también aquí, pero cuando volvieron al otro continente, estas tierras fueron quedando desprotegidas.

-Una dura lección para esta parte de la humanidad, -dijo Daverdis- y también para nosotros, porque así nos habría pasado sin la aparición providencial de la Faraona y el empeño de Geonemetis en buscar aquellos huesos... Pero creo que nosotros nos hubiéramos extinguido, lo que es diferente a perder la dignidad y caer esclavos... Quizá estoy juzgando mal y con el tiempo podríamos haber caído, pero está claro que cuando olvidan los pueblos cuáles son los valores más altos, y encima se quedan indefensos, sin formar un Estado Asambleario bien organizado, el esclavista caerá encima en cualquier momento y nunca se sabe dónde y cuándo nace uno de ellos...

-Ya veis que han estado a punto de asesinar a todo Ankh em-Ptah, -comentó Omar- aún teniendo nuestros valores, armados y organizados mejor que cualquier otro pueblo, dispuestos al combate...

-Ese es un punto importante, General, -intervino Povolov- porque si mi pueblo cayó en la esclavitud como tantos otros, fue por creer que bastaba con ser pacíficos, buena gente, tener mucho amor y todo eso. Y recuerdo que mi abuelo decía que desconfiaba de los viajeros que llegaban a las aldeas pregonando la paz como valor sagrado, con el discurso de que la espiritualidad consistía en detestar las armas, y que cuando surgían enemistades, había que dejar que la sabiduría del destino ponga las cosas en su lugar... Al final entendimos que eso era para hacernos mansos, débiles, incapaces de defendernos... Y fue un alto precio el que pagamos porque los pueblos creyeron que la guerra era una calamidad, cuando sólo es el mejor efecto, tan necesario como inevitable en las ocasiones en que los esclavistas aparecen para someten a los pueblos.

-Y no hemos de olvidar otros aspectos del asunto, -dijo Andrujkas- como la creación de divisiones en las opiniones, la tontería que han difundido, de que cualquier tonto tiene derecho a gobernar, la creación de "clanes de opinión", la idea de que la competencia es mejor que la colaboración... Y los falsos médicos que aparecían por las aldeas, con la noticia de que habían enfermedades que se podían "contagiar", y sólo ellos tenían el remedio, que había que pagarles con tierras, con metales, con mujeres o lo que pidieran...

-Así es, -intervino Elhamin- hemos visto toda clase de trucos para someter a los pueblos pero en estas tierras se han cebado con todo, tratando a la gente como animales, como mercadería y a punta de lanza o espada, con venenos sutiles... No sabemos hasta dónde alcanzará su astucia para engañar. Por lo pronto, hemos de hacerles saber a todos quién es la verdadera Faraona y debemos averiguar quiénes son esos falsos faraones, con el que hasta ahora no hemos tenido encuentro. Ha sido visto por última vez en la fortaleza de Ramankh, pero no veo el momento de que demos con él...

-Según mi conocimiento de toda esta región hacia el Sur, -dijo Povolov- no creo que encontremos puntos más importantes que Yakira y los pueblos a los pies de los montes Bucechios, donde los oberitas han de haber hecho las guaridas más grandes. Figuran en los mapas como ciudades pequeñas, pero conozco esos lugares y son grandes.

-Claro, -dijo Hetesferes- y bien escondidos han de estar, porque de lo contrario los exploradores Fenhygios sabrían de sus movimientos y tendríamos marcas mejores en sus mapas. Además, por lo que recordáis todos los que conocéis la región, esos sitios han de ser como éste, con una antigüedad de no más de seis o siete décadas.

-Lo que indica que las andadas de los criminales comenzó más o menos por donde hemos ido avanzando nosotros, -dijo Hatshepsut- ya que en Ramankh y los puestos siguientes llevaban mucho más tiempo. Me gustaría dar con alguno de ellos que supiese de dónde viene esa enfermedad del Lah, que les impele al mal, que les quita el Amor, y que estuviese dispuesto a hablar...

-Eso está difícil, Hermana de mi Alma, -dijo Nuptahek- porque ni conseguimos que hablen, ni hay ancianos entre ellos porque parece que sus dirigentes los liquidan, y sobre todo porque no estamos siendo muy perdonadores que se diga... Podemos vivir sin saber eso, pero no podemos vivir sin conocer a fondo sus trucos y malas artes, para ver venir los problemas y atajarlos a tiempo. Recordad al ermitaño Daniur, que siendo "de ellos" nunca pudo entenderlos. Creo que podemos ver lo que hacen y entender cómo piensan, previendo sus acciones, pero para sentir como ellos, habría que estar igual de enfermos...

-Creo que jamás terminaremos de conocer eso, -intervino Espiria- porque según hemos visto, los malos también son creativos, aunque su creatividad sea destructiva. Esa raza de almas es como si fuese una pesa en una báscula del destino de la humanidad, para poner a prueba y pesar la Dignidad, Lealtad y demás valores de los demás pueblos. No es que los justifique, ni que crea que son necesarios, pero si lo vemos imparcialmente, funcionan así las cosas. No sé cuál sería el remedio definitivo a este mal que aqueja al mundo desde que existe.

-El remedio, -dijo Nuptahek- no muy lejos de que lo alcancemos, es que se extinga la humanidad mortal. No por muerte, claro, sino por Ascensión. Pero sopesando la cuestión de las Almas, que siempre están viniendo desde los Reinos Menores, es posible que este mal de la esclavitud exista siempre que haya mortalidad. Si no fuese por ella, la gente jamás tendría miedo, puesto que el miedo a la muerte es la raíz de todos los males. Los esclavos se dejan esclavizar porque creen o sienten que la vida del cuerpo es más importante que la Libertad. Y los esclavistas no creen que haya nada después de la muerte del Bah, entonces no saben que hay una reencarnación y que nada queda impune en el Universo. Con esa creencia, se sienten más allá del bien y del mal, creen que todo el hacer consiste en tener placeres. A partir de ahí, toda la psique funciona en la línea del mal… Lo inconcebible es que adoren a un dios como Seth, capaz de todo lo malo contra todos los pueblos, incluyendo el hecho de sacrificarles a ellos mismos…

-¡Faraona! -interrumpió un soldado que llegaba a caballo- Tenemos compañía… Una milicia de quinientos o más hombres a caballo estaba a unas doce jaetas en este rumbo. Contando mi tiempo de camino, hora estarán a unas siete jaetas, entrando a la cañada que conduce hasta aquí. Si salimos ya a su encuentro, les pillaremos a cinco jaetas. Si llegan más cerca, perderíamos la ventaja de emboscada…

-¡Atención, Comandantes! -gritó Nuptahek- Vamos con los tres mil primeros que lleguen a los caballos… Trescientos boleros y treinta Uás… Ankemtatis y Henutsen con la mitad dividida por los flancos, con cien boleros y diez Uás cada uno, pero marcháis sobre la parte alta. El resto conmigo… Y con Elhamin, frontalmente… Quiero alguno vivo para interrogarle, pero si no queda ninguno, no sufriremos. Que a los de los flancos no los vean hasta que iniciemos nosotros el ataque con un disparo de Uás. No quiero caballos heridos…

En pocos momentos estaban montando los caballos. Los grupos de los flancos quedaron definidos de inmediato pero cuando Nuptahek se volvió, tras media jaeta de cabalgata, al mirar cuesta abajo se dio cuenta que su grupo era una fila tan larga que superaría los cinco mil efectivos.

-Había dicho mil en cada grupo…

-No os preocupéis, -dijo Elhamin entre carcajadas- que la tropa está muy descansada y quiere aprovechar para dar un paseo. Igual quedan veinte mil en el campamento.

En poco más de un Râdnie se produjo el enfrentamiento de manera terminante justo al doblar un meandro de la cañada. Al ver venir de frente al enemigo Nuptahek disparó el Uás contra unas rocas, evitando dar a los caballos. Las boleras y flechas desde ambos flancos y por el frente, hicieron todo lo demás en tres têmposos. A media tarde se encendieron diez grandes hogueras no muy lejos del lugar, en un rellano de la montaña y quedaron quinientos hombres al cuidado de ellas para evitar incendios en el frondoso bosque. El resto regresó al campamento justo antes del anochecer y se reunió la Plana Mayor.

-Ahora contamos con dieciocho mil ciento ocho caballos, -decía el Furriel Mayor- si seguimos así, habrá más equinos que humanos.

-Y también esas mujeres, -dijo Nuptahek- que están bien de salid, bien alimentadas y descansadas, salvo cinco embarazadas. Podemos enviarlas a Plesostrebe o llevarlas con nosotros. ¿Qué opináis?

-Son todas jóvenes y fuertes, -dijo Unitis- como para adiestrarlas en el uso de las armas a medida que avanzamos. Es hora que empiecen a defenderse y defender su territorio... Los otros doscientos están aún en recuperación, han estado a punto de morir de hambre y sed...

-Opino igual, -dijo Omar- hay algunas que hablan Swideraj pero ella... y todas hablan nuestro idioma casi a la perfección. Algunas sólo el Carpatian puro y el nuestro, pero todas están dispuestas a hacer lo que sea con tal de acabar con los esclavistas. Podríamos darles lecciones, como dice Unitis. Casi trescientos efectivos más, cuando no sabemos contra qué fuerzas tendremos que lidiar, no vienen mal...

-Omar... -dijo Nuptahek- no quiero entrar donde no me corresponde, pero... ¿Puedo hablar aquí o preferís que hablemos en privado?

-Nada hay que podáis hablar sobre mí, mis acciones o lo que tenga que ver conmigo, que no pueda ser dicho en medio de los presentes, que son mi única y maravillosa familia. Os ruego, Faraona, hablad...

-Bien, entonces os digo. Para los que vemos en el ámbito del Ka, la mujer liberada con la que primero hablasteis, os corresponde en todo vuestro sentir. Su áurea etérica brilla como la vuestra y jamás os había visto a Vos tan... brillante. Os ha parecido intelectual y lo es, ha removido vuestras más delicadas fibras del Alma pero también así está ella. Fuisteis a ella más directo que una flecha y ella fue hacia Vos del mismo modo. No os digo más, pero ahora jugáis con ventaja... Volviendo al tema de qué hacer con ellas, veo por los gestos de todos, que aprobáis la idea de Unitis. Llevarlas a Plesostrebe sería una pérdida de efectivos, que no tendrían tiempo a reincorporarse. Si las admitimos, son ganancia para la campaña. Así que Unitis y Omar se encargarán de instruirlas si aceptan. Os ruego, Omar, que ella sea la primera en recibir todas vuestras instrucciones. Lleváis una cobra en la solapa, así que imagino que sabréis instruirla también...

-En todo, Faraona, -decía Omar sin poder esconder las lágrimas- y sí, tengo instrucción en el *Camino de las Cobras* [12*], recibido en la Escuela de Horus-Sobek durante cinco años, y aunque sólo por el camino izquierdo, sé todo lo demás. Seré un buen maestro para ella y buen instructor militar para las demás. Os agradezco lo hablado.

-Volvamos a las próximas acciones, -continuó la Faraona después de abrazar a Omar y levantar un mapa- Ahora seguimos con el avance... Tenemos por delante un viaje de dos o tres días a caballo, para llegar a otro laberinto mayor que el de aquí, pero según los mapas y el recuerdo de Povolov, no podremos ir con los carros hasta ese punto. ¿Qué proponéis?... Sí, Povolov, hablad.

-Los carros, Faraona, -dijo el aludido tras un rato de repaso de todos los mapas y anotaciones- podrían ir desde aquí hasta el río Svitcha. Allí pueden esperar acampados una parte y otra puede realizar toda la acción a caballo y el tramo final a pie, sobre el laberinto de Yakira. Cuando se complete allí la acción, se reinicia el viaje, pero yo recuerdo muy bien el camino hacia el Sur lejano, a las tierras de los montes de Bucechios. Sería mucho más corto, con más curvas y algunos puntos estrechos, pero no tan largo como lo tenéis en estos mapas.

-Bien, dejamos eso para después; -siguió Nuptahek- así que os pido centraros en lo que recordéis de Yakira. Omar y Diva podéis ir ya mismo a comenzar la instrucción militar de esas mujeres. No vais a participar en lo de Yakira porque ya tenéis prioridad asignada. Os pido, Nefkaten y Edelhaira, que os encarguéis de la instrucción de esas mujeres en todo lo relacionado a asuntos sociales, políticos y de las ciencias de Horus. Los demás, por favor analizad estos mapas y que Hetesferes anote todo lo que recuerde Povolov. No quiero sondeos de los invisibles ni nada más que las patrullas de entorno a nueve jaetas, es decir, sin bajar al valle y las hondonadas. ¿Creéis que con eso se puede controlar cualquier acercamiento enemigo, Ankemtatis?

-Sí, Faraona, es una buena medida si no queremos arriesgarnos a nada. Durante la noche sí que podríamos extender el radio, pero sólo los invisibles y tomando posiciones en los promontorios un poco más allá; y al Naciente hay una altura que parece mayor y si es así, podría ser una buena atalaya para controlar el Sur, Naciente y Poniente hasta varias jaetas, con los largavistas y desde los árboles más altos.

-Entonces dejo en vuestras manos esa acción ahora mismo. Que el grupo invisible sea sólo la mitad. Henutsen se encargará de explorar el camino hasta Yakira con diez más... Por cierto... ¿Cuántos sois ahora los invisibles?

-Está casi completada la instrucción del grupo nuevo, -respondió Henutsen- compuesto de Swideraj, Carpatians y algunas sorpresas... En total somos noventa y nueve, sin contar a los de la Plana Mayor.

-¿Me vais a tener en la incertidumbre respecto a esas "sorpresas"?

-Bueno... -decía Henutsen- Eso depende si las sorpresas quieren presentarse ante la Faraona, considerando que ella también tiene casi toda la instrucción como invisible...

-Por mi parte, ningún problema, -dijo Khumpomisis, apareciendo como de la nada sentada en el banco de madera al lado de Nuptahek, causándole un sobresalto- dice Henutsen que sorprenderos sería toda una prueba...

-¡Y vaya que lo habéis logrado!, -exclamó Nuptahek abrazando a la pequeña mujer con aspecto de niña y besando sus mejillas- ¡Ni un sonido de restregar ropas, ni movimiento de este banco!...¿Y quién más ha estado ocupando tiempo en tan complicada instrucción?

-Yo lo podría decir, -respondió Ankhceroi- porque me lo cuentan todo, pero si os lo digo, adiós sorpresas...

-Está bien, -dijo Nuptahek riendo y haciendo gesto de resignación- pero ya veremos quién me sorprende. Khumpomisis sí que lo ha hecho, pero como estaré alerta, veremos quiénes pasan la prueba. Ahora, al saber la cantidad real, digamos que Ankemtatis se va a lo suyo con treinta, Henutsen explora con otros treinta y yo me quedo con los pocos que conozco y los que me tienen que sorprender...

-Parece que hay novedades. -dijo Ankhceroi abriendo el cuero de la entrada de la tienda- Ese jinete viene muy apresurado...

-Dejadle entrar inmediatamente. -dijo Elhamin

-Vengo del valle del Noreste, -dijo el soldado luego de saludar- hemos hallado lo que parece ser la verdadera aldea de Vijelob. Muy escondida por la espesura del bosque, con árboles de doscientos o más codos de altura. Es una ruina total, que apenas conserva los muros de las mitad de las casas y fue destruida hace décadas. Pero es horrible, porque aún están allí los huesos de las manos de gente que fue atada con cadenas, otros empalados, otros esqueletos que se amontonaron sin quemar; otros crucificados, de los cuales sólo están los huesos bajo las cruces... Algo realmente macabro. Al menos han sido mil personas. No hay huesos de niños...

-Claro, -interrumpió Hatshepsut- a los niños y jóvenes los llevaron como esclavos y seguro que muchos de esos que faltan allí, son hoy los adultos que hemos liberado en varios lugares. Pero me parece que ya saben bastante de su pasado y quizá saber más conociendo o viendo lo que queda de sus familias, les instigaría sentimientos de venganza, en vez que justicia...

-Como siempre, -dijo Nuptahek- mi Hermana del Alma ha hablado como si fuese yo misma. Así que decidle a los otros exploradores que hagan el testimonio como secreto militar, sólo ante Ankhceroi. Ni una palabra a nadie más. Hay que evitar sufrimientos innecesarios.

-Yo os agradezco esas palabras, Faraona, -dijo Povolov llorando- porque... Si no las hubieseis dicho, seguramente habría caído en el pérfido deseo de venganza, en vez de la justicia que debemos hacer por el presente y el futuro. Teníamos muchos familiares y amigos en ese pueblo. Los hermanos de mi padre, que eran algo mayores en la época en que... Perdonad mis lágrimas, pero os juro que no moveré un dedo con odio ni por venganza, sino porque comprendo que esta campaña tan necesaria tiene una causa muy superior, que es justicia y evitar que sigan ocurriendo estas cosas; por la libertad de los que hay ahora y los que van a nacer en este mundo de aprendizajes. Lo acabo de comprender más profundamente ahora mismo. Si lo hacemos así, es por Amor; si lo hacemos por el pasado o emociones, es por odio...

-¿Y entonces ponemos tanto Amor, -preguntó Elhamin-y dejamos que el enemigo comprenda que hace el mal?

-¡No, General!, -respondió Povolov- el esclavista tiene odio o no siente nada por los demás, sólo deseos enfermos de poder, de poseer, de destruir todo o a aquellos que no puede obtener. Sólo les surge el odio cuando se les frustran los planes; pero que le tengamos que combatir y eliminar sin miramientos es necesario porque semejantes enfermos jamás van a comprender a nadie ni nada. En cierto aspecto nos ponen a prueba a nosotros, ya que si actuamos por odio nos acercamos a ellos en el sentir enfermo. Así que hay que combatirles sin tener la burda esperanza de que el karma y demás leyes del Universo hagan por sí solas. Es que nosotros, cuando comprendemos la realidad de su enfermedad y deseamos evitar sus efectos en nosotros y en las generaciones venideras, somos los responsables de poner las cosas en el orden natural. Y si no lo hacemos, producimos un karma por omisión, es decir, por no hacer lo que se debe hacer, por más duro que parezca según las circunstancias. Ese es el pecado cometido por nuestros ancestros, por lo cual sufrieron la tortura, la muerte, la pérdida de todo y caímos esclavos nosotros en esta zona y en otras partes de la región, varias generaciones...

-No hace falta que digáis más... -intervino Ankhceroi tras unos momentos de silencio, mirando a la Faraona- Sólo os dije cómo estaba en la lista por sus calificaciones militares. Todo lo demás sale de su corazón...

-Y por ello, Povolov, -interrumpió Nuptahek levantándose del banco y abrazando al hombre- con los poderes y atribuciones como Faraona de Ankh em-Ptah, os nombro Comandante de Campo en este milicia. Sólo debéis decir si aceptáis semejante responsabilidad y la decisión debe ser refrendada por vuestros instructores...

-Pero... No me imaginaba eso. -dijo entre lágrimas Povolov- Claro que acepto el cargo que me endilguéis y lo cumpliré en cuanto me sea posible. Pero sólo pretendía ser un buen servidor de la libertad y un buen invisib... ejemmm, creo que acabo de aguar una sorpresa...

-Sí, la estáis aguando con vuestras lágrimas, -dijo riendo Nuptahek- pero sí que también es una sorpresa. Creía que vuestras calificaciones sólo eran por desempeño general en tropa y combate.

-Y como invisible, a la misma altura que los mejores, -dijo Henutsen- con el agregado de que habla los seis idiomas de esta región, imita voces y pájaros mejor que nadie y tiene un cálculo extraordinario de las distancia, tanto a ojo vistas como en terrenos recorridos. No es de extrañar que sus indicaciones en los mapas hayan sido tan exactas. Si nos dejásemos estar los instructores, nos superaría. No ha perdido un día de instrucción desde que comenzó esta campaña. Refrendo con gran alegría ese nombramiento. Y ya veo que a mi esposo se le va a descolgar la cabeza si sigue afirmando con tanto énfasis.

Durante las risas, Hatshepsut buscó algo en el arcón de los mapas y se encargó de colocar en la chaqueta de Povolov la insignia de Comandante y brindaron con cerveza por el ascenso, para pasar inmediatamente a revisar mapas y cálculos, a fin de reconocer el entorno de Yakira desde la próxima noche. A la tarde del día siguiente tenían más datos y la Plana Mayor se volvió a reunir, con excepción de Ankemtatis, que comandaba la vigilancia de entorno, y algunos Comandantes que seguían explorando la región.

-Ciertamente, -dijo Meritetis- es al menos cuatro veces más grande y con cinco veces más efectivos que Vijelob. Yakira es un cuartel en un laberinto donde sólo hacen la fabricación de armas, algo de ropa de combate y aperos, instrucción de personal, fábrica de no sabemos qué productos químicos y extraen metales. Pero ahí no hay ni un solo esclavo, trabajan los soldados. Los establos están afuera, cuentan con menos de dos mil caballos y la provista alimentaria e indumentaria proviene de los campos de cultivo y establos vacunos que hay más al Naciente, a unas cuatro jaetas de donde el camino desvía hacia Yakira. Ya nos traerán más noticias los exploradores. Aquí está el mapa que hemos hecho los quince invisibles que hemos entrado al recinto, casi totalmente subterráneo. No eliminamos a nadie, usamos ropas oberitas, no hemos dejado rastro de nuestra exploración. Hemos llegado a pie pero dejando los caballos en un hueco entre los cerros cercanos. El terreno tan lleno de hojarasca y en parte de roca básica nos ha permitido ir y volver sin dejar ningún rastro que puedan seguir.

-¿Quiere decir que hay al menos diez mil efectivos?

-Así es, Faraona. -continuó Meritetis- Una fuerza considerable, pero vulnerable porque no hay esclavos que proteger si les atacamos. Los centinelas de afuera son algo más de cien y no hay patrullas de noche. Parece que están muy confiados, dado lo poco accesible del lugar y el hecho de que desde los campos de producción, de los cuales llegan las provisiones, también hacen vigilancia del entorno durante el día. Pero como digo, de noche podemos movernos hasta muy cerca de Yakira sin que nos perciban. Con el campo de producción es diferente porque hay menos gente pero en movimiento. Seguramente se relevan y hay un movimiento entre ambos puntos, pero no por el camino que tenemos en los mapas, sino por detrás de la montaña. Una senda estrecha que sólo da para carros pequeños, de los cuales hay muchos en la zona de cultivos.

Un rato después llegó el mensajero con noticias.

-Tenemos claro el panorama, Faraona, -decía el Comandante- en la zona de cultivos y ganado son unos quinientos soldados haciendo trabajar a unos cinco mil esclavos. Parece que los tienen envenenados con la misma poción esa... "sueñobello". Crían unas cuatrocientas vacas, cultivan huerta muy diversa, procesan la carne de caza y la pesca del río que nace en estas montañas, con inicio justo en el manantial que hay dentro del laberinto y se une a otros riachuelos más abajo. Los esclavos viven en chozas que están en medio de los huertos y las barracas de los soldados son precarias y pocas, de modo que deben relevarse cada uno o dos días.

-De modo, -decía Nuptahek- que podríamos usar fuerza extrema y contundente en el laberinto, sin dañar a ningún esclavo, mientras que en el campo de producción sólo tendríamos medio millar de enemigos y la parte más delicada sería saber el ritmo de los relevos... Vamos a hacer tres días de vigilancia, así tendremos seguridad sobre la acción.

-Me parece una medida prudente, -dijo Elhamin- es una tropa muy grande y aunque les superamos en más de dos a uno, creo que habrá que ser como habéis dicho, contundentes.

-Si no hay contraorden, -dijo Henutsen- inicio ahora mismo un operativo de vigilancia con diez invisibles que se relevarán por medios días y medias noches, coordinados con los que están en los puestos que designó Ankemtatis. Por precaución, nadie debería avanzar ni un paso en la dirección Sur y Naciente, y con cuidado en las rondas por el Norte y Poniente, porque aunque no les hayamos visto, no quiere decir que no envíen patrullas o salgan comisiones a otros puntos. Hay que considerar que esta es una factoría tanto o más estratégica que cualquier otra, al parecer más importante que Cetatis.

-Proceded, Henutsen, -dijo Nuptahek- Elhamin queda a cargo y yo iré a dar una ronda por el entorno Norte y Poniente... Tranquilo, General, que me acompañarán Gelibar, Geonemetis y Hatshepsut. Sin más gente, podemos husmear mejor, sin ser detectados.

-Os ruego salir con una buena dotación de postas, -dijo Elhamin- de al menos cincuenta hombres que vayan quedando a media jaeta; así podéis llegar a unas veintiséis jaetas sin que perdamos contacto y las novedades o nuevas órdenes lleguen más rápido...

-De acuerdo, General, -respondió Nuptahek mientras tomaba el Uás y una bolera- además de dejaros más tranquilo, entiendo que no está demás ninguna precaución. Pero necesito moverme un poco, que llevo demasiado tiempo apoltronada y me van a salir callos en las nalgas...

A la noche el grupo volvió al campamento sin novedades y los siguientes días transcurrieron con tranquilidad para el campamento, mientras los invisibles se infiltraban una y otra vez en las cuevas y vigilaban con detalle los ritmos de cambio de guardia. relevos en los campos de producción y transporte de productos. De modo que se pudo mapear con bastante exactitud todo el interior y el exterior de Yakira, así como el entorno cercano y hasta veinte jaetas a la redonda.

-Esta noche no tendremos luna hasta tarde, -decía Nuptahek haciendo un resumen del plan- con lo que podremos desplazar lenta y silenciosamente la fuerza que atacará el laberinto y a la vez la otra zona, en el momento de ver salir la luna, que será sobre aquel punto del horizonte. Si optamos por esta idea, la destrucción del enemigo será absoluta, invasión rotunda y relámpago, pero no quiero dejarla en firme, aunque tengamos que esperar uno o dos días más...

-Por mi parte, -dijo Hatshepsut- prefiero que veamos cada opción y definamos luego, sin prisas y como siempre, con seguridad rotunda.

-Bien, -continuó Nuptahek- seguimos en la hipótesis de operación relámpago directa. Los Comandantes más antiguos se encargarán de eliminar a los centinelas de entorno y de las cinco atalayas. Se evitará la destrucción material innecesaria en el interior, sobre todo en la sala donde preparan el sueñobello, de la que se harán cargo diez invisibles, ya que se puede entrar por la puerta ocho. Allí irá Henutsen. Todos los demás irán con cinco invisibles por delante para dar la orden de ataque en cada sitio cuando vean la mejor ocasión. Detrás de cada comando de seis, es decir el que comande y cinco invisibles, o diez en el caso de Henutsen, entrarán cincuenta boleros y diez con Uás arrasando a todo el personal enemigo. Detrás irán entrando mil efectivos. Gelibar irá por la puerta siete, Diva por la seis, Daverdis por la cinco, Espiria por la cuatro, Unitis por la tres y Omar por la dos. Por la principal entrarán Elhami y Hatshepsut. Yo iré con Ankemtatis a la zona del ganado. El Comandante Povolov y doscientos hombres, se harán cargo junto con Permiskaris de los caballos que hay cerca del laberinto, apenas momentos antes de la acción, para evitar fugas…

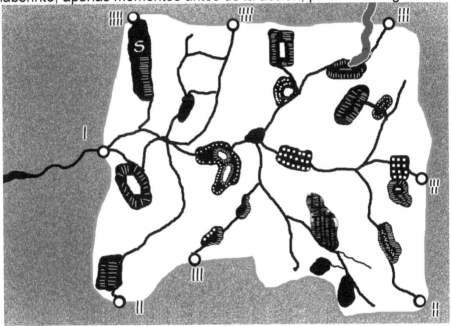

-Hasta aquí todo perfecto, -dijo Elhamin- pero me pregunto dónde tiene esa gente las letrinas, porque si están afuera…

-No, cariño mío, -dijo Hetesferes- están dentro en todas las salas, como gabinetes cerrados de madera. Los que explotaron por primera vez esa mina hicieron un excelente saneamiento, con tubos que llevan las aguas del manantial a todas partes y las aguas servidas salen hacia el lado de Naciente, donde se pierden en los roquedales de ese lado. No anoté todo eso en el mapa utilitario de campo porque no tiene influencia alguna en el ataque.

-Por las dudas, -dijo Nuptahek- a los gabinetes se los destruye con un disparo de Uás. Es preferible reconstruirlos que dejar a alguien allí escondido. Lo que haya que destruir, se destruye, pero no tiene que quedar vivo ni un solo enemigo. Ya tendrá tiempo la gente liberada para aprovechar estos lugares viviendo como corresponde.

-También -dijo Akhmandef- me temo que tendremos que esperar aquí un tiempo, o dejar personal al cuidado de la gente, hasta que se desintoxiquen del sueñobello. No sé muy bien lo que tenéis pensado para el próximo tramo...

-Lo segundo, -dijo Nuptahek- porque no quiero estar en esta región cuando lleguen los fríos, o al menos quiero que la hayamos limpiado. Ahora volvamos a la operación de esta noche, Las líneas pequeñas del mapa son líneas de cama. En la escala, cada línea corresponde a cinco, diez, veinte y treinta camas. Otros duermen dispersos por todo el recinto. Los cuadraditos indican los sitios de cocina y comedor. Sobre cada uno de ellos hay campanas metálicas de las que suben tubos por los que salen los humos. Hay al menos veinte respiraderos de esos, pero no tienen importancia para esta operación, a menos que surja una idea mejor, porque a mí se me ocurren, pero no sé... Veamos ahora las opciones y alternativas. Os escucho.

-Todo lo planeado está muy bien, -dijo Gelibar- pero también he estado pensando en que hacerles salir como a ratas, no estaría mal. En este caso, que no tenemos gente que cuidar, podríamos hacer como en Vijelob, pero sin dormirles. Eso sería más contundente y con mucho menos riesgos de bajas nuestras. ¿Sabemos dónde están esos respiraderos por el exterior?

-Sólo encontramos nueve, -dijo Henutsen- pero podemos hacer una búsqueda más detallada. Ahora que casi no tendremos luna será un poco más fácil si dormimos a los centinelas. Arriba hay sólo cinco atalayas y cada una es ocupada por tres hombres que pasan allí la noche. Hasta ahora los hemos burlado sin dejar rastro, pero podríamos acabar con ellos y buscar los otros respiraderos y actuar de inmediato. Se trataría de taparlos, nada más, y proceder con los humos venenosos por las entradas. Aunque son criminales de lesa humanidad y hay que aniquilarlos, también se nos hace mucho más fácil ahumarlos que dispararles directamente.

-Otra ventaja de esa idea, -dijo Geonemetis- es que no habría destrucción interior, pero me preocupa el tema de si los humos van a afectar al preparado de sueñobello...

-Están en tanques cerrados, -dijo Rainoptes- pero también se podría hacer una operación relámpago sobre esa sala. Hay cuero de sobra para tapar la entrada que la une con el resto, y el ahumado para el resto del recinto no le llegaría... Aunque también se puede derrumbar el túnel con un Uás, para dejar esa sala aislada...

-No veo necesario nada de eso, -dijo Akhmandef- el humo podría afectar a los ingredientes expuestos, no al preparado ya hecho. Y además, según me comentáis, esos ingredientes están en los baúles de madera cerrados, pero en todo caso, no los traen de lejos, sino que de todo eso hay en la región y no se tardaría nada en conseguir más...

-Bien, -intervino Nuptahek- entonces vamos descartando el ataque directo y vamos con Maurenka, que se le sale la lengua...

-Sí, Faraona, gracias... Ya tengo preparada una cantidad de polvo para quemar y envenenar, con buena cantidad de antídoto y éste sí que es bravo, pero ese lugar es mucho más grande y debe alcanzar para asegurar que esos diez mil que hay dentro se queden quietos para siempre. No es tan fácil como preparar un celemín. Si la caravana no se va a desplazar, me ocuparé de inmediato en preparar más y si me doy prisa tardaríamos un par de días. En cuanto a demorar en ese ataque, sólo puedo aportar mi opinión de cocinera... La mejor comida se hace a fuego lento.

-Bien, Maurenka, -dijo Nuptahek- por mi parte descartaría ya el ataque de esta noche y procedemos con el humo. A ver qué decís...

Tras la afirmación de toda la Plana Mayor y los colaboradores, quedó definido el plan y se tuvo que esperar un total de tres días, para que los invisibles encuentren los respiraderos faltantes durante las noches, a la vez que Maurenka producía la cantidad de polvillo mortal necesaria. A la mañana del cuarto día se tuvo todo preparado y en la reunión se definieron las acciones que tendrían lugar desde las últimas horas de la tarde. Nuptahek comenzó con el resumen.

-Las entradas quedan asignadas como habíamos planeado antes. La zona de cultivos y ganado no tiene variación; se la atacará justo al producirse el cambio de guardia, así se eliminan ambos turnos, es decir mil hombres. Ahí estaré yo con Neferostris, que ha reconocido bien el lugar y nos indicará los sitios óptimos para emboscar al relevo y luego atacar a los que lo esperan... ¿Ninguna duda?

-Pasemos al plan para el ahumado, -dijo Hatshepsut tras el silencio- que aunque no estaré allí, no me quiero perder detalle...

-Los antídotos -continuó Nuptahek- deben tomarse un Râdnie antes de proceder con el veneno. Se hará igual que la vez anterior, pero entrarán diez caldereros, para echar suficiente, según se han asignado los lugares. Deben introducirse lo más profundo que se pueda, antes de empezar a echar el polvillo. Como se mantiene el orden previsto y no hay riesgo de enfrentamiento por error de propia tropa, ya que no se encontrarán los grupos, pueden ir eliminando a la guardia de las entradas, llevar los calderos hasta los sitios adecuados que están ahora marcados en los mapas, y salir, evitando que salga nadie por las entradas, donde se dejará un caldero que se ha de mantener echando mucho humo. De ese modo, si alguien sale, no vivirá para disfrutar del paisaje. ¿Nos falta algún detalle?

-Yo sólo debo agregar que aquí están los filtros, -dijo Geonemetis- y los he mejorado mucho, con capas alternadas de la tela más fina que hacen en Fuerte Anubis, de seda pura. Son cinco capas de carbón con la molienda justa para filtrar más que los de los mineros, pero sin que sea difícil respirar. Hay un total de trescientos, así que alcanzarán.

-Pero igual deben tomar el antídoto, -intervino Maurenka- que son estos pequeños panecillos. Uno sólo es suficiente pero hay que comerlo. Un mínimo que alguien pudieran respirar por accidente o descuido sin antídoto, y pasa a conversar personalmente con Anubis. Para los síntomas posteriores tengo un preparado que en algunos los eliminará y en otros los reducirá a meras molestias, sin diarreas ni mareos. Así sólo aguantarán luego el pestazo de los cadáveres...

La operación se llevó a cabo de modo sincronizado. Las tropas que atacaron el laberinto esperaron la señal desde el campo de cultivo que consistía en un disparo de Uás, una vez que había sido eliminado el relevo y los que no llegaron a ser relevados. Se apuntó a una roca en la montaña de enfrente, lo que ayudó a causar una distracción a los centinelas de las atalayas, que fueron rápidamente eliminados también para inmediatamente proceder al ataque contra los centinelas de las entradas. El resto, tal como fue planeado con esmero, dio su resultado y en la mañana sólo debieron mantener un cerco estrecho a prudente distancia para evitar respirar restos del humo venenoso, mientras que se aseguraba que ningún enemigo hubiera escapado. Ese mismo día, el resto de la tropa se desplazó hasta medio camino entre Vijelob y Yakira y se instaló el campamento más allá de la zona de cultivo, luego de atravesar el río Svicha arreglando un puente de madera. Allí se comenzó a tratar contra el sueñobello a los liberados, con un rápido enlistado de capacidades para organizarles socialmente. Se eligieron las veinte personas mejor preparadas para quedarse con ellos durante un tiempo indeterminado, como instructores y líderes temporales.

Una parte de los liberados se quedarían en Vijelob y otra en Yakira, a fin de mantener la zona lo mejor defendida posible, en caso de incursiones nuevas de los esclavistas, que podrían venir desde cualquier parte. La abundancia de recursos estaba asegurada para ellos y sólo debían mantener una política asamblearia sana para comenzar una nueva vida. Unos pocos deseaban volver a los hogares de los que fueron arrancados, pero comprendían que la situación sería mejor si se preparaban para establecerse y luego comenzar los viajes, al menos aquellos que aún pudieran saber que sus familias existían. Elhamin, Hetesferes, Henutsen y Ankemtatis se dedicaron a estudiar los mapas y realizar exploraciones hasta treinta jaetas en todas las direcciones con una dotación de mil hombres. Cuando regresaron, dos días después, se volvió a reunir la Plana Mayor y cotejaron datos y analizaron las perspectivas para continuar la campaña.

-Si les dejamos mil caballos, ahora contamos con veintiún mil cien equinos -decía Ankhceroi un par de días después- Ya no cargamos con los civiles, que se quedan todos en Vijelob. Con las mujeres reclutadas allí, de las cuales ninguna dejó de manifestar más que una aceptación, un enorme entusiamo, somos veintiséis mil treinta y siete efectivos. El total de liberados aquí es de dos mil trescientos nueve, de los cuales sólo tres tienen más de ochenta años y sólo hay veinticuatro niños menores de diez años. Dicen que a los mayores se los llevan a otro sitio, al igual que a las mujeres más bellas y a veces se llevan a algunos niños. A nadie que se llevaran lo han vuelto a ver... Y aún bajo los efectos del sueñobello los gestos de dolor de esta gente estremecen el ánima de cualquier Ser normal.

-Así es, -dijo Nuptahek- pero esta gente empezará a vivir una vida de verdad. Nos quedaremos varios días más porque hay que disponer la quema de los cadáveres de Yakira y luego todos necesitan descanso, pero los invisibles más que el resto, porque llevan mucho tiempo en activo, de día y de noche y con descansos mínimos. Saldremos a mediados de la luna menguante, que un poco más de oscuridad es mejor para patrulla nocturna y más seguro para el resto.

CAPÍTULO ∩|||
ARQUEOLOGÍA Y LOS HIJOS DE SEKHMET

Los siguientes días se dedicaron al descanso y rutinas propias de la larga campaña. Henutsen, Ankemtatis, Geonemetis, Hatshepsut, Gelibar y la Faraona, acompañados de Ankhceroi, Povolov, Shorinet, Encalinetus y un grupo de diez Carpatians, además de veinte de las mujeres recientemente reclutadas, se dedicaron a explorar unas ruinas que hallaron los exploradores a siete jaetas del campamento, en las montañas, sobre las inmediaciones de un afluente del río Llemka.

-La Naturaleza es lenta pero inexorable, -decía Geonemetis- estas ruinas están mucho peor que las halladas antes, en el territorio de los Slobundans, pero no cabe duda de que estos muros con jeroglíficos también son producto del trabajo de nuestro pueblo ancestral, con maquinaria que cuesta imaginar, porque supera las posibilidades de perfección de los mejores artesanos. Me queda cada vez más claro que los Hekanef fueron una civilización que abarcó mucho territorio, no sabemos hasta dónde y quizá todo el mundo.

-Pero algunos jeroglíficos no parecen de los nuestros...

-Claro, Gelibar, -respondió Geonemetis- es que aquí han convivido dos culturas diferentes y según deduzco, muy afines a pesar de tener diferentes idiomas y todo lo diferente que puede producirse a causa de las distancias. Estos símbolos son propios de los TarthArios y estos que son de los nuestros, están combinados y muy difíciles de interpretar. Es posible que aún los TarthArios sigan existiendo como pueblo aunque hayan abandonado estas regiones. Por los mapas de los Hekanef, el territorio hacia Naciente se extiende por más de siete mil jaetas, así que si alguien propone explorarlo después de esta campaña, más allá de donde ha llegado el grupo que formaron los Fenhygios con Grakios y Lobunos, me apunto...

-Nos apuntamos, diréis... -intervino Hatshepsut- Pero sería después de volver a nuestra tierra, que no vamos a dejar a la Faraona sola por ahora... Sí, ya veo vuestras caras, Nuptahek y Gelibar...

-Que también nos apuntamos, -dijo Gelibar- pero será después de dejar todo claro en Ankh em-Ptah y resolver lo que sea necesario.

-Y aquí también, -dijo Nuptahek- y hasta es posible que debamos llegar al nido de víboras, donde quiera que se encuentre la guarida de los esclavistas que dirigen todo este asunto...

-Me gustaría pensar que están cerca, -intervino Henutsen- pero algo me dice que para pillarles tendríamos que viajar mucho. Los mapas que tenemos del mundo hasta ahora son bastante interesantes, sobre todo los últimos encontrados cerca de Eritriuma, pero indican que la esfera sobre la que vivimos tiene unas treinta y ocho mil jaetas o poco más de circunferencia.

-Es decir unos mil ochocientos días a caballo, -dijo Encalinetus- a marcha promedio, sin incidencias, cambiando el caballo en postas... Y eso si acertamos a dar con alguna línea del mundo que no tropiece con mares, grandes lagos y montañas inaccesibles...

-Por ahora, -intervino Geonemetis- creo que está a nuestro alcance recorrer bien esta región y poco más, pero me parece importante que demos con el hilo conductor a la guarida principal de los esclavistas. Tantos miles de soldados no salen de debajo de las piedras, y no son una etnia mezclada con otras, sino que en alguna parte tienen madres y padres de su misma... estirpe, por llamarla de alguna manera.

-Y los hijos que hacen con las esclavas, -intervino una liberada- los consideran como un residuo, como humanos de segunda clase, como despojos o consecuencias indeseables, que no son de ellos ni de los otros. He aprendido su lengua en poco tiempo, porque me tenían para el servicio de cocina, así que les escuchaba todo el tiempo y a veces hablaban en Swideraj, porque creían que éramos todas Carpatians... Y he tenido la suerte de no quedar embarazada porque sé algunas de las artes de los médicos, pero si hubiese tenido un hijo, le habría dicho toda la verdad cuando fuese mayor, para que elija entre el bando de su madre o el de su desconocido y esclavista padre...

-¿Es que nunca hacen trato familiar con sus hijos?

-No, Faraona. De hecho tienen prohibido hacer hijos, pero como ya sabéis, el instinto de procreación es poderoso, sólo que a esa gente de alma enferma, el resultado no les gusta. A las embarazadas por uno de ellos se las llevan a otros sitios, pero sólo para ser esclavos. Y es mejor que tengan esa prohibición, porque si abundaran hijos de ellos, aunque tengan una mitad de otras etnias, sería un problema para el mundo, porque muchos serían esclavos, pero también con esa triste enfermedad del esclavista. Entonces serían como un intermedio, una especie de "segundo frente", que siendo esclavos, muchos estarían a favor de la forma de pensar y de las leyes que fabrican los esclavistas.

-No vais desencaminada en vuestro análisis... ¿Cómo os llamáis?

-Luminai Zorilore, Faraona. Significa en vuestro idioma, Luz del Amanecer. Y creo que el mundo no está muy en su "amanecer" y no encajo muy bien en la realidad. Hace muchas décadas que los pueblos de toda esta región, desde el mar del Norte, la tierra de los Swideraj y de los Carpatians, están siendo asolados por el esclavismo, como la peor de las pestes, como si al pensar en la realidad del mundo, se viniera una época de gran oscuridad... Sé que ahora viene un tiempo de Luz, lo intuí hace un tiempo y vuestra presencia aquí lo confirma, pero el mal parece tener una entidad propia, porque muchas miles de aldeas han sido destruidas, los mansos y débiles, hechos esclavos; el resto masacrado sin piedad... Y no entiendo cómo es posible que los esclavistas se organicen tan bien para hacer lo que hacen y nuestros pueblos no lo hagan para defenderse...

-Yo tengo respuesta a eso. -dijo Encalinetus- Las incontables clases de engaños que inventan, las formas políticas que pregonan, haciendo que los pueblos se dividan en vez de unirse, el pacifismo que insertan en la gente con discursos de supuesta espiritualidad... He sido víctima de esos engaños, pero ya os contaré más... Esta Faraona y su gente saben muy bien de lo que hablo. A veces siento vergüenza de haber sido tan crédulo de las patrañas con que nos han tenido sometidos y luego luchando contra un supuesto Faraón... Pero creo que ya sabéis sobre ese asunto, aunque vosotras estabais esclavas sabiendo que eran oberitas, pero mi pueblo odiaba a otros...

-Sí, -continuó Luminai- ya nos han explicado todo eso. Pero también nos decían los oberitas que debían parar las andadas a un Faraón que era el colmo de lo malo, mucho peor que ellos. De ese modo siempre temíamos a un mal mayor y hasta dábamos gracias por ser esclavas de ellos, que al menos no daban maltratos físicos extremos. Cuando nos liberasteis, en realidad estábamos aterrorizadas, temiendo lo peor hasta dos días después, cuando vimos tantas mujeres en vuestro ejército, con un trato tan amoroso de los médicos y de todos... Cuando me arrodillé ante la Faraona y las demás hicieron lo mismo, y dijisteis que no querías arrodillados porque no estabais por encima de nadie, recién comprendimos que realmente habíamos sido liberadas.

-Pensáis con madurez, a pesar de los vivido, -dijo Hatshepsut- decid que edad tenéis y qué hacíais cuando fuisteis capturada.

-Voy a cumplir unos cuarenta años, pero he olvidado... Nuestro pueblo tenía muchos libros antiguos, estudiábamos de todo, vivíamos de la caza, la pesca y cultivábamos verduras. Mis hermanos viajaban mucho y traían noticias desde lejos. Yo estaba enamorada de un hombre de mi edad y quizá me hubiera casado, pero me capturaron y mi vida de desmoronó. Estábamos en la aldea de Slevenka-Alunis, cerca de Buzău pero en las montañas de los gigantes....

-¡¿Montaña de los gigantes?! -exclamó Geonemetis- Seguid, seguid y decidnos qué es eso de la montaña de los gigantes...

-Eso es una leyenda, pero es posible que los gigantes hicieran una especie de gran pirámide aprovechando las rocas del lugar. Son muy grandes y están colocadas de modo curioso, pegadas de un modo que no lo pudo hacer la Naturaleza. Hay muchas cosas raras en esa zona, muchas cuevas en las rocas, otras donde hace mucho tiempo se convirtieron en casas y nosotros las usábamos. Eso es lo simple, pero como no pudimos entender cómo se hicieron las obras más grandes, ahí están como un misterio. Son rocas tan grandes que sólo pudieron haberlas movido hombres, pero con máquinas que no imaginamos.

-Pues habrá que pasar por ese sitio... ¿No?

-Sí, cariño mío, -dijo Hatshepsut- no vamos a dejaros con ganas, ya que nuestro destino en ese lugar está cerca de allí según los mapas. Habrá que ver qué tan accesible es, porque son montañas con bosque muy denso. Puede que antes de llegar allí, tengamos otros combates, pero os garantizo que estudiando los mapas, hay referencias curiosas.

-Sí, disculpad mi ansiedad por hallar esas muestras del pasado, siendo la prioridad la liberación de estas poblaciones.

-O mejor dicho, -le corrigió Nuptahek- la destrucción de los ejércitos esclavistas... Ya sabéis que los pueblos han de liberarse a sí mismos, aunque ahora les ayudemos con la parte más dura y les animemos a organizarse con la Política Natural de las Asambleas. Pero volviendo a las cuestiones arqueológicas, Luminai, ¿Qué más sabéis sobre eso?

-No tanto como me gustaría, porque no pude, ni ninguno de mis amigos y familiares, entrar en algunos sitios que son tan peligrosos como inaccesibles, pero os puedo enseñar lugares muy bonitos.

-Bueno, aquí no falta belleza en los lugares, -dijo Gelibar- y sobre todo imponencia en estas moles montañosas.

-Sí, -continuó Luminai- pero en la región de los Bucechios hay más túneles y mucho más raros que los de aquí. Creo que ni los oberitas se atreverían a entrar en ellos.

-¡Venid a ver esto! -gritó una mujer desde el borde de un barranco más arriba, sobre la cúspide, a unos doscientos codos- Creo que nos tendremos que refugiar...

El grupo subió la cuesta rápidamente, y en la cima vieron hacia el Sur un frente de tormenta enorme, que abarcaba el horizonte, aún algo lejana, pero que se acercaba con rayos y refusilos amenazantes.

-No daría tiempo para llegar al campamento, -dijo Ankemtatis- pero hay que buscar abrigo y avisarles... Las ruinas pueden esperar.

-¿Es que de pronto habéis desarrollado miedo a la lluvia, -dijo Henutsen o es que tenemos aquí tormentas como las del Sur?

-Como en las tierras del Sur-Oeste, -respondió mientras descendían la cuesta, la mujer que les había llamado- que son raras aquí, pero las conocemos bien; cuando todas las nubes se forman como hongos dobles, pueden caer hielos del tamaño de una cabeza. Y no sirve refugiarse en el bosque porque rompen ramas y es igual de peligroso.

-He visto un socavón grande un poco al Sur, -dijo otra mujer- pero no sé si cabremos todos... Somos cuarenta...

-Habrá que amontonarse, -dijo Luminai con la voz agitada mientras corrían- porque esas tormentas no perdonan y el viento ya está muy fuerte, así que tenemos unos pocos têmposos...

Gelibar y Nuptahek se detuvieron, dijeron a los demás que sigan hacia el refugio, y mientras el resto descendía, subieron a una roca y se dedicaron a tocar los silbatos con todas sus fuerzas, con las claves de zafarrancho de emergencia, pero no de combate, con la esperanza de que les oyeran desde el campamento. No podrían ver las nubes desde el valle hasta que las tuviesen encima, pero al menos, si oían, estarían mejor preparados. Como veían parte del enorme campamento y observaron los rápidos movimientos de la gente, comprendieron que habían sido escuchados. Luego tocaron los silbatos con sonidos largos y decrecientes, como imitando el viento, a fin de advertir del tipo de peligro que había y después intentaron con las lámparas, siendo recibida y respondida la señal luminosa por alguien del campamento. De modo que usando el idioma de letras encendiendo y apagando las luces, Nuptahek indicó "*piedras del cielo*". Cuando vieron que comenzaban a moverse los carros y a soltar a los caballos, vieron que habían entendido el mensaje y corrieron.

Llegaron al socavón poco después que el resto del grupo y resultó ser más grande de lo que creían, siendo sólo la entrada a una caverna que prometía bastante profundidad así que rápidamente salieron algunos a juntar leña para una fogata. Ankemtatis, Nuptahek, Gelibar, Geonemetis y Hatshepsut tenían sus poderosas lámparas, que no dejaban en ningún momento, se prepararon para permanecer hasta que pase la tormenta y quizá hasta después del oscurecer. En cuanto volvieron con leña suficiente, vieron y oyeron a la entrada los primeros impactos de las piedras de hielo, aún sin lluvia.

-Habéis hecho una observación muy oportuna, -dijo Nuptahek a la mujer mientras ésta encendía el fuego- ¿Cómo os llamáis?

-Karenina, Faraona. Es que me separé un poco del grupo porque vi a alguien y me pareció raro... He sido pastora y sé cuando alguien de un grupo, sean animales o personas, no pertenece al conjunto, es un instinto de protección. Pero cuando me acerqué, me pareció ver a una mujer vestida casi como Vos, pero con cabeza como de una leona... Entonces me asusté y desapareció... Pensé que me había equivocado con algún fruto del bosque, que me gustan mucho pero algunos hacen ver cosas que no son reales... Entonces quise asegurarme, me fui más al Sur y al ver el socavón, tuve la intuición de recordar el lugar para volver... Y aquí estamos.

-¿No sabéis nada de Sekhmet?

-No, Faraona. ¿Qué es eso?

-Una gran Maestra. Alguien que está en el Reino de los Cristalinos, que es el Reino Natural que sigue después del Humano, en la cadena de evolución de las Almas. Puede mostrar la imagen que quiera, pero se aparece así por el sentido alegórico que tiene para nuestro pueblo.

-¿Y qué es lo que hace?, ¿Hay que adorarle, como los oberitas adoran a ese dios que parece una hiena?

-¡No, -respondió Nuptahek- ellos no son así!, no quieren adoración ni nada de eso. Son ellos quienes nos ayudan, defienden y enseñan si estamos a favor de las Leyes del Universo. Imaginad lo que debéis sentir por una madre o padre que os ama, por una maestra que puede estar en un Reino Natural superior, pero que se acerca a nosotros para ayudarnos en nuestro crecimiento como Seres. Es lo contrario a los dioses que adoran los esclavistas. Nuestros "dioses" sólo son unas alegorías didácticas, casi todos, pero algunos como Anubis, Sekhmet y otros, son simplemente amigos, hermanos en el Ser, maestros que no nos quieren de rodillas, no nos quieren sometidos, nos enseñan a ser libres, a ser pacíficos pero no "pacifistas", nos enseñan que la Libertad sólo se tiene cuando están en equilibrio la Dignidad y la Lealtad, pero cuando esa Dignidad no es prepotente, y cuando la Lealtad es meditada y se es leal a ideas y personas nobles, evolutivas, solidarias y altruistas. Esas cosas son comunes, lo natural en nosotros... Y tanto que pocas veces usamos esas palabras, salvo cuando tenemos que instruir a pueblos que han perdido esos valores y han caído en la esclavitud... Disculpadme, Karenina, no quería molestaros con eso, no quería haceros llorar...

-¡Oh, no, Faraona!, no lloro por sentirme aludida, que por eso ya he llorado bastante en estos días... Lloro porque me explicáis cosas que me cuesta entender con la razón, pero las entiendo con el corazón...

Durante un rato no pudieron hablar porque el estruendo de los rayos, la lluvia y el viento agitando con violencia las copas de los árboles, era ensordecedor. Geonemetis hizo señas a Gelibar para que viera como la llama y el humo de la hoguera recién encendida, se inclinaban hacia el interior de la cueva. Se levantaron ambos y se dirigieron hacia la oscura cavidad, observando el suelo por si hallaban huellas de algún animal y efectivamente las vieron.

-¡Son huellas de felinos y algunas bastante grandes! -gritó Gelibar.

-¡Y muchos, o al menos un grupo!, -respondió Geonemetis mientras tomaba la bolera que llevaba a la cazadora- así que preparémonos.

-No será necesario. -dijo una voz femenina y poderosa, mientras veían a varios Ankemtras hacia al interior, la silueta de una mujer- Es una familia de leones blancos y ésta es su casa. No os molestarán y si os apetece, puedo hacer que os acompañen durante todo el resto de la campaña. Os darían protección a cambio de cariño y cuidados como mascotas... Ya veo que la idea os asusta pero no os disgusta.

-¡Sekhmet! -exclamó Gelibar mientras la silueta se acercaba e iba haciéndome más visible y luminosa- Perdonad mis lágrimas, pero esto me sorprende, no estoy a la altura de Nuptahek, como para veros...

-Ni yo... -agregó Geonemetis- ¿Realmente sois Sekhmet?

-Sí, no tengáis dudas ni miedos. Casi todo este ejército está a la altura de la Faraona. Ella sólo tiene más escuela, más preparación y ocupa el lugar que le corresponde por voluntad del Pueblo de Ankh em-Ptah, pero si estoy acompañando esta expedición libertadora, es porque cada uno de los que la componen son dignos de toda la ayuda que podamos dar desde nuestro ámbito. Es difícil mantener esta forma de comunicarnos. Es más fácil en el ámbito del Ka, así que apagad las luces y volved con los demás a advertirles que los leones han de ser tratados como a vuestros gatos. Irán ahora con sus cachorros. Si alguien les teme demasiado y no confía, volverán a la profundidad de la caverna, pero no os molestarán. Recordad que ellos son como mis hijos, ya que yo fui leona antes de ser humana, por eso el león es mi tótem. Ellos saben ahora mucho más de lo que imagináis. Sin perder su naturaleza y dignidad felina, les he dado mi conocimiento y sus consciencias están a la altura de los humanos.

Al desaparecer, ambos corrieron a reunirse con los demás y les dijeron lo ocurrido. Nuptahek explicó brevemente que si alguien tenía miedo a los leones, lo dijese para catartizar esa emoción.

-Aquí todos tememos a los leones, -dijo Luminai- pero si decís que no nos harán daño, pues seguramente habrá que confiar... ¡Ahí están!

-Permaneced todos sentados, -dijo Nuptahek al ver a la imponente familia salir de la oscuridad- estad tranquilos y felices. Si Sekhmet nos hace este precioso regalo, es momento de aceptarlo sin tonterías de miedos y desconfianza. Ella puede hacer cosas así con cualquier animal, pero sobre todo con los felinos, que tienen una capacidad de comprensión muy superior a lo que la gente imagina.

La pareja de enormes leones blancos se acercó lentamente al grupo, acompañada de tres cachorros que caminaban confiados y tan tranquilos como ellos. El macho llegó más cerca, olió el ambiente y al extenderle Nuptahek su mano, el animal la lamió y luego extendió su pata para apoyarla en su pierna. Le lamió la cara y luego se echó a su lado como un gato familiar. La hembra hizo lo mismo con una de las mujeres que estaban más cerca pero luego recorrió oliendo a todo el grupo, lamiendo las manos que le extendían, aceptando con ronroneos las caricias de los que se atrevían, y finalmente se echó al lado de Gelibar mientras éste le acariciaba como si se conociesen de toda la vida. Los cachorros no pararon de moverse entre medio del grupo, saltando de las piernas de unos a las de otros, revolcándose y poniéndose panza arriba para ser acariciados.

-Habrá que ver si los caballos también les reciben como nosotros...

-Sí, Ankemtatis, -dijo Henutsen- ellos son más sensibles y cariñosos que nosotros mismos. Sólo les temen cuando saben que hay peligro.

-Hemos visto varias veces las huellas de leones -dijo Hatshepsut- y también les hemos olido, pero nunca se han asustado los caballos. Así que creo que Sekhmet está interviniendo desde que salimos...

-¡Desde hace mucho tiempo!, -intervino Nuptahek- si repasáis con la memoria los acontecimientos desde que partimos hacia Eritriuma, os daréis cuenta de la acción silenciosa de Sekhmet en muchas de las situaciones aparentemente providenciales, sin negar la Providencia de Ptah, manifestada en nuestras intuiciones, lucidez, sentido común y otras fuerzas de la Naturaleza.

-¿Por qué no se aparece ante todos nosotros? -dijo un soldado.

-Porque para los Ascendidos no es fácil, -explicó Nuptahek- tienen que hacer un esfuerzo muy grande para manifestarse en un plano tan denso como el nuestro; además sienten todos nuestros pensamientos y emociones, así que si estar a solas con alguien alterado y de poco grado de consciencia nos resulta desagradable, imaginad lo que ha de pasar alguien que siente todo y escucha o ve todos nuestros pensamientos. Para ella, estar ante alguien relajado y emocionalmente tranquilo, ya es esfuerzo, imaginad lo que habrá sido estar ante estos dos hombres, por mejor preparados que estén, con su estado de alerta, su precaución ante el peligro que serían estos leones sin haber sido educados en momentos por Sekhmet... Estar ante este grupo, aún tranquilos, cuando no solemos tener la mente quieta y sin pensamientos, cuando nuestra psique es como un mono loco que salta de rama en rama, de tema en tema, de idea en idea, de una emoción a otra... Para un Ascendido, reunirse con un grupo humano es como si nosotros pretendemos reunirnos con una jauría de babuinos, por más mansos que sean.

-Quizá es mucho más difícil que eso... -comentó Henutsen- porque los babuinos no están tan lejos de nosotros, están en nuestra misma frecuencia de vibración física y son un producto de involución en las Cadenas de la Vida, de antiguos humanos. En cambio el cuerpo de los Ascendidos es otra clase de materia, ni siquiera es tan densa como nuestro Ka. Además imaginaos a un maestro-sacerdote de altas matemáticas de la Escuela de Dandera, que tuviera que explicar las matemáticas a un grupo de niños que recién comienzan su instrucción. Sólo se justificaría ese esfuerzo en la necesidad de que esos niños se liberasen de algo, que sus necesidades de conocimientos y ayuda sean de importancia para ellos y para muchos otros.

-Y eso, -agregó Nuptahek- sin contar con las diferencias de las consciencias... Que por nuestro escaso sentido y comprensión de que somos Ptah manifestado, cosa que sabemos pero no retenemos en nuestro Ojo de Horus todo el tiempo, nos hace sentir pequeños, inferiores y débiles ante un Ser de una jerarquía superior. Si me cuesta hacer que la gente de este ejército me vea como un igual, que sólo me deben obediencia por la necesidad de coherencia en las acciones, y nunca obediencia ciega, ya os podéis imaginar lo que se siente al estar ante un Ser de una consciencia tan elevada, sabiendo que ve y oye nuestros más profundos pensamientos y emociones... Es una pérdida de la intimidad personal, por lo que surge una especie de temor a ser juzgados, cuando estos Maestros no van a condenarnos por nada. Y a eso hay que agregarle el hecho de que las Consciencias tienen una radiación particular, como una luz, que es mayor que la luz de la nuestra. Entonces nos resultan imponentes, así que los Maestros Ascendidos tienen que hacer un gran esfuerzo por reducir su radiación y ponerse a la altura de nuestra condición para que les podamos ver u oír. No pueden hacerlo por tiempos largos y deben modular su mente para poder enseñarnos o advertirnos de algo y que entendamos.

-¿Y cómo pueden hacer que un animal como estos feroces leones se comporten de otra manera, como si comprendieran más fácil que los humanos lo que deben hacer? -preguntó Encalinetus.

-Los animales viven más naturalmente, -dijo Nuptahek- tienen mentes simples, sin conceptos como la mentira, la esclavitud, el ser superiores o inferiores; no tienen un complejo sistema emocional como los humanos. Tienen sentimientos puros y un instinto de supervivencia también puro, aunque consista en cazar y comer a otros seres. No es la Naturaleza Primigenia, pues en el interior del mundo, donde viven todos los Primordiales, humanos, animales y vegetales, no necesitan hacer eso. Es una larga historia de distorsiones en el Árbol de la Vida, por causa de ese dios que adoran los oberitas, aunque ya no existe hace cientos de millones de años. Los humanos y los animales Primordiales comen frutos de los vegetales y cosas del Reino Mineral. La Naturaleza de este mundo está adaptada, para que podamos evolucionar como Almas... Pero eso es un problema complejo, largo de explicar y se enseña al detalle en la Escuela de Horus-Sobek.

-Hemos oído siempre como leyenda, -dijo un Carpatian- eso de un mundo interior. Pero nos cuesta entenderlo. De una generación a otra se dicen cosas para que no se olviden, pero al final vamos perdiendo los detalles y nos quedamos sin comprender de qué se trata. Algunos han entrado por las cavernas de los Bucechios, pero ninguno ha salido y por eso nadie lo intenta... Hasta que pasan muchos años, el asunto se olvida y alguien vuelve a intentarlo para no regresar jamás... Nos gusta imaginar que esos que se van, encuentran algo tan maravilloso que no desean regresar. ¿Es posible que esa cuevas conduzcan a un mundo mejor que éste?

-Sí, -dijo la Faraona- es posible, pero no puedo asegurarlo. En el supuesto que fuese así, siendo los Primordiales superiores a nosotros por no tener impurezas en el Árbol de la Vida ni en las emociones, no me parece muy factible que nos reciban como quien recibe a un vecino de visita. Vivimos en un mundo donde el esclavismo acecha en cada lugar, en cada pueblo, en lo más profundo de la psique humana, como una enfermedad latente que hay que combatir por dentro primero y por fuera después, para no ser jamás esclavo ni esclavista. Así que si los Primordiales reciben a alguien, han de asegurarse que no posea en su psique ni en su sangre, esa semilla de la esclavitud, generada sólo por el hecho de ser mortales y tener un instinto de conservación basado en el miedo a la muerte. Sólo quien ha superado eso, quizá podría ser recibido por los Primordiales.

-¿Es que ellos no mueren, Faraona?

-No, Povolov. Los Primordiales no mueren. Según las enseñanzas que hemos recibido de los Sacerdotes Hekanef, viven más de cinco mil años y algunos mucho más de diez mil, luego hacen la Ascensión sin esfuerzo alguno, del mismo modo que nosotros crecemos y nos hacemos adolescentes y luego adultos. Pero ellos tampoco envejecen. Como podéis apreciar en los grabados de Déndera y de la Escuela de Horus, su Árbol de la Vida está íntegro, no le faltan frutos, de modo que no sufren la vejez, que en realidad es una enfermedad en nuestro Árbol de la Vida. Por eso estamos volviendo a nacer una y otra vez, hasta que aprendemos con el Alma todo lo necesario para por fin, Ascender al Reino de los Cristalinos.

-Pero no recordamos nada de eso, al menos la mayoría, -dijo una mujer- aunque algunos sí recuerdan cosas, sobre todo cuando niños.

-Claro, -intervino Henutsen- porque tras la muerte del cuerpo físico se muere también el Ka, que es la "*Segunda Muerte*". Entonces se olvida prácticamente todo lo de una personalidad, pero en el Alma conservamos un resumen de las experiencias vividas. Eso es lo que los hombres del Oriente Lejano llaman Darma y algunos creen que es lo contrario del Karma negativo... El Karma puede ser positivo o negativo, es decir bueno o doloroso, pero siempre es bueno porque no es más que la Ley de Causa y Efecto en acción. El "mal Karma" sólo es una situación para que aprendamos una lección de la Vida. Si la asumimos bien, las superamos y aprendemos, entonces no repetimos la experiencia dolorosa. Pero el Darma es la experiencia que tenemos acumulada en el Alma, esa memoria con que Ptah, la Esencia Divina que somos, actúa como individuo y reencarna cuantas veces necesite para lograr su evolución. Nuestra Alma acumula experiencia desde que era como una Chispa Divina, jugando con la materia para formar un cuerpo de cristal de roca. Luego hemos pasado por muy diversas experiencias en el Reino Vegetal, después en el Reino Humano... Y así vamos de Reino en Reino, disfrutando de un viaje maravilloso y eterno que se llama Evolución, lo cual es una Ley del Universo, una de las Siete Leyes que componen el Principio Vida, que es uno de los Ocho "Kybaliones", o *Grandes Llaves* del Conocimiento del Universo. Disculpad que me he extendido en terrenos difíciles...

-¡No, continuad!, -dijo alguien y los demás pidieron que siguiera explicando, así que Nuptahek se sumó y les pidió que preguntaran lo que no hubieran entendido de lo explicado por Henutsen.

-¿Quiere decir que incluso siendo esclavos, -preguntó un Carpatian- hemos valido algo más que los animales y las plantas?

-No es tan así, -dijo Henutsen- nadie vale más que nadie ni que nada, salvo por sus acciones. No valemos más que estos animalitos, aunque nos hubiesen comido en otra situación, ni ellos valen menos aunque lo hicieran por alimentarse, ni valemos ni valen más que una planta. El haber estado esclavos ha sido una situación que os ha dado la experiencia de algo terrible, pero que a la vez implica una lección y debéis aprovecharla meditando mucho sobre ello. No hay que olvidar las experiencias dolorosas, sean físicas o emocionales, porque es como dejarse clavada una espina, aunque dejemos de sentirla. Tarde o temprano habrá una infección, volverá la molestia y sería cada vez más peligrosa. Pues así, vuestra experiencia debe ser convertida en conocimiento, recordándola pero cambiando el sentido, aprovechando para eliminar el odio que os han generado los esclavistas. Les combatimos con toda la determinación y dureza necesaria, pero aún amando a sus Almas, que se han desviado y están pasando por una experiencia que les lleva a la lucha mortal, a la mediocridad. No sabemos si esas Almas podrán reencauzarse en la Evolución, porque cometen el más atroz de los crímenes, pero tanto a Vosotros que habéis sido esclavos, como a todo el mundo, le compete la obligación de actuar contra ellos. Pero si vuestro valor de humanos tuvo un bajón cuando os dejasteis caer esclavos, esa experiencia hace ahora que recuperéis vuestra Dignidad personal, al luchar contra la esclavitud, y a la vez recuperáis la Lealtad hacia toda la Humanidad. No obstante, en todo momento está Ptah en Vosotros, es decir la Esencia Divina, tanto como en el esclavista. Por eso, entre muchas otras cosas, no podemos o no debemos odiar al enemigo, aunque tengamos que combatir sus personalidades criminales y en lo posible aniquilarles como pueblo.

-¿Sería posible entonces, -dijo una mujer- que ellos sean como una especie de maestros, para enseñarnos lo que no se debe hacer?

-No, -respondió Henutsen- no son maestros de nada. Los malos no son nuestros maestros, pero sí lo son las circunstancias, cualquieras que sean. El Maestro más auténtico es el que está en nuestro interior. Nuestra consciencia es la maestra que nos guía con la Inteligencia, para resolver las situaciones. Ni siquiera nosotros, los que ahora os instruimos, somos infalibles, ni absolutos, ni es bueno que creáis nada de lo que decimos. Vuestro Maestro Interior es quien ha de decidir si lo que os enseñamos es correcto. Aunque no podamos demostrar todo y no podáis investigarlo todo a fondo, debéis analizar lo que enseñamos bajo la luz de la razón, la lógica y el sentido común. Pero son las experiencias que cada uno vive, lo que realmente enseña, si ponemos voluntad en analizar lo que hemos vivido y vivimos ahora, sin miedos, sin odios y sin deseos espurios. Odio, Miedo y Deseo son los reales demonios que debéis combatir. Entonces, cuando los habéis destruido a todos ellos, surgen los verdaderos Sentimientos, que provienen del Alma y casi que sólo existe el Amor como emoción pura. Y todo eso no lo hace el esclavista, así que ellos no son ni maestros ni nada, así como las circunstancias tampoco son "maestras", sino el medio que nos pone a prueba y debemos aprovechar para evolucionar, es decir "*ser mejores que nosotros mismos tras cada experiencia*". Así que somos nosotros quienes debemos alcanzar la Maestría en la Vida, aprovechando las ocasiones para aprender, sean raras, aburridas, extraordinarias, felices o dolorosas... Hablad...

-Sí, -dijo un hombre que había levantado la mano- yo no dudo de que volvemos a nacer, porque tengo recuerdos de quién fui y luego he podido comprobar. Pero me pregunto qué pasa con los esclavistas que hemos matado. ¿Qué pasa con sus Lah?. Si matamos a todos, ¿No volverían a la Vida esas Almas en nuestras familias?

-Es posible, -respondió Henutsen- pero en nuestro pueblo tenemos un seguimiento muy estricto de eso, que llevan los Sacerdotes de las diversas Escuelas, y hasta ahora no se ha detectado que los oberitas muertos encarnen en nuestras familias. Creemos que vuelven a nacer en el medio que es afín a ellos, es decir su propio pueblo esclavista. Si les aniquilásemos a todos, posiblemente tendríamos luego que tratar a niños con graves problemas de conducta y nuestra sociedad está bien preparada para ello. Además de tener una educación que les podría reencauzar en la evolución, se les vigilaría con cuidado. Ya sabéis que nuestra política no consiste como en los oberitas, en un gobierno que lo representa un rey, y un pueblo que obedece, sino que el pueblo es quien gobierna a través del Sistema Asambleario, así que todas las instituciones son muy firmes y efectivas. Pero también ocurre que las Almas que ejercen la esclavitud no reencarnan muchas veces, porque la Naturaleza es perfecta y no permite que eso, que es lo más nocivo y antinatural para todos, se expanda demasiado. Si un Alma persiste en ese crimen, acumula tantas experiencias destructivas, que la propia Gea (el Alma del Mundo) la expulsa y se desintegra.

-¡El Avitchi!, -exclamó una Carpatian- entonces las historias que nos cuentan desde niños sobre un lugar donde va la gente mala, existe...

-Claro que existe, -intervino Geonemetis- está explicado en todos los libros esotéricos que conocemos, tanto de los nuestros como de otros pueblos, algunos de los cuales son muy antiguos y ya no existen.

-Los descendientes de los TarthArios, como somos los Swideraj, los Slobundans y algunos pueblos Carpatians, -dijo Povolov- mantenemos esas leyendas más o menos deformadas, pero en las cavernas del Sur vive un pueblo pequeño y muy selecto que custodia tesoros del saber de los Antiguos. Amables, pero difíciles de ver, sólo se relacionan con alguien de otro pueblo cuando les piden ayuda, porque son médicos excelentes, o para repartir verduras cuando tienen excesiva cosecha. Espero que los oberitas no hayan llegado hasta ellos... Una vez me dijo un hombre, poco antes que comenzaran a aparecer los supuestos esbirros de un Faraón, que habían venido a la región hombres de muy oscuras Almas y que tuviéramos cuidado. Nadie le prestó atención, pero yo le hacía preguntas y entre las conversaciones, me dijo que las Almas pueden ir un tiempo al cielo, hasta que vuelven a nacer, pero que las Almas oscuras, al final se pierden en la lejanía del cielo, más allá de donde van las Almas inocentes... ¿Puede ser cierto eso?

-Exactamente cierto, -dijo Ankemtatis- algunas Almas encarnan con el mismo Ka, es decir que no tienen la Segunda Muerte. En nuestro pueblo es lo más habitual. Otras, tras la muerte del Ka, quedan en un espacio desconocido, en el cielo; otras van al inframundo, que no es material, ni es debajo de nuestro suelo, sino un espacio que llamamos Kamaloka o inframundo. Pero las Almas que se pudren, son enviadas a ese... "Avitchi", o como le llamamos nosotros, "Fagucratom". De ahí no se puede volver y viene la desintegración del Alma. La chispa de Ptah, la Esencia Divina, vuelve a las Aguas Primordiales y la materia sutil que forma esa Alma distorsionada, se descompone y desaparece, también vuelve al Océano del Universo. Así que las posibilidades de tener en poco tiempo una invasión de Almas esclavistas encarnadas entre nuestros pueblos, es muy escasa. No obstante, conocemos algo de la historia de los Hekanef, una civilización que vivió hace muchos miles de años y fue destruida por el esclavismo, que llegó a niveles de engaño tan grande, apoyados con tecnologías que apenas podemos imaginar gracias a las armas y herramientas que han dejado, como los Uás, las lámparas, las boleras y otras cosas que nuestros científicos están ahora investigando... Podían hablar y verse a miles de jaetas, o desplazarse a gran velocidad en vehículos por tierra, mar y cielo. Pero nada de esas maravillas valen de nada cuando los esclavistas toman el poder y los pueblos se dejan engañar y les dejan cometer sus crímenes, en vez de organizarse para gobernarse y defenderse.

-Es decir, -comentó Povolov- lo mismo que nos pasó a nosotros, pero en la antigüedad, además, tenían mejores tecnologías, mucho más poderosas, de modo que en manos de los criminales, esas armas seguramente han sido terribles...

-Y tanto que produjeron cambios en el clima, -agregó Geonemetis- tormentas peores que éstas, inundaciones de gran parte del mundo, sequías terribles en otros sitios, lluvias venenosas, radiaciones para enloquecer a la gente... Hemos estudiado buena parte de documentos encontrados hace poco, que entre lo comprensible de nuestro idioma antiguo y los grabados, nos dan clara idea de lo que pasaría al mundo si no detenemos a los esclavistas.

-Y según parece, -agregó Gelibar- no fue la primera vez que ocurrió. Según los libros de los nórdicos y sus colegas BerArBer, los mortales existimos desde hace seiscientos millones de años y las civilizaciones caen bajo la daga del esclavista cada algunos miles de años, con peligro de extinguirnos, habiendo ocurrido ya una veinte mil veces. Cuesta darse una idea, porque para nosotros, que no vivimos más de doscientos o trescientos años, eso es muchísimo tiempo.

-Y cabe decir, -intervino Geonemetis- que los Hekanef vivían más de mil años, es decir al menos tres veces más que nosotros. Y aún con todo el conocimiento del que disponían, fueron tan tontos que se dejaron embaucar por el esclavismo, propiciando guerras entre los pueblos, en vez de atacar al enemigo común de todos ellos.

-No es que no lo hayan intentado, -intervino un Carpatian- porque sí que lo intentaron entre nuestras aldeas, cuando aún estábamos más o menos organizados. Y como no les resultó, crearon esa farsa de un Faraón, para hacernos luchar contra Vosotros... Quizá soy el de más edad en esta campaña, con trescientos doce años, y os puedo contar mucho sobre la relación que tuvimos con pueblos TarthArios, que hartos de ser hostigados o temidos por otros pueblos, merced a los discursos de los esclavistas, que no se supo reconocer a tiempo, decidieron irse hacia el Oriente y al Norte, para desaparecer de estas tierras, cuando en realidad fueron grandes defensores de la Libertad. Si los individuos tenemos que aprender las lecciones particulares, los pueblos debemos aprender las lecciones generales. Y espero que todos estos pueblos que venís liberando aprendan esas lecciones. Estoy dispuesto a seguir en este ejército hasta la eternidad, si fuese posible. No hay obra más grande e importante que la que habéis iniciado, Faraona. Aunque sea como se nos habéis explicado, que la misión no es liberar esclavos, sino combatir al esclavista, de modo que la liberación es un efecto tan necesario como digno de agradecer. ¿Es posible permanecer en este ejército, entregado a la lucha a vida o muerte, y al mismo tiempo, aprender más sobre esas cosas del Alma y asuntos relacionados que habéis explicado?

-Claro que sí, -respondió Nuptahek- a condición de que no permitáis que la lucha os induzca al odio. Si odiaseis al enemigo, él os habría ganado la batalla en el plano del Ka. Es decir de las emociones, ensuciando el Lah, es decir del Alma y más tarde o más temprano os ganaría en el terreno del Bah, es decir el cuerpo de la materia.

-Creo que antes de seguir esta conversación, -dijo Geonemetis jugando con un cachorro de león- deberíamos ponerles nombre a los nuevos familiares. Propongo Sekhmesis para la mamá...

La leona, que estaba en el lado opuesto al círculo en torno a la hoguera, se levantó y fue hacia él como si le hubiese entendido, para lamer su cara y acariciarle la espalda con su enorme mano.

-No digáis nada, -dijo riendo Nuptahek- lo aprueba ella. Y yo propongo para este precioso, digno y poderoso hijo de Sekhmet, el nombre de Ritnur.... Vaya, no reacciona, o no le importa o no le gusta. Probemos con... ¡Kauntor!

El rugido estridente el león sobresaltó a todos, pero se puso en pie, lamió la cara de Nuptahek y volvió a recostarse para apoyar la enorme cabeza entre sus piernas, en señal de aprobación.

-¡Menudo susto!, -dijo Hatshepsut- pero dejó claro que ese sí que le ha gustado. Significa en idioma de los BerArBer, "*Tu sangre es tu tesoro más preciado, preserva tu Yo*" Propongo para este cachorro macho el nombre provisorio de Enkinile, que significa *Hijo del Original,* lo cual es una manera de honrara a Ptah, aunque no sé si deba aprobarlo él o sus padres... Bueno, veo que no hay ninguna reacción. Y parece que a Vosotros os gusta, así le queda.

-Para esta hembrita, -dijo Gelibar- propongo el nombre de Isistar, combinando los nombres de Isis, que significa la Ciencia e Istar que es lo mismo para los Baalbekios. Mirad esos ojos, tan expresivos y que delatan una gran inteligencia... ¿Nadie se opone?... Pues eso, Isistar.

-Vamos con el último, -dijo Henutsen- ¿Les parece bien Adnalalha, que significa "Hijo de Dioses"?

Como no hubo oposición y el cachorro seguía jugando entre sus piernas alegremente, quedó definido el nombre. La tormenta no paró hasta muy entrada la noche, aunque las pedradas del principio no duraron más que uno pocos têmposos. Pero la lluvia fue constante y el viento tan fuerte que preocupaba por la seguridad de los acampados. Cuando por fin dejó de llover, amainó el viento y al salir vieron que algunas estrellas entre las nubes, marcharon hacia el campamento. Ya se habían encendido las fogatas, se arreglaban las cargas quitadas para usar los carros como cubierta para los caballos, los médicos atendían a varios heridos en la rápida maniobra y algunos golpeados por ramas y piedras, mientras que los mozos ecuestres se ocupaban de curar a algunos caballos heridos y reunir a los que se habían desperdigado en busca de refugio siguiendo su instinto. Pasaron casi toda la noche es esas tareas, atentos por si aparecían nuevos riesgos, pero la tormenta se disipó por completo a media noche. No obstante, se dispuso una guardia encima de los cerros cercanos más altos y sus centinelas correspondientes en el campamento, atentos a posibles señales de luces. Por fin, tras dormir hasta casi medio día la Plana Mayor volvió a reunirse y Ankhceroi leyó los partes.

-Hay cuatro caballos desaparecidos que los mozos siguen buscando porque si no han regresado es que están heridos o muertos. Aquí lamentamos cuatro animales muertos y quince heridos. El personal presenta doce heridos graves y muchos leves, todos ya en tratamiento médico. No hay pérdidas materiales y toda la carga está en su sitio.

-¿Quién respondió a las luces?

-Yo mismo, Faraona, -respondió Hetesferes- cuando escuchamos los silbatos Elhamin comenzó a coordinar a los Comandantes porque pensó que podría ser una tormenta, pero yo busqué un punto desde el que pudiera ver las cimas de los cerros y por intuición tomé la lámpara. Sin vuestro rápido aviso esto habría sido una carnicería. Ya veis la cantidad de piedras de hielo que aún están ahí completas, otras en pedazos que no ha derretido el sol. Algunas son del tamaño de una cabeza de buey. Pero por favor, contadnos cómo es que os habéis hecho con estos nuevos miembros de la familia, que cuando os vimos llegar, aunque hicisteis bien en esperar que se entere toda la tropa de que no había peligro en los leones, algunos dudábamos si estábamos en el "más allá" o erais reales… Son tan impresionantes como bellos.

Luego de las conversaciones que duraron buen rato, Maurenka entró con otra mujer portando bandejas y cántaros con cerveza, y unos enormes trozos de venado crudo para los leones.

-Supongo que estos señores no van a comer comida cocinada….

-Suponéis bien, -dijo Nuptahek- no es cuestión de hacerles esclavos de nuestros alimentos, que además es posible que nos les cayesen bien. Los perros domésticos comen cualquier cosa, pero los felinos son carnívoros y a veces comen frutos, pero los obtienen del bosque…

-Buenas novedades, Faraona. -dijo Ankhceroi entrando a la tienda- Los cuatro caballos han aparecido. Están bien, se habían refugiado al pie de un farallón, justo a reparo del viento, de modo que no les alcanzó la pedrada. Los animales heridos necesitarán algunos días más, pero están fuera de peligro y todos podrán andar.

-Gracias, infinitas gracias… Ahora dejad de andar indagando todo y llevando estadísticas y sentaos a comer. Está muy bien vuestro trabajo pero es momento de descansar.

-Ahora si no es molestia, -dijo Maurenka- decidme. ¿Podría acariciar a estos leones y que me dejen al menos una mano para cocinar?

-No sé, -respondió entre risas Nuptahek- preguntadle a ellos, que son los que saben si les caéis bien o no… ¿Les teméis?

-¡En absoluto!, siempre he tenido gatos, pero estos me parecen algo grandes como para acercarme sin más. Imponen respeto...

-Acariciadlos, sobre todo tras las orejas, que les encanta, igual que a todos los animales.

-Ya que alargaremos un poco la partida, -dijo Elhamin- podremos ir a esas ruinas, que me he quedado con ganas.

Realizaron algunas expediciones durante los siguiente días, ya sin tormentas, e hicieron hallazgos tanto o más interesantes que en el resto de la campaña.

-¡Estas construcciones son antiquísimas, -exclamaba Geonemetis- y con megalitos más grandes que los conocidos en Ankh em-Ptah! Aún no tuve ocasión de visitar Baalbek, pero por lo que me habéis contado, éstas de aquí no deben ser menores, sólo que están tan enterrados que los hemos descubierto por casualidad. Mirad ese, que ha de tener al menos ciento cincuenta codos de largo y por lo poco que se ve aquí en el extremo, son más de diez pasos largos de ancho. ¿Excavamos un poco para ver el espesor?

Hacia el final de la tarde consiguieron determinar que la roca, con un corte perfectamente angular y pulido a espejo, tenía un largo de ochenta y cinco Ankemtras, veintidós de ancho y nueve de espesor. Durante la excavación pudieron ir observando los jeroglíficos perfectos que había en los dos lados largos opuestos.

-¿Tenéis alguna conclusión? -preguntó Gelibar a Geonemetis.

-Fijaos que son parecidos, pero no totalmente iguales a los nuestros y algunos sectores contienen esta otra escritura que no reconozco en absoluto. Mi única conclusión es que los lados con grabados serían del interior y el exterior de una construcción de la que debe haber algunos restos más hacia ese lado. Todo tapado por tierra y luego por grandes árboles, no es algo que haya sido construido hace poco tiempo. Quizá si excavamos más, hallaremos que no estamos en el piso de la obra, sino más cerca de lo que sería el techo. Mirad esos cortes de ahí, que son encajes para las vigas de soporte del techo o de otra planta...

Al día siguiente llevaron a Seti con trescientos hombres bien equipados con herramientas diversas y comprobaron que Geonemetis había acertado. Durante cinco días las excavaciones dejaron visible un rectángulo de ciento setenta Ankemtras de largo por ochenta de ancho y tres de profundidad, formado por bloques de piedra de una pieza de diverso tamaño, siendo los menores, poco más pequeños que el primero que desenterraron. A medida que iban cavando, hallaban trozos de las grandes columnas que sostuvieron el techo en alguna época remota y al parecer la construcción podría tener varias plantas. En las inmediaciones fueron hallando más megalitos de menores tamaños, pero ninguno que fuese posible mover de su sitio, y en una dispersión que hacía imposible una excavación completa.

-No tenemos tiempo para tanto trabajo, -dijo Nuptahek- y aunque me apasiona como a Geonemetis la idea de descubrirlo todo, sería necesario poner a trabajar a todo el ejército durante meses. Tenemos que seguir nuestra campaña. Ya tendrán tiempo los lugareños para continuar con esta tarea.

Los leones ya eran parte de la gran familia y acompañaban a veces a los exploradores en sus patrullas, mientras que los cachorros recibían cariño y atenciones de todo el personal. Sekhmesis se había afinado con Hatshepsut y Geonemetis a tal punto, que sólo les dejaba cuando entraban en su tienda para dormir, así como Kauntor lo había hecho con Nuptahek y Gelibar. Dejaban algunos días a sus parejas protegidas, cuando marchaban junto con los exploradores y en varias ocasiones les defendieron ahuyentando a osos, otros felinos y a las peligrosas hienas, que en otras ocasiones habían herido a los caballos y soldados. Los caballos estaban más tranquilos en cualquier ocasión si alguno de los leones estaba cerca e incluso a veces los felinos iban a dormir junto a ellos, salvo cuando había peligro de lluvia, en cuyo caso dormían en una tienda que se les había preparado.

CAPÍTULO ∩∩
EL LARGO CAMINO A BUZAU

Veinte días después de abandonado el trabajo de excavación, con una impresionante obra arqueológica que apenas descubría una parte de lo existente, el ejército estába en los últimos preparativos para ponerse en marcha hacia el próximo destino. Hetesferes y Nuptahek habían trabajado intensamente en los días previos a la partida, con Povolov, Luminai, Karenina, Encalinetus, Shorinet y otros conocedores de la zona, a fin de tomar el camino más rápido y con las mayores previsiones para evitar sorpresas.

-No sabemos si hay cuarteles enemigos desde aquí hasta Naemisa -decía Nuptahek a la Plana Mayor durante el desayuno- pero es muy probable que los haya, aunque nadie recuerda poblados grandes que pudieran haber sido invadidos, sino gran cantidad de pequeñas aldeas que seguramente han sido destruidas o abandonadas, con matanza de los resistentes y hechos esclavos los niños, las mujeres y cualquiera que se dejase someter. Creemos que la logística les obliga en el plan de expansión, a tener cuarteles y almacenes en toda esta línea que une esta zona y las ciudades del Sur. No sabemos cuánto se han ido expandiendo hacia Oriente, pero por los mapas más recientes que nos dieron los Fenhygios, no parece que hayan ido lejos, sino que han concentrado todos sus esfuerzos en dominar toda la región montañosa Carpatiana completamente desde Botosani hasta Swideraj. Ningún oberita ha sido visto al otro lado del Río Moldar ni hacia Poniente...

-Es que además, -comentó Povolov- en esa región vive gente muy brava, descendientes de TarthArios, como todos nosotros, pero más preparados para la guerra. Deberíamos haber aprendido de ellos en vez de tacharlos de violentos y hostiles. Los Moldaros nunca han atacado a nadie durante la historia que conocemos, sino que muchas veces han ofrecido enseñar sus artes guerreras a las aldeas vecinas y en alguna ocasión han intentado reunirlas, formar una organización y un ejército capaz de administrar y proteger la región, pero nuestros jefes no les dieron cabida ni importancia a sus consejos, desconfiando y creyendo que sólo eran patrañas para establecer un gobierno tirano. Nuestros ancestros se quedaron en la comodidad de vivir tranquilos, pensando que nunca puede venir un esclavista y engañar a todos...

-Bien por los Moldaros, -continuó Nuptahek- entonces cabe suponer que los esclavistas no han ido por ahí, pero aquí es posible que tengan nidos en el gran valle del interior que forma esta zona montañosa. No hay en los mapas ni en las noticias, algo que indique que es así, pero cuando eliminemos toda esta lacra en la zona que nos falta cubrir, serán los lugareños quienes tendrán que hacer su propia campaña de limpieza, porque es una extensión considerable y ellos mismos tendrán que recorrerla. No pienso pasarme la vida en esta misión. Los más de once mil incorporados desde que pisamos tierra, se tendrán que ocupar de ello porque van a regresar a Ankh em-Ptah sólo los que vinieron. También dispondrán de una caballada enorme y aunque no tengan boleras ni Uás, disponen ya de armas bastante mejoradas y en gran cantidad. Ahora Hetesferes repartirá para cada General y cada Comandante, una copia del mapa general de esta línea a seguir hasta los montes Bucechios. Si nadie tiene algo que agregar, terminamos el desayuno y partimos... Sí, Ankhceroi...

-Me acaban de informar los cetreros que dos de sus halcones están indicando algo hacia el Sur. No regresan a posarse, sobrevuelan y van en esa dirección haciendo ochos. Eso quiere decir que advierten de la posible presencia de algún peligro. Además, esta mañana no han sido vistos los leones adultos ni han regresado aún los exploradores de vanguardia que salieron con General Ankemtatis, ni los que fueron hacia el Oriente con Henutsen, a verificar la ruta de la zona llana.

-Entonces no hay tiempo que perder, sea lo que sea que ocurre. Hatshepsut y yo nos adelantamos con los invisibles disponibles y mil hombres a caballo, mientras Elhamin se ocupa de hacer avanzar la caravana, pero todos preparados para zafarrancho de combate. Mil jinetes han de mantenerse a retaguardia, con al menos diez Uás y cien boleros. No creo que venga nadie por detrás, pero vamos a extremar las precauciones Espiria y Unitis, iréis con mil hombres a cada lateral de la caravana, manteniendo una distancia a punto de vista, buscando cabalgar por las cimas de los cerros cuanto sea posible. Cada una enviará cincuenta exploradores de ala, a punto de vista de vosotras. En ningún caso hay que enfrentar nada, ni aún si son pocos enemigos, porque puede tratarse de cebos para emboscada. Se comunica todo a Elhamin y se retraen las líneas hasta la caravana misma si es preciso. Todo en silencio, con los cetreros a buen hacer... ¡En marcha!

La Faraona y su grupo marcharon sobre la cadena de cerros con orientación Norte-Sur y un Râdnie después, Hatshepsut indicó con el dedo la cima de otro cerro, desde el cual hacía señas un hombre, con posiciones del cuerpo formando letras. Se detuvieron y esperaron a que la secuencia se repitiera y comprendieron el mensaje.

-¡Tres mil jinetes! -exclamó Gelibar- y ahí viene Kauntor... Y por la cuesta aquella otros jinetes... Creo que son Ankemtatis y los suyos.

-Se trata de una milicia bien armada, -explicó Ankemtatis al llegar- que tiene una organización de exploradores parecida a la nuestra, de modo que nos demoramos para dejar al enemigo sin esa fuerza en el lado de Poniente. Al menos hemos liquidado sus ojos y oídos de ese lado y espero que Henutsen haya hecho lo mismo al Naciente. Ya sé que ordenasteis no atacar, pero retraernos equivalía a perder la oportunidad. Les rodeamos los más rápidos con los caballos, sin que nos percibieran y nos aseguramos de ser suficientes y no tener ningún riesgo de fugas ni emboscadas. Casi cuatrocientos menos de mi lado. La columna principal es de unos tres mil hombres. No traen carros, así que no sé si vienen de lejos, pero traen mochilas para trayecto largo y están bien armados. Todos con arcos y espadas, la mitad con lanzas la otra mitad con escudos. Casi todos con monturas con petos anterior y posterior. La mitad lleva tienda para dos, así que se trata de una tropa entrenada para campaña... Allí viene Henutsen.

El parte de hechos fue prácticamente igual al de Ankemtatis, de modo que Nuptahek ordenó un repliegue estratégico pero estando cerca del campamento, ordenó al cetrero pedir cinco mil efectivos más con urgencia. En un têmposo el halcón echó a volar, mientras ella misma galopaba hacia retaguardia para esperar el refuerzo y darle las instrucciones. En menos de un Râdnie la tropa dirigida por Elhamin se reunía con ella, quien ordenó una dispersión para encontrarse con Unitis y Espiria. Nuptahek regresó al frente y se dispuso al ataque frontal, para lo que esperaron un cuarto de Râdnie. Apenas vieron aparecer la tropa enemiga por un recodo del camino, a media jaeta, los hombres iban cayendo entre gritos e improperios, por las boleras y flechas desde los cerros. Evitaron el uso de los Uás, salvo para algún escapado que podía quedar fuera del alcance de los proyectiles, pero la batalla duró menos de un Râdnie. La columna enemiga intentó dispersarse por las laderas, refugiándose entre las rocas y árboles, pero la acción desde el frente y los flancos fue inexorable. Los que intentaron huir por retaguardia se encontraron con los exploradores de ala exterior, que Unitis y Espiria tuvieron el buen tino de enviar más lejos en previsión de esos intentos de retirada. Ya a media tarde hizo el Furriel, a la Plana Mayor reunida, el resumen de informes.

-Tenemos veinticinco heridos, algunos de gravedad pero sin riesgo de muerte. Ninguna baja propia. Cuatro caballos nuestros han muerto, pero hemos sumado al cuidado de nuestro querido Permiskaris, tres mil seiscientos caballos. Más de cien han caído en combate. El total de caballos que disponemos, es de veinticuatro mil setecientos. En poco más tendremos más caballo que personal...

-Que se sigan sumando, -dijo Permiskaris- que bien he hecho en reclutar e instruir en las artes médicas ecuestres a trescientos veinte hombres más, porque aunque los jinetes sepan cuidarlos, no es lo mismo la atención de establo y cura de equinos heridos.

-Bien, -dijo Ankhceroi- sigo con los partes: Las hogueras ya se han encendido en los tres sitios de combate y los Comandantes elegidos por Ankemtatis y Henutsen están haciendo exploración del terreno de vanguardia a veinte jaetas. Algunas de las mujeres recién reclutadas se han colado en la columna de Elhamin y ninguna ha dejado lugar a dudas de su valía...

-Sólo me di cuenta al regresar, -dijo Elhamin- porque son astutas y valientes. Tengo que agregar que la instrucción recibida ha sido más eficaz que lo que yo imaginaba, y aunque no sé si corresponda decirlo, varias de ellas ya están estableciendo relaciones muy personales con los varones desemparejados... Así que este ejército mejora en todo...

-Es una alegría que así sea, -dijo Nuptahek- esta campaña tan dura y terminante en lo material, es una Obra de Amor a la Humanidad, así que los sincronismos del Amor como Primer Principio, es lógico que se extiendan a los componentes de esta misión de fondo tan espiritual. Por favor, Ankhceroi, continuad con los partes.

-No tendríamos problema en partir con los heridos más graves, que según los médicos, pueden ir en carros...

-Pero esperaremos, -interrumpió la Faraona- porque aunque ellos lo digan así, un viaje no es lo mismo que estar quietos hasta recuperarse por completo. Además, esas hogueras deberán estar encendidas tres días más y también prefiero enviar una tropa más grande y a distancia mayor de veinte jaetas. Elhamin, disponed de cinco mil efectivos bien armados con cien Uás y trescientas boleras para llegar a tres días y sus noches de marcha y luego enviar mensajes mediante quinientas postas, a dos flechas largas cada una, que nos irán informando, aunque tengan que cazar para permanecer. Así cada hombre sólo se desplazará menos de media jaeta. Omar, seréis quien comande esa exploración. En tres días partimos y nos encontraremos con las postas para reunirnos con Vos en unos tres días si no hay novedades.

-Según los mapas, -dijo Gelibar- hay hasta Naemisa una marcha de trescientas cuarenta jaetas, es decir unos diez días si no hay lluvias y otros imprevisibles...

-A eso hay que agregar algunas marcas nuevas de información que han ido dando los Carpatians -dijo Hetesferes- y es posible que alguna sea de cuarteles, aunque ninguno lo ha podido decir con seguridad. La gente se va olvidando cosas, que recuerdan a medida que recorremos la región. Puede que al menos tengamos dos cuarteles donde antes había aldeas, antes de llegar a Naemisa. El camino parece bueno y mejor que los transitados hasta ahora. A Poniente tendremos cerros y a Naciente extensos bosques y algunos prados, con ríos y arroyos en abundancia. En algunos sitios la lluvia puede ser un problema grave, porque esos arroyos son torrenteras pluviales y el riesgo de las pedradas persiste, aunque menor que en la región de los Slobundans.

-Estamos preparados para eso, -dijo Seti- hemos dejado todos los carros en óptimas condiciones y sólo es cuestión de prudencia y vigilar el cielo. Hemos preparado cubiertas mejoradas con cueros y maderas para el caso de tener pedradas sorpresivas. Se extienden las cubiertas en pocos têmposos al costado de cada carro y tanto el interior como el exterior, se convierten en refugio para los caballos y la gente.

Tres días después, por fin se produjo la movilización y el león Kauntor no estaba, pues le habían visto siguiendo a los exploradores que habían marchado antes. Cuando éstos regresaban de su larga andada, a dos días de iniciarse la marcha, informaron de dos aldeas abandonadas y otra quemada por completo. No encontraron a nadie pero en varias ocasiones Kauntor había espantado osos y hienas y era el primero en sondear las aldeas.

-Cuando llegamos al último punto de acampada, -informaba Omar- para pasar la noche, avanzar medio días más y regresar, Kauntor estaba un poco raro. No rugía como con los osos, pero me advertía de algo. Duplicamos la guardia nocturna y casi al alba Kauntor me despertó, se fue hacia la línea de guardias y los centinelas vieron una luz en el aire. No pueden explicarlo bien, nada que conozcamos... Yo me apresuré a levantarme y salí detrás del león, pero no llegué a verla. Volvimos a dormir un poco, decidimos dejar el desayuno para más tarde, a fin de llegar a unas veinte jaetas más adelante, pero Kauntor no nos dejó. Se revolvía, rugía y saltaba de un lado a otro del camino, indicando que no debíamos pasar por allí. Envié cien exploradores por Oriente y otro grupo igual por Occidente, para flanquear lo que hubiera en esa zona, pero no vieron nada. Regresaron comentando sólo que hay árboles mucho más grandes que los que hayamos visto en la vida, en un pequeño valle de cinco jaeta de largo y tres de ancho. Desde los cerros no se puede ver nada por la densidad de la foresta, pero el camino debería pasar justo por el medio. Sin embargo no se ve ni señas del camino, como si hubiese sido borrado en ese tramo de cinco jaetas. Sólo veíamos como una boca de túnel entre la frondosidad. Así que fui hacia Naciente más de quince jaetas, buscando un camino alternativo para la caravana, y lo hay, estrecho, con pendientes largas, pero los carros no lo podrán transitar. Habrá necesidad de entrar en ese vallecito misterioso a como dé lugar, o desviarnos mucho más hacia Naciente, pero ni sabemos cuánto…

-¡¿Que no hay necesidad de entrar?! -exclamó Geonemetis- me extraña que digáis eso, General. Sé de vuestra experiencia que en las campañas con el Faraón Isman os habéis destacado por precisión en la coordinación y demás méritos, pero… ¿Es que no tenéis curiosidad por las cosas raras que nos presenta el mundo?, ¿No pensáis que ahí puede haber algo importante para nuestra evolución, para aumentar el conocimiento del mundo y hasta para nuestra campaña?

-No, Geonemetis. Tengo una forma de ver las cosas muy diferente a la vuestra, lo cual es maravilloso, porque entiendo que sin vuestra curiosidad no habría evolución, pero sin mi manera de ser, a veces no tendríais el respaldo estratégico del que me ocupo. Me doy cuenta perfectamente cuando un sitio como ese tiene algo que supera la capacidad de comprensión de un humano normal. Pero para eso estáis vosotros, con esa rara curiosidad de la que yo carezco. En cambio me mandáis a cumplir una misión en asuntos militares, por más imposible que parezca, voy y la cumplo con absoluta seguridad porque mi mente vive concentrada en cumplir como una parte en un mecanismo. Ahí mi creatividad aparece, pero para ahondar en los terrenos de Anubis, en las cosas que escapan a los cinco sentidos físicos, lo tengo difícil. Disculpad si pensáis que es una falta de mérito.

-¡En absoluto, General!, sólo que me resultaba difícil comprender el modo vuestro de ver las cosas. Con esa explicación lo he entendido. Y sin duda que sois fiel cumplidor de vuestra misión, puesto que habéis ido a sondear los alrededores de ese sitio e informado, como para que sepamos qué podemos hacer o por dónde podemos pasar. Disculpad Vos, si por mi temperamento me he sorprendido y ofendido...

-Nada más hablar sobre el tema, -dijo Hatshepsut- se me ponen los pelos de punta... He estado en sitio similar al Sur de Tekmatis, al que el Faraón Isman no tuvo tiempo a explorar y donde mi Comandante en las maniobras de instrucción no quiso entrar. Como estaba sola y muy lejos de mi grupo, preferí atenerme a las órdenes, pensando en volver otro día, con más preparación y sin perder el ritmo de las maniobras que me dieron muy buenas calificaciones. Entiendo la postura de Omar, pues las prioridades no se deben desatender, aunque... No creo que la Faraona, Geonemetis y yo podamos resistirnos al atractivo de lo desconocido...

-Y espero que no me dejéis al margen... -agregó Gelibar- que yo no dejaría que mi Amada se meta en esos sitios peligrosos sin mí.

-¿Seguro que sólo es por cuidarme?, -dijo Nuptahek pícaramente- ¿No es también por un poco de curiosidad?

-Bueno, si lo decís de ese modo... Pues sí, también por un poco de curiosidad. Pero para llegar hasta allí hay que continuar movilizados y ahora estamos parados, perdiendo el tiempo tontamente.

-No tan así, Amado mío, -dijo Nuptahek- que vamos a esperar dos días, porque hay que pasar por medio la zona de las hogueras y sin viento, el humo nos daría una muy desagradable compañía.

-Hay viento en altura, Faraona, -intervino Povolov- y las nubes altas indican que mañana lo vamos a tener aquí abajo y justo con rumbo hacia nosotros. Si saliésemos antes del alba, apenas nos molestaría un poco. Si nos quedamos aquí, entonces tendríamos el problema...

-¡Gracias por la indicación, Povolov! -respondió ella- Siendo así, partiremos antes del alba.

Cuando Ra despuntaba en el horizonte, la caravana ya había pasado por la zona de hogueras, que bien manejadas ya no echaban mucho humo ni había riesgo de incendio. No obstante, algunos cientos de hombres se quedaron a cuidarlas, para alcanzar al resto al día siguiente. Al tercer día de andada llegaron ante un bosque de árboles gigantescos, a un punto donde se estrechó el camino. Aunque permitía el paso de los carros, Omar indicó que era el sitio por donde Kauntor no les dejó pasar. Esta vez, ambos leones se echaron en medio de la senda, con clara intención de impedir el paso. Nuptahek, Hatshepsut, Gelibar, Geonemetis y Henutsen se apearon y se acercaron a ellos, pero los animales se revolvían caminando de un lado a otro del camino y rugieron con todas sus fuerzas advirtiendo de algo.

-Dejadme pasar sólo con Henutsen, -dijo Nuptahek- no creo que nos lo impidan a nosotras...

Caminaron las dos muy lentamente, mientras Kauntor se quedó en su puesto impidiendo el paso a los demás y Sekhmesis acompañó a las mujeres. A medida que entraban al sector, notaban que bajaba la temperatura y la foresta tapaba tanto el sol que parecía casi de noche, aunque había pasado la media mañana. Se oía una actividad normal de pájaros, zorros y otros animales pequeños pero sin el menor sonido de viento. Cuando habían andado algunos cientos de pasos, a pocos Ankemtras por delante apareció la silueta luminosa de Sekhmet.

-Este sitio es un lugar muy sagrado, -les dijo- tanto para los seres humanos que vivían aquí como para los Elementales de Natura, pero ha sido transitado por los esclavistas, han sometido a la gente y los regentes de la Naturaleza reaccionaron en forma defensiva impidiendo el paso de cualquier ser humano. Estoy manteniendo con ellos una conversación, para que permitan vuestro paso, ya que los caminos alternativos sólo son aptos caminando y para los jinetes. Los carros tendrían que regresar durante un par de días y desviarse por sendas más complicadas y peligrosas. Ahora quiero presentaros al Regente Deva de este bosque... He establecido una forma de comunicación a modo de puente, que os permitirá hablar y seguramente os hará preguntas, aunque ve en vuestros cuerpos sutiles... No tiene ningún nombre en especial y puede presentarse con cualquier apariencia...

-Espero que vuestras respuestas sean las correctas, -escucharon las mujeres en sus cabezas, mientras aparecía ante ellas la imagen impresionante y enorme del Deva- y en ese caso podréis pasar. De lo contrario será mejor que os marchéis muy lejos... ¿Qué significa este ejército que estáis movilizando?

-Significa la liberación de muchos miles de personas, -respondió Nuptahek- la limpieza de toda esta gran región, de esa lacra humana que todo lo destruye y a los hombre los reduce a su peor condición, que es la de esclavos. Si nuestros enemigos pudieran, lo dominarían todo, hasta vuestro precioso Reino, o lo destruirían, porque destruyen todo lo que no pueden someter o utilizar de modo egoísta.

-Entonces tenéis mucho odio contra ellos...

-No, nada de eso. -respondió Henutsen- Es difícil querer y aún más difícil amar a los enemigos, pero de ninguna manera nos mueve el odio, sino el Profundo Amor a la Humanidad y a todo el Universo. Entendemos que no es posible acabar con los esclavistas mediante la enseñanza, la diplomacia ni es posible darles oportunidades, porque todo eso se ha probado y nada se ha conseguido. Como bien sabéis, no existe la muerte definitiva, excepto la de las Almas que repiten en varias vidas su actitud esclavista. Y por ahora, debido a los limitados conocimientos que tenemos, sólo podemos actuar matando sus Bah, el cuerpo material. Nadie nos ha podido enseñar un método para sanarles de esa enfermedad del Alma. Lo único que sentimos por ellos es pena, dolor, pero aún así creemos que debemos combatirles.

-No es necesario que digáis más... -dijo el Deva- veo la coherencia entre vuestras palabras, vuestros pensamientos y sentimientos. Esta Maestra nos ha explicado lo demás y ha realizado este encuentro que no podríamos haber tenido sin su ayuda. Podéis pasar por este camino cuantas veces sea necesario, aunque os rogamos hacerlo en silencio. Aquí vivimos no sólo los Devas, sino que es lugar de reunión de seres de naturaleza diversa. Os ruego no cazar por algunos días, hasta estar lejos de aquí. Sabemos que a una distancia de muchos días de vuestro andar, hallaréis a un hombre que se han llevado los humanos malos Se llama Pagoreicas y es un sacerdote que puede hablar con nosotros. Os ruego liberarlo a él y a los demás, que son parte de nuestra familia y han vivido en este bosque más de cien generaciones, en una actividad de mutua protección. Cuando nos dimos cuenta de la la situación y comprendimos el peligro para ellos, no los pudimos salvar de los esclavistas.

-¡Eso está hecho!, -dijo Nuptahek- Os agradecemos y dejamos en vosotros la radiación del más Puro Amor. Y agradecemos a Sekhmet...

Una poderosa sensación de alegría y felicidad les envolvió a la vez que lo hacía una niebla brillante con aroma a jazmín, mientras desaparecían el Deva y Sekhmet. Regresaron a la cabecera de la caravana, se ordenó cruzar el bosque del modo más silencioso posible y a lo largo de treinta jaetas se maravillaron todos de la inmensidad de los árboles, algunos de los cuales no podrían abrazar diez hombres unidos por las manos. En los espacios donde algún claro dejaba entrar algo de luz, se apreciaba la mayor diversidad de flores que hubieran visto jamás, con un colorido que hacía suspirar. Cuando salieron del bosque era ya de noche y poco antes habían encendido las lámparas y celemines de aceite encerrados en cristales de mineral. Otras lámparas eran de cristales artificiales, en las que cabía una vela y podían durar toda la noche; las usaban especialmente para colocar delante de los carros, con una lámina de metal que tapaba la luz al conductor y reflejaba más hacia adelante. Como se habían evitado hasta este punto las movilizaciones nocturnas, apenas habían usado los celemines, salvo los centinelas para desplazarse, apagándolos en sus puestos de guardia. Llegando a una gran explanada con poca vegetación y atravesada por un riachuelo cómodo para abrevar a los caballos y estuvieron seguros de estar fuera de la zona sagrada y establecieron el campamento para pernoctar bajo un cielo limpio intensamente estrellado.

Durante los diez días siguientes, la marcha apenas dificultada por algunas lluvias intensas, sin piedras, se realizó sin novedades, salvo por algunos arroyos convertidos en torrentes temporales que no demoraron demasiado la movilización. Varios ríos poco caudalosos fueron vadeados sin problemas y hallaron rastros no muy recientes del paso de caballos y unas pocas marcas de carros. Un par de caminos que se adentraban en la parte montañosa, motivaron una exploración que medio día de marcha a caballo, llevaron a dos grandes poblados completamente abandonadas hacía años. Uno de ellos era Naemisa, pero sólo había esqueletos en las calles y en las más de dos mil casas que por su construcción se deducía que fue un pueblo próspero, rico en recursos y con gente creativa, muy hábiles en la carpintería y la construcción con bloques de piedra. En muchas de las casas en que entraron, siempre acompañados de Kauntor, que espantaba a los ratones y otras criaturas, hallaron huesos humanos entre flechas. A pesar del tiempo transcurrido, muchos muros conservaban manchas negruzcas de sangre. La mayoría de las puerta presentaban roturas de hachazos y otras señales de combate. No hallaron huesos de niños y Geonemetis, que analizó con cuidado lo que había, determinó por los huesos de las pelvis, que no había mujeres entre las víctimas, salvo algunos que por la dentadura, comprendía que pertenecían a mujeres ancianas. Continuaron durante un día más y ya estaban acampando un anochecer, del lado de Naciente del ancho río Moldovan, al que debían seguir según los mapas por varios días hacia Sur y Naciente, pero un explorador llegó al galope e informó de rastros recientes del paso de una caballada grande por otro camino al lado opuesto del río.

-Han venido desde el Sur, -decía el soldado- cruzaron el afluente del Moldovan, que desemboca justo enfrente y van hacia las montañas. Dos invisibles van solos tras los rastros. Calculamos que son unos trescientos jinetes y al menos diez carros. Los cerros hacia el Poniente están a unas ocho jaetas y los que están al Sur, a menos de cinco, así que el resto de exploradores de ese lado han ido por allí, para ver si es posible que se nos vea desde esas cumbres. No son muy altas pero las podríais ver sin esta neblina, con más luz, así que de noche seguramente verían las lumbres, sobre todo si el viento barre la niebla.

-De acuerdo, -dijo Nuptahek- avisad a los Comandantes, que nadie encienda ninguna luz, recorred toda la caravana y ordenad repliegue hacia el Naciente, alejándonos del río para que nos cubra el bosque. Es preferible el campamento más disperso, evitando este llano abierto. Que se den prisa para armar las tiendas y demás, sin luz. Esta noche estará muy oscura. Deberíamos prepararnos para…

-Eso es bueno para nosotros, -dijo Ankemtatis- así que si no tenéis contraorden, me voy con una milicia bastante numerosa a apoyar a los exploradores y me llevo la mitad de los invisibles…

-No hay contraorden, -respondió Nuptahek- sino que iba a pediros eso mismo. Llevaos cinco mil, id con todos los de Unitis y de Omar, y que os guíen los Carpatians que conozcan esta zona. No importa que seáis más. Si halláis un gran nido de víboras, no las aplastéis, sino que volvéis y nos preparamos bien, sobre todo porque puede que haya esclavos. Si estáis seguro que no hay y ellos son pocos… Aplastad.

-Me voy con ellos, Hermana, -dijo Hatshepsut- presiento que aquí el campamento está seguro y más hacia el bosque, mejor, pero tengo un impulso intuitivo de ir allí para decidir algo…

-Bien, cuidaos y enviad noticias pronto.

Rato después estaba el campamento distribuido en un bosque denso pero no tanto como para impedir acomodar los carros a poca distancia entre sí. El cielo se había empezado a nublar, sin riesgo de lluvia según los Carpatians, pero haciendo tan oscura la noche que los invisibles que se quedaron tuvieron que encargarse de las patrullas de entorno y no se establecieron guardias fijas, sino un centinela a punto de oído bajo, en todo el campamento, con turnos aproximados de tres Râdnies, ya que no podían encender luces para ver las clepsidras, y se reemplazaban por el que estuviera durmiendo más cerca. Nuptahek apenas durmió un rato y Gelibar se mantuvo de guardia toda la noche, conversando con Elhamin. En la madrugada llegó todo el grupo con la novedad de que habían arrasado un cuartel en el que sólo había unos quinientos efectivos, ningún esclavo y una enorme cantidad de armas, minerales, indumentaria, alimentos en conserva de sal y aceite y diversas herramientas de toda clase.

-Está claro que es un almacén táctico, -decía Hatshepsut- sólo con personal militar, pero con insumos como para diez mil o más hombres.

-Y fue afortunado que viniera Hatshepsut, -intervino Ankemtatis- que armó la estrategia de tal modo, que hizo salir a casi todos del cuartel, así que los emboscamos muy cerca. Eso evitó que tuviéramos que usar los Uás, con lo que habríamos provocado una enorme explosión. Hay allí, además de todo ese material, una gran cantidad de polvo que me recordó a mis cartuchos explosivos. Después de liquidar a todos hice un cuidadoso experimento. Puse un poco sobre una piedra y al golpear con otra, detona como un rayo. Hay para llenar cuatro carros de los más grandes, en bolsas de cuero grueso y húmedo, pero metí la mano y noté que en el centro está todo más seco.

-De modo -dijo Henutsen- que tienen alguna forma de fabricar unas armas explosivas...

-Sí, -continuó Hatshepsut- y creemos que son unos cartuchos, no de metal, sino de cañas. Hay una cantidad de ellos que valdrían para esa cantidad de polvo, cortados del largo de mi mano y de tres dedos de diámetro, con unas tapas de tela y una mecha similar a la del celemín.

-Es de imaginar, -dijo Elhamin- que si se mete fuego, eso explota. Sería un arma muy destructiva, aunque no llegue a ser como los de los Hekanef. Pero también servirían para romper las piedras en las minas y las canteras, o para abrir caminos en la roca, tal como hacemos con los Uás. Esos dementes son capaces de romper el mundo si pudieran.

-Hoy descansaremos, -dijo Nuptahek- muchos no han dormido en toda la noche y mañana exploraremos bien ese sitio. ¿Habéis dejado gente cuidando eso?

-Sí, Hermana, y centinelas en varios puntos altos alrededor.

La quema de los cadáveres se preparó en el mismo cuartel ya que la construcción era casi toda de madera, después de trasladar al campamento los carros repletos de insumos y los caballos. Una gran cantidad de pertrechos y ropa se almacenó en un socavón cercano y luego se ocultó convenientemente con rocas, ya que no se podía llevar tanta carga que no se utilizaría.

-Ahora sí que iremos rápido, -decía Ankhceroi en la noche- porque con estos cuarenta y cuatro carros y quinientos treinta caballos más, ya no hay infantes que esperar. Podemos ir a la velocidad del carro más lento. El General Elhamin y Permiskaris han hecho una excelente distribución de la caballada, para que los animales fuertes tiren de los carros más pesados. Seti ha adaptado los aperos y las varas para sumar algunos donde hacen falta. Ya nadie tiene que ir caminando, los carros dan para llevar a los que no son jinetes, salvo en caso de barro u otros incidentes. Según el mapa… Bueno, eso lo dirá Hetesferes.

-Sí, -dijo la aludida- tenemos por delante un tramo mayor que hasta aquí. Unos diez días también, porque aunque casi nadie caminará, el terreno puede que tenga irregularidades que nos hagan dar algunas vueltas. Una cosa es el mapa y otra la realidad del terreno, por mejor que nos los pongan los que han vivido aquí. Parece ser que el próximo enclave enemigo está en Buzău y hasta allí tenemos unas trescientas treinta jaetas. Hay que vadear tres ríos que pueden ser caudalosos y unos cuarenta arroyos pequeños. No es camino fácil, a pesar de haber tramos rápidos y sea en su mayor parte muy amplio.

-Me preocupan esos carros con el explosivo… -dijo Nuptahek- Irán en la vanguardia y dejaremos una jaeta entre esos y el resto, así como una jaeta entre ellos y la tropa de cabecera. A su vez, media jaeta entre cada carro. Dos carreteros con cada uno y que Ankemtatis se ocupe de vigilar la humedad de esas bolsas. ¿Qué pasaría si una de esas cae al suelo desde el carro, Ankemtatis?

-Si está todo bien húmedo, no pasaría nada, Faraona. Un cartucho como los míos, que desmontó Alvalopep, demostró que su compuesto explota incluso bajo el agua, pero esto otro no lo hace si está húmedo. Igual tengo que controlar eso, porque se seca rápido con un poco de sol y oreo. He ido humedeciendo con cuidado para que no tenga parte seca en el centro de cada bolso. No he hecho otra cosa en estos dos días, porque pesa medio Jomhet cada bolso, pero como sabéis, no están demás las precauciones extremas con estas rarezas.

-Entonces, dormid bien, que mañana partimos en uno de los tramos más largos. Mil jinetes han de marchar a diez jaetas a Naciente y dos mil lo harán por Poniente a la misma distancia, del otro lado del río, para interceptar cualquier patrulla o milicia enemiga, que no sería raro que aparecieran por ahí. Si han colocado ese almacén aquí es porque deben tener una línea prevista de acción que posiblemente extienda sus garras hacia el centro del gran valle carpetano. Sería imposible explorarlo todo, pero eso ya lo harán los pueblos liberados.

La travesía hasta Buzău duró trece días, hallando un total de cinco patrullas, una de las cuales llevaba dieciséis carros de insumos. Todas fueron rápidamente combatidas sin bajas propias ni heridos y el Furriel, cuando por fin llegaron a media tarde a veinte jaetas de Buzău, a orillas del río Calnau, afluente del río Buzău, volvió a repasar la lista de pertrechos y animales incluyendo los caballos conseguidos tras la aniquilación de las milicias del almacén.

-Ahora el total humano es de veintiséis mil treinta y siete efectivos, veintidós mil setecientos cincuenta y dos caballos, dos mil doscientos ochenta carros grandes, doscientos carros pequeños y cien cuadrigas. Si seguimos así, no sé dónde dejaremos tanta caballada y carros...

-No os preocupéis por eso, -dijo Hatshepsut- que la gente que se queda y los lugareños tendrán con qué comenzar una nueva vida y van a necesitar de todo para explorar el valle interior... Ahí tenemos las primeras novedades de los exploradores. A ver qué hay...

-Hemos rodeado la ciudad, Faraona, -decía el mensajero sin bajar del caballo- y es la más grande que hemos encontrado hasta ahora. Viven unos treinta mil o más esclavos, con una milicia no confirmada aún, pero que ronda de quince a veinte mil efectivos. El modo de vida es parecido a Cetatis, aunque no hay murallas. No parece que la gente esté envenenada con sueñobello ni nada de eso. Parece que no están demasiado maltratados, pero la ropa que usa la milicia es parecida a la nuestra tradicional. Aquí han impuesto también el engaño del supuesto Faraón... Hay varios barrios y la diferencia de las casas indica quiénes son sus habitantes, pero la distribución tan mezclada nos complicará una acción directa. Es algo como en Eritriuma, sólo que mucho más grande y con los barrios de unos y otros más juntos. Los cuarteles también están distribuidos en la ciudad y son barracas más o menos confortables. Los invisibles están haciendo lo suyo y traerán de un momento a otro, más noticias y mapas.

-Cuando tengamos más datos y planos, conversaremos sobre qué hacer, -dijo Nuptahek a toda la Plana Mayor- pero por lo pronto vamos a disponer un cerco de patrullas para ir exterminando a todos los grupos que se alejen, sin atacar a las patrullas de entorno. Es mejor que no sepan que estamos aquí, de modo que los sitiaremos a una distancia prudencial. Mañana comenzaremos la operación con batidas sin descuidar los flancos y la retaguardia. Escucho ideas y propuestas.

-La estrategia en este caso, -dijo Elhamin- sería como decís y me parece la mejor, atacando sólo a los que se alejen con otros destinos. Habría que cubrir todo el entorno en unas diez jaetas desde la ciudad. Luego provocar salidas de patrullas grandes para emboscarlas lejos e ir diezmándolos sin que lo sepan hasta uno o dos días después...

-Eso haremos, -dijo Nuptahek- aunque será una táctica que nos puede llevar muchos días, hay demasiada gente allí como para una batida directa, que aún mejor armados puede costarnos muchas bajas. Disponed ese control del entorno, General Elhamin.

-Ya está casi hecho, Faraona. Sólo falta enviar una buena cantidad de gente al lado Sur, para lo que he pensado dar un rodeo de un día largo. Creo que Omar sería el adecuado para ello, con los Carpatians que mejor conocen la zona y Povolov es uno de los candidatos. He puesto a Karenina, que conoce hasta el último rincón de esta región, como guía de los Comandantes y en especial, al lado de Espiria, así como a Luminai, que conoce sobre todo, las montañas, a guiar a Unitis y a Shorinet a guiar a Daverdis. Diva cuenta con varias mujeres de la zona y con Encalinetus. Algunos Carpatians que conocen bien el clima se quedan con nosotros.

-De acuerdo, -dijo la Faraona- que se encargue Omar de guiar a las tropas por el camino más seguro al Sur, evitando las patrullas. Si no hay envío de tropas en dos días, empezaremos a hacerlos salir con algún truco. Se me ocurre que bastará infiltrar a uno como soldado de los que ya eliminamos. Con uno que hable bien el idioma oberita…

-Entonces me corresponde, -dijo Geonemetis- ya sabéis que domino esa lengua mejor que nadie. Ya tengo la ropa seleccionada, pero la voy a lavar varias veces para quitar el olor inmundo del dueño anterior.

-¿Os parece oportuno avanzar con la caravana completa medio día más, -preguntó Hatshepsut- para no quedar a casi un día de Buzău?

-No lo recomiendo, -dijo Elhamin- porque a esta distancia estamos seguros y no sabemos qué radio abarcan sus patrullas de entorno.

-Lo digo por el riesgo de riada. Ahora hay poco agua pero por el ancho del lecho, es evidente que a veces trae diez veces más caudal.

-Lo he previsto, -siguió Elhamin- y ya me han dicho los locales que no la habrá en muchos días. En caso que haya tormentas fuertes, nos podemos desplazar un poco a Poniente y en ese bosque ralo hay un buen espacio y no llegaría una riada.

-Entonces podríamos hacerlo ahora mismo, -propuso Gelibar- más que nada por tener mejor sombra y un poco más de altura. Además, si una patrulla enemiga llegase cerca y ocupase el cerro de enfrente, aquí seríamos vistos.

-Ya está tomado ese cerro por nuestros centinelas, -dijo Elhamin- pero de todos modos me gusta la idea de estar más escondidos y con más altura. Desplazarnos dos jaetas ahora, que aún no están armadas las tiendas, es mejor que hacerlo por una emergencia. Pero antes hay que ver si el terreno más arriba pudiera dejarnos a la vista de Buzău. Ya sabéis que en plano no es posible ver a más de quince jaetas, pero aquí hay una diferencia de nivel de varios Ankemtras y de noche tendríamos que mantenernos sin luces ni hogueras.

-Me encargo de eso, -dijo Geonemetis- os informo luego.

Medio Râdnie antes del anochecer regresó Geonemetis con los planos de niveles para indicar el mejor lugar de acampada.

-Si nos movemos ya, acamparemos antes de la noche cerrada. Tendremos luna pero este bosque no es tan ralo como parece. He mirado con los largavistas desde la parte más alta, a un nivel de cincuenta Ankemtras más arriba y no hay forma de que se nos vea, a menos que hagamos una hoguera de las muy grandes y haya nubes...

Dos días después los exploradores avisaron de una milicia de cuatrocientos cuarenta jinetes con mochilas y ochenta caballos con alforjas que indicaban que no era patrulla de entorno, sino en plan de viaje largo. Fue emboscada y eliminada muy cerca del campamento, con lo que el plan de paciente espera empezaba a dar resultado. No podrían encender hogueras por el momento, pero las prepararon a una jaeta y media al Norte, para encenderlas cuando fuese conveniente.

Un mensajero de Omar llegó tres días después, avisando que habían aniquilado a cinco azafes que iban hacia el Sur con doce carros llenos de armamento y vestuario, dos de los cuales llevaban gran cantidad de bolsas de polvo explosivo.

-El General Omar -decía el mensajero- ha establecido la línea a unas dieciocho jaetas de la ciudad, de Oriente a Occidente, sobre los cinco caminos que hemos hallado. El bosque es denso por todo el entorno, con pantanos peligrosos, así que no harían una expedición fuera de los caminos. Buzău ha quedado rodeada completamente. Se eliminó a quinientos once enemigos, recuperamos quinientos treinta y cinco caballos y hemos escondido los carros entre las ruinas de una aldea, al Poniente y Sur de Buzău. Nadie los vería aunque pasase por su lado. Los dos que contienen bolsas de polvo, después de dejarlas bien mojadas, entraron por lo justo en un socavón cercano. Aquí están los mapas que hizo el General Omar y éste es el que he hecho yo al venir por lado de Naciente. Sin más accidentes geográficos que unas pocas vueltas del camino, que está custodiado por la Generala Espiria.

-Excelente, -dijo Nuptahek- ahora id a descansar y quedáis relevado hasta nueva orden. Como ya conocéis los caminos por ambos lados, os llamaré si es necesario, pero ahora id a dormir.

-Lo mismo debería deciros a Vos, -dijo Hetesferes cuando se fue el soldado- porque no paráis de recorrer el campamento y cuando venís a la tienda de Comando os ponéis conmigo o con Khumpomisis a trabajar sobre los mapas y esos pergaminos para las linternas... Y en las noches os oigo hablar con los centinelas o el que ande por ahí. ¿Es que no os hace falta dormir, Faraona?

-Sí, y duermo, pero sólo cuando está conmigo Gelibar. Y ya habréis visto que él tampoco es de mucho dormir...

-Disculpad, Faraona, -dijo un mensajero desde la entrada- pero han encontrado cosas muy interesantes, especialmente para Geonemetis, pero sin duda que estos lugares nos interesan a todos. Más megalitos y muchos con inscripciones jeroglíficas.

-Lo lamento, mensajero, -dijo Geonemetis- pero en este momento vamos a tener que dejar esas cosas a un lado. Estoy preparándome para una misión de infiltración y me conviene tener la mente en ello. Decid a los demás que si eso puede esperar, nos centremos más en la vigilancia, que estamos en plan de combate. Cuando tengamos este sitio limpio y bajo control, podremos dedicarnos a la arqueología.

-Muy acertada postura, -dijo Nuptahek- que por lo que veo seguís revisando esos escritos oberitas. ¿Qué contienen?

-Este es un parte que llevaban los que eliminamos aquí cerca. Ya tengo los nombres de los dos Comandantes enemigos y de algunos de sus ayudantes. Con esto tengo información para hacerles creer que soy un simple soldado de ese grupo que ha sobrevivido... Este es otro parte, pero de insumos que trajo el mensajero de Omar, dice lo que llevaban en los carros, pero hay una carta personal y está en una jerga que me cuesta entender. Comprendo las palabras, pero no el contenido. Aletelmud, jefe militar de Buzau, escribe a un superior de nombre Radojan Rosjokydov, lo siguiente: "*Estoy muy cerca del gran secreto de los antiguos. He estirado la lengua a varios lugareños y algo saben, algunos han dado pistas, pero van muriendo sin poder arrancarles más información...*" Ya os imagináis como les estira la lengua... "*Sé que a no más de cinco días, en las montañas, se oculta algo y a un día de marcha, en las montañas cercanas a Alunis, la aldea que destruimos hace ya mucho tiempo, hay algo, porque hemos encontrado señales, que los lugareños luego se han ocupado de arrancar. Hay una expedición especial en marcha. Me reuniré pronto con mi colega de Florista para sondear esos sitios en secreto, sin participación de nuestras tropas regulares. Os mantendré informado...*"

-De eso nos hablaba Luminai, -dijo Henutsen- pero ahora está ocupada y no podremos atender esa cuestión hasta liberar Buzău. Me voy a descansar un poco, porque antes del amanecer iré a reemplazar a Ankemtatis. ¿Tengo que tener en cuenta algo importante o hay alguna recomendación?

-Nada, Amada nuestra, -respondió Nuptahek- que descanséis y si estoy durmiendo cuando salgáis, me despertáis, porque también voy a descansar un poco...

Durante los dos días siguientes no hubo movimiento de tropas saliendo o entrando en Buzău, salvo las patrullas de entorno, de modo que se empezó a preparar un plan de estímulos para hacerles salir. Tal como se había planeado, tras unas cuantas conversaciones, Geonemetis se vistió apropiadamente. tomó un caballo oberita y se dirigió a la ciudad, mientras los cetreros avisaban a los Generales dispersos en la línea de emboscada, para que estén preparados, porque seguramente saldrían patrullas de entorno a cubrir radios mayores de lo habitual. En el campamento sólo quedarían tres mil efectivos con Nuptahek, Gelibar, Elhamin, Hetesferes y Hatshepsut para dirigir las operaciones en caso de imprevistos en el plan. El resto ocupaba su puesto en el campo y a media tarde se recibieron noticias mediante los halcones, de que once patrullas enemigas habían sido aniquiladas, con un total de doscientas setenta y cinco bajas. Dos días después, por la ausencia de esas patrullas, los grupos fueron más numerosos, con lo que los combates a una distancia media de quince jaetas de la ciudad, resultaron en la eliminación de veinte patrullas más, con un total de ocho mil quinientos enemigos muertos, de los cuales más de la mitad eran infantes.

-Parece que no tienen tantos caballos como en otras guarniciones, -dijo Ankhceroi- porque sólo cuatro mil eran jinetes. El plan va resultando a la perfección. No sé qué habrá hecho Geonemetis, pero han actuado con más miedo que con inteligencia, sacando a las patrullas en total dispersión, en vez de una multitudinaria, como habría sido lógico. ¿No es así, Faraona?

-O habrán pensado que no había un peligro militar, según lo que planeamos... Es que Vos andabais contando gente, caballos y demás y no os enterasteis. Se usaron los bramidos en tiempos irregulares, a una o dos jaetas de la ciudad. Geonemetis fue con la misión de hacer creer que sólo él había sobrevivido a un ataque de animales raros...

-¡Estos bramidos!, -dijo el Furriel acariciando el silbato bramador que llevaba al cuello- Ayer escuché algo y me acordé de esto, pero muy a lo lejos. Claro, si eran sólo animales... ¿Pero no han pensado que más de quinientos hombres no pueden ser aniquilados por unos simples animales, aunque sean de los más bravos?

-No pensarían que no, si alguien dice que ha visto unas manadas tan enormes y por todos lados escuchan sus bramidos, -dijo Elhamin- y por si fuera poco, Meritetis no se encuentra por ningún lado ni está asignada a ningún grupo... En algo estará contribuyendo.

-Seguro que ya lo ha hecho, -dijo Hatshepsut- pero ha llegado hace un rato y está durmiendo en su tienda. Vino muy cansada y le dije que no viniera a dar parte hasta dormir un buen rato.

A la noche llegaron los nuevos informes mediante los halcones y un mensajero de recorrido largo, de modo que estaban al tanto de lo ocurrido en todo el campo y en la ciudad.

-Mi tarea ha sido desagradable, -dijo Meritetis- pero resultó muy efectiva. Aparte de lo hecho por Geonemetis, que ya salió de Buzău para descansar protegido en la línea de Omar, tuve que liquidar al último de una patrulla de infantes, pero lo dejé destripado, arañado, con pedazos como mordido usando bien la daga. Luego lo mismo con otros dos. Después toqué el bramido y desaparecí del lugar pero me quedé viendo desde la copa de un árbol, a la patrulla que se acercó al sitio y fueron encontrando los cadáveres. No les queda duda de que hay por aquí unos animales muy peligrosos. Me invadió el olor del miedo de esa gente... Bueno, si puede llamarse gente. Pero así como esclavizan por el miedo, por el miedo mueren. Como decía el gran Faraón Ismán, "*a un terror sólo se le puede combatir con un terror más grande*". Como vi el resultado, lo hice igual con los retenes de dos barracones, de modo que ahora saben que esos raros animales andan a sus anchas por dentro de la ciudad. Allí la pobre gente esclava está muy atemorizada, pero hice saber a algunas mujeres que los animales que andan por ahí sólo atacan a los soldados. Una de ellas sonrió y comprendió que hay una trama, asintió con la cabeza y le dije que no lo divulgara entre los militares, pero que hicieran de cuenta que tienen mucho miedo, con lo que acabó de comprenderlo y seguramente ya lo están sabiendo todos los civiles.

-Sois maravillosa, Meritetis, -dijo Nuptahek- pero ahora quedaos a descansar un poco, que sólo nos queda tener claro cuántos quedan en la ciudad y definir el plan de acción. Por pocos que sean, no podemos ir a un combate frontal donde hay tantos inocentes.

-Disculpad, Faraona, -dijo el Furriel- justo sobre lo que decís, me acaba de informar el cetrero. Los invisibles se han replegado y todos informan casi lo mismo. Quedan entre ocho y diez mil hombres en la ciudad... No han vuelto a enviar patrullas en ningún rumbo y sólo se mantienen puestos de centinelas en los tejados de todas las casas de la periferia. En la mayoría son de dos hombres. No se ven patrullas internas y casi todos, militares y civiles, salen de las casas sólo para cosas esenciales. Les quedan menos de mil caballos. No les falta agua porque hay varios pozos, así que sitiarles es algo que daría para muy largo. Tienen alimento para muchos días y creo que podrían aguantar hasta el invierno... Pero no podríamos aguantar nosotros, que aquí hará mucho frío en ochenta días más. Y tampoco creo que os guste hacer el viaje de regreso en barco en las condiciones que nos han contado los marineros...

-No esperaremos tanto, -respondió Nuptahek- porque ahora los raros animales desaparecen y empezarán como hemos visto en otras ocasiones, a sacar patrullas nuevamente. Una nueva diezma y luego veremos de entrar al poblado. Que los vigías de los árboles se releven cada cuatro Râdnies y a no perder de vista el movimiento de la ciudad.

La espera de cinco días, con una excelente logística a cargo de Gelibar para mantener la línea de emboscada bien alimentada, dio el

---

resultado esperado. Esta vez, una patrulla compuesta por mil hombres partió con rumbo Norte e inmediatamente los cetreros avisaron. La milicia llegó a una jaeta del campamento, pero los arcos, Uás y boleras la exterminaron en menos de dos Râdnies. Unitis fue avisada para hacer una barrera de contención, en caso que alguien escapara e intentara regresar a la ciudad. Se colocó a retaguardia de la formación y esperó, acabando con más de un centenar de hombres que huían despavoridos del combate frontal. Al día siguiente se tuvo noticias de que Omar había hecho algo similar, acabando con otros mil doscientos infantes y doscientos jinetes. Después de eso, estaba claro que no habría movimiento de tropas por mucho tiempo, así que se pensó en la siguiente etapa del plan. Mientras los Comandantes quedaban a cargo de las líneas de emboscada, la Plana Mayor y la mitad de los efectivos volvieron al campamento. Era hora de limpiar la ciudad y los invisibles, en especial Meritetis, la habían vuelto a recorrer de día disfrazados de civiles, y de noche como soldados oberitas, durante cuatro días.

-Mi recuento da ocho mil doscientos soldados, -decía Meritetis- pero no hay atisbo de ganas de volver a enviar patrullas. Apenas si se mueven entre las casas para ocupar los puestos en los tejados. Ahora en muchas casas más. Creo que hacen eso la tercera parte de los soldados, porque están al menos dieciséis Râdnies por turno. Todos los relevos se hacen a la vez y ya sabemos en qué momentos. Medio Râdnie antes de la noche se encienden candiles de las calles y en ese momento entra de guardia el turno de la noche. Al alba, apagan los candiles los que les reemplazan. Sólo se mueven por las calles en el día, los soldados que distribuyen comida en las casas. Todos los almacenes y lugares de trabajo están cerrados. El puesto de guardia más grande está en los establos, donde no falta agua, pero no les queda comida para muchos días. Hay allí medio centenar de soldados.

-Estamos en menguante, -decía Nuptahek- en cuatro noches más habrá oscuridad total. Si consiguiésemos que la gente del pueblo apague las luces de la ciudad, podríamos liquidar a toda la guardia sólo con los invisibles y un poco más... Pero eso significaría que los centinelas podrían liquidar a los que se acerquen a los candiles.

-La idea no es mala, -intervino Gelibar- pero podríamos hacer que los candiles se apaguen a poco de encender, o atacar primero a los candiles con las boleras.

-Es un poco descabellado, -dijo Ankemtatis- porque esos candiles no gastan su aceite en una noche, sino en varias. Para evitar las luces de las calles tendríamos que controlar eso y no sabemos nada.

-No tan descabellado, -dijo Henutsen- porque supongamos que hay uno o más encargados de llenarlos de aceite... Pues eso se hace de día. Una mujer, por ejemplo, puede quitar el aceite dejando sólo el que tiene la mecha, pero llena el resto con agua. En uno o dos Râdnies el candil se apagará y entramos en acción, liquidamos a los guardias y esperamos allí mismo a los relevos. Un turno de guardia tras otro... El último turno se dará cuenta que no han regresado sus compañeros de dos turnos anteriores y puede que salgan inmediatamente. Al estar todo bien distribuido y nosotros en esos puestos, podemos acabar con el tercer grupo a medida que vayan llegando a esos puestos. Pero lo de echar agua en los candiles sigue siendo lo difícil. No sabemos si hay uno que se encarga y quizá sean sólo soldados los que lo hacen.

-De averiguar eso me encargo esta noche, -dijo Meritetis- porque ya sé dónde viven algunas personas que nos pueden ayudar. Como su idioma es igual al nuestro con diferencia de acento y de algunas pocas palabras diferentes, las mujeres con las que he hablado reconocerán mi voz y abrirán la puerta.

-De acuerdo, -dijo Nuptahek- pero si lo hacéis así, tendréis que aseguraros de que no nos van a traicionar. Os ruego que no vayáis a más de una... Esa que os comprendió y nada más.

-Prometido, Faraona.

-Y yo tengo una idea que puede no ser buena, -dijo Hatshepsut- que quizá sólo esté en mis ganas de meter más miedo a los esclavistas. Sólo hemos usado los bramidos para provocarles a salir, pero no ha impedido que hagan esas guardias en los tejados... ¿Qué tal si se les infunde un poco más de miedo, como para que no hagan ni eso?

-No me parece muy mala, -dijo Nuptahek- pero además, para que eso funcione bien, habría que dejar claro que esos bichos terribles también van por los tejados... Pero eso no nos garantiza que se van a encerrar en los barracones, en cuyo caso los podríamos eliminar de modo contundente sin tocar las casas de los esclavos...

-¿Y acaso -dijo Unitis- no preferirían ellos mantenerse juntos en esas barracas o en sus propias casas, como hicieron en Plesostrebe, con muchos soldados en las casas de los jefes?

-Yo creo que sí, -intervino Daverdis- porque ya quedó demostrado que no les importa en estos casos proteger la vida de los esclavos...

-Sí, -dijo Nuptahek- al final puede que sea buena la idea, pero veremos mañana, lo que consigue averiguar Meritetis. Ya que no vamos a hacer nada hasta mañana, por favor, Ankhceroi, llamad a Luminai, a Karenina y todos los Carpatians que conocen bien esta zona y hasta más al Sur.

-Habría que agrandar la tienda, Faraona, -respondió el Furriel- porque aparte de los que vinieron con nosotros, entre los que hemos reclutado hay como quinientos que son de esta región.

-Entonces preparad la reunión en el claro de abajo, justo al borde del bosque, que parece un anfiteatro natural.

-Bien habéis dicho, Faraona, -intervino Geonemetis- sólo "parece un anfiteatro natural". He visto una parte que no está cubierta por hierba ni árboles y los sillares rectangulares no son precisamente naturales...

Rato después se puso a todos los conocedores de la región, a limpiar lo que efectivamente, resultó ser un anfiteatro construido para unas veinte mil personas. Sólo quedaban dos terceras partes de las gradas, mientras que el escenario principal y las construcciones que tuvo, fueron barridos por la erosión y el caudal del río que no pasaba por ahí muchos milenios atrás. En la reunión, con la dirección técnica de Hetesferes, se confeccionaron mapas nuevos con todos los detalles que recordaba la gente, aunque los recuerdos más recientes tenían algunos años. Otros con más edad, hicieron referencias a las guerras que tuvieron entre los pueblos, instigados por los esclavistas, y que tarde comprendieron sus argucias y trucos para debilitarlos antes de proceder a la invasión, que en principio presentaban como "salvadora" de un falso Faraón. Al día siguiente Meritetis, en la reunión de Plana Mayor, explicó que lo de cambiar el aceite por agua en los celemines de las calles, era imposible porque lo hacían diversos soldados que llevaban un control detallado de ese servicio.

-La idea de Hatshepsut, -decía Meritetis- creo que es la mejor de las presentadas. Hacer lo mismo que yo en el campo, con algunos en los tejados. E ir haciéndolo de a poco, noche tras noche, en caso de que a pesar de encontrar los cadáveres sigan obligando las guardias.

-Para eso estamos los invisibles, -dijo Nuptahek- así que esta noche empezaremos con ese plan...

-Disculpad que os corrija la gramática, -dijo Elhamin- se dice "*Para eso están...*" y "*empezarán con ese plan...*"

-Por favor, General, dejadme un poco... Que no estoy lisiada...

-Tenéis hecho un juramento y yo el de protegeros y hacerlo cumplir, Faraona. Hacer lo que hizo Meritetis no es agradable para nadie, pero menos aún para Vos. Además, sois necesaria aquí, para comandar las operaciones y decidir ante cualquier eventualidad que surja... Mirad como Kauntor y Sekhmesis se levantaron cuando insistíais...

-Cierto. También ellos están disconformes con que participe... De acuerdo, pero dejadme preguntar a todos... ¿Alguien quisiera ocupar el puesto de Faraona y dejarme funcionar sólo como soldado?

La respuesta de todos fue una estridente carcajada, aunque ella lo había dicho totalmente en serio.

-Vale, de acuerdo, no me meteré en la ciudad. Pero al menos estaré soplando este bramido con todas mis fuerzas, en la línea más cercana en que me permitáis estar.

Durante el resto de la tarde se perfiló más el plan, con una rala y bien calculada distribución y los tiempos en que cada soldado haría un bramido, luego de que siete invisibles, con Meritetis entre ellos y comandando la operación, hubieron hecho su tarea en la ciudad, ya que al momento de comenzar los bramidos, los guardias estarían mucho más atentos. Se ejecutó el plan con total precisión, sólo en los siete techos que eligió Meritetis, como para que no hubiera demasiado riesgo y a la vez diese la sensación de que un grupo de animales había atacado sólo un sector concreto. Cuando los invisibles volvieron junto a la Faraona, se procedió a la brama, cuyo efecto se notaría a la noche siguiente y motivó una reunión en un campamento provisional a dos jaetas de la ciudad, poco después de cerrada la noche.

-Ahora, -decía Meritetis- en vez de uno o dos centinelas por tejado, han hecho grupos de ocho y de diez hombres en los techos más grandes, formando círculos. El miedo está bien metido, pero así ya no resulta tan fácil acabar con ellos.

-Es que aún no estamos usando algunos trucos que ya conocemos con los Uás, -dijo Ankemtatis- pues parece que no recordáis que los podemos poner en función sin rayo. Si se trata de romper piedras es un poder enorme, pero nunca lo hemos usado con personas, sobre todo por no herir a los caballos...

-¡Claro!, -dijo Hatshepsut- sin duda que los dejaría... No sé, puede ser muy desagradable, pero es lo mejor que tenemos. Y luego el Uás queda inservible hasta cambiar la palanca de sitio y dar varios golpes en el piso. Me apunto a estas pruebas ahora mismo.

-Os ruego cuidado, Hermana, -dijo Nuptahek- porque sólo lo probó una vez Ankemtatis y no lo hemos probado más. Supongo que antes de mover esa palanquita, habrá que golpear bastante, para que tenga una buena carga de energía.

-Seguro, -dijo Ankemtatis- y tendrán que cuidar de no apuntar muy abajo, porque derrumbarían los tejados... Aunque eso no importaría mucho, salvo por los civiles que pueda haber debajo. Cuando apunté a a aquella roca, lo hice a la mitad y destrozó casi hasta la base, así que hay que apuntar a dos codos de altura y casi desde el nivel del tejado, como para barrer sólo a los centinelas.

-Por ahora, iréis sólo Vos, Ankemtatis, -dijo la Faraona- y lo probáis con el grupo más cercano. Si funcionase tal cual creéis, entonces seguís con otros, pero os acompañarán Meritetis y diez invisibles más, que sólo harán de apoyo y cobertura. Si acaso alguien sobrevive o de otros tejados perciben algo, desaparecéis de escena y regresáis aquí.

-Perfecto, -dijo Ankemtatis- así cada uno lleva un Uás que me dará de reemplazo tras cada ataque. De ese modo hasta podré seguir por los tejados, sin bajar a cargarlo con golpes en el suelo, que además, podrían advertir a otros por el ruido.

La docena de invisibles regresó poco antes del amanecer, con la novedad de que se había exterminado a una docena de grupos. Nuptahek ordenó el toque de bramidos como se había hecho antes, de modo que se mantuviera el terror y se achacase las acción a unos monstruos cada vez más terribles, capaces de hacer pedazos a varios grupos de guardias entrenados y extremadamente atentos.

-Mejor no os decimos lo que ocurre, -comentaba Meritetis- porque es realmente desagradable. En esta modalidad, mucho peor que con el rayo. Ya os podéis imaginar, sin ruidos, sin luz... Y sí, supondrán que se trata de monstruos acordes a lo escuchado, pero que despedazan, deshacen y dejan partes quemadas. Cuando los que relevan por la mañana encuentren los pedazos de cuerpos, no habrá quien los haga regresar a los tejados y sin duda se encerrarán en sus guaridas. Ningún tejado se ha derrumbado y estamos atentos para ver qué movimientos hacen en el día.

-Durante toda la jornada -decía Ankemtatis a la Plana Mayor reunida completa al anochecer- las observaciones no dejaron ver ni un solo soldado moverse en la ciudad. Sólo unos pocos civiles cruzaban algunas calles y entraban en otras casas, de un modo tan puntual que da a entender que entre ellos se están comunicando. No creo que se atreva nadie a hacer guardia en los tejados ni en ninguna parte. Los puestos de centinelas en las atalayas también están abandonados.

-¿Se tiene conocimiento -preguntó Nuptahek- o sospecha de que se hayan refugiado en casas de los esclavos?

-No, Faraona, -respondió Henutsen- creemos que ningún soldado hay en las casas de los civiles, porque apenas observaron lo ocurrido en la noche y lo comunicaron, se fueron distribuyendo las milicias en las casas de los jefes. Hay algo más de doscientos hombres en los establos y menos de la mitad del resto, se ha quedado en las barracas militares. Los demás, acompañando a sus jefes, pero dentro de sus casas. Y por lo que habíamos comprobado al principio, no hay niños en ellas, sino algunas esclavas de servicio doméstico.

-Entonces -dijo Hatshepsut- no podremos ir a las casas de la misma manera que a los barracones. Allí podremos ir demoliendo todo pero en las casas tendremos que operar de la otra forma, con batida puerta por puerta, o pergeñar otro plan, porque eso implicará bajas nuestras.

-Después de liberar Ramankh, -dijo Gelibar- y la otra fortaleza, con varios heridos de los nuestros, he estado pensando mucho acerca de esas batidas. Si usásemos en las casas el mismo truco del humo para dormir que fabrica Maurenka, podríamos evitar heridos y bajas.

-Pero habría que fabricar algo para meterlo, -dijo Geonemetis- porque no vamos a entrar con un caldero...

-Se me ocurre una idea, -dijo Seti- pero habrá que probarla con algo parecido que no tenga efecto... Si resulta, sólo sería necesario subir al tejado y echarlo por la chimenea o romper una ventana. Dadme unos Râdnies y vuelvo en cuanto lo tenga más claro.

Cuando salió, continuaron las conversaciones afinando el plan de ataque a los barracones y los establos, y llamaron a Maurenka para compartirle la idea que presentara Seti. Éste volvió un rato más tarde con un cartucho de caña y empezó a explicar su plan.

-Mirad, este cartucho tiene hierbas secas, molidas casi a polvo, con la consistencia similar al que hace Maurenka. Pero es tomillo, romero y otras nada peligrosas. Sólo un poco, la cantidad que se echaba en el caldero, menos de un cuarto del cartucho... Como veis, tiene muchos agujerillos muy pequeños por los que casi no puede salir el polvo, pero sí saldrá el humo. Ahora le echamos unas brasas, ponemos esta tapa que entra a presión y veremos qué ocurre...

Al hacerlo y arrojarlo al suelo, el humo comenzó a invadir el ambiente con su delicioso aroma.

-¡Excelente!, -dijo Maurenka- aunque con mi preparado funcionará mejor aún, porque arden mejor y el de dormir es un humo apenas visible. De ese tengo como para doscientas cañas; no sé si alcanza.

-De sobra, -dijo Hetesferes- porque las casas de los jefes son ciento ochenta y dos, distribuidas tal como está en este mapa.

-Sólo tenía esa caña en mi carro, -dijo Seti- así que habrá que conseguir más y tendría todo preparado antes de media mañana, pero podría usar los que se requisaron y serían para explosivo. Por suerte guardé una buena cantidad, más de doscientos... Tendría que hacer los agujeritos, igual llevaría unos cuantos Râdnies.

-Usadlos, -dijo Nuptahek- pero poneos en ello en la mañana y hacedlo tranquilo, porque esta noche sólo haremos rondas cercanas con bramidos, para mantenerles encerrados, que se reforzará durante el día. Será en la noche de mañana cuando procederemos. Mientras, Maurenka, ya podéis ir preparando más polvo de ese y del otro, porque aún queda un largo trecho de campaña.

-Ahora que está eso definido, -dijo Ankhceroi- me gustaría saber si alguien tiene idea de dónde sale tanto ejército oberita. En alguna parte han de parirlos; han de tener un poblado muy grande, como para crear una milicia tan numerosa. Hasta el momento se ha eliminado a tantos miles de efectivos que he perdido la cuenta...

-¡¿Que habéis perdido la cuenta?!, -exclamó Nuptahek- no me lo creo de Vos, que sois el mayor cuenta cosas y personas...

-No, Faraona, la he perdido en mi cabeza, pero tengo todo anotado, sólo que me ocupo más de nuestros datos. Voy a mi tienda y busco...

-¡Dejadlo, Furriel!, que lo decía en broma, ya sé que vuestro trabajo es intachable. Pero os respondo la inquietud: Los oberitas tienen algún lugar donde se dedican a procrear, pero no con cualquier mujer, sino con las propias, de su misma enfermedad espiritual. Seguramente en un territorio al otro lado del Mar de las Sombras, pero esa quizá sea una misión de mucho cuidado. No podríamos eliminar a mujeres que no estén en acción militar y a los niños, de ninguna manera.

-¿Y qué podría hacerse entonces con ellos? -preguntó Ankhceroi.

-Sólo dejarles allí, no permitirles expandirse, -continuó Nuptahek- ni siquiera abandonar su territorio. Se tendrá que hacer con la ayuda de todos los pueblos que han sido y son afectados por el esclavismo. Aislarles, vigilarles, instruir a las nuevas generaciones para intentar que puedan con la Katarisis, salir de esa rueda infernal de sentimiento esclavista. Si alguien como Daniur, el ermitaño, pudo tener lucidez por un instante y cambiar completamente, tengo fe en que pueda hacerlo todo un pueblo. Al fin y al cabo, sus arquetipos son impuestos, creados por alguien peor que todos ellos, y los usa como capataces del resto del mundo, haciéndoles creer que son superiores...

-¿Y cómo sería esa entidad superior que les manipula así?

-No sé, Maurenka, -respondió la Faraona- pero no creo que sea del nivel de los Ascendidos, sino sólo un individuo, que representamos en Seth, pero es una alegoría. Puede ser un antiguo Hekanef, el mismo u otros, sucesores con tecnología, que hacen trucos para hacerse pasar por un dios omnipotente... Pero completamente diferente a Ptah.

Tal como se planeó, se vigiló durante el día la ciudad y se efectuaron bramidos dispersos en el tiempo y lugares, sobre la línea de vigilancia más cercana en torno a toda la urbe. En la noche se llevó a cabo el operativo. Luego de dormir a todo el personal en las casas de los jefes, se rescataron doscientas cinco mujeres y nueve varones esclavos, para posteriormente reunir a todos los enemigos en unas pocas casas y proceder con el gaseo mortal. Las tareas duraron toda la noche y en la mañana, a pesar de estar avisados los civiles de que la operaciones eran para liberarles, respondían con miedo a los llamados de los soldados de la Faraona. Finalmente consiguieron que el pueblo se fuera reuniendo en la plaza mayor central, donde se les explicó toda la situación. Ankhceroi con diez comandantes consiguió hacer una estadística rápida de los habitantes, haciéndoles formar para ser contados, a la vez que Geonemetis y algunos de sus discípulos en las ciencias del hombre, le ayudaban a revisar al pueblo para detectar posibles infiltrados. Se contó un total de treinta y nueve mil quinientos habitantes, consiguiendo identificar a seis infiltrados del enemigo, que fueron dejados a merced de los pobladores para que ellos les juzgaran cuando estuvieran correctamente organizados y hubieran elegido a sus líderes.

Nuptahek y Henutsen pidieron al Furriel que intente hallar a un hombre llamado Pagoreicas, el cual ya estaba enlistado y fueron a buscarle. Al explicarle lo ocurrido en el camino y la comunicación con el Deva, fue como terminar de curarle una profunda tristeza. Besó las manos de las mujeres y les dijo:

-Aunque vuestra gente nos explicaba todo y parecía algo de lo cual estar felices, me costaba creer que sois realmente libertadores y estáis obedeciendo a las Leyes Naturales, pero ya no tengo dudas. Deseo desde lo profundo de mi corazón que vuestra campaña siga con todo éxito. Volveré con mis más de quinientos familiares de nuestro pueblo Devadirus, al que podréis volver cuando os guste... Aunque no sé si con tanta gente...

-¡Descuidad, Pagoreicas!, -dijo Henutsen entre risas- que sería un horrible aturdimiento... No, pero unos pocos sí que quizá, dentro de un tiempo regresemos para visitaros. Volved a vuestro lugar, que el Deva y todo ese mundo especial estarán muy felices...

-Sí, claro, pero ahora nos quedaremos unos días aquí, para hacer un poco de vida social, enterarnos de algunas cosas y conseguir luego que la gente nos dé provisiones, porque son varios días de marcha. Y para qué negarlo, creo que esto se convertirá una fiesta y no quisiera que nos la perdamos. Podemos aprender algunas músicas... ¡Oh, sí!, nuestros Amados Hermanos ya me han sentido y saben que estamos bien... Os agradecen y os agradecemos...

Al medio día el ambiente era de una alegría intensa y a media tarde, absolutamente festivo y comenzaron a llegar los carros y el resto de la tropa, lo que impresionó un poco a los habitantes, que entre música y comidas, estaban formando con la guía de Nuptahek, la Asamblea Soberana de Buzău. Las casas que seleccionaron para reunir a los enemigos, que estaban repletas de cadáveres estaban aisladas del resto, así que fueron incendiadas y se ocupó a una buena cantidad de gente para traer leña, aumentando el tamaño de las hogueras, que durarían al menos cuatro días. La tremenda fetidez de las incineraciones se paliaron con aceites esenciales hallados en algunas casas, colocados en los celemines, que se encendieron en pleno día. Mientras, se preparó una expedición con dos mil hombres a la región de las montañas, guiada por Luminai, encabezada por Nuptahek, Gelibar, Geonemetis y Hatshepsut. El resto de la Plana Mayor se ocuparía de instruir a los habitantes de Buzău, se haría una estadística completa para extraer datos de lo que se podría encontrar en la región de Romnestu, que sería según los mapas Fenhygios, un enclave importante de los oberitas. Durante la tarde se hicieron los preparativos para la expedición y Luminai explicaba al grupo:

-Tenemos un día a caballo hasta mi aldea de nacimiento, Slevenka-Alunis. Desde ahí es posible llegar en dos o tres Râdnies a varios lugares que interesarán sobre todo a Geonemetis. No sé lo que vamos a encontrar y me temo que no mucho, porque los oberitas incendiaron las casas, que eran de piedra, con todo el interior forrado en madera. Me he estado preparando emocionalmente para enfrentarme a ese escenario. Formar parte de este ejército ahora, me ha ayudado mucho.

Partieron al alba y les acompañó Kauntor, mientras la leona se quedó con los cachorros en la tienda de la Plana Mayor. Llegaron poco antes de la noche y la aldea estaba totalmente destruida y Luminai no pudo evitar el llanto, al ver los huesos humanos esparcidos entre las ruinas. Acamparon y en la mañana comenzaron a recorrer la zona, donde hallaron muchos megalitos tallados con signos desconocidos, algunos de los cuales ya habían sido vistos en los sitios del Norte y de Poniente. Muy pocos pertenecientes al idioma jeroglífico de Ankh em-Ptah, pero Geonemetis reconoció como de los Hekanef algunos símbolos. Unas grandes rocas ahuecadas y con el interior bien pulido, podían albergar como vivienda a varias personas. En otro sitio, la montaña totalmente cubierta de vegetación, resultó ser una pirámide de un tamaño descomunal. Los sillares de cubierta estaban unidos por una argamasa artificial de composición desconocida y el conjunto era de manufactura gigantesca, pero no natural. Los enormes grabados y las moles que formaban un conjunto en una especie de altar en la cúspide, sorprendieron a Geonemetis.

-Esto me saca del cuadro mental que tenía, -comentó- porque a pesar de quedar demostrado ya que existió una raza de gigantes, esta construcción supera a todo lo que hay en Ankh em-Ptah y todo lo que hemos visto hasta ahora. Los megalitos de Baalbek que me habéis descrito, con lo que escarbamos hace poco, serían de este orden, pero aquellos están en un terreno más accesible y esto está entre montañas. No puedo imaginar alguna maquinaria de transporte que se haya podido usar en este terreno... Hay como una jaeta de diferencia de nivel entre Buzău, subiendo por un terreno demasiado escabroso y ni señas de camino por el que pase un carro grande...

-¿Y si su maquinaria fuese voladora? -dijo Hatshepsut- Recordad los grabados de esos discos donde iba gente, o aquellos pájaros de los grabados, que parecen de metal, o los de los Beoshim. Aunque no son tan grande los que hemos visto, igual podrían fabricarlos...

-Sí, claro no nos quedan muchas opciones teóricas. Pero mirad el agujero que hay en aquella roca del cerro de enfrente. Vamos a ver más de cerca.

El agujero pequeño pero que permitía pasar a un hombre delgado, resultó ser una puerta de entrada megalítica erosionada, a un túnel. Luego de internarse en él el más pequeño de los soldados, dijo que no sería fácil agrandar el agujero, a menos que se usase un Uás. Geonemetis se opuso a ello, pero con cinceles y piquetas empezaron a agrandar la entrada. El león se adelantó apenas estuvo un poco abierto, mientras los demás se turnaban en el duro trabajo de abrir más paso y lo consiguieron en dos Râdnies. Nuptahek dispuso que sólo entrarían veinte personas en vanguardia, con grupos de veinte a punto de oído bajo, que en ese túnel equivalía a unos cien Ankemtras. La mitad de la dotación, es decir mil hombres, se quedarían de guardia en el exterior. Kauntor siempre adelante indicaba que no había peligro moviendo su cola y continuando hacia el interior. El túnel tenía más de ocho Ankemtras de alto y tres de ancho, con un declive considerable. Estaba tallado en la roca viva, presentando símbolos extraños a lo largo de algunos tramos del recorrido. Después de un Râdnie de lenta caminata, llegaron a una sala cuadrada que Geonemetis se apresuró a medir y dejar todo meticulosamente registrado. Treinta Ankemtras por lado y más de diez de alto, con tres mesas rectangulares en el centro, de tres Ankemtras de largo y dos de ancho, de pura roca que se sostenía sobre un solo pie y la parte superior quedaba a la altura del pecho de los más altos. Los muros estaban cubiertos de estantes hasta el techo, repletos de libros, formados por finas láminas de oro y otro metal plateado que no supieron reconocer. Geonemetis empezó a hojear el primero y comprendió una parte de los escritos, gracias a su conocimiento de tantos idiomas diferentes.

-Entiendo partes, pero no puedo hacer una traducción segura y tan completa como me gustaría. Además, aquí hay material para trabajar durante demasiado tiempo... Al menos sabemos que esto está más claro que los escritos de los Hekanef y deduzco que es más reciente, es decir de una época muy posterior a la última gran catástrofe. Voy a dar una mirada general a todo, sin intentar traducir más que algunos títulos, encabezados y grabados como éste, que parecen mapas o planos de alguna cosa... ¿Me dais hasta mañana?

-Y si queréis, diez días, -dijo Nuptahek- porque he calculado que el campamento se mantendrá al menos por veinte días más, hasta que la gente quede organizada y podamos dejarles entrenados en lo más básico de la defensa. Puede que el tiempo se alargue...

-Pero aún tengo muchas cosas que mostraros en el entorno, -dijo Luminai- y tardaremos uno o dos días en recorrerlo.

-Iremos ahora, Luminai -siguió Nuptahek- Geonemetis, se quedará con quinientos hombres mientras hacemos ese recorrido. Este material es demasiado importante, porque no harían esta obra, con tanto metal y un trabajo formidable, para escritos de simples anécdotas. Hay cerca un manantial, buena caza y muchos frutos, así que podrán quedarse hasta que envíe a alguien a buscarles. ¿Os quedáis, Hatshepsut?

-Sí, Faraona, -dijo Hatshepsut- me quedo con ellos, creo que ni con este apasionante trabajo estaría bien Geonemetis si me voy lejos...

La exploración de la zona dio como resultado más puntos de gran atractivo, inmensos megalitos aislados, dólmenes y otras formas de construcción de difícil explicación, pero luego volvieron a reunirse con los del subterráneo y tres días después comprendieron que no sería seguro ni conveniente llevarse ese material, ni estudiarlo todo en poco tiempo. A pesar del ansia de Geonemetis había que volver y tras una obra para dejar tapado el túnel hasta poder regresar en el futuro, regresaron al campamento y Elhamin les dio las novedades:

-Gracias a los liberados, sabemos la composición exacta del polvo explosivo, que ninguno de ellos conocía al completo, porque se los hacía trabajar en siete grupos aislados, con cada uno de los siete componentes, que ellos nunca mezclaban, sino los soldados que lo almacenaban y transportaban. En un gran almacén hallamos los siete componentes en sacos separados y Ankemtatis hizo varias pruebas para ver la efectividad y posible usos. Si se mezclan con cuidado y se pone un poco en un tubo de caña, basta golpearlo o arrojarlo con algo de fuerza para provocar una explosión. Añadiendo piedras a la mezcla, ésta resulta en una muy peligrosa arma que puede herir o matar a varias personas en un radio de cinco a diez Ankemtras. En cuanto a la gene, estoy dirigiendo el entrenamiento militar de todos los mayores de quince años, asignando rangos por méritos, con lo que tenemos formado un ejército de diez mil personas, decididas todas a dar la vida en la lucha antes que volver a ser esclavos.

-Excelente como siempre, General, -dijo Nuptahek- vamos a seguir.

Treinta días después de la reconquista, en el centro de la ciudad, se levantó el campamento muy temprano para partir hacia el próximo destino, que los lugareños habían explicado que sería el centro de mando oberita de toda la región, porque desde ahí venía el falso Faraón cada tanto, a inspeccionar la elaboración de ropa, armas y polvo explosivo.

-Salimos tal como llegamos en cuanto a personal, -decía Ankhceroi a la Plana Mayor en la formación previa a la salida- pero con un varón y dos mujeres más, que conocen a la perfección todo este territorio hacia el Sur y Poniente, incluso las montañas más altas y sus rincones misteriosos. Así que somos veintiséis mil cuarenta humanos. Los equinos ahora son veintiséis mil setecientos, es decir suficientes para todos y para los carros.

-A dos días de marcha o poco más está Florista, -decía Ruminalis, una de las mujeres guías recién incorporadas, que iba a la vanguardia con la Plana Mayor-, que es una ciudad más pequeña que Buzău. Puede que ahora se más grande, porque por Buzău pasaron hacia allá a lo largo de cuatro años, muchos grupos de gente desde el Norte. A mí me llevaron de sirvienta y cocinera en exploraciones que hacían los jefes, buscando algo misterioso que al parecer nunca encontraron, pero yo sé donde debe estar eso tan misterioso. Y mucha gente lo sabe, pero nadie diría ni una palabra a los esclavistas, es un secreto que mi pueblo ha guardado celosamente. No sabemos lo que es, pero se dijo a nuestros pueblos que ese lugar debe mantenerse en calidad de sagrado para siempre. En estos días, al comprender que sois todo lo contrario de los esclavistas, es que me decidí a deciros lo que sé. Y también tuve un sueño muy extraño, con una mujer que se parecía a vuestra leona blanca. Ella me decía en el sueño, que podía confiar en vosotros y que la Faraona me lo podría explicar…

-Sí, Ruminalis, -dijo Nuptahek- os lo puedo explicar. Es una mujer que pertenece al Reino Natural de los Cristalinos, que está justo por encima del Reino Humano. Nos guía y cuida de Ankh em-Ptah, como Maestra y Hermana de todos los que buscamos la Trascendencia y a la vez, luchamos por la libertad de todos los Seres y todos los Pueblos.

Dos días después los exploradores avisaron que a menos de veinte jaetas había una muralla, encerrando una ciudad de unos diez mil habitantes y no convenía acercarse más. Se acampó a orillas de un río que luego deberían vadear, o cruzar por un puente a diez jaetas más al Sur y esperaron a que durante la noche un grupo de invisibles pudiera entrar y obtener planos y datos del sitio. Al día siguiente se tuvo claridad de la situación, que no resultaba demasiado complicada porque sólo habían casas de jefes militares, barracas de soldados y un establo bastante nutrido.

-Son un total aproximado de ocho mil efectivos, -decía Ankemtatis en la tienda de Plana Mayor en la mañana siguiente- pero no hay civiles ni esclavos. Aquí se cuecen habas mayores y la seguridad es extrema, con tres patrullas de diez jinetes cada una, que rondan a media jaeta y otros igual, a una jaeta de la fortaleza, con un total de quinientos centinelas constantes sobre el muro. El fuerte tiene forma rectangular de algo más de siete jaetas de largo y una de ancho. Es una muralla de menos de un Ankemtra de espesor, cuatro de alto y de construcción reciente, que aún no está acabada del lado de Poniente, que linda con el río. Aquí está el plano que hemos hecho y aún tenemos nueve invisibles vestidos de oberitas recorriendo el interior. Esperarán a la noche para salir. No hay atalayas ni torres en el muro.

-¿Ningún esclavo ni civiles para ningún servicio? Eso es raro...

-Creemos que no, Faraona, -siguió Ankemtatis- sólo vimos soldados y un establo enorme, que ha de rondar un caballo por efectivo. No hay campos de trabajo ni cultivos internos ni externos, pero sí edificios muy largos que parecen almacenes, lo que quiere decir que deben recibir toda la provista desde otros sitios y con regularidad, porque tampoco hay cerdos, vacas, ovejas... Ningún ganado. Y aquí no falta caza, pero no creo que se mantengan con ella, dada la extrema vigilancia militar.

-Nos consta que enviaban cosas desde Buzău, -dijo Nuptahek- pero puede que les lleguen también desde otras direcciones, así que habrá que impedir que entren o salgan milicias. Haréis una formación de sitio igual que la anterior, a cinco jaetas, pero con patrullas volantes de cinco hombres a diez jaetas en todas las direcciones, incluso ésta, porque hay caminos en el bosque que no sabemos a dónde van. Por este mapa deduzco que alcanzará un total de diez mil hombres. Si hay encuentros, atacad sin reservas. Queda habilitado el uso de Uás y boleras para evitar fugas.

-Estamos a menos de veinte días de Ramank, -dijo Elhamin- y en el tiempo que llevamos de campaña, es muy probable que ya tengan noticias nuestras o de alguien que ha pasado hacia Poniente dañando sus líneas, aunque no tengan claro el panorama. Romnestu está a unos seis días de aquí y a unos doce días de Ramankh, así que desde Romnestu pueden haber tenido informes de que ya no tienen sus cuarteles al Sur, por lo que no es de extrañar que estén precavidos, si esperaban alguna noticia de ese sector.

-No hubo fugas, -comentó Hatshepsut- pero durante unos meses no han recibido informe alguno, o si han enviado tropas, los ya libres y entrenados pobladores, los habrán eliminado. Mi propuesta es que al tener un poco más de informe de los invisibles, procedamos a eliminar de una vez las patrullas y los centinelas, porque tenemos pendiente una expedición a dos o tres días hacia las montañas de Bucechio y presiento que será tan importante o más que la anterior.

-De acuerdo, -dijo Nuptahek- no habiendo civiles será rápido, pero no nos vamos a precipitar por el ansia exploratoria. También siendo eso que sentís, pero también presiento que en este cuartel vamos a dar un golpe muy importante al esclavismo. Quizá el definitivo, incluso más importante que lo que tengamos que hacer en Romnestu y otros sitios en los que hay que completar la campaña... ¿Qué perspectiva de clima podéis augurar, Encalinetus?

-Puede que lluvioso, Faraona. Quizá ni llueva, pero sin duda que se nublará esta tarde. Las hormigas no trabajan para lluvia, pero sí para unos días con nada de sol. Tenemos viento moderado pero constante de Norte y Poniente y así seguirá por al menos tres días, así que el enemigo no verá humos ni escuchará nada desde esta posición.

-Bien, -dijo Nuptahek- pero de todos modos, Comandantes, que no se hagan hogueras innecesarias y las que se hagan, serán pequeñas y aseguradas para no producir humo. Si pueden ir gastando en los dos días próximos las provisiones, mejor, porque tenemos reservas como para media campaña y no nos queda tanto por recorrer. Proceded con la formación en torno a la fortaleza como he indicado y esperad órdenes. Vamos a probar esta vez los bramidos diferentes que ha hecho Geonemetis. Espero que no asuste a los leones... Probamos.

Extrajo uno de los silbatos especiales y sopló con fuerza. No era tan horripilante como el bramido de monstruo, pero producía un rugido perfecto que hizo levantar sorprendida a la pareja de leones.

-Tranquilos, Shekmesis y Kauntor, -dijo Gelibar- que sólo podemos imitar vuestros rugidos, no vuestra fiereza...

En la siguiente mañana se volvieron a reunir, con la presencia de los nueve invisibles que habían rondado durante la noche el interior de la fortaleza.

-Conseguí ver el parte general de efectivos, -dijo Meritetis- y son un total de ocho mil ciento diez, sin contar su Plana Mayor, que son unos treinta hombres. En total, ocho mil ciento cuarenta enemigos.

-Está claro que guardan cosas que cuidan mucho, -decía Rainoptes- de las cuales hemos podido averiguar algo. En los dos almacenes que están más al centro del fuerte, sólo guardan polvo explosivo, pero sus componentes por separado. Cada saco tiene una letra asignada que indica el componente. He traído una muestra de cada uno y ahora mismo he de anotar la letra, que de su idioma, no la entiendo pero sí recuerdo el dibujo. En una cuarta parte del almacén mayor se deposita el polvo ya preparado, como lo hemos visto, en sacos mojados.

Mientras Khumpomisis tomaba las notas y hacía un prolijo bulto de las muestras, Neferostris hacía su informe que anotaba Hetesferes.

-En la casa más grande es donde vive el jefe principal. Como hablo la lengua oberita en modo básico pero la entiendo toda, escuché que el jefe se llama Aletelmud. Tienen que recibir una carga de alimentos desde Romnestu pero no pude saber cuándo. Alguien dijo que tendrán que ir a ver qué pasa con la remesa de polvo que debía llegar hace unos días desde Buzău, ya preparado. Alguien bromeó con que quizá se hubiera incendiado en el camino. Al parecer aquí se juntan los componentes pero la mezcla tiene algo especial que no hacen aquí, sino que hacían en Buzău.

-Claro, -dijo Henutsen- es que eso de mezclarlo es peligroso porque se incendia o explota muy fácilmente. Para eso ponían a los esclavos, que no han tenido accidentes por la gracia de Ptah... Pero una vez mezclado se mantiene mojado y se puede transportar.

-Si se pudiese secar rápidamente lo almacenado, -dijo Gelibar- se podría hacer estallar...

-No quiero eso, Amor mío, -dijo Nuptahek- porque algo tienen allí que vale más que ese polvo. Era su arma más secreta, pero no sé qué presiento. Sólo sé que no debemos destruir el lugar hasta conseguir lo que tengan allí, posiblemente documentos, mapas, no sé...

-Pues habrá que proceder como habíamos previsto, -dijo Elhamin- y podríamos hacerlo esta tarde, apenas empiece a oscurecer. Primero la eliminación de las patrullas y fortalecer el círculo en los caminos que pueden ir hacia Romnestu. Durante la noche eliminamos los guardias de la muralla y la ocupamos, para ir eliminando a los relevos. ¿Qué accesos hay por el interior a la muralla?, ¿Cómo van vestidos?

-Escaleras en muchos sitios. Son más de cien, -dijo otro invisible- son simples, de madera. Visten ropas oberitas, no hay falso Faraón.

-Entonces puedo tomar la muralla, hay más de mil trajes oberitas y será la eliminación de mil hombres durante el primer y segundo turno.

-Se reemplazan cada cuatro Râdnies, -comentó una invisible- cuando sueña un silbato del jefe de guardia, así que quizá sea posible eliminar a cuatro turnos durante la noche sin que se den cuenta, pero la ausencia de las patrullas nocturnas les pondrán en alerta.

-Entonces, -dijo Nuptahek- haremos los rugidos después del primer turno de guardia eliminada. Así pensarán que no han regresado por causa de una manada enorme de leones. Puede que refuercen aún más la muralla, pero como esta noche no habrá luna y sólo contarán con la luz de sus antorchas... Vamos, que es "pan comido", pero igual hay que extremar la atención y la precauciones. Lástima que no esté nublado, para proyectar la imagen de Sekhmet...Elhamin, podéis pasar a la acción. Y os prometo que no me voy a meter en esa tarea...

Durante la noche se efectuó el plan y resultó tan bien que los últimos relevos eliminados fueron los del alba. Un total de dos mil quinientos soldados enemigos estaban fuera de combate, aparte de los de las patrullas. Todos los cuerpos habían sido echados por fuera de la muralla y se mantuvieron las posiciones para disparar a cualquiera que se asomase, lo cual dio un total de trescientas bajas más durante los primeros Râdnies de la mañana. Al medio día estaba todo en el más profundo silencio y el establo de la campaña contaba con ciento sesenta caballos más. La Plana Mayor volvió a reunirse.

-Ahora tienen dos mil seiscientos sesenta hombres menos, -decía Ankhceroi- así que hay cinco mil cuatrocientos ochenta ahí dentro.

-Y aquí tenéis el plano más completo, -dijo Hetesferes- con medidas muy aproximadas. Como siempre, excelente trabajo de los invisibles. Los puntos en verde son almacenes de alimentos y ropa, en azul los arsenales. Sólo hay cuatro puertas en el fuerte, que son casi más resistentes y custodiadas que cualquier punto del muro. Al Norte están las casas de los jefes. Las líneas largas son los barracones de la tropa. Al Sur están los establos y cobertizos del forraje. Aquí está acotado el conducto que lleva el agua desde el río desde dos jaetas al Norte y se deposita en esta sección, con tres tanques desde los que se reparte el agua a todo el recinto. El sistema de aguas y evacuación de los baños es muy completo y bien hecho, lo que indica que no es una ciudad nueva, sino que han aprovechado una infraestructura antigua. El muro es de construcción reciente, pero sobre cimiento de sillares de tres codos de ancho, o sea sobre las ruinas de una obra megalítica antiquísima.

-¿De qué son las casas y barracones?

-De madera casi todo, Faraona, -respondió Meritetis- excepto los almacenes de arsenal y las casas de los jefes, que son de piedra y madera. Si pensáis en incendio, nada más fácil.

-No tenemos tiempo que perder, -dijo Nuptahek- porque aún nos queda un largo camino y nos iremos quedando sin días cálidos. Ya las noches empiezan a ser frescas. Así que esta noche vamos a calentar la comarca. Todos los Uás y las boleras sobre el muro, asalto directo e incendio de todos los barracones al mismo tiempo. Cuidado con los establos, que ahí sólo se disparará al personal militar y nada que ponga en riesgo a los caballos. Pero antes que nada, quiero informe de posibles actividades en el camino de Romnestu. No quisiera hacer huir a nadie que venga desde aquella zona. Si no hay mejores ideas…

-No os preocupéis por ello, -dijo Henutsen- porque tengo una línea de veinte exploradores con dos cetreros a cuarenta jaetas en aquella dirección. Si hubiera alguien avanzando, lo sabríamos en dos Râdnies y la tropa de Unitis está encargada de hacer lo que corresponde. Por mi parte de acuerdo con ese plan.

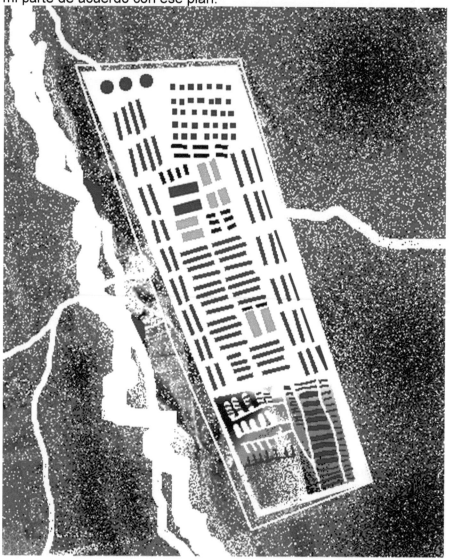

-Bien, -siguió Nuptahek después que todos aprobaran la orden- será Unitis la única que no participe en la lucha de esta noche. No vamos a atacar las casas de los jefes con Uás. Sólo flechas y boleras. Una vez liquidado el resto, veremos qué hacer allí.

-Unitis tiene tres mil setecientos efectivos, -dijo Hatshepsut- así que tenemos para esta operación, algo más de veintidós mil trescientos hombres. En las diecisiete jaetas de muralla, a razón de una persona por Ankemtra, ocuparemos diecisiete mil ochocientos cincuenta efectivos. Nos quedan más de cuatro mil trescientos para cuidar del campamento y los caballos. Aunque para eso bastaría uno por carro.

-Pues se vienen otros mil ochocientos como apoyo, -dijo Nuptahek- para proteger las cuatro puertas del recinto. Sin duda que intentarán escapar muchos por ahí. Cuatrocientos cincuenta hombres en cada puerta y nos aseguramos. Demoraremos varios Râdnies en llegar a pie, así que vamos a caballo hasta dos jaetas del muro y vienen con nosotros todos los mozos ecuestres para encargarse de los animales. Los carros avanzarán a su ritmo y permanecerán donde dejemos los caballos, para brindar logística por el tiempo que dure la operación. Haré sonar un bramido y lo repetirán los Generales y Comandantes, para que el asalto se haga inmediato y coherente en todo el recinto...

A media noche estaba cerrado el cerco a una cuerda corta de la muralla. Elhamin no pudo evitar que la Faraona se mantuviera en primera línea y se perdió recorriéndola. Los boleros acabaron con varios centinelas que apenas se asomaban por el muro sin subir a él y cuando Nuptahek sopló el bramido, repetido como se estipuló, sólo pasó medio têmposo hasta que todo el recinto comenzó a arder. Las cuatro puertas se abrieron pero los intentos de fuga dejaron montones de cadáveres en el entorno de cada una. Los que no lograron escapar de los barracones quedaban tendidos en las callejuelas. Los que se acercaban al muro fueron los primeros en caer. Al alba aún ardía gran parte del recinto y en torno a las casas de los jefes no había más que cadáveres. Ningún movimiento se veía a medio día y se mantuvo la tropa en sus puestos. En varias ocasiones se efectuaron disparos para rematar heridos o soldados escondidos. Gelibar se encargó de repartir comida y bebidas al personal, que siguió en sus puestos durante todo el día y la noche siguiente. Al alba Nuptahek dio la orden de entrar y asegurarse que en el fuerte no quedara nadie con vida, salvo quienes estuvieran en las casas. La Plana Mayor se reunió en el centro, detrás de las ruinas humeantes de los almacenes, a una jaeta de las casas.

-Creo que no vamos a tener resistencia, -dijo Nuptahek- pero no quiero supervivientes ni destrucción de las casas. Procedemos como antes, con los cartuchos de Seti. No vamos a interrogar a nadie, así que no hace falta dormirlos... Vamos a empezar a reunir los cadáveres y a preparar las hogueras, sin acercarnos a las casas. Esta noche se reparten los cartuchos mortales por las ventanas y chimeneas.

Dos días después por fin entraron sin riesgo en las casas y se sacaron los cadáveres para sumarlos a las hogueras. En la inspección se halló una gran cantidad de mapas, cartas y documentos diversos, uno de los cuales Geonemetis reconoció como un protocolo de acción emanado por una jefatura superior, que tradujo para la Plana Mayor y unos cincuenta colaboradores.

CAPÍTULO ∩∩ I
SECRETOS DEL ENEMIGO Y EL MUNDO

-*"Este documento es de máximo secreto y sólo debe ser leído por los jefes de unidades. No debe ser leído por la tropa y jamás debe caer en manos de los mingos...."* No sé qué quiere decir...

-Nosotros somos los mingos, -dijo Luminai- así nos llaman y quiere decir "inferiores", aunque para nosotros significa "trabajadores" en el mejor sentido de la palabra, alguien que hace bien su tarea.

-Gracias, continúo la traducción: "*La experiencia nos dice que debemos crear formas más sutiles de someterles, porque si bien ha resultado el uso de la fuerza con los Carpatians, Swideraj y otros derivados de los TarthArios, tememos que algún día los pueblos bajo nuestro control reciban ayuda de otros que no controlamos aún, como los Lobunos, los Fenhygios, los Ankhemptamitas y los Grakios. El truco del supuesto Faraón, que funcionó bien durante algunas décadas, no ha dado los resultados esperados y creemos que hemos perdido a mucha gente en Ankh em-Ptah recientemente. No sabemos qué ha sido de ellos, hemos perdido todo contacto. La infiltración sigue siendo la mejor e inevitable estrategia, pero debemos esforzarnos por hacer que las divisiones se acentúen en todos los órdenes. Las ideas que los pueblos tienen en cualquier tema, deben ser confundidas, crear nuevas "modas", hacerles creer que hay "tendencias", y éstas debemos crearlas nosotros, aunque ellos deben creer que son algo inevitable y producto de la evolución de su sociedad. Para ello hemos creado esta guía y otras más completas, que han de efectuar los infiltrados, guiados por los jefes regionales.*

1.- Hay que crear divisiones políticas, hacer que sus Asambleas de las Calles o las de Cofradías estén divididas en colores, con opiniones opuestas y formas de ver las cosas diferentes, creando instituciones dentro de las instituciones de gobierno. Donde haya un Faraón o un Rey elegido, hemos de crear uno con ideas opuestas e insistir en que esa oposición sea legal, hasta que formen bandos opuestos con fuerza legal. Luego hemos de poner infiltrados bien preparados en cada uno de los bandos para mantener esas divisiones y que nunca lleguen a acuerdos. Esto nos favorecerá en caso de querer invadirles, pero si lo hacemos bien, no será necesaria la fuerza. Nos apoderaremos de sus recursos y de sus gobiernos mediante el truco de las fichas falsas, que en vez de valer por trabajo, han de valer según un patrón, establecido por el recurso material del que nos apoderemos, sea comida, indumentaria, algún mineral raro como el oro, o tan necesario como la miel o la sal. Así hemos de crear una economía de fichas que sin tener ningún valor en sí mismas, nadie podrá obtener ningún recurso sin ellas. Nosotros las manejaremos de tal manera que haciéndolas escasear, vamos a hacer que los mingos sean "pobres", concepto que hasta ahora no conocen ni imaginan que pueda aplicarse a un pueblo. No nos resultó en la tierra del Faraón Isman, pero sí lo logramos en Baalbek y otros pueblos de Oriente. Hay que insistir en ese plan hasta que resulte, cambiando las tácticas, haciendo que una generación no recuerde lo ocurrido a la anterior. Con la economía artificial inspirada por Seth, unida a sus burdos conceptos del honor, les haremos esclavos con simple aritmética, haciéndoles "deudores" permanentes y les haremos pagar impuestos, en la creencia de que son necesarios para sostener los Estados. que controlaremos con leyes nuevas y muy ajustadas a nuestro beneficio. Tarde o temprano conseguiremos que ellos mismos acepten leyes que digan que nos pertenecen como si fuesen ganado, ya que no podrán pagar con fichas que siempre controlaremos y haremos escasear.

2.- Sabemos que las mujeres son inferiores a los varones, pero los mingos no lo ven así. Es necesario imponer esa mentalidad en todos ellos. Luego generaremos acciones sociales de protesta de las mujeres, lo que acentuará la división entre ambos sexos, con lo que debilitaremos a sus sociedades y les mantendremos tan entretenidos en esa riña que no verán lo que hacemos en los bandos gobernantes.

3.- Por el momento les dejaremos sus religiones, pero en el futuro las iremos corrompiendo, implantando la nuestra poco a poco. Con astucia iremos creando otras nuevas, en base a las que ya tienen, para producir división en sus cultos. Como ejemplo, se crearán leyendas ridículas, como que la madre del Maestro Mithra que adoran tantos pueblos TarthArios, era virgen. Y diremos en las reuniones que él era un dios, no un simple maestro, que hay que adorarlo y rendirle culto, y que no nació el día en que se celebra su nacimiento, por lo que empezarán a discutir tonterías e irán perdiendo esas enseñanzas, que tanto dificultan nuestro plan de dominio del mundo en nombre de Seth.

4.- Vamos a implantar una falsa medicina escribiendo nuevos libros, haciendo que los médicos sólo curen dolores, con parches minerales y hierbas equivocadas. Si nos apoderamos de sus escuelas de médicos, haremos pueblos débiles, enfermos y les haremos creer que vivir con enfermedades es algo normal y natural.

5.- Nuestros infiltrados se apoderarán de las escuelas para cambiar todos sus saberes, por ideas confusas y absurdas. Toda la enseñanza debe ser cambiada. Es necesario crear generaciones que no den importancia a las Leyes Naturales, que nuestro dios detesta y su conocimiento por parte de los mingos nos impide apoderarnos de sus sistemas legales basados en ellas. En la nueva educación para los mingos, hemos de hacer desaparecer sus músicas y sus danzas tradicionales, su arte y todo lo que les identifique como sociedad con valores "espirituales", al mismo tiempo que infiltraremos en ellos unas músicas alteradas como "nueva modalidad", bailes que en vez de promover asuntos lúdicos, bélicos, de trabajo y armonía, les impulsen a una sexualidad desenfrenada. También les haremos perder las nociones sobre la forma del mundo, conseguidas a lo largo de milenios de viajes y estudios. Les haremos discutir sobre si el mundo es plano, si es esférico, si es real o sólo es un sueño de ese dios que dicen que está en todas partes y creen formar parte de él. Mientras más confuso sea su esquema de ideas, más fácilmente los podremos controlar.

6.- Les cambiaremos toda la historia, nuestros escritores han de crear una historia falsa de cada pueblo, poniendo a todos los ancestros como criminales, invasores brutales, asesinos, imbéciles, de modo que sientan vergüenza de sus raíces y además, peleen los pueblos unos contra otros, por cuestiones históricas que no son reales, echándose la culpa de supuestos crímenes.

7.- Los ejecutores de este gran plan han de generar toda clase de discusiones, para lo que forzarán su creatividad. A cada concepto establecido como natural en cada pueblo, ha de crearse un concepto opuesto, poner en duda todo lo que se da por seguro y lograr enfrentar a los pueblos entre sí, a los miembros de una misma familia, hasta el punto de que la familia como institución básica de la sociedad, deje de existir. Hay que promover discordia entre varones y mujeres, para que se odien y se teman mutuamente. Eso nos ahorrará mucha labor en lo militar y conseguiremos hacer mucho más que con las armas.

8.- Los correos y las gacetas escritas de los pregoneros, deben ir quedando en nuestras manos poco a poco, sin que se note. Al principio siendo fieles a lo que se diga y ordene, a las noticias y con riguroso cumplimiento en horarios de pregones y demás formalidades. Cuando toda la cadena de información esté en las manos de nuestros infiltrados, podremos hacerles creer lo que se nos antoje, a los pueblos donde llegue nuestra influencia. Si dominamos sus creencias y su educación, dominaremos sus cuerpos, sus mentes, sus emociones y si acaso hubiese algo más en ellos, pues eso también lo dominaremos.

9.- Haremos destrucciones y matanzas en un pueblo, dejando un rastro que conduzca al pueblo vecino. También lo haremos a lo grande entre las naciones, para mantenerles en guerra. Nuestra nueva arma, el polvo de fuego, servirá para ese fin. Proveeremos a unos y otros de ese material, a cambio de sus tierras, de sus casas, de sus mujeres, de sus niños o de lo que estén dispuestos a cedernos a cambio y que nos resulte útil. Por otro lado debemos crear movimientos sociales a favor de la paz, para que en vez de ponerse de acuerdo para combatir contra nuestra gente, se mantengan en discusiones filosóficas sobre la guerra y la paz. Los "pacifistas" han de ser sin saberlo, nuestros más efectivos aliados, impidiendo las rebeliones de los otros.

10.- En todos los pueblos hemos de instaurar la costumbre de beber más de lo deseable, bajo el pretexto de que beber mucho y soportarlo bien es símbolo de mayor virilidad y fortaleza. Así se irán debilitando y pervirtiendo, cayendo en el vicio. El experimento tan exitoso del sueñobello ha de expandirse a todo el mundo y donde resulte mejor, serán casi innecesarias las demás medidas.

11.- Estamos preparando un libro de profecías, diciendo todo lo que les ocurrirá si no acatan los mandamientos de Seth. El miedo se apoderará de ellos y acabarán creando con sus pensamientos lo mismo que teman.

12.- Hay que ir censando a los individuos menos inteligentes pero con vicios de cualquier naturaleza, los que amen el poder, que tengan gran ansia de destacar entre los suyos. A esos, que deben ser charlatanes sin escrúpulos, hay que apoyarlos y endeudarlos con nosotros para que logren ocupar cargos políticos y militares. Así conseguiremos que ese pequeño colectivo que es la basura de cualquier sociedad, dirija al resto y aplaste como sea necesario a los realmente destacados, sanos y aguerridos. Es decir, que tenemos que invertir el orden social. Para ello será necesario disolver como se pueda el orden de las Asambleas, que son el único orden natural que nos puede impedir los planes. No deben advertir jamás, que detrás de cada uno de esos políticos que hemos preparado, está la sabia asesoría de nuestros infiltrados. Una vez logrado esta parte del Gran Plan, hemos de crear dos formas de gobierno que considerarán únicas: Por un lado, instauraremos una supuesta forma asamblearia, pero con bandos opuestos, que en vez de buscar el bien común, busquen satisfacer los intereses de su bando y los particulares de cada individuo que asuma un cargo. A esto le llamaremos "democracia", es decir, "gobierno del pueblo", pero será en realidad un gobierno dividido y manejado por nuestros infiltrados, que les mantendrán siempre en discusiones estériles y mal interesadas, cambiándoles las leyes cada cierto tiempo e inventando leyes injustas, innecesarias y contradictorias. Cuando las masas estén muy enojadas con los resultados y se empiecen a rebelar, tomaremos el poder por la fuerza, o manipularemos a algún militar de entre ellos, instaurando un gobierno absolutista. Será un Rey o un Faraón, pero no elegido como hasta ahora, sino como el nuestro, por la fuerza y bajo nuestro control. Cuando ese rey muera, tras años de tiranía implacable, la masa buscará volver a la supuesta forma de gobierno democrático. En esa nueva discusión de bandos iremos imponiendo poco a poco, las leyes que a la larga o a la corta, nos harán invencibles, siempre que los pueblos olviden completamente el sistema de Asambleas y su modo real de funcionar. "El Bien Común con Preeminencia para proteger el bien del individuo" es una idea que hay que borrar por completo de sus mentes. Algo tan simple, fácil de entender y tan funcional como sus Asambleas del Pueblo, han de ser vistas como una utopía, algo imposible de lograr para que no puedan volver a organizarse y defenderse de nosotros.

13.- Debemos cambiar su idea de la libertad, ya que ésta es sólo una ilusión, porque el orden sólo está determinado por el poder. Pero ese sentido de libertad que tienen los pueblos y los individuos, nos aleja de nuestros objetivos porque es contrario a los designios del sabio Seth. Los inferiores han de seguir creyéndose libres, pero sólo acatando nuestras órdenes, reconociendo nuestra superioridad en todo. Les haremos creer que todos ellos son nuestros descendientes, que somos el pueblo originario de todos los pueblos. Hay que difundir las Tablas de Seth, para que crean la historia que él ha inventado para ellos y hacerles desear ser parte de nuestro pueblo, aunque jamás lo serán aunque se arrodillen ante nuestros altares.

14.- El miedo a la muerte es el mayor enemigo de todos los pueblos, de modo que hay que usarlo a nuestro favor. Ellos creen que luego de la muerte algo sigue vivo, que es como ellos mismos en otro estado. Para ello hemos creado la teoría y hay que difundirla, de que todos van al inframundo por no adorar a Seth y no acatar nuestros mandatos en su nombre. Han de creer que allí hay una eternidad de sufrimientos sin redención y que la única forma de escarpar de ese destino cruel, es mediante nuestros sacerdotes, que orarán por ellos ante Seth.

15.- La forma de organizarnos para esos cometidos, se entrega en otro documento que será estudiado y aprendido por cada Comandante de localidad y sin copiar, enviado al siguiente con las máximas medidas de seguridad que se disponga, pero en síntesis, serán organizaciones secretas que van a operar con estrictos protocolos de infiltración en todas partes. Mediante ellas se procederá a destruir y demoler todo lo que no pueda quedar en nuestras manos, a envenenar las aguas y alimentos de todos los pueblos que ofrezcan resistencia, asesinar ejemplarmente a todo individuo opositor y si es preciso a sus familias.

Por ahora, es todo lo que os decimos y esperamos de vosotros la mayor dedicación a estos planes, aunque demoremos generaciones en ver sus resultados. Recordad que además de los grandes placeres personales que nos brinda el someter a nuestro servicio a los mingos, no actuamos sólo por nuestro propio interés, y todo sacrificio es poco tratándose de enaltecer a nuestro temido y reverenciado Seth.
Firma: Dijumey Dadiro, Comandante en Jefe de Milicias

-Es para poner los pelos como de gallina... -dijo Nuptahek tratando de serenar sus emociones- pero nos tenemos que cuidar más de nosotros mismos que de ellos. El miedo y el odio que puedan generar en nuestros corazones, sería más efectivo para sus planes, que todo lo que ellos hagan. No obstante, hemos de seguir combatiéndoles sin tregua. A medida que les conocemos, más ahínco pondremos en su eliminación, y ya no me importa lo que ocurra con sus almas, si es que las tienen. Hetesferes y Khumpomisis, haceos cargo del escrito y poned ya mismo a los cien que mejor puedan escribir vuestro dictado, para hacer copias, que serán enviadas a todos los pueblos que hemos liberado. Mientras más gente se entere de estos planes, más difícil lo tendrán los esclavistas. Mañana mismo deben salir cien hombres en diez grupos de diez, con una copia cada uno, para entregar en Buzău. Los de allí se encargarán de replicar el documento y enviarlo a todos los demás pueblos por donde hemos pasado, así como de hacer las traducciones necesarias. Los diez grupos de mensajeros irán con diez jaetas de distancia entre sí, evitarán todo contacto que pudieran encontrar y vendrán juntos una vez entregadas las copias. Demorarán unos seis o siete días en volver, así que les esperaremos aquí, porque vamos a explorar estas montañas misteriosas, antes que Geonemetis se largue solo hacia ellas. Ya le veo la ansiedad... Y no sólo a él.

-Habéis visto bien, -dijo Geonemetis riendo a carcajadas- pero no sé si lo decís por Henutsen, Ankemtatis, Hatshepsut o... Por Vos misma.

-Sí, por mí misma también. Y creo que Elhamin también se sale de la vaina corporal por acompañarnos...

-No os equivocáis, Faraona. Y Hetesferes ya me dice que también se apunta. Después de conocer ese documento monstruoso, todos necesitamos otro tipo de noticias...

-Entonces disponed de la gente que consideréis pertinente, General. Que si se diera el caso, podríamos tener que batallar, aunque Luminai y los demás me han dicho que los oberitas, por alguna razón, temen ir por esos sitios. Yo lo que me temo, es que puedan haber mandado un grupo de exploración especial, según lo que dice esa carta del jefe Aletelmud a su superior. Según lo que encontrasen se reuniría con el de aquí... Ya no habrá reunión, pero puede que esos que no son tropa regular, ya anden por esos lugares, a menos que estuvieran aquí y los hayamos liquidado.

-No os preocupéis, -dijo Elhamin- que vamos a ir con cinco mil. Podemos ir la Plana Mayor, que los Comandantes están más que bien entrenados. Si lo deseáis, salimos mañana mismo.

-Esperamos un día más, General, -dijo Nuptahek- que estos días de tensión y vigilancia constante han resultado cansadores.

Dos días más tarde salió la expedición con tiempo nublado sin lluvia, por el camino de la montaña. A la noche llegaron al final de un largo valle, donde el camino, apenas una senda no transitable para carros, se estrechaba entre las montañas. Acamparon frente a una bella cascada y un paisaje encantador que dejaban detrás, pero sólo pudieron admirarlo un momento, porque se echaba encima la noche. Dejaron los diez carros en un sitio a resguardo del viento, para dormir en las tiendas de a dos, con el ruido de la lluvia que se largó en cuanto estuvieron refugiados. Amaneció aún nublado pero sin lluvia, así que partieron sin los carros, tras el desayuno.

-Falta menos de la mitad, -decía Luminai- pero esta parte tiene más declive. Antes de la noche estaremos ante la roca del Gran León. Hemos andado por todos lados esta zona cuando éramos muy jóvenes y pocos han de conocerla mejor que yo. Aún así, hay sitios en los que no me he atrevido a entrar porque se siente algo... No sé explicarlo. Ruminalis, que también conoce bien estos lugares, siente lo mismo.

La subida resultó difícil en algunas partes, con un bosque muy denso y una pendiente que obligaba a los caballos a un esfuerzo que les hizo apearse para no reventarlos. Elhamin envió cien exploradores para adelantarse y prever cualquier eventualidad. El camino era en algunos tramos casi inexistente, sólo una vía entre los árboles, cubierta de alto pastizal. Pero un par de Râdnies antes de la noche, estuvieron frente a lo que parecía una Esfinge como las de los Grandes Leones en La Luz de Ankh em-Ptah.

-¡Vaya, -exclamó Nuptahek- sólo le faltan las pirámides!

-Está algo deteriorada, -decía Geonemetis- porque el tiempo no perdona. No creo que sea totalmente artificial como las nuestras, sino que los antiguos aprovecharon la masa pétrea para hacer la escultura. En unos pocos miles de años quizá no quede nada de esta belleza.

-Tendremos que acampar un poco más abajo, -dijo Elhamin- porque ese árbol ha sido muy alto y grande, fulminado por un rayo no hace mucho tiempo. Y está empezando a lloviznar, así que será mejor que descansemos para explorar el lugar mañana... Que nos guíe Luminai a donde quepamos los cinco mil y los caballos, aunque me temo que habrá que volver un poco...

-General, -decía en voz baja uno de los exploradores de entorno que llegaba a pie- tenemos compañía. A dos jaetas, al extremo de esta montaña hay un campamento y son al menos trescientos hombres. No tienen caballos y no se han percatado de nuestra presencia. Deben haber hecho su última ronda por aquí hace un par de Râdnies, poco antes que llegásemos los de vanguardia. Oí unas voces que trajo el viento y dimos con ellos. Son oberitas sin dudas; les he escuchado.

-Atención a todos, -dijo Elhamin en voz moderada- enemigos justo al Norte. Silencio absoluto, sólo id comunicando la orden en voz baja a los que vienen llegando, que se detengan en sus sitios y se preparen. Lo que ordenéis, Faraona...

-¿Sólo ese campamento y sin patrullas de entorno?

-Ninguna, Faraona, -dijo el soldado- están muy confiados porque por aquí hace muchos años que no transita ningún humano, ni saben de nuestra presencia...

-Luminai, ¿Es posible que hayan visto las hogueras de Florista desde aquí?

-Desde aquí no, Faraona, pero desde aquellas otras rocas, a media jaeta, sí es posible. Pero si no han mantenido una guardia por aquí ni por el camino, y si han estado sólo de este lado de la estatua, no podrían haber visto nada. Es posible que no hayan llegado hasta aquí aún, sino que hayan subido por el camino más largo, el de las crestas de la montaña. Ahí hay puntos altos desde los que podrían haber visto el fuego de Florista, pero si han llegado ayer, cuando ya estaba todo apagado, no han podido verlo. Por eso están confiados. Sé dónde dice el soldado que están, porque es el único sitio donde pueden acampar trescientos hombres en toda esa zona. Es todo barranco y vertederos de aguas. Nosotros podríamos acampar a una jaeta y media, cerca del camino por donde vinimos. Hay un manantial que origina un arroyo.

-Entonces indicadles para que se reúnan todos allá. Que se quede Espiria conmigo y con quinientos hombres a pie, formando línea cerca de la estatua, escondidos entre las rocas. El resto, una vez que dejen los caballos a cargo de los mozos, que se reúnan conmigo. ¿Qué más habéis visto, soldado?

-Esa tropa, -dijo el hombre mientras el resto se desplazaba según la orden- puede que sea mejor entrenada que el resto, porque apenas si hablan, se mueven rápido como nosotros al recibir una orden, llevan tiendas de a tres, buenos calzados, unos cuantos cofres de cuero que cargan en parihuelas, posiblemente con herramientas...

-¿A qué distancia de ellos pudisteis llegar?

-Veinte Ankemtras del más cercano, Faraona. Podría haberme colado un poco más, pero habría sido un riesgo inútil. Soy de los invisibles, pero de día es difícil y con lo visto creo que es suficiente.

-De acuerdo, ¿Tienen alguna vía de escape?

-Casi que no, Faraona, sólo por el camino que hayan venido, es decir por aquí o por el otro lado. El resto son barrancos impracticables. Podrían descender, pero estarían al descubierto, los veríamos durante su descenso y no tendrían escondite hasta llegar a las gargantas a cientos de Ankemtras más abajo.

-Excelente, -dijo Nuptahek- vamos a caerles de una vez, directos y sin dejar escape a ninguno. ¿Es posible que haya otros grupos cerca?

-No, Faraona, al menos no hemos visto nada a cuatro jaetas de aquí, al extremo de esta montaña. Nadie a la vista en las gargantas y ramblas. Si los hay estarán a más de uno o dos día de aquí.

Un Râdnie después estaban los cinco mil efectivos en posición de avance y a pesar de la insistencia de Elhamin, Nuptahek iba al frente, con Kauntor de un lado y Gelibar del otro. Al llegar al borde de un cerro, a la vista del campamento que ya se perdía en la oscuridad de la noche casi cerrada, Nuptahek dio una orden con las manos y la tropa se dispersó arrastrándose o gateando rápida y silenciosamente alrededor de la posición enemiga formando un semicírculo, a menos de una cuerda de flecha, que dejaba como única alternativa de huida, los profundos barrancos. Cuando Nuptahek encendió su lámpara, otros cincuenta potente haces alumbraron todo, encandilando a los centinelas que caminaban alrededor de las tiendas. Casi al instante empezaron a caer batidos por flechas y boleras, que luego arrasaron las tiendas. En apenas dos têmposos se hizo total silencio y se mantuvieron las luces un poco más. Nuptahek ordenó apagar todo y esperó dos têmposos para volver a alumbrar. Los soldados que habían sobrevivido y salían de las tiendas, fueron eliminados en un momento, tras lo cual se avanzó sobre las cien carpas comprobando que no quedaba nadie vivo. Se revisaron las bolsas y cofres de cuero, en los que se hallaron toda clase de herramientas para obrar y una buena cantidad de polvo explosivo con sus componentes por separado y parcialmente mezclados.

-En este tenemos al menos tres componentes, -decía Gelibar- y en este otro los otros cuatro. Creo que habría que dejarlos secar porque están húmedos, y luego mezclarlos con mucho cuidado. ¿Cómo lo veis, Ankemtatis?

-Igual que Vos. Mañana podríamos hacer una prueba con muy poca cantidad, si es que hay algo de sol, porque con esta llovizna no se secará y no lo expondría al calor de una hoguera. Aún separados en dos partes, los han traído húmedos...

-¿Qué haremos con las tiendas, armas y demás, General?

-Desmontar y guardar todo, Ankhceroi, -respondió Elhamin- pero nos llevamos sólo los cofres y el polvo. Lo demás podríamos llevarlo ya que hemos venido aligerados, porque todo es útil, salvo las ropas, de la que tenemos tal abundancia que podríamos formar una milicia oberita bien grande...

-Para ser exactos, -dijo el Furriel- tenemos en el campamento de abajo seis mil seiscientos sesenta trajes oberitas con sus armas y correajes. Dieciséis carros completos con ello.

-Bien, -continuó Elhamin- haced guardar todo incluyendo las armas entre aquellas piedras. Ya veremos si las llevamos. Luego, todos al campamento y a dormir. Omar hace las guardias de esta noche.

El tiempo siguió lloviznoso y fríp pero el día amaneció con poca nubosidad, de modo que Ankemtatis, Gelibar y Geonemetis dedicaron la mañana a secar pequeñas cantidades de polvo para luego proba la mezcla. Bastó una pizca tan pequeña como la sal que se pone a un plato, para golpearla entre las piedras y producir una llamarada que les sobresaltó, quitando la piedra de la mano de Ankemtatis.

-Ese otro cofre con los tubos de caña, -dijo Gelibar- será para meter el polvo. Bastaría ese puñado para demoler una roca de nuestra altura o abrir un boquete en el suelo.

-Vamos a hacerlo, pero dejadme solo, -dijo Ankemtatis- alejaos hacia la estatua. Yo lanzaré el cartucho hacia el barranco. Creo que bastará su choque contra el suelo...

Momentos después la detonación llamó la atención de todos y en el barranco se produjo un derrumbe considerable y fragoroso. A media mañana comenzaron la exploración del entorno inmediato guiados por Luminai y Ruminalis, que les llevaron a uno de los barrancos y Luminai explicó:

-Podríamos haber ido por abajo, pero preferí mostraros el Gran León y hacer más fácil y seguro encontrar la boca de un túnel, al que no pude ingresar. Creo que resultó providencial porque con ese grupo de esclavistas ahí, habríamos estado en peligro. Podemos bajar por este cañadón, pero no podrán hacerlos los caballos. Esa entrada está más cerca del valle que de esta cúspide, pero se llega mejor por aquí. No podremos volver hasta mañana, así que hay ir preparados.

-Sólo iremos quinientos, -dijo Nuptahek- el resto se queda por aquí arriba, explorando minuciosamente toda esta montaña. Llevaremos las tiendas para dormir donde nos pille la noche y por si nos tenemos que quedar más tempo. ¿Hay riesgo de lluvia?

-Ahora no, Faraona, -dijo Encalinetus- y creo que no lo habrá por varios días. No obstante, ya sabéis que esta región tiene tormentas que son casi impredecibles, pero hay viento Norte abajo y en lo alto, así que no es probable que tengamos lluvia.

-Me quedo aquí, -dijo Elhamin- porque presiento que no puedo dejar sola a la gente, por mejor entrenados que están todos. Hetesferes va a levantar mapas de toda esta zona y me quedo a ayudarle...

A media tarde, descendiendo con denodado esfuerzo, llegaron a un farallón apenas visible entre la alta y frondosa arboleda. A los pies de la muralla pétrea había un cúmulo de enormes rocas caídas desde cientos de Ankemtras y otras arrastradas desde la cima por los torrentes. Luminai preguntó a Ruminalis si le parecía que el sitio era por ahí y ella indicó que estaba la misteriosa cueva detrás de una de las piedras más grandes, pero al llegar al lugar tuvieron que trabajar bastante para despejar una entrada, porque los torrentes habían depositado troncos y ramas de árboles, que a su vez habían servido para formar un tapón con otras piedras. La tarea fue dura y tuvieron que dejarla porque se hacía de noche, para armar las tiendas en un rellano al otro lado del farallón, bajo los árboles. Durante el desayuno Henutsen se abstuvo de comer, se alejó e intentó salir con su Ka.

-No podemos todavía salir al ámbito de Anubis, -dijo a Nuptahek y Hatshepsut- a pesar del tiempo que ha transcurrido. Aún hay restos de ese metal en nuestros organismos. Sentí una gran decepción, pero la Maestra Leona sigue con nosotros y me tranquilizó... No pude estar más tiempo atenta, pero creo que no deberíamos estar aquí...

-Pero aún sin esa ventaja, -respondió Hatshepsut- hemos podido hacer nuestro trabajo. Hace unas noches lo intenté y tampoco, pero he sentido que estoy un poco más propensa. Es cuestión de tiempo. Sobre estar aquí, no sé qué estáis presintiendo...

-Ahora a seguir con la exploración, -dijo Nuptahek- vamos a ayudar con el movimiento de piedras...

Lograron despejar la entrada un rato después y penetraron por el túnel apenas cincuenta pasos, mientras Kauntor rugía suavemente y daba vueltas alrededor de la entrada sin querer internarse, por lo que Nuptahek recomendó extremar la precaución y caminar lentamente. Ankemtatis y Gelibar iban adelante, tanteando el suelo con unas varillas en vez de los Uás, por pura intuición y por si hubiese alguna serpiente de las que camuflan bajo el polvo, pero después de unos cien pasos, tuvieron que retroceder y dijeron que no era posible entrar.

-Hay algo invisible que repele la materia como un viento que no se oye, pero se siente y quema. -dijo Gelibar- Si hubiéramos usado los Uás para tantear, se habrían destruido. Voy a lanzar una piedra y lo podréis ver, alumbrad con vuestras linternas...

La piedra lanzada desde ocho codos, casi del tamaño de una cabeza humana, se deshizo en el aire, como fulminada por un rayo con un sonido similar al pisar la hojarasca seca. Repitieron la prueba varias veces, pero siempre con el mismo resultado. Lanzaron palos y rocas lo más grandes que podían cargar, y todo quedó hecho cenizas en instantes, al chocar contra aquella barrera invisible, que permitía el paso de sólo una parte de la luz. Intentaron también con agua, pero el resultado fue producir apenas un poco de vapor, sin que se viera llegar una gota más allá de la línea que ya formaba la ceniza en el suelo.

-Cuando la descubrí ni siquiera había podido entrar dos pasos, -dijo Luminai- porque sentía un terror inexplicable. Ahora entiendo que no era mi miedo, sino que este lugar es como dijeron a mis ancestros, intocable, sagrado y que no deberíamos ni venir aquí.

-A mí me pasó lo mismo, -dijo Ruminalis- y a todo mi grupo. Aunque éramos niños, no teníamos ningún miedo, nos apasionaba entrar en las cuevas, sin embargo no pudimos entrar y luego cuando salía el tema porque los recordábamos como raro, nos daba vergüenza...

-Esto es algo parecido a lo que encontramos con el Faraón Isman en la zona cercana a Tombizara, -dijo Henutsen- al Sur de Ankh em-Ptah. Una barrera infranqueable hecha por gente de otros mundos. Me temo que no vamos a conseguir pasar y quizá no sea bueno intentarlo.

Permanecieron en el lugar durante dos días, en que fallaron todos los intentos, incluso disparando con los Uás y las boleras. Nada atravesaba aquella línea pero nada rebotaba sino que se deshacía. Ankemtatis preparó un cartucho mezclando con cuidado el polvo explosivo, lo dejó muy cerca de la valla invisible y desde la entrada del túnel, apenas asomado, lo hizo detonar con un disparo de Uás. La explosión lanzó hacia afuera gran cantidad de roca en pedazos y el ruido les dejó a todos algo aturdidos. El fuego llegó hasta el otro lado del arroyo y comenzó un incendio que apagaron rápidamente usando las marmitas de cocina para echar agua. Luego se volvieron a internar en el túnel, cuya entrada había quedado medio derrumbada. Con cuidado avanzaron hasta la mitad del tramo anterior a la barrera invisible y vieron que se había formado con la explosión un socavón de varios Ankemtras hacia los costados, un buen desprendimiento arriba y un cráter de un codo de profundidad abajo, pero la línea invisible había mantenido la roca intacta hacia el interior de la montaña. Probaron de nuevo lanzando cosas, especialmente piedras, con el mismo resultado anterior. Durante todo el día estuvieron dando vueltas en teorías y observaciones, comprendiendo que era una fuerza similar a la del Uás en modo sin rayo, pero concluyeron en que no sería posible traspasar aquello, incluso si se desmoronaba toda la montaña. Pasaron la tercera noche en el lugar y a la mañana siguiente Nuptahek y Kauntor no estaban cuando despertaron. Le buscaron y llamaron en un radio de una jaeta en todas direcciones y cuando se reunieron para planear una búsqueda ampliada, les vieron salir de la cueva.

-Disculpad... Os veo asustados... Ha pasado muy rápido el tiempo, pero fui llamada a entrar aún de noche. No podré deciros mucho, pero lo cierto es que no debemos intentar entrar en este lugar. Ellos me han pedido tapar esta entrada lo mejor posible, para que nunca sea hallada y luego retirarnos bastante lejos.

-¿Ellos? -preguntaron varios al unísono.

-Sí, ellos... Son gente de otro mundo, tal como dijo Hatshepsut. Este es uno de los lugares de encuentro que tienen gentes de otro nivel de evolución, aunque no son Ascendidos. Sekhmet ha estado conmigo y este precioso amigo también. Me han dado una enseñanza que tendré que escribir cuanto antes para no olvidar detalles, sobre asuntos varios de tecnología, de metafísica y aplicación de las Leyes Naturales para que los avances que está teniendo nuestro pueblo no interfieran en las Ascensiones y la evolución en general. También me han mostrado en unas imágenes proyectadas, como aquella que hicimos con Anubis, pero de técnica mucho más avanzada, como es el Universo hacia lo infinitamente grande y hacia lo infinitamente pequeño. Se me han confirmado los Conocimientos Sagrados que se dan en las Escuelas de nuestra Patria, pero también se me ha mostrado cómo funcionan las cosas en la excelsa maravilla de la Creación de Ptah, es decir cómo se aplican correctamente las Leyes derivadas de las Siete Leyes que componen los Ocho Kybaliones... Ahora no puedo deciros más, tenemos que volver y ponerme a escribir con Khumpomisis, que lo hace muy rápido, y con Hetesferes, que puede dibujar mis ideas...

Durante casi todo el día se dedicaron a reunir y meter en el túnel piedras de diverso tamaño, dejando las más grandes para la entrada. Con una bien coordinada labor dirigida por Ankemtatis, se colocaron unas moles muy grandes usando como palancas los troncos de los árboles más duros. Pasado el medio día estaba todo tan bien disimulado que nadie podría encontrar esa entrada.

-La vegetación hará el resto en muy poco tiempo, -dijo Ankemtatis- y si ponemos ahora estos troncos que usamos, atravesados aquí mismo como había algunos antes, el tapón se hará más grande. En poco tiempo no habrá modo de encontrar este sitio y casi que ni nosotros podríamos destaparlo. Más difícil que abrir un túnel en la piedra viva.

La subida hasta la cima comenzó en cuanto terminaron y antes del anochecer llegaron al campamento, donde también habían tenido novedades interesantes.

-Hemos aniquilado a otro grupo oberita de ciento ochenta hombres, -informó Elhamin- parece que vinieron por el camino de Poniente. Tampoco los dejamos llegar hasta aquí y venían igual de preparados que los otros, buscando algo que implicaría hacer explosiones y cavar... También se ha hallado lo que parece ser un pozo o entrada a un subterráneo, aquí cerca, donde están esas piedras raras...

-Así es, General, -dijo Nuptahek- pero nadie va a cavar nada. Ya os explicaré más. Ahora hay que tapar y dejar bien disimulado lo que se haya encontrado. Nos retiramos mañana temprano.

El descenso hasta los carros se hizo en poco más de medio día y se avanzó hasta más de medio camino, llegando al campamento a la tarde siguiente. Nuptahek, Hetesferes y Khumpomisis trabajaron toda la mañana siguiente inscribiendo lo que dictaba la Faraona. Por la tarde un Carpatian que se había quedado para estudiar todos los documentos hallados en las casas, entregó a Geonemetis varios papiros y durante todo el día posterior se procedió a traducirlos, reuniendo a más de la mitad del ejército en un anfiteatro natural a orillas del río. A medida que Geonemetis hablaba lentamente con su potente voz, todas las personas que podían, iban escribiendo en los diversos idiomas, para luego transmitirlos a todos los pueblos posibles.

-Esto es un protocolo de acción, -decía Geonemetis- una serie de indicaciones de cómo operar para los fines establecidos en lo que leí antes. Es decir, esto también es parte de lo que piensan hacer los esclavistas y cómo piensan hacerlo:

"1.- Los pregoneros pondrán énfasis especial en transmitir noticias trágicas e ir eliminando poco a poco las noticias políticas. Cuando se hable de ello, ha de hacerse como una desgracia inevitable el pésimo comportamiento de los políticos y militares, sea verdadero o no. De

ese modo, la gente no sentirá atracción por participar en Consilios y Asambleas, lo que nos dejará el campo más llano para que nuestros agentes ocupen los puestos de poder. Además, estas noticias serán emocionalmente desagradables, irán quitando a la gente el interés por adquirir conocimientos profundos en cualquier tema, pero sobre todo, hacerles pensar que algo tan importante como la política "es cosa de mala gente y la buena gente no participa en ello".

2.- Para mantener controlados a los esclavos, han de estar lo más ignorantes posible, enfermos de modo permanente, sin tiempo para pensar mucho mientras trabajan duramente para subsistir en la forma de economía que les iremos imponiendo. Pero hay que lograr en ellos un equilibrio entre el miedo, la infelicidad y la supuesta seguridad, para que no se atrevan a rebelarse. Si les apretamos demasiado, se darán cuenta, pero si apretamos despacio, les cocinaremos a fuego lento e iremos durmiendo sus mentes. Así que todo debe hacerse de modo gradual, lento, progresivo a baja intensidad, sin ansiedad por lograr resultados a muy corto plazo.

3.- Hay que sembrar la idea de que leer es una pérdida de tiempo, generando envidia de los menos capaces, contra los más intelectuales porque hay cada vez más copistas en todos los pueblos y eso no nos conviene, pues todos los conocimientos de cualquier tema importante debe estar sólo en manos de nuestra gente.

4.- Una vez que tengamos el control sobre un pueblo, debemos hacer que se sientan inferiores en todo sentido, tratarles como a niños que no son capaces de tomar decisiones sabias. Así sus mentes serán cada vez más fáciles de manipular. Hay que darles prebendas, regalos y honores públicos a aquellos que contribuyan con nosotros aunque en principio sean cosas nimias. Luego les iremos adoctrinando para que sean fervientes defensores de nuestra causa. Para todo esto hay que invertir el proceso de aprendizaje en todas las edades, para que sean más reactivos en lo emocional que en lo intelectual. Así podremos ir sembrando en ellos la codicia, la avaricia, el deseo irracional de recibir honores y placeres carnales. También será útil apelar a ese sentido burdo que tienen de "piedad", en caso de que alguno de los nuestros sea pillado en alguna acción.

5.- La infiltración de nuestra gente debe ser cuidadosa, lenta y secreta, pero al final debemos ocupar entre los pueblos difíciles de someter con las armas, todos los puestos claves, es decir Pregoneros, Intendentes de Logística, Magistrados, Médicos, Maestros de las Escuelas y Escribas, así como militares de carrera dentro de sus propios ejércitos. Para ello han de mostrar ante toda la sociedad un comportamiento intachable y ganarse su confianza. Así iremos ganando terreno en el poder, sin que nadie se dé cuenta, controlando la información, la economía, la justicia, la salud y la educación, y hemos de incorporar militares nuestros, que deben hacer su carrera ascendiendo sin dejar ver jamás a qué pueblo pertenecen en realidad. Esto último dará mejor resultado que el truco del falso Faraón o el enfrentamiento directo.

6.- Hay que estimular en los mingos el sentido de culpabilidad, que buen resultado ha dado en las acciones militares. No somos nosotros los culpables de la muerte de un niño, por los intentos de revuelta de sus padres, sino sus padres y todos los que los hayan apoyado o piensen siquiera en ser cómplices de las desobediencias. Hay que hacerles sentir que rebelarse contra nosotros, es un crimen o como mínimo un delito que merece castigo, aunque esto se aplique de modo más sutil que en las acciones militares. Al mismo tiempo, hay que premiar públicamente a los que denuncien cualquier intento de rebelión, con lo que se creará gran desconfianza entre los esclavos y parte de ellos serán nuestros aliados en el control. En cualquier caso, la rebelión de los esclavos ha de castigarse con tortura y muerte ejemplar, sin importar medios, edades ni circunstancias. Deben pensar con convicción que las leyes que les impondremos son necesarias para conservar el orden y sin él todo estaría perdido.

7.- Los esclavos han de temer siempre lo peor en todo, mediante la divulgación de noticias terribles y posible acciones contra ellos, sobre todo de otros pueblos enemigos, aunque no lo sean. Luego lo que se haga no será tan terrible o no ocurrirá, con lo que por un lado estarán agradecidos de que no haya males mayores y por otro, los que de entre ellos se encarguen de divulgarlas, perderán credibilidad. Si esto se hace bien, los pueblos esclavos nos respetarán más y hasta podemos conseguir su simpatía, o al menos de una parte de ellos, con lo cual estaremos más seguros incluso cuando nuestros infiltrados sean detectados y se sepa que son de los nuestros.

8.- Los agentes militares entrenados sembrarán terror en los esclavos ante enemigos supuestos. Se harán ataques organizados y sin rastro con destrucción de almacenes y personas, creando un problema al cual nosotros mismos daremos solución, inventando noticias de haber exterminado a un enemigo en una tierra un tanto lejana. Es decir que nosotros crearemos los problemas y tendremos siempre la solución, con lo cual los mingos no tendrán otra opción que aceptar lo que les impongamos. La "operación Faraón" estudiada y desarrollada durante décadas, no ha dado aún los frutos esperados, pero hemos ganado en experiencia. Aunque aún no hemos podido dominar a ese pueblo poderoso, sólo es cuestión de paciencia, persistencia y un poco más de tiempo, hasta que consigamos nuestros objetivos con ellos y con todos los pueblos del mundo, para la gloria de nuestro temido y reverenciado Seth."

-Podríais parar un poco, -dijo una Escriba- es que tengo que salir a vomitar... Discul...

No fue la única que salió corriendo para alejarse. Geonemetis y muchos más, no pudieron contener sus lágrimas y demoraron un buen rato en poder continuar.

-¿Cómo es posible que existan mentes así? -decía una mujer- Hemos combatido contra ellos desde que tengo memoria, pero ya no se trata sólo de hacer campañas militares, porque como también los hemos sufrido, se infiltran en nuestros pueblos para corromperlo todo, corromper la psique de la gente, incluso de los niños, como una enfermedad de esas que hacen negra y pútrida la carne...

-Hay que seguir batallando en todos los frentes, -dijo Nuptahek- tal como lo hemos hecho hasta ahora. Tendremos que reforzar el cuidado en las estadísticas, averiguar muy bien de dónde procede alguien que desea ocupar un puesto que va a afectar a muchos, como los que dice el escrito. Imaginaos que los médicos, jueces, maestros, logísticos, los militares, los pregoneros y mensajeros que llevan las noticias... Sean reemplazados por esos monstruos con apariencia humana... Llegaría un día en que sólo gobernarían ellos y sus secuaces, la peor parte de nuestros pueblos, los estúpidos, los mentirosos, los viciosos... Esa pequeña parte de la sociedad, manipulada por ellos, usaría a toda la masa idiotizada y llevada a la ignorancia, para aplastar a los mejores...

-Tranquila, Hermana, -dijo Hatshepsut abrazándola porque no pudo seguir hablando y lloraba con profundo dolor- que el haber descubierto estos documentos ha sido providencial para poder parar sus planes. Al menos no los conseguirán cumplir en Ankh em-Ptah mientras haya uno solo de los que aquí estamos, luchando para evitarlo.

-¡Que así sea!, -gritó alguien y todo el grupo y otro continuó- ¡Jamás los esclavistas lograrán sus planes en esta tierra, ni donde llegue la sabia y poderosa mano de Ankh em-Ptah!

Después de un rato de conversaciones, cuando Nuptahek pidió silencio para continuar, Maurenka se acercó al centro del grupo.

-Mis cocineros y camareros tienen todo preparado -dijo a Elhamin- y como lo que he escuchado es demasiado importante, puedo traer todo el servicio aquí mismo para esta parte de la gente.

-Bien, Maurenka- que así sea, gracias. Creo que esto va a durar el resto del día...

-Ahora que no nos hemos repuesto de la repugnante sensación, -dijo Nuptahek- Geonemetis continuará con otros escritos y luego vamos a analizar con calma todo esto. No debemos creernos tan inteligentes como para suponer que podamos ser invulnerables a estos planes, ya que la inteligencia convertida por la maldad en mera astucia, es algo muy pernicioso pero efectivo. Adelante, Geonemetis.

-Esta es una carta personal de un esclavista mayor a un jefe zonal y dice textualmente: "*Respetado Dodinas Nujimas, compañero en el sagrado trabajo de Seth: Conociendo los informes de sus actividades y su forma de ser, os pongo mediante este documento en posesión del rango de Jefe de la Región Oriental de Yugodesclavos y os doy las indicaciones que proceden de nuestro núcleo de Gobierno Superior. Ha de informar de este cargo a todos los jefes de zona mediante copia leída por un mensajero, sin hacerse copias escritas. Dicho mensajero ha de tragarse el papiro en caso de encuentro con algún grupo rebelde, ya que al parecer hay gente que ha aprendido nuestro idioma y puede que ya no sea tan secreto. La orden implica que vais a haceros conocer en todos los pueblos bajo nuestro dominio, como Rey de Yugodesclavos Oriental y haréis que cunda la idea de personalismo genial, exagerando vuestros ya destacados méritos. Otro homólogo hará lo mismo en la Yugodesclavos Occidental, aunque últimamente nos están faltando informes que deberían haber llegado de aquella parte de la región. Cuando estéis ambos en vuestros respectivos cargos, iniciaréis una supuesta guerra entre ambas regiones con motivo de supuestas amenazas recibidas e informes de invasión que harán los pregoneros. Para vosotros será supuesta y evitaréis estar en los frentes de combate, pero para los esclavos pobladores será real y regarán con su sangre los campos y montañas. Formaréis un ejército con los mingos, pero menos capacitado que el nuestro, con armas inferiores y alistaréis a los más inteligentes y fuertes, especialmente a los más propensos a organizar rebeliones. Así les tendréis ocupados en combatir a alguien de la otra región, que supuestamente será un déspota monstruoso al que deben creer mucho más terrible que vos mismo. Esto nos librará de los más indeseables entre los esclavos, de los más peligrosos para nosotros y les debilitará política y socialmente. Haréis algunos estragos en sus casas, como supuestas incursiones del enemigo de la otra región y cuando lo decidamos y sea conveniente, detendremos la guerra pero ambos bandos creerán ser vencedores. Así se reforzará el sentido de personalismo, con una mística especial, como salvadores del pueblo, con lo cual se desvanecerá la idea de gobiernos por consenso en las asambleas. Los que han sido integrantes de las cámaras de control en los antiguos gobiernos locales o regionales, esa policía interna que ha impedido cualquier fraude o corrupción de las instituciones, deben ser asesinados discretamente, en caso que no quieran ser incorporados al "nuevo ejército". Para que todo el plan sea exitoso, debéis tener al menos medio año a los esclavos, con mejor alimentación, mejor indumentaria, liberarles la producción y consumo de licores e instarles a divertirse más. Haréis simulacros de juicios por malos tratos a los oficiales que maten o hieran a un esclavo. Lo condenáis a muerte pero los destináis a otro fuerte o poblado lejano. Esto os hará ante sus ojos, alguien adorable y conseguiréis mucho más que lo logrado hasta ahora por la fuerza."*

Lo demás -siguió Geonemetis- son firmas y frases propias de su enfermo espíritu, pero está claro que sus planes son realmente macabros, mucho más allá de la mera acción por las armas.

-Sólo conocíamos de sus acciones, -dijo Hatshepsut- la infiltración para envenenarnos, la inducción de falsos talentos y fichas falsas para una economía artificial sin valor de trabajo controlada por ellos, y los intentos directamente destructivos, incluso con las armas que dejaron los Hekanef. Pero estos documentos nos hacen saber contra quiénes nos enfrentamos realmente, nosotros y todos los pueblos libres... Sí, soldado, veo que queréis hablar...

-También ahora es comprensible, -dijo un Carpatian- cómo fue que los TarthArios, con los que nadie tuvo problemas sino una constante ayuda mutua y fraterna, decidieron alejarse de estas regiones. Muchos de nosotros recibimos rumores de que eran malos, engañosos y que tarde o temprano se apoderarían de nuestros territorios y de nosotros. Ese ha sido el trabajo de los infiltrados, que en las reuniones de fiesta o cualquier otra, de modo informal, fueron metiendo el rumor que poco a poco nos hizo temer a quienes sin duda son mejores que nosotros, porque seguramente les dijeron a ellos cosas similares de nosotros, pero en vez de caer en la trampa decidieron alejarse a otras tierras, donde el esclavista no ha llegado.

-Un poco en resumen, -dijo Nuptahek- el esclavista busca que los pueblos no se puedan reunir en Asambleas, es decir la organización en la Política Natural de los Seres Humanos. Para ello crean esa lacra mental del personalismo, haciendo que unos crean ser destinados a gobernar, mientras el resto desea que aparezca un líder que salve a todos de las desgracias que el mismo esclavista provoca. Las cámaras de control a que se refiere ese escrito, son en Ankh em-Ptah las de las Asambleas de Cofradías, que controlan junto con los censores, el desempeño de la gente para que nadie trabaje en algo que no le gusta, o no sea idóneo. Espero que los pueblos que hemos liberado reciban las copias de esto lo antes posible y comprendan porqué les hemos instruido en la verdadera Política Natural sin bandos divididos, que es la única forma que estos enfermos del Alma detestan y combaten, para generar tiranos que parecerán buenos por un tiempo, o falsas democracias de bandos divididos... Por favor, leed lo que sigue, Geonemetis, antes que vengan con la comida.

-Continúo, Faraona, aunque no sé si esto no nos quitará el hambre. Esta es una copia de unas recomendaciones accesorias a otras cartas anteriores y dice: "...*Controlad la reproducción de los esclavos, porque aunque somos inteligentes y aunque el mundo es tan gigantesco que no sabemos hasta dónde se puede llegar, no podemos controlar tanto ganado. Ellos no pueden ser más de mil por cada uno de nosotros. Con el tiempo, a medida que vayamos apoderándonos del mundo, irá creciendo nuestro pueblo y también nuestro poder, de modo que quizá alcancemos una proporción que nos permita tener a muchos miles por cada uno de nosotros, pero eso lo determinará el futuro, los avances de nuestros planes y el grado de poder que alcancemos sobre ellos. Para esta finalidad, es preciso hacerles creer que el mundo es mucho más pequeño que lo que realmente es y mucho más peligroso, para desalentar a los que gustan viajar y conocer nuevas tierras y gentes. Han de creer que las tierras conocidas por ellos, están rodeadas de toda clase de monstruos, bestias gigantescas que en cualquier momento pueden aparecer, criaturas marinas que se comen barcos enteros y sin nosotros no tendrían defensa alguna.*

Puede que existan algunas de esas cosas, pero hemos de exagerarlas para que vivan con miedo. Para eso hemos elaborado el mapa que a partir de ahora será oficial para todos los pueblos bajo nuestro control en la región Carpatiana. Incluso no hay inconveniente que nuestra propia tropa lo crea así y aumente con leyendas ese temor en las poblaciones. Algunos creen que hay "otros mundos" y no sabemos si eso es cierto, pero debemos hacerles creer que todos los males de la tierra vienen de otros pueblos y también de esos otros mundos. Así discutirán si existen o no, si es verdad o no, si son como nosotros o como otras formas, si son buenos o son malos y así, mil discusiones. Los más desquiciados entre ellos, con su imaginación y necesidad de destacar, serán engañados con algunos trucos para hacerles creer que son especiales y que han sido elegidos para dar mensajes de esos otros mundos y cosas por el estilo. Los pregoneros los alentarán para ocupar sus puestos de a ratos, para embaucar a los otros. Muchos dudarán, pero al final una gran parte de los pueblos les creerán, esperando que esos seres del cielo les salven, y comenzarán las discusiones absurdas. De ese modo y los otros métodos descritos, estarán cada vez más lejos de darse cuenta que nosotros les controlamos, hasta olvidar por completo la posibilidad de que los pueblos se organicen para volver a gobernarse por sí mismos, cosa que creerán que es absolutamente imposible. Deben vivir esperando que otros arreglen sus circunstancias, sin saber que somos nosotros quienes controlamos todas sus creencias.

Cuando los niños estén en capacidad de comenzar a trabajar, deben estar el menor tiempo posible con sus padres u otros familiares y se les ha de impedir aprender lectura y matemáticas, dejando ese saber sólo para los nuestros. La esperanza de trascendencia y de futuro de los niños de los inferiores, no debe ser más que descansar un poco, conseguir alimento, un poco de paz un día cada siete y divertirse cuando les sea posible. Sólo se les entrenará en los trabajos para inferiores, como la carpintería, construcción, herrería, talabartería, trabajos rurales y esos oficios indignos de nosotros. Los militares que formemos de entre ellos no entrarán jamás en ámbitos de estrategia, sino que serán sólo carne de espada y dianas con piernas en las guerras que les crearemos. Controlaremos la reproducción dejando que tengan hijos en los sitios donde necesitemos mano de obra, pero cuidando que jamás excedan el número ya dicho..."

-Lo siento, amados míos, -dijo Geonemetis un poco descompuesto- pero no puedo seguir traduciendo por hoy porque voy a ahogarme en furia. Necesito meditar y... Ya veo que todos Vosotros también. Por suerte, ahí viene la comida aunque se me han ido las ganas de comer. Estos enfermos de la mente, la psique y el Alma no merecen más que nuestra indignación, pero no debemos dejarnos arrastrar por ella. Hemos seleccionado los documentos más significativos pero hay más, algunos muy detallados estadísticamente de cómo han hecho las cosas y cómo pretenden seguir haciéndolas. Por suerte para nosotros y para los pueblos que hemos liberado, ya no caerá sobre ellos la zarpa inmunda de estos delirantes hijos de Seth.

-Pero como hemos dicho, -intervino Henutsen- no nos debemos descuidar jamás. Mientras exista esta lacra en el mundo, la humanidad estará expuesta al riesgo de caer esclava, con lo que viviría enferma, ignorante, temerosa, infeliz, intrascendente, olvidando la Katarisis, la Magia Natural de las Cobras y en vez de Ascender y Evolucionar, se convertiría en un rebaño obediente cuyo único destino sería la tumba, volviendo a nacer una y otra vez, cada vez en peores condiciones. Es decir que en vez de Trascender, involucionaría en todos los órdenes, aunque la ciencia, en manos de los esclavistas, avance en capacidad tecnológica. No puedo ni imaginar un mundo así.

-Por eso, -dijo Nuptahek- os pido que os dediquéis durante los próximos cinco días, a hacer cuantas traducciones y copias podáis, y luego las enviaremos a todos los rincones del mundo. Los esclavistas dirán aquí y allá que son un invento de alguien que les odia, pero sin duda todo el mundo irá dándose cuenta ante qué enemigo estamos. Ahora, por favor, comed en paz y dejad el trabajo duro para mañana.

Cinco días después los documentos y sus anexos traducidos y copiados por miles de voluntarios, fueron enviados hacia todas las direcciones mediante varios grupos, con un total de mil hombres. Antes de partir, Nuptahek les dio las indicaciones finales.

-Ya sabéis, Guerreros de la Luz, que no hay misión poco importante pero ésta que emprendéis ahora quizá sea más importante aún que toda esta campaña, porque toda ella no será suficiente para detener el ansia envenenada del esclavista. Lleváis a todos los pueblos de la Gran Región de Yugodesclavos algo más importante que nuestros arcos y flechas, un arma más eficaz que las boleras, que los Uás y todo nuestro arsenal... Lleváis el Conocimiento de la Verdad y en ella reside todo el poder que tienen los individuos y los pueblos para su Libertad. Los cincuenta que vais al Norte, entregaréis las copias en Buzău y vais a preparar entre sus habitantes, a los copistas para reproducir los escritos y a los mejores jinetes para llevar los

documentos a Yakira y Vijelob, donde harán lo mismo. Regresaréis directamente al puerto de Varnal y alguien os esperará si ya hemos partido. Los que vais al interior del Gran Valle os internaréis en una zona donde creemos que no han llegado los oberitas todavía, pero sí sabemos que hay infinidad de aldeas y no sabemos qué tan organizados estén y si han recibido noticias del falso Faraón. De modo que vais con más riesgo que los demás, por eso vais quinientos, con veinte Uás, veinte boleras, polvo explosivo en componentes separados y diez lámparas. Llegaréis hasta Cetatis y desde ahí se distribuirán los documentos a los demás pueblos. Los cien que vais a Ramankh tenéis más de seiscientas jaetas, es decir unos veinte días de marcha. Id un poco al Sur para evitar pasar cerca de nuestro próximo destino que es Romnestu. Evitad también cualquier combate innecesario porque la misión es entregar los documentos. Esta indicación vale para todos los mensajeros. También volvéis al puerto de Varnal. Los que vais al Mar de los Lobunos, directamente a Poniente, tenéis más de mil jaetas y por eso vais trescientos cincuenta. Al llegar a las grandes pirámides que figuran en los mapas, no os distraigáis mucho allí. Justo un poco más a Poniente está el puerto Fenhygio de Darsún. Allí cincuenta de vosotros cruzaréis el mar hasta la península de los Lobunos y volveréis a Ankh em-Ptah con ayuda de ellos. Los otros doscientos cincuenta viajarán por tierra haciendo copiar todo a los Macedonios, a los Grakios y a todo pueblo que encontréis. Vais con algunos que ya conocen esa región en la que han hecho buenas migas diplomáticas...
Por lo demás, obrad como siempre, con Ptah en vuestro interior, que ilumina vuestras Lah, Ka y Bah...

El saludo con el brazo derecho extendido y otras formalidades emocionantes, aunque sólo duraban unos momentos, no dejó de emocionar a todos, sabiendo que marchaban mil hombres con los más importantes mensajes a todos los pueblos conocidos. Cada soldado llevaba, aparte de sus armas, una mochila, dos alforjas con alimentos y accesorios de combate, y uno cada dos, una tienda de cuero para pernoctar. No llevaban petos pesados pero sí el casco de metal.

-No estaría mal enviar también esto mismo a los TarthArios...

-Sí, Hermana, -dijo Nuptahek a Hatshepsut- pero no sabemos ni a dónde han ido, ni nada de ellos... Eso lo podrán hacer los Carpatians o los Fenhygios. Ahora tenemos que prepararnos para hacer quizá el último tramo de esta campaña. Con mil hombres menos, pero si la empezamos con catorce mil y somos veinticinco mil, no está mal...

-Veinticinco mil cuarenta, Faraona... -intervino Ankhceroi que como siempre, se acercó portando un grueso portafolio con documentos y su mandil de campo- Disculpad la intromisión. Ya está preparada toda la tropa. Dice Seti que por su parte no hay nada que esperar y los médicos y Permiskaris también.

-Decidles que esperamos hasta mañana, porque salir ahora, cuando Maurenka tiene preparada la comida del medio día... Sería un poco apresurado. El trabajo con los papiros y las traducciones ha sido tan cansador como un combate, así que descansamos esta tarde y vamos a aprovechar esta noche para bailar y disfrutar de la vida. Igual puede que nos quedemos de fiesta un día más...

-Mi estómago también lo agradece, -agregó el Furriel- porque lo que hemos sabido resulta un bocado de asquerosa realidad mundana y hay necesidad general de cambiar sabores. Los músicos y cantantes con que contamos son mil ochocientos veintitrés, así que no faltará diversión esta noche, incluso para los patrulleros de entorno que regresen a lo último de la noche. Si dais asueto mañana, haréis feliz a muchas parejas, es decir a más de noventa y nueve de cada cien componentes de esta tropa gloriosa...

-¿Y Vos, Furriel?, ¿Estáis tan enamorado de los papiros que no...?

-Ya veo que andáis muy ocupada, Faraona, -dijo Ankhceroi- no os habéis dado cuenta de lo que pasa en el ámbito etérico cuando se me acerca Karenina... O cuando yo me acerco a ella...

-¡No, no me había dado cuenta, pero es una excelente noticia!. A ver si os ayuda con los datos... Aunque por un tiempo vais a dedicaros a otras actividades. Decid a Karenina y a todos que esta noche estamos de fiesta y todo el día de mañana es asueto... Sólo tenéis que ordenar con Elhamin los turnos de centinelas y patrullas de entorno, pero dejad de una vez ese portapapiros...

-Infinitas gracias, Faraona.

Luego de las fiestas y el descanso, antes de la noche previa a la partida hacia Romnestu, Encalinetus y Enjoliteb se presentaron a la Faraona para recomendar no iniciar el viaje aún, porque aunque el cielo estaba estrellado y sin viento, los animales estaban inquietos y los insectos anunciaban lluvia torrencial.

-Ya dijeron algunos mozos ecuestres que podía venir mal tiempo y vuestras observaciones lo confirman, -dijo Nuptahek- pero aquí hay poca distancia hasta el río y no me parece muy segura esta posición...

-Conozco bien esta zona, Faraona, -dijo Enjoliteb- así que podemos mover el campamento a cinco o seis jaetas del otro lado del río. Si lo cruzamos ahora que está en mínimos, será fácil y faltan cinco Râdnies para que nos pille la noche. Ya en la mañana será imposible cruzarlo por varios días. Diez jaetas al Sur había un puente, pero si el aguacero viene como creemos, puede que ni podamos contar con eso...

Movilizaron con urgencia a toda la caravana y pudieron armar el nuevo campamento justo antes de la noche, sobre un terreno alto y liso, con bosque ralo. Hatshepsut ordenó el envío de mensajes a las patrullas y exploradores de vanguardia, para suspender las andanzas temporalmente y reunirse en el campamento. Las medidas fueron muy acertadas porque a media noche la nublazón era densa y la tormenta no se hizo esperar. Los rayos caían en los cerros cercanos y durante dos días la tempestad con pedrada, fue de las más fuertes soportadas durante toda la campaña. Durante el tercer y cuarto día la lluvia fue intensa pero al quinto día comenzó a despejarse.

-¿Creéis que podríamos emprender ya el viaje?

-No, Faraona, -dijo Enjoliteb- tendríamos más percances que los que tuvimos en el camino a Cetatis. El camino será puro barro durante dos o tres días y hay que cruzar hasta Romnestu unos treinta arroyos que ahora son ríos caudalosos. Tened en cuenta que todo el cordón montañoso tiene entre cincuenta y setenta jaetas desde el camino hasta las cumbres, así que toda el agua que la montaña vierte para este lado, demorará lo suyo en bajar.

-Y esta tormenta no es local, -intervino Encalinetus- sino que ha de estar lloviendo en toda la región que hemos recorrido y mucho más, pero lo peor es que aunque se está despejando un poco, siguen siendo más peligrosas las tormentas de piedras, que siendo las últimas del verano, suelen ser peores que las que hemos tenido antes. Por eso recomendé a Seti que tenga preparados los carros con los toldos para la caballería y seguimos recomendando que nos quedemos quietos. Si sólo fuésemos a caballo, es posible andar sin parar, acampando sólo durante las pedradas o con cuidado de los torrentes, pero los carros no avanzarían ni cinco jaetas por día.

-Gracias, Amados Guerreros. Aprovecharemos para descansar un poco más y quedamos atentos para salir cuando lo veáis seguro.

-Calculamos que unos cinco días más, Faraona, -siguió Enjoliteb- y nos podemos desviar un poco más al Sur, que aunque alejándonos de las montañas tengamos más pantanos y alarguemos el viaje en dos o tres días, evitamos el riesgo de los aludes y riadas.

La espera se alargó siete días, que se aprovecharon para ver en más detalles los documentos oberitas, deduciendo de ellos cómo se había llevado a cabo el plan de expansión durante casi dos siglos, con planificación previa de otros dos siglos, hallando referencia a lo aprendido durante los intentos de invasión de Ankh em-Ptah, Grakia y la tierra de los Lobunos.

-A toda esta región, -comentaba Geonemetis en una gran reunión en el bosque dedicada especialmente a los Carpatians- aunque ahora se la llama Yugodesclavos, antes de las invasiones oberitas se la llamaba Dacia, que es un nombre derivado de "daci", es decir "lobo". Por eso algunos de los símbolos que hemos visto en las ruinas junto a jeroglíficos de los nuestros, presentan imágenes de lobos, como los Lobunos de La Bota. Así que los Carpatians tenéis unos ancestros luchadores, aguerridos, con gran talento para la agricultura, la ganadería, artesanía, construcción y con una gran afinidad con toda la Naturaleza, pero a medida que los fueron engañando los oberitas, los hicieron mansos, débiles y temerosos. Los documentos de los oberitas de ahora, los que hemos descubierto en Florista, o las cosas que hemos visto en nuestra campaña, sólo son actualizaciones y adaptaciones de trucos que han usado desde que existen. No siempre han logrado sus objetivos, pero cuando les ha resultado, ha sido por el miedo, la ignorancia y las creencias místicas sin fundamento. Por ejemplo, permitidme leeros esta carta que parece muy antigua, guardada en un arcón del jefe en Florista, dirigida a uno de los jefes regionales: "...*Esa gente cree en la magia de las plantas y creen que hay espíritu en ellas. Creen que es posible gobernar a los insectos y que se puede manejar a las tormentas. Es posible que algunos de sus magos, enemigos de Seth y amantes de otros dioses, logren hacer algo de eso. Pero en cualquier caso, no combatáis contra esas creencias, sino que debéis aumentarlas, al punto de que sus ideas dejen de tener sentido práctico y vivan totalmente fuera de la realidad. También los Dacios creen que hay otros mundos, pues usad esa idea para que teman una invasión desde ellos, por parte de seres terribles. Aunque no podrán verles ni comprobar su existencia, vivirán temiendo esa invasión. Así no se percatarán de nuestras actividades. Y aprovechad cualquier oportunidad para culpar a los supuestos seres de otros mundos, para reforzar esas ideas. Aprended de todas sus creencias y preparad agentes especializados en ellas, para que oficien de sacerdotes en sus comunidades, cambiando paulatinamente sus ideas, por las que resulten más beneficiosas para nosotros; entre ellas, la existencia de lugares terribles que sus dioses destinan a aquellos que no obedecen a los sacerdotes. Así lo que para ellos es espiritual y les causa felicidad, se convertirá en miedo, incertidumbre, confusión y serán más fáciles de gobernar, hallando en nosotros unos salvadores y maestros. No hay mejor método que el miedo, la ignorancia y las discusiones estériles para gobernar a los pueblos...*"

-Como puede comprenderse, -intervino Hatshepsut- los Dacios os habéis convertido en esclavos por medio de planes muy elaborados, no porque seáis tontos. Les ha llevado siglos conseguirlo, pero esos enfermos del Lah no descansan. Así que esperamos que esta lacra de la esclavitud, se revierta y comencéis a honrar a vuestros ancestros, que son, como ha demostrado Geonemetis, del mismo origen que el nuestro. Y quizá los TarthArios lo sean también. He notado en algunos de vosotros el odio y en otros la vergüenza, al descubrir cómo y cuánto os han engañado, pero eso es algo que debéis desterrar de vuestros corazones. De lo contario, estaréis dejando germinar en vuestro Ser interno, justamente lo que los esclavistas desean...

-Y bien lo he comprendido en esta campaña, -dijo Andrujkas- porque los Swideraj somos gente muy dura de corromper, sin nada de miedo, pero el enemigo de todos los pueblos logró envenenar nuestra mente con el odio a los otros pueblos y así nos quedamos en la soledad, engreídos, con falsa soberbia, divididos hasta en un mismo pueblo en clanes casi enemigos, lo que les facilitó atacar y destruir nuestros poblados por la fuerza bruta, llevarse a mujeres y niños...

-Y nosotros, -dijo una mujer- las esclavas liberadas en Vijelob, bien sabemos lo que es el miedo, más que el odio, y esa táctica que tenían de hacernos daño, pero luego venían sus jefes para reprender a los que nos dañaban. Era todo mentira, porque luego no parecía que les hubieran castigado y cuando les volvíamos a ver, se sonreían con una maldad evidente, como diciendo "no me pasa nada si te daño", así que les temíamos más aún... Y siempre nos preguntaban si alguna de nosotras estaba embarazada o si sabíamos de alguien que quería escapar, con lo que fueron sembrando la desconfianza y deshicieron los planes que en algún momento tuvimos de huir. Un día mataron a una mujer ante nuestros ojos, no sabemos por qué razón, y dijeron que una de nosotras la había denunciado por conspirar contra ellos. Pero sólo nos dimos cuenta del truco cuando vosotros nos liberasteis y empezamos a hablar sin desconfianza.

-Ahora -dijo Geonemetis tras un momento de silencio- os voy a leer un documento muy extraño y también tan antiguo que lo he barnizado con resina para conservarlo y que parece escrito por un soldado de ellos a modo de parte infiltración: " *...He estudiado la forma de pensar de estos Dacios y no es fácil de entender. Creen que los animales tienen alma o espíritu, dicen que pueden curar sus problemas "mirando hacia adentro", lo cual sabemos que es imposible porque nadie ha podido ver con los ojos lo que hay detrás de ellos. Dicen que pueden purificar su cuerpo y su espíritu escuchando su propia voz cuando hablan y mirando sus pensamientos y sentimientos. Por lo que deduzco que viven ajenos a la realidad del mundo. También he escuchado a alguno que dice que sus verdaderos enemigos están dentro de ellos mismos, así que supongo que podemos usar eso en su contra, aumentando su culpabilidad por cualquier cosa. Lo más curioso* *es que creen en una gran cantidad de dioses, aunque no sé si se trata de alegoría simbólicas, o realmente creen que son parecidos a nuestro venerado Seth."*

-Es evidente su cortedad mental y emocional, -dijo Nuptahek- pero eso no les hace menos peligrosos, porque no tienen más moral que la disciplina que les imponen sus jefes, ni más ética que la de venerar a su dios, aunque sólo sea un engaño más de sus jefes para con ese pueblo enfermo. Continuad, Geonemetis.

-Este otro documento explica las estrategias militares puras, pero no son interesantes ya que les superamos en eso y no hace falta leerlo. Pero sí es curioso ver en sus relaciones estadísticas, cómo los mayores de ciento cincuenta años tienen la obligación de suicidarse luego de entrenar adecuadamente y dejar en su puesto a uno más joven, o bien viajar a un territorio llamado *"Donde Sale el Sol"*, por lo que suponemos que es muy al Naciente. *"... Y allí, si a los ojos de Seth resulta útil aún y tiene una impecable carrera militar, pasará a formar parte del Concejo de Sabios de la Acción. Si llegado el momento para alguien, no ha tomado una determinación, el cargo inmediatamente inferior procederá a su ejecución ante la tropa. Si se determina a regresar a nuestra tierra de origen, será acompañado por una tropa especialmente designada. En caso de no resultar agradable a los ojos de Seth, será torturado con los rituales prescritos por los sacerdotes mayores y luego de un año de sufrimiento continuado se le dará muerte, para que su dolor y su sangre hagan más fuerte en el orden de lo invisible, a todo nuestro pueblo..."*

-Muy astutos, -dijo Elhamin- con eso consiguen que la gran mayoría de sus "viejos", que a esa edad aún no son ancianos, se quiten del medio. Si se consideran muy valiosos y astutos, irán a aquel territorio pero con la perspectiva de un año de torturas, muy pocos optarán por esa forma de acabar con su vida.

-Así es, -continuó Geonemetis- sigo traduciendo: *"...Toda la tropa tiene una cuarta parte del año para estar con sus familias en nuestra tierra, pero dadas las distancias, viajarán cada dos o tres años, según dónde estén asignados. Los de mejor calificación, por recomendación de sus superiores, podrán disponer del tiempo acumulado sin contar en su asueto el tiempo que les lleve el viaje de ida y vuelta. Deben aprovechar esos viajes haciéndolos en grupos grandes, para capturar mingos si es posible y traerlos a nuestros campos de trabajo o a los lugares que controlemos más cercanos a su ruta..."* Lo demás son cuestiones de menor importancia, sobre la disciplina y formalidades, y el último que traduzco por hoy, es una especie de advertencia o indicación de un sacerdote, a todos los jefes militares y miembros de su Concejo. "*Toda nuestra gran obra consiste en someter a todos los pueblos que existen, creados inferiores por nuestro dios, y entregarlos al glorioso Seth el día de su definitivo regreso para tomar posesión de este mundo por toda la eternidad. Ya se ha transmitido a Vosotros las indicaciones de cómo proceder en cada caso, pero tened presente la siguiente cuestión, porque hay algo que puede desbaratar todo el plan, el trabajo de muchas generaciones, de siglos y milenios obrando en la sombra. Hay algo que puede quebrar de una vez, como una espada invencible, toda nuestra cuidada creación. Hay algo que debéis evitar sin importar cómo, cuándo, dónde, ni los sacrificios que implique, ya que es parte de la naturaleza del mundo y de las cosas que están más allá de lo que Seth puede cambiar. Se trata de la organización de los mingos. Jamás debe dejárseles lugar ni momento para que ellos se organicen de ninguna manera. Ninguna organización de trabajo o de sus Estados, puede quedar fuera de nuestro control. Para ello han de olvidar completamente su historia, han de desconocer algo tan simple como la posibilidad de organizarse para rebelarse contra nosotros o contra nuestro ejército. Si alguien tiene la genial chispa y descubre que la organización es la clave para liberarse de nuestras imposiciones, se le debe asesinar sin miramientos y si no es posible sin llamar la atención porque ya sea muy conocido, ha de hacerse pensar a todos que lo propuesto es una absoluta utopía. El poder establecido ha de ser sagrado, defendido con las leyes más duras, pero sobre todo con la propia creencia de los mingos, de que es imposible organizarse y defenderse. En cambio ha de darse a los jueces cuando tengamos controlado su sistema de justicia, un poder irrevocable. Para eso hay que hacer en sus sistemas, una separación de los poderes, como si eso fuera infalible. Por un lado los jueces, por otro lado los creadores de leyes, que han de cambiarlas constantemente de acuerdo a nuestra conveniencia, y por último los ejecutivos que designemos a partir de la división en bandos de gobierno siempre enfrentados. Sin esta medida de separación de poderes, los pueblos se podrían organizar y retomar su poder, quitándolo a nosotros. Así y todo, hay que hacerles creer que ellos son quienes tienen el poder, al elegir a un bando u otro, con lo que estarán siempre enfrentados, luchando por alcanzar una cuota de poder que nunca será real. Se les permitirá recurrir a los jueces por cada tema por separado, para tenerles en procesos muy largos en el tiempo y lo más complejos posible. Una de muchas veces, se les dará un dictamen favorable en asuntos particulares o sociales, para reforzar la idea de que la justicia que aplicamos es realmente justa. Se evitará rotundamente que alguien extraiga estadística de los juicios. Recordad estas palabras, porque de su correcta interpretación depende que toda nuestra sangre derramada abone los resultados buscados: Que jamás un pueblo controlado por nosotros, pueda volver a organizarse como los de Ankh em-Ptah, los Lobunos, Grakios y otros que aún no hemos conseguido dominar. Y no olvidéis que en realidad esa organización es algo tan simple, tan efectiva y funcional, que poco tardarían en hacerla si fallamos en el modo de acción o se suman suficientes rebeldes que tengan claras las ideas. Una vez formada, les resulta fácil deshacerse de nuestros infiltrados o de sus propias lacras sociales, así que estáis advertidos. Si perdemos algún pueblo porque se les ha dejado que se organicen, todas las maldiciones de Seth caerán sobre nuestra gente.*

Y la firma está casi totalmente borrada, pero los símbolos son las de sus sacerdotes. Así que ya sabéis, Carpatians... o Dacios, si queréis llamaros así y ser dignos depositarios y renovadores de la herencia de vuestros ancestros.

-Gracias, General, -dijo Shorinet sin poder contener las lágrimas- ha sido por la gracia de esta campaña determinada por la Faraona, que nuestros pueblos volverán a organizarse, unirse y formar nuevamente la Gran Patria que nunca debimos dejar de mantener unida, con una organización soberana e independiente en cada aldea, pero con un Estado coherente formado por los representantes de todas ellas. Así de simple, pero que ciertamente jamás se nos pasó por la cabeza que eso pudiera ser viable, hasta que conocimos la realidad en Ankh em-Ptha... Claro, que son décadas y hasta siglos de perversión de todos los valores, de las ideas y de la historia. Amante como me he hecho de aquella Patria gloriosa que hoy nos libera, he de pedir a la Faraona que cuando acabe esta campaña, me libere del rango adquirido en este ejército, para formar el propio en Dacia. ¿Es eso posible?

-¡Claro que es posible!, -exclamó Nuptahek- No estáis aquí para cumplir los designios de una Faraona ni de nadie, sino para cumplir con vuestra consciencia y el deber que os imponga vuestra Lah y Ptah en vuestro interior. Habéis cumplido como el mejor entre los mejores, y no puedo decir de alguien que no lo haya hecho en estos miles de varones y mujeres, pero no esperaba otra cosa de Vos, tal como ya lo han dicho Encalinetus, y Enjoliteb, de todos los que pertenecéis a este territorio. Los que queráis quedaros, ya podéis ir formando vuestro ejército aquí, uniéndoos a los que se han formado en los pueblos que hemos liberado y crear una fuerza hermana de Ankh em-Path...

-¡No tan rápido, Faraona!, -dijo Encalinetus riendo- que aún queda un buen trecho que recorrer y no creo que alguien tenga prisa en estar lejos de la presencia vuestra y de toda esta Plana Mayor, que es más una familia que una organización militar, sin que una cosa quite nada a la otra. Por mi parte, quisiera estar en este ejército un poco más, hasta que la formación sea tan buena, que mi trabajo aquí, formando parte del nuevo ejército de Dacia, sea tan bueno como el vuestro.

-Así será, -dijo Nuptahek- ahora vamos a hacer más copias de toda esa documentación, aunque la distribuiremos luego, cuando acabemos la campaña y cada uno vaya a su destino definitivo.

CAPÍTULO ΛΛ II
LA RÁPIDA BATALLA DE ROMNESTU

Unos días más tarde partieron rumbo a Romnestu con buen clima, por caminos que resultaron mejores de lo previsto. Durante la marcha se batieron en tres pequeñas batallas con grupos oberitas de algunos cientos de hombres cada uno. Todos iban en dirección al Poniente, es decir hacia Florista o Buzău. Dos eran sólo dotaciones de jinetes de patrulla y otro llevaba veinte carros de insumos alimentarios y vestimenta variada. Los documentos incautados tras la aniquilación de una milicia de trescientos hombres, a unos dos días de viaje hasta el destino, revelaron novedades importantes. Geonemetis tradujo los documentos a la Plana Mayor al completo.

-Esto avisa a todas las milicias: "*Hemos perdido la importante posición de Sehtinasept, a la que han puesto el nombre de Ramankh, y otras en sus alrededores, es decir un cuartel y la fortaleza de los experimentos con la mente de los esclavos. Han sido las primeras en caer y quiera Seth que sean las únicas, pero nuestros infiltrados nos han advertido de que hay en el territorio una gran milicia comandada por una Faraona del Nilo. Ese ejército que Seth maldice, parece mantener la capacidad de armas del Faraón Isman, del que sólo sabemos que ya no está entre los vivos. No hemos recibido ninguna noticia de aquella tierra, a la que hemos enviado miles de hombres y esclavos a envenenarles. Creemos que pueden haber sido derrotados. Abrid bien los ojos, aguzad el oído y mantened la más férrea vigilancia en todos los lugares bajo nuestro control. Desde nuestro territorio enviaremos toda la fuerza militar disponible, que son unos cincuenta mil hombres, algunos muy jóvenes, e incluye a muchas de nuestras mujeres, que poco valen más allá de parir hijos, pero ahora las necesitamos para operar con todo lo posible. Sin perjuicio de otras indicaciones para los planes de nuestros sabios, es momento de formar con los esclavos un ejército de inferiores condiciones, pero dispuesto a combatir contra esa Faraona, como si se tratara del peor mal que puede asolar el mundo. En donde tengáis a los mingos engañados con el supuesto Faraón, hacedles creer que ha formado un bando rival a él, que va a eliminar a todos los habitantes de la región para expandir su pueblo. Evitad que se le tema, pero haced que se le odie, inventad leyendas sobre su maldad y monstruosidad pero convencedles de que sólo es una mujer loca, cuyo ejército es débil. No os expandáis por ahora, mantened las tropas reunidas, evitad los desplazamiento innecesarios y mantened patrullas de cercanía entre cada posición. Si nuestros enemigos han ido hacia la tierra de los Grakios, poco encontrarán, pero si se han desplazado hacia el Norte, es posible que tengamos problemas. Estad preparados, dad aviso a todas las unidades y no dudéis en usar todos vuestros recursos si aparece ese ejército."*

-Ha llegado tarde el aviso, -dijo Elhamin- pero esa fuerza que han enviado es preocupante. Si usan barcos y vienen atravesando el Mar de las Sombras, puede que los Fenhygios no sean suficientes para detenerles. Y si dieran con nuestra flota, con tan poca gente allí... Hay que enviar aviso. Si acaso vinieran por tierra, como no sabemos dónde se han asentado, pueden aparecer por Buzău o más al Norte, o pasar por la zona de los estrechos donde viven los Fenhygios, lo que les pondría en peligro, aunque tienen mejores armas de lo que parece. ¿Hay alguna fecha, o algo que indique la antigüedad de ese escrito?

-Sí, General, -respondió Geonemetis- de hace treinta días según el calendario de ellos, lo que indica que la han recibido hace dos o tres...

-Si aparecieran por el Norte, -dijo Hatshepsut- tendrían que entrar en batalla los pueblos de Buzău y Yakira, que son los más cercanos por esa ruta. Son cinco mil en Yakira y casi cuarenta mil en Buzău, pero aunque tienen todas las armas del enemigo, recién se están entrenando. Sería una dura prueba de fuego...

-No creo que los que han enviado, -dijo Espiria- jóvenes y mujeres, tengan mucho entrenamiento y capacidad combativa. Además, como personal eficiente no tendrán a mucha gente en su territorio, porque los más capaces y fuertes, son los que enviaron a esta región... Un refuerzo que se asiente en medio de Yakira y Buzău, con una buena dotación de exploradores, podría incluso llevarles a emboscadas cercanas a Buzău, que es donde hay más gente y no imaginan que se van a encontrar con un pueblo libre y preparado.

-Tomo muy en cuenta vuestras palabras, Espiria, -dijo Nuptahek- no dejáis de tener una visión estratégica global excelente. Pero vamos ahora a terminar el problema de Romnestu, que parece ser el sitio más importante de toda esta región en cuanto a cantidad de habitantes. Cincuenta mil podrían embarcarse en unos doscientos barcos grandes y no dudo que los canallas los tendrán, porque vienen dando trabajo a los Fenhygios desde hace siglos. Puede que su territorio esté hacia el Oriente de las costas del Mar de las Sombras, en cuyo caso lo atravesarían, pero también es posible que estén en las costas más al Sur de Fenhygia, es decir en la tierra de los Baalbekios, que siendo ellos muy pocos ahora, no controlan mucho ese territorio. En ese caso podrían aparecer por el Sur e intentar recuperar Ramankh, donde sólo hay tres mil personas, de las cuales muchos son niños. Aunque tienen un tiempo más de preparación, es muy poco para enfrentar un número tan grande... Veamos las distancias.

-Según los mapas, -dijo Hetesferes- que están bastante ajustados en medidas, estamos a unos ocho días a caballo del puerto de Varnal y a unas cuatrocientas treinta jaetas de Ramankh, es decir a catorce días, sólo jinetes sin caballos.

-Entonces saldrán ahora diez hombres para avisar en Varnal, -dijo Nuptahek- mientras nosotros eliminamos el problema en Romnestu. Como queda de paso hacia Ramanhk, veremos luego de avisar allí o estudiar las alternativas para saber qué hacemos.

-Me ofrezco para ello, -dijo Shorinet- porque creo que podemos llegar muy rápido al Puerto Varnal. Conozco esta región pero mi amigo Vlavinis la conoce mejor que yo, es oriundo de una aldea que quemó el supuesto Faraón cerca de aquí. Hablaré con él y con algunos más antes de enviar ese grupo a caballo, que tardaría muchos días...

-De acuerdo. Mientras, continuamos la movilización.

Se continuó el viaje con la mayor prisa posible y dos días más tarde estaban cerca de Romnestu, acampando donde los exploradores consideraron zona segura, a cinco jaetas de la ciudad, ya que el terreno era plano y boscoso, sin posibilidad de ser vistos, pero no podían acercarse más. Cuando terminaron de armar el campamento, Shorinet se acercó a la Plana Mayor y dijo.

-Lo tenemos claro, Faraona, es posible llegar al Mar de las Sombras desde aquí cerca, al otro lado de Romnestu, en bote por el Juima, que es afluente del De Anubis, y siguiendo por él hasta la aldea de Garlita, de donde son oriundos algunos de los primeros que se nos sumaron con caballos al principio del viaje, quedamos a dos días del puerto Varnal. Allí no nos faltarán caballos. Dicen que podemos hacer ese recorrido en bote en cuatro días y quizá menos, al ser corriente abajo y remando por turnos. Ahorraríamos sólo dos días en el peor de los cálculos, pero es mucho más seguro que por cualquier otro camino.

-Habrá que conseguir un bote....

-Seguro que los hay, Faraona, porque los oberitas han de tenerlos en la ribera... Parece que el General Ankemtatis trae novedades...

-Ha sido amurallada hace poco, -decía Ankemtatis- con un muro de adobes precarios, sin hornear, de cuatro Ankemtras de alto y un codo de ancho, con cincuenta atalayas de madera y un total de once jaetas de extensión. Viven allí unos treinta mil civiles o poco más y la dotación militar no es demasiado grande. Menos de cinco mil hombres, pero mantienen a los esclavos con el sueñobello o algo similar. Los establos equinos están dentro pero muy separados de las casas, con cultivos de huerta entre medio, pero los cultivos mayores y los corrales del ganado están en el exterior. El entorno es abierto, está rodeada de campos de cultivo de cereales muy extensos. Del lado Norte el bosque está a sólo una cuerda corta del muro y por Poniente pasa el río que desemboca en el De Anubis, a unas ochenta jaetas más al Sur. Hacen patrullas de entorno a sólo media jaeta del muro, y bastante nutridas, como que ya saben que están en peligro. Las casas de los jefes y los barracones, como siempre, están bastante separados de las casuchas de los esclavos. Quieran los dioses que nunca se den cuenta de ese error estratégico...

-Cierto, -dijo Elhamin- pero no lo digáis muy en alto... Que si se dan cuenta empezarían a convivir infiltrados y en supuesta inclusión social con los demás. Entonces les tendríamos de vecinos sin saber lo que realmente son. Pero ahora hay que aprovechar eso.

-No podremos tomar mucho tiempo; -dijo Nuptahek- lo hemos tenido para pergeñar estrategias, pero ahora tenemos una situación que resolver con urgencia. Si no hay riesgo de dañar a los esclavos, quizá lo mejor sea un ataque directo, nocturno, con las mismas estrategias que antes, es decir entrando y eliminando al personal de guardia, durmiendo a los jefes en las casas a la vez que atacamos la barracas de modo fulminante... ¿Alguna idea mejor?

-No creo que la haya, -dijo Hatshepsut luego de un largo silencio- y con la superioridad numérica sólo es cuestión de organizar las batidas de modo bien sincronizado, para eliminar los centinelas de las atalayas y acabar con todas las patrullas que anduvieren, justo medio Râdnie después del relevo. ¿Cuántas puertas hay?

-Cinco, -dijo Ankemtatis- una da al río, una al Sur, una al Norte y dos hacia los campos de cultivo. Aún no sabemos dónde almacenan el sueñobello o lo que les estén dando a los esclavos, pero ya vendrá la infatigable Meritetis, que se ha encargado de averi...

-Ya he venido hace un rato, -dijo Meritetis apareciendo en el fondo de la tienda, sorprendiendo a todos- y justo os iba a decir que tengo localizado dónde tienen la elaboración y los tanques de esa porquería. Hay mucha y es un galpón en medio de las casas de los jefes y sí, es el mismo producto. Podemos liberar a esa gente sin complicaciones.

Durante la noche se efectuó el ataque con tal precisión que al alba se estaba reuniendo a los habitantes y preparando en un lugar del campo bastante alejado, las necesarias hogueras. Pasado el medio día entró Ankhceroi al círculo que había formado la Plana Mayor en el centro de la ciudad y expuso:

-El total de cadáveres es de cuatro mil novecientos. Los habitantes son treinta y cinco mil doscientos veinte, siendo ocho mil cien menores de quince años. A pesar de la poción maldita, casi todos comprenden que han sido liberados, aunque como hemos visto en estos casos, van a demorar unos cuántos días en entender toda la situación. Pero ya veis sus caras, en la que se dibuja la alegría... Perdonad mis lágrimas, pero cada vez que veo estos cambios en la gente, no puedo evitarlo...

-Tranquilo, Furriel, -dijo riendo Gelibar- que vais a mojar los papiros. Yo ya he llorado en solitario, mientras preparábamos con Maurenka la comida y la servíamos. A diferencia de los otros sitios, hasta los niños de pocos años están envenenados con eso.

-Imagino que no habéis llenado de lágrimas los platos, -dijo Unitis para distenderle, al ver cómo su rostro volvía a entristecerse- que los notarían demasiado salados...

-Disculpad que pare con los comentarios y las risas, -dijo Nuptahek momentos después- pero hay que definir los avisos y qué hacemos en relación a esa fuerza de invasión que viene.

-Tenemos elegido el bote, Faraona, -dijo Shorinet- y también parte de la tripulación si lo aprobáis. Vlavinis y su mujer, tres parejas más que conocen toda la región y yo. Otros once que dispongáis, fuertes y resistentes como para remar mucho por turnos. Hay una piragua para veintiséis, pero deberíamos llevar armas y alimentos para no tener que pescar ni cazar en el viaje. Sólo remar por turnos hasta Garlita, así que con veinte en total, iríamos muy rápido.

-Bien, Shorinet, mientras el médico elije a los once restantes, id preparando los pertrechos. Tres llevarán boleras y uno llevará Uás. Akhmandef, elegid a los que van, que sean parejas y las más fuertes, buenos nadadores y con un mínimo de nueve dedos en la calificación de jinetes. Al menos dos deben ser cetreros relacionados al grupo de Ankorisis o al de su mujer Enkha, para informar cuanto antes de las novedades. No llevaréis escritos, sino el mensaje de lo que sabéis, para que todos allí estén enterados de las posibilidades, pero llevad bastante papiro para mapear y enviar mensajes. Saldréis al alba.

-En cuanto a la posibilidad de que entren por el Sur, -dijo Elhamin- me parece mayor que la de que crucen por el Mar de las Sombras, en caso que partan desde el Sur de Fenhygia, y pueden ir por mar hasta el puerto macedonio de Khutaj y sólo tendrían por tierra, ciento setenta jaetas hasta Ramankh...

-También podrían ir al puerto Grakio de Salonica, -dijo Hetesferes- pero en ese caso tendrían el problema de enfrentarse con muchos pueblos preparados para resistir su avance, y además tendrían que hacer por tierra unas trescientas diez jaetas... La clave está en deducir a qué sitio irían primero...

-Lo que dice Elhamin me parece lo más lógico, sabiendo que han perdido Ramankh, -comentó Ankemtatis- y el puerto macedonio sería la opción más probable, aunque no llegarían a él, sino en su cercanía, pero si están asentados al otro lado del Mar de las Sombras, la tercera y cuarta opción son las más probables.

-Vamos a cubrirlas todas, -dijo Nuptahek- porque no podemos dar al enemigo ninguna posibilidad. Hemos terminado la campaña prevista y ahora vamos a repartir el ejército. Los que llegaron en barco desde Ankh em-Ptah, vuelven a nuestra tierra. Los que se incorporaron aquí, salvo las mujeres que han hecho pareja con gente nuestra, que formen aparte y distribuiremos las fuerzas. Ankhceroi, quedáis a cargo de esa organización y juntos veremos el reparto de gente, carros y caballos, y también de las armas, que les vamos a dejar lo suficiente para resistir cualquier ataque de los invasionistas. Sin carros ni caballos, cabe todo el ejército y mucho más, aquí en la plaza del centro. Omar y Seti, encargaos de armar una tarima para la Plana Mayor, donde quepamos todos y cien personas más... Debe estar hecho antes del medio día.

CAPÍTULO ∩∩III
LA BATALLA DEL MAR Y EL REGRESO

-El reparto quedará de esta manera, -decía Nuptahek dos Râdnies después a todo el ejército en formación semicircular- para cubrir todos los frentes posibles, porque como sabéis, los oberitas han enviado o están por enviar cincuenta mil de los suyos. Hay treinta nuevas parejas unidad en el Amor de Ankhemptamitas y mujeres incorporadas en esta campaña, así que irán diez como Comandantes a cada uno de los tres posible puntos de encuentro con el enemigo: Ramankh, Yakira y Buzău. Regresaréis a Ankh em-Ptah o podéis quedaros después de cumplida la misión. Como os sea más grato. La posible invasión por el Mar de las Sombras la cubrirá nuestro ejército, ya en plan de regreso a Ankh em-Ptah. Pero nos quedaremos como base en el Puerto de Varnal hasta tener noticias de todos vosotros, al menos hasta que comiencen los fríos. Se dividen las fuerzas, es decir que son once mil cuatrocientos treinta y siete los de esta región. Casi la misma cantidad de los nuestros que se quedan, son los que irán a conocer Ankh em-Ptah, así que quedan unos tres mil ochocientos hombres para cada uno de los tres grupos que se quedan. Cuarenta de los nuestros se quedan aquí para educar a esta ciudad y librarles del sueñobello. Algún día podrán ir todos a visitarnos a la tierra del Nilo, pero ahora... Pero ahora... -hablaba Nuptahek con las vez cada vez más quebrada- os corresponde defender lo que hemos liberado juntos... Perdonad mis lágrimas, amados míos...

-Como Furriel Mayor de este ejército, -intervino oportuno Ankhceroisiento lo mismo que la Faraona, como si este cuerpo que formamos todos se desmembrara, pero no es otra cosa que una separación necesaria de sus brazos, que sólo se separan para abrazar con todo el Amor del Mundo a esta tierra que se ha liberado y merece ser protegida hasta que sus habitantes estén en condiciones de no permitir jamás la esclavitud en ella. Ya tenéis cada Comandante y Oficial, el papiro que la Faraona os ha firmado con el ascenso a General o a Comandante, no sólo por la misión que tenéis en adelante, sino por los méritos evidentes obtenidos en los combates, las movilizaciones y la interacción personal con los demás. De esas calificaciones se han encargado Comandantes y Generales, pero he sido el fiel vigilante de que ninguna ha sido exagerada. No obstante, a medida que se formen las Asambleas de Gobierno, y por las que ya están formadas, debéis ser reemplazados o refrendados en vuestros cargos por ellas. Recordad que el Pueblo y sólo el Pueblo reunido en Asambleas Soberanas en todas partes, debe ostentar todos los poderes, siendo nosotros, los militares, sólo empleados de la mayor responsabilidad, que hemos de obedecerle y protegerle. Cuando toda la región esté libre de la lacra esclavista, empezaréis a enviar a Ankh em-Ptah, viajeros por turnos, así como nosotros pondremos allá, como Patria Hermana y destino de vacaciones recomendado, esta región, que propongo no llamar Yugodesclavos nunca más, sino volver a llamarla en su digno nombre original y ancestral de Dacia.

Las multitudes, tanto militares como los habitantes de la ciudad que rodeaban la formación, estallaron en un fragoroso aplauso que duró un buen rato. Cuando se repuso Nuptahek, no volvió a la tarima, sino que pasó hasta la noche abrazando y despidiendo a cada uno de los nuevos Generales y Comandantes y a todos los miembros de la tropa que se acercaban. Durante la cena, preparada por Maurenka con ayuda de toda la población, siguieron las despedidas llenas de gratitud por parte de todos para todos. En la mañana, después del desayuno, se efectuó la formación y Ankhceroi, la Faraona y Elhamin, pasaron revista, distribuyendo los caballos y carros, dejando los necesarios para cada cuerpo militar, a los que se asignaron los nombres de Ramamk, Bucechios y Yakira. La Plana Mayor quedaba con un caballo por persona y cuatro por cada carro, de los cuales sólo llevarían trescientos, que quedarían para los habitantes de las costas del Mar de las Sombras, al igual que los caballos, ya que no necesitaban llevarlos de regreso. La partida de cada grupo se hizo al mismo tiempo y los habitantes de Romnestu, con un solo día de disminución de la poción maligna, ya parecían otros, más lúcidos y alegres. Habían organizado una orquesta, bailaban y cantaban al compás de la música.

-Es sorprendente -decía Nuptahek desde el caballo al resto de la Plana Mayor que marchaba a su lado- cómo se comportan con un solo día de reducción de la dosis; no imaginé que pudieran...

-Es que el antídoto funciona muy bien, -dijo Akhmandef desde unos pocos Ankemtras atrás- aunque no creíamos que lo hiciera tan rápido. Con todos los médicos dándole vueltas al asunto, lo hemos logrado. Los dos médicos que se han quedado comprobarán que en un día más, no habrá ni necesidad, ni deseo de esa ponzoña. Pero ya lo informarán y lamento que no podamos quedarnos nosotros mismos a comprobarlo. ¡Las cosas que hemos aprendido en este viaje...!

-Que aún no termina, -dijo Hatshepsut- y aunque la teoría de que los oberitas vendrán por el Mar de los Grakios es la más probable, intuyo que debemos darnos prisa para llegar al puerto de Varnal.

La marcha duró once días y cuando llegaron se encontraron con todo en calma, pero los Fenhygios y Merensob, avisados por Shorinet de las posibilidades existentes, habían tomado medidas.

-Hemos enviado cincuenta de las embarcaciones pequeñas, -decía Oklafeb- con sus tripulantes disfrazados de pescadores, para formar un abanico a cien jaetas de la costa y a lo ancho de todo el Mar de las Sombras, que son unas quinientas jaetas. Vuestro Capitán Merensob se encargó de urdir la estrategia de vigilancia y nadie diría que es un marinero del Nilo... Una embarcación detectó una gran flota y por suerte iba uno de los vuestros con un Uás, así que se mantuvo a gran distancia, haciéndose casi imposible de verse en el oleaje y esperaron a la noche. Cuando fue oportuno, y de esto hace dos días, hundieron al primer barco con un disparo de Uás. Sólo como para que se detengan o demoren el avance. Avisaron a la de babor, es decir unas diez jaetas a todo remo, y a la de estribor lo hizo un nadador de los mejores, lo que fue en extremo arriesgado pero lo consiguió. Luego regresaron todas a puerto, excepto algunas que se han quedado como cebo, atrayendo hacia aquí a las naves oberitas, porque el rumbo era muy al Norte de la desembocadura del río De Anubis, donde no nos sería muy favorable enfrentarles en combate o no llegaríamos a tiempo. Es de esperar que lleguen hoy aquí si han caído en la trampa. Estoy atento a que en cualquier momento lleguen noticias... Ahora contadnos de vuestra campaña, que por lo que se ve en vuestros rostros, ha sido exitosa.

-Sí, Capitanes, -dijo Nuptahek- ha sido dura, quizá menos de lo que esperábamos, con treinta y tres bajas que lamentamos, pero exitosa. He perdido la cuenta de bajas enemigas, que son mucho miles, pero el Furriel tiene todos los datos. Creemos que no ha sobrevivido ninguno de los efectivos en ninguna de las posiciones, salvo los infiltrados o los merodeadores que han informado a sus jefes mayores...

A media noche aún estaban conversando, cuando llegó una barca para avisar que el enemigo no había mordido totalmente el anzuelo pero habían desviado un poco al Sur.

-Es una flota de doscientos veinte barcos -decía el marinero- que sigue rumbo hacia la desembocadura del río De Anubis o sólo un poco más al Norte. He dado el mayor impulso posible con... Bueno, nos...

-Hablad tranquilo, -dijo Oklafeb- estáis ante nuestros aliados totales.

-Pues eso, que ahora estarán a treinta jaetas de la costa.

-Y hay unas doscientas treinta desde aquí al delta del De Anubis, -dijo Merensob- así que ellos estarían en la costa en catorce o quince Râdnies, es decir cerca del amanecer. Con los arreglos que hemos hecho en este tiempo a nuestros barcos, con la ayuda de Oklafeb y sus ingenieros, alargando la parte inferior de los cascos, tardaríamos unos... veintiséis Râdnies en estar allí, si aplicamos los Uás y los otros aparatos para darnos impulso. Es decir que llegaríamos un buen rato después que ellos, pero me parece mejor alternativa que ir a caballo y demorar cinco días. Además, en cualquier caso podemos ir con los caballos embarcados, y como no hay carros y demás, pues podemos pillarles a poco de desembarcar, cuando aún estén acampados en la costa o recién movilizados...

-La idea me parece excelente, -dijo Oklafeb- pero los cálculos sólo valen y están bien si nos movemos ahora mismo.

-¡Pues a moverse!, -dijo Nuptahek- me encargo de formar a la tropa. Vosotros os encargáis de embarcarla como creáis conveniente. Y aquí dejamos toda la carga que no sea imprescindible para el combate. Sekhmesis y Kauntor, os quedaréis con vuestros cachorros cuidando lo que aquí dejamos, que no seréis necesarios en esta batalla.

En un Râdnie estaban los barcos vacíos de lo prescindible, toda la tropa y caballada embarcadas y de inmediato salieron con rumbo al Norte. Al amanecer aún estaban lejos del destino, pero una barca rápida de los Fenhygios les avisó de que las naves enemigas no habían seguido más al Norte, sino que venían al Sur, debido a que el río había crecido arrastrando gran cantidad de piedras y troncos y era impracticable el delta, sin posibilidad de entrar a navegarlo ni de desembarco cerca de él ni más al Norte.

-Creo que hemos tenido suerte, -dijo Merensob- están viniendo hacia nosotros, pero habrá que desembarcar los caballos y todo lo posible antes de enfrentarnos en combate naval.

-Vamos a hacerlo ahora, Capitanes, -dijo Nuptahek- si creéis que ya están cerca y conviene...

-Sí, Faraona. Mirad los banderines de Oklafeb, que indican que atraquemos por aquí y está regresando... Seguramente más adelante no hay donde desembarcar.

En medio Râdnie tocaron costa y comenzó el desembarco y a medida que iban a tierra, los siete grupos formaban con sus Generales al frente. Nuptahek llamó a todos los portadores de boleras y Uás para que dejen los caballos y vuelvan a embarcar, distribuidos en los ciento cincuenta barcos propios y los setenta y dos Fenhygios.

-Merensob y Oklafeb os asignarán los puestos en cubierta. Quedáis a las órdenes de cada Capitán o contramaestre. Los doscientos veinte barcos abarcarán unas... diez o doce jaetas, así que el resto de la tropa se desplazará por la costa ahora mismo, formando un cinto de a dos jinetes cada cinco Ankemtras, por lo que abarcaréis algo menos de treinta jaetas. Marchad muy rápido y atentos a no permitir que ningún oberita llegue vivo a tierra. Elhamin, quedáis a cargo de la tropa de tierra. Henutsen, vais con Ankemtatis y su grupo a la vanguardia. ¡En marcha!

En momentos estuvieron embarcados los boleros y los Uás con la distribución que ordenó Merensob y los barcos avanzaron algo más rápidos que los jinetes, pero los Capitanes atenuaron la velocidad, ya que las costas eran impracticables y convenía ir a la par, de modo que al enfrentarse a la flota enemiga, ésta no tuviera oportunidad de un desembarco forzado en los manglares, que permitiera a las tropas evadir el cinturón que dirigía Elhamin.

Pasaron apenas cuatro Râdnies hasta el encuentro. La flota de Oklafeb se dirigió rápidamente mar adentro para evitar el escape, cercando al enemigo, que mantenía un desesperado impulso, en busca de un lugar adecuado para atracar. Pero no lo había hasta varias jaetas al Sur y cuando comprendieron la situación, con las flotas de Merensob y Oklafeb a la vista, tres barcos intentaron entrar a los manglares. Los disparos de Uás desde las cubiertas, los incendiaron y los tripulantes se lanzaban al agua, intentando llegar a tierra. Los otros lanzaron con catapultas grandes piedras, flechas y lanzas de ballestas náuticas, que no alcanzaron a ninguna nave. En cambio, sirvieron a Merensob y Oklafeb para calcular mejor las distancias a las que podían acercarse. En poco más de un Râdnie la destrucción fue total y mientras los doscientos veinte barcos enemigos ardían, la tropa de tierra se encargó de eliminar a los supervivientes, lo que costó todo el día y parte de la noche. Aún durante la siguiente mañana, Elhamin organizó a toda la tropa en patrullas para inspeccionar el terreno hasta veinte jaetas tierra adentro y por el borde de los manglares hasta donde los caballos podían entrar sin riesgo. Al anochecer volvieron a reunirse donde habían desembarcado, para embarcar todos con los caballos y volver al puerto Varnal, donde debían recoger a los leones y la carga que habían dejado, además de comenzar a enviar a toda la región, mensajes de lo sucedido.

-La batida -decía Elhamin, ya en la cubierta del "Merensob"- arrojó buen resultado. Unos tres mil llegaron a tierra y en la revisión pillamos a unos cuatrocientos, escondidos en los árboles del manglar o fugados al interior. Igual es posible que hayan sobrevivido algunos, pero hemos tenido encuentro con unas cien personas de las aldeas locales, que ya están advertidas de la posible presencia de oberitas de cualquier edad y ambos sexos, así que no tendrán muchas posibilidades de sobrevivir y más aún cuando según nos han dicho, los Fenhygios han ocupado buena parte del tiempo en avisar de esta campaña en toda la costa.

-Nuestra acción en el mar, -decía Merensob- ha sido de los más desagradable. Aunque la mayor parte del enemigo murió en sus barcos, el remate de los nadadores ha sido una tarea tan triste, que tanto nuestros Capitanes como los Fenhygios, teníamos que estar animando a los boleros y arqueros, a dejar las lágrimas para otra ocasión, aunque nosotros mismos no podíamos evitarlo...

-Hemos tenido un aprendizaje formidable, -comentó Gibured- con los ingenieros Fenhygios, que nos han dado la fórmula para calcular las velocidades máximas de los barcos según su eslora, lo que es incluso más importante que el tamaño de las velas, o la fuerza de los remeros. Y aparte de los arreglos hechos a nuestros barcos, nos han dado planos para hacerlos mucho mejores... Perdón por irme del tema, que también estamos ansiosos por que nos contéis cosas de la campaña en tierra... Que para eso nos vinimos los Capitanes a este barco y dejamos a los contramaestres...

-Eso lo veremos en los informes, -dijo la Capitana Khanelah- pero lo de lo que no me he enterado, es qué hay en esos montes... de los que tanto nos han hablado las gentes de esta región.

-Nada de lo que valga la pena hablar ahora, -dijo Nuptahek- porque también se dirá en ciertos informes, únicamente para los que paséis por la Escuela de Horus-Sobek. Lo más importante ahora, es que los Fenhygios ya han averiguado dónde se asienta la jefatura de los esclavistas y van a preparar una acción conjunta con todos los pueblos de la región. Ya saben que son pocos, porque han mandado a morir a todas sus fuerzas, así que no nos necesitan. Volvemos a casa cuando se pueda, después que vuelvan los que están en misiones.

En el puerto de Varnal se acampó nuevamente para repartir los caballos; la mitad quedaba a disposición de los Fenhygios y cuatro grupos de cincuenta jinetes volverían a la región para repartir el resto de la caballada y para dar informes de situación.

-Recordad, -les decía Nuptahek al despedirles- dejadles bien en claro que la amenaza que ahora hemos eliminado, puede volver en algún momento. No debe olvidarse todo esto, por más generaciones que pasen. Cuando los pueblos olvidan que existen enfermos del Lah, viene el dolor, el miedo, la ignorancia, la desesperanza y todos los males se apoderan de los pueblos que caen en sus garras. Cuando esté cumplida vuestra misión, volveréis a Ankh em-Ptah por los medios que os brindarán los Fenhygios, los Grakios o los Lobunos, que sin duda festejarán con vosotros las novedades. Pero no os dejéis someter a las largas "formalidades diplomáticas" de las que algunos de vosotros ya sabéis mucho...

-Por eso no me envía a mí, -dijo riendo Henutsen- pero cierto es que os habéis ganado hacer lo que os queda por misión... -y dijo en voz baja a Nuptahek- propongo no dejarles plazo de regreso, que volverán cuando se cansen de fiesta y sus vocaciones les llamen...

-Eso, -dijo la Faraona- tomad esta parte de la misión como un viaje de placer y no volváis hasta haberos divertido mucho. Saludad a todos nuestros Pueblos Hermanos con el Amor Eterno de Ankh em-Ptah.

El regreso se inició muchos días después, cuando los fríos en la noche les quitaban las ganas de contemplar el cielo y volvieron los que estaban dispersos. El viaje duró bastante más que la ida, porque ambas flotas estuvieron muchos días de parada en cada uno de los principales puertos, visitando cuanto podían los lugares interesantes. Geonemetis y Hatshepsut fueron a visitar la enorme biblioteca de Fenhygia y cuando comprendieron ante qué tesoro se encontraban, solicitaron a la Plana Mayor que les permitieran tomarse medio año allí, acompañados de los padres de ella, Nefkaten y Edelhaira para hacer copias de todo lo que pudiera ser útil en las bibliotecas del Nilo. Otros se desviaron hacia diferentes destinos, ya que la Plana Mayor dispuso que tendrían todos medio año de vacaciones.

-Si nos seguimos desperdigando, -decía Nuptahek en la cubierta del barco a su grupo- cuando lleguemos van a pensar que los hemos perdido en las batallas...

-Y hablando de eso, Faraona, -dijo Elhamin- hay varias familias que no verán regresar a sus más íntimos...

-Sí, General. Y eso me hace el viaje más difícil que a la ida. Porque seré yo misma quien hable con todos sus familiares. Eso se me hace más duro que toda la campaña.

-Reuniré a todos ellos en Karnak, Faraona -dijo Ankhceroi- para que no tengáis que hacerlo repetido...

-Y además, Faraona, -intervino Khumpomisis- tenéis otras cosas en las cuales pensar, porque me gustaría que me acompañéis a Eritriuma en cuanto sea posible. Daverdis os puede decir el porqué...

-Cierto, -dijo la aludida- porque hablando con el ermitaño Daniur, aquel que hallamos antes de ir a Cetatis, cuando vio a Khumpomisis, dijo en un momento en que le brilló toda su áurea, que debía volver a buscar a su madre en un laberinto, pero que ella estaba bien. Cuando dije que habíamos explorado ese laberinto, respondió que no se había explorado bien y era necesario ir mucho más al fondo. Khumpomisis le preguntó por qué ella no había regresado, él dijo con una voz extraña y dulce: *"Ella cree que Vos también estáis muerta y con la gente que está se encuentra bien. Y por si no creéis en mis palabras, os confirmo que es así con la clave que no puede conocer este hombre que veis: La clave es Khumporok"*. Luego pareció olvidar lo que hablaba y volvió a otra conversación anterior, en que nos contaba de su vida...

-Y desde entonces, -siguió Khumpomisis- estoy más feliz, pero con el ansia de volver y explorar aquello hasta el fondo.

-Pues nos prepararemos para ello... -dijo Nuptahek- y ahora que me contáis esto, no veo el momento de llegar...

Días más tarde, los pueblos a la orilla del Nilo se vistieron de fiesta, se llenaron de gente los puertos al paso de la flota, que volvía acompañada por veinte barcos Fenhygios en visita oficial y en Gebelik, donde debería quedar gran parte de la tripulación, hubo una gran expectación, al ver que los barcos eran poco más de la mitad de los que los que habían zarpado. Lo mismo ocurrió en Karnak y otros sitios, hasta que se iban enterando de que la dispersión de efectivos se había hecho para descanso y visitas. Los festejos durarían varios días y durante la ceremonia de recepción del Concejo Supremo, se acercó un Furriel y habló al oído a Nuptahek cuando estaba presidiendo la reunión ocupando el trono.

-¡Claro!, -exclamó ella levantándose- ¡Hacedlas entrar de inmediato!

-Veo que habéis recibido una buena noticia. -dijo Gelibar.

-¡Miradlas, -respondió la Faraona- son Vidiankha y Almansís, con el escultor Ahmedinet...

-¡Faraona, os habéis puesto la corona de flores!

-Claro, Vidiankha, -dijo abrazando a la niña- después de tantos meses de llevar casco militar, pesado y con olor a cuero, éste es mi tocado faraónico favorito y sigue oliendo a delicioso perfume...

-¿Esos leones tan bellos que me miran tanto... Son peligrosos?

-No, preciosa, podéis acariciarlos. Ya lo han hecho muchos niños y eso les gusta. Sólo son como guardianes que no dejan que se me acerque gente mala y aquí no la hay por ninguna parte...

Los abrazos y conversaciones, mientras Vidiankha jugaba con los cachorros y sus enormes progenitores, duraron un buen rato, hasta que Gelibar le recordó que debían continuar la reunión del Concejo.

-Vamos, -decía Nuptahek mientras volvía al sillón faraónico- pero también os confieso que no dejo de relacionar cualquier cosa, con los preparativos para acompañar a Khumpomisis al laberinto. Y a esta niña tan increíble que brilla como Râ... tengo que vigilar su educación y participar en ella cuanto sea posible, porque sé que su destino está unido al de la Patria. Tengo que preparar a algunos sacerdotes para su cuidado... ¡Cuánto nos queda por hacer!

-Tranquila, Amada mía, -dijo Gelibar- que con ansiedad no se llega lejos. Aún tenéis que resolver asuntos de vuestro cargo y estar un día con vuestros padres, que a Nereb y Nefereng apenas si les hemos visto unas veces durante la campaña.

Nuptahek pasó un tiempo completando las más duras pruebas en la Escuela de Horus-Sobek y Gelibar una etapa más avanzada en la instrucción de los invisibles. Tras aprobar ambos con excelencia sus respectivos exámenes, pasaron unos días solos en profunda paz, hasta que ambos decidieron que era momento de volver a Eritriuma, donde les esperaba una nueva aventura, pero ya sin las calamidades de la invasión. Al menos por un largo tiempo, el esclavismo había sido derrotado. Los leones Sekhmesis y Kauntor, con sus cachorros Isistar, Enkinile y Adnalalha, les acompañaban a todas partes y seguirían siendo parte de la nueva familia por largo tiempo…

(¿FIN?… No, sólo "hasta el próximo…" :)

NOTAS Y REFERENCIAS:

(1*) Râdnie: Un Râdnie es equivalente a cerca de media hora, porque en esa época y hasta el 500 A. de C. en Ankh em-Ptah el día completo se dividía en 48 Râdnies de 48 "têmposos" (de unos 37,5 segundos actuales cada uno) y cada têmposo contenía 24 mútlicas, equivalente cada una a 1,5625 segundo. O sea poco más de un segundo y medio. El mútlica se llama así porque corresponde a un ritmo muy habitual entre los martilladores canteros (el martillo se llamaba "mutle") y los Templarios llamaron mútlica desde tiempo inmemorial a ese ritmo, que también usaban los marineros para marcar el ritmo o el compás de los remeros. De ahí deriva la palabra "música" y no de las "musas" griegas. Las "musas" derivan de este término. Para más claridad del origen, las musas (en español "mozas") eran las mujeres que llevaban agua a los canteros y picapedreros. Y claro que también eran la inspiración viva para ellos. Estas denominaciones se usaron en gran parte del mundo antigu, incluso hasta el final de la época romana de la República. Cuando el esclavista Constantino consiguió destruirla mediante la división del Senado Romano en bandos o "partidos" en el 306 D. de C., estas forma de medición se fueron cambiando, ajustándose a intereses de la "nueva economía", instaurada en el 326 con la Banka Bizancia (la primera banca privada).

(2*) Jaeta: *Una jaeta son 20 cuerdas normales (unos 1050 metros)* Un codo real equivale a 0,524 m. Un Ankemtra son dos codos. Una "**cuerda corta**" o normal son 52,5 metros, menos exacta pero de uso militar. Una **cuerda larga o "de flecha"** son 173,33 metros, se usaba también en lo militar y como medida en topografía y para arquería.

(3*) Azafe: Unidad militar compuesta de un jefe, un cabo y cien soldados.

(4*) Boleras: Armas que disparan proyectiles metálicos esféricos. Basado en jeroglíficos que explican tecnologías antiguas, en varios templos egipcios. Se describe en el libro "Faraón", posiblemente de propulsión magnética.

(5*) Katarisis: Proceso para la depuración psicológica y emocional, con que se elimina odios, miedos y vicios, de uso actual y extremadamente útil para todos y se puede aprender mediante el libro "Catarsis Cátara".

(6*) Beoshim: Actualmente se le llama el dios **Bes**.

(7*) Jomhet: Un Jomhet equivale a 102, 42 Kg. Era el peso promedio de la población cuando se estableció esta medida, pero no se puede calcular si fue hace cuatro, diez, cien mil o más años. Estaba basado en el peso ideal para los contrapesos de piedra de las velas de la mayoría de los barcos, ya que un hombre promedio podía sumar mínimo peso para arriar o izar el velamen, o sumar su peso al contrapeso para las velas más grandes.

(8*) **Heqat**: *Equivalente a 4,8 litros.*

(9*) **Candado:** Es la parte de la empuñadura que une el cubremano y donde se inserta la hoja de la espada.

(10*) **bomba sapo:** Modernamente se llama "bomba de ariete", pero era un sistema usado en la antigüedad, incluso pueden fabricarse en madera. Hoy las fabrican caseras de plástico, para subir agua a mayor altura sin gasto de energía externa. Se aprovecha el fenómeno de "golpe de ariete" que producen las diferencias de presión de un fluido, estableciendo un ciclo mediante unas válvulas. Los tanques de vacío intermedio, entre la bomba y el tanque a gran altura, permitían aumentar esa función e incluso en algunos modelos, prescindir de la bomba de ariete.

(11*) **Luz etérica:** Se llamaba así en la medicina antigua a lo que hoy llamamos "preparados homeopáticos". La homeopatía es una de las formas más avanzadas de la medicina natural y su conocimiento no es una "novedad". Samuel Hahnemann descubrió sus principios en 1796 en base a documentación que conservaba de una Orden Templaria germana. Se dice que hay dos ramas en esta disciplina, pero no es tan así. La Homeopatía general y la "unicista" son dos modos de trabajo que se complementan. Samuel Hahnemann hizo un formulario con 90 medicamentos y actualmente hay más de 2500. Su evolución como disciplina médica continúa, a pesar de la constante denostación que ejercen los intereses de la farmafia internacional.

(12*) **Camino de las Cobras:** O "Camino de las Serpientes" se refiere a la práctica de la Yoga Kundalini, que es la parte sexual del Tantra Yoga. No se pierde la energía en el orgasmo. El camino izquierdo es el celibato puro, mientras que el derecho es el que se realiza con pareja. Para algunos autores es justamente al revés. Una cobra en el tocado del Faraón (o sacerdote, iniciado, etc.) del lado derecho o izquierda, significa que sigue el camino izquierdo y ha alcanzado lo máximo que se puede alcanzar por esa vía. Dos cobras en el tocado (con pareja) indicaba que había alcanzado el estado de pre-Ascensión, elevando la energía Kundalini totalmente. Más información mediante Telegram en t.me/corazontrino y se puede hacer preguntas en su chat asociado.

BIBLIOGRAFÍA DEL AUTOR: (NN) = No es novela
1) ÁGUILA TONTA
(NN)   Sobre la lucha contra las drogas en Argentina cuando grandes bandas de narcos intentaron crear un gran mercado. Relato totalmente real.

2) ALCANZANDO LA INMORTALIDAD
(NN)   El tesoro más buscado por los esoteristas y científicos trascendentes, es la clave de la inmortalidad.

3) CATARSIS CÁTARA

(NN)   La clave de todas las claves. (también en portugués e inglés) Cuando leas este libro comprenderás por qué es tan difícil reunir grupos de gente *coherente* para recuperar la Libertad. Verás *dentro de ti* las causas. Y podrás comprender a los demás y modificar tu entorno. Porque sea como sea y cuál sea el problema, siempre encontrarás que *la causa* del problema y/o *la solución* del mismo... está dentro tuyo.

4) CONSTITUCIÓN DE LOS PUEBLOS LIBRES

(NN)   Doce años después de editar los libros de Ecologenia, se presenta esta creación que *ya se está realizando con las soluciones de fondo*. Sin partidos, sin ideologías, sin líderes únicos, sin absolutismos ni tiranías. **PoBlítica** en vez de política. Entérate y *participa*, cualquiera sea tu país.

5)ECOLOGENIA Política de Urgencia Global

6) CONSTITUCIÓN ASAMBLEARIA

7) ECONOGENIA Economía de la Ecologenia.

Hacer *Ecologenia* es infinitamente mejor que "votar". Empieza a enterarte y participar en soluciones reales.   Sin impuestos, sin usura, sin partidos ni ideologías, sin divisiones destructivas, con respeto a las Leyes Naturales.

TRES LIBROS EN UNO (Edición reducida a 400 páginas)

ECOLOGENIA GLOBAL (Edición completa de 540 páginas)

8) FARAÓN (Más en www.librofaraon.com)

Como "excipiente", una novela que narra las campañas de un Faraón, ambientada en el Egipto de 8000 años Antes de Cristo. El "principio activo" es un conjunto de conocimientos que rompen los esquemas a la historia oficial llena de patrañas y teorías de hace dos siglos, que se repiten sin análisis.

9) LA BIBLIA III TESTAMENTO DE TODOS LOS TIEMPOS (De Ramiro de Granada, con aportes de Gabriel Silva)

 (NN)   Resumen de la historia de la Humanidad, sin rollos religiosos ni místicos, con la Metafísica y su práctica verdadera. Una recopilación de Conocimientos Sagrados, antropológicos y mucho más. Incluye la Tabla Máxima Hiperbórea, editada con aparte como "Los Ocho Kybaliones"

10) LA GRAN RAMERA (Y todos sus Hijos...)

Hoy han caído muchas caretas, aunque a la masa le han obligado a usar mascarilla. Con un poco de humor, casi un cuento de niños, pero claramente expuestos, todos los hijos de esa señora bíblica. Y los adoptivos también.

11) LOS OCHO KYBALIONES

(NN) Metafísica Pura: Principios y Leyes Naturales. Quienes hablan de atenerse a la "Ley Natural" deberían conocer en profundidad cuál es y cómo está estructurada esa Ley. Sólo conociendo esto se puede entender la Ley Natural apenas conocidas por el academismo moderno.

12) REENCARNACIÓN y el VIAJE ASTRAL

(NN)   Negar la reencarnación es lógico para esta civilización tan ciega. La memoria se borra tras la muerte porque se vive en la ignorancia, engañando y engañados. En este libro encontrarás respuestas necesarias y mucho para entender y practicar sin riesgos sobre el plano Astral.

13) REVOLUCIÓN TERAPÉUTICA DE LAS PIRÁMIDES
(NN)   Por Gabriel Silva y Dr. Ulises Sosa Salinas. Contiene el resumen de la más grande investigación realizada por un Estado sobre el Efecto Piramidal y su aplicación terapéutica humana, veterinaria, agricultura y en apicultura.

14) TECNOLOGÍA SAGRADA DE LAS PIRÁMIDES
(NN) Los OOPART más grandes e increíbles, producto de una tecnología que aún no comprenden los científicos más avanzados. Nunca fueron tumbas, sino **aparatos** con enorme cantidad de utilidades, desde terapéuticas hasta la producción de energía. Hoy ya se construyen y fabrican.

15) MANUAL BÁSICO DE PIRAMIDOLOGÍA
(NN)   Resumen extremo de las aplicaciones prácticas de las pirámides. Lo que debe saber cualquier persona que quiera fabricarlas o construirlas, para no hacer daño con ellas, sacar el mayor provecho del Efecto Piramidal.

16) ROMANUS ANIMA
La HISTORIA real nada tiene que ver con la historieta creada por los esclavistas de todos los tiempos y pueblos. Roma les paró sus aberraciones durante 1079 años. Conocer la verdadera Historia mediante una novela-documento resulta ameno, instructivo y sobre todo **importante**.

17) EL TESORO MÁGICO DE LAS PIRÁMIDES
Novela infantil y juvenil apta para lectores de cien años… Sin duda el más supuestamente fantástico de la serie, pero tanto los niños como los adultos de mente abierta, y sobre todo aquellos que hayan tenido experiencias similares a la del autor, van a disfrutar mucho. No va de pirámides, aunque incluso están en esos lugares, allá, en el Gran Interior…. V.I.T.R.I.O.L.

18) EL TESORO MÁGICO DE IRAOTAPAR
Segundo libro de la Saga "El Tesoro Mágico…". Con una magnífica carga de ficción sin fantasías, donde **todos los escenarios son reales** y muchos de los personajes y hechos, también. Sabrás mucho del mundo subterráneo.

19) EL TESORO MÁGICO DE YIN TZI TAA
Tercer libro de la saga, que sin exageraciones, te permitirá conocer al menos a una parte de "otra gente" que habita en este mundo, así como los problemas que están más allá de la política conocida. No deja de encantar a niños y adultos, porque es una lectura amena pero los adultos comprenderán más en sus implicaciones actuales, mientras que los niños disfrutarán de las aventuras de un grupo muy especial, ya conocido en el libro anterior.

20) EL TESORO MÁGICO DE FREIZANTENIA
Para comprender el verdadero cuadro de situación sobre los OVNIS y la política mundial, bajo el disfraz de novela… ¿Quiénes los tripulan? ¿De dónde vienen? ¿Dónde están sus bases? ¿Por qué se ven tantos? ¿Hasta qué punto pueden influir en nuestra civilización? ¿Hasta dónde llegan sus proezas tecnológicas? ¿Qué nos ocultan los gobiernos-corporaciones? "Novela", sí… Pero… casi que no.

Todos estos libros están en www.lulu.com/spotlight/piramicasa